HEINZ G. KONSALIK

Engel der Vergessenen

HEINZ G. KONSALIK

Engel der Vergessenen

Roman

Heinz G. Konsalik: Engel der Vergessenen
Lizenzausgabe für die
Naumann & Göbel Verlagsgesellschaft mbH, Köln

Gesamtherstellung: Naumann & Göbel Verlagsgesellschaft mbH

ISBN 978-3-625-20992-8
www.naumann-goebel.de

Um 10.27 Uhr morgens landete auf dem schmutzigen Dschungelflugplatz Homalin im Norden von Birma ein kleines Flugzeug. Es war ein uralter, klappriger Kasten, mit roter Leuchtfarbe bemalt, und der Pilot, der ihn flog, mußte ein mutiger Mensch sein, denn mit solch einem verrotteten Ding über Urwälder, Berge, Sümpfe und unerforschte Flußläufe zu fliegen, setzte Kaltschnäuzigkeit voraus oder vielleicht auch nur asiatische Ruhe und die Erkenntnis, daß das Leben früher oder später doch beendet werden mußte und man sich die Art zu sterben nicht aussuchen konnte.

Die kleine, viersitzige Maschine tanzte über die Graspiste, ein armseliges Flugfeld, höckerig wie ein Waschbrett, aus dem Dschungel herausgeschlagen und an allen Seiten auch wieder abrupt in den feuchten Regenwald übergehend. Die Räder schlugen auf, das Flugzeug wurde durchgeschüttelt, rollte aus, fuhr einen Bogen und stand dann mit ächzendem Motor mitten auf dem Platz. Der rotlackierte Propeller drehte sich träge und blieb in waagerechter Lage hängen.

Kaum war das Knattern des Motors erstorben, öffnete sich die Tür der Kanzel, zwei Pappkoffer flogen auf die Erde, ein Mann sprang ihnen nach und reckte sich, als sei er bisher zusammengeklappt transportiert worden.

Dann lehnte er sich gegen den Flugzeugrumpf und wischte sich mit dem Ärmel den Schweiß von der Stirn.

Niemand erwartete ihn. Nur die feuchte, den Atem benehmende faulige Dschungelhitze schlug ihm entgegen.

Er war ein Mann, von dem man früher gesagt hätte: er ist ein Mordskerl. Aber davon war wenig übriggeblieben. Die breiten Schultern hatte er behalten. Er war mittelgroß. Über den Kopf wucherten dunkelbraune, von weißen Fäden durchzogene Haare. Graublaue Augen musterten mit einem Blick voller Ekel die Umgebung. Wenn er ging, sanken die breiten Schultern etwas nach vorn, der Körper begann sich zu wiegen in diesem typischen Seemannsgang, der überall, selbst auf dem Land, die Schlingerbewegung des Schiffes auffangen wollte.

Man sollte wissen, wo Homalin liegt. Es ist ein Drecknest am Chindwin River, hoch oben in Birma zwischen Indien und China, einer Gegend, in der die Schöpfung nach dem siebten

Tage stehengeblieben war. Es gibt solche Gegenden überall auf der Welt. Im mittleren Becken des Amazonas wie im nördlichen Kanada, an den tibetischen Hängen des Himalaja und im glühenden Sandmeer der Gobi – aber hier, im Dschungel von Homalin, fragte man sich wirklich, warum die Menschen, die hier leben, noch nicht den Verstand verloren haben. Eine unsichtbare, aber um so kräftiger riechende Wolke von Verwesung lag über dem Land, der faulige Geruch eines riesigen Komposthaufens, ein Verdampfen von Schimmel.

Aus dem Flugzeug kletterte der Pilot. Er war ein Birmese unbestimmbaren Alters. Er trug einen weißen Overall und eine weiße Mütze mit einem grünen Kunststoff schirm. Schweigsam stellte er sich an den linken Flügel seines Flugzeuges, benutzte ihn als Schreibunterlage und trug in das Bordbuch den Landebericht ein:

»Homalin 10.27 Uhr. Flug normal. Keine Vorkommnisse. Passagier Dr. Reinmar Haller abgeliefert. Rückflug nach Auftanken ...«

Dr. Haller sah sich um. Am Rand des Flugfeldes lagen zwei Baracken, die einzigen Zeichen, daß hier in dieser Wildnis Menschen wohnten. Warum man den Flugplatz angelegt hatte, gehörte zu den vielen Rätseln dieses Landes. Er hatte keine taktische Bedeutung, und doch hing an einer Stange zwischen den flachen Gebäuden die birmesische Fahne und parkten im Schatten der Bäume ein paar grüngestrichene Jeeps. Aber sonst rührte sich nichts. Bis auf ein Röcheln des abgestellten Flugmotors, das wie das letzte Atmen eines Pneumoniekranken klang, war die Stille vollkommen. Ein bedrückendes Schweigen in einem riesigen heißen grünen Grab.

Hier wird der Mensch klein und unwichtig wie eine Mücke, dachte Dr. Haller. Er trat aus dem Schatten des Flugzeugrumpfes, legte die rechte Hand über die Augen und sah hinüber zu den Baracken. Sein Verdacht, man habe diese Schneise in den Dschungel nur deshalb geschlagen, um den Abschaum der Menschheit hier abladen zu können, verstärkte sich. Aber hatte er etwas anderes erwartet?

Als er in Rangun die freigewordene Arztstelle angenommen und der Minister für Gesundheit, ein kleiner, dicker fröhlicher

Mann mit einer großen Brille, zu ihm gesagt hatte: »Doktor Haller, wir freuen uns, daß wir eine Kapazität wie Sie für diese Aufgabe gewinnen konnten«, hätte er schon vorsichtig werden müssen. Man hatte seine Papiere nicht überprüft, seine Zeugnisse nicht gelesen, niemand hatte sich dafür interessiert, was dieser Dr. Haller in den letzten Jahren getan hatte. Es genügte, daß er bewies, ein deutscher Arzt zu sein, und bereit war, in den Norden zu fliegen, um im Hospital »Jesus am Kreuz« als Stationsarzt zu arbeiten. Das Krankenhaus lag in einem Ort, der Nongkai hieß. Es mußte ein kleiner Ort sein. Dr. Haller fand ihn auf keiner Karte, aber bis zur heutigen Stunde war ihm das auch gleichgültig gewesen. Nur arbeiten, hatte er gedacht, wieder an Krankenbetten stehen, Menschen helfen, einmal noch beweisen, daß man ein Kerl ist, trotz allem, was hinter einem liegt. Wieder ein Arzt sein – für diese Chance hätte Nongkai auf dem Mond liegen können.

Jetzt allerdings sah das anders aus. Die Fäulnis des Dschungels schlug über ihm zusammen. Er preßte die Lippen und gestand sich ein, Angst zu haben. Beschwere dich bloß nicht, alter Junge, dachte er. Fang um Himmels willen nicht wieder an, dich selbst zu beweisen! Es ist deine letzte Chance, das weißt du.

Er ging ein paarmal hin und her und starrte hinüber zu den Baracken. Obwohl er nichts zu erwarten hatte, war er enttäuscht. Irgendein Mensch hätte da sein können, der ihm jetzt entgegenkam, die Hand ausstreckte und sagte: »Willkommen, Doktor Haller. Wir haben auf Sie gewartet. Schön, daß Sie da sind ...«

Dr. Haller drehte sich um und ging zu dem Flugzeug zurück. Der schweigsame Birmese klappte sein Bordbuch zu und steckte den Kugelschreiber in die Brusttasche seines weißen Overalls.

»Was nun?« fragte Dr. Haller.

Der Pilot zeigte auf die beiden Baracken am Rande des Dschungelwaldes. »Dort ...«

»Danke.« Dr. Haller steckte die Hände in die Rocktaschen. Seine Finger legten sich um zwei Reiseflaschen Gin, und sofort fühlte er sich wohler. Er streichelte die Flaschen und kämpfte gegen den Drang an, eine sofort herauszuziehen und an den

Mund zu setzen. »Der Trompeter« nannten seine Freunde die für ihn so typische Haltung; wenn er trank, sah es aus, als blase er ein Solo, seine Augen begannen zu glänzen, und das ständige Zittern in seinem Körper hörte auf.

Dr. Haller zog die Hände von den Flaschen zurück. Es war eine armselige Geste, denn er wußte, daß dieser Zweikampf bald verloren war. Was soll's auch, dachte er. Das hier ist die Endstation. Wer hier angekommen ist, hat die Freiheit des Mülls. Er darf alles, auch nach Gin stinken. Wen kümmert's noch? Aber ich will nicht aufgeben!

Er ließ die Hände in den Taschen und blickte wieder hinüber zu der schlaffen Fahne an der Stange. Als man ihm in Rangun sagte, das Hospital »Jesus am Kreuz« brauche einen Arzt, hatte man ihm verschwiegen, wo Nongkai lag. Vielleicht hätte er, wenn man ihm damals die Wahrheit gesagt hätte, trotzdem zugegriffen. Er lag auf der Straße, nicht bildlich gesehen, sondern tatsächlich, hatte von dem Passagierschiff »Rezi« abgeheuert, weil der Schiffsarzt ein Rindvieh war und ihn, den Dr. Haller, der bei ihm als Sanitäter arbeitete, täglich fühlen ließ, daß ein Arzt, dem man die Approbation entzogen hat, weniger ist als ein Stück Dreck. Einen Tag vor dem Einlaufen in den Hafen von Rangun hatte er dann den Schiffsarzt geohrfeigt und vor den Augen aller Passagiere mit Faustschlägen über das Sonnendeck getrieben. Die Konsequenzen zog er bei der Landung selbst, verschwand von Bord und lag zehn Tage in muffigen Hinterzimmern billigster Huren herum, bis er sich aufraffte, ein heißes Bad nahm, seinen einzigen Anzug von einer chinesischen Wäscherei aufbügeln ließ und sich im Gesundheitsministerium bis zu dem Beamten, der zuständig war, durchfragte. Ein deutscher Arzt? Das schien den Mann zu beeindrucken. Er rief den Minister an, und nach zwölf Tagen erhielt Dr. Haller wieder ein vernünftiges Essen, wurde wie ein Mensch behandelt und sagte zu allem »Ja« und »Sehr erfreut« und akzeptierte auch Nongkai, ohne zu fragen.

Jetzt war das anders. Er fühlte sich in einen Sumpf geworfen und hatte Angst.

»Wann fliegen wir wieder zurück?« fragte er den Piloten.

»In zwei Stunden.«

»Nehmen Sie mich wieder mit?«

»Nein.« Der Birmese grinste ihn an. »Sie haben keine Rückflugkarte.«

»Vielleicht können wir tauschen?« Dr. Haller streichelte mit der Hand die Ginflasche in seiner Rocktasche. »Haben Sie noch Ihren Blinddarm? Den nehme ich Ihnen kostenlos heraus, wenn Sie mich zurückfliegen nach Lashio. Ein reelles Geschäft.«

»Danke, Sir. Ich habe keinen Blinddarm mehr.«

»Ich immunisiere Sie gegen das Gelbfieber.«

»Dagegen sind wir Dschungelflieger alle immun.«

»Kein Geschäft zu machen?«

»Keins, Sir.«

Der Birmese hob die Schultern. Er klemmte eine Gebietskarte unter die Achsel und ließ Dr. Haller stehen. Der sah ihm nach. Er hatte kein Geld, den Piloten zu bestechen, und wer nimmt als Bezahlung schon das Angebot an, sich aufschneiden zu lassen?! Die ganze Trostlosigkeit seines Lebens überfiel ihn wieder; er griff in die Tasche, zog die Ginflasche heraus, schraubte den Verschluß los und setzte sie an den Mund. Der erste tiefe Schluck war köstlich. Der Alkohol brannte durch die ausgetrocknete Kehle. Dr. Haller hielt den Atem an, genoß dieses Gefühl und war glücklich wie ein Kind, das mit Holzklötzchen einen Turm gebaut hat. Dann nahm er einen zweiten langen Schluck, drehte den Verschluß auf die Flasche und steckte sie zurück in die Rocktasche.

»Na, dann los!« sagte er laut und packte seine beiden Koffer, warf sie durch die offene Kanzeltür wieder ins Flugzeug und stellte sich in den Schatten der Bordwand. Er war bereit, sofort ins Innere der Maschine zu klettern, wenn der Pilot von den Baracken zurückkam.

Es wird nicht lange dauern, dann wird etwas geschehen, dachte er. Die Maschine muß aufgetankt werden. Es gibt hier also so etwas wie einen Tankwagen oder auch nur einen rollenden Untersatz für Benzinfässer und eine Handpumpe. Vielleicht kann man sie zwingen, wenn man droht, in das Benzin zu schießen? Viel kommt dabei nicht heraus, ein paar Löcher, aber sie werden fürchten, daß das Benzin explodieren kann. Es ist eine winzige Chance.

Dr. Haller griff in die Gesäßtasche, holte einen Revolver heraus, steckte ihn vorn in den Hosenbund und überlegte, wie man es anstellt, einen Piloten, der außerhalb des Flugzeuges steht, zu zwingen, einzusteigen und wegzufliegen.

In der Luft, während des Fluges, ist das eine Kleinigkeit. Da kann man den Revolverlauf in seinen Nacken drücken und sagen: »Hör einmal zu, Boy, in aller Freundschaft, mir gefällt die Flugrichtung nicht. In dieser Gegend werde ich asthmatisch. Kehr um, zieh eine schöne Kurve und überlege nicht lange. Du bist noch ein junger Kerl, du hast dein verdammtes Leben noch lieb – bei mir ist das anders. Ich lebe eigentlich nur noch, weil mein Kreislauf mir keine Ruhe läßt und das Herz immer weiterschlägt. Ein medizinisches Rätsel, mein Bester. Ich erkläre dir das, wenn wir gelandet sind, und du wirst staunen, wen du da transportiert hast. Nach medizinischer Logik müßte meine Leber wie ein Schwamm sein, das Hirn paralysiert, das Herz eine Alkoholpumpe – aber ich lebe! Ich denke sogar. Ich bin zu Handlungen fähig! Du weißt ja gar nicht, mein Junge, wer ich bin. Dr. Reinmar Haller. Arzt aus Deutschland. Was sagt das schon?«

Er wischte sich mit dem Ärmel über das Gesicht, kletterte auf den Pilotensitz und musterte die breite Instrumententafel. Er rückte sich auf dem Sitz zurecht, legte die Hände um den Steuerknüppel, stemmte die Füße in die Seitensteuerungspedale und entdeckte dabei, daß der Schlüssel noch im Zündschalter steckte.

Dr. Haller beugte sich vor, starrte durch die schmutzige, verschmierte Kanzelscheibe und legte die linke Hand auf den Zündschlüssel. Vor ihm lag die wellige Graspiste, dahinter der Dschungel, grün, dicht, feindlich, eine geschlossene, drohende, reglose Wand, über der die Luft flimmerte.

»Wir brauchen einen Arzt auf der Erde, keinen in den Baum Wipfeln!« sagte eine jugendliche Stimme in einem makellosen Englisch. Dr. Haller fuhr herum. Im Kanzeleinstieg stand ein junger braunhäutiger Mann im Khakianzug. Er war groß und überschlank und sah aus, als habe er sich gerade aus dem Bett gerollt, das Sumpffieber noch im Blut. »Entschuldigen Sie, daß ich zu spät komme. Aber die Fahrt von Nongkai nach Homalin ist voller Überraschungen. Ich bin eine Stunde lang von zwei Tigern begleitet worden. Ein prächtiges Pärchen. Nur darf man ausgerechnet dann keine Panne haben. Ich hatte Glück.« Der junge Inder beugte sich in die Kanzel. »Sie sind doch Dr. Haller?«

»Kennen Sie sonst noch einen Idioten, der freiwillig hierherkommt?«

»Ja. Einen Dr. Adripur. Sabu Adripur. Das bin ich.«

Dr. Haller erinnerte sich. In Rangun hatte man ihm die Liste der Hospitalärzte von Nongkai gezeigt, um ihm die Dringlichkeit seiner Zusage zu beweisen. Neben einem Chefarzt mit einem Namen, den Haller vergessen hatte, stand da auch Sabu Adripur. Zwei Ärzte für eine Patientenzahl, die man selbst in Rangun nicht genau kannte. »Es werden vielleicht dreihundert, vierhundert sein«, hatte der Referent für das Krankenhauswesen im Ministerium gesagt. Zwei Ärzte für dreihundert Kranke ... Dr. Haller hatte nicht weitergefragt.

»Sie kommen eine Viertelstunde zu spät, Herr Kollege.« Dr. Haller blieb hinter dem Steuerknüppel sitzen. Jetzt war auch bei den Baracken Bewegung. Ein paar Männer in Hemd und Hose rannten hin und her. Um die Fahnenstange herum fuhr ein Wagen mit einem langen Tankfaß hinaus auf die Piste. »Ich bin bereits wieder auf dem Rückweg.«

»Ohne Nongkai gesehen zu haben?«

»Ich kenne Paris, London, Rom, Kopenhagen, New York, San Franzisko, Tokio, Singapur, Rangun und Witten an der Ruhr. Da kann man auf Nongkai verzichten.«

»Ich war noch nie in Witten an der Ruhr«, sagte Dr. Adripur fröhlich.

»Ein kleiner Witzbold, was?« Dr. Haller legte die Hand auf den Revolvergriff. »Ich hatte nicht geahnt, auf was ich mich hier eingelassen habe. Aber wenn ich mich hier umsehe – lieber wieder als Hilfssanitäter Pinkelflaschen herumtragen und Spucknäpfe auswaschen, als in dieser grünen Hölle zu verjauchen. Die Welt ist groß, Kollege, und sie hat in irgendeinem Winkel auch noch einen Platz für mich.«

»Das stimmt. In Nongkai.«

»Den Namen streiche ich aus meinem Vokabular.«

»Ohne es gesehen zu haben?«

»Ja. Ich nehme an, ich verpasse nichts.«

»Vielleicht doch.« Dr. Adripur lehnte sich gegen die Türöffnung.

»Zweihundertneunundsiebzig Kranke und zweiundzwanzig Halbe leben in diesem Dorf mitten im Dschungel. Sie warten auf den neuen Arzt. Er ist ihre ganze Hoffnung. Seit vier Tagen, seit bekannt geworden ist, daß Sie zu uns kommen, beten sie und danken sie ihren Göttern – die einen Christus, die anderen Brahma, die dritten Buddha, die vierten Schiwa, sogar einige Mohammedaner haben wir. Sie knien auf ihren Teppichen und loben Allah, weil er so gnädig war, den deutschen Arzt nach Nongkai zu schicken.«

Dr. Haller sah durch die Scheibe, wie der Tankwagen schnell näher kam. Der Pilot draußen stand auf dem Trittbrett. Gleich fiel die Entscheidung.

»Gehen Sie aus dem Weg, Dr. Adripur«, sagte Haller. Seine Stimme klang rostig. »Ich werde in wenigen Sekunden schießen müssen ...«

»Warum wollen Sie die Patientenzahl vermehren? Wir haben genug.«

»Sie sagten da etwas von zweiundzwanzig Halben.« Dr. Haller zog den Revolver und spannte den Hahn. Der Pilot sprang vom Trittbrett des Tankwagens und starrte verblüfft auf seinen Fluggast, der im Cockpit saß, als wolle er gleich den Motor anlassen. »Wie soll ich das verstehen?«

»Bei den zweiundzwanzig handelt es sich um Menschen, denen ganze Körperteile bereits abgefault sind. Wo wir konnten, haben wir nachamputiert«, sagte Dr. Adripur. »Füße, Hände, Arme bis zum Ellbogen, Ohren, Nasen ... Neun haben faustgroße Löcher in den Wangen ...«

»Das – das kann doch nicht wahr sein ...« Dr. Haller ließ den Revolver sinken. Sie haben mich belogen, dachte er. Das heißt, sie haben gar nichts gesagt, sie haben nur von dem Hospital »Jesus am Kreuz« gesprochen, und ich habe nicht gefragt. Aber wer denkt denn an so etwas?

Dr. Adripur schob den breitkrempigen Hut in den Nacken Sein schmales Jungengesicht war sehr ernst geworden. »Sie wußten davon nichts, Dr. Haller?«

»Keine Silbe. Ich säße sonst garantiert nicht hier.«

»Aber es läßt sich nicht mehr weglügen: Nongkai ist eine Leprakolonie. Ein ganzes Dorf voll verfaulender Menschen. Hineingebaut in einen Dschungel, zu dem nur eine einzige Straße führt, und diese Straße wird durch eine Militärwache abgeriegelt.«

»Daher die grünen Jeeps da drüben ...«

»Ja, ein elender Dienst. Jeden Monat werden die Jungs abgelöst, dann sind sie mit den Nerven fertig. Bewachen Sie mal Tag und Nacht rund dreihundert Lepröse, die alle glauben, man wolle sie in ihrem Dorf nicht heilen, sondern umbringen.«

»Und Sie heilen?« fragte Haller gedehnt.

»Wir halten die Krankheit auf, verzögern sie«, sagte Dr. Adripur vorsichtig. »Bis vor einigen Minuten dachte auch ich, daß wir mit Ihnen einen Experten, endlich einen Fachmann gewonnen haben.«

»Eine bessere Wahl als mich konnten Sie gar nicht treffen!« Dr. Haller lachte. Alle Bitterkeit, die ein Mensch über sich selbst empfinden kann, brach aus ihm heraus. Er schob sich vom Sitz, steckte den Revolver zurück in den Hosenbund und gab den Koffern einen Tritt. An Adripur vorbei, der sich schnell von der Tür zurückzog, polterten sie aus dem Flugzeug. Der junge indische Arzt hob sie auf und trug sie von der Maschine weg. Haller sprang auf die Erde und winkte ab, als der birmesische Pilot ihm etwas zuschrie. Der kleine, mit den Armen durch die Luft rudernde Mann hüpfte auf sein Flugzeug zu wie ein Hahn, der eine Henne verfolgt.

»Ich lass' ihn leben, deinen roten Drachen!« rief Haller. »Aber wenn du wiederkommst, und ich bin zufällig in Homalin, laß mich nicht näher als fünfzig Meter an deinen Kasten ran. Es kann sein, daß ich mich unten an die Räder hänge.« Er ging zu Dr. Adripur, der neben den Pappkoffern stand und sich eine Zigarette anzündete.

»Sie bleiben?« fragte der junge Arzt.

»Mir bleibt keine andere Wahl.«

»Sie haben einen Vertrag unterschrieben?«

»Das auch.«

»Wir brauchen Sie, Dr. Haller.« Es klang wie ein Amen, und so war es auch gemeint. Adripur zeigte hinüber zu einem kleinen Geländewagen, der hinter dem Flugzeug stand. »Können wir fahren?«

»Haben Sie genug Alkohol in Nongkai?«

»Immer ein paar Kisten Whisky. Taikky säuft ihn wie Wasser.«

»Wer ist Taikky?«

»Donu Taikky, Verwaltungsdirektor der Klinik.«

Dr. Haller setzte sich neben Adripur in den Geländewagen und lehnte sich in den harten Sitz zurück. Dr. Adripur ließ den Motor an. Der kleine Wagen hoppelte über das Flugfeld. Dr. Haller mußte sich am Rahmen der Frontscheibe festhalten, um die harten Stöße gegen sein Gesäß aufzufangen. »Mein Gott, selbst die Hölle hat Beamte?!« Dr. Haller lächelte schief, als Adripur die Koffer einlud. Sie waren so leicht, als seien sie leer. »Warum fragen Sie nicht?«

»Was sollte ich fragen, Dr. Haller?«

»Haben Sie Luft in den Koffern? Das wäre eine gute Frage. Und ich werde Ihnen antworten: Genauso ist es! In jedem Koffer liegen ein Hemd, eine Unterhose, ein Unterhemd, ein Strumpf. Im linken Koffer Rasierzeug, im rechten die Rangun Times, fünf Tage alt. Das ist alles. Aber es macht immer einen guten Eindruck, mit zwei Koffern zu reisen, finden Sie nicht auch?«

»Ich sehe Ihnen an, daß Sie ein Trinker sind«, sagte der junge Arzt.

»Danke schön! Dann wird es Ihre vornehmste Aufgabe sein, mich immer bei Laune zu halten.«

»Das werde ich. Die Kranken glauben noch an Wunder. Und dieses Wunder sind jetzt Sie! Ein Arzt aus Europa, das ist wie ein Segen Gottes. Selbst im hintersten Dschungel Birmas. Wann sind Sie am besten, Dr. Haller?«

»Nach fünf kräftigen Schlucken – das entspricht einer halben Flasche.«

»Gut.« Dr. Adripur nickte. »Jeden Monat trifft per Flugzeug der Nachschub für Nongkai ein. Wir stellen ihn auf Listen zusammen. Ich werde für genügend Whisky sorgen. Für die Kranken tue ich alles.«

Dr. Haller schwieg. Sie hatten die schmale Straße erreicht, die den Dschungel durchbrach. Ein Jeep mit drei Soldaten kam ihnen entgegen. Sie grüßten, als sie Dr. Adripur erkannten. Das war die erste Sperre von Nongkai, dem Dorf, das auf keiner Karte stand.

»Sie werden Ihr blaues Wunder mit mir erleben«, sagte Haller plötzlich. »Interessiert Sie eigentlich gar nicht, wer ich bin?«

»Nein.« Dr. Adripur schaltete in den nächsten Gang. Die Straße war ein Meisterwerk der Gewalt gegen den Urwald. Schnurgerade hineingeschlagen und gewalzt. Nur in der Regenzeit verwandelte sie sich zu einem vier Meter breiten Streifen Schlamm; siebzig Kilometer lang. »Wer nach Nongkai kommt, wird nicht mehr gefragt. Es hieß, das soll anders werden, das Hospital soll nach modernsten medizinischen Erkenntnissen ausgebaut werden. Und da schickt man Sie.«

»Sie dürfen sich ohne Scham ausweinen, Adripur. Für mich ist Nongkai Endstation. Wer hat dieser Hölle eigentlich den Namen ›Jesus am Kreuz‹ gegeben?«

»Der Schwesternorden ›Zum sanften Blut‹. Er hat vor zehn Jahren das Lepradorf gegründet.«

Dr. Haller holte die Ginflasche aus der linken Tasche und hielt sie Adripur hin. Als dieser den Kopf schüttelte, trank er drei hastige Schlucke. »Was werden die ehrwürdigen Mütter über einen Mann wie mich sagen?«

»Nichts. Sie leben nicht mehr. Der Dschungel hat sie alle in diesen zehn Jahren zerstört. Nur der Name ›Jesus am Kreuz‹ ist übriggeblieben.«

Haller setzte die Flasche wieder an den Mund. Jetzt trank er Mut aus ihr. Er hatte ihn nötig. Ist das ein Ende, dachte er. Vom einzigen Sohn eines Bergrates in Witten bis zu einem versoffenen Tramp im birmesischen Sumpfwald! Dazwischen das Studium in Heidelberg und Marburg, die Assistenzzeit im katholischen Krankenhaus von Memmingen, drei Jahre Uni-Klinik Freiburg, Facharzt für Chirurgie mit Auszeichnung, Oberarzt in Duisburg, Unfallspezialist, Hochzeit mit Dr. Margarete Pluding, Tochter von Professor Pluding, dem Hämatologen, genannt der »große Bluter«. Nach zwei Jahren Scheidung, eine Kavaliersscheidung ohne gegenseitige Ansprüche. Grund: Margarete hatte von ihrem Vater die große vornehme Linie geerbt und wurde hysterisch, wenn ihr Mann die Beine auf den Tisch legte oder in Hemdsärmeln zum Essen kam. Dann zwei Wanderjahre von Klinik zu Klinik, immer zur Probe, die aber nie zu einem festen Vertrag führte, denn der Bannstrahl Professor Pludings verfolgte ihn überallhin. Schließlich freie Praxis als Allgemeinmediziner in Hannover, ein Leben in Saus und Braus mit 1500 Krankenscheinen im Quartal und einer exklusiven Privatklientel.

Vor sieben Jahren dann der Fall Dora Brander, die schöne, rothaarige Dora Brander, die seine Geliebte wurde und ein Kind von ihm bekam. Das heißt, sie bekam es nicht. Sie erpreßte ihn, bis er einen Abortus bei ihr machte, der mißlang. Dora starb, verblutete hilflos in ihrem Bett. Dann der Prozeß, zwei Jahre Zuchthaus, Hinauswurf aus der Ärztekammer, Aberkennung der Approbation, Flucht aus Deutschland. Ein akademischer Landstreicher, der entdeckte, daß man in einer Flasche leben konnte, daß es möglich war, die Welt zusammenschrumpfen zu lassen auf ein Maß von 0,7 Liter. Eine herrliche Welt, in der man groß und stark war und in Ruhe gelassen wurde.

Das bin ich, Dr. Reinmar Haller. Seit einer Stunde Lepraarzt von Nongkai. Wenn das kein Lebensweg ist! Prost, ihr normalen Arschlöcher! Er trank wieder, bis die Flasche leer war, und warf sie dann seitlich in den Dschungel. Dr. Adripur nickte verständnisvoll. »Geht es Ihnen jetzt besser?« fragte er.

Nie wird ein normaler Mensch das Dorf Nongkai betreten. Dort, wo es gebaut wurde, ist auf allen Karten ein braungrüner Fleck, und wer Landkarten lesen kann, weiß, daß hier die Einsamkeit der Urzeit zurückgeblieben ist.

Um geographisch genau zu sein: Nongkai liegt mitten in der breiten Landspitze, die von den Flüssen Chindwin River und Uyu Chaung gebildet wird, eine Tiefebene, die langsam ansteigt zu einem Urwaldplateau, das bisher noch nicht durchforscht, sondern nur mit dem Flugzeug und einer Spezialkamera erfaßt worden ist. Kein vernünftig Denkender würde auf die Idee kommen, in dieses Gebiet eine Expedition auszurüsten, denn außer Sumpf, Wolken von Moskitos, unzähligen Krokodilen, Affen, giftigen Fischen, Schlangen und Riesenspinnen war hier nichts zu holen.

In diesen Dschungel hinein hatten die heiligen Schwestern »Zum sanften Blut« die Leprastation gebaut. Bis heute weiß keiner, was sie in diese Gegend geführt hatte, woher sie den Mut nahmen, zuerst in drei Hütten vier Lepröse um sich zu versammeln, dann zehn, dann neunzehn, schließlich siebenunddreißig. Bei dieser Zahl griff die Regierung in Rangun ein, schickte eine Kommission nach Nongkai und befand, daß das Unternehmen »Jesus am Kreuz« trotz des christlichen Namens förderungswürdig sei. Der Schwesternorden bedankte sich, Hubschrauber brachten Baumaterial nach Nongkai. Ein schönes Dorf entstand, dazu ein einstöckiges Hospital. Aber es entstanden auch hohe Holzpalisaden, die das Dorf sogar gegen den Dschungel absperrten. Die Jagd auf die Leprösen ging los, Militär wurde nach Homalin, der nächsten Ansiedlung, gelegt, von allen Seiten schaffte man jetzt die Leprakranken heran und lud sie in Nongkai ab, wie man Abfall auf eine Müllkippe schüttet.

Man verbrauchte in sieben Jahren vier Ärzteteams. Nicht, daß die Ärzte sich infizierten und selbst zu Patienten wurden. Nein, es war wie in einer Kesselschlacht, wo es nur einen einzigen Willen gibt: Hinaus! Weg aus der Umklammerung! So wurde jeder Nachschubtransport gleichzeitig ein Kampf mit den Ärzten. Als es dem Vorgänger von Dr. Karipuri durch Bestechung gelungen war, in einem Karton, in dem man Ersatzteile für den Stromerzeuger herangeschafft hatte, Nongkai auf dem Luftweg wieder zu verlassen, hatte die Regierung harte Maßnahmen eingeführt.

Im Gemeinschaftssaal des Dorfes hing an einer großen Tafel, für jeden lesbar, in breiten Buchstaben: Wer das Dorf verläßt, wird erschossen.

Ein deutlicher Satz. Er galt nicht nur für die Kranken, er galt für alle – für die Ärzte, die sieben Pfleger, die drei Verwaltungsbeamten, den Verwaltungsdirektor Donu Taikky und seinen Sekretär.

Das war ein Rätsel für sich: Donu Taikky.

Plötzlich – vor einem Jahr – war er in Homalin gelandet, ein fetter, unangenehmer Mensch mit kleinen listigen Augen. Er zeigte ein Papier aus Rangun vor, das ihn als Direktor der Klinik auswies, übernahm die Verwaltung und damit auch die Kasse, die Verteilung von Lebensmitteln und Medikamenten und schrieb jeden Monat einen langen Bericht nach Bhamo. Dort saß ein Gouverneur, der über einige tausend Quadratkilometer eines Dschungelgebiets herrschte, in dem auch Nongkai lag. Es sah also aus, als habe alles seine Richtigkeit, so wie es sein muß, wenn Beamte am Werk sind – aber der Schein trog.

Medikamente verschwanden auf geheimnisvolle Art. Die Zahl der Kranken blieb immer um vierzig bis fünfzig höher, als sie wirklich war. Tote wurden nur zögernd in die Sterbebücher eingetragen und gruppenweise übers ganze Jahr verteilt, denn für jeden Lebenden gab es einen Zuschuß, und je mehr Lebende, um so mehr Geld in die Kasse von Donu Taikky.

Das war bisher nie aufgefallen, denn wer sollte solche Praktiken nach Rangun melden? Dr. Karipuri, der Chefarzt, war an dem Erlös mit zwanzig Prozent beteiligt. Dr. Adripur war ein kleiner Assistenzarzt, der aus jeder Dienststube geohrfeigt worden wäre, wenn er die Geschäfte des Donu Taikky aufgedeckt hätte.

Sonst aber lebte man in Nongkai zufrieden, wenn man so etwas Leben nennen konnte, und die Kranken waren froh, daß sie leben durften und nicht, wie der dumme Dongwa, kurzerhand erschlagen wurden. Dongwa hatte sich beschwert, daß Reis und Büchsenfleisch nie in voller Portion ausgegeben wurden. Man hatte Felder mit Tee, Mais, Weizen, Reis, Erdnüssen, Zuckerrohr, Sesam und Tabak angelegt. Es gab sogar eine Baumwollfarm, allerdings außerhalb des Dorfgebietes. Hier arbeiteten nur ganz zuverlässige Lepröse, kräftige Männer und Frauen, die noch an Heilung glaubten und deshalb nicht an Flucht dachten. Es war überhaupt erstaunlich, wie sich dieses Dorf in den vergangenen Jahren entwickelt hatte. Man heiratete untereinander, es gab eine Kirche, in der alle Religionen ihre Gottesdienste abhielten, die Ehepaare trauten, die Toten beklagten und die Säuglinge tauften.

Auch das gab es, und zur Freude Donu Taikkys in immer größerem Maße: Geburten. Denn jedes neue Kind wurde sofort als neuer Kranker in die Liste eingetragen und erhielt die Staatshilfe. Da niemand in Rangun die Meldungen aus Nongkai nachrechnete und die Buchführung Taikkys geradezu verwirrend war, und da aus allen Gegenden des Landes die Leprakranken nach Nongkai geschafft wurden und das Zahlenspiel mit Neuzugängen und Toten immer artistischer wurde, verwandelte sich Taikky in einen wohlhabenden Mann.

Die telegrafische Nachricht aus Rangun, daß ein neuer Arzt aus Europa in Nongkai eintreffen werde, löste deshalb bei Taikky und Dr. Karipuri einiges Nachdenken aus. Die Kranken, bei denen sich die Nachricht schnell herumsprach, zündeten ein großes Feuer auf dem Dorfplatz an und feierten eine Art Dankopfer an alle Götter, die hier friedlich nebeneinander lebten, denn wem die Geschwüre Nasen und Ohren abfressen, dem ist es gleichgültig, ob sein Nachbar Buddhist, Christ oder Mohammedaner ist.

»Wir werden uns den Mann genau ansehen«, sagte Taikky an diesem Abend. Dr. Adripur war schon abgefahren, um Haller in Homalin abzuholen. Er machte einen Umweg zum Baumwollager, um dort drei Kranke mit einem neuen Salbenverband zu behandeln, wollte in einer der Hütten übernachten und am frühen Morgen zum Flugplatz weiterfahren. »Was wissen Sie über ihn, Ratna?«

»Nichts.« Dr. Karipuri, wie Adripur ein Inder, aber in zwei Generationen mit Birmesen vermischt, blätterte in seinen Notizen. Er hatte vergeblich über Funk in Bhamo und dann in Lashio angefragt. Dort wußte man auch nicht mehr, als daß ein Dr. Haller vom Ministerium engagiert sei.

»Er muß ein reiner Idealist sein«, sagte Dr. Karipuri. »Wer kommt sonst nach Nongkai?«

»Ich überlege, wie es weitergehen soll.« Donu Taikky streckte die dicken Beine von sich. Sie saßen auf der offenen Terrasse des Verwaltungsgebäudes, tranken eisgekühlten Whisky und aßen dazu geröstete Maiskolben. Ein Boy, auch ein Lepröser, der vor einem Jahr aus dem Süden gekommen war und dessen Krankheit nicht weiter fortzuschreiten schien, stand an dem Holzgrill und drehte neue Maiskolben über dem Feuer. Für Dr. Karipuri war dieser junge Bursche eine Art Alibi. Wenn irgendwo in Rangun ein eifriger Beamter Zweifel an den Erfolgen der Therapie von Nongkai hegte, schickte das Hospital Fotos und Röntgenbilder dieses Leprösen an das Ministerium für Gesundheit. Nur – man änderte jeweils den Namen und das Alter und fügte jedes halbe Jahr eine Erfolgsstatistik bei. Die nahm sich großartig aus, so daß man in Rangun glaubte, in der Bekämpfung der Lepra die führende Rolle vor allen Staaten der Welt zu spielen.

»Wenn er kein Idiot ist, wird er schnell merken, daß hier nichts stimmt«, sagte Dr. Karipuri.

»Er wäre ein Idiot, wenn er es merkte!« Taikky lächelte listig. »Er ist allein, er ist ein Fremder. Wie sagen die Chinesen? ›Ein Held mit einem Bambusstock ist weniger als eine Biene mit einem Stachel.‹ Wir sollten uns keine Sorgen machen, Ratna. Im schlimmsten Fall bieten wir ihm zehn Prozent.«

»Im schlimmsten Fall altert er hier sehr schnell.« Karipuri zerbröckelte seinen gerösteten Maiskolben. Seine Appetitlosigkeit hatte eingesetzt, als die erste Funkmeldung über Dr. Haller eintraf, und sie steigerte sich, je näher die Stunde kam, in der der neue Arzt eintreffen mußte. »Als Deutscher wird er gründlich sein. Er wird Medikamente anfordern, die wir laut Listen längst hier haben, und Geräte, die als aufgestellt und in Tätigkeit gemeldet sind. Hier liegt die Gefahr!«

»Er ist Ihr Stationsarzt. Sie sind sein Chef, Ratna! Sie können ihn arbeiten lassen, bis er auf dem Bauch kriecht.«

»Aber ich kann ihn nicht blind machen ...«

»Warum nicht? Welch eine Idee, Ratna.« Taikky hob anerkennend sein Glas. »In Ihnen steckt doch ein Genie. Wie ist es in diesem Land mit der infektiösen Augenkrankheit? Na? Wen wird es wundern, wenn ein ausländischer Arzt von dieser Infektion befallen wird?« Taikky trank einen Schluck und seufzte zufrieden. »Einigen wir uns dahin, Ratna – sieht er zuviel, wird er blind. Spricht er zuviel, wird er stumm.«

»Es wäre einfacher, wenn er sich im Dschungel verliefe.«

»Warten wir ab! Was ist, wenn er ein Auge der Regierung ist? Daß man so gar nichts über ihn weiß, macht mich nachdenklich. Plötzlich ist er da. Als ob man eine Schublade aufzieht, und eine Schlange springt einem entgegen. Wir sollten vorsichtig sein.«

Während im Verwaltungsgebäude über das Schicksal Dr. Hallers bereits Pläne gemacht wurden, rüstete sich das Dorf zum Empfang des neuen Arztes.

Streng nach demokratischen Richtlinien aufgebaut, hatte Nongkai eine Art Selbstverwaltung, einen Bürgermeister, einen Ältestenrat, eine Polizeitruppe, ein Volksgericht und eine wahlberechtigte Vollversammlung. Bürgermeister war der sechzigjährige Hano Minbya, ein kleiner, krummbeiniger Mann, dem die Lepra die Nase zerstört hatte und der eine schwarze Klappe an einem Gummiband um das Gesicht trug. Die Klappe verdeckte das Loch, wo einmal die Nase gesessen hatte.

Hano Minbya war einer der ältesten Leprösen von Nongkai, und als nach dem Verlust der Nase nichts mehr an ihm abfaulte, glaubte er schon, er sei gerettet. Man entließ ihn auch, aber nach zwei Jahren kam er wieder, zeigte seinen linken kleinen Finger, an dem sich warzige, rötlich-schwarze Knoten gebildet hatten, und sagte:

»Es geht wieder los. Ich weiß, daß ich hier sterben werde. Laßt mich hier. Ich habe meine Familie mitgebracht – sie will mich nicht mehr allein lassen.«

So zogen mit Hano Minbya auch seine Frau Sitra und seine Tochter Siri in das Lepradorf. Sie bauten ein festes Haus aus dicken Stämmen. Die Dorfversammlung wählte Minbya zum Bürgermeister, denn wer Nongkai so liebt, daß er Frau und Kind mitbringt, ist ein guter Mensch, auch wenn man ihn nicht versteht.

Siri, das Mädchen, wuchs heran. Niemand begriff, wie aus den Lenden des alten, krummen Hano und dem Schoß der völlig verhutzelten Sitra eine solche Schönheit herauskommen konnte. Siri war groß und schlank, mit langen, geraden Beinen, spitzen Brüsten und glänzenden schwarzen Haaren, in die sie sich einwickeln konnte wie in einen Mantel. Ihre großen schwarzbraunen Augen beherrschten das schmale feine Gesicht.

Jeder, auch Minbya selbst, sah ein, daß es unverzeihlich war, Siri im Dorf der Leprösen zu behalten. Immer wieder flehte ihr Vater sie an, Nongkai zu verlassen und unter die Menschen zu gehen. Der Ältestenrat beschloß eine Sammlung. Es kam so viel Geld zusammen, daß Siri in die Stadt hätte ziehen können, um dort etwas zu lernen. Aber sie sagte immer nur: »Ich bleibe bei euch. Warum wollt ihr mich wegtreiben? Ich bin nicht der einzige gesunde Mensch in Nongkai. Wenn wir nun alle weggingen ...«

Es war nichts zu machen. »Man müßte sie schon betäuben und wegschaffen«, sagte Minbya. »Aber wie ein Hund käme sie wieder zurück! Meine Freunde, ich habe mich an das Leid gewöhnt, ich ertrage auch das! Was soll ich tun?«

Als Siri neunzehn Jahre alt wurde, hatte sie bei den Ärzten einen Kursus in Krankenpflege absolviert und bekam zum Geburtstag als Ehrengabe ein Schwesternhäubchen, eine weiße Schürze, einen Mundschutz, Gummihandschuhe und ein weißes Leinenkleid. Doktor Karipuri stellte sie offiziell als Pflegerin an. Donu Taikky meldete sie nach Rangun, setzte ein höheres Gehalt ein, als er auszahlte, und verdiente nun auch an Siri jeden Monat ein paar Kyat*.

»Ist sie nicht ein Engel?« rief Minbya immer wieder und zu jedem, der nach Siri fragte. »Ich sage euch – wenn die Sonne plötzlich nicht mehr schiene, sie würde sie uns ersetzen! O Gott, ich danke dir!«

Es war nach langer Zeit wieder eine Gelegenheit, sich daran zu erinnern, daß man getauft war und eigentlich nicht Hano, sondern Johannes hieß. Aber das war in Nongkai unwichtig.

An diesem Morgen nun war das Dorf mit Girlanden geschmückt. Sie hingen über der Hauptstraße, vor den Eingängen, von den Dächern: Girlanden aus wilden, stark duftenden Dschungelblumen, einem efeuartigen Schlinggewächs, Lianen und Federn bunter Riesenvögel, die man mit Leimruten fing. Man brauchte nur die Federn – das Fleisch war bitter und faulig wie das Dschungelwasser, von dem die Vögel tranken. Die Arbeitskolonnen waren nicht ausgerückt. Im Bürgermeisterhaus tagte der Große Rat. Selbst im Hospitalgebäude, wo die hoffnungslosen Fälle isoliert lagen und auf das gnädige Sterben

---

*Birmesische Währung. 1 Kyat = 0,84 DM.

warteten, breitete sich so etwas wie Hoffnung aus. Ein neuer Arzt kommt! Ein Arzt, der mehr kann als alle anderen? Natürlich kann er mehr als alle anderen! Käme er sonst zu uns? Aus Deutschland nach Nongkai! Das allein beweist doch, wie berühmt er ist! Er wird uns heilen, alle – auch die; die bereits verfaulen, die nicht mehr gehen können, denen die Finger und Zehen abfallen! Ein Wunder wird über Nongkai kommen!

»Ich werde ihn fragen, ob er an Gott glaubt!« sagte Minbya in der Ältestenversammlung. »Glaubt er an Gott, werden wir in der Kirche einen gemeinsamen Gottesdienst veranstalten. Hand in Hand, denn wir sind alle Brüder in unserer Krankheit!«

Die Alten nickten. Es war das Selbstverständlichste von der Welt, sich einig zu sein. In dieser Hinsicht war Nongkai fast ein Paradies, so makaber es auch klingt, aber wo sonst in der Welt ist solche Einigkeit der Menschen und der Religionen?

»Wir empfangen ihn am Eingang des Dorfes«, sagte ein Mann, der sich auf zwei Krücken stützte. Seine Füße waren dick umwickelt, aber dennoch roch man die widerliche Süße des faulenden Fleisches. »Wir stellen uns alle auf, auf beiden Seiten, und dann soll er durch unsere Gasse hindurchgehen, und die Frauen werden ihn mit Blumen bewerfen.«

»Die Brüder und Schwestern im Hospital wollen ihn auch sehen!« rief jemand aus dem Hintergrund. »Sollen wir sie mit den Betten auf die Straße tragen?«

»Unmöglich!« Minbya hob beide Hände. Sie waren verkrümmt wie Vogelkrallen und mit dicken Knoten überzogen. »Alles, was wir tun, ist gegen den Willen von Dr. Karipuri. Er hat angeordnet: ein Tag wie jeder andere.«

»Er hat Angst!« schrie der Mann auf den Krücken. »Da kommt einer, der mehr kann als er! Brüder und Schwestern! Was ist bisher für uns getan worden? Seht eure Körper an! Aber jetzt wird es anders werden, ganz anders!«

Um zwölf Uhr, nach dem Mittagessen, quollen die Kranken aus den Hütten und marschierten zu dem großen Palisadentor des Dorfes. Die Frauen behängten sich mit Blumenketten und trugen selbstgeflochtene Körbe mit Blüten auf die Straße. Auf die breite Veranda des Hospitals rollten die Pfleger die Schwerkranken in ihren Betten. Unter den Pflegern war auch

Siri mit gestärkter Schürze und steifem Häubchen. Nur die Sterbenden ließen sie zurück, aber sie stießen die Fenster auf, damit auch sie noch den Jubel hören konnten, die Begrüßung der Hoffnung, die für sie zu spät kam.

»Sie sind verrückt geworden«, sagte Dr. Karipuri auf der Terrasse des Verwaltungsgebäudes. »Total verrückt. Sehen Sie sich das an, Taikky.«

»Bin ich blind?« Der dicke Direktor fächelte sich mit einem großen Bambusfächer Luft über das gerötete Gesicht. »Warum regen Sie sich auf, Ratna? Etwas Besseres kann Ihnen und mir nicht passieren. Die Kranken werden den deutschen Arzt so mit ihrem Wunderglauben überrollen, daß er keine Sekunde Zeit haben wird, sich um andere Dinge zu kümmern als um Geschwüre. Lassen Sie allem seinen Lauf. Nichts ist gefährlicher als eine enttäuschte Masse Mensch! Je lauter die jetzt jubeln, um so tiefer werden sie ihn eines Tages verachten.« Er sah auf seine goldene Armbanduhr. »Wann könnte er hier sein?«

»In einer halben Stunde.« Dr. Karipuri zeigte auf die Menschengasse, die sich gebildet hatte. Vom Haus des Großen Rates gingen die Ältesten die Straße hinunter, schwankend, an Stöcken, sich gegenseitig stützend. Ein gespenstisches Bild. »Sie bereiten ihm einen Triumphzug ...«

»Sie werden ihn erschrecken, weiter nichts.« Taikky griff in die Tasche seines Anzuges aus weißer Thaiseide. »Endlich habe ich Nachricht aus Lashio. Von einem guten Bekannten in der Verwaltung. Dr. Haller hat keine Ahnung von Lepra. Er ist Chirurg. Das große Wunder findet also nicht statt. Sein triumphaler Einzug in Nongkai ist bereits sein Untergang ...«

Auf der Straße wurden Blumen gestreut, die letzten Betten rollten auf die Veranda des Hospitals. Siri und die Pfleger gingen von Bett zu Bett, schoben Holzklötze unter die Köpfe der Kranken, damit sie auf die Straße blicken konnten. Vom Dach der Kirche blies jemand auf einem ausgehöhlten Kürbis; ein dumpfer, aber weithin hallender Ton. Es war der Küster der christlichen Gemeinde, und der Kürbis ersetzte seit Jahren die Glocke. Die Reihen der Kranken formierten sich, ein Spalier schrecklichsten Elends.

»Er kommt«, sagte Dr. Karipuri. »Wenn der Küster ihn sieht, ist Dr. Haller in fünf Minuten hier. Gehen wir ihm entgegen?«

»Warum?« Donu Taikky setzte sich ächzend in den breiten Rohrstuhl. »Wo gibt's denn das, daß der Chef einem kleinen Angestellten entgegenläuft wie die Braut ihrem Bräutigam? Es genügt, wenn er nachher meinen Whisky saufen wird ...«

Dr. Haller zuckte zusammen, als Sabu Adripur plötzlich bremste. »Sind Sie verrückt?« schrie er. »Wollen Sie mir die Fresse mit Glas spicken?!«

»Sie haben geschlafen, Kollege. Eine halbe Flasche Gin auf einen Zug. Sie sind wohl nicht mehr im Training?« Der junge Arzt zeigte nach vorn. Die Straße wurde etwas breiter und endete vor einer Mauer aus Holz. »Nongkai ...«

»Wo?« Dr. Haller schüttelte sich und wischte sich mit beiden Händen über das Gesicht. »Wie lange sind wir gefahren?«

»Drei Stunden.«

»Und wie viele habe ich davon geschlafen?«

»Gute zweieinhalb.«

»War ich richtig besoffen? Seien Sie nicht zu höflich zu mir, junger Kollege. Bei mir gibt es zwei Arten von Besoffenheit: die stille, da schnarche ich wie zehn Boxerhunde. Und die laute. Da singe ich. Es muß schaurig sein. Na, wie war ich?«

»Sie haben geschnarcht.« Adripur stellte sich in dem kleinen Geländewagen auf. Von ganz fern wehte ein dumpfer, hohler Ton herüber. Selbst Haller, der mit einem Schluckauf kämpfte, hörte ihn.

»Die Glocke der christlichen Gemeinde«, sagte Adripur. »Ein ausgehöhlter Kürbis, in den der Küster hineinpustet.«

Dr. Haller starrte hinüber zu der hohen Palisade. Das große Doppeltor war aufgeschwungen. Wieder der dumpfe Ton, langgezogen und klagend. »Was soll das?« fragte Dr. Haller.

»Ihretwegen. Nongkai erwartet Sie wie seinen Retter.«

»Man sollte die Leute so schnell wie möglich aufklären. Dann sind sie später nicht so enttäuscht.«

»Das überlasse ich Ihnen, Dr. Haller. Zunächst wird die Woge des Glaubens über Ihnen zusammenschlagen.«

Dr. Haller griff in die rechte Tasche und holte die zweite Ginflasche heraus. Bevor er sie an den Mund setzen konnte, hielt Adripur seinen Arm fest. »Bitte, jetzt nicht!«

»Vielleicht mache ich einen besseren Eindruck, wenn ich ein paar Schluck intus habe. Wie sehe ich denn jetzt aus? Wie ein zerknittertes Handtuch?«

»Denken Sie darüber nach, was Sie den Kranken da drüben bedeuten, Dr. Haller.« Dr. Adripur ließ den Motor wieder an. Der dumpfe Ton aus dem ausgehöhlten Kürbis schwoll ihnen entgegen. Der Küster auf dem Dach der Kirche legte seine ganze Lungenkraft hinein. »Sie können sich noch immer in die Ecke rollen. Aber erst müssen Sie alles gesehen haben.«

»Das war deutlich. Adripur, Sie sind mir sympathisch.« Haller steckte die Ginflasche weg. »Los, fahren Sie das letzte Stück in die Hölle.«

Kurz vor der hohen Palisade nahm Adripur die Geschwindigkeit zurück und ließ den Wagen durch das Tor rollen. Dann bremste er abrupt und holte tief Luft.

Vor ihnen öffnete sich die Menschengasse der Leprösen. Blumengirlanden wurden hochgehoben. Die festgestampfte Erde war mit Blüten übersät. Der Rat der Dorfältesten, an der Spitze Bürgermeister Hano Minbya, schritt würdevoll dem Wagen entgegen.

Alle hatten ihre besten Kleider angezogen. Minbya sogar ein Hemd mit Kragen und Schlips, was ihn als Oberhaupt kenntlich machte.

Erstarrt saß Dr. Haller hinter der Frontscheibe und rührte sich nicht. Das ist eine Vision aus Dantes »Inferno«, dachte er. Ein Triumphzug verfaulender Menschen.

Dr. Adripur sprang aus dem Wagen. Als Haller sich noch immer nicht rührte, stieß er ihn leicht mit der Faust an. »Wir sind da.« Seine Stimme klang völlig fremd. Auch ihn erschlug diese Manifestation verzweifelter Gläubigkeit.

Dr. Haller stemmte sich aus dem Sitz. Mit steifen Beinen stieg er aus und blieb neben dem Wagen stehen, als suche er Schutz. Aus der Gasse der Kranken wurde jetzt ein Blumenspalier. Sieben junge Mädchen – gesunde Nachkommen von leprösen Eltern – brachten breite Blütenketten und warteten, daß der deutsche Arzt ihnen entgegenkam. Bürgermeister Minbya verbeugte sich tief. »Wir begrüßen Sie, Doktor«, sagte er in seinem merkwürdigen asiatischen Englisch. »Ganz Nongkai ist gekommen, um Ihnen zu zeigen, daß es Sie liebt.«

Dr. Haller tastete an seine rechte Rocktasche. Jetzt trinken, dachte er. Die Flasche leersaugen bis zum letzten Tropfen. Und dann umfallen und nichts mehr hören und sehen. Er blickte in die zerstörten Gesichter dieser lautlos mit Blumen und Girlanden winkenden lebenden Toten.

»Sagen Sie etwas«, flüsterte Dr. Adripur hinter ihm. »Irgend etwas. Nur ein paar Worte. So etwas hat es in Nongkai noch nicht gegeben.«

»Guten Tag!« sagte Dr. Haller heiser. Das ist blöd, dachte er. Etwas Idiotischeres konnte man nicht sagen. Aber ich möchte den sehen, dem jetzt etwas anderes einfällt. »Ich verspreche, euch zu helfen«, fuhr Haller fort und starrte dem Bürgermeister Minbya in das zerstörte Gesicht mit der großen Nasenklappe. »Ich – ich bleibe bei euch.«

Langsam setzte er sich dann in Bewegung, durchschritt die Gasse der stummen, ihn scheu mit ihren Blumengebinden anrührenden Leprösen und wurde durch diese Gasse zum Hospital gelenkt, wo die Schwerkranken in ihren Betten auf der Veranda lagen. Dr. Adripur tastete nach Hallers Hand.

»Begreifen Sie nun, was Sie sind?« fragte er leise.

»Ja und nein. Ich glaube, keiner – weder die in Rangun noch Sie – weiß wirklich, was ich bin. Bringen wir es auf einen Nenner: ein Stück Dreck.«

»Mit Alkohol im Leib.«

»Ohne Alkohol bin ich eine absolute Null!«

»Immer schon?«

Haller sah Adripur mit zusammengepreßten Lippen an. »Vor acht Jahren hatte ich ein Landhaus an der Ostsee, eine Segeljacht, einen Luxuswagen, eine Liste von Geliebten, die ich monatlich abhakte wie ein Pascha seine Haremsdamen. Ich war ein Modearzt, aber ich war auch einer der ersten, der ein künstliches Aortastück aus Teflon einsetzte und eine neue Methode der Seit-an-Seit-Anastomose bei einer Gastroenterostomie entwickelte. Welch ein Wunder, ich kann mich noch daran erinnern!«

Er schüttelte Adripurs Hand ab und betrat die Veranda. Die Kranken mit ihren hölzernen Kopfstützen lächelten ihn an. Siebzehn Fratzen, die kaum noch etwas Menschliches an sich hatten.

Dr. Haller ging von Bett zu Bett und nickte. »Jetzt bin ich da«, sagte er zu jedem. »Ich will dir helfen – jetzt bin ich da – ich will dir helfen!«

Zwischen Bett zehn und elf blieb er stehen und sah erstaunt das Mädchen in der weißen, gestärkten Schürze an. Dr. Adripur, hinter ihm, beugte sich über Hallers Schulter vor.

»Das ist Siri.«

Haller blickte in die großen schwarzbraunen Augen des Mädchens. Der schöngeschwungene Mund lächelte ihn an, das schmale Gesicht zwischen den langen Haaren, auf denen wie eine Krone das Häubchen saß, blieb unbeweglich, wie aus braunem Jade geformt. Aber dieses Gesicht sprach mit den Augen, und in diesen Augen lag alles, was ein Mensch empfinden kann, wenn Bewunderung und Glück, Hoffnung und jenes rätselhafte Gefühl von plötzlicher Zugehörigkeit von ihm völlig Besitz nehmen.

»Ist man wahnsinnig, solch ein Mädchen hierzulassen?« fragte Dr. Haller.

»Sie ist die Tochter des Dorfältesten.«

»Des Mannes ohne Nase?«

»Ja. Sie ist ausgebildete Pflegerin. Sie lebt seit ihrem zehnten Jahr in Nongkai.«

Dr. Haller streckte seine Hand hin. Siri zögerte, aber dann beugte sie sich plötzlich vor und küßte sie. Mit einem Ruck zog Haller die Hand zurück. »Laß den Blödsinn!« sagte er rauh. Er wollte weitergehen, machte einen Schritt vorwärts, kam aber plötzlich zurück und umfaßte Siris Kopf mit beiden Händen. »Du bist hübsch«, sagte er.

Eine Welle von Sympathie durchzog ihn, und das war etwas so Seltenes, daß er nach innen lauschte, als könne dort jemand zu ihm sprechen: Sieh sie dir an, du versoffener Hund. Da steht ein schöner Mensch. Ein reiner Mensch. So jung und voller Hoffnung warst du auch einmal, und was ist aus dir geworden? Laß sie in Ruhe, du Halunke! Sie ist zu schade für dich.

»Wie spät ist es jetzt?« fragte Dr. Haller.

»Gleich zwei Uhr mittags.«

»Um drei ist die erste Visite. Ich bitte, mir die wichtigsten Fälle vorzustellen.« Er drehte sich um und blickte in Adripurs strahlende Augen. »Glotzen Sie nicht wie ein Kalb, Sabu! Solche Anwandlungen gehen bei mir schnell vorbei.« Er ließ Siris Kopf los und wandte sich abrupt weg. Er hatte das unterdrückte innere Zittern in ihrem Körper bemerkt, und auch ihn durchrann es wie ein prickelnder elektrischer Strom, er spürte ihn bis in die Zehenspitzen und bis unter die Kopfhaut.

Er ging die Betten ab, blickte sich dann um, weil er Siri noch einmal sehen wollte. Aber sie war in den Saal zurückgegangen und saß am Bett eines Kranken. Er sah es durch das Fenster, hatte große Lust, umzukehren und sich neben sie zu setzen. Aber Dr. Adripur zog ihn weiter.

»Wir müssen jetzt hinüber zur Verwaltung«, sagte Adripur. »Chefarzt Dr. Karipuri und Direktor Taikky erwarten uns dort.« Er zögerte und fragte dann fast ängstlich: »Wie gefällt Ihnen Nongkai?«

»Kommt es darauf an?« entgegnete Dr. Haller.

»Ja. Ich kenne Ihren Vertrag nicht. Aber bisher hat kein Arzt das Ende seines Vertrages abgewartet.«

»Da kann ich Sie beruhigen, Adripur. Ich warte schon lange auf mein Ende. Vielleicht ist das hier die richtige Endstation. Vorhin, auf dem Flugplatz, wollte ich noch mit Gewalt weg. Jetzt, glaube ich, werde ich hierbleiben.«

Er blickte noch einmal durch das offene Fenster auf Siri, wandte sich dann ab und ging die Straße hinunter zum Verwaltungsgebäude. Die Leprösen standen noch immer als lebende Gasse vom Hospital bis zur Verwaltung und klatschten in die Hände, als sie Dr. Haller sahen.

Bürgermeister Minbya hatte die Zwischenzeit benutzt und sich mit dem Ältestenrat besprochen. Er stellte sich Dr. Haller in den Weg und verbeugte sich tief. »Dürfen wir Sie einladen?« fragte er demütig. »Wir haben zehn Hühner geschlachtet und einen großen Kessel mit Reis gekocht. Meine Frau Sitra hat uns aus Getreide und Reis einen Schnaps gebrannt.«

»Das hört sich vorzüglich an!« Dr. Haller lachte und drehte sich zu Adripur um. »Die brennen hier selbst ihren Sprit?«

»Wer kann diesen Menschen noch etwas verbieten?«

»Ich glaube', hier werde ich heimisch.« Dr. Haller legte Minbya die Hand auf die Schulter. »Ich komme, Väterchen. Und wenn dein Schnaps gut ist, werde ich Stammgast. Wann soll's losgehen?«

»Wenn der Mond in der Mitte des Dorfes steht.«

»Eine präzise Zeit. Eine gute Zeit. Bei Mond ist mein Durst phänomenal!« Er klopfte Minbya auf die Schulter und ging weiter.

Nachdenklich sah ihm der Alte nach. »Was hat er gesagt?« fragte ein Mann, der zwischen seinen Krücken hing. Auch die anderen Dorfräte bedrängten Minbya.

»Er kommt.« Minbya strich sich mit den knotigen Fingern über den Kopf. »Ich glaube, er ist ein unglücklicher Mensch. Wir müssen auf ihn aufpassen ...«

Dr. Karipuri und Donu Taikky begrüßten Dr. Haller wie einen guten Freund, schüttelten ihm die Hand, stellten die typischen dummen Fragen: »Wie war die Fahrt?« – »Haben Sie Durst?« – »Wie fühlen Sie sich im Dschungel?« Aber trotz aller Herzlichkeit war eine Wand zwischen ihnen, unsichtbar, aber fest wie Panzerglas.

Der Boy brachte kalten Braten und Obst, eisgekühlten Fruchtsaft und eine halbgeleerte Flasche Kognak.

»Die Kranken sehen aus, als seien sie hier, um in aller Gemütlichkeit vor sich hin zu faulen«, sagte Haller. »Ich habe um drei Uhr eine Visite angesetzt, um mir ein erstes Bild zu machen.«

Dr. Karipuri blickte in sein Saftglas und vermied es, Taikky anzusehen. »Um etwas klarzustellen, Dr. Haller«, sagte er ruhig. »Sie sind nach Nongkai gekommen, um mich zu entlasten. Aber Sie sind nicht hier, um in den ersten zwei Stunden eine alte Ordnung umzustoßen. Visiten setze ich an, Therapien verordne ich. Haben Sie noch Fragen?«

»Ja. Ist das alles an Kognak, was Sie hier haben?«

»Aber nein!« Taikky sprang auf. Es war erstaunlich, wie beweglich seine Masse Fett war. »Sie werden in Alkohol baden können, wenn Sie wollen.«

»Das ist eine Spezialität von mir.« Dr. Haller streckte die Beine weit von sich. Er dachte an Siris große dunkle Augen und hoffte, sie nachher beim Reisessen zu sehen. »Kennen Sie Fanasil?« fragte er.

»Eine neue Brandysorte?« fragte Karipuri anzüglich zurück.

»Ein Lepramittel. Ein Langzeitsulfonamid. Bei der tuberkuloiden Form der Lepra eine fast hundertprozentige Heilung, bei der lepromatösen Form bis zu neunzig Prozent Heilung. Mit bloßem Windzufächeln kann man keine Lepra besiegen. Ich werde Fanasil einführen.«

Dr. Karipuri schwieg. Donu Taikky goß die Kognakgläser voll, als habe er nichts gehört.

Der Kampf hatte begonnen.

Alle Männer des Dorfes waren vor Minbyas Hütte versammelt und warteten auf Dr. Haller. Die Frauen blieben in den Hütten, denn wenn Männer zusammensitzen, haben sie nichts in diesem Kreis zu suchen. Sie hatten vorher aus dicken Bambusstangen ein Gestell errichtet und es mit Ästen und dicken fleischigen Blättern bedeckt. Unter diesem großen Vordach saßen die Männer in einem weiten Halbkreis auf niedrigen Holzscheiben. In der Mitte brodelte der Kessel mit dem Reis, die Hühner waren auf eiserne Stangen gespießt und wurden über kleinen Feuern gedreht, in birnenförmigen Krügen duftete stark der aus Reis und Mais gebrannte Schnaps.

Minbya war nach der ersten Freude und der Begrüßung am Eingang des Dorfes sehr nachdenklich geworden. Er sprach mit niemandem darüber, und es wäre auch falsch gewesen, zu sagen: »Freunde, jubelt nicht so laut. Wartet ab! Seht ihn euch doch genauer an, diesen Arzt aus Deutschland. Das ist kein Mann, der gegen Karipuri oder den fetten Taikky anrennen kann. Er ist ein müder Mensch, er verkriecht sich hier wie ein Tier, das unbeobachtet sterben will. Er ist eher ein Bruder im Leid als ein Arzt, der uns alle retten kann. Wartet es ab! Wir bleiben die Verlorenen, um die sich keiner kümmert ...«

Keiner hätte ihn verstanden. Man hätte ihn einen alten Idioten genannt. Wenn er sich umblickte, krampfte sich ihm das Herz zusammen. Da saßen sie alle in ihren Sonntagskleidern, die aufgebrochenen Geschwüre umwickelt, in sich den rätselhaften Tod, der sie langsam auffraß.

Für sie alle war der deutsche Arzt eine neue Hoffnung, an die man sich klammern konnte.

Es war schon dunkel und weit über die Zeit, als Dr. Haller im Dorf erschien. Er kam allein. Dr. Adripur hatte zu ihm gesagt: »Das ist jetzt Ihr Dorf, Kollege. Sie haben von Dr. Karipuri gehört, wie er sich Ihre Tätigkeit hier vorstellt. Ich bin zu jung und unwichtig, um dagegen aufzumucken – aber Sie sind eine Kämpfernatur, Sie sind daran gewöhnt, um sich zu schlagen. Sie werden sich nichts gefallen lassen. Deshalb werden Sie auch allein dastehen!«

Dr. Haller hatte den jungen Inder nachdenklich angesehen und dann gesagt:

»Zu zweit sind wir stärker, Sabu.«

»Mich kann man hier wegjagen, Sie nicht.«

»Sie haben einen Vertrag mit Rangun.«

»Wenn Taikky und Karipuri gemeinsam gegen mich Front machen, sitzt in Rangun kein Beamter, der die Wahrheit ergründet. Wie auch? Sich selbst überzeugen? Nach Nongkai fliegen, in ein Lepradorf? Dafür wird kein Beamter bezahlt, um sich infizieren zu lassen.«

»Diese panische Angst vor der Lepraansteckung ist doch Blödsinn!«

»Das wissen *wir*. Aber gerade Taikky streut diese Furcht aus, um hier wie ein absoluter König herrschen zu können. Wissen Sie, daß man alle Schreiben, die aus Nongkai in Lashio ankommen, erst durch einen Sterilisator jagt, ehe man sie nach Rangun weiterleitet? So wahnsinnig ist die Angst vor Ansteckung.« Dr. Adripur lächelte schief. Sein schönes, aber asketisch schmales Jungengesicht wurde noch länger. »In solcher Situation genügt es, wenn Taikky meldet: Dr. Adripur ist ein Rindvieh, der hier im Dschungel nur Schaden anrichtet. Mit dem nächsten Flugzeug, das von Homalin abfliegt, würde ich weggeschafft werden. Aber bei Ihnen wird man das nicht wagen.«

»Glauben Sie? Ich bin da nicht so sicher.« Dr. Haller blickte hinüber zu den großen Feuern, die auf dem Dorfplatz loderten.

»Karipuri weiß jetzt, warum ich hier in Nongkai bin. Glauben Sie, die beiden Gauner hätten, nachdem ich über den kläglichen Rest Kognak gelästert hatte, aus purer Freundlichkeit eine Batterie Whisky auf den Tisch gestellt? Das war ein Test.«

»Ich weiß. Und Sie haben ihn bestanden!« Adripur steckte sich eine Zigarette an. Seine Hände zitterten leicht. Haller beobachtete ihn. Armer Junge, dachte er. So gut er es kann, kneift er den Arsch zusammen, aber er weiß genau, daß man ihn hier verheizt. Doch er hält aus, er entert nicht das nächste Flugzeug, um zurück zu den Menschen zu flüchten, wie seine Kollegen vor ihm. Er hat noch so etwas wie ein ärztliches Ethos, ein medizinisches Gewissen, ein Idealbild seines Berufes. Und das in einem Dorf der lebenden Toten!

»Sie haben nur zehn Whiskys getrunken«, sagte Adripur. »Und Sie haben es gut durchgestanden.«

»Um Platz zu lassen für den Schnaps dieses Minbya. Mein Junge ...« Haller legte den Arm um Adripurs Schulter. Sie waren fast gleich groß, aber gegen den schlanken Inder wirkte Haller massig. »Sie hoffen, daß ich kämpfe?«

»Ja.«

»Das wäre ein Kampf gegen Korruption, Unfähigkeit, Vorurteile und Gleichgültigkeit. Ein Vierfrontenkrieg! Sabu, das trauen Sie mir noch zu?«

»Ich hoffe es – sagen wir es so, Dr. Haller. Gehen Sie durch Nongkai, blicken Sie in die Hütten, reden Sie mit den Kranken und Gesunden – wenn Sie dann noch sagen: ›Ich tue nichts, ich werde nur noch saufen!‹ – dann – dann wird das Elend hier eben weitergehen.«

Dr. Haller steckte die Hände in die Hosentaschen, zog den Kopf zwischen die Schultern und ging langsam die leere Straße hinunter zum Dorfplatz und zu den lodernden Feuern. Er folgte dem Geruch der gebratenen Hühner. Über ihm stand der Mond wie in einer kitschigen Theaterkulisse.

Vor dem dunklen Hospital blieb er stehen und starrte auf die Fensterreihe. Ein Pfleger rekelte sich draußen auf der Veranda in einem Korbsessel. Der Nachtdienst. Immerhin, so etwas gibt es hier doch, dachte Haller sarkastisch. Etwas vom Klinikbetrieb ist geblieben: der weiße Kittel, die gestärkte

Schwesternhaube, die Pinkelflasche, der sich langweilende Nachtdienst.

Er trat bis an die Stufen zur Veranda und hustete. Der Pfleger streckte die Beine von sich und sah Doktor Haller dumm an.

»Nichts Neues?« fragte Haller und ging die vier Treppenstufen hinauf. Er blieb vor dem Pfleger stehen und nahm die Hände aus den Taschen.

»No, Doc!« Der Mann grinste und faltete die Hände über dem Bauch.

»Das ist ein Irrtum«, sagte Dr. Haller ruhig. »Es gibt doch etwas Neues. Wenn ein Arzt mit dir redet, stehst du auf! Das ist neu! Los, probieren wir es!«

Er griff blitzschnell zu, packte den Grinsenden vorn am Hemd und riß ihn aus dem Korbsessel.

Der Pfleger starrte ihn aus haßerfüllten Augen an. Aber er blieb stehen. »Sehr gut!« Haller lachte. »Sonst noch etwas Neues?«

»No, Doc!« Der Pfleger stand nach vorn gekrümmt, mit hängenden Armen. Er blickte über Dr. Haller hinweg in den Nachthimmel.

»Ich weiß, daß du mich jetzt bis aufs Blut haßt«, sagte Dr. Haller. »Es werden mich noch mehr hassen lernen. Mir macht's nichts aus. Setz dich. Morgen üben wir weiter. Wie heißt du?«

»Pala ...« Der Pfleger schloß halb die Augen. Seine breite Brust hob und senkte sich wie nach einem schnellen Lauf. »Pala, Doc.«

»Wir werden gut zusammenarbeiten, Pala.«

»Ja, Doc.«

»Wo ist Siri?«

»Bei ihren Eltern, Doc.«

»Paß gut auf die Kranken auf, Pala«, sagte er und ging langsam die vier Stufen hinunter. »Schlaf nicht.«

»Nein, Doc.«

Dr. Haller ging weiter ins Dorf, ohne sich noch einmal umzusehen. Pala war an das Geländer der Veranda getreten und starrte dem Arzt nach. Sein Gesicht war eine steinerne Maske, aber die Augen verrieten seine Gefühle. Ein Weißer hatte ihn angerührt, und er hatte reagiert wie ein Sklave.

Er beugte sich vor und schien zu überlegen, was mit dem Arzt geschehen sollte. Ihm schien etwas einzufallen. Er setzte sich wieder in den Sessel und streckte die Beine von sich. Hinter ihm, jenseits der offenen Fenster mit den Moskitodrähten, atmeten röchelnd die Schwerkranken. Der Dschungel hat seine eigenen Gesetze.

Minbya erhob sich von seinem Hocker und kam Dr. Haller ein paar Schritte entgegen. Es war eine gespenstische Situation: die Feuer, die gebratenen Hühner auf den Eisenstangen, der große Reiskessel, der Halbkreis der Männer, verunstaltete, verzerrte, verknotete, aufgebrochene Gesichter, gekrümmte Gestalten, dick verbundene Gliedmaßen. Eine Höllenvision, über der ein seltsamer Frieden lag, eine ergreifende Heiterkeit des Erduldens.

»Wir freuen uns«, sagte Minbya.

Dr. Haller ging zu dem ersten großen Krug, schnupperte, tauchte den Zeigefinger in den Selbstgebrannten Schnaps und leckte ihn ab. Das Gesöff schmeckte gut.

»Wo ist Siri?«

Minbya überhörte die Frage. In der Gesellschaft der Männer fragt man nicht nach einer Frau. Er ging Haller voraus nach einem Stuhl, der wie ein Thron unter dem hohen Vordach stand, und stellte sich dahinter.

»Ich muß mit Siri sprechen«, sagte Dr. Haller starrköpfig. »Mir ist es gleichgültig, ob sich das schickt. Ich möchte sie sehen.«

Er setzte sich auf den Stuhl, blickte über die Schar der kranken Männer. Die Angst packte ihn wieder, er steckte die Hände in die Taschen, weil er wußte, daß sie unruhig wurden, und zwang sich, jetzt nicht daran zu denken, daß er nur deshalb in Nongkai war, weil die Welt für einen Mann wie ihn keinen Platz mehr hatte – bis auf dieses Lepradorf im Dschungel, das niemand mehr zu dieser Welt rechnete.

Zwei Männer brachten Dr. Haller einen großen Holzteller mit einem halben Huhn, einem Haufen Reis, gekochten, nach

Salbei duftenden Blättern als Gemüse und einer Schale mit einer wasserhellen Soße. Er kannte sie: Es war die schärfste Soße, die ein Mensch herstellen kann. Ein paar Tropfen über den Reis, und der Hals brennt, als sei er mit Schwefelsäure eingepinselt. Ein anderer Mann brachte einen großen Holzbecher mit Schnaps. Haller griff sofort danach, roch an dem Getränk und kostete davon. Schon als es nur im Gaumen lag, brannte es höllisch, und als er es hinuntergeschluckt hatte, dachte er: Wenn ich jetzt ausatme, speie ich Feuer. Aber das ging schnell vorbei, er fühlte sich erstaunlich klar.

»Das ist gut, Minbya«, sagte er. »Gottverdammt, ist das gut! Das sollte man exportieren! Damit löst man auf einfache Weise das Alkoholikerproblem. In kürzester Zeit haben sich alle totgesoffen!« Er griff nach dem großen Holzteller, setzte ihn auf seinen Knien ab und griff mit beiden Händen in den Reis. Geschickt formte er Kügelchen aus ihm, tauchte sie schnell in die Tunke und schob sie in den Mund. Er wußte nicht, ob man hier auch so aß. Er hatte diese Art in Nordafrika gelernt, aber man schien in Nongkai sehr höflich und anpassungsfähig zu sein, denn nach kurzem Zögern taten es ihm alle Männer gleich, griffen in den Reis, rollten Kügelchen und schoben sie in den Mund.

Das Huhn war stark gewürzt, das Gemüse brannte im Gaumen nach, der Reis mit der Teufelssoße ließ keine andere Wahl, als diese Massierung von Feuer im Mund mit großen Schlukken aus dem Becher zu bekämpfen. Deutlich spürte Haller, wie das Gefühl der Schwerelosigkeit über ihn kam, das er so liebte.

Um ihn herum schmatzten die Leprösen, stopften sich mit Reis voll, hingen an den Schnapsbechern, zerrissen die gebratenen Hühner und schlangen das dampfende Fleisch in sich hinein. Jemand begann zu singen, heiser, abgehackt – und die Oberkörper der Männer begannen wie Rohr im Wind sich zu wiegen, immer hin und her, ein Pendeln von Köpfen, denen Ohren und Nasen fehlten, ein Schwanken von Gesichtern, übersät mit dicken Knoten, ein lautloser Wellengang in weiße oder blaue Tücher gehüllter Körper ... hin und her ..., und der flackernde Feuerschein übersprühte sie und ließ ihre Schatten an den Hüttenwänden tanzen, riesengroß.

Minbya goß immer wieder Hallers Becher voll. Die »stille Trunkenheit« war längst vorüber.

»Jungs!« schrie Haller und warf den Holzteller von seinen Knien. Dann sprang er auf, schwankte, stützte sich auf Minbya, der kaum etwas getrunken hatte, und versuchte zu gehen. Das mißlang kläglich, er fiel auf den Stuhl zurück und starrte mit gläsernen Augen in die Runde. »Jungs! Ich gehöre zu euch!«

Die Männer lagen auf der Erde und sangen. Zwei Alte prügelten sich mit Bambusstecken, der Mann mit den Krücken humpelte um das große Feuer und jaulte wie ein getretener Hund. Ein paarmal schrie Minbya in die Menge, dann nahm er einen langen Stock und hieb zwischen die Betrunkenen. Zwischendurch mußte er Dr. Haller festhalten, der immer wieder aufsprang, unartikulierte Laute brüllte, hell zu jodeln begann und dann mit leeren Augen stumpfsinnig in sich zusammensank und auf dem Stuhl hing wie ein hingeworfenes Kleiderbündel.

Nach drei Stunden verebbte der Lärm. Die Männer lagen mit offenen Mäulern auf der Erde, ohnmächtig von dem höllischen Schnaps, erlöst von ihren Qualen und dem schaurigen Anblick des Nachbarn. Nur Dr. Haller saß noch, winkte mit beiden Händen nach einem neuen Becher und blickte Minbya, der vor ihm stand und sich nicht rührte, schwer atmend an.

»Bring mir einen ganzen Krug«, sagte er mit erstaunlich klarer Stimme. »Einen ganzen Krug, verstehst du?!«

Er wollte aufspringen, aber Minbya drückte ihn auf den Stuhl zurück. Haller, im Freiheitsdrang des Betrunkenen, wollte sich wehren, aber dann sah er ein, daß jetzt der kleine, lepröse, nasenlose Mann stärker war als er.

»Warum bist du gekommen, Doktor?« fragte Minbya ernst.

»Eine gute Frage! Aber ich kann sie dir nicht beantworten. Ich bin eben da!«

»Nicht um uns zu helfen?«

»Gott bewahre, nein! Wer hilft mir?«

»Wir alle, Doktor.«

»Du Trottel!« Dr. Haller warf den Kopf nach hinten. Der Mond schwamm hinter Wolkenstreifen, aus dem nahen Dschungel schrie ein Tier. Nachtvögel flatterten kreischend durch das Dorf. Ein kleines schwarzes Schwein, das aus seinem Stall ausgebrochen war, schwabbelte über die Dorfstraße, rannte verängstigt über den Platz, trampelte über die betrunkenen, besinnungslosen Männer, umkreiste das niederbrennende Feuer und verschwand zwischen den Hütten in der Dunkelheit.

»Das ist es!« schrie Dr. Haller und zeigte mit beiden Armen auf das Schwein. »Halt sie fest! Das ist meine Seele! Minbya, hol sie ein. Ich bin ein Schwein – ein Schwein ...«

»Ohne Sie sterben wir hier alle«, sagte Minbya langsam. »Doktor, du mußt uns helfen! Du darfst uns jetzt nicht verraten. Wir werden von der Krankheit und von Taikky aufgefressen, niemand hört uns dort unten in Lashio oder in Rangun. Vierunddreißigmal sind welche von uns ausgebrochen, um die Wahrheit über Nongkai zu berichten. Man hat sie alle eingefangen wie die wilden Tiere und in Käfigen zu uns zurückgebracht. Und dann hat Taikky sie erschlagen, mit der Peitsche erschlagen, und wir alle mußten zusehen.«

»Warum jagt ihr ihn nicht weg?« Haller schloß die Augen. Der Zustand absoluter Leere überkam ihn. Er kannte das. Der Körper ist nur noch Hohlraum, weiter nichts. Das Hirn stellt seine Tätigkeit ein. Die grauen Zellen schrumpfen zusammen, paralysieren.

»Wegjagen? Womit denn? Mit unseren Händen?« Minbya stützte Dr. Haller. Er fiel nach vorn und umklammerte die Hüften des Bürgermeisters. »Und was kommt dann? Militär, das uns zusammenschießt.«

»Ein guter, schneller Tod für euch.«

»Aber wir wollen leben, Doktor!«

»... sagte die Maus, als die Katze sie ableckte. Minbya, du alter Kerl, was soll ich hier tun? Was kann ich tun?«

Dr. Haller holte tief Luft. Die Leere in ihm breitete sich aus bis in die Zehenspitzen und unter die Hirnschale.

Er sank nach vorn, Minbya konnte ihn nicht mehr halten. Dr. Haller rollte auf die Erde, streckte sich mit einem Grunzen und verlor die Besinnung.

Hinter einer Hütte kam Dr. Adripur hervor. Wortlos faßte er Haller unter die Arme, Minbya nahm die Beine, und so trugen sie ihn weg.

»Von Dr. Haller sind keine Revolutionen zu erwarten«, sagte wenig später Donu Taikky auf der Terrasse seines Hauses. Er goß Fruchtsaft in hohe Gläser und schob Dr. Karipuri einen Silberteller mit kaltem Huhn zu. Sie waren von ihrem Späherposten zurückgekehrt, wo sie geduldig ausgeharrt hatten, bis Minbya und Adripur den besinnungslosen Deutschen wegtrugen. »Aber unser junger Kollege scheint ihn mit viel Überredungskünsten ermuntern zu wollen.«

»Ich werde Adripur so schnell wie möglich nach Rangun zurückschicken. Es genügt eine Bescheinigung über seine Unfähigkeit.« Dr. Karipuri trank durstig den Fruchtsaft, einen Cocktail aus verschiedenen Wildfrüchten des Dschungels, süßlich-herb und dickflüssig. »Mit Haller wird es einfach werden. Muckt er auf, stellen Sie ihm zwei Flaschen Whisky hin. Vor die Wahl gestellt, gegen uns zu sein oder zu saufen, wird er immer das Saufen wählen. In spätestens einem Jahr hat er sich selbst geschafft.« Er griff zu dem kalten Geflügel und riß einen Hühnerschenkel auseinander. »Es ändert sich wirklich nichts in Nongkai. Sie haben recht behalten, Taikky.«

Haller erwachte, weil etwas Kaltes über sein Gesicht lief. Als er entdeckte, daß es Wasser war, war er glücklich. Ich denke wieder, sagte er sich. Die leere Hülle füllt sich mit Mensch auf. Dann zuckte er hoch und umklammerte seinen Kopf. Ein Schwall Wasser überflutete seinen Oberkörper.

Er lag nackt auf einem Lager aus Brettern, über die man Decken gebreitet hatte. Über ihm fügten sich Holzstangen zu einem Runddach zusammen, das mit mehreren Blätterschichten gedeckt war. Sonst war der Raum leer, auch die aus Bambusrohren geflochtenen Wände waren kahl. Neben dem hölzernen Lager saß Siri, einen Kübel mit Wasser zwischen den gespreizten Beinen und ein nasses Handtuch in den Händen. Sie wrang es gerade aus, als Dr. Haller den Kopf hob, und warf es ihm über Stirn und Augen.

Haller ließ sich zurückfallen. Sein Schädel dröhnte, jetzt begann auch der widerliche Brand im Hals, die Sehnsucht nach neuem Alkohol und das schmerzhafte Klopfen und Stechen in den Schläfen. Daß er völlig nackt vor Siri lag, machte ihm nichts aus, und auch als er ihre vom Wasser kalten Hände auf seinem Leib spürte, massierend mit drehenden Bewegungen, vom Hals über die Brust zum Leib bis hinunter zu den Schenkeln, war ihm das nur wie ein kühler Strom, der nichts als eine Gänsehaut hervorrief.

»Laß das, Siri«, murmelte er.

»Es wird alles aus dir heraustreiben, Herr.« Ihre helle Stimme war energisch und selbstsicher. Ihre kalten Finger streichelten unentwegt weiter.

»Wie lange arbeitest du schon an mir?«

»Ich weiß es nicht.«

»Es ist eine sinnlose Arbeit, Siri.«

»In einer Stunde haben wir Visite, Herr.«

Dr. Haller richtete sich auf, nahm das Handtuch von seiner Stirn und legte es über seinen Unterleib. Siri steckte die Hände ins kalte Wasser, zog sie wieder heraus, ließ sie abtropfen und legte sie dann mit gespreizten Fingern über Hallers Brust. Er fühlte, wie die Kühle ihn völlig durchdrang und erstaunlich belebte. Es war aber nicht das kalte Wasser allein. Denn sich nach einer Orgie von Alkohol kalt zu duschen – das hatte er längst aufgegeben, weil sein Körper auch darauf nicht mehr reagierte. Es waren Siris lange, schmale, leicht kreisende Finger, die einen unerklärlichen Strom durch seinen matten Körper schickten und ihn mit geheimnisvoller Energie füllten.

»Visite!« Dr. Haller lehnte sich gegen die geflochtene Bambuswand. »Wie stellt ihr euch das vor?«

»Die Kranken warten auf dich, Herr. Seit dem Aufgang der Sonne wäscht Pala jeden im Hospital.«

»Wer ist Pala?«

»Ein guter Pfleger, Herr. Und der Mann, der dich vielleicht töten wird.«

»Und das am frühen Morgen ohne Frühstück mit Ei und Joghurt!« Dr. Haller schob die Beine auf die Erde und hielt Siris massierende Hände fest. Ihre großen, das Gesicht beherrschenden dunklen Augen sahen ihn fast feindlich an. »Gib mir einen von euren verdammten Schnäpsen.«

»Nein, Herr!« sagte sie hart.

»Dann hol' ich mir einen, mein schönes Mädchen.«

»Du wirst keinen Tropfen finden. Mein Vater hat in der Nacht alle Vorräte vernichtet und das Brennen verboten.«

»Welch eine Welt! Da ist ein Pala, der mich unbedingt töten will, und ein Vater, der Schnaps vernichtet. Und eine Tochter, die ich gestern vermißt habe.« Er hielt Siris Hände fest, aber sie entriß sie ihm mit einem Ruck und tauchte sie in den Wasserkübel.

»Warum bist du so, Herr?« fragte sie.

Haller wischte sich mit dem Handtuch über sein Gesicht und den Kopf und legte es dann wieder über seine Blöße. Langsam begann er mit seinen Nerven zu rechnen. Siri saß vor ihm mit bloßem Oberkörper, nur einen buntbedruckten Baumwollstoff um die Hüften geschlungen. Ihre schönen spitzen Brüste drängten sich zwischen den angelegten Armen hervor und überwanden auch den Vorhang ihrer langen Haare.

»Verdammt, steh auf und zieh dich an«, sagte Haller heiser. »Wer hat mir übrigens aus dem Anzug geholfen?«

»Dr. Adripur und ich.« Sie machte eine Kopfbewegung, die Haare fielen dichter nach vorn und bedeckten jetzt ihre Brüste bis auf die braunroten Knospen. Dr. Haller blickte nach oben an die Hüttendecke.

»Mädchen, hau ab!« sagte er grob. »Wo ist Adripur?«

»Auf der Außenstelle. Er behandelt die Feldarbeiter.«

»Und warum bist du nicht im Hospital?«

»Ich habe die ganze Nacht neben dir gewacht, Herr.«

»Du hast neben mir gelegen?«

»Ja, Herr.«

»Wo bin ich überhaupt?«

»In einer Hütte der Reinen. Hier schlafe ich.«

Dr. Haller kroch von seinem hölzernen Lager, richtete sich auf, hielt sich an der Bambuswand fest und atmete erst einmal tief durch, um den Alkoholdunst aus seiner Lunge zu blasen. Dann drehte er sich zu Siri um. Sie saß noch immer auf dem Boden, den Wasserkübel zwischen den gespreizten Beinen, und sah zu ihm hoch.

»Ich hätte mich nicht so besoffen, wenn du gestern gekommen wärst«, sagte Haller. »Wo sind meine Sachen?«

»Vor der Hütte an einem Pfahl, ich hole sie gleich.«

»Wenn ich darum bitten darf.«

Er wartete, aber Siri blieb sitzen. Ihre großen Augen musterten ihn ungeniert, so daß er wieder nach dem Handtuch griff und es der Länge nach vor sich hielt. Ich bin ein saublöder Hund, dachte er dabei. Ein Benehmen wie die Jungfrau hinterm Schlüsselloch. Aber diese Augen sind von einer geradezu gemeinen Naivität. Wer kann das aushalten?

Er knurrte etwas vor sich hin, ging hinaus, holte seine Kleidung, kehrte in die Hütte zurück und begann sich anzuziehen. Als er die Hose zuknöpfte, kam er sich wesentlich wohler vor. Er fuhr sich mit den gespreizten Fingern durch die Haare und lehnte sich dann wieder gegen die Hüttenwand.

»Warum bist du nicht gekommen?« fragte er.

»Gestern war der Abend der Männer, Herr.«

»Auf einen Abend mit dir hatte ich mich gefreut.«

Siri stand auf, hob den Wasserkübel auf ihre linke Schulter und warf mit einer Kopfbewegung die Haare zurück. Ihre nackten Brüste spannten sich dabei noch mehr. Sie war sich ihrer Schönheit bewußt, aber es war kein Kokettieren mit ihrem Körper, sie empfand es wohl als das Natürlichste von der Welt, das Geschenk der Natur wie ein Kleid zu. tragen.

»Es ist verdammt schwer, alt und zerstört zu sein«, sagte Haller leise. »Ich kann dich verstehen, Siri. Die Welt wimmelt von jungen Burschen. Ich bin nur ein trauriger Clown.«

»Was ist ein Clown, Herr?« Siri neigte etwas den Kopf, als lausche sie angestrengt auf einen unbekannten Ton.

»Tja, was ist das? Sieh mich an, Siri. Wenn ich mir einbilden würde, ein Mann zu sein, *noch* ein Mann zu sein, der ein junges, schönes Mädchen wie dich in den Arm nehmen kann, ohne daß diesem Mädchen Schauer des Ekels über den hübschen blanken Rücken laufen, und der sich dann benimmt wie ein balzendes Vogelmännchen und nicht merkt, daß alle Welt über ihn lacht und ihn gleichzeitig bedauert, dann ist das so etwas wie ein Clown. Aber manchmal ist es schön, ein Clown zu sein, man drängt sich zu dieser Rolle, man will sie spielen auf Teufel komm heraus. Man badet sich regelrecht in der Lächerlichkeit, weil es die letzte große selige Illusion ist vor dem völligen Zusammenbruch.«

Er trat vor sie hin, nahm ihr Gesicht zwischen seine Hände; in ihre großen, fast schwarzen Augen sprang Erschrecken und eine zitternde Erwartung, sie wollte den Kopf wegziehen, aber er hielt ihn fest umklammert, zog ihn zu sich heran und küßte die vollen Lippen, die vor ihm aufbrachen wie eine Blüte, die die Schalen der Knospe sprengt.

Siris Lippen waren kühl, aber sie waren pulsierendes, schwellendes Leben, sie waren der Eingang zu einer wahnsinnigen Seligkeit, die nicht länger dauern würde als dieser Kuß. Er wußte das, und er umspannte Siris schmalen Kopf mit den Händen wie mit Klammern und sog diesen Duft nach Orangen, nach Jugend und Hingebung in sich ein.

Sie blieb stehen mit geschlossenen Augen, kerzengerade, den Wasserkübel auf der linken Schulter festhaltend. Die Brüste schwangen etwas, als er von ihr zurücktrat, befreit von dem Druck seiner Brust.

Siri öffnete die Augen. Es war, als erwache sie aus einer hypnotischen Starrheit. Ein langer, dunkler Blick streifte Dr. Haller, dann machte sie eine Drehung aus der Schulter und schüttete mit einem Schwung das Wasser aus dem Kübel über ihn. Lautlos, ein Schatten, huschte sie aus der Hütte.

Dr. Haller blieb bewegungslos stehen und ließ das Wasser an sich hinablaufen. Der perfekte Clown, mit Wasser übergossen, lächerlich bis zum Erbarmen, den Jammer der ganzen Welt in sich, eine Figur aus Blödheit und Sehnsucht.

Es darf gelacht werden.

Er nahm das Handtuch, wischte sich das Gesicht trocken und verließ die Hütte. Langsam ging er die Dorfstraße hinunter zum Hospital.

Nongkai schien ausgestorben zu sein. Die Häuser standen leer, die Türen waren offen, nur die Hunde und Katzen, die zahmen Schweine, Hühnervölker und Gänse vollführten einen lauten Spektakel. Kein menschlicher Laut.

Als er dem Hospital auf Sichtweite näher kam, löste sich das Rätsel: Ganz Nongkai, die Kranken und auch die Gesunden, standen als dichte dunkle Masse vor dem weißen Gebäude und warteten.

Warteten auf *ihren* Arzt.

Dr. Haller wischte sich noch einmal über das Gesicht. Von den nassen Haaren lief das Wasser rundherum den Kopf herab, aus dem Anzug floß eine nasse Spur über die Straße.

Durch die Gasse der Leute von Nongkai rannte er die Treppen hinauf zum Hospital.

Dr. Karipuri und Direktor Taikky warteten im Arztzimmer. Haller hatte um 10 Uhr die Visite angesetzt, Pala hatte die Kranken gewaschen, drei Mädchen hatten die Zimmer und Gänge geputzt, alles glänzte vor Sauberkeit. Selbst die ältesten Einwohner von Nongkai konnten sich nicht erinnern, jemals solch eine Ordnung gesehen zu haben, auch nicht zu Zeiten der frommen Schwestern vom Orden »Zum sanften Blut«. Nun wartete alles auf Dr. Haller, der mit dem einzigen Satz »Morgen um zehn ist Visite!« bereits eine Revolution begonnen hatte. Taikky hatte es entsetzt festgestellt, als er mit dem Chefarzt in das Hospital kam: Die Schwerkranken lagen wie Puppen in ihren Betten. Mit frischer Wäsche und in sauberen Hemden.

»Sie haben einfach das Magazin aufgebrochen«, flüsterte Taikky Dr. Karipuri zu. »Ich werde nach der idiotischen Visite eine Untersuchung führen und den Schuldigen auspeitschen lassen!«

»Warten Sie ab, Taikky. Denken Sie an die Nacht. Haller wird heute morgen seinen letzten Kredit bei den Kranken verlieren.«

Was sie dann sahen, übertraf ihre kühnsten Erwartungen. Ins Zimmer kam ein Mann, dem das Wasser aus dem Anzug lief und dessen Haare wie ein weißlicher Schwamm aussahen.

»Fangen wir an?« fragte Dr. Haller. Karipuri starrte ihn ungläubig an.

»In diesem Aufzug?« fragte er gedehnt.

»Warum nicht? Mißfällt Ihnen was an mir?«

»Sie triefen ja vor Nässe ...«

»Ach so, das?« Dr. Haller grinste. »Das gehört zu meinem Image, Herr Kollege. Die einen hängen sich ein Stethoskop um den Hals, die anderen schnallen sich einen Stirnreflektor um, es gibt Kollegen, die klappern mit einem Stapel von Holzspateln in der Tasche herum wie ein Zuchthauswärter mit den Schlüsseln – ich lege mich vor einer Visite immer ins Wasser und lasse mich vollsaugen wie ein Kamel. Chacun a son goût ... Können wir anfangen?«

Dr. Karipuri nickte verwirrt. Während Dr. Haller einen weißen Kittel über seinen tropfenden Anzug streifte, flüsterte Karipuri dem scheinbar unbeeindruckten Taikky zu: »Er hat sein Hirn bereits zerstört. Das ist eine unbezahlbare Ausgangsposition für alle zu erwartenden Unglücksfälle. Wie lange können Sie Haller in Ihren Büchern führen?«

»Bis zur nächsten Kontrollkommission.« Taikky lächelte breit. »Wenn wir melden, daß die Lepra trotz aller Bemühungen in ein epidemisches Stadium getreten ist und Nongkai absolutes Sperrgebiet sein muß, kommt nie ein Beamter aus Rangun hierhin.«

»Fünfzig zu fünfzig?« sagte Karipuri schnell.

Taikky nickte.

»In diesem Fall – ja.«

Als Dr. Haller aus der Garderobenecke zurückkam und seinen weißen Kittel zuknöpfte, war er für Karipuri und Taikky bereits ein toter Mann. Selbst sein Gehalt war schon verteilt.

»Bevor ich mir die Kranken ansehe, will ich erst die Apotheke inspizieren«, sagte Dr. Haller. »Es ist noch kein Leprakranker durch Fingerlutschen gesund geworden.«

»Bitte, Herr Kollege.« Dr. Karipuri lächelte maliziös. »Ich führe Sie gern. Niemand soll sagen, wir hätten Ihr Informationsbedürfnis nicht gestillt.«

Er ging voraus. Ihm schien es, als gebe er Dr. Haller bereits das letzte Geleit.

Es blieb nicht mehr viel Zeit zum Abschied. Mit knapper Not hatten sie den Flughafen erreicht, nachdem sie in eine Verkehrsstockung geraten und nur noch schrittweise vorangekommen waren. In drei Reihen schoben sich die Autoschlangen vorwärts, eine stinkende Blechlawine, die sich über die Stadt ergoß und sie zerdrückte. Peter, der im ersten Taxi saß, blickte ungeduldig auf die Uhr und tippte den Fahrer an.

»Um 10 Uhr fliegt die Maschine ...«

»Aber ich kann nicht fliegen.« Sie steckten wieder eingekeilt in der Autolawine und warteten, bis die Ampeln wieder auf Grün sprangen. »Das ist die blödeste Zeit, um nach der Uhr zu fahren«, sagte der Taxichauffeur. »Geschäftsbeginn, langer Samstag, da sind Sie schneller zu Fuß. Oder Sie hätten eine Stunde früher losziehen müssen!«

»Wenn wir die Maschine nicht kriegen, sitzen wir fest bis Dienstag.«

»Meine Schuld?« Der Fahrer lehnte sich gemütlich zurück. »Schreiben Sie nach Bonn ans Ministerium.«

»Taxis sollten Blaulicht und Martinshorn haben.«

»Das gäbe ein Geheule!« Der Fahrer grinste. »Wo fliegen Sie denn hin?«

»Ich nicht. Unsere Kollegin im nächsten Taxi. Nach Neu-Delhi und von dort nach Rangun ...«

»Was ist 'n das?«

»Hauptstadt von Birma ...«

»Sind Sie Journalist?«

»Nee, Entwicklungshelfer. Krankenpflegedienst vor allem ...«

Der Taxifahrer schielte zu dem jungen Mann und schob die Unterlippe vor. Die Ampel sprang auf Grün, die Blechschlange kroch langsam weiter.

»Und das gefällt Ihnen?«

»Warum nicht?«

»Für'n Appel un 'n Ei in der Wildnis irgendwelchen Urmenschen zeigen, daß man sich mit Papier den Hintern abputzen kann?«

»Vor zweitausend Jahren machten unsere Vorfahren auch noch in die Büsche. Man vergißt das immer, wenn man in einem gekachelten Lokus mit Duftabsorber sitzt.« Peter Pattmann, ein junger, großer Mann mit blondem Kinnbart und dichten Haaren, beugte sich nach hinten und sah durch die Rückscheibe. Das Taxi mit Bettina und den drei anderen Freunden folgte dicht auf, dahinter schob sich der dritte Wagen heran. Endlich hatten sie die grüne Welle erwischt. »Schaffen wir es noch?«

»Daß Sie's so eilig haben, ans Ende der Welt zu kommen!« Der Taxifahrer bog von der Hauptstraße ab in eine Querstraße, auf der sich der Morgenverkehr nicht auswirkte. Parallel zur Blechlawine fuhren sie jetzt zügig in Richtung Flughafen, kamen durch die Vororte, dann durch Randsiedlungen mit dörflichem Charakter. Über ihnen brummten bereits die schweren Düsenmaschinen hinweg. »Wenn's so weitergeht, kommt Ihre Kollegin gerade noch mit 'nem Hechtsprung ins Flugzeug«, sagte der Fahrer.

»Das haben wir geübt.« Peter Pattmann winkte nach hinten. Aus dem zweiten Taxi winkte ihm Bettina zu.

Dann wandte er sich wieder an den Chauffeur, der aufs Gas trat und unter Mißachtung der 50-km-Beschränkung durch die stillen Orte raste.

»Kommt da überhaupt was bei raus?« fragte der Fahrer. »Ich meine, da schickt man ein junges Mädchen in die Wildnis, das soll Kultur oder sonst was bringen, und die da drüben wollen das gar nicht, was? Ich weiß das nicht, ist ja möglich. Habe mal davon gelesen, und im Fernsehen haben sie Filme gebracht. Muß eine Knochenarbeit sein, und hinterher bleibt nichts übrig als 'n paar Kinder, die auf deutsch Ringelreihen spielen. Lohnt sich das überhaupt?«

Peter Pattmann nickte. »Stellen Sie sich vor«, sagte er, »Sie seien Taxifahrer in Rangun. Plötzlich knallt es auf einer Kreuzung, Ihr Auto ist im Eimer, und Sie liegen auf der Straße mit einer Milzruptur ...«

»Mit was?« fragte der Taxifahrer mißtrauisch.

»Ihre Milz ist zerrissen. Lenkrad in 'n Bauch ... Bums, ist se hin! Hat man oft.«

»Gibt's denn in diesem Rangun überhaupt Kreuzungen?«

»Mann, das ist eine Großstadt mit fast 800 000 Einwohnern. So groß wie Köln. Aber schöner.«

Der Taxifahrer verzog die Lippen und schwieg. »Ich hab' also keine Milz mehr, gut«, sagte er dann.

»Nicht gut, denn es könnte sein, daß man in Rangun zwar operieren kann, aber nicht über solche Erfahrungen in Unfallchirurgie verfügt wie wir hier. Außerdem ist die medizinische Versorgung der Bevölkerung noch im Aufbau, man braucht gute Ärzte, modernste Geräte, Erfahrungsaustausch. Und deshalb schickt die Entwicklungshilfe Ärzte und Schwestern hin.«

»Und das Fräulein operiert'ne Milz?«

»Nein. Das Fräulein ist examinierte Krankenschwester und hat eine Fachausbildung in Tropenmedizin. Sie hat einen Anstellungsvertrag der birmesischen Regierung und fängt schon in drei Tagen mit der praktischen Arbeit an.«

»In diesem Rangun?«

»Nein. In einem Lepradorf.«

»Pfui Deibel!« Der Fahrer sauste in eine langgezogene Kurve. Von weitem tauchte der Tower auf, die Straße wurde breit, mündete in die große Zufahrt zum Flugplatz und zu den Parkplätzen. Donnernd rauschte über ihnen ein Düsenriese und setzte zur Landung an. Die kleine Kolonne aus drei Taxis bog in den Zubringer ein. »Lepra!« Der Fahrer blickte Peter Pattmann kurz an. »Da läßt man sie ganz allein hin?«

»Fräulein Berndorf ist ein resolutes Mädchen. Außerdem war es ihr Wunsch.«

»Und Sie?«

»Ich fliege in einer Woche nach Malawi.«

»Und die anderen?«

»Nach Uruguay, Sambia, Somalia, Malaysia, Honduras und auf die Seychellen.«

»Verrückt.« Sie hielten vor der Auffahrt des Flughafengebäudes. Der Fahrer sprang aus seinem Wagen und ging auf das zweite Taxi zu. Er war neugierig, Wie ein Mädchen aussieht, das allein und freiwillig in ein Lepradorf fliegt.

Wer Bettina Berndorf zum erstenmal sah, dachte an alles andere, hätte sie aber bestimmt nicht für eine Krankenschwester mit Tropenfachausbildung gehalten. Man hätte sie ohne Bedenken in eine Modeboutique versetzt oder ihr einen künstlerischen Beruf zugetraut. Sie war blond, hochgewachsen, langbeinig, an den richtigen Stellen wohlgerundet und strahlte so viel Gesundheit aus, daß ihr der Oberarzt im Tropenkrankenhaus einmal gesagt hatte: »Es ist unter lauter Kranken geradezu unanständig, wie frisch und munter Sie aussehen.« Sie hatte ein offenes, stets fröhliches Gesicht, aber das täuschte über die Energie hinweg, die in diesem schönen Körper verborgen lag. Im Tropenkrankenhaus erzählte man sich, daß sie 42 Stunden ununterbrochen Dienst gemacht hatte, als sie einmal nach Eppendorf an die

Chirurgie ausgeliehen worden war. Die Stationsärzte und der Oberarzt waren nach diesem Marathondienst nur noch schweißgebadete, am Rande des Zusammenbruchs stehende Nervenbündel gewesen. Nur Bettina Berndorf, als Aushilfs-OP-Schwester ohne Unterbrechung an den Tischen, behielt die Ruhe und reichte die Instrumente an wie in der ersten Stunde.

»Viel Glück, Fräulein«, sagte der Taxifahrer, als Bettina aus dem Wagen kletterte und die jungen Männer sie in ihre Mitte nahmen. Peter Pattmann trug ihre Flugtasche. Das große Gepäck war schon per Luftfracht seit einer Woche nach Birma unterwegs.

»Danke.«

»Lassen Sie sich nicht von 'nem Tiger fressen, Fräulein«, sagte der Fahrer.

Es sollte ein Scherz sein. Wer wußte in diesem Augenblick, daß der kommende Sommer in Nongkai so heiß werden würde, daß die Tiger das Dorf belagerten und sich wenig darum kümmerten, daß ihre Opfer bereits von der Lepra zerfressen waren.

Wie gesagt, die Verabschiedung ging schnell, es blieb keine Zeit für lange Worte, aus den Lautsprechern tönte zum drittenmal die Ansage, daß der Flug LH 17 Neu-Delhi-Rangun startbereit am Flugsteig V stehe, man umarmte sich, sagte: »Mach's gut, Betty! Viel Glück!«, und dann blieb nur noch ein schnelles Winken übrig, bis Bettina Berndorf in dem überdachten Gang zu der wartenden Maschine verschwand.

Peter Pattmann wandte sich nachdenklich ab. Jeder in diesem Freundeskreis wußte, daß er Betty heimlich geliebt hatte, aber es war nie etwas zwischen ihnen gewesen. Jetzt, im Augenblick des Abschieds, der vielleicht ein Abschied für immer war, nannte sich Pattmann einen Idioten. Genausogut, wie Betty nach Rangun flog, hätten sie auch gemeinsam als Brautpaar oder gar Ehepaar nach Malawi gehen können.

Diese Chance war nun vorbei. Er trat an das große Fenster, sah, wie die mächtige Düsenmaschine vom Flugsteig wegrollte zur Startbahn, und drückte die Stirn gegen das kalte Glas.

Vielleicht komme ich nach, Betty, dachte er. Ich werde jedenfalls den Antrag stellen. Plötzlich tauche ich dann in diesem Lepradorf auf: »Betty, ich war ein Idiot. Frag mich nicht, warum, ich hatte Hemmungen – aber ich habe dich immer geliebt. Vom ersten Tag an, wo wir nebeneinander im Hörsaal des Tropeninstitutes saßen und über die Erkrankungen durch die Filarien, besonders über den Dracunculus medinensis, diskutierten. Damals hattest du lange Haare, sie leuchteten wie geschmolzenes Gold, wenn die Sonne darauffiel. Ich war verrückt vor Liebe und fraß alles in mich hinein. Betty, ich war wirklich ein Idiot.«

Das Flugzeug donnerte über die Betonbahn, hob ab und stieß in den Morgenhimmel.

Peter Pattmann winkte noch einmal. Die Freunde wußten, was jetzt in ihm vor sich ging.

»Ich komme nach«, sagte Pattmann leise.

Am nächsten Tag, um die Mittagszeit, landete Bettina Berndorfs Maschine in Rangun. Weithin leuchtete das goldene Dach der 170 Meter hohen Schwe-Dagon-Pagode durch den blaßblauen, hitzeflimmernden Himmel.

Eine Stadt wie ein Märchen. Aber zuvor waren sie über die undurchdringlichen Dschungel geflogen, über zugewachsene Bergketten und vom Urwald verschlungene Täler.

Dort unten, irgendwo, weit weg von den Menschen, mußte auch das Lepradorf liegen.

Wie hieß es? Nongkai. Ach ja. Nongkai. Auf den Listen der bekanntesten Leprastationen wurde es nicht geführt. Warum nicht?

Als die Düsenmaschine vor dem Flughafengebäude von Rangun ausrollte, war Bettina Berndorf ehrlich genug, sich zu sagen: Ich habe Angst. Aber keiner soll das merken.

Die Apotheke war in einem schlimmen Zustand. Donu Taikky schwieg, als Dr. Haller die Bestände gemustert hatte und sich erschüttert auf eine leere Kiste im Apothekenlager setzte. Man brauchte ihm nicht aufzuzählen, was alles fehlte. Chefarzt Dr. Karipuri steckte sich lässig eine Zigarette an, als Haller fragte: »Ist das alles?« Als er keine Antwort erhielt, gab er sie sich selbst. »Also so ist das! Ein paar Binden, ein paar sinnlose Sulfosälbchen, ein paar Morphiumampullen – aus! Bevor ich weitergehe durch die Krankensäle und mir die Leprösen ansehe, die draußen Schlange stehen: Hat man wenigstens die tuberkuloiden Lepras von den lepromatösen Formen getrennt? Wie ist die chirurgische Versorgung der Spätstadien?«

Er sah Dr. Karipuri an, aber der blies seinen Zigarettenrauch an die Decke und beobachtete interessiert, wie der große Ventilator mit seinen drei Propellern den Rauch zerschnitt und wegwischte. Donu Taikky stand am Fenster und blickte hinaus auf das vollzählig versammelte Dorf vor dem Hospital. Ein Aufmarsch geschwürigen Elends. Aber es rührte ihn nicht im geringsten.

»Also nichts!« sagte Dr. Haller laut. Er sah sich um. Sein Hals brannte, ein unbändiger Durst quälte ihn. Hätte er eine Flasche mit reinem medizinischem Alkohol entdeckt – er wäre an den Wasserhahn gegangen, hätte den Alkohol mit dem doppelt gefilterten Wasser verdünnt und hätte zunächst seinen Brand gelöscht. Aber nicht einmal reiner Alkohol war in den Schränken, nur eine Batterie Jodextrakt.

»Das ist ein Saustall, meine Herren!«

»Wir leben am Rand der Welt«, sagte Taikky. »Was verlangen Sie? Eine Mayo-Klinik?«

»Ich habe im Ministerium in Rangun die Listen eingesehen: Sie haben seit Jahren Tausende von Kyat für Medikamente, Verpflegung und Instrumente bekommen! Nach der Summe dieser Investitionen müßte Nongkai eine der besteingerichteten Leprastationen der Welt sein!«

»Es ist nichts bis zu uns durchgekommen«, sagte Taikky schlicht. Er warf Karipuri einen Blick zu. Ein unangenehmer Mensch, dieser Deutsche. So versoffen, daß er seine deutsche Gründlichkeit verloren hätte, ist er leider noch nicht.

»Vergessen Sie nicht, Doc Haller, daß wir in Birma leben. Ein geordneter Staat, gewiß. Eine gute, moderne Regierung. Männer, die viel getan haben für unser Land. Eine Politik, die Birma nicht mehr vom Weltgeschehen abkapselt. Aber da sind die unteren Beamten, die Filzläuse der Nation. Die Kerle, die nur ihre Hände aufhalten und es hineinregnen lassen. Wer will sie anklagen, wer will ihnen etwas beweisen? Der Weg von Rangun über Lashio, Bhamo und Homalin bis nach Nongkai ist lang. Was geht da nicht alles verloren! Nicht nur Geld und Medikamente. Auch Menschen.«

Das war eine deutliche Warnung. Die letzte, sagte sich Taikky. Wenn er sie versteht, ist es gut. Dann bricht er seine Visite ab, kommt mit uns einen Whisky trinken und schickt die Kranken nach Hause.

Er wartete. Aber Dr. Haller dachte nicht daran, so schnell zu kapitulieren. Ein potentieller Selbstmörder, dachte Taikky traurig, als Haller weitersprach. Ihm ist nicht zu helfen.

»Was kommt eigentlich bis nach Nongkai?«

Dr. Karipuri grinste breit. »Sie! Und Whisky! Jetzt aber wollen Sie unbedingt Visite machen. Ihre Kranken liegen bereit wie zur Bescherung. Bitte, ich halte Sie nicht. Sie sind mir zwar als mir untergebener Arzt zugeteilt worden, aber ehe ich mit Ihnen in einen Dauerstreit gerate, sollen Sie Ihren Dickkopf durchsetzen. Direktor Taikky schreibt jedes Vierteljahr einen langen Bericht an das Ministerium. Auch er verschwindet auf dem Weg nach Rangun. Statt dessen kommt ein anderer Bericht an: Alles in bester Ordnung! Wer ihn schreibt? Wer weiß es ...?«

Das war gelogen. Haller wußte es, aber er überhörte den Spott und nahm sich vor, sich nicht provozieren zu lassen.

»Dann telefonieren Sie doch!«

»Wir haben nur eine Leitung bis Lashio.«

»Ihr Kurzwellensender ...«

»Unhörbar. Irgend jemand funkt dazwischen und macht alle negativen Meldungen unkenntlich.«

»Das heißt: Wir leben hier in einer völlig abgekapselten Hölle!«

»Wenn Sie das einsehen, Doc Haller, ist viel gewonnen.«

»Ich weigere mich, diese Zustände einfach hinzunehmen.« Haller griff nach der Zigarettenpackung, die Karipuri auf dem Tisch liegen hatte. Taikky beeilte sich, ihm Feuer zu geben. Dabei sahen sie sich für zwei Sekunden in die Augen. Danach wußten sie, daß sie nie zusammenkommen würden. »Was soll ich den Kranken sagen?«

»Nichts. Wer Wunder erwartet, ist schon mit Gesten zufrieden.« Taikky lehnte sich an die weiße Wand. »Amputieren Sie ein paar Gliedmaßen, bestreichen Sie ein paar Knoten mit

Chaulmoograöl, und man wird Sie begeistert den großen Retter nennen. Chaulmoograöl haben wir genug ...«

»Das nutzt bei Lepromen soviel, als wenn man draufpinkelt! Himmel, ich wage gar nicht danach zu fragen, wie das Labor aussieht.«

»Dann vergessen Sie die Frage«, sagte Dr. Karipuri lässig. »Wir haben unsere Augen, die Krankheit zu begutachten. Das genügt.«

»Sie haben nie einen Lepromintest nach Mitsuda gemacht? Keine Einfärbung des Nasen-Septums nach Ziehl-Neelsen?«

»Wozu? Wer hier eingeliefert wird, bringt immer ein klares Krankheitsbild mit.«

»Natürlich«, Dr. Haller nickte matt. »An eine Kontrolle der Heilung haben Sie ja nie gedacht, weil nicht geheilt wird.« Er setzte sich, holte aus dem fast leeren Medikamentenschrank ein Stück Einwickelpapier und zog Dr. Karipuri, der zusammenzuckte, als habe man ihn angegriffen, den Kugelschreiber aus der vorderen Brusttasche.

»Was soll denn das?« fragte Dr. Karipuri unsicher.

»Ich schreibe auf, was ich brauche. Und dann setze ich mich an das Funkgerät und gebe es durch. Ich habe ein wenig Ahnung vom Funken. Als Vierzehnjähriger hat man mich darin ausgebildet. Damals war ich Flakhelfer in Hannover, und wenn die Bombenteppiche die Telefonverbindungen zerstört hatten, saß ich hinter meinem Funkkasten und war die letzte Hoffnung der Armee.« Er grinste Taikky und Doktor Karipuri an, blickte noch einmal in den jämmerlichen Medikamentenschrank und begann dann zu schreiben.

»Ich brauche für die kleinen Läsionen Kohlensäureschnee und Trichloressigsäure. Einen Haufen Vitaminpräparate von B1, B12, D2 und A. Die gesamte Ernährung der Kranken muß kalorien- und vitaminreich werden. Dann führen wir die neuen, vom DDS abgeleiteten Präparate ein, wie sie der 5. Internationale Leprakongreß empfohlen hat: Promin, Diazone, Sulphetrone, PAS, Conteben, Neoteben, Rimifon und SU 1906. Vor allem aber lasse ich das neue Fanasil kommen. Für die verschiedenen Teste Lepromin, Histamin, Pilokarpin.« Er schrieb weiter und übersah, wie sich Dr. Karipuri an die Stirn tippte. Taikky nickte. Ein Verrückter. Man war sich einig.

Dr. Haller blickte hoch. Dr. Karipuri rauchte ruhig seine zweite Zigarette.

»Wo ist das Funkgerät?« fragte Dr. Haller.

»In der Verwaltung natürlich.« Er tippte mit dem ausgestreckten Finger auf Hallers Liste. »Sie glauben wirklich, daß Rangun Ihnen das alles schicken wird?«

»Ja.«

»Ihr Gott erhalte Ihnen diesen Optimismus. Aber bitte, versuchen Sie es. Man wird Ihnen antworten: Wieso das alles? Wozu, bei der bisher gemeldeten hohen Heilquote von Nongkai, dieser Aufwand?«

»Heilquote?« Dr. Haller sprang auf. »Wer hat das gemeldet?«

»Ich«, sagte Taikky zufrieden. »Eine Behörde will Erfolge vorlegen. Wir haben sie ihr geliefert.«

»Das ist Betrug!« sagte Haller fassungslos.

»Ich nenne das Diplomatie.«

»Was so ziemlich das gleiche ist«, fügte Karipuri genußvoll hinzu.

»Und Ihre Toten?«

»Leben auf dem Papier weiter.«

Dr. Haller starrte Taikky und Dr. Karipuri an. Plötzlich verstand er, daß dies hier kein Gespräch mehr war, sondern seine Verurteilung. Er war Mitwisser einer der größten Schurkereien an wehrlosen Kranken geworden. Es gab nur noch eine Alternative: den Kampf! Und den mußte er, allein im Dschungel, verlieren – oder diesen Dreck mitmachen und sich zur Beruhigung seines Gewissens totsaufen.

»Das war deutlich, Karipuri«, sagte Haller gepreßt.

»Das sollte es auch sein, Kollege.« Dr. Karipuri zertrat seine Zigarette auf den blankgescheuerten Dielen. »Wie entscheiden Sie sich?«

»Ich kümmere mich um die Kranken.«

»Das ist eine butterweiche Antwort.«

»Ich kümmere mich so um sie, wie sie es verdienen!«

Dr. Karipuri hob die Schultern und ging wortlos hinaus. Taikky blieb zurück und sah Dr. Haller an wie die Schlange, die das Kaninchen hypnotisiert.

»Man merkt es: Sie sind Deutscher und spielen sich hier völlig sinnlos als Held auf.«

»Ich bin kein Held, Taikky. Ich bin ein ganz mieser Hund. Aber diese bei lebendigem Leib verfaulenden Menschen da draußen vor der Tür machen selbst ein so dreckiges Subjekt wie mich mobil! Ich bin Arzt, Arzt! Begreifen Sie das, Taikky?«

»Nein. Im Dschungel verirrt man sich schnell, Herr Dr. Haller. Überlegen Sie sich alles noch einmal sehr genau. Und wenn Sie's nicht lassen können, kommen Sie rüber und funken Sie Ihre Liste durch. Ich verspreche Ihnen: Sie werden spätestens dann merken, wie tief im Dschungel Sie sind!«

Dr. Haller wartete, bis Taikky und Karipuri die Stufen hinuntergingen und sich durch die Gasse der wartenden Kranken entfernten. Er stand am Fenster und sah ihnen nach. Angst empfand er nicht. Aber wie vermied man es, den beiden Gaunern eine Blöße zu geben? Er trat vom Fenster zurück und las noch einmal seine Liste durch. Hatte das alles wirklich einen Sinn? Wozu dieser plötzliche Aufwand von Charakter und Arbeitswillen? Eigentlich hatte er diese Stelle angenommen, um nicht wie ein birmesischer Bettler am Straßenrand liegen zu müssen. Wenn schon Abfall der Menschheit, dann in einer anständigen – Mülltonne. Das Hospital im Dschungel war ihm als der geeignete Ort erschienen. Stationsdienst, gerade das Nötigste tun und warten, was sein Körper in den nächsten Monaten mit ihm anstellen würde. Wie hatte er ahnen können, was Nongkai wirklich war?!

»Scheiße!« sagte er laut. Die bettelnden gläubigen Augen der draußen wartenden Kranken trieben ihn vom Fenster weg. »Ich hätte in Homalin doch das Flugzeug entführen sollen ...«

Es klopfte an der Tür. Das war so ungewöhnlich und zivilisiert, daß Haller ebenso höflich »Herein!« rief.

Siri kam in die Apotheke, wieder in Schwesterntracht, das gestärkte Häubchen auf den langen schwarzen Haaren.

»Wir warten alle auf dich«, sagte sie.

Haller nickte und faltete die Liste zusammen. Der nasse Anzug klebte auf seinem Körper, auch der weiße Arztkittel war mittlerweile durchgeweicht. »Was macht Pala, der wartende Mörder?«

»Er steht an der Tür zum Krankensaal I.«

»Mit dem Messer in der Hand?«

»Nein, mit den Fieberkurven ...«

»Nicht möglich! Hier wird tatsächlich Fieber gemessen?«

»Seit heute morgen, Herr ...«

»Nenn mich nicht Herr, Siri.« Er blieb vor ihr stehen und schob seine Hände in ihr langes, schwarzes Haar. Ihr Blick ruhte auf ihm, dieser ergebene und hoffende Blick, wie ihn nur eine Frau haben kann, die mit den Augen mehr spricht als mit dem Mund.

»Küß mich, Siri«, sagte Haller rauh. »Verdammt, Mädchen, küß mich. Wenn einer es schafft, mich wieder umzudrehen, bist du es!«

Sie antwortete nicht. Aber sie stellte sich plötzlich auf die nackten Zehenspitzen, schlang die Arme um seinen Hals und küßte ihn. Es war ein Kuß, an dem ihr ganzer Körper beteiligt war. Dann stieß sie sich von Haller ab und rannte hinaus.

Dr. Haller atmete tief durch und sah auf seine alte, verbeulte Armbanduhr.

Zwanzig Minuten nach zehn und noch keinen Tropfen Alkohol getrunken. Das war in den letzten vier Jahren garantiert noch nicht vorgekommen.

Pala, der Krankenpfleger, wartete an der Tür zu Saal I, die Fiebertabellen unter den rechten Arm geklemmt. Als er Dr. Haller sah, nahm er stramme Haltung an wie ein Soldat. Aber sein Blick verriet Haß.

»Nun übertreib es nicht, Pala ...«, sagte Haller gemütlich. »Nicht die Hacken knallen – ich bin Pazifist, und beim Anblick von Uniformen bekomme ich allergische Reaktionen.« Er nahm Pala die Fieberblätter ab und überflog sie. Es war, wie erwartet, erschreckend und deprimierend. Alle stationären Kranken befanden sich in einem geschwürigen Zerfall, das Fieber war hoch, sie kochten gewissermaßen, und bei vielen hatte Pala ein Kreuz mit Rotstift gemalt. Marasmus hieß das. Endstadium. Ein Mensch zerfiel ...

»Na, dann los, Pala«, sagte Dr. Haller. »Glaubst du auch an Wunder?«

»Ja, Doc ...«

»Du bist blöd, mein Junge.«

»Nein. Unser Herrgott sieht uns alle.«

»Donnerwetter! Du bist Christ?«

»Ja, Doc. Ich bin in Nongkai getauft worden.«

»Von den Schwestern?«

»Nein, von dem Prediger Johannes Manoron. Er steht draußen und wartet auf seine Untersuchung. Der Mann mit dem Knotengesicht.«

Haller gab die Fieberblätter zurück. Welch ein Stück Welt, dieses Nongkai, dachte er. Da sammelt man Menschen, um sie verfaulen zu lassen, und ein Prediger ist unter ihnen, der sie missioniert und tauft. Und der ihnen Kraft gibt durch diesen Glauben, das ist am verblüffendsten.

»Manoron sagt, Sie seien ein Engel ...«, sagte Pala.

Die Visite war ein Alptraum.

Pala und Siri schlugen die weißbezogenen Decken zurück, und was Haller sah, ließ selbst ihn schaudern. Breitflächige Lepraherde mit grobknotigen, in Ulzeration befindlichen Geschwüren, Stümpfe nachlässig amputierter Gliedmaßen, deren Eiterung nicht zum Stillstand kam, entstellte Gesichter, aufgetrieben, löwenähnlich – der Mediziner nennt sie Facies leonina –, Haarausfall und Durchblutungsstörungen, Lähmungen und totaler Kräfteverfall.

Er machte sich an einigen Betten die Mühe und untersuchte gründlich. Milz und Leber waren befallen, und wenn er die Möglichkeit gehabt hätte, zu punktieren, hätte er auch die Zerstörung des Knochenmarks festgestellt.

Dr. Haller ging von Bett zu Bett, gab den Todgeweihten die Hand, strich ihnen über die verzerrten, grimassenhaften Gesichter und spürte, wie sie an ihn glaubten, wie sie ihn wirklich für einen Engel hielten, den Gott ihnen gesandt hatte.

Eine Stunde lang wanderte Haller durch das jammernde Elend. Dann saß er erschöpft im Arztzimmer und schloß die Augen. Siri kam mit einem Becher voll Fruchtsaft, und obgleich sich ein Alkoholiker vor allem ekelt, was nicht Alkohol ist, trank Haller den Becher in einem Zug leer und fühlte sich tatsächlich wohler. Pala stand an der Tür und schien auf Instruktionen zu warten.

Was sollte man jetzt sagen? Was konnte man hier noch tun?

»Morgen ist Operationstag«, sagte er müde. »Alles, was schon unterm Messer war, wird nachoperiert. Wer hat bisher assistiert?«

»Dr. Adripur«, sagte Pala.

»Er soll morgen um acht Uhr im OP sein. Siri, du bereitest die Instrumente vor. Pala, du suchst die Kranken aus, die es am nötigsten haben. Du kennst sie alle, ich verlasse mich auf dich.«

»Ja, Doc.«

»Und was jetzt?«

»Die ambulanten Patienten, Doc.«

»Das ganze Dorf?«

»Ja, Doc.«

Es dauerte drei Stunden, bis der Vorbeimarsch der Leprösen beendet war. Sie alle, die an Dr. Haller vorbeizogen, hatten eine Chance, zu überleben, wenn die Medikamente, die er anfordern wollte, auch in Nongkai eintrafen. Sie alle konnten gesund werden, wenn ärztliche Pflege der Krankheit keine Ruhe ließ. Dreißig Milligramm Fanasil am Tag, dachte Haller. Und dann von Monat zu Monat steigern auf täglich hundert Milligramm. Und immer und immer wieder und weiterkämpfen, Jahr um Jahr, bis die Gewebe sich schließen, die Hauterscheinungen verschwinden, die Bazillen zerfallen, die Nervenläsionen anfangen, sich zurückzubilden. Bis die Unglücklichen wieder Menschen sind wie andere auch.

Das alles ist möglich, auch hier im Dschungel von Nongkai. Wenn ein paar Medikamente in die Körper der Kranken kommen statt in die Taschen von Doktor Karipuri und Donu Taikky.

»Ihr schafft es!« sagte Dr. Haller zu den Männern und Frauen, denen er die Hand drückte, und er sagte es auch zu

Minbya, Siris Vater, und zu dem Prediger Johannes Manoron. »Ihr schafft es! Ihr müßt mich nur unterstützen. Ihr müßt mir helfen, ihr alle! Allein bin ich wehrlos. Aber wenn das ganze Dorf hinter mir steht, kriegen wir auch Taikky klein. Ich hole Medikamente heran! In einer Woche wird es hier anders aussehen, das verspreche ich euch!«

»Gott segne dich!« sagte der Prediger Manoron und hob die Hände.

Haller wehrte ab. »Darauf sollten wir uns nicht verlassen! Besser ist eine Leibwache, die ihr mir stellt. Laßt mich nie allein, Tag und Nacht nicht. Das ist wichtiger, als Gott anzurufen.« Er drückte Manorons Hände herunter und hielt sie fest. »Wir müssen uns selbst helfen, mein lieber Prediger Johannes von Nongkai! Die Zeit ist vorbei, wo ein Mann namens Jesus durch Handauflegen heilte.«

»Ich wußte es, Herr.« Minbya griff so schnell nach Hallers Händen, daß er sie nicht mehr zurückziehen konnte, und küßte sie. »Wir alle sind deine Brüder. Du bist unser Leben. Wir werden immer um dich sein!«

Als die letzten gegangen waren, sank Haller nach vorn und vergrub das Gesicht in die Hände. So saß er eine ganze Zeit, am Ende seiner Kraft, aufgewühlt von dem Elend und erdrückt von der Last, die er übernommen hatte.

»Jetzt einen Schnaps«, sagte er in seine Hände hinein. »Einen riesengroßen Schnaps.«

»Trink!« antwortete eine sanfte Stimme.

Er fuhr hoch. Siri stand vor ihm, eine Flasche in der Hand und hielt sie ihm hin.

»Was ist das?« fragte er.

»Whisky.«

»Du bist ein Engel, Siri!«

Er nahm ihr die Flasche aus der Hand, setzte sie an die Lippen und trank, trank und trank.

Um sechzehn Uhr saß er hinter dem Funkgerät im Verwaltungsgebäude und hatte die Verbindung zum Gouverneur von Lashio hergestellt.

Zur Ohnmacht verurteilt, saß Taikky auf einem Ledersofa. Auf der Terrasse lehnte Dr. Karipuri bleich an der Wand.

Zehn kräftige, gesunde junge Burschen, Nachkommen von Leprösen, standen um Dr. Haller herum wie eine lebende Wand. Sie waren mit Bambusspeeren, Äxten, Vorschlaghämmern, Eisenstangen und Pfeilen bewaffnet. Es gibt im Dschungel Pfeilgifte, für die man noch kein Gegengift gefunden hat.

Klar, jedes Wort zweimal wiederholend, gab Doktor Haller seine Medikamentenliste durch. Mehr sagte er nicht. Nichts über die Zustände im Lepradorf, nichts über die Korruption von Taikky und Karipuri, nichts über die Gefahr, in der er ab heute schwebte.

Er glaubte Taikky damit eine große Chance zu geben, sich umzustellen. Aber er irrte. Er wußte nicht, daß man im Dschungel keine Gnade kennt.

Der zuständige Beamte des Gesundheitsministeriums in Rangun empfing Bettina Berndor formvollendet mit einem Handkuß. Er ließ einen großen Obstteller bringen, eisgekühlten Orangensaft und herrliche kandierte Früchte. Dann, nach vielen asiatischen Höflichkeitsfloskeln und Komplimenten, breitete er eine Karte auf dem Tisch aus und legte den Finger auf einen Fleck im Norden des Landes. Bettina erkannte auf den ersten Blick so viel, daß dort im weiten Umkreis kein Name eingezeichnet war, nur ein paar Flußläufe zwischen grünen und bräunlichen Flächen. »Hier«, sagte der freundliche Beamte. »Nongkai!«

»Da leben Menschen?« fragte Bettina ungläubig. Sie beugte sich vor, aber sie konnte auch jetzt keine weitere Eintragung entdecken. Nur ein großer Fluß, westlich der Fingerkuppe des Beamten, war eingezeichnet. Das ist der Chindwin-River, dachte sie. Ich habe die Karte von Birma auswendig gelernt. Aber ich habe immer gedacht, Nongkai liege nahe an einer großen Stadt oder an der Küste. Den Norden habe ich nie beachtet. »Wie kommt man denn dorthin?«

»Nur mit dem Flugzeug. Homalin ist ein Militärflugplatz. Von dort führt eine schmale Straße nach Nongkai. Wenn schon Isolierung, dann richtig. Sie verstehen, Miß Berndorf?«

»Und alles wird mit dem Flugzeug hingebracht?«

»Alles.«

»Auch die neuen Leprafälle?«

»Auch sie. Wir haben dafür besondere Hubschrauber gebaut, die ständig in einer Desinfektionskabine stehen. Wenn wir zwanzig Lepröse gesammelt haben, steigt die Staffel von Lashio auf. Anders geht es nicht. Der Erfolg gibt uns recht. Birma ist das Land mit den relativ wenigsten Leprafällen in Ostasien. Wir tun aber auch alles für die Kranken.« Der Beamte faltete die Karte zusammen. »Der Chefarzt, Dr. Karipuri, gehört zu den besten Lepraärzten der Welt«, sagte er stolz. »Dazu ein Team ausgesuchter Mediziner. Verwaltungsdirektor Donu Taikky ist die Seele von Nongkai. Was er für die Kranken tut, was er an Geldern heranschafft, wie er diesen schwierigen Komplex verwaltet, ist lobenswert. Die Regierung wird ihm zum nächsten Neujahrsfest einen Orden verleihen. Sie sehen, Miß Berndorf«, der Beamte lächelte, »Sie werden mit Leuten zusammen arbeiten, denen die schwere Last der Leprabekämpfung eine Lebensaufgabe geworden ist.«

Es wurde noch viel gesprochen an diesem Tag, ehe Bettina zurück in ihr Hotel fuhr. Sie nahm den Reiseplan mit: In drei Tagen Flug nach Lashio, von dort nach Homalin, wo ein Jeep auf sie wartete.

Auch Dr. Haller hatte diesen Weg genommen.

Ihr großes Gepäck war auch angekommen und lagerte – tropenfest verpackt – im Güterschuppen des Ranguner Flughafens.

An diesem Abend, vor sich die goldene Pagode von Schwe-Dagon, im Blut der untergehenden Sonne, schrieb sie an Peter Pattmann ihre erste Karte:

Mein lieber Peter,

ich war immer ein ehrlicher Mensch, und so will ich auch jetzt nicht mit schönen Worten herumreden. Ja, ich habe Angst. Zu Hause hört sich das alles schön an: Birma! Die Geheimnisse Asiens. Und: Helft den Leprakranken. Rottet die Seuche aus! Die Lepra hat ihre Schrecken verloren. Ach, Peter – weißt Du, wo Nongkai liegt? Oben im Norden, im einsamsten Dschungel. Aber ich kneife nicht! Ich beiße mich durch. Peter, wenn Du jetzt hier sein könntest!

Was wird mich in Nongkai erwarten?

Deine Betty

Sie brachte die Karte hinunter zur Rezeption und blieb so lange stehen, bis der Hotelportier eine Marke auf die Karte geklebt hatte und sie in den Hotelbriefkasten warf.

Es war ihr, als schlage damit eine Tür zu. Als bliebe sie allein zurück, ausgesetzt in eine Einöde, in der selbst das Rufen keinen Klang mehr hatte.

Es gibt Augenblicke im Leben, in denen man spürt, daß in der nächsten Sekunde etwas passiert. Das ist ein oft beobachtetes Phänomen, ein sechster Sinn, vielleicht das Auffangen einer besonders starken Strahlung, denn Menschen sind Sender und Empfänger, elektrische Impulse jagen zwischen ihnen hin und her. Menschen mit einem feinen, auf leiseste Schwingungen ansprechenden Nervensystem spüren das deutlich – andere merken es nie. Das sind die, von denen man sagt, sie hätten »ein dickes Fell«. Aber auch sie kommen gelegentlich in Situationen, in denen sie von unerklärlichen Vorahnungen befallen werden.

Einen solchen Augenblick erlebte Bettina Berndorf, als sie in der Altstadt von Rangun aus einer Fahrrad-Rikscha stieg und das Restaurant »Zum aufblühenden Lotos« des in ganz Rangun berühmten chinesischen Kochs Tu-dong-Fu betreten wollte. Der Chefportier ihres Hotels hatte das Lokal empfohlen, die Rikscha auf der Straße herangewinkt und »einen schönen Abend« gewünscht.

Bettina wollte sich, von einer merkwürdigen Ahnung getrieben, umdrehen, als hinter ihr ein leichter Windzug entstand und eine helle Männerstimme leise sagte: »Gehen Sie weiter, Miß! Weg von der Tür. Schreien Sie nicht. Eine schreiende weiße Frau im Arm eines Birmesen wird hier nicht beachtet. Und ich müßte die Arme um Sie legen.« Die Stimme sprach ein klares Englisch, etwas singend, zu melodisch, aber sonst im besten Oxfordstil. »Gehen Sie nach rechts weiter. Sehen Sie den Wagen dort an der Ecke?«

Bettina nickte. Sie wollte ja sagen, aber es war kein Laut in ihrer Kehle, nur nacktes Entsetzen.

»Es ist mein Wagen, Miß Berndorf. Bitte, bleiben Sie nicht stehen. Haben Sie keine Angst. Es handelt sich nur um eine Unterhaltung. Man hätte sie auch im Hotel führen können. Aber dann wären Schwierigkeiten entstanden, denn man weiß ja nie, wie wir uns einigen werden. So ist es einfacher für beide Teile. Bitte, gehen Sie nicht so schnell. Wir haben Zeit. Und noch einmal: keine Angst, Miß Berndorf.«

Steif, wie eine aufgezogene Laufpuppe, ging Bettina die Straße hinunter zu dem großen schwarzen Wagen an der Ecke. Erst jetzt, nachdem ersten Schreck, fiel ihr ein, daß der Fremde hinter ihr ihren Namen genannt hatte. Sie holte tief Luft und gab sich alle Mühe, den Satz klar zu sprechen.

»Woher kennen Sie mich?«

»Später, Miß Berndorf. Im Wagen unterhalten wir uns.«

Sie erreichten das Auto, einen alten, gewaltigen Buick mit grüngetönten Scheiben und Lederpolstern. Ein Arm griff an Bettina vorbei und öffnete die Tür. Sie stieg ein und warf den Kopf herum. Der Mann, der neben ihr in das Auto sprang, war mittelgroß, trug einen modischen, grobgeflochtenen Strohhut und einen leicht gelblichen Seidenanzug. Er war ein Birmese. Sie sah es im Widerschein der Lichtreklamen. Sehr gepflegt, vielleicht Mitte Dreißig, ein intelligentes Gesicht, das sie höflich anlächelte.

»Was wollen Sie?« fragte sie laut. Vor ihr, durch eine Scheibe getrennt, saß ein Chauffeur in weißer Livree. Der elegante Birmese klopfte mit einem Stöckchen gegen das Fenster, der Chauffeur nickte, und lautlos fuhr der Buick an. Sie rollten an einer großen Parkanlage vorbei und bogen in eine breite Straße ein. Der Wagen nahm schnellere Fahrt auf und brachte sie aus der Stadt hinaus.

»Sie wollen nach Nongkai?« fragte der elegante Birmese, während Bettina aus dem Fenster sah und hoffte, sie kämen an eine Kreuzung, wo ein Polizist den Verkehr regelte. Aber die Kreuzungen waren nicht mehr besetzt, die Polizei hatte um diese Zeit Streife zu fahren – aber nur in der Innenstadt und in dem Gewühl der Hafengassen.

Bettina wandte sich ihrem Begleiter zu: »Wer sind Sie?«

»Das ist eine Frage, die eine ehrliche Antwort ausschließt.« Der Birmese griff in die Tasche und hielt Bettina höflich ein goldenes Etui mit Zigaretten hin. Sie schüttelte den Kopf. Die Übelkeit der Angst würgte sie wieder. »Es sind deutsche Zigaretten.«

»Trotzdem«, sagte sie mühsam, »jetzt nicht.«

»Wer ich bin? Miß Berndorf, ich könnte Ihnen sagen: ein Mann! Das wäre nicht gelogen und wäre auch genug. Aber wir wollen uns unterhalten.« Er steckte sich eine Zigarette an und rauchte. »Sie waren im Ministerium für Gesundheit?«

»Ja.«

»Sie haben mit Mr. Cabosa gesprochen?«

»Ich weiß nicht, wie der Herr hieß. Ich habe den Namen nicht behalten.«

»Es war Cabosa. Ein guter Mensch. Unser Freund im Ministerium liefert nur erstklassige Informationen. Nur wußte er eines nicht: Ist bei Ihrem Gespräch mit Cabosa der Name Donu Taikky gefallen?«

»Ja.« Bettina sah den eleganten Birmesen erstaunt an. Schon wieder dieser Taikky. Im Ministerium will man ihm einen Orden verleihen. Entführt man sie seinetwegen? »Aber ich kenne diesen Taikky nicht!«

»Sie sollen ihn auch nicht kennenlernen. Deshalb fahren wir ein wenig spazieren, Miß Berndorf.« Der Birmese saugte wieder an seiner Zigarette. Sie war kein deutsches Fabrikat, sie roch süßlich, als verdunste ein zartes Parfüm. »Donu Taikky erwartet Sie in drei Tagen in Nongkai. Die Meldung der Regierung ist gestern bei ihm eingetroffen, und er freut sich auf Sie. Noch mehr aber würde er sich freuen, wenn Sie Nongkai nie erreichen würden.«

Bettina überlief es eiskalt. Obwohl das im leichten Plauderton vorgetragen wurde – dahinter lag eine Drohung, die nicht zu überhören war. »Ich habe darauf keinen Einfluß«, sagte sie mit schwerer Zunge. »Ich werde nach Homalin geflogen und dort abgeholt.«

»Man kann nur geflogen werden, wenn man in ein Flugzeug einsteigt. Ist es möglich, daß Sie den Abflug verpassen, daß Sie überhaupt vergessen, in Birma zu sein?«

»Das ist unmöglich.«

»Miß Berndorf! Die Vokabel unmöglich hat bei mir noch nie eine Rolle gespielt. Statt nach Lashio und Homalin fliegen Sie morgen schon zurück nach Europa.«

»In Nongkai warten die Leprakranken auf mich.«

»Niemand wartet auf Sie.«

»Ich habe mit Ihrem Ministerium einen Vertrag.«

»Verträge kann man vergessen. Lernen Sie bei den Politikern!«

»Ich komme im Auftrag des deutschen Entwicklungsdienstes. Ich kann doch nicht einfach alles hinwerfen und abfliegen.«

»Warum kann man das nicht? Wir bieten Ihnen 10 000 englische Pfund, das sind fast 100 000 Deutsche Mark. In Ihrer Gegenwart überweise ich sie auf Ihr Konto in Deutschland.«

»Und warum?«

»Das ist die einzige Frage, die Sie nicht stellen dürfen.« Der Birmese lächelte freundlich. Der schwarze Buick fuhr jetzt durch eine Villengegend. Rangun lag weit hinter ihnen. Nur der Widerschein ihrer Millionen Lichter wölbte eine fahl schimmernde Kuppel unter dem schwarzen Nachthimmel. »Befreunden Sie sich nur mit einem Gedanken, Miß Berndorf: Ihr Nichteintreffen in Nongkai ist uns 10 000 Pfund wert! Ein solches Angebot bekommen Sie nicht ein zweites Mal.« Der Birmese legte eine kleine Denkpause ein, dann fragte er direkt: »Nehmen Sie an?«

Bettina wußte später nicht mehr, warum sie, ebenso klar wie die Frage gestellt worden war, geantwortet hatte: »Nein!«

»Das ist betrüblich.« Der elegante Birmese lehnte sich in die Lederpolster zurück. »Sie verkennen Ihre Situation, Miß Berndorf. Ich bin fast sicher, daß wir uns verstehen werden, früher oder später.«

Mit sanftem Brummen schoß der schwere Wagen durch die Nacht. Auch die Villengegend hatten sie hinter sich gelassen. Jetzt fuhren sie durch Reisfelder, hingeduckte, mit Reisstroh gedeckte Hütten standen in kleinen Gärten.

Bettina schloß die Augen. »Wohin fahren wir?« fragte sie mühsam.

»Zum Haus der sieben Sünden.«

»Ein Bordell?«

»Im Gegenteil, Miß Berndorf.« Der höfliche Birmese lächelte. »Ganz im Gegenteil. Sie werden wahrscheinlich der erste Gast sein, der es lebend wieder verläßt.«

Das war der Augenblick, in dem Bettina die Besinnung verlor. Sie fiel nach vorn, der Birmese fing sie auf und legte ihren Kopf an seine Schulter, damit sie nicht umsank.

Dann klopfte er mit seinem Stöckchen viermal rhythmisch gegen die Trennscheibe. Der schwarze Buick bog von der Straße auf einen Feldweg ab und fuhr langsam, den weichen Boden unter sich aufwühlend, in das von Reisfeldern zerteilte Land.

Um die gleiche Zeit saßen Donu Taikky und Doktor Karipuri beim Tee auf der Terrasse des Verwaltungsgebäudes und waren in ihrer Überlegung, wie man Dr. Haller unschädlich machen könne, nicht einen Schritt weitergekommen. Die Leibwache, die er sich zugelegt hatte, komplizierte alles. Auch einen Mord.

»Jetzt müßte er mit ihr reden«, sagte Taikky und blickte auf die Armbanduhr. »Verlassen Sie sich darauf: Hanyan wird es schaffen. Er muß es schaffen! Verdammt, ein Europäer in Nongkai ist genug!«

Dr. Adripur kam am späten Nachmittag von den Außenstellen zurück. Er hatte die Leprösen in den Hütten bei den Reis- und Weizenfeldern, in der kleinen Tabakplantage und bei den Teepflanzungen versorgt. Es waren nur noch wenige Kranke gewesen. Die meisten waren am frühen Morgen nach Nongkai gekommen, um die erste richtige Visite des deutschen Arztes mitzuerleben. Jetzt zogen sie, wie eine Kompanie gut gedrillter Soldaten, singend zurück in die dem Dschungel abgerungenen Felder.

Adripur traf Dr. Haller bei einem Rundgang durch das Dorf an. Minbya, der Bürgermeister, begleitete ihn, öffnete jede Hütte und zeigte ihm das Elend, in dem die Kranken wie die Gesunden nun schon seit Jahren lebten, genau gesagt, seit »Direktor« Taikky die Verwaltung übernommen hatte. Vorher, unter den fleißigen Nonnen und in der kurzen Zeit, in der ein Arzt aus Misore das Hospital geleitet hatte, war das Leben erträglich gewesen, wenn man das Warten auf den Tod erträglich nennen kann.

Mit Taikky begann zwar der Ausbau des Hospitals zu einem Dorf, zugleich aber auch der maßlose Diebstahl fast aller Unterstützungen, die die Regierung in Rangun und eine Reihe von kirchlichen Organisationen an das Lepradorf überwiesen.

Dr. Haller war gerade aus einer Hütte gekommen und zündete sich eine Zigarette an. Es war eine Selbstgedrehte von Minbya, Eigenbau von Nongkai, ein herber, würziger Tabak, der etwas nach Burley schmeckte und die Schleimhäute gerbte. Dr. Haller inhalierte tief und lehnte sich an die Hüttenwand.

»Ich habe es schon gehört«, sagte Adripur. »Die Leute auf den Feldern singen Ihr Lob wie die Märchenerzähler auf den Märkten die Heldenlieder der großen Krieger. Haben Sie einen Erben für Ihre Lebensversicherung?«

»Ich habe mich nie um eine Altersversorgung gekümmert, junger Kollege.« Haller behielt die dick gedrehte Zigarette im Mundwinkel und beobachtete drei Kinder, die mit einer ihm unbekannten Nuß und einer Reihe Holzklötzchen Kegeln spielten. Eine alte Frau, wahrscheinlich die Großmutter, saß im Schatten eines Palmblätterdaches und überwachte die Kleinen. Sie war nach vorn verkrümmt, fast kahl, und zitterte mit dem Kopf, als durchzuckten sie fortwährend elektrische Schläge. Ein tuberkuloider Fall, dachte Haller. Befall der Nerven, Knochenatrophie, ein »geschlossener« Fall. Vor ein paar Jahren hätte man sie noch retten können – wenn man etwas getan hätte. »Als ich jung war«, sagte er, »habe ich es abgelehnt, ans Alter zu denken. Dann ging es mir so gut, daß ich das Geld lieber in den Ausschnitt hübscher Mädchen steckte als ins Konto einer Versicherung. Adripur, ich habe gelebt wie ein Feudalherr. Als ich dann platt auf der Schnauze lag, war es wiederum zu spät, ans Alter zu denken, denn da war ich froh, als mich ein paar Kollegen verschämt durchfütterten, bis ich aus Deutschland verschwand. Wissen Sie, was das für ein Gefühl ist? Da steht man eines Morgens um sieben Uhr allein mit einer Aktentasche vor dem großen eisernen Tor des Zuchthauses, das gerade krachend hinter einem zugefallen ist. Zwei Jahre sind herum. Zwei Jahre Einzelhaft – ich hatte darum nachgesucht, allein zu sein, um diese zwei Jahre zu nutzen, mich umzukrempeln, wie ein Schneider einen alten Anzug wendet. Zwei Jahre Arbeit in der Tischlerei des Zuchthauses, nicht im Lazarett, das hatte ich abgelehnt. Tischlerei. An der

Hobelmaschine stehen, an der Kreissäge, an der Furnierpresse. Das kann einmal deine Zukunft werden, dachte ich, du bist handwerklich nicht ungeschickt, du hast gute, empfindsame Hände, Chirurgenhände. Warum soll eine Hand, die einen Thorax eröffnen kann, nicht auch eine Tischplatte herstellen können? Du hast Knochen genagelt, also nagelst du jetzt Holzteile zusammen. Einen guten Schreiner braucht man immer. Denn eins war mir klar: Arzt konnte ich nie wieder sein. Die Approbation war weg, zwei Jahre Zuchthaus wischt man so schnell nicht unter den Tisch, da kann man später herumrennen von Ärztekammer zu Ärztekammer, von Ministerium zu Ministerium, man kann Gnadengesuche loslassen und die Ämter mit Petitionen bombardieren. Man bleibt ein Zuchthäusler. Tja ...« Dr. Haller zog an der in seinem Mundwinkel hängenden Zigarette, »und so bin ich das geworden, was Sie hier sehen, Adripur.«

»Warum saßen Sie im Zuchthaus?« fragte der junge Arzt.

»Todesfolge nach einem Abortus«, antwortete Haller knapp.

»Und dafür zwei Jahre?«

»Man legte es als Totschlag aus. Der Staatsanwalt plädierte sogar auf vorsätzlichen Mord. Die junge Dame war meine Geliebte, und sie erpreßte mich: entweder Kind weg oder einen Skandal. Sie war als Patientin in meine Praxis gekommen, und nach einer normalen Untersuchung lag ich mit ihr noch in der gleichen Stunde auf der Untersuchungsliege. Die junge Dame war natürlich verheiratet, jung verheiratet, und hatte mich wegen einer Bronchitis konsultiert.« Doktor Haller lächelte bitter. »So war das früher, lieber Adripur. Ich hatte unorthodoxe Behandlungsmethoden. Verdammt, ich habe für dieses Leben hundertmal gebüßt! Bis nach Nongkai!«

»Und schon nach vierundzwanzig Stunden werden Sie auch hier wieder um sich schlagen müssen, Doktor Haller. Nur daß Sie diesmal etwas Gutes tun und dafür bestraft werden sollen.« Adripur hob die schmalen Schultern. Er sah krank aus wie ein Schwindsüchtiger; seine von Natur aus bräunliche Haut hatte einen Ton ins Olivfarbene. Sie war fahl und seltsam durchsichtig.

»Ich habe meine Leibgarde.« Haller zeigte auf die zehn kräftigen Jünglinge, die etwas abseits herumstanden. »Sie wird in drei Schichten arbeiten und auch nachts bei mir sein.«

»Dazu wird Ihr Zimmer im Hospital zu klein sein. Oder schlafen Sie im Verwaltungsgebäude?«

»Weder – noch. Ich habe mir von Minbya eine leerstehende Hütte geben lassen. Ich werde mitten unter meinen Kranken leben, mit ihnen essen, mit ihnen trinken, mit ihnen schlafen und mit ihnen sterben. Ist das nicht eine gute Aufgabe?«

»Das Trinken sollten Sie weglassen, Dr. Haller. Es besteht kein Anlaß mehr. Sie müssen jetzt immer einen klaren Kopf haben. Taikky ist zwar ein Fettsack, aber sein Hirn arbeitet perfekt. Karipuri ist nichts weiter als ein Schurke. Er ist leicht zu durchschauen.« Dr. Adripur sah sich um. »Wo werden Sie wohnen, Dr. Haller?«

»Das müssen wir den Bürgermeister fragen. Minbya, wo ist mein Haus?«

»Das siebente neben der Kirche, Herr«, sagte Minbya.

»Sie wollen wirklich bei uns bleiben?« Das Glück in seinen Augen war erschütternd. Seine knotigen Hände falteten sich, als wolle er beten.

»Es wird sich vieles ändern.«

»Ich habe eine Bitte.« Dr. Adripur sah Dr. Haller mit begeisterten Jungenaugen an. »Die Hütte ist zu groß für eine Person. Lassen Sie mich bei Ihnen wohnen?«

»O je, das gibt einen Riesenkrach mit Karipuri.«

»Ich werde ihn ertragen.«

»Haben ›Sie‹ eine gute Lebensversicherung, Adripur?«

»Ich bin für Taikky zu unbedeutend.«

»Junge, Sie haben doch eine Stimme!«

»Aber wer glaubt den Worten eines jungen Arztes? Ich kann nie diese Mauer von bestochenen Beamten durchstoßen. Außerdem bin ich Inder. Man würde mich sofort ausweisen.«

»Ich bin ein versoffener Deutscher. Das ist noch weniger!«

»Aber hinter Ihnen steht ganz Nongkai. Um Sie kaltzustellen, müßte man das Dorf ausrotten. Auch Taikky weiß das. Darum bleibt ihm nur ›ein‹ Weg ...«

»Ein heimtückischer Mord!«

»Ein bedauerlicher Unfall. Sie haben keine Dschungelerfahrung, Dr. Haller. Wenn etwas passiert, war natürlich Ihre Unerfahrenheit daran schuld. Taikky hat die bessere Position in diesem Zweikampf.«

»Ich habe meine Leibwache, Adripur.«

»Nur solange Sie erfolgreich sind! Schaffen Sie hier nichts Neues, wird man Sie fallenlassen. Vergessen Sie das nicht: Sie müssen Wunder vollbringen. Das erwartet man von Ihnen!« Adripur wurde sehr ernst. »Und das kann Sie umbringen, Dr. Haller. Sie sind in einen Erfolgszwang geraten. Deshalb: Verzichten Sie auf den Alkohol!«

»Ich will's versuchen, Sabu.« Haller legte den Ann um Adripurs schmale Schulter. Es tat ihm gut, einen Freund zu haben. Er war ein Mensch, zu dem er sprechen konnte und der nicht nach zwei Minuten grinsend sagte: »Sei still, du versoffenes Loch!« Wie war das gewesen, als er zum letztenmal einen Freund hatte? Vor fünf Jahren. Dr. Friedhelm Buchsbaum. Buchsbaum war es, der ihn drei Wochen lang bei sich wohnen ließ, nachdem Haller aus dem Zuchthaus entlassen worden war. Aber dann kapitulierte auch er. Am Ärztestammtisch begann man ihn zu schneiden. Irgendwer hatte den Slogan in Umlauf gebracht: Man kann in keine Praxis gehen, wo ein Mörder unterm Sofa schläft.

Buchsbaum sagte nichts. Er war ein Pfundskerl, ein Freund und Kamerad, aber Haller ging dann von selbst. Er wollte den Freund nicht auch noch zugrunde richten.

Geriet jetzt Dr. Adripur in solch eine Mühle?

»Bleiben Sie in Ihrem Zimmer, Sabu«, sage Haller heiser. »Ich brauche keinen Kontrolleur.«

Er war bewußt unhöflich, um Adripur abzuschrecken, aber es gelang ihm nicht. Der junge Inder durchschaute ihn sofort. Er lächelte nur. »Ich hole gleich meine Sachen, Dr. Haller. So long!«

»So jung und schon so ein Rindvieh! Sabu, morgen mache ich mit Ihnen einen Tuberkulosetest! Ich stelle Sie erst mal unter den Röntgenschirm.«

»Der ist seit vier Monaten kaputt!«

»Und keiner hat ihn repariert?«

»Wozu? Taikky sagt: ›Die Lepra sieht man auf der Haut, dazu braucht man nicht unter die Haut zu kriechen.‹ Und zweitens: Kennen Sie einen Kundendienst, der Röntgengeräte im Dschungel repariert?«

»Man könnte das Gerät nach Rangun fliegen.«

»Natürlich. Aber alles kostet Geld, und Geld liegt nur in Taikkys Tasche.«

Adripur zuckte resignierend mit den Schultern und ging dann die Dorfstraße hinunter zum Hospital.

Minbya sagte ehrfürchtig: »Herr, wir alle sind bereit zu helfen. Aber wo sollen wir anfangen? Bei einem Stall schafft man zuerst den Mist heraus. Aber ...«

»Genau das ist es, Minbya. Wir misten aus!« Doktor Haller spuckte den erloschenen Zigarettenstummel aus den Mundwinkeln. »Laß die Glocken läuten!«

»Sofort, Herr.« Minbya rannte davon.

Fünf Minuten später kletterte der »Küster« auf das Dach der kleinen Bambuskirche, setzte seinen riesigen ausgehöhlten Kürbis an die Lippen und begann zu blasen. Der dumpfe, dröhnende Ton lag über Nongkai wie eine Stimme aus den Wolken. Die Abenddämmerung zog über die mit undurchdringlichem Urwald bewachsenen Hügel ins Tal. Aus der breiten Niederung mit Fluß, Sumpf und Dschungel quoll der süßlich-faulige Geruch der ständig verwesenden Natur, der schwammige Boden atmete Vernichtung aus.

Der Mann auf dem Dach blies sich fast die Lunge aus dem Leib. Er lehnte an dem winzigen Kirchturm, der nicht mehr war als ein Bambushöcker auf dem Dach, blickte ein paarmal, wenn er Luft holte, hinunter zu Dr. Haller und erwartete ein Lob. Dr. Haller winkte zu ihm hinauf. Gut so, mein Alter. Nächsten Monat bekommst du eine Glocke. Eine echt bayerische Kuhglocke! Ich habe sie in Rangun in einem Fenster liegen sehen, in einem dieser Andenkenläden. Almgeläut in Hinterindien – da muß ein rühriger Exporteur am Werk sein. Bei der nächsten Materialmeldung geht es mit hinaus: eine Glocke aus dem Laden in der Tavoy-Street. Sie werden in Rangun dämlich gucken, aber was soll's! Das Ministerium hat zugesagt: »Mister Haller, was Sie in Nongkai brauchen, wird Ihnen geliefert. Für die Bekämpfung der Lepra tun wir alles!«

Die Bewohner von Nongkai standen vor ihren Hütten und starrten auf Dr. Haller. Sie warteten. Was bedeutete das »Glockenläuten«? Es war kein Sonntag, nirgendwo brannte es, kein Getaufter war gestorben, keiner geboren worden.

Das gleiche dachte Dr. Karipuri. Auf einem Dreirad mit dicken Ballonreifen fuhr er von der Verwaltung zu Dr. Haller. Zu Fuß folgte Dr. Adripur, begleitet von dem Pfleger Pala, der Adripurs Sachen trug, zwei Koffer und ein Transistorradio.

»Ist der Kerl verrückt?« schrie Dr. Karipuri und bremste vor Haller. »Oder haben Sie das angeordnet?«

»Sie haben mal wieder den richtigen Gedanken, Ratna.«

»Und wozu dieser Unsinn?«

»Ich leiste mir eine private Begrüßung anläßlich meiner Übersiedlung nach Nongkai.«

»Sind Sie wieder betrunken?« fragte Karipuri.

»Noch nicht.«

»Adripur stammelte auch so etwas. Ich habe ihn hinausgeworfen. Da kommt er ja, mit allen seinen Sachen. Stimmt das? Sie wollen in einer Eingeborenenhütte wohnen?«

»Ja. Dort, die siebente neben der Kirche. Vier Frauen richten sie gerade her. Früher wohnte darin die Familie Sipein. Vater, Mutter, Tochter. Zuletzt starb die Mutter, vor zehn Tagen. Ihren letzten Fieberschub – so sagt man – behandelte man mit Tee, bis der Marasmus vollständig war.«

»Sie starb an einer sekundären Sepsis.«

»Natürlich, woran sonst? Totgefressen hat sie sich bestimmt nicht. Die Gefahr besteht hier nicht. Dafür sorgt Taikky.«

Dr. Karipuri stützte sich auf die Lenkstange seines Dreirads. Es war ein praktisches Gefährt, mit dem man schnell im Dorf herumkam. »Sie wollen also den Kampf, Dr. Haller?«

»Verdammt, ich will Arzt sein, weiter nichts!«

»Sie wollen unter den Leprösen wohnen?«

»Ja. Spricht irgendein Gesetz dagegen?«

»Sie haben Dr. Adripur überredet, diesen Blödsinn mitzumachen?«

»Irrtum! Dr. Adripur ist mündig und klug genug, eigene Entscheidungen zu treffen. Er ist nicht davon abzubringen, ich habe es versucht.«

»Sie wollen sich also zum großen Heiland machen, was? Nicht schlecht ausgedacht. In einem Monat wird man Sie anbeten und Ihnen Altäre bauen. Und so bekommen Sie durch billigste Scharlatanerie das ganze Dorf auf Ihre Seite. Sie schaffen sich so eine Art Hausmacht – wie?« Karipuri kniff die Augen zusammen. Adripur ging stolz, ohne den Kopf zu wenden, an ihm vorbei, bis zu dem Haus, das Minbya für Dr. Haller ausgesucht hatte. »Aber diesen Trick versalze ich Ihnen, Dr. Haller! An diesem dicken Bissen werden Sie ersticken, den schlucken Sie nie hinunter. Adripur, diesen Idioten, meldet Taikky gerade als Aufrührer nach Rangun. Mit dem nächsten Flugzeug wird er von Homalin aus zurückgeschickt. Geht er nicht, wird Militär kommen und ihn abholen. Als Rebellen! So fängt es an ...«

»Die Sache beginnt mir tatsächlich Spaß zu machen.« Dr. Haller winkte mit beiden Armen. Der Küster auf dem Dach setzte den Riesenkürbis ab. »Ich bekomme ein Gehalt von zweitausend Kyat. Für Birma ist das ungeheuerlich, für deutsche Begriffe ein Hungerlohn. Aber was soll's! Ich brauche kein Geld. Ein Bett, eine Schüssel voll Fressen, ein Eimer voll Gesöff – damit bin ich zufrieden. Glauben Sie nicht, Karipuri, daß es mit zweitausend Kyat möglich wäre, auch Dr. Adripur noch durchzubringen, auch wenn er von Ihnen in den Hintern getreten wird? Ich ernähre ihn mit, er wohnt bei mir. Und wir zwei – das verspreche ich Ihnen – werden aus Nongkai ein Musterdorf machen. Dann lassen Sie mal Ihr Militär auffahren. Ich werde zum Empfang die herrlichsten ulzerierenden Fälle ans Tor stellen. Den Soldaten möchte ich sehen, der dann noch das Dorf betritt und Adripur aus unserer Mitte herausholt!«

»Also offener Aufstand?« schrie Karipuri. »Ich melde das sofort nach Rangun.«

»Wirklich?« Dr. Haller lächelte spöttisch. »Revolte in Nongkai? Man wird eine Untersuchungskommission schikken! Sind Sie wirklich so scharf auf die?«

Dr. Karipuri sah Haller haßerfüllt an. Natürlich konnte sich keiner eine Kommission leisten, am wenigsten Taikky, bei dem man dann auch die Bücher kontrollieren würde. Die Liste, die Haller durchgefunkt hatte, dürfte für das Ministerium schon Anlaß genug gewesen sein, sich zu wundern. Man hatte das nicht verhindern können. Neues Aufsehen zu erregen wäre höchst unklug.

»Warum können wir nicht vernünftig miteinander verhandeln?« fragte Karipuri gepreßt.

»Was nennen Sie vernünftig?«

»Darüber sollten wir unter sechs Augen sprechen.«

»Unter sechsundzwanzig! Ohne meine zehn Leibgardisten mache ich hier keinen Schritt mehr!« Doktor Haller nickte Karipuri freundlich zu. »Ja, Sie sehen richtig, Ratna! Sie treffen mich nie mehr allein.«

»Glauben Sie; wir wollten Sie umbringen?«

»Ja, das nehme ich an! Bei der ersten Gelegenheit. Und es können so viele günstige Gelegenheiten konstruiert werden. Ich kann mir Ihre überragende Phantasie in solchen Dingen vorstellen. Karipuri, ein ernstes Wort: Ich bin nicht so dämlich, wie ich aussehe!«

»Machen Sie, was Sie wollen!« Dr. Karipuri setzte sich wieder aufs Dreirad. »Sie vergessen: Ich bin immer noch Ihr Vorgesetzter.«

»Wenn Sie ein echter Chefarzt wären, vor dem man Achtung haben könnte, ich wäre Ihnen ein Assistent, der mit hochgekrempelten Ärmeln an Ihrer Seite stünde. Aber was Sie und Taikky aus Nongkai gemacht haben, Ratna, spottet jeder Beschreibung. Ich erkenne Sie als Chef nicht an! Ist das klar genug? Die Leprakolonie Nongkai übernehme ich! Nun tun Sie mal was dagegen!«

»Sie sind ein Verrückter!« Karipuri trat in die Pedale, wendete und fuhr auf seinen dicken Ballonreifen schnell zum Verwaltungsgebäude zurück.

Taikky, der ihn kommen sah – er saß wieder in seinem Korbsessel und aß kandierte Früchte –, brauchte nicht zu fragen. Wie Karipuri vom Sattel sprang – das war deutlich genug.

»Unser Freund spielt Albert Schweitzer. Das ist die neueste Marotte der Deutschen, überall den großen Wohltäter herauszukehren«, sagte er gemütlich, als Karipuri, blaß vor Zorn, auf der Veranda hin und her lief. »Nur Ruhe, Ratna, das gibt sich. Auch Adripur kommt bald zurück. Haller verbrennt sich selbst. Wunder sind keine Dauertropfinfusionen. Sie erschöpfen sich schnell. Wenn der nüchterne Alltag wieder eingekehrt ist, wird Haller froh sein, wenn man ihn nicht anspuckt.«

In dieser Nacht, Hallers zweiter Nacht in Nongkai, sah es noch nicht danach aus. Adripur hatte die Hütte, die aus einem großen Raum bestand, geteilt. Er spannte zwischen dicke Bambusstangen einige Decken, Pala brachte ein Bett vom Hospital herüber und einen niedrigen Tisch mit einem Hocker.

Die Möblierung war komplett. Zwar trennte die Deckenwand Haller von Adripur, aber jedes Geräusch in der Hütte genossen sie gemeinsam. Das brachte Haller in Verlegenheit, als nach Dienstschluß im Hospital Siri zu ihm kam.

Adripur war so höflich, sofort hinauszugehen und einen Spaziergang durch den Mondschein zu machen. Aber auf die Dauer war das keine Lösung. Wir werden ein Arzthaus bauen, dachte Haller. Massiv, aus Baumstämmen, mit mehreren Räumen. Es kann sein, daß sich bald zwei Gruppen in Nongkai bilden: hier die Karipuri-Gefolgschaft, dort die Haller-Mannschaft. Das würde bedeuten, daß das Hospital für ihn gesperrt blieb. Man konnte es natürlich regelrecht erobern, aber so etwas wie einen Bürgerkrieg in Nongkai anzufangen – das wäre wohl das Sinnloseste von allem Sinnlosen in diesem Lepradorf.

Der Gedanke setzte sich in Haller fest: eine eigene Krankenstation! Eine kleine Musterklinik! Aus Nongkai eine Leprakolonie machen, wie es sie auf der Welt noch nicht gab.

Siri hockte sich vor Haller auf den Boden. Sie legte die Hände in den Schoß und verlagerte ihr Gewicht auf die Hakken. Rätselhaft, wie ein Mensch in dieser Haltung stundenlang sitzen konnte! Haller hatte es ein paarmal probiert und war nach wenigen Minuten mit eingeschlafenen Füßen umgekippt.

»Fehlt dir etwas Herr?« fragte sie. Ihre schwarzen Augen glänzten selbst in diesem armseligen Licht. Minbya hatte die Öllampe an die Wand gehängt. Nongkais eigener, mit Benzin getriebener Stromerzeuger versorgte nur das Hospital und das Verwaltungsgebäude. Auch das Geld für den Leitungsbau hatte Taikky auf private Konten eingezahlt. Lediglich

Fässer mit ungereinigtem Erdöl, das in Birma gefördert wurde, ließ Taikky verteilen. Man hatte sich im Dorf damit abgefunden und einfache Öllampen konstruiert, aber es stank fürchterlich nach verbranntem Rohöl. In manchen Hütten konnte man den fettigen Ruß wie schwarzen Sirup von den Wänden wischen.

Haller beugte sich vor, nahm Siris Kopf zwischen seine Hände und küßte ihre Lippen, die sich bei seiner Berührung sofort öffneten.

»Du fehlst mir«, sagte er.

»Ich bin hier, Herr.«

»Verdammt, nenn mich nicht immer Herr!«

»Wie soll ich dich nennen?«

»Das ist wirklich eine Frage, mein Mädchen.« Haller strich ihr über das lange, glänzend schwarze Haar. Als sie sich an ihn drückte, begann es in seinen Schläfen zu klopfen. Alter Idiot, dachte er. Bisher hast du Herzklopfen nur beim Geruch von Schnaps bekommen. Mach sie nicht unglücklich, du elendes Wrack. Sie ist etwas so Junges, Reines, daß dir die Finger abfaulen müßten, wenn du sie berührst.

»Ich heiße Reinmar«, sagte er. »Für eine asiatische Zunge unzumutbar. Bemühe dich nicht, Siri. Du kriegst es nie hin. Gibt es bei euch keinen Namen für Zärtlichkeit?«

»Ich werde dich Chandra nennen«, sagte sie.

»Das ist indisch oder kommt sonstwie aus dieser Ecke und heißt auch Herr.«

»Aber es klingt besser, Chandra ...«

Er nickte, zog die vor ihm hockende Siri zu sich auf das Bett, das Minbya und drei andere Lepröse als erstes in die Hütte gestellt hatten. Sie setzte sich neben ihn, schob mit beiden Händen die langen Haare wie einen Mantel über sich und zog dann die Beine an. Ein süßlicher Geruch wehte zu ihm, und er spürte, wie der Duft ihn zu erregen begann.

»Wonach riechst du?« fragte er. Jetzt eine von Minbyas Superzigaretten, dachte er. Diese gefährliche Süße überdecken, neutralisieren, mit männlichem Tabakqualm zerstören. Aber Minbya war nicht greifbar, Zigaretten wurden nur bei Bedarf gedreht. Er war verurteilt, Siris Zauber zu ertragen.

»Wir reiben den Saft einer Wurzel in die Haut«, sagte sie. »Sie wächst im Sumpf. Eine einzige Blüte kommt aus der Wurzel, und sie blüht nur eine Nacht, dann muß sie sterben. Eine gelbe Blüte mit roten Rändern. Gefällt es dir, Chandra?«

»Was willst du, Siri?« fragte er rauh.

»Ich gehöre zu dir, Chandra.«

»Dein Vater wird dich verprügeln!«

»Mein Vater weiß es. Er hat mich gesegnet.«

»Und deine Mutter?«

»Sie hat Reis über mein Haupt gestreut, Chandra.«

»Du meine Güte!« Haller rutschte vom Bett und ging in seinem Hüttenabschnitt hin und her. Wenn jetzt Adripur nebenan wäre, gäbe es kein Problem, dachte er. Warum muß der Junge so diskret sein und davonlaufen? Eine Situation, von der alle Männer träumen, nur ich muß vor ihr wegrennen. Siri, du süß duftende gelbe Blüte mit den roten Rändern. Ich bin ein Wrack! Verdammt, ich könnte dich lieben. Aber was dann? Was folgt, kleine Siri?

Dr. Haller blieb stehen und zog ihr Gesicht an den Haaren hoch. Ihre Augen sahen ihn fast demütig an. Die Arme lagen gekreuzt auf ihren Brüsten. Ein Bild wie aus einem Tempel. Eine Jungfrau wird dem Gott geopfert, von dem man Wunder erwartet.

»Willst du hier schlafen?« fragte er.

»Ja. Ich liebe dich, Chandra.«

Das war klar, da gab es keine Kommentare mehr, keine weiteren Fragen.

»Du bist zu schade fürs Bett, Siri«, sagte er. Verdammt, warum kommt Adripur nicht? Wer hat dem Affen gesagt, daß er durch den Mondschein laufen soll? »Geh nach Hause!«

»Ich bin zu Hause.«

»Hier bei mir?«

»Ja, Chandra.«

»Du machst dich unglücklich, Mädchen.«

»Du bist unglücklich.«

»Da hast du recht. Ich bin zerknittert wie eine Hose, in der man ein Jahr lang geschlafen hat. Aber dein Körper ist nicht das richtige Bügeleisen für diese Falten. Wenn ich dir einen guten Rat geben kann, Siri: Lauf weg!«

Sie nickte, als habe er etwas ganz anderes gesagt, warf mit einem Ruck ihr Haar zurück, löste irgendwo an der Seite eine Spange und ließ den um ihren Körper gewickelten Stoff fallen. Sie faltete ihn zusammen, legte ihn vor das Bett und setzte sich dann wieder mit untergeschlagenen Beinen auf die Matratze. Ihr brauner, nackter Körper glänzte im trüben Lampenlicht, der süße Duft verstärkte sich. Dieses Öl polierte die Haut. Dr. Haller hieb die Fäuste gegeneinander.

»Mädchen, du machst es einem schwer, anständig zu bleiben«, sagte er leise. »Du wirst es nicht glauben, aber es ist das erstemal, daß ich bei einem solchen Angebot nicht sofort schwach werde.« Er fuhr herum, riß sie vom Bett und stieß sie zur Tür. »Raus!« schrie er. »Himmel, noch mal – mach, daß du fortkommst! Los! Lauf weg!«

Sie blieb stehen, legte die Arme um seinen Hals und drückte sich an ihn. »Chandra«, sagte sie leise. Ihre Zärtlichkeit durchbrannte ihn, ihr nackter Körper unter seinen Händen, dieser glatte, süß duftende, mit Blumenöl eingeriebene, vom Vater gesegnete, von der Mutter mit Reis bestreute, zur Hochzeit dargebotene Leib gehörte plötzlich zu ihm wie sein eigener Atem.

Er hob sie hoch, trug sie zum Bett zurück, und als er sie niederlegte und sie ihn nicht mehr losließ und ihre Arme wie Lianen unlösbar um seinen Hals geschlungen waren, als er ihren großen schwarzen Augen so nahe war, daß sie zu einem See wurden, in den er eintauchte, hörte er Dr. Adripur zurückkommen und dachte: Jetzt hättest du auch noch eine Stunde länger im Mondschein spazieren können! Geh raus, mein Junge. Diese Nacht ist etwas ganz Besonderes. Dafür wird der Morgen fürchterlich sein …

Bettina erwachte aus ihrer Ohnmacht, weil eine höfliche Stimme dicht an ihrem Ohr sagte: »Miß Berndorf, wir sind am Ziel. Bitte, regen Sie sich nicht auf. Haben Sie keine Angst. Ich garantiere für Ihre Sicherheit. Es handelt sich nur um eine Information.« Der kleine, elegante Birmese beugte sich über sie und half ihr, sich aufzurichten.

Der große Buick stand unbeleuchtet in einem dunklen Innenhof. Im ungewissen Licht der fahlhellen Nacht sah Bettina, daß die Dächer der rundherum liegenden Gebäude die typische chinesische Form hatten, den eleganten Schwung, der ein Dach wie schwerelos erscheinen läßt. Die Fenster waren verdunkelt, keine Laterne brannte, nur die Nacht war voller Laute. Von Tümpeln und aus den Gärten, die um das Haus herum liegen mußten, tönte das quakende, manchmal zu einem dumpfen Grollen anschwellende Konzert der Ochsenfrösche. Der Chauffeur war ausgestiegen, hatte die Tür geöffnet und wartete nun, daß Bettina ausstieg.

Sie blieb sitzen und starrte in die fahle Dunkelheit. »Was wollen Sie von mir?« fragte sie. »Ich habe kein Interesse an Ihrer Information, wie Sie es nennen. Ich begreife nur eins: Ich soll meine Stelle in Nongkai nicht antreten.«

»Diese Erkenntnis ist 10 000 englische Pfund wert, Miß Berndorf.« Der Birmese stieg auf der anderen Seite aus und ließ die Tür offen. Er kam um den Wagen herum, schob den Chauffeur zur Seite und beugte sich zu Bettina in den Wagen. »Trotzdem sollten Sie sich informieren, mit welcher Überzeugungskraft wir reden können.« Er lächelte, reichte Bettina die Hand, und als sie nicht sogleich Zugriff, packte er ihr Kleid und zog daran. »Aber Miß Berndorf«, sagte er dabei. »Ich kenne Sie nur als mutige Dame.«

»Sie kennen mich überhaupt nicht.«

»Ich habe Ihre Personalakte gelesen. Ein Freund im Ministerium hat sie fotokopiert. Examinierte Krankenschwester, Tropenspezialistin, vorher ein abgebrochenes Medizinstudium, weil im fünften Semester der Vater starb und im sechsten Semester der elterliche Betrieb in Konkurs ging. Ihr Bruder Ludwig gönnte sich ein flottes Leben, nur war seine Kapitaldecke nicht so groß wie die seiner Playboy-Vorbilder. Abbruch des Studiums also, vor zwei Jahren Tod der Mutter durch eine zu spät erkannte Pneumonie. Und immer hatten Sie den Kopf oben, nie ließen Sie sich unterkriegen, immer waren Sie der dominierende Teil der Familie. Vor einem halben Jahr heiratete Ihr Bruder. Damit war für Sie der Weg frei in die weite Welt. Sie entschieden sich für Birma und die Lepra.« Der Birmese verbeugte sich galant. »Ich vergaß leider, mich vorzustellen. Mein Name ist Hanyan.« Er hatte Bettina aus dem Wagen gezogen. »Ist der Lebenslauf lückenlos? Und da sagen Sie, Sie wären kein mutiges Mädchen! Sie sind eine Frau, vor der ein Mann Komplexe bekommen könnte.« Er machte eine weit ausholende Geste. »Das also ist das ›Haus der sieben Sünden‹. Vor fünfzig Jahren baute es ein reicher Kaufmann für sich und seine sieben Geliebten. Man muß damals ruhiger gelebt haben, um diese Potenz zu behalten.« Er lächelte breit. »Verübeln Sie mir diesen kleinen Scherz nicht, Miß Berndorf ...«

»Und was ist es heute?« fragte Bettina leise. Sie lehnte sich an die Kühlerhaube. Die Dunkelheit dieser Nacht, die vom Konzert der Ochsenfrösche beherrscht wurde, war erdrükkend.

»Heute lebt hier der Henker unserer Interessengemeinschaft mit zwei Gehilfen.«

»Ein – Henker?«

»Mit Europäern kann man sprechen. Sie lösen große Probleme durch lange Verhandlungen, oder sie lösen sie nicht. Dann kommt es eben zu keinem Abschluß der Verhandlungen. Diese Art von Kompromissen liegt uns nicht. Bei uns geht es immer um klare Entscheidungen. Man sagt ja oder nein. Und wenn unsere Interessengemeinschaft ja zu etwas sagt, und der Partner antwortet mit nein, dann fahren wir ihn zu dem ›Haus der sieben Sünden‹, und er sagt ja. Es ist allerdings immer sein letztes Wort. Darf ich vorangehen, Miß Berndorf?«

Hanyan näherte sich einer Tür, die mit Lackmalereien übersät war. Sie stellten eine drastische erotische Szene dar. Und hinter diesen Bildern tat ein Henker seine Arbeit?

Die Tür schwang lautlos auf, rotes, gedämpftes Licht fiel in den großen Innenhof. Mit steifen Beinen folgte Bettina dem Birmesen, betrat eine Art geräumiger Diele und zuckte zusammen, als hinter ihr die Tür leise zufiel. Eine Tür ohne Klinke. Wahrscheinlich hatte sie ein ferngesteuerter Mechanismus geöffnet und wieder geschlossen.

»Hier entlang, bitte.« Hanyan lief voran, stieß eine andere Tür auf, und als diese Tür aufsprang, zerriß die Stille, und lautes Stöhnen erschreckte Bettina. Sie wich zurück an die seidenbespannte grüne Wand. Das Stöhnen wurde zu einem unmenschlichen Brüllen, unterbrochen von klatschenden Schlägen.

»Man verhandelt gerade«, sagte Hanyan gemütlich und rieb die manikürten Finger aneinander. »Es ist der Ladenbesitzer Siem Mong, ein Kambodschaner. Ein dummer Mensch, uneinsichtig und habgierig. Wir haben ihm ein Beteiligungsgeschäft an seinem Handel vorgeschlagen, er sagte nein. Er kann sein Geschäft aber gar nicht allein führen. Und das erklären wir ihm jetzt. Bitte ...«

Hanyan winkte zur Tür. Bettina schüttelte den Kopf. Grauen verkrampfte ihre Kehle, sie erstickte fast daran. Der elegante Birmese kam zurück, faßte sie hart an, stieß sie vor sich her, und als sie sich kurz vor der Tür gegen ihn stemmte, hob er sie hoch. Er war trotz seiner kleinen, schlanken Gestalt von erstaunlicher Kraft und trug Bettina ohne sichtliche Anstrengung zum Eingang des Zimmers.

Es war ein großer, heller Raum. Gläserne Lüster leuchteten von der Decke, die mit Edelhölzern getäfelt war. Die Wände waren, wie anscheinend überall in diesem Haus, mit grüner Seide bespannt. Sonst war der Raum leer bis auf eine Art Maschine, die mitten in ihm stand. Es war ein Holzgestell, und es gehörte sicher viel Phantasie dazu, so etwas zu konstruieren. Es war ein Mehrzweckgerät.

Mit ihm konnte man einen Menschen auf verschiedene Art, langsam, schnell oder in Etappen, zu einem unförmigen Gebilde verwandeln. Sogar eine kombinierte Guillotine war in das Gerät hineingebaut: Sie konnte entweder eine Hand, einen Fuß oder den Kopf abhacken oder alles zusammen mit einem Schlag.

Im gegenwärtigen Zeitpunkt hatte der Henker der Interessengemeinschaft den Kaufmann Siem Mong mit ausgestreckten Armen an einer Art Reck hängen, die Füße steckten in zwei Rollen, ähnlich einer Wäschemangel, und während sie bearbeitet wurden, stand der Henker vor Siem Mong und drückte angespitzte brennende Bambushölzchen in die Muskeln. Siem Mong brüllte mit blutunterlaufenen Augen, sein Mund war schrecklich verzerrt, sein gemarterter Körper zuckte bei jedem Schrei.

Der Henker drehte sich herum, als er die Tür hörte, und verbeugte sich tief. Er war ein kräftiger, schöner Mann mit einem sanften Gesicht und lustigen Augen.

»Die junge Dame möchte dich bewundern«, sagte Hanyan. Er wandte sich zu Bettina, die das Gesicht gegen die Wand gepreßt hatte. Mit beiden Händen hielt sie sich die Ohren zu. »Miß Berndorf! Bitte, seien Sie kein Spielverderber. Wong ist ein Meister seines Fachs. Das müßte Sie doch interessieren – bei dem Hang der Deutschen zur Perfektion.«

»Ich fliege!« schrie Bettina gegen die grüne Seidenwand. »Ich fliege morgen schon! Lassen Sie mich hier raus! Ich fliege, wohin Sie wollen ...«

»Ich wußte, man kann mit Ihnen vernünftig reden.« Hanyan legte den Arm um Bettina. Fast zärtlich führte er sie in die Diele zurück. Und auch Wong, der Henker, war so höflich, mit dem Spicken von Siem Mongs Körper erst fortzufahren, als sich die schalldichte Tür wieder geschlossen hatte.

Wie sie nach Rangun zurückgekommen waren, wußte Bettina später nicht mehr zu erklären. Das Grauen saß so tief in ihr, daß sie nicht mehr wahrnahm, was um sie geschah. Sie wußte nur: Ich sitze wieder in dem Wagen, ich werde nach Hause gefahren, ich habe als erste das »Haus der sieben Sünden« lebend verlassen. O Gott, mein Gott ...

An mehr zu denken, war ihr nicht möglich. Sie saß im Fond des Buicks und begriff nicht, was Hanyan unentwegt zu ihr sagte. Erst als die Lichter von Rangun auftauchten, als sie wieder durch den Villenvorort fuhren, wurden die Worte des Birmesen klarer und ergaben einen Sinn. Hanyan erzählte im Plauderton fröhliche Geschichten aus seiner Studienzeit in London und Paris.

Dann waren sie wieder in dem Gewühl der hellerleuchteten Straßen, und an den Fassaden der Teehäuser, Bars, Restaurants, Tanzpaläste und Kinos zuckten grellbunte Neonreklamen. Das Gewühl der Menschen war beängstigend, es war, als kröchen sie übereinander wie Maden und durchwühlten die ganze Stadt.

»Sie fliegen morgen um 17.15 Uhr nach Neu-Delhi. Dort haben Sie Anschluß nach München. Leider gibt es morgen keinen Direktflug. Ihre Flugkarten liegen bereits auf Ihrem Zimmer, Miß Berndorf.« Hanyan lächelte zufrieden. »Wir wußten, daß wir uns einigen würden, und haben alles gründlich vorbereitet. Die 10 000 Pfund sind bereits angewiesen auf Ihr Konto bei der Hanseatischen Sparkasse von Hamburg. Wir sind ehrliche Partner. Nur noch eine Klarheit: Sie können in Deutschland erzählen, was Sie gesehen haben. Niemand wird Ihnen glauben. Wenn Sie es aber in Rangun vor Ihrem Abflug erzählen, wird notgedrungen Wong mit Ihnen sprechen müssen.«

Bettina schüttelte den Kopf. Sie war zu schwach, um zu antworten. Hanyan klopfte mit dem Stöckchen gegen die Scheibe zum Chauffeur, der Buick fuhr an den Straßenrand und hielt. Sie waren wieder dort angelangt, wo Hanyan Bettina zu der Spazierfahrt eingeladen hatte. Die Leuchtreklame des Restaurants »Zum aufblühenden Lotos« schillerte bunt. »Sie haben nur drei Stunden verloren«, sagte Hanyan höflich und stieg vor Bettina aus. Sie folgte ihm wie hypnotisiert. Die Erinnerung an den Anblick des zerschundenen, brüllenden Siem Mong stand vor ihr wie eine Wand, die zwischen sie und die übrige Welt geschoben worden war. »Das Restaurant ist noch offen. To-dong-Fu kocht bis zum frühen Morgen, und er kocht vorzüglich. Ich wünsche Ihnen einen guten Appetit, Miß Berndorf.«

Der kleine elegante Birmese beugte sich über Bettinas Hand, hauchte einen Kuß auf den Handrücken, stieg wieder in den Wagen, schlug die Tür zu und klopfte mit seinem Stöckchen gegen die Trennscheibe. Lautlos setzte sich der Wagen in Bewegung und verschwand um die nächste Ecke.

Regungslos, von den vorbeidrängenden Menschen angestoßen, stand Bettina am Straßenrand und blickte mit leeren Augen über das Gewimmel und die Flut des vielfarbigen Lichts. Sie verspürte plötzlich den unbändigen Drang, zu schreien. Zu schreien, bis man sie abführte, irgendwohin, wo sie geborgen wäre, in ein Krankenhaus oder zur Polizei. Aber dann ging auch diese Sekunde der versagenden Nerven vorüber, und sie fühlte sich nur unendlich müde und elend.

Langsam, mit letzter Kraft ihre Haltung bewahrend, betrat sie das Restaurant »Zum aufblühenden Lotos«, setzte sich hinter einen der kleinen Tische mit den bemalten Platten und hörte sich sagen, als spräche ein völlig Fremder: »Bringen Sie mir, was Sie wollen.«

Tu-dong-Fu machte eine tiefe, ehrfürchtige Verbeugung und sagte: »Meine unwürdige, schlechte Küche wird versuchen, Sie zufriedenzustellen ...«

17.15 Uhr nach Neu-Delhi, dann weiter nach München ...

Der brüllende Siem Mong in dem hölzernen Foltergerät.

Was war in Nongkai los, daß jemand ein so großes Interesse daran hatte, die deutsche Krankenschwester Bettina Berndorf von dort fernzuhalten? Für 10 000 englische Pfund!

Tu-dong-Fu servierte als Vorspeise eine Trepangsuppe. »Meine unwürdige schlechte Küche bereitet eine Frühlingsrolle vor«, sagte er.

Bettina nickte. Mechanisch löffelte sie die Suppe, aber nach dem dritten Löffel würgte sie wieder der Ekel. Sie lehnte den Kopf an die Wand und starrte in die kunstvollen Papierlaternen, die von der Decke hingen. Kleine leuchtende Pagoden. Dächer wie das Dach vom »Haus der sieben Sünden«.

Was würde geschehen, wenn sie sofort die Polizei unterrichtete? Die Beobachtungen, die sie dort mitteilen könnte, würden wohl kaum verwertbare Anhaltspunkte ergeben. Ein schwarzer Buick, Fahrt durch ein Villenviertel, dann Reisfelder, die Ohnmacht, Erwachen in einem Innenhof. Und wie Hanyan ausgesehen hatte, war für einen Europäer schwierig zu beschreiben. Er sah aus wie tausend andere auf den Straßen. Wenn er den Anzug wechseln würde, könnte er sich jetzt neben sie setzen – sie würde ihn nicht erkennen. Außerdem: Wer würde ihr das glauben, was sie gesehen hatte?

Sie konnte nichts essen, bezahlte dem betrübt dienernden Tu-dong-Fu die unverzehrte Mahlzeit und fühlte sich erst frei, als sie sich in ihrem Hotelzimmer eingeschlossen hatte.

Hier allerdings vollzog sich mit ihr eine Wandlung. Hanyan hatte die richtige Idee gehabt, als er nach dem Studium von Bettinas Personalakten an Taikky funkte: »Ich bin für Sicherheit. Es verschwinden so viele junge Damen ...« Aber Taikky wollte lieber 10 000 Pfund opfern. Er hatte an Dr. Haller genug, und er war, im Gegensatz zu seinen Geschäftsfreunden, kein potentieller Mörder. Er war nur ein Gauner, der kandierte Früchte liebte.

Bettina flog nicht um 17.15 Uhr nach Neu-Delhi.

Sie flog morgens um neun Uhr – wie abgesprochen – mit einer Regierungsmaschine nach Lashio und von dort weiter in den Dschungel.

Um vierzehn Uhr landete der kleine Hubschrauber auf dem holprigen, dreckigen Flugplatz von Homalin.

Vor dem Stationsgebäude, an den Jeep der Leprakolonie Nongkai gelehnt, wartete Dr. Karipuri auf sie.

Seit sieben Uhr früh stand Dr. Haller am Operationstisch und amputierte.

Es war eine Arbeit fast wie in den Anfängen der Chirurgie. Der Krankenpfleger Pala und Siri hatten eine halbe Stunde vorher den Operationsraum steril gemacht, die Kachelwände – ja, die gab es wirklich hier – mit einer Lösung aus Zephirol abgewaschen und die Instrumente in eine Sagrotanlösung gelegt. Daß es diese Mittel in Nongkai gab, verwunderte Haller am meisten. Er las die Datumsangabe auf den Packungen und hob resignierend die Schultern. Die Medikamente waren zum Teil fünf oder sechs Jahre alt und stammten aus einer Lieferung von Caritas-Spenden aus Deutschland. Ob die Mittel nach so langer unsachgemäßer Lagerung in diesem mörderischen Dschungelklima noch wirksam sein würden, konnte Haller nicht beurteilen. »Versuchen wir es«, hatte er zu Siri gesagt. »Gottvertrauen und Glaube an die chemische Industrie haben schon vielen geholfen.«

Sie schrubbten den OP-Tisch, ordneten die aus der Sagrotanlösung geholten nassen Instrumente auf ein steriles Tuch und sammelten aus den verschiedenen Schränken ein, was an Narkosematerial noch vorhanden war.

Der erste Überblick war entmutigend. Ein paar Flaschen mit Äther, zwei Zylinder Cyclopropan, zwanzig Ampullen Evipan, zwei Tropfflaschen Vinydan. Das war alles. Dr. Haller sah Pala entgeistert an. »Womit hat Dr. Karipuri narkotisiert, wenn er operierte?« fragte er.

Pala verzog den breiten Mund. »Er gab ein paar Tropfen Äther zur Einleitung und betäubte dann mit einem Gummihammer. Hier ...«Er ging zu einer Schublade, holte einen ziemlich großen Hammer mit einem Hartgummikopf heraus und schwang ihn wie eine Keule. »Beste Narkose, Doktor.«

»Ist Coramin hier? Veritol? Lobelin?«

»Vielleicht«, meine Pala vorsichtig.

»Was unternahm man, wenn es zu Narkosezwischenfällen kam? Zum Beispiel bei Atemdepressionen. Wenn der Patient kollabierte?«

»Er starb«, sagte Pala gleichgültig.

Dr. Haller wandte sich entsetzt an Siri. Sie stand hinter ihm und ordnete Tupfer, Kompressen, Verbände, Gefäßklemmen und Abdecktücher.

»Ist das wahr, Siri?«

»Ja, Chandra. Wer fragt denn in Nongkai danach, wie einer stirbt! Alle wissen, daß sie früher oder später so enden. Sie sind schon glücklich, wenn es der Nachbar ist und nicht sie.«

»Fangen wir an!« Dr. Haller ging an das Waschbecken und wusch sich die Hände und Unterarme mit Rapidosept. Auch diese Literflasche, noch zu Dreiviertel voll, war vier Jahre alt. »Hier lebt ein gesunder Menschenschlag – anders ist kaum zu erklären, daß Nongkai noch bevölkert ist!« Er rieb die Hände umeinander und beobachtete Siri, wie sie aus einer Steriltrommel die Gummihandschuhe herausholte. Sie sahen ungebraucht aus, es war das einzige noch vorhandene Paar, ein Beweis, daß Dr. Karipuri seit langer Zeit nicht mehr operiert hatte.

»Wie viele hast du zur Amputation ausgesucht?«

»Fünf, Chandra.«

»Ich hatte vierzehn angekreuzt.«

»Die anderen sind hoffnungslos, Chandra.«

»Nichts ist hoffnungslos. Verdammt, gewöhnt euch diesen Fatalismus ab!« Er trat mit tropfenden Händen in die Mitte des Raumes und streckte seine Arme vor. Geschickt streifte Siri ihm die Gummihandschuhe über. »Ich will alle vierzehn auf dem Tisch haben!«

»An einem Tag?«

»Ein Tag hat vierundzwanzig Stunden.«

Durch die Tür kam Dr. Adripur. Er hatte sich eine weiße Operationskluft angezogen und tauchte wortlos seine Hände in die Desinfektionslösung. Dr. Haller blickte erstaunt zu ihm hinüber.

»Ich denke, Sie sind im Außenlager, Sabu?«

»Die Fälle dort draußen sind nicht so schwer, daß man sie jeden Tag behandeln müßte.« Adripur begann seine Arme mit einer harten Bürste zu schrubben. »Wollen Sie die ganze Arbeit allein tun?«

»Ich hatte es vor. Wenn Sie helfen, um so besser.« Haller lehnte sich an den OP-Tisch. Siri und Pala waren hinausgegangen, um den ersten Patienten zu holen.

»Wissen Sie, daß heute ein Feiertag ist? Lassen Sie mich nachdenken ... Nach fast drei Jahren ist das heute das erste Mal, daß ich mich dazu aufraffe, eine wirklich produktive Arbeit zu leisten. Bisher habe ich gefaulenzt. Wissen Sie, was ich war? Hilfssanitäter auf Schiffen! Meine Aufgabe war es, vom Landgang zurückkehrenden Matrosen die Sanierungsspritze zu geben. Ab und zu durfte ich einer Lady – ich fuhr zwei Jahre auf einem Luxuskreuzer um die Welt – ein paar Migränetabletten bringen oder bei Windstärke 4 kotzenden Passagieren die Stirne kühlen.« Er klopfte auf den alten OP-Tisch und hob die Schultern, als Adripur nach einem zweiten Paar Gummihandschuhen Ausschau hielt. »Dabei war ich einmal ein guter Chirurg. Aber das hier heute« – er holte aus, als wolle er das ganze Dorf umarmen –, »ist eine Art Wiedergeburt.«

Siri und Pala rollten den ersten Patienten herein. Es war eine alte Frau, sauber gewaschen, mit wachen, kritischen Augen. Als sie den vorbereiteten Operationsraum sah, begann sie laut zu beten. Ihre linke Hand lag auf einer Gummidecke – ein knotiges, geschwüriges Etwas, aufgebrochen, eitrig, zerfallend.

Dr. Haller wartete, bis Siri und Pala die Frau auf den Tisch gehoben hatten. Sie war dürr und leicht, ein Gerippe, mit braungelber Haut überspannt, ausgezehrt und kraftlos. Nur ihre Augen hatten das Leben behalten. Hier sammelte sich alles, was der geschwächte Körper an verzweifelter Energie noch aufbieten konnte.

»Wir werden ein Stück von dir wegschneiden müssen, Mütterchen«, sagte Haller und lächelte beruhigend. Adripur, der neben ihn getreten war, übersetzte es in die Eingeborenensprache. »Man kann auch mit einer Hand leben. Fünf Finger sind genug.« Haller tätschelte der alten Frau die Wangen. »Mütterchen, du wirst eine Hand mit fünf Fingern behalten ...«

Während Adripur Hallers Worte in die Eingeborenensprache übersetzte und die alte Frau ängstlich grinste, reichte Pala ihm die Maske für die Äthertropfnarkose.

»Was haben wir an Kreislaufmitteln da?« fragte Haller wieder. »Ich wette, daß das Mütterchen den verdammten Äther nicht komplikationslos verarbeitet.«

»Wir haben noch sechs Ampullen Panthesin-Hydergin hier.« Dr. Adripur setzte die Drahtmaske mit dem Mull auf die Nase der alten Frau. Siri öffnete den Verschluß der Tropfflasche.

»Sauber! Sechs Ampullen!« Dr. Haller nickte Siri zu, die ersten Tropfen fielen in die Äthermaske. »Ist es möglich, daß Taikky die Medikamente kistenweise in seinem Verwaltungsgebäude versteckt?«

»Ich nehme es an, Dr. Haller.« Adripur sprach wieder mit der Frau. Sie begann leise, mit heiserer Stimme, einen Singsang. Anscheinend zählte sie. Adripur drückte sein Stethoskop auf die faltige Brust der Alten. Pala hatte unterdessen die zerfressene Hand auf ein mit einem Gummituch bespanntes Brett gelegt und Beine und Oberarme der Frau mit den alten Riemen am Tisch festgebunden. Haller schob die Unterlippe vor. Narkose und Operation wie in einem Gruselfilm, selbst die Hauptdarsteller waren vollzählig: Ein lungenkranker Assistent, ein Krankenpfleger, der vermutlich auf die Gelegenheit zu einem Mord lauerte, eine Schwester, die den Arzt liebte, und ein Arzt, der ein versoffener Vagabund war.

»Aber keiner wagt zu fragen ...«, sagte Adripur. Haller schrak auf.

»Was wollen Sie damit sagen?«

»Daß die Medikamente bei Taikky gehortet sind und verschoben werden.«

»Ich werde nach den Operationen mit meiner Leibgarde das Verwaltungsgebäude untersuchen.«

Adripur hob den Kopf. »Sie wollen Taikkys Burg stürmen?«

»Stürmen? Wieso? Ich bin völlig unmilitaristisch. Ich werde ein paar der schönsten ulzerierenden Leprösen zu ihm schikken, garantiert ansteckende Fälle, und die werden ihm sagen: Dickerchen, laß uns in deine Vorräte blicken, sonst schmieren wir dich mit unserem Eiter voll.« – »Taikky wird schießen!«

»Nein! Denn hinter den Leprösen stehe ich mit meinen zehn starken Jünglingen.« Dr. Haller blickte auf die alte Frau. Sie lag jetzt in Narkose, ihr Atem war flach, aber regelmäßig. »Puls normal«, sagte Adripur, als stehe er in einem vernünftigen Operationssaal. Haller nickte. »Warum habt ihr alle diese Angst vor einem einzigen Mann? Was ist er gegen ein ganzes Dorf?«

»Hinter ihm steht das Militär, Dr. Haller. Das wissen Sie noch nicht. Jeder hier will leben, so lange es möglich ist. Da beugt man den Kopf ganz tief und schluckt alles, auch, wenn es Dreck ist. Lieber wie ein Wurm leben. Aber leben! Können Sie das nicht verstehen? Diese Menschen hier haben doch nichts anderes als ihr Leben. Aufstand bedeutet Tod, und keiner weiß, wen es dann trifft. Wozu ein Risiko eingehen, solange man noch eine Hand voll Reis hat, Gemüse, Mehl, Reiswein, Tabak und Tee? Solange man jeden Morgen die Sonne sieht und jeden Abend den Mond? Erleben dürfen, daß man einen Tag überlebt hat! Das ist etwas so Herrliches, Dr. Haller. Das ist mit nichts zu vergleichen. Sie waren nie in einer solchen Situation.«

»Glauben Sie?« Haller lächelte schief. »Ich erzähle Ihnen mal in ein paar stillen Stunden mein Leben, Adripur. Wie steht's?« Er blickte Siri an. Sie hatte die Ätherflasche weggestellt.

»Sie schläft, Chandra.« Sie hielt das Skalpell hin und ein paar Gefäßklemmen. »Fang an!«

Haller nahm das Chirurgenmesser. Er wog es auf den Fingern und atmete tief durch. Ihm fiel erst jetzt ein, daß er noch keinen Tropfen getrunken hatte. Er schluckte ein paarmal, zwang sich, nicht an seine trockene Kehle zu denken, beugte sich über die zerfallende Hand und setzte den ersten Schnitt.

Von dieser Sekunde an wurde er ganz ruhig. Er wunderte sich selbst darüber. Das hat mir gefehlt, dachte er. Indem sie mich nicht mehr an die Patienten heranließen, haben sie mich systematisch kaputtgemacht. Aber jetzt komme ich wieder. Jetzt tauche ich auf aus dem Sumpf.

Nur einmal sah er sich verwundert um. Ihm fiel ein, daß er Siri keinerlei Angaben gemacht hatte, keine Instrumente verlangt hatte. Trotzdem lag immer in seiner seitwärts ausgestreckten Hand alles, was er gerade brauchte.

»Du bist phantastisch, Siri«, sagte er.

»Danke, Chandra.«

Haller amputierte die Hand weit im Gesunden und ließ einen genügend großen Hautlappen zur Stumpfdeckung übrig. Schweigend assistierte Dr. Adripur, auch ihm brauchte man nichts zu sagen.

»So ein Team im tiefsten Dschungel!« sagte Haller und schüttelte den Kopf. »Kinder, wenn ihr wüßtet, wie glücklich ich jetzt bin.«

Die Hand war so schnell abgetragen und der Stumpf so schnell versorgt, daß Pala, der sich um den zweiten Patienten kümmerte, in Zeitnot geriet. Der nächste Lepröse, ein junger Mann, dessen linke Gesichtshälfte fürchterlich aussah und der sich mit dem Sterben abgefunden hatte, lag draußen vor dem OP und versuchte sich gegen die Operation zu wehren. Er schrie, aber er war schon zu schwach, um nach Pala zu treten oder ihn mit den Fäusten wegzustoßen. Er konnte nur brüllen, und das tat er, in höchster Angst vor den Messern der Ärzte, die ihn zerschneiden wollten. Er hatte ein paarmal – vor Monaten, als er noch ein ambulanter Fall war – bei Dr. Karipuri gesehen, was geschah. Lebendig fuhr man die Kranken in den Raum, den keiner betreten durfte, und tot kamen sie wieder heraus. Nur in den Bestandslisten von Taikky lebten sie noch weiter und kassierten Unterstützung von der Regierung.

Der Armstumpf war verbunden. Adripur injizierte das Kreislaufmittel, sie hoben die alte Frau wieder auf das Rollbett und deckten sie bis zum Hals zu. Dr. Haller hörte noch einmal ihren Herzschlag ab.

»Ein zähes Volk«, sagte er. »Bekommt am Rand des Marasmus eine Äthernarkose nach Urgroßväterart und kollabiert nicht einmal! Adripur, zeigen Sie dem schreienden Burschen draußen diese Frau und erklären Sie ihm, daß sie durchkommt. Rollen Sie sie durch alle Säle und machen Sie Reklame mit ihr. Das spart uns eine präoperative Medikamention.«

Siri und Adripur rollten die alte Frau aus dem OP. Draußen erstarb das Geschrei, nur Pala schimpfte und schien unerschöpflich im Erfinden von Beleidigungen. Dann kam Siri zurück und schloß hinter sich die Tür. Unter dem weißen Kittel holte sie eine Flasche hervor.

»Was ist das?« fragte Haller.

»Reisschnaps, Chandra.«

Er starrte sie an, setzte sich neben dem Eimer, in dem die amputierte Hand lag, auf einen Hocker und schüttelte den Kopf. »Sehe ich so aus, als ob ich das brauche?«

»Du sollst glücklich sein, Chandra.«

»Ich habe mich noch nie so wohl gefühlt wie jetzt, Siri. Stecke die verdammte Flasche weg! Ich halte durch, das verspreche ich dir. Und wenn ich anfange, mit den Zähnen zu knirschen, dann schlage mir einen nassen Lappen um die Ohren. Vielleicht hilft das.«

Sie stellte die Flasche mit dem Reisschnaps in einen der leeren Medikamentenschränke und schloß ihn ab.»Wenn du es nicht mehr aushalten kannst, Chandra, gehen wir in das Schwesternzimmer.« Sie kam zu ihm, lehnte sich an ihn und legte ihr Kinn auf seinen Kopf. Ihre spitzen Brüste waren in seiner Augenhöhe.»Wir werden uns lieben, und du wirst wieder ruhig werden.«

»Ich liebe dich«, sagte Haller. »Ich habe es nicht mehr für möglich gehalten, noch einmal so etwas zu sagen. Vielleicht ist auch jetzt alles falsch, was ich mache ...«

»Es ist alles richtig, Chandra.«

Sie küßte seine Stirn und strich mit den Fingerspitzen über seine Augen. Der elektrische Strom, den er schon einmal aus ihren Händen gespürt hatte, floß wieder in ihn über.

»Nicht einmal umarmen kann ich dich«, sagte er.

Er hob vorsichtig die Hände. Sie steckten noch in den blutigen Handschuhen, und er mußte sie auch anbehalten, denn es gab kein zweites Paar mehr. Pala und Adripur hatten vor der Operation alle Schränke, Schubladen und Gefäße durchsucht. »Ich habe in der Nacht über uns nachgedacht, Siri. So eine schlaflose Nacht ist wie ein zweites, anderes Leben. Man kann in ihm spazierengehen wie in einem neu entdeckten Land, und man kann sagen: Dort werde ich das pflanzen, hier soll einmal jenes stehen, diese ganze neue Landschaft werde ich jetzt so bebauen, wie es mir im ersten Leben nicht gelungen ist.«

»Und was hast du gebaut, Chandra?«

»Eine Hütte an den Hügeln hinter Nongkai.«

»Und wo war ich?«

»Überall, wo ich war. Ob ich einen Baum ansah, eine Blume, einen Strauch, ein Stück Erde, einen Stein, die Wolken oder die Sonne: Immer und überall warst nur du.«

»Wann bauen wir die Hütte, Chandra?«

Sie küßte seine Augen, streichelte sein Haar und kreuzte dann die Arme hinter seinem Rücken. Sein Gesicht lag zwischen ihren Brüsten. Er konnte kaum atmen, aber er bewegte sich nicht.

Von diesem Augenblick an wußte er, daß er das Lepradorf Nongkai nie mehr verlassen würde. In der Nacht noch waren ihm Zweifel gekommen, hatte er sich aufgelehnt gegen den Gedanken, den Dschungel als Endstation seines Lebens anzusehen. Ein paar Monate noch, hatte er gedacht. Mehr brauche ich nicht. Ich bin zwar ein Wrack, aber was hat man nicht schon alles erreicht mit Farbe, Leim und Tapeten? Ich werde mich wieder aufpolieren und zusammen mit Siri denen da draußen, diesen hochnäsigen Laffen, zeigen und beweisen, daß ich nicht geschaffen bin, auf allen vieren zu kriechen, sondern wieder aufrecht zu gehen!

Das mit der Hütte am Berghang war gelogen. Er hatte an Deutschland gedacht. An eine Praxis. Wenn nicht in einer Stadt, dann irgendwo auf dem Land. Vorher würde es noch einen wilden Kampf gegen die Bürokratie geben, gegen Vorurteile und Standesdünkel. Ein vorbestrafter Arzt das hieß gegen Gummiwände anrennen, an verrammelte Türen klopfen. Man konnte eine Bank ausrauben, konnte betrügen und erpressen, unterschlagen und stehlen, notzüchtigen und totschlagen – einmal stand man wieder draußen in der Sonne und hatte eine Chance zum Neubeginn. Ein vorbestrafter Arzt jedoch hatte diese Chance nie.

Mit Siri traute er sich zu, nach Deutschland zurückzukehren. Mit Siri an der Hand war er sogar bereit, den großen Büßer zu markieren, den Gnadenbettelnden, den Almosenempfänger.

Wieder in einer eigenen Praxis stehen und von vorn beginnen!

Das war in der Nacht gewesen. Jetzt, als er, von Siri umschlungen, dastand, waren das alles Märchen, die er sich selbst erzählt hatte.

Es gab nur noch Siri und Nongkai.

An der OP-Tür klopfte es. Adripur! Haller löste sich von Siri.

»Ein höflicher Junge«, sagte er und holte tief Atem. »Er muß weg aus Nongkai. Das Klima wird ihn umbringen. In seinen Lungen rasselt es wie Trommelwirbel ...«

Er stand auf, ging hinüber zu dem Waschbecken und tauchte die Hände mit den Gummihandschuhen in die Zephirollösung. »Kommen Sie rein, Adripur!« rief er dabei. »Hier steht ein OP-Tisch und kein Hochzeitsbett!«

Die Doppeltür schwang auf. Pala rollte das Bett mit dem jungen Mann herein. Ihm folgte Adripur. »Ich habe eine Liste gefunden«, sagte er. Seine Stimme klang merkwürdig rauh. »Sie lag – anscheinend wollte sie jemand verstecken – im Chefarztzimmer in der linken Schreibtischschublade. Die hatte einen Doppelboden.«

»Und den haben Sie aufgebrochen, was?«

»Ja.«

»Karipuri wird sich freuen. Wo ist er überhaupt?«

»Vielleicht bei Taikky in der Verwaltung. Er kommt nie vor zehn ins Hospital, und er weiß ja nicht, daß wir operieren.«

»Die Liste ...«

»Eine Aufstellung von Lieferungen des vergangenen Monats. Mit dem Material könnten wir alle Kranken problemlos versorgen, wenn wir es hätten.«

Adripur hielt Haller die Liste vor die Augen. Sie enthielt alles, was das Hospital brauchte. Vom Narkosemittel bis zu konzentrierten Vitaminpräparaten. Die einzelnen Posten waren abgehakt und abgezeichnet. Es war kein Wunschzettel, sondern eine Lieferungsbestätigung.

»Heute abend werden die Medikamentenschränke voll sein!« sagte Haller zufrieden. »Oder ich marschiere in den

Sumpf und stelle, mich als Krokodilfutter zur Verfügung.« Er beugte sich über den jungen Mann, betrachtete die zerstörte Gesichtshälfte und strich ihm über das krause schwarze Haar. Der Junge starrte ihn aus entsetzten Augen an.

»Ein Adonis wirst du nie wieder werden«, sagte Haller. »Du wirst sogar ziemlich scheußlich aussehen, und es wird Mühe kosten, dich über die Runden zu bringen. Aber wir schaffen es. Ein halbes Gesicht ist besser als gar keins. Hast du ein Mädchen?« –

Adripur übersetzte, dann sagte er:»Ja, er hat ein Mädchen. Es trägt schon die Totenkleider.«

»Aber warum denn, mein Junge?« Haller lachte. Pala und Adripur legten den Kranken auf den Tisch. »Sagen Sie es ihm, Sabu: Sein Mädchen soll sich freuen. Das Wichtigste an ihm schneiden wir nicht ab!«

Bis gegen elf Uhr operierten Haller und Adripur wie am Fließband. Sie hatten gerade den fünften Leprösen unter den Händen, einen großen weißhaarigen Mann, dem sie alle Zehen amputieren mußten, als Taikky in den OP kam. Haller wischte sich mit dem Unterarm den Schweiß von der Stirn.

»Raus!« sagte er laut. »Erstens sind Sie nicht steril, und zweitens werden hier Menschen gerettet!«

Taikky blieb stehen. Er trug einen rohseidenen Anzug, den seine Körperfülle fast zu sprengen schien. Er schien weit davon entfernt, beleidigt zu sein, aber sein Lächeln täuschte nicht darüber hinweg, wie gefährlich dieser Mann war.

»Ich muß mit Ihnen reden, Haller«, sagte er.

»Das hat Zeit bis zum Abend. Und wie wir miteinander reden werden! Stören Sie jetzt nicht.«

»Dr. Adripur muß sofort aufhören! Er ist entlassen.«

»Solche alten Hüte sollten Sie allein auffressen! Adripur bleibt hier. Ich bezahle ihn!«

»Auch Sie werden abgelöst. Ich habe stundenlang mit der Regierung telefoniert. Irgendein übereifriger Beamter hat Mist gemacht, alles läuft verkehrt. Das sage ich Ihnen, weil auch Sie mit dem nächsten Hubschrauber ausgeflogen werden.«

»Sie sind ein Herzchen, Taikky!« Haller bückte sich und griff in den Eimer neben dem OP-Tisch. Adripur wurde bleich und gab Siri ein Zeichen, aber sie stand unbeweglich neben ihrem Instrumententisch. Haller blickte Taikky an, als ziele er. »Ist Ihnen noch nicht klargeworden, daß Sie mit mir den Mungo ins Haus geholt haben, der die Schlange vertilgt? Verschwinden Sie aus dem OP! Mir zittert die Hand, wenn ich Ihr Schwammgesicht sehe.«

Er richtete sich auf, sein Arm schnellte vor, und ein Gegenstand flog durch die Luft. Taikky reagierte gut. Er wich zur Seite, der Gegenstand klatschte gegen die Kachelwand und fiel dann auf den Boden: die amputierte Hand.

Taikky schluckte, seine Augen bekamen den Ausdruck eines erstickenden Fisches. Er verließ den Operationsraum, die Tür schlug hinter ihm zu, aber er öffnete sie gleich wieder so weit, daß man ihn hören, aber nicht mehr sehen konnte. »Sie Saukerl!« schrie er. »Mich blenden Sie nicht! Ihre Stärke ist nichts als Unsicherheit. Wer sind Sie denn? Was macht man denn mit Ihnen, wenn Sie nach Deutschland zurückkommen? Nur hier im Dschungel können Sie noch den großen Mann spielen! Aber mit mir nicht! Wir werden die Kranken informieren, wer ihr ›Engel‹ in Wirklichkeit ist!«

Haller legte die Kocherklemme weg, die er gerade in der Hand hielt. Dr. Adripur hielt ihn an der Gummischürze fest. »Doktor«, sagte er heiser. »Lassen Sie sich nicht provozieren.«

»Nehmen Sie die Hand weg, Sabu!« sagte Haller.

»Er will doch nur, daß Sie die Nerven verlieren.«

»Er soll es haben!«

»In der Sache können Sie etwas tun, da steht jede maßgebende Stelle zu Ihnen. Aber wenn Sie einen Beamten verprügeln, dazu noch als Weißer, haben Sie nirgendwo mehr Freunde, Doktor. Taikkys Einfluß geht bis zum Gouverneur. Hinter ihm steht eine ganze Organisation!«

»Auch das noch!« Haller ließ sich an der Schürze zum Tisch zurückziehen. »Hat auch Birma seine Mafia?«

»Etwas Ähnliches. Nur ist die Mafia dagegen ein gemütlicher Altherrenverein. Doktor, Sie kennen Asien noch nicht genug.«

»Sie Saufgenie!« schrie Taikky durch den Türspalt. Es schien, als habe er völlig die Kontrolle über sich selbst verloren. »Sie werden Besuch bekommen! Dr. Karipuri ist nach Homalin unterwegs, ihn abzuholen! Ich freue mich darauf. Die kurze Zeit, die Sie mit ihm zusammen leben werden, wird genügen, daß die Bewohner von Nongkai Sie aus dem Dorf prügeln!«

Der Spalt wurde etwas breiter, man sah Taikkys fettes Gesicht. »Siri! Du wirst ihn vergiften, diesen Besuch! Ich weiß, daß du ihn vergiften wirst. Eine Frau kommt nach Nongkai ...«

»Eine Frau?« Dr. Haller winkte ab. »Sie müssen mich für reichlich dämlich oder für superpotent halten, Taikky! Von mir aus können Sie mir die schönste birmesische Prinzessin ins Bett legen, sie bleibt für mich eine Patientin.«

»Eine weiße Frau!« Taikkys Lachen klang aufreizend und gemein. »Mit blonden Haaren, groß, schön, mutig, klug!«

»Sie sind verrückt!«

»Eine deutsche Krankenschwester, Dr. Haller. Bettina Berndorf. Aus Hamburg. Siri wird sie vergiften!«

»Halten Sie die Schnauze!«

Die Tür klappte zu. Haller beugte sich über den narkotisierten Mann. Es waren noch zwei Zehen zu amputieren. Eine deutsche Krankenschwester. Nach Nongkai. Ein Stück Heimat kam in den Dschungel. Bettina Berndorf.

Vor seinen Augen erschien eine kleine dunkle Hand und reichte ihm die Präparierschere. Es war keine ruhige Hand mehr. Sie zitterte leicht.

»Keine Angst, Siri«, sagte Haller und versuchte zu lächeln. »Keine Angst! Deutsche Krankenschwestern gibt es überall, warum nicht auch in Nongkai?«

Und während er es aussprach, dachte er: Bettina aus Hamburg. Wie sieht Hamburg heute aus? Ist Professor Holtzmann noch in Eppendorf? Gibt es noch unser Stammcafé auf der Großen Bleichen?

»Pinzette.« Siri drückte sie zwischen seine Finger. Für eine Sekunde hielt er Siris Hand fest, ohne aufzublicken. Er beugte sich tiefer über die zerstörten Zehen.

Die Operation ging weiter.

Kurz nach siebzehn Uhr traf Bettina in Nongkai ein.

Die Fahrt durch den Dschungel, über die schmale, in das Urgewächs geschlagene Straße, die man nur wegen des Lepradorfes angelegt hatte, die lautlose Wegbegleitung der Tiger, deren gestreifte Schatten sie im Gewirr des verfilzten Unterholzes ab und zu vorüberhuschen sah, und die Schweigsamkeit von Dr. Karipuri verstärkten in Bettina den deprimierenden Verdacht, daß sie aus Trotz doch etwas Falsches, wahrscheinlich sogar Lebensgefährliches getan hatte. Doktor Karipuri hatte es zur Begrüßung auf dem Flugplatz Homalin deutlich genug ausgesprochen:

»Miß Berndorf, der Hubschrauber fliegt nach dem Auftanken nach Bhamo und Lashio zurück. Er fliegt leer. Sie könnten ...«

Und sie hatte den Arzt, der nun ihr Chef war, mit einem höflichen Lächeln angesehen und geantwortet: »Danke, Dr. Karipuri. Ich habe eine Arbeit übernommen. Ich führe diese Arbeit nach bestem Können aus.«

Das gleiche Kaliber wie Haller, dachte Karipuri. Er seufzte, lud Bettinas Koffer auf die Rücksitze des Jeeps und versank in Schweigsamkeit. Nur als Bettina einmal – nach einer Stunde fragte: »Waren das Tiger?« antwortete er: »Ja, Miß Berndorf, das waren Tiger. Wir haben hier ein paar berüchtigte Menschenjäger.«

Während der Fahrt durch den Dschungel hatte Bettina Zeit, sich auf Taikky einzustellen. Er mußte ein bedeutender Mann sein. Die Regierung sang sein Lob, und die schreckliche »Interessengemeinschaft« mit dem Henker Wong im »Haus der sieben Sünden« schien ihn gleichfalls hochzuschätzen. Warum lebte ein so mächtiger Mann in einem abgeschlossenen Lepradorf? Warum wollte man sie mit Geld und Drohungen daran hindern, Nongkai zu erreichen? Erst jetzt, nach ungefähr zwei Stunden im hartgefederten Jeep, erinnerte sie sich daran, daß der Hubschrauber auch eine Menge Kisten und Kartons geladen hatte, deutlich als medizinisches Material gekennzeichnet, mit großen roten Kreuzen auf den Deckeln und an den Seiten. Dr. Karipuri hatte sich nicht darum gekümmert. Er hatte nur ihre Koffer eingeladen und war in den Dschungel aufgebrochen.

Wurde das Krankenhausmaterial später nach Nongkai gebracht? Übernahm das Militär von Homalin den Transport?

Dann sah sie Nongkai, die hohe Palisadenwand, das offene breite Tor, die Straße mit den Hütten, die beiden hohen steinernen Häuser, Verwaltung und Hospital, die Kirche und die ersten Leprösen, die den Jeep mit der weißen Frau anstarrten, als käme ein seltenes, eingefangenes Tier zu ihnen.

Karipuri bremste vor der Verwaltung, stieg aus und ließ Bettina im Wagen sitzen. Sie wartete ein paar Minuten, und als sich keiner um sie kümmerte, stieg auch sie aus und ging die Stufen zur Veranda hinauf. Dort saß ein riesiger, fetter Mann im Seidenanzug in einem breiten Korbsessel, aß kandierte Früchte und trank Tee aus einer flachen chinesischen Porzellantasse. Dr. Karipuri stand hinter ihm und wischte sich mit einem großen Taschentuch den Schweiß vom Gesicht.

»Das ist sie«, sagte er.

»Ja, das bin ich«, sagte Bettina. »Ich weiß, daß ich nicht willkommen bin. Trotzdem möchte ich ein Zimmer haben und meine Koffer gleich dorthin tragen. Wohne ich im Hospital?«

»Natürlich. Im Schützengraben der Krankheit.« Taikky lachte dröhnend. Er war verliebt in seine Bonmots. »Man wird Ihnen Ihr Zimmer zeigen, aber ich glaube, daß Sie sich die Mühe des Einräumens sparen können. In einer Woche kommt wieder ein Hubschrauber nach Homalin und nimmt Sie mit.«

»Ich habe einen Dreijahresvertrag.«

»Sehen Sie sich um, Miß Berndorf: Hier wollen Sie drei Jahre bleiben?«

»Ich habe zwar noch nicht viel von Nongkai gesehen, aber ich habe gelernt, mit meiner Arbeit zu leben.«

»Kommen Sie. Setzen Sie sich.« Taikky klopfte mit seiner massigen Hand auf den Tisch. »Es sind Fehler gemacht worden, große Fehler. Nun haben wir die Sorgen«, sagte er fast wehleidig. »Nongkai braucht keine fremde Krankenschwester, wir haben einheimisches ausgebildetes Personal, das reicht. Irgendein fortschrittlicher Idiot im Ministerium, der noch nie hier war, entwickelt da Ideen, an denen wir uns alle verschlucken werden. Sie werden bezahlt für nichts.«

»Das scheint eine Spezialität zu sein in diesem Land.« Bettina setzte sich in einen Sessel Taikky gegenüber. »Für nichts hat man mir 10 000 Pfund geboten.«

»Fehler! Nichts als Fehler!« Taikky seufzte. »Nun sind Sie hier, wir haben die Last – ach ja: Last!« Er beugte sich vor und stierte sie aus seinen kleinen, gefährlich kalten Augen an. Der Blick einer Raubkatze im Körper eines Nilpferdes, dachte Bettina.

Und plötzlich bekam sie wieder Angst.

»Ich muß Sie auf einige Besonderheiten aufmerksam machen, bevor ich Sie Nongkai richtig betreten lasse. Im Dorf wohnen ambulante Lepröse mit ihren gesunden Angehörigen. Im Hospital liegen die schweren Fälle. Es arbeiten vier Pfleger und drei Pflegerinnen, also genug. Ferner haben wir zweieinhalb Ärzte zur Betreuung der Kranken.«

»Zweieinhalb?« Bettina tat Taikky nicht den Gefallen, über diesen makabren Scherz zu lächeln. »Ist einer der Ärzte ein Lepröser?«

»Aber nein, nein! Wenn der die Lepra bekäme – das wäre ja ein Wunder! In einem Körper, der nur noch aus Schnaps besteht, hält sich kein Bazillus, kein Virus, keine Kokke, nichts. Das meine ich damit ... Doktor Karipuri ist der Chefarzt. Dr. Adripur – er wird nächste Woche ausgeflogen – ist der Assistent, und dann haben wir hier noch einen Hilfsarzt, vor dem ich Sie warnen möchte. Wenn er nüchtern ist – das werden Sie kaum erleben –, ist er ein Idiot, und wenn er besoffen ist, wird er zum Wanderprediger und sagt und vollführt die unsinnigsten Dinge.«

»Und warum ist dieser Arzt noch hier?«

»Eine gute Frage!« Taikky klopfte sich lachend auf die massigen Oberschenkel. »Weil er einen Vertrag hat! Weil er ein Deutscher ist wie Sie. Dr. Reinmar Haller: Zuchthäusler und Mädchentöter. So etwas lädt man in Nongkai ab!« Taikky beugte sich vor. »Dr. Karipuri kann Sie morgen früh wieder nach Homalin bringen. Bis zum nächsten Hubschrauber wird Ihnen der Militärkommandant gern ein Zelt aufstellen.«

»Ich bleibe«, sagte Bettina.

Sie wußte nicht, warum sie es sagte. Auf der Dorfstraße bildeten sich Gruppen von Menschen. Das Signalsystem von Nongkai war angelaufen.

Eine weiße Frau im Lepradorf! Die Wunder hörten nicht auf. Bei Minbya, dem Bürgermeister, erschien der Küster, seinen Riesenkürbis unterm Arm.

»Soll ich die Glocken läuten?« fragte er. »Wir sollten sie empfangen wie unseren Doktor.«

Minbya schüttelte den Kopf. Er dachte als guter Vater sofort an Siri. »Wir wissen nicht, was sie hier soll«, meinte er ausweichend. »Vielleicht ist es nur ein Besuch.«

»Sie hat Koffer mitgebracht.«

»Fährt man von Deutschland bis Nongkai mit einem Sack in der Hand? Warten wir es ab. Nicht alles Neue ist gut.«

Dr. Karipuri schien sich von der Fahrt etwas erholt zu haben. Er ging in das Zimmer, holte eine Flasche Mineralwasser auf die Veranda und goß sich ein Glas ein. Bettina bot er nichts an.

»Wo ist Haller jetzt?« fragte er.

»Er operiert seit sieben Uhr früh.«

»Hat ihn denn keiner daran hindern können?« schrie Karipuri und wurde dunkel im Gesicht.

»Nein.« Taikky hob die breiten Schultern. »Sie kennen doch die Situation.« Er spielte damit auf Hallers Leibgarde an, aber Bettina verstand es anders.

»Du lieber Himmel, er ist betrunken und operiert?«

»Ob er betrunken ist, weiß keiner. Ob vollgelaufen oder nüchtern – man kann das bei ihm nur durch kleine Verhaltensunterschiede erkennen.« Taikky griff unter den Tisch, nahm eine Handglocke vom Boden und läutete. Der Boy in seiner weißen Uniform erschien in der Tür. »Ein Glas für Miß Berndorf!« schrie Taikky. »Soll sie verdursten?«

Bettina trank von dem gut gekühlten Mineralwasser und blickte über das Verandageländer die Straße hinab. Die Leprösen standen erwartungsvoll vor ihren Hütten. Frauen, Kinder, Greisinnen – die Männer hatten sich zu Minbya ins Gemeindehaus begeben und besprachen die neue, ihnen noch unbekannte Situation. Der Küster saß mit seinem ausgehöhlten Riesenkürbis auf dem Dach der Kirche, lehnte an dem Bambushöcker, der den Turm darstellen sollte, und wartete auf ein Zeichen.

Im Hospital rollte Pala den zwölften Patienten in den OP.

»Die weiße Frau ist da«, sagte er und starrte Haller forschend an. »Ich habe sie gesehen. Eine schöne Frau.«

Ein Gegenstand fiel klirrend auf den Steinboden. Zum erstenmal war Siri etwas aus der Hand geglitten. Sie bückte sich und hob die Kocherklemme auf, trug sie zum Sterilisator und legte sie in eine Chromschale. Als sie zurückkam, war ihr Gesicht unbeweglich, wie damals, als Haller sie zum erstenmal angerührt hatte.

Damals – das klang, als sei es Jahre her. Haller, der wieder seine Gummihandschuhe in der Desinfektionslösung wusch, lehnte die Stirn gegen die Kachelwand. Für einen kurzen Augenblick überfiel ihn lähmende Müdigkeit.

Zwei Tage waren es nur. Was war in diesen zwei Tagen alles geschehen!

Er hörte, wie hinter ihm der nächste Patient auf den Tisch gehoben wurde. Eine Frau, ein uralter Fall, nie richtig behandelt, mit Nervenlähmungen und steinharter Leber. Sie jammerte und weinte. Haller nahm ihr die letzten Finger weg und das linke Ohr. Ein Make-up für den Tod.

»Können Sie noch, Adripur?« fragte er. Der junge Inder, bleicher als sonst, stand am anderen Waschbecken und hielt seine Hände in die Zephirollösung. »Noch zwei. Ich kann's allein. Ruhen Sie sich aus, Sabu.«

»Solange Sie am Tisch stehen, stehe ich auch!« Adripur straffte sich. »Es macht mir Spaß.«

»Es wird Sie umbringen, mein Junge.«

»Was bringt uns hier nicht um?« Siri hatte aus dem Schrank die Flasche mit dem Reisschnaps geholt und kam auf ihn zu. »Was machen Sie nach Operationsschluß, Doktor?«

»Visite. Und dann Besuche der Ambulanten.«

»Sie sind verrückt. Wollen Sie nach einer Woche zusammenklappen? Das Tempo halten Sie nie durch.«

»Ich habe, als ich heute morgen anfing, auch nicht gedacht, daß ich über meinen dritten Eingriff hinauskäme. Jetzt sind's zehn Stunden. Und ich stehe auf beiden Beinen, wenn auch etwas mühsam.« Haller lächelte breit. »So ist das, Adripur. Daran müssen Sie sich bei mir gewöhnen. Ich gebe immer alles erst hinterher zu. Ich spiele immer va banque. Sie wissen gar nicht, wieviel Angst manchmal in mir ist.«

»Ich ahne es, Dr. Haller.« Adripur trocknete die Hände an einem sterilen Tuch ab. »Sie reden im Schlaf.«

»Morgen ziehen Sie bei mir aus!«

»Sie sollten mit mir und nicht mit Ihrem Unterbewußtsein reden, Doktor. Ich kann schweigen, und ich sauge alles auf wie ein Schwamm und vergesse es dann. Aber Ihnen ist leichter.«

»Sie sind ein Mordskerl, Adripur!« Haller lehnte sich an die Wand. Und so ein Mensch hat eine Lunge wie ein Sieb, während ein Saukerl wie Taikky gesund wie ein Stier ist! Aber warte, mein Junge. Auch dich hole ich von der Schippe zurück. Die Medikamente müssen in den nächsten Tagen aus Rangun kommen. »Hier«, sagte Siri. Sie hob ein Glas, randvoll mit Schnaps, Haller unter die Nase. Es war ein Duft, der ihn sofort aus seiner plötzlichen Schläfrigkeit wegtrieb. Er griff nach dem Glas, aber dann ließ er die Hand sinken.

»Nein!« sagte er laut. »Nie mehr! Verdammt, schüttet das Zeug weg!«

»Sie übertreiben, Doktor.« Adripur gab der weinenden Frau eine Kreislaufinjektion. Es war die vorletzte Ampulle, dann war der Vorrat erschöpft. Der Sturm auf Taikkys heimliches Vorratslager wurde unvermeidbar, wenn Haller in diesem Stil weiter behandelte.

»Sie wissen besser als ich, Dr. Haller, daß eine gewaltsame Entziehung immer mit einem Zusammenbruch endet.«

»Ich habe keine Zeit, mich nach den Regeln der Schulmedizin vom Alkohol wegzuschleichen.«

»In zwei Tagen kippen Sie um, was dann? Wer soll dann die Kranken behandeln, Doktor? Darauf wartet Karipuri doch bloß, daß Sie auf dem Rücken liegen.«

»Sie haben recht, Sabu.« Haller nahm das Glas, zog Siri an sich, küßte sie auf die Stirn und trank das Glas in einem Zug leer. Er spürte, wie Siri sich in seinem Arm steif machte, um sich dann mit beiden Händen von seiner Brust abzustützen.

»Siri«, sage Haller leise. »Du dämliche kleine Katze. Mich interessiert das Mädchen aus Deutschland nicht die Bohne!

Nur etwas Neugier ist dabei. Ich war fünf Jahre nicht in Deutschland. Das ist alles ...«

»Sie wird dich mir wegnehmen«, sagte sie leise. Ihre sonst so helle Stimme war dunkel. »Ich weiß es, Chandra. Ich hasse sie!«

»Himmel noch mal, du kennst sie doch noch gar nicht.«

»Ich hasse sie, Chandra! Ich hasse sie!«

Haller merkte erst, daß etwas nicht stimmte, als er von Siri kein Instrument mehr gereicht bekam und auch Dr. Adripurs Kopf nicht mehr neben ihm war. Er blieb in gebeugter Haltung über dem Armstumpf der Frau stehen und schielte zur Seite. Siri stand wie erstarrt.

»Wenn es Taikky ist«, sagte.Haller langsam, »dann gehen Sie hin, Adripur, und jagen Sie ihn weg. Sonst werfe ich ihm den vollen Eimer mit Amputationsabfall an den Kopf.«

»Es ist nicht Taikky«, sagte Siri.

»Auch Karipuri fliegt raus!«

»Es ist nicht Karipuri«, sagte Adripur.

Dr. Haller drehte sich langsam um. Bettina Berndorf war gekommen.

Sie sahen sich an, sein Blick flog schnell über sie hin, vom Kopf bis zu den Füßen.

Für die feuchtheißen Tropen kurzgeschnittene blonde Haare, mit Ansatz von Locken. Ein offenes, ebenmäßiges Gesicht mit blauen Augen, einer geraden, kurzen Nase und einem schönen, etwas zu breiten Mund. Die Figur – soweit sie sich in dem Khakianzug mit langen Hosen und der weiten Jacke mit den vier aufgesetzten Taschen erkennen ließ – war wohl geformt, gesund und kräftig. Die Füße steckten in derben Schuhen mit dicken Sohlen.

Dr. Haller lächelte. Da hat ihr einer etwas erzählt von Schlangenbissen. Aber eine Schlange beißt kaum in die Fußsohle. Man müßte sich da schon reichlich idiotisch anstellen.

Er legte die Pinzette, mit der er gerade ein paar Gewebeteile gefaßt hatte, zur Seite und putzte die Hände in den Handschuhen an einem Tuch ab. Bettina blieb in der Tür stehen.

Man hat ihr schon von mir erzählt, dachte Haller. Jetzt kommt sie, das Wundertier anzusehen.

Er ging auf sie zu und vergaß, daß er eben noch ein volles Glas Reiswein getrunken hatte und eine gewaltige Alkoholfahne ihm vorauswehte. Als er vor Bettina stehen blieb, verzogen sich leicht ihre Mundwinkel.

»So sehe ich aus«, sagte Haller. »Genau so. Was Taikky oder Karipuri über mich erzählt haben, ist Quatsch.«

Bettina wandte den Kopf etwas zur Seite. Ihr Blick wurde hart. Dieser Schnapsdunst!

»Schämen Sie sich! Sie sind ja betrunken!« sagte sie. Sie verließ den OP.

Einen Augenblick blieb Haller stehen, dann drehte er sich um und lächelte verzerrt. Er hatte sich wieder gefangen. »Das ist ja herrlich!« sagte er. »Das kann ja heiter werden.«

»Was hat sie gesagt?« fragte Adripur.

»Sie meint, ich sei besoffen!«

Er ging zum OP-Tisch zurück und nahm die Pinzette wieder auf. Als er mit ihr zufaßte, bebte seine Hand, und er griff in gesundes Gewebe statt in das lepröse. Schnell sah er hinüber zu Siri. Sie reichte ihm einen Tupfer.

»Ich hasse sie!« sagte sie durch die geschlossenen Lippen. »Chandra, ich hasse sie wie die Lepra ...«

Am Abend traf Haller Bettina Berndorf in der kleinen Bambuskirche.

Er hatte noch seine Visite bei den ambulanten Patienten gemacht und war nun so müde, daß er kaum mehr sah, wohin er trat. Dr. Adripur hatte sich sofort nach der letzten Operation alles vom Leib gerissen, war unter die Dusche gewankt, hatte sich zehn Minuten lang vom kalten Wasser durchweichen lassen und war dann in Hallers Hütte aufs Bett gefallen.

»Das ist höllisch, Doktor«, sagte er mit schwerer Zunge. »Und Sie wollen noch Besuche machen? Wie halten Sie das bloß aus? Was sind Sie für ein Mensch?« Adripur drehte sich auf die Seite und begann sofort mit offenem Mund zu schnarchen.

Der Krankenpfleger Pala hatte es einfacher. Er legte sich, nachdem er den letzten Operierten weggefahren hatte, einfach auf ein freies Bett im Hospital, so wie er war, angezogen, mit den Schuhen an den Füßen, rollte sich zusammen wie ein Igel und war nicht mehr ansprechbar.

Auch Siri kapitulierte. Sie ging zwar mit Haller zu seiner Hütte, wo jetzt ganz selbstverständlich auch ihr Platz war, und sagte: »Ich trage deine Tasche, Chandra, wenn du zu den Ambulanten gehst.« Aber als sie auf dem Bett saß, um zu verschnaufen, fielen ihr die Augen zu, und sie sank zur Seite. Haller legte sie aufs Bett, zog sie aus und deckte ein Laken über sie. Dann küßte er sie und schloß das Moskitonetz über dem Bettgestell.

Ich gehöre noch nicht zum alten Eisen, dachte er, als er seine Besuchsrunde aufnahm. Ich werde es allen beweisen. So wie ich früher jeden unter den Tisch getrunken habe, so werden sie umfallen, wenn sie neben mir arbeiten.

Er war stolz auf die heutige Leistung, zwang die bleierne Müdigkeit aus seinen Knochen, scherzte mit den Kranken und stärkte sie mit Vertrauen und Zuversicht.

Auch Minbya besuchte er. Der bot Haller frische Früchte an, und Minbyas Frau kochte einen starken mit köstlichem Honig gesüßten Tee.

»Ich habe etwas mit dir zu besprechen«, sagte Haller. Er hatte Minbyas Nase untersucht. Die Ulzeration war zum Stillstand gekommen, nicht durch ärztliche Leistung, sondern weil es eine Eigenschaft der Lepra ist, in Schüben zu verlaufen. Minbya hatte Ruhe bis zum nächsten Schub. Und bis dahin hoffte Haller, alle Mittel, die er angefordert hatte, in Nongkai zu haben. Auch Minbyas Hände, dick mit Knoten überwuchert, sahen aus, als könne man sie retten, wenn genügend Fanasil eintraf.

»Was ist mit Siri?« fragte Haller.

Minbya sah ihn über seine Nasenbinde abwartend an. »Sie ist ein gesundes, kluges, treues Mädchen, Herr.«

»Das bezweifelt keiner. Aber sie liegt in meinem Bett.«

»Die Liebe, Herr ...«

»Sprechen wir offen miteinander, Minbya.« Der Honigtee durchrann ihn wie Feuer, aber die bleierne Müdigkeit vertrieb er nicht. »Ihr habt Angst, daß ich es mache wie viele Ärzte von Nongkai: abhauen, wenn ich es satt habe. Ihr habt Angst, daß auch mich der Dschungel schafft, daß Karipuri mich wegekelt, daß Taikky auf die Dauer der Mächtigere sein wird. Ihr klammert euch an mich, als sei ich das Leben selbst.«

»Das bist du, Herr.« Minbya sagte es ganz ruhig.

»Und um mich zu halten, bringst du für dich und deine Freunde das Opfer und legst mir Siri ins Bett. Wenn mich nichts festhalten kann in Nongkai – Siri wird es schaffen – das denkt ihr. Ihre schlanken Arme und Beine sind Fesseln, aus denen er nicht herauskommt. Ist es so, Minbya?«

»Siri liebt dich, Herr.«

Minbya blickte an Haller vorbei gegen die Hüttenwand. Dort hing ein billiger Buntdruck von Christus am Kreuz, eine jener grellfarbigen Devotionalien, wie man sie an Wallfahrtsorten kaufen kann. Die Schwestern »Zum sanften Blut« hatten es damals an alle Kranken verteilt, als sie die Leprastation »Jesus am Kreuz« gründeten, und Minbya war einer der ersten Leprösen und der erste getaufte Christ von Nongkai gewesen.

»Auf Befehl?« fragte Haller.

»Nein! Ich wollte sie zwingen, bei uns zu bleiben. Ich habe sie sogar geschlagen. Hat sie das nicht erzählt?«

»Nein«, sagte Haller. Ich habe es immer gewußt, dachte er. Aber ich wollte es von Minbya selbst hören. Ihre Liebe ist so selbstverständlich wie das Blühen und Wachsen im Dschungel. Sie ist unausweichlich, und man fragt nicht, warum es so ist. Wer wundert sich darüber, daß auf einem fauligen, verschimmelnden Baumstamm im Sumpf eine der schönsten Orchideen wächst! Nichts anderes ist es mit Siris Liebe. Nur wir immerfort denkenden und nach Erklärungen suchenden Zivilisierten finden uns nicht damit ab. Wir stehen vor einem Spiegel, betrachten unsere Visage und fragen uns: Wie kann ein solches Mädchen dich bloß lieben? Gerade dich?

»Kann man Siri zurückhalten?« sagte Minbya weiter. »Man müßte sie schon totschlagen, um ihren Willen zu bezwingen.« Er beugte sich vor und legte seine knotigen Finger auf Hallers Knie. »Sei gut zu ihr, Herr. Sie wird dir treu sein wie dein Schatten.«

Später ging Haller in die kleine Bambuskirche, setzte sich auf eine der langen Holzbänke und stützte sein Gesicht in die Hände. Die Müdigkeit war unbezähmbar. Ich werde gleich von der Bank fallen und auf den Boden rollen, dachte er. Dort werde ich schlafen. Keine zehn Pferde kriegen mich dann wieder hoch. Er mußte lächeln und dachte an die Kirchen, in denen er schon geschlafen hatte: betrunken, ein landstreichender Arzt!

»Beten Sie um die nächste Schnapssendung?« fragte eine Stimme hinter ihm. »Oder versuchen Sie, für das, was Sie hier anrichten, heimlich Abbitte zu leisten?«

Haller brauchte sich nicht umzublicken; er wußte, wer es war.

»Bettina«, sagte er, »Sie sind erst seit ein paar Stunden in Nongkai. Wenn Sie mit mir in diesem Tempo weitermachen, haben wir in kürzester Zeit Knüppel in der Hand und dreschen aufeinander los.«

»Warum trinken Sie so hemmungslos, Dr. Haller?«

»Warum sind Sie so unheimlich korrekt, Bettina? Ich habe heute fünfzehn Stunden operiert und unzählige Kranke behandelt. Ohne Unterbrechung. Nur ein einziges Glas Reisschnaps hat mir Siri zwischen zwei Amputationen gegeben, und ausgerechnet kurz danach sind Sie in den OP gekommen. Können Sie mir verzeihen?«

Er blieb sitzen, nach vorn gebeugt, die Ellbogen auf die Knie gestützt, das Gesicht in den Händen. Er hörte, wie Bettina zu ihm kam und sich neben ihn setzte. Ihre Stimme war ganz nah.

»Das wußte ich nicht, Dr. Haller. Ich bin sehr voreilig gewesen, nicht wahr? Verzeihung?«

»Schon gut.« Er scheute sich, Bettina anzusehen. Ihr erster Eindruck auf ihn war wie ein Schock gewesen. Ein Typ wie Luise, dachte er sofort. Blond und eine volle Portion Leben. Als die Sache mit Dora passierte, dieser tödliche Abortus, für den es medizinisch keine Erklärung gab, war sie zu stolz gewesen, ihm zu verzeihen. Nicht wegen des Todesfalles, sondern weil er neben ihr noch eine andere Geliebte hatte. Luise Wanderer, Kinderärztin in Hannover. Bettina Berndorf könnte eine Schwester von ihr sein. Die jüngere, hübschere Schwester.

»Ich nehme an«, sagte Haller, »Dr. Karipuri wird Sie als Waffe gegen mich einsetzen. Sie werden in seinem Auftrag alles anders machen als ich. Sage ich: Hand verbinden, verbinden Sie den Fuß.«

»Halten Sie mich für so dumm, Dr. Haller?«

»Bettina, Sie wissen noch nicht, wo Sie gelandet sind! Ich habe gerade begonnen, einen Vierfrontenkrieg zu führen. Gegen Gott, die Lepra, die korrupte Verwaltung, den Dreck, eigentlich gegen alles, was Nongkai heißt – abgesehen von den unschuldigen, still vor sich hinfaulenden Menschen, die bisher machtlos waren.«

»Ich habe so etwas geahnt«, sagte Bettina leise.

Jetzt blickte er doch hoch. Sie sahen sich an, und Haller dachte: Sie hat unwahrscheinlich blaue Augen. Solche Augen hatte Luise nicht. Sie waren immer ein wenig distanziert, einen Stich zu vornehm, ein wenig zu abschätzend. Nein, Bettina hat wundervolle Augen. Aber was soll's?

»Sie haben es geahnt? Wieso?«

»Ich wurde in Rangun entführt, zu einem geheimnisvollen Haus gefahren, in dem ein Folterknecht tätig war, und aufgefordert, zurück nach Hamburg zu fliegen. 10 000 Pfund wollte man mir dafür bezahlen.«

»Aber Sie sind doch in Nongkai.«

»Aus Trotz! Ich lasse mich nicht zwingen!«

Das klang genauso, wie es Haller von ihr erwartet hatte. Ihr Mund war jetzt schmal, das Blau ihrer Augen dunkler. An den Bambuswänden hingen die qualmenden Öllampen und spendeten der kleinen Kirche dunstiges Licht.

»Und dann hat Karipuri und später Taikky Ihnen von mir als dem größten Ungeheuer erzählt, das je durch den Dschungel gelatscht ist.«

»So ähnlich.«

»Mich wundert, daß man Sie allein herumlaufen läßt. Die Gefahr, mich zu treffen und mit mir zu reden, ist doch zu groß. Und nun ist's sogar passiert. Was planen die Halunken eigentlich?«

»Fragen Sie ihn selbst.« Bettina winkte mit den Augen. Sie hatte sich zufällig umgedreht. Ein Schatten lehnte neben der Kirchentür.

Dr. Haller blieb sitzen, aber die fürchterliche Müdigkeit war weggeblasen. Der Instinkt für die Gefahr, den er in den Jahren seiner Wanderschaft rund um die Welt entwickelt hatte, warnte ihn.

»Kommen Sie näher, Karipuri«, sagte Haller laut auf englisch. »Als Türsteher machen Sie eine unglückliche Figur.«

Dr. Karipuri kam langsam in den Lichtkreis. Er trug ein langes, indisches Gewand, eine Art Mantelrock, und darunter eine weiße, enge Hose mit gelben Stiefeletten. Ein Modegeck im Dschungel.

»Da Sie kein Deutsch können, will ich Ihnen sagen, was Bettina Berndorf mir erzählt hat«, sagte Haller, als Karipuri sich neben ihnen an die Wand lehnte.

»Sie hat mich davon überzeugt, daß ich ihr unsympathisch bin.«

»Warum lügen Sie so abscheulich?« fiel ihm Bettina auf deutsch ins Wort.

»Mädchen, halten Sie den Mund! Sie sitzen mit Ihrem schönen Hintern auf einem giftigen Nagelbrett und wissen es gar nicht. Wenn Sie etwas ganz Gutes tun wollen, dann halten Sie immer zwei Meter Abstand zwischen sich und mir.«

»Das wird mir nicht schwerfallen!« Sie sprang auf. Ihre Empörung war echt, ihre schönen blauen Augen funkelten vor Zorn. Sie strich mit beiden Händen über ihr kurzgeschnittenes blondes Haar und verließ mit energischen Schritten die Kirche. Haller blickte ihr zufrieden nach.

»Da geht sie hin und« singt schmutzige Lieder«, sagte er fröhlich. »Karipuri, Sie Saukerl, was haben Sie ihr eigentlich über mich erzählt? Ich werde es schwer haben, das alles richtigzustellen.«

»Vielleicht schaffen Sie das nie, Haller.« Auch Karipuri war zufrieden. Die kleine Szene hatte ihn beruhigt. Zu einem Kontakt zwischen Haller und Bettina würde es in der nächsten Zeit nicht kommen. Er durchschaute nicht, daß Haller den Vorfall bewußt provoziert hatte, gerade, um Karipuri diese Sicherheit zu verschaffen. Es war gelungen. Bettina hatte mitgespielt, wenn auch ungewollt. Auf jeden Fall war sie damit aus dem direkten Schußfeld von Taikky und Karipuri geraten. Man konnte sich wieder ganz auf Haller konzentrieren.

»Übrigens ...«, sagte Karipuri und suchte nach einer Zigarette. Haller wedelte mit der Hand.

»In unseren Kirchen wird nicht geraucht.«

Karipuri steckte die Zigarettenschachtel wieder ein. »Zwei Ihrer neuen Freunde sind ausgerissen! Sie sollten sich morgen früh darum kümmern. Seit zwei Jahren hat keiner mehr gewagt, heimlich Nongkai zu verlassen. Kaum sind Sie da, schon spukt falsch verstandener Freiheitsdrang in den Köpfen der Leprösen. Wissen Sie, was mit Ihnen passiert, wenn wir die beiden nicht wieder einfangen und sie vielleicht Gesunde anstecken? Sie haben bei Ihrer Visite – wie Sie Ihren Auftritt im Hospital zu nennen belieben – das Fehlen der beiden Brüder Khawsa nicht gemerkt?«

»Karipuri, ich bin erst sechzig Stunden hier. Davon habe ich zwanzig Stunden bei den Kranken verbracht. Verlangen Sie, daß ich jetzt schon jede dieser über zweihundert Personen namentlich kenne? Wo wohnen sie?«

»In Haus 93. Beides lepromatöse Fälle! Noch nicht sehr ausgebildet, aber immerhin eine Gefahr! Wenn Sie's mir nicht glauben, fragen Sie Minbya. Die Brüder Khawsa waren auch bei dem gestrigen Vorbei marsch dabei und haben Hurra gebrüllt. Dr. Haller, ich weiß, was Ihnen jetzt auf der Zunge liegt, aber die Verhältnisse im Dschungel sind anders als irgendwo auf der Welt, mit nichts vergleichbar! Sie sind Arzt, und jetzt müssen Sie auch Menschenjäger sein! Holen Sie die beiden zurück.«

»Allein?«

»Adripur brauche ich, das verstehen Sie wohl. Ihre dämliche Leibgarde darf das Dorf auch nicht verlassen.«

»Es sind Gesunde, das wissen Sie.«

»Aber sie können Zwischenträger sein!«

»So einen Blödsinn habe ich selten gehört. Wie soll ich die Ausreißer allein im Dschungel suchen?«

»Nehmen Sie Pala mit, Haller.«

»Das könnte Ihnen so passen! Mit einem, der mich am liebsten umbringen würde, allein durch die Wildnis. Rufen Sie das Militär!«

»Das ist bereits alarmiert. Es sperrt den Weg nach Süden ab. Aber es gibt auch einen Flußlauf, der fließt nach Norden. Er macht einen weiten Bogen durch eine Senke und kehrt dann zurück zu einem Zufluß des Chindwin-River. Die Brüder Khawsa werden nie direkt nach Süden flüchten, sondern diesen Weg nehmen. Und genau das sollte auch Ihr Weg sein!« Karipuri verzog sein braunes, schön geschnittenes Gesicht.

»Sie haben einen großen Vorteil vor den Flüchtenden, Haller«, fuhr er fort. »Sie haben ein Boot. Ein Kunststoffboot mit einem Außenbordmotor. Breit, flach gebaut, kaum Tiefgang. Mit dem kann man über die Dschungelgewässer rutschen. Nachts werden die Flüchtigen nicht unterwegs sein. Es wäre zu gefährlich, wegen der Tiger. Aber morgen in aller Frühe, da ziehen sie weiter. Und da können Sie mit dem Boot ihnen voraus sein und sie abfangen. Sie *müssen* den Weg entlang des Flußlaufes nehmen, sie haben keine andere Chance.«

»Und wenn ich die Brüder Khawsa nicht finde?« fragte Haller.

»Dann wird Taikky eine Meldung nach Lashio zum Gouverneur machen. Dazu ist er verpflichtet. Das bedeutet für Sie einige Jahre Gefängnis. Kennen Sie die Gefängnisse von Birma? Ein Europäer wird darin wahnsinnig.«

»Danke.« Haller erhob sich. Seine Beine spürte er kaum. Mein ganzes Knochengerüst löst sich in Müdigkeit auf, dachte er. Gleich falle ich Karipuri vor die Füße. »Lassen Sie das Boot startklar machen. Ich hole die Brüder Khawsa.«

Er verließ die Kirche, erreichte seine Hütte und fiel ins Bett.

Siri lag noch so, wie er sie zugedeckt hatte. Er kroch neben sie, legte seine linke Hand auf ihre Brust, streichelte sie sanft mit den Fingerspitzen und schlief sofort ein.

In der Morgendämmerung weckte Siri ihn. Sie war schon angezogen, trug einen naturfarbenen Leinenanzug und hohe Stiefel. Sie sah fremd, sehr erwachsen aus. Aus dem Hospital hatte sie eine Kanne mit Tee und belegte Brote geholt und zwei Gewehre einschließlich Munition mitgebracht.

Dr. Haller setzte sich und wischte sich mit beiden Händen über das Gesicht.

»Eines wollen wir gleich feststellen, Siri«, sagte er. »Du fährst nicht mit!«

»Ich habe den Proviant schon für zwei eingeladen und habe zwei Gewehre.« Sie goß Tee in eine große Tasse und brachte sie mit den Broten ans Bett.

»Dann esse ich für zwei und schieße im Notfall beidhändig! Du bleibst hier!«

»Nein, Chandra.«

»Doch!«

»Nein!«

»Ich kann verstehen, daß dein Vater dich geprügelt hat! Verdammt, du bleibst bei den Kranken!«

»Du kannst mich auch prügeln, Chandra. Aber ich fahre mit dir. Komm, iß und trink. Wir haben wenig Zeit ...« Sie kniete vor dem Bett, hielt ihm die Tasse mit Tee hin und auf der kleinen flachen Hand die belegten Brote. Es war eine unterwürfige Geste, aber Haller ließ sich davon nicht täuschen. Siris Tropenanzug und die hohen Stiefel waren deutlicher als alle Worte.

»Sag mal«, wunderte sich Haller, »woher weißt du eigentlich, was ich vorhabe?«

»Es spricht sich herum«, antwortete sie ausweichend.

Er aß ein Brot, blies in den Tee, damit er kälter wurde, trank ihn in kleinen Schlucken und zog sich aus.

Siri wusch ihn, schöpfte aus zwei Holzeimern das Wasser, massierte die letzte Müdigkeit aus seinen Muskeln und trocknete ihn mit einem rauhen Handtuch ab. Haller hatte das Gefühl, seine Haut stehe in Flammen. Aber es belebte besser als eine halbe Flasche Kognak.

»Wo ist Adripur?« fragte er.

»Schon im Hospital. Er hilft der Deutschen.«

»Bettina ist schon auf?«

»Sie hat Nachtwache bei den Operierten gemacht.«

Haller zog sich schnell an. Bettina hatte Nachtwache gemacht? Freiwillig, ohne Aufforderung! Hat sich um die Operierten gekümmert – das war ein stummes Entgegenkommen, eine Aufforderung zur kollegialen Zusammenarbeit.

Siri schien seine Gedanken zu kennen. Sie sagte: »Dazu ist sie ja da! Nicht, um in Kirchen zu sitzen ...«

Haller starrte sie ungläubig an. »Du bist mir gestern abend gefolgt? Du hast doch geschlafen wie eine Ohnmächtige.«

»Ich bin überall, wo du bist, Chandra«, sagte sie. »Immer ...«

»Und du hast alles gehört?«

»Alles. Nur nicht das in eurer Sprache.«

»Wir haben uns beschimpft.«

»Wie lange werdet ihr euch noch beschimpfen, Chandra?«

»Siri!« Erzog sie an sich. Sie war schmal, zerbrechlich, kindlich und doch so voller Weiblichkeit. »Du dummes Ding bist eifersüchtig. Auf eine Bettina Berndorf, für die ich doch nur ein verkommener Säufer bin!«

»Chandra, ich liebe dich.«

»Bettina ist hier, um ihre Pflicht an den Kranken zu tun wie ich. Das ist alles.«

»Du nimmst sie in Schutz!« Siri knöpfte Haller die Jacke zu.

»Siri! Rede nicht solchen Unsinn!«

»Ich sehe deine Augen, und ich sehe genug darin. Chandra, eines Tages töte ich sie.«

»Du meine Güte! Hier will jeder jeden umbringen. Ist wohl so eine Art Gesellschaftsspiel?«

»Ich liebe dich, Chandra.« Sie küßte ihn, wandte sich ab und warf die beiden Gewehre über ihre schmale Schulter. »Nimm die Kiste mit den Patronen«, sagte sie.

»Leg sofort die Knarren hin, Siri!« rief Haller. »Sofort!«

»Nein!« Sie blieb an der Tür stehen. »Prügle mich doch! Ich halte still.«

Haller ergriff die Patronenkiste. »Wo die meisten Krokodile sind, schmeiß ich dich in den Fluß, du Luder!« rief er.

Siri nickte. Unbeirrt ging sie weiter. »Tu das, Chandra. Du kannst alles mit mir machen.«

Haller betrachtete sie, wie sie vor ihm herlief. Ihr schlanker, geschmeidiger, katzenhafter Körper berührte beim Gehen kaum die Erde.

So etwas gibt es nur einmal, dachte er. Siri, du herrliches Geschöpf, ich darf dir ja gar nicht sagen, wie ich dich liebe ...

Das Boot lag an einem verfaulenden Steg und schien in gutem Zustand zu sein. Haller überprüfte kurz den Motor und den Benzintank. Er war voll, auch die Reservekanister. Er legte die Munition neben den Sitz am Lenkgriff des Außenborders und nahm von Siri die beiden Gewehre an. Sie sprang hinterher, hatte die Leine schon losgebunden und stieß das Boot vom Steg ab.

Diese Abfahrtsstelle lag außerhalb der Palisaden, gewissermaßen im Niemandsland. Hier wuchs der Urwald bis nahe ans Dorf und eroberte sich die Kahlstellen zurück, die man vor Jahren geschlagen hatte. Die Natur war stärker als Menschenhand. Der Fluß, träge, faulig riechend, mit schillernden dicken Wasserlinsen übersät, ist so breit wie die Elbe bei Dresden, dachte Haller. Man soll es nicht für möglich halten, wie hier alle Maße gesprengt werden. In Europa besingt man solche Flüsse als mächtige Ströme – hier ist es nur ein unbekannter Nebenarm, ein Wasserlauf unter vielen. Vielleicht änderte sich das bald.

Der Dschungel rückte auch in den Fluß hinein, schon in Sichtweite verengte sich das Gewässer, die Bäume und Riesensträucher wuchsen schräg über das Wasser, Lianen und dickfleischige Klettergewächse hingen wie Mammuttrauben über dem Fluß und bildeten grüne lebende Gewölbe.

Das breite Boot schoß in die Mitte des Flusses. Dr. Haller drehte an dem Gasgriff und hielt eine Geschwindigkeit ein, die es erlaubte, aufmerksam das rechte Ufer abzusuchen.

Auf dem flachen Dach des Verwaltungsgebäudes standen Taikky und Karipuri und blickten durch Ferngläser dem weißen Boot nach, bis es unter den Dschungelgewölben verschwand.

»Gratuliere«, sagte Taikky zufrieden. »Das war eine blendende Idee von Ihnen, Karipuri. Nur zu teuer. Sie hätten den Brüdern Khawsa weniger bieten sollen. Von den Preisen käuflicher Menschen haben Sie keine Ahnung.«

»Haller ist es wert. Sie wollen aber auch gar nichts herausrücken.«

»Kalkulieren Sie auch noch das Boot ein, Ratna! Den Motor. Die Gewehre und die Munition!«

»Dafür ist Siri dabei!«

»Das halte ich für einen schlimmen Fehler, Ratna. Sie hätten verhindern müssen, daß Siri mitfährt!«

»Siri war für Sie verloren, Taikky!« sagte Karipuri grob. »Sie hätten sie nie ins Bett bekommen!« Taikky seufzte und kletterte durch die Dachluke hinunter ins Haus.

Sie fuhren drei Stunden auf dem Fluß, den Siri »Nongnong« nannte, und sahen nichts von den Brüdern Khawsa. Karipuri mußte sich geirrt haben. Sie waren also doch nachts gewandert, ohne Rücksicht auf die Tiger. Der Drang nach Freiheit war stärker als die Angst vor der Gefahr.

»Das wird ein langer Ausflug, Siri«, sagte Haller. »Wenn die Brüder am Flußufer losgerannt sind und die ganze Nacht durchgehalten haben, liegen sie jetzt irgendwo im Gebüsch und schlafen.«

»Sie werden auf Bäumen schlafen, Chandra. Wegen der Tiere.«

»Wieder was gelernt. Es ist doch gut, daß du bei mir bist, Siri.«

»Es ist immer gut, bei dir zu sein.«

»Guck mich nicht so verteufelt verliebt an.« Haller suchte das rechte Flußufer ab. Es war unmöglich, hier etwas zu sehen. Wenn dort drüben zwei Menschen im grünen Dickicht verschwinden wollten, dann war dazu nur ein Schritt nach rückwärts nötig, und keiner erkannte sie mehr. Der Urwald saugte alles auf. »Ein Arzt, der seinen Patienten auflauert wie reißenden Tieren! Wenn das der edle Hippokrates wüßte! Und in den Memoiren berühmter Ärzte fehlt so etwas auch.« Er blickte auf seine Armbanduhr und begann zu rechnen.

Wie schnell kann ein Mensch laufen? Angenommen, die Brüder Khawsa haben die ganze Nacht durchgehalten, dann sind sie jetzt zehn Stunden unterwegs. An einem Dschungelfluß entlang kann man aber nicht wie auf einer Sportbahn rennen, also streichen wir fünfzig Prozent ab. Fünf Stunden maximal, mal im Schritt, mal im Laufschritt. Dann könnten es höchstens dreißig Kilometer sein, in zehn Stunden ...

»Wir fahren noch ein Stück hinunter, drehen dann und schleichen uns am Ufer wieder aufwärts. Eigentlich ist das alles sinnlos, denn ich sehe nur Grün, weiter nichts.«

»Aber ich werde etwas sehen, Chandra«, sagte Siri. »Sie haben nichts zu essen mitgenommen, aber sie müssen essen.«

»Idioten sind sie also auch noch!« sagte Haller trocken.

»Sie haben keine Waffen, allenfalls Speere und Pfeile. Sie werden aus dem Dschungel kommen müssen und Fische stechen. Nur davon können sie leben.«

»Und ausgerechnet dann tuckern wir heran! Siri ...«

»Ja, Chandra?«

»Sie werden mich in Lashio einsperren. Jahrelang.«

»Wir werden flüchten, Chandra.«

»Auch hier entlang, was?« Haller starrte in die grüne Hölle. Dort lauerte der gnadenlose Tod.

»Wir werden uns irgendwo eine Hütte bauen und dort leben, Chandra, wir ganz allein.« Sie lächelte ihn an, und es war so viel Liebe in ihrem schmalen Gesicht, so viel Glück und Vertrauen, daß Haller es unterließ zu antworten. »Brauchen wir mehr als uns, Chandra? Der Wald schenkt uns alles. Warum hast du noch Angst?«

Ja, warum, dachte Haller. Warum habe ich Angst? Man sollte einfach weiterfahren bis zu einem Platz, wo man sagen kann: Hier bauen wir eine Hütte! Und ihr alle, die ganze Welt, alles was hinter mir liegt – ihr könnt mich alle! Ich habe Siri, ich habe ein Boot und zehn Kanister Benzin – das reicht eine lange Zeit. Wir werden uns Paddel anfertigen und zum Fischen hinauspaddeln. Haller schüttelte den Kopf. Ein schöner Traum.

Haller gab mehr Gas, das flache Boot rutschte über den Fluß, dann wendete er und fuhr so nahe ans rechte Ufer heran, wie es möglich war.

Hier sah die Welt plötzlich ganz anders aus. Der Gifthauch des Dschungels wehte ihm entgegen, der Geruch von Schimmel, die klebrige Süße von Blüte und Verwesung.

Unmöglich, dachte Haller. Man kann nicht einfach hier Station machen und sagen: Schluß jetzt! Hier ist der Fleck, auf dem ein Dr. Haller und eine Siri Minbya ihr Leben einpflanzen. Für immer. Wie die Urwaldbäume.

Es geht einfach nicht. In Nongkai warten über zweihundertfünfzig Lepröse auf ihren Arzt, auf ihren Engel.

An einer seichten Stelle hielt Haller. Er stellte den Motor ab, und sofort waren die tausend Geräusche des Dschungels um ihn – ein Wispern, Raunen, Knacken, Kreischen. Ein herrlicher Paradiesvogel mit einem langen hellroten Federschwanz flog auf, zog einen Kreis über das Boot und verschwand wieder in der grünen Wand. Aber auch das Wasser, bisher träge, milchiggrün, wurde lebendig. Flache, hornige Echsenköpfe tauchten auf, kleine, kalte, böse Augen musterten die Menschen. Ein ganz mutiger Bursche schwamm heran und stieß mit seinem breiten Maul gegen das Boot. Es begann gefährlich zu schaukeln. Haller griff zum Gewehr, lud durch und entsicherte es.

Sie lagen mitten in einem Krokodilrudel. Die Ausbuchtung im Ufer, das seichte Wasser schien ihre Brutstätte zu sein.

»Nichts wie weg von hier«, sagte Haller. Er riß an der Zugleine, der Motor blubberte etwas und schwieg.

Noch dreimal versuchte Haller zu starten, tippte auf den Schwimmer der Benzinzufuhr, riß wieder an der Leine. Der Motor sprang an, aber als Haller das Gas aufdrehte, starb er sofort wieder ab.

Die Krokodile umgaben das Boot wie ein Rahmen mit tausend Höckern. Sie schienen sich nach einem ganz bestimmten Belagerungssystem zu formieren. Die kleinen Echsen schwammen am Rand des Ringes und lugten neugierig zu dem fremden Ding hinüber, das in ihren Lebensraum hineingefahren war. Im Innenkreis aber bewegten sich, noch träge und abwartend, die großen Tiere, mächtige, grünbemooste, dickhornige Krokodile, die ab und zu gähnten und Zahnreihen zeigten wie mit Nägeln bespickte Bretter.

»Nicht schießen, Chandra«, sagte Siri ruhig. Aber ihre Augen hatten sich verändert. Sie waren so groß, daß sie das Gesicht beherrschten. »Sie werden über das verwundete Tier herfallen und es zerreißen ...«

»Und dann zerreißen sie uns.«

»Sie werden sich alle auf den Verwundeten stürzen, mit den Schwänzen um sich schlagen und das Boot zertrümmern und umwerfen. Schieß nicht, Chandra!«

Haller legte das Gewehr vor sich auf den Sitz und kümmerte sich wieder um den Motor. Der Aufmarsch des Krokodilheeres machte ihm Angst, er leugnete es nicht. Im Bett zu sterben ist angenehmer, dachte er sarkastisch. Früher hatte ich alle Chancen, in einem Nachtasyl oder auf der Straße zu verrecken. Auch das ist noch besser, als in ein Krokodilrudel zu fallen und zerrissen zu werden. Das ist ein Tod, den ich bei allen Sauereien, die ich im Leben machte, nicht verdient habe. Das nicht!

Es gab nur eine Möglichkeit, das zu verhindern: den verdammten Motor so schnell wie möglich in Gang zu bringen, und dann nichts wie weg aus dieser Bucht!

»An alles haben wir gedacht, Siri«, sagte er. »Nur nicht an zwei Ruder oder Paddel. Eigentlich gehört das zur Ausrüstung eines Motorbootes, aber was ist in Nongkai schon in Ordnung? Hier –« er klopfte mit der Faust gegen zwei Laschen an der Bordwandinnenseite ... »Hier waren sie mal. Achtung!«

Ein großer, kräftiger Bursche schwamm in gerader Richtung auf das Boot zu, den breiten, langen Kopf flach über der Wasseroberfläche. Seine mörderischen Augen starrten Haller an, als wollten sie ihn hypnotisieren.

»Halt dich fest, Siri!« schrie Haller. »Der Tanz beginnt!«

»Nicht schießen, Chandra!« schrie Siri hell. »Nicht schießen!«

»Soll ich ihn wegstreicheln?« brüllte Haller. Aber er schoß nicht. Er drehte das Gewehr um, spreizte die Beine und hieb der Echse den Gewehrkolben zwischen die Augen.

Das war zwar die härteste Stelle am ganzen Körper, und Haller schien es, als habe er den mordgierigen Burschen nur gestreichelt, aber das Krokodil reagierte trotzdem, drehte ab und schwamm an der Bordwand vorbei. Ein mächtiger Schwanzschlag traf das Boot, es zitterte durch und durch. Haller war froh, daß es ein festes, solides Kunststoffboot war und kein leichter Eingeborenenkahn.

»Das ist zum Kotzen!« brüllte Haller. »Dieser Scheißmotor! Einen, zwei oder zehn dieser Schläge hält das Boot aus, aber keine hundert! Wenn die Biester taktisch denken könnten, wären wir längst nicht mehr da.«

Er schraubte den Deckel des Benzinbehälters auf. Er war fast leer, nur noch ein halber Liter, aber zum Anspringen mußte das reichen.

Vielleicht ist irgend etwas schief an dem Ding, und es reicht doch nicht, dachte Haller. Er kletterte nach vorn zu Siri, griff nach einem Benzinkanister, gab Siri einen schnellen Kuß und spürte, daß ihre Lippen kalt waren vor Angst.

»In drei Minuten sind wir weg!« sagte er. »Benzin rein, und schon donnern wir los. Jeder Motor hat seine Tücken. Wie schöne Frauen.«

Er lachte, trug den Kanister zum Motor, schraubte ihn auf und setzte den Ausgießer auf das Gewinde. Dann stockte er, starrte Siri ungläubig an. Aus dem Erstaunen wurde blankes Entsetzen.

Er schnupperte an dem Kanister und ließ ihn dann fallen. »Einen anderen!« schrie er. Seine Stimme klang ganz fremd. »Siri, den nächsten Kanister ...«

Sie sah ihn verständnislos an, schleppte den nächsten der roten Blechbehälter zu ihm und drehte den Deckel auf.

Haller roch an der Öffnung und ließ den Kanister fallen. »Der nächste ...«

Es war eine schreckliche Wiederholung. Kanister, aufschrauben, riechen, wegwerfen. Kanister, aufschrauben, riechen, wegwerfen. Zehnmal.

Haller lehnte sich an den Motor. Um ihn herum lagen die Kanister, die Flüssigkeit lief aus ihnen und verteilte sich über den Bootsboden.

Und es roch nicht entfernt nach Benzin.

»Sie haben uns Wasser mitgegeben«, sagte Haller tonlos. »Siri! Sie haben uns statt Benzin Wasser mitgegeben. Sie wollen uns umbringen!«

Er umklammerte den Motor, zog Siri mit der anderen Hand zu sich her und preßte sie fest an sich.

Die Krokodile hatten sich formiert. In breiter Front schwammen sie zum Angriff.

In Augenblicken höchster Gefahr, in unmittelbarer Todesnähe, haben Menschen oft die absonderlichsten Gedanken. Während die einen resignieren und sich kampflos ergeben, andere in Panik erstarren oder die Kontrolle über sich verlieren, gibt es einige wenige, die in der Verzweiflung etwas unternehmen, was jeder vernünftig Denkende als sinnlos bezeichnen würde. Vieles, was man Heldentum nennt, ist nichts als der Urdrang, leben zu wollen, nur leben um jeden Preis.

Den sicheren Tod vor Augen, der mit gehörnten Panzern und kalt glitzernden Augen durch das grünschlammige Wasser heranschwamm, tat auch Dr. Haller etwas scheinbar völlig Sinnloses.

Er bückte sich, riß einen der leeren Benzinkanister vom Boden und schleuderte ihn in die Formation der angreifenden Krokodile.

Die Wirkung war verblüffend. Ob es die Farbe der Behälter war, die die Tiere erschreckte, oder der helle, nachhallende Ton, der entstand, als das Blech auf den Panzer des vorderen Krokodils prallte, wieder hochsprang und dann den Rücken heruntertanzte, als jongliere die Echse damit?

Der geordnete Angriff stockte, die breitmäuligen Köpfe zuckten herum und schnappten nach dem Kanister.

»Ihr könnt noch mehr haben!« schrie Haller. »Freßt euch an ihnen satt! Da! – Und da! – Und da!« Er schleuderte alle leeren Kanister auf die Köpfe der Krokodile, es polterte und hallte, die schrecklichen Mäuler klappten auf, Zahnreihen hieben in das Blech, zerquetschten es, durchlöcherten es mit einem Biß, spuckten die zertrümmerten Behälter wieder aus, auf die sich dann die zweite Reihe der Echsen stürzte, blindwütig in ihrer Vernichtungslust.

Das Wasser um das flache Boot schien zu kochen. Schaum quoll auf, in einem höllischen Tanz umkreisten die Krokodile die gefährlich schaukelnde Kunststoffschale und vernichteten die roten Blechbehälter. Mit gewaltigen Schwanzschlägen trieben sie sich gegenseitig weg, jagten sich die knirschende Beute ab und verloren völlig das Interesse an den beiden Menschen.

Schweißüberströmt lehnte Haller an dem unnützen Motor und starrte auf die übereinanderschnellenden hornigen Leiber. Siri lag flach auf dem Bootsboden in dem fauligen, ins Boot geschlagenen Wasser und hatte den Kopf in den Armen vergraben und weinte.

Weg von hier, dachte Haller. Das alles ist nur ein Aufschub. Wenn sie die Kanister zermalmt haben, kommen sie wieder. Wie können wir uns nur von der Stelle bewegen? Sollen wir mit den bloßen Händen paddeln?

Er nahm das Gewehr vom Sitz, zielte auf eines der kleineren Krokodile am Rande des Kreises und wartete, bis es aus dem Wasser schnellte und seine weiße, blanke Brust zeigte.

Dann drückte er ab.

Das Reptil schien in der Luft stehen zu bleiben. Hoch aufgerichtet, das breite Maul aufgerissen, blieb es eine Sekunde lang zwischen Himmel und Fluß hängen und klatschte dann rückwärts zurück in die grünliche Brühe. Sofort ließen die Krokodile, die ihm am nächsten waren, die Kanister los und stürzten sich auf das sterbende Tier. Blutiger Schaum quoll auf, von allen Seiten schossen die Körper heran.

Blut. Das Signal zum Fressen.

Die Zahnreihen hieben in den treibenden Körper und zerrissen ihn.

»Bleib liegen, Siri!« schrie Haller, als sie sich bewegte.

Er legte wieder an, zielte und wartete auf die nächste günstige Gelegenheit. Seine Hand war ganz ruhig, und das erstaunte ihn am meisten. Früher hatte sie schon gezittert, wenn er ein halbvolles Glas hochhob, und wenn man ihm einen Teller mit dem Besteck auf die flache Hand legte, klapperten Messer und Gabel auf dem Porzellan wie Trommelschlegel. Wenn er die Hände von sich streckte und ihr Zittern betrachtete, hatte er sich gefragt: Wie lange noch, altes Saufloch? Was sagt die medizinische Statistik über Alkoholiker? Und er hatte sich höchstens noch ein, zwei Jahre gegeben.

Jetzt war die Hand völlig ruhig, wie sie ruhig gewesen war in den sechzehn Stunden ununterbrochener Operation. Er konnte genau auf den Punkt zielen, und dafür fand er keine Erklärung.

Ein weißer Leib, der aus dem Wasser schnellte.

Haller schoß.

Und es wiederholte sich alles, der blutige Strudel, die hornige Masse der Reptile, die sich auf den sterbenden Artgenossen stürzte, der Kampf um einen Happen Fleisch, um den Triumph der Vernichtung.

Von jetzt an zielte und schoß Haller wie auf dem Schießstand. Er wählte immer die äußeren Krokodile, um nicht in den wilden Strudel zu geraten, und es gelang ihm, das Boot aus der tödlichen Umklammerung frei zu bekommen.

Nach dem letzten Schuß und bevor er das Magazin wechselte, drehte er das Gewehr um und benutzte den Kolben als Paddel. Es war armselig, was er damit erreichte, aber das Boot bewegte sich und schaukelte träge dem Ufer zu. Da in der Bucht keine Strömung herrschte, trieb es nicht ab, ja es war, als stoße Haller seinen Gewehrkolben in eine breiige Masse, die immer dickflüssiger wurde, je näher er dem Dschungelrand kam. Schließlich hemmten überhängende Mangroven und großflächige Blätter einer Wasserpflanze jegliche Bewegung. Das Boot stieß gegen eine gewachsene grüne Mauer, Schlingpflanzen hielten es fest, umklammerten die Motorschraube wie mit Saugarmen.

Haller stieß das Gewehr in das Wasser. Bis fast zur Mündung verschwand es in dem grünen Brei, dann stieß es auf Grund.

»Ungefähr ein Meter tief«, sagte er. »Aber was ist da unten? Schlamm? Sumpf? Kann man durchwaten, Siri?«

»Nein, Chandra, der Boden würde dich einsaugen.« Siri kniete vorn im Boot und hatte mit dem zweiten Gewehr gepaddelt. Sie waren jetzt ein paar Meter von den noch immer um die zerrissenen Körper kämpfenden Reptilien entfernt. Jeden Augenblick konnten sie zurückkommen und erneut angreifen. Die Bucht war ihr Laichplatz, und ihr Instinkt befahl ihnen: Vernichtet, was euch vernichten kann!

»Wir müssen an Land!« sagte Haller. Es war greifbar nahe, vielleicht fünf Meter nur bis zum festen Uferboden. Zwei schräg zum Wasser gewachsene Bäume hingen über, ihre dicken Äste waren wie Hände, die sich ihnen entgegenstreckten. Aber zwischen Leben und Tod lagen ein paar Zentimeter zuviel.

Noch einmal versuchten sie, mit den Gewehrkolben das Boot vorwärtszudrücken. Die Schlingpflanzen hielten es fest. Auch als Haller das Gewehr in den schlammigen Boden stieß und sich wie ein Gondoliere abstoßen wollte, rührte sich das Boot nicht. Er zog die Waffe zurück, wischte die grüne schleimige Masse ab und setzte sich.

»Ganz ruhig, Siri«, sagte er. »Fünf Meter vom Überleben entfernt, sollte man nicht umkippen! Auch diese verfluchten fünf Meter schaffen wir. Aber das schwöre ich dir: Wenn wir wieder in Nongkai sind, setze ich Taikky in ein Boot und schleppe ihn hierher!« Er nickte ihr zu, sie kam zu ihm nach hinten an den Motor, setzte sich neben ihn und legte den Kopf an seine Schulter.

»Bis zu dem Ast sind es drei Meter«, sagte er und schätzte die Entfernung ziemlich genau. »Vor zehn Jahren wäre ich aus dem Stand dorthin gesprungen.« Es war ein dicker, mit langen lanzenförmigen Blättern behangener Ast, der stark genug war, einen Körper aufzufangen. »Drei verdammte Meter.«

»Ich werde springen!« sagte Siri.

Er hielt sie fest, als sie aufstehen wollte. Vom offenen Wasser des Flusses kamen die ersten Krokodile in die seichte Bucht zurück. Der Blutdunst hielt sie in Erregung.

»Wenn es einer versucht, bin ich es!« sagte er.

»Ich kann springen wie eine Katze, Chandra.«

»Auch Katzen springen manchmal daneben!« Haller versuchte, den Außenbordmotor herumzuklappen und die Schraube aus dem verfilzten Wasser zu drücken. Aber die Pflanzen waren stärker. Er riß und riß und kapitulierte schließlich.

»Sie kommen wieder!« rief Siri und zeigte hinaus auf den Fluß. Haller warf sich herum und legte das zweite Gewehr an. Im gleichen Augenblick stieß sich Siri ab, das Boot bebte, Haller ließ das Gewehr fallen und griff ins Leere. Mit einem wahrhaften Katzensprung hatte sich Siri abgestoßen, hatte mit ausgebreiteten Armen den dicken Ast erreicht, krallte sich an ihm fest und zog sich an ihm hoch. Das Holz knirschte laut, es sah massiver aus, als es war.

Wenn sie ins Wasser fällt, springe ich hinterher, dachte Haller. Mein Gott, laß den Ast halten. Lieber Gott ...

Siri hing in den Blättern, der Ast wippte ein paarmal stark, aber er brach nicht ab.

Haller ließ sich auf die Sitzbank fallen und wischte sich über das Gesicht. Kalter Angstschweiß trat aus allen Poren.

Dann sprang er auf, ging nach vorn und sah Siri den Ast entlangklettern, mit einer Geschicklichkeit, als sei sie auf Bäumen groß geworden und habe nichts anderes getan, als sich von Ast zu Ast zu schwingen. Sie erreichte das Ufer, sprang auf den feuchten Boden und winkte ihm zu.

»Ich baue dir einen Steg!« rief sie. Es klang fast fröhlich. Er dachte: Sie lebt! Ob ich hinüberkomme, ist gleichgültig. Hauptsache, sie ist gerettet. Er nickte ihr zu, wartete, bis sie in dem dichten Mangrovenwald verschwand, und kehrte dann zurück zu seinem Gewehr. Er brachte es auf der Motorhaube in Anschlag und wartete auf die Rückkehr der Krokodile.

In der Mitte des Flusses trieb ein ausgehöhlter Panzer ab. Die Reptilien blieben noch immer in dem blutgefärbten Wasser und schwammen erregt hin und her. Sie belauerten sich und warteten auf den nächsten Sterbenden.

Haller hatte Zeit, über sich, Siri und Nongkai nachzudenken. Der Kampf mit Taikky und Karipuri hatte erst begonnen. Dieser hinterhältige Anschlag mit den wassergefüllten Benzinkanistern war nur der Anfang. Es würde noch viele Möglichkeiten geben, ihm nach dem Leben zu trachten, und einmal konnte es sogar gelingen. Man kann nicht Tag und Nacht auf der Lauer liegen und sich in nichts anderes kleiden als in Mißtrauen.

Wie wenig nützte ihm seine kleine Leibwache in einer solchen Situation. Taikky hatte ihn überlistet und hatte es so vollendet getan, daß niemand auf die Idee gekommen war, das Verschwinden der Brüder Khawsa könnte nur eine Finte sein.

Plötzlich dachte er an Bettina, und die Angst trieb ihm das Blut in den Kopf. Ihr einziger Schutz war jetzt Adripur, aber was konnte er gegen Karipuri und Taikky ausrichten? Er war ein schwächlicher, lungenkranker Mensch, dem nur noch kurze Zeit blieb.

Haller starrte hinüber zu dem nahen Ufer. Die ersten Krokodile lösten sich aus dem Rudel und schwammen langsam näher. Er legte das Gewehr wieder an, zielte auf den ersten kräftigen Burschen und traf ihn genau ins linke Auge. Das Tier schnellte hoch und überschlug sich in einem verzweifelten Todeskampf. Schon beim Zurückfallen schnappten die anderen zu und rissen ihm den Leib auf.

Wieder Ruhe, dachte Haller. Eine Atempause nur. Das Leben ist eine grausame Sache. Es existiert durch den Tod der anderen. Warum wundert man sich eigentlich, daß ganze Völker aufeinander losschlagen und sich ausrotten? Weil wir ein logisch denkendes Hirn haben – und die Tiere nicht? Gerade dieses denkende Hirn macht den Menschen so gefährlich – ich habe es oft genug erfahren.

Drüben im Unterholz knackte es. Siri tauchte wieder auf. Sie hatte den Tropenanzug ausgezogen, war bis zu den Hüften nackt und schleppte dicke Äste an den Rand der Bucht. Sie waren zu kurz. Aber Haller ahnte, was sie mit ihnen beabsichtigte.

»Ich werfe sie ins Wasser!« rief sie. »Wenn es genug sind, kannst du auf ihnen stehen wie auf einem Floß.«

»Nimm das Messer! Versuche, Lianen abzuschneiden. Bis du das Holz gesammelt hast, vergeht zuviel Zeit.« Er warf ihr das Messer hinüber. Sie hob es auf und rannte in den Wald zurück.

Die Untätigkeit, zu der er verurteilt war, regte ihn auf. Er saß gefangen in einem grünen Brei, und das war so lächerlich, daß er wieder versuchte, die Motorschraube frei zu bekommen, um das Boot wenigstens noch einen Meter weiter zum Ufer zu stoßen. Mit aller Kraft drückte er, legte sein ganzes Gewicht auf den Motor und wippte mit ihm auf und ab.

Drüben erschien wieder Siri, warf neues Holz in das Wasser und zog eine lange Lianenkette hinter sich her. Haller schätzte, daß sie lang genug war, um das Boot mit dem Baum zu verbinden.

»Wirf sie herüber!« rief er. »Wir haben es hinter uns! Du bist ein Genie, Siri!«

Sie band ein Stück Holz an das Ende der Liane, ließ es dann wie ein Lasso ein paarmal um ihren Kopf kreisen und schleuderte es hinüber zum Boot. Haller fing es auf, knotete die Liane um den Motorblock und wartete, bis Siri das andere Ende ziemlich hoch um den Baumstamm gebunden hatte: ein schräggespanntes Seil, an dem man sich hinüberhangeln konnte, falls das Boot sich nicht gerade dann aus der Umklammerung der Pflanzen riß.

Haller begann, alles was man zum Überleben brauchte, ans Ufer zu werfen. Die Beutel mit den Lebensmitteln, die drei kleinen Kanister mit Frischwasser, die Deckenrolle und zuletzt die Plastiktasche, in der er einige Medikamente mitgenommen hatte. Dann hängte er sich die beiden Gewehre um den Hals, stopfte die Taschen voll Munition, tränkte seine Taschentücher mit dem Rest Benzin, der noch im Motortank war, und griff dann nach dem Lianenseil.

Ein paarmal ruckte er daran, hängte sich an die glatte Leine und wartete darauf, daß sich das Boot drehte. Es schwankte leicht, rückte etwas nach vorn, aber die Unterwasserfesseln waren zu fest um die Schraube gedreht.

Fünf dämliche Meter, dachte Haller. Welch ein Aufwand für eine so kurze Strecke. Woher kam nur plötzlich diese Todesangst? Vor einer Woche war es ihm noch völlig gleichgültig gewesen, wie man krepierte. Jetzt zitterte er um sein Leben und hatte Angst, ein unnötiges Risiko einzugehen.

»Siri«, sagte Haller, »wenn ich drüben bin, ist das Leben anders geworden. Verstehst du das?«

»Ja, Chandra.«

»Nichts verstehst du. Ich versteh's ja selbst nicht!«

»Du mußt kommen. Die Krokodile schwimmen zurück. Sie fressen dir die Beine aus der Luft ab!«

Er blickte zum Fluß. Die letzten Reste der getöteten Reptilien waren verschlungen. Die flachen, breiten Mäuler mit den spitzen Zahnreihen waren wieder zum Boot gerichtet.

Haller stieß sich vom Bug des Bootes ab, griff so weit nach vorn, wie er konnte, pendelte ins Leere, zog die Beine an und begann, sich an dem glitschigen Seil zum Ufer zu hangeln.

Fünf Meter – jetzt nur noch vier – dreieinhalb ...

Kerl, wo hast du deine Muskeln? Du weißt, daß es aufwärts gehen muß, dir hämmert das Blut in den Schläfen, du hängst da wie ein nasser Sack und kommst nicht weiter! Die Lunge, mein Junge? Ja, die Lunge! Fünfzig Zigaretten am Tag. Und bis mittags um zwölf schon eine Flasche Gin. Und bis zum Abend waren es drei. Das weicht alles auf, das höhlt dich aus wie einen Kürbis, der von innen fault!

Noch drei Meter, du versoffener Hund! Dir zittern die Arme? Du hast keine Kraft mehr in den Fingern? Du kannst nicht mehr zugreifen, Hand nach Hand, immer ein paar Zentimeter weiter? Du schaffst es nicht mehr? Dir läuft der Schweiß in die Augen? Reiß das Maul auf, du Schwächling! Atme! Hol tief Luft! Wie hoch sind deine Füße über dem Wasser? Nur ein paar Zentimeter? Dann können sie dich schnappen, mein Junge. Dann brauchen sie nur den widerlichen häßlichen Kopf zu heben, und weg sind deine Füße. Zieh die Beine an! In die Hocke, los! Und weiter!

Noch zweieinhalb Meter ...

Haller hing an der Liane, keuchend, mit weit aufgerissenem Mund, angezogenen Beinen und kämpfte sich Zentimeter um Zentimeter vorwärts. Dann blieb er hängen, legte das Gesicht gegen den linken Unterarm und wollte aufgeben.

Ich schaffe es nicht, dachte er. Siri, dreh dich um. Ein Sack aus verdorbenen Knochen und Fleisch landet da, wo er hingehört – im Sumpf.

»Komm, Chandra!« hörte er Siris Stimme. Dies war wie eine Infusion neuer Kraft. Er biß sich in den Unterarm, holte tief Luft und hangelte sich weiter.

Noch zwei Meter.

Er streckte sich, aber sofort traf ihn Siris Stimme.

»Die Beine hoch, Chandra! Sie sind fast unter dir! Chandra – komm – komm ...!«

Er zog die Beine wieder an, hing in der Hocke an der Liane und warf den Kopf weit in den Nacken.

»Ich komme!« brüllte er und zuckte vor der eigenen Stimme zusammen. Aber es tat gut. Verdammt, tat das gut.

»Ich komme! ...« brüllte er. »Ich komme! Ich komme!«

Er zog sich weiter, Hand um Hand. Und er wußte, daß es ein Wettrennen war zwischen den heranschwimmenden Krokodilen und seiner letzten, armseligen Kraftreserve.

»Hilf mir, Siri!« schrie er. »Siri! Siri!«

Wie kann sie mir helfen, dachte er. Sie kann nur noch beten.

Und dennoch konnte sie ihm helfen. Es war ein Wunder, über das er später oft nachdachte und das medizinisch nicht zu erklären war. Er hörte nur wieder ihre Stimme, so nahe, als hinge Siri neben ihm, und sie sagte: »Ich liebe dich – ich liebe dich – ich liebe dich ...«

Es war ein Rhythmus, der ihn mitriß. Es war der Rhythmus, nach dem seine Hände zupackten, Zentimeter um Zentimeter, Hand um Hand. So wie die Eingeborenen in den Booten ihre Vorsänger haben, wie der Schlagmann in der Regatta die Ruderer anfeuert, wie früher auf den Galeeren mit Holzhämmern der Rhythmus geschlagen wurde, nach dem die Ruder ins Meer tauchten und durchgezogen wurden, so war Siris Stimme um ihn, in ihm. Es gab nur diese Stimme, und sonst nichts auf der Welt, sie trieb ihn vorwärts und erfüllte ihn mit unerklärlicher Kraft.

»Ich liebe dich – ich liebe dich – ich liebe dich ...«

Sie umarmte seine Füße, als er über dem Land hing. Er ließ sich fallen und stürzte mit ihr auf den glitschigen Boden, lag auf dem Rücken und wartete, daß sein Gehirn platzte. Das hält keine Ader aus, dachte er noch. Dann spürte er, wie sich sein Herz zusammenkrampfte und stehenblieb.

Drei Schüsse, die schnell hintereinander abgefeuert wurden, weckten ihn auf. Siri kniete neben ihm und beschoß zwei Krokodile, die an Land kamen, langsam, tappend, auf dem hornigen Rücken Tang und einen Schleier aus Wasserlinsen. Sie traf die Tiere in die krummen Beine, sie warfen sich herum und tauchten schnell weg.

»Ich war tot«, sagte Haller und blieb auf dem Rücken liegen. »Warum holst du mich wieder zurück?«

»Ich hole dich immer zurück, Chandra.« Sie legte das Gewehr hin, beugte sich über ihn und küßte ihn auf die Augen. »Wie geht es dir?«

»Miserabel. Wie lange habe ich gelegen?«

»Fünf Minuten.«

»Länger nicht?«

»Sieh dir die Sonne an, Chandra. Sie ist nicht weitergezogen.«

»Ich bin ein zäher Hund, was?« Haller stützte sich auf die Ellbogen. Er sah das Boot, die gespannte Liane, den Fluß im gleißenden Sonnenlicht, den tausendstimmigen Dschungel, das ewige Dach aus ineinandergewachsenen Ästen und Blättern, Schlingpflanzen und wundersamen Blumenketten, und über dem Fluß ein Stück blauen Himmels, wolkenlos, unendlich, die absolute Freiheit.

»Wann können wir wieder in Nongkai sein, Siri?« fragte er.

»Morgen, übermorgen, in einer Woche, nie! Wie du willst, Chandra.«

Sie bettete ihren Kopf in seinen Schoß. Aber das Gewehr hatte sie schußbereit neben sich.

»Heute nacht noch.«

»Unmöglich, Chandra.«

»Du sagst unmöglich? Von dir habe ich heute gelernt, daß es kein Unmöglich gibt.«

»Du mußt dich ausruhen.«

»Ich werde mich ausruhen, indem ich Taikky in die fette Visage schlage. Wir *müssen* in der Nacht zurück sein. Das nächste Opfer wird Bettina sein.«

Sie blieb ruhig in seinem Schoß liegen, nur ihre Hände, die seine Beine gestreichelt hatten, gruben sich schmerzhaft in seine Knie.

»Ich hasse sie!« sagte sie. »Warum ist sie nach Nongkai gekommen?«

»Um zu helfen. Genau wie ich.«

»Hast du sie vorher gekannt?«

»Ich habe sie bis gestern nie gesehen.«

»Dann kümmere dich nicht um sie.«

»Sollen wir ruhig mit ansehen, wie Karipuri und Taikky sie umbringen?«

»Ja!«

Er war so betroffen von diesem klaren Ja, daß er keine Antwort darauf wußte, aber dann schob er Siris Kopf aus seinem Schoß und versuchte aufzustehen. Es gelang kläglich. Er stützte sich an den Baumstamm, um den die Liane gebunden war, spürte die Schwäche in seinen Knien und versuchte, durch tiefes Atmen eine neuen Zusammenbruch zu vermeiden. »Was bist du bloß für ein Mensch?« sagte er.

Sie drehte sich auf die Seite und sah ihn an. »Ich bin kein Mensch, Chandra.«

»Was bist du dann?«

»Deine Liebe.«

Er wußte darauf keine Antwort, wandte sich ab und schwankte auf einknickenden Beinen zu einem der Kanister. Er trank ein paar Schlucke des warmen, schalen Wassers, hielt sich an einem Strauch fest, beugte sich vor und erbrach das Wasser wieder. Sein Körper war zu schwach, um etwas aufzunehmen.

»In einer Stunde machen wir uns auf die Socken«, sagte Haller, nachdem das Würgen vorüber war. »In einer Stunde, verdammt; und wir werden so lange den Fluß hinauf wandern, bis wir Nongkai erreicht haben! Sie sollen wissen, daß ich so schnell nicht kleinzukriegen bin.«

Mitten in der Nacht erreichten sie Nongkai.

Sie hatten zweimal eine Pause eingelegt, hatten gegessen und sogar zwei Büchsen mit Fleisch heiß gemacht. Haller verwendete zum Anzünden und Entflammen des feuchten Holzes eines seiner mit Benzin getränkten Taschentücher. Die schimmelnden Äste qualmten bestialisch, aber das Feuer reichte aus, das Essen zu wärmen und in einer leeren Dose auch noch einen starken Tee zu kochen.

Das große Palisadentor war von innen verriegelt, das Dorf von der Umwelt abgeschnitten. Dort, wo die Holzmauer aufhörte, begann ein drei Meter hoher Drahtzaun, der das ganze Dorf umzog. Man konnte ihn nicht überklettern, denn von Pfahl zu Pfahl war oben Stacheldraht gespannt. Dieser Zaun allein hatte mehr gekostet als die Medikamente, die in den letzten fünf Jahren nach Nongkai geliefert worden waren.

Haller war schon am ersten Tag an diesem Zaun entlang gewandert und hatte es sich nicht verkneifen können, zu Taikky und Karipuri zu sagen: »Das kommt mir alles bekannt vor, meine Herren. So etwas hatten wir in Dachau, Buchenwald und Bergen-Belsen.«

Und Taikky hatte mit schiefem Lächeln geantwortet: »Damals habt ihr Deutschen eure Gegner isoliert. Wir schützen die Welt vor Kranken.«

»Indem ihr sie zu Vergessenen macht und sie verfaulen laßt. Das haben sie in den KZ's auch gemacht.«

»Die Verantwortlichen wurden dafür bestraft, zum Teil mit dem Tode.«

Und Haller hatte mit einem bösen Lächeln zugestimmt: »Genau das wollte ich sagen, Taikky. Man kann der Gerechtigkeit nur eine Zeitlang davonlaufen.«

Es war einer der vielen Gründe, warum Haller sterben mußte.

»Ich kenne einen Weg«, sagte Siri, als sie vor dem hohen Drahtzaun standen. »Unter dem Zaun durch, Chandra. Ein schmaler Gang von einem Busch zu einer Hütte.«

Es war ein enger, gefährlicher, nicht abgesicherter Kriechgang, in den sie hineinstiegen. Eine Erdröhre, als hätten Füchse sie gegraben und keine Menschen. Siri kroch voraus, und Haller, mit seinen breiten Schultern, hatte Mühe, nachzukommen und nicht in dem Erdschlauch hängenzubleiben. Als sie den Ausstieg in der Hütte erreichten und die hölzerne Falltür aufklappten, stand oben ein alter Mann und zielte mit einem langen Gewehr auf die aus der Erde auftauchende Gestalt.

Er warf sofort die Waffe weg, half Siri aus der Röhre, zog Dr. Haller in das Licht der Nongkai-Öllampen und küßte ihm die Hand.

»Gott segne Sie«, sagte er in dem singenden, holprigen Englisch, das sie hier alle sprachen. »Gott hat seine Hände über Sie gebreitet und läßt Sie nicht verderben.«

Haller warf die Falltür zu und sah sich um. Sie waren in der Hütte des christlichen Predigers Manoron gelandet, der bei jeder Predigt Gehorsam und Pflichtbewußtsein lehrte und der Besitzer eines heimlichen Ganges in die Freiheit war.

»Wie lange habt ihr den Gang schon?« fragte Haller. Manoron legte wie betend die Hände aneinander.

»Zwei Jahre, Doktor.«

»Seit zwei Jahren streicht ihr also heimlich durch die Gegend.«

»Nur um zu leben, Herr. Nicht um zu flüchten. Durch diesen Graben ist noch keiner aus Nongkai geflohen. Hier verlassen nur die ausgewählten Jäger das Dorf und bringen frisches Fleisch herein. Ist das ein gutes Werk, Doktor, das dem Herrn wohlgefällig ist?«

Dr. Haller nickte. Der Wille zum Überleben, der verzweifelte Kampf gegen das von Taikky diktierte Schicksal war hier entscheidend. Ohne es zu wissen, hatten die Kranken das Richtige getan! Eine kräftige Ernährung, viel Vitamine, viel Kalorien, den Körper vollpumpen mit natürlichen Abwehrstoffen!

»Werden Sie den Gang zuschütten lassen, Doktor?« fragte Manoron.

»Warum?« Haller lachte. Es fiel ihm schwer, aber er tat es, um Manoron zu beruhigen. »Ich verlange nur jede Woche ein großes Stück Fleisch!«

»Der Herr hat Sie zu uns geschickt«, sagte Manoron. Er verbeugte sich tief, lief zur Tür, riß sie auf und ließ Siri und Haller hinaus in die Nacht.

Sie gingen die stille Dorfstraße hinunter bis zu Hallers Hütte. Dr. Adripur schlief, kein Lichtschein fiel durch das kleine verhängte Fenster. Vor der Tür blieb Haller stehen und gab Siri sein Gewehr.

»Geh hinein«, sagte er, nahm ihren schmalen Kopf zwischen seine Hände und küßte sie. Ihre Lippen waren wie vereist. Sie hat Angst, durchfuhr es ihn. Sie hat die ganze Zeit eine höllische Angst gehabt. Sie ist fast umgekommen vor Angst. Und sie war trotzdem meine ganze Kraft. »Geh hinein, Siri!«

»Nein«, sagte sie leise.

»Ich bin schnell wieder zurück.«

»Ich lasse dich nicht allein, Chandra.«

»Es gibt Dinge, die muß ein Mann allein tun.«

»Ich bin deine Liebe«, sagte sie.

»Wie du willst!« Haller wandte sich ab und ging weiter. Das dunkle, steinerne Verwaltungsgebäude lag wie ein breiter Klotz neben dem Hospital.

Ein einsames Licht war noch zu sehen: die Nachtstation. Da tat jemand Dienst für neunundzwanzig Unheilbare, die in ihren Betten lagen und an ein Wunder glaubten, und nebenan, in der Hospitalapotheke, standen die leeren Medikamentenschränke.

»Komm mit!« sagte Haller heiser. Dieses einsam beleuchtete Fenster trieb seine Wut an die Grenze der Beherrschung. Es war wie ein Signal, nicht aufzugeben, immer und immer wieder anzugreifen.

Er ging weiter, und erst kurz vor der Veranda des Verwaltungsgebäudes fiel ihm auf, daß er Siris Schritte nicht hörte. Sie war nicht mehr hinter ihm. Er wartete ein paar Sekunden vergeblich und betrat dann das Haus.

Taikky war kein ängstlicher Mann. Er schloß sich nicht ein, er verrammelte auch nachts keine Tür. Wer sollte ihm gefährlich werden? Die Leprösen? Sie wußten, was sie an Taikky hatten. Sie lebten in der Bescheidenheit, die er ihnen diktierte, aber sie lebten. Wer nach ihm kommen würde, wußte niemand. Man hatte gelernt, immer skeptisch zu sein. Vielleicht wurde nach ihm alles noch schlimmer? Man war mit Mißtrauen aufgewachsen, man aß die Vorsicht jeden Tag mit seiner Ration in sich hinein. Kein Mensch ist gut. Wenn man das begriffen hat, läßt sich's überall leben. Auch in Nongkai, hinter dem hohen Drahtzaun.

Haller wußte genau, wo Taikky schlief. Er brauchte nicht von Zimmer zu Zimmer zu rennen und unnötig Türen zu öffnen. Zielbewußt lief er durch eine kleine Privatdiele, von der aus man Bad, Schrankraum und Schlafzimmer erreichte, und riß die richtige Tür auf.

Taikky lag auf seinem Bett und schnarchte laut. Die Klimaanlage temperierte den großen Raum wohltuend. So schwül es draußen war, so sauber und rein war hier die gefilterte Luft.

Haller schaltete das Deckenlicht ein und zog den Moskitovorhang, der hier völlig unnötig war, zur Seite. Taikky rülpste im Schlaf, schien das Licht zu spüren und murmelte etwas. Sein riesiger Leib sah aus wie ein Ballon, in den man zuviel Gas hineingeblasen hat.

Haller versetzte Taikky einen Schlag mit der flachen Hand gegen die Stirn. Taikky seufzte, fuhr dann mit einem leisen Aufschrei hoch und starrte schlaftrunken um sich. Erst jetzt registrierte sein Hirn: Dich hat jemand geschlagen. Auf die Stirn. Donu Taikky ist geschlagen worden! So etwas gab es doch nicht!

Er fuhr herum zu der Seite, wo Haller stand, und erkannte ihn sofort. Seine Augen weiteten sich.

»Sie, Haller?« sagte Taikky. Er würgte an den Worten. Vor zwei Stunden hatten sie auf die gelungene Vernichtung Hallers eine Flasche Wein getrunken, und Karipuri hatte einen Toast ausgebracht: »Ich erhebe mein Glas vor der satanischen List unseres Taikky!« Und Taikky hatte geantwortet: »Und ich erhebe mein Glas vor einem Freund, der mir wie ein Bruder ist!«

Ein gefährlicher Trinkspruch, wenn man weiß, daß Taikky seinen ältesten Bruder Bien im »Haus der sieben Sünden« hatte hinrichten lassen. Dr. Karipuri wußte es nicht.

»Wundert Sie das?« Als Taikky aufstehen wollte, gab Haller ihm einen Schubs vor die Brust. Der Dicke fiel zurück aufs

Bett. »Ich bin gekommen, um mich zurückzumelden. Ich finde, das gehört sich so. Übrigens: Die Brüder Khawsa habe ich nicht gefunden.«

»Ihr Pech, Haller«, sagte Taikky. In seinen Augen lag lauernde Vorsicht.

»Pech dank einer sehr miesen Organisation, mein Lieber. Erst streikt der Motor, weil irgend etwas verbogen ist, dann fülle ich statt Benzin reines Wasser in den Tank, und dann muß ich feststellen, daß alle Benzinkanister nur Wasser enthalten. Schließlich fehlen die Ruder. Ich saß da ganz allein mit Siri im Dschungel und hatte andere Sorgen, als mich um die Brüder Khawsa zu kümmern. Was sagen Sie nun, Taikky? Ist das eine Mistorganisation? Wasser statt Benzin!«

»Unverständlich! Ich werde morgen sofort eine Untersuchung einleiten.« Taikky zog die Beine an. Haller wußte, was er vorhatte, und schüttelte den Kopf.

»Nicht doch, Taikky. Dazu sind Sie zu dick. Sie können nicht mehr so flink von der Matratze springen. Wozu auch?« Er stieß sich von der Wand ab. In Taikkys Augen glomm ein Funken auf. Irgendeinen Trick brütet er aus, dachte Haller. Aber dazu war es schon zu spät.

»Ich soll Sie grüßen«, sagte Haller mit verbindlicher Stimme. »Sehr herzlich. Von den Krokodilen vom Nongnong. Wir hatten eine lange Unterhaltung, in der sie mir erklärten, daß sie keine Ärzte zum Frühstück mögen. Die stinken zu sehr nach Medikamenten. Aber Beamte sind ein Leckerbissen. Die sind so schön fett.«

»Hören Sie zu, Haller ...« Taikkys Stimme schwankte. »Ich verspreche Ihnen, den skandalösen Fall morgen rücksichtslos zu untersuchen! Vielleicht sollte es gar nicht Sie treffen! Jeder weiß, daß ich mit dem Boot auf Fischfang gehe. Und Dr. Karipuri besucht manchmal mit ihm eine Kolonie von Minenarbeitern am Unterlauf des Nongnong. Sie schürfen da unten herrliche Smaragde. Wollen Sie einen sehen? Ich habe ein Prachtexemplar hier!«

»Sie verstehen etwas von Edelsteinen?« fragte Haller ruhig. Taikky nickte. Er hoffte auf eine gütliche Beendigung der Diskussion.

»Sehr viel. Wenn Sie welche kaufen wollen – wenn ich Sie beraten darf ...«

»Sie können die feinen Farbunterschiede ohne Brille sehen?«

»Ich habe nie eine Brille getragen.«

»Sie würde Ihnen vorzüglich stehen, Taikky.« Haller beugte sich noch weiter vor. »Sie haben das typische Brillengesicht. Ein Vorschlag: Fangen wir mit dem Gestell an! Zu Ihnen paßt ein schönes, ausdrucksvolles Brillen-Hämatom ...«

Bevor Taikky begriff, schnellte Hallers Faust schon vor. Zweimal, genau auf den Punkt, links und rechts in die Augenhöhle.

Taikky preßte beide Hände gegen sein Gesicht und fiel nach hinten gegen das Oberteil des Bettes. Dort blieb er sitzen, unheimlich still, ein fetter Buddha, und wartete.

»Sie können weiterschlafen«, sagte Haller höflich. »Gewöhnen Sie sich an die Brille. Bei Gelegenheit setze ich auch noch die Gläser ein.«

Er verließ ungehindert das Schlafzimmer, trat ins Freie und blickte hinüber zu dem einsamen erleuchteten Fenster im Hospital. Er hoffte, daß Taikky ihm folgte, daß er Alarm schlagen und seine Boys zusammentrommeln werde. Aber nichts regte sich. Nur auf dem Gang, der zu den Privatzimmern von Dr. Karipuri führte, wurde licht angeknipst. Haller wischte sich die Handflächen an der Hose ab und kehrte ins Haus zurück.

Dr. Karipuri, in einem indischen Seidenschlafrock, elegant wie immer, staunte nicht weniger als Taikky.

»Schaut her, ich bin's!« sagte Haller. »Nur eigne ich mich nicht zum Bajazzo, und schon gar nicht als Krokodilfutter. Wir unterhalten uns morgen, Karipuri. Ich bin jetzt zu müde, um Ihnen den Hintern bis zum obersten Nackenwirbel aufzureißen. Gehen Sie zu Ihrem Freund Taikky. Er trägt seit neuestem eine Brille.«

»Haller!« Karipuri vertrat ihm den Weg. Seine schwarzen Augen glitzerten. »Wir sind jetzt allein.«

»Genau das meine ich! Für unser Gespräch brauche ich Publikum. Gehen Sie aus dem Weg!«

Karipuri rührte sich nicht.

»Sie sind nicht unverwundbar.«

»Wer ist das schon? Selbst Siegfried hatte sein Lindenblatt zwischen den Schultern.« Haller senkte den Kopf. »Machen Sie den Weg frei, Karipuri. Ich habe eine Abneigung gegen Sperren. Seit ich im Zuchthaus gesessen habe, regt mich jeder geschlossene Raum auf. Darum war ich bis jetzt immer auf der Wanderschaft, immer unter freiem Himmel.«

»Sie kommen sich wohl sehr stark vor – wie?« Karipuris Stimme zitterte vor Wut. »Aber überschätzen Sie sich nicht: Es kommt eine Zeit, da werden Sie ganz alleine sein!«

»Auf dem Rücken, in einem Erdloch. Das ist unausweichlich. Aber nach Ihnen, Karipuri. Und jetzt gehen Sie mir endlich aus dem Wege!«

Er schob den Inder zur Seite und verließ das Haus.

Es gab keine Illusionen mehr, kein Versteckspiel, keine billige Tarnung.

Der Tod würde ab heute immer neben ihm sein. Er würde ihn nie mehr allein lassen, ganz so wie Siris Liebe ...

Und an beides mußte er sich erst gewöhnen.

Im Zimmer der Nachtstation saß Bettina Berndorf und las in einem Buch über die »Behandlung der Lepra mit Contergan«. Es war ein interessanter Artikel über die Zufallsentdeckung einer neuen Heilmethode – nachdem mit dem Namen Contergan soviel Tränen und soviel Flüche verbunden waren.

Als die Tür leise zuklappte, fuhr Bettina herum und griff schnell unter den Tisch. Ihre Hand schnellte wieder hoch und hielt einen Revolver umklammert.

»Noch nicht«, sagte Haller und zog einen Stuhl heran. »Ich sage Ihnen rechtzeitig Bescheid, wann Sie mich durchlöchern können.«

»Mein Gott, Sie leben«, sagte sie leise. Plötzlich zerflossen ihre angespannten Züge zu einer Weichheit, die ihr Gesicht völlig veränderte und sie sehr schön machte. »Sie leben!«

»Warum nicht?« Er starrte sie an, nahm ihr die Waffe aus den Fingern und küßte die Handfläche.

»Was soll das?« fragte sie. »Warum?«

»Ich danke Ihnen.«

»Wofür?«

»Sie haben sich Sorgen um mich gemacht. Wenn ich in Ihren Augen noch immer der große Lump wäre, hätte Ihnen alles gleichgültig sein können.«

Sie entzog ihm die Hand und versteckte sie hinter dem Rükken wie ein kleines Mädchen. »Wir alle haben uns Sorgen gemacht, Dr. Haller. Sie wissen ja nicht, was in Nongkai passiert ist, nachdem Sie bei Einbruch der Nacht nicht wieder hier waren. Die Brüder Khawsa sind gesehen worden.«

»Aha! Sie sind also wieder da.« Haller lächelte bitter. »Das wird Taikky aber freuen.«

»Sie ahnungsloser Held!« Bettinas Gesicht verlor den weichen Ausdruck. »Wenn Sie morgen durch Nongkai gehen, werden Sie es nicht wiedererkennen. Sie sind als Engel hierhergekommen ...«

»Blödsinn!« unterbrach er sie barsch. »Dieses dumme Gerede von Engeln!«

»... und als ein Götze stehen Sie jetzt da.« Sie atmete heftig. »Dr. Haller, diese Verlorenen und Vergessenen haben einen Gott aus Ihnen gemacht. Sie haben Ihnen geopfert!« Sie sah, wie Haller erschrak, und nickte mehrmals, ehe sie weitersprach. »Ja, geopfert! Dem großen Gott der Heilung! Vor drei Stunden hat man auf dem Marktplatz den Brüdern Khawsa die Köpfe abgeschlagen ...«

Siri stand allein auf dem Marktplatz, die Hände flach auf die Brust gelegt, mit gesenktem Kopf. Wie auf einer verdunkelten Bühne, auf der die Akteure im hellen Kreis eines Stichscheinwerfers stehen, beleuchtete der Mond zwischen zwei Wolkenbänken den Platz, das Mädchen und die beiden enthaupteten Toten. Sie lagen noch so da, wie man ihnen die Köpfe vom Rumpf getrennt hatte: Auf der Seite, die Beine im letzten Entsetzen angezogen, mit entblößten Oberkörpern, die übersät waren von den Narben abgeheilter Lepra-Ulcera. Man hatte ihnen die Hände auf dem Rücken zusammengebunden. Die Köpfe waren mit einem gewaltigen Schlag sauber direkt über der Schulter abgetrennt. Es mußte ein Fachmann gewesen sein, der hier sein Werk verrichtet hatte.

Dr. Haller blieb neben Siri stehen. Bettina hatte ihn nicht bis zu den Toten begleitet; sie lehnte an der Bürgermeisterhütte Minbyas und würgte an einer den ganzen Körper erfassenden Übelkeit.

»Wer war das?« fragte Haller leise.

»Ich weiß es nicht, Chandra.« Siri hob den Kopf. Ihre schwarzen Augen glänzten. Mein Gott, durchfuhr es ihn, in diesen Augen liegt kein Entsetzen – da leuchtet Triumph! Ihr Körper ist das Vollkommenste, was die Natur aus einem Menschen machen kann, und ihre Liebe ist das Reinste und Demütigste, das je einen Menschen beglückt hat. Und trotzdem trennen uns Welten, zwischen die sich kaum eine Brücke schlagen läßt.

»Du weißt es genau«, sagte er. Seine Stimme klang lauter, als er erwartet hatte, und sie wurde noch lauter, als er weitersprach. »Das ist Mord! In meinem Dorf werden Menschen umgebracht. Meine Kranken sind Mörder geworden! Seid ihr alle denn nichts als wilde Tiere?«

Er sagte »mein« Dorf, »meine« Kranken. Es fiel ihm nicht auf, wie eng er bereits mit Nongkai verwachsen war, aber wie hätte er sonst so reden können?

»Ich will die Mörder sehen!«

»Das ganze Dorf wird vor dich hintreten. Sie haben es alle gewollt.«

»Wer hat die Köpfe abgeschlagen?«

»Willst du das Messer bestrafen, das schneidet? Die Hand ist wichtiger. Und die Hand sind wir alle.«

»Du also auch«, sagte Haller. Er sah sich um. Im Schatten der Hütte von Minbya lehnte Bettina an der Flechtwand.

»Ich hätte es nicht verhindert, Chandra«, sagte Siri. »Sie wollten helfen, dich zu töten! Und deshalb war es ein Mordanschlag auf das Dorf. Verstehst du das nicht?«

»Ich weigere mich, das zu verstehen!« schrie Haller. »Ich fliege zurück nach Rangun. Ihr seid es nicht wert, daß man sich um euch kümmert. Verfault wie bisher! Erwartet nichts mehr von mir. Ich werde zu Taikky und Karipuri gehen und sie um Verzeihung bitten.«

Aus den Schatten der gegenüberliegenden Hütten löste sich eine lange, dürre Gestalt und kam langsam über den Marktplatz. Sie machte um die beiden Geköpften einen Bogen und legte, als sie vor Haller stand, den Arm wie schützend um Siris Schulter.

»Aha! Der große Tröster, Dr. Adripur! Halten Sie den Mund, mein Junge! Haben auch Sie den Daumen nach unten gehalten, als es zur Abstimmung ging? Wo waren Sie da? Ich könnte Sie jetzt fragen: Wer war der Mörder? Aber auch von Ihnen würde ich keine Antwort bekommen! Sie gehören in diese Welt, aus der ich so schnell wie möglich verschwinden werde. Ja, starren Sie mich nur an, Sie kranker Träumer! Ich flüchte! Ich renne weg vor den Menschen, weil sie mich anekeln!«

»Sie sind ungerecht, Dr. Haller«, sagte Adripur ruhig. »Und Sie sind verbittert.«

»Sind zwei abgeschlagene Köpfe kein Grund, sich Gedanken zu machen?«

»Die Gesetze im Dschungel sind hart, aber gerecht. Die Brüder Khawsa haben für eine Handvoll Geld nicht nur Sie an den Tod verkauft, sondern auch die Hoffnung von fast dreihundert Leprösen.«

»Ich habe keinen Ehrgeiz, Adripur, mich zu einem Gott von Nongkai machen zu lassen.«

»Was wollen Sie? Sie sind es bereits!«

»Das ist doch Irrsinn!« schrie Haller.

Er sah sich nach Bettina um. Sie drückte das Gesicht gegen die Hüttenwand und schluchzte. In diesem Augenblick suchte er Hilfe, und es war keiner da, der zu ihm stand. Allein gelassen, sah er sich dieser fremden Welt gegenüber, die ihn hinabzog in das Dunkel von Mystik und Götterglaube und sich an ihn klammerte als an den großen Erretter.

Daran änderte auch die Kirche nichts mit dem Kreuz auf dem Dach, nicht der Prediger Manoron, nicht die Taufe und das sonntägliche Gebet, nicht die geisterhafte Prozession der Leprösen am Fronleichnamstage, von der Adripur ihm erzählt hatte.

Das Urleben war geblieben – von der Geburt bis zum Tode ein ständiger, erbarmungsloser Kampf um jeden Tag Sonne, jeden Tag Weiterleben, jeden Tag Sattsein. Wie die Pflanzen im Dschungel Samen streuten, aufblühten, wuchsen und schließlich wieder abstarben, so lebten auch hier die Menschen. Ein armseliger, lächerlich machtloser Teil der grandiosen, alles bestimmenden und regulierenden Natur.

»Ich fliege mit der nächsten Maschine nach Rangun zurück. Adripur, das ist nicht so dahergesagt, das ist ein Schwur.«

»Und wo willst du hin, Chandra?« fragte Siri mit ganz kleiner Stimme.

»Das Land suchen, wo Gin und Whisky auf den Bäumen wachsen, und mich endlich totsaufen. Was habe ich unter diesen Menschen noch zu suchen? Da denkt man sich in einer Stunde voller Selbstmitleid, in der man auf der Schnauze liegt und weniger ist als Dreck: Rappele dich auf, Haller! Kerl, du bist doch Arzt, warst früher sogar ein guter Arzt – warum soll es nicht noch einmal gehen? Irgendwo in diesem Land werden Kranke sein, die sich nicht daran stören, daß der Onkel Doktor sie mit einer Alkoholfahne empfängt. Er kann ihnen helfen – das allein ist wichtig. So etwas wollte ich sein – und dafür schien mir Nongkai gerade richtig. Aber was werde ich hier? Ein Engel! Ein Gott! Ein Götze! Man opfert mir Köpfe! Ich weiß! Wo ich auftrete, ist Chaos. Das bin ich gewohnt. Deshalb will ich auch so schnell wie möglich weg!« Haller starrte auf die beiden Toten. Er weigerte sich, ihre Mörder zu verstehen. Er konnte einfach nicht so denken wie sie. »Um acht Uhr morgens stehen hier neben den Geköpften ihre Henker! Um neun Uhr telegrafiere ich mit dem Gouverneur. Um zehn Uhr fahre ich nach Homalin.«

»Um zehn Uhr werden Sie tot sein, Dr. Haller«, sagte Dr. Adripur ruhig.

»Das ist mir Wurscht!«

Er drehte sich um, ging zu Minbyas Hütte und trat ein. Minbya schien ihn erwartet zu haben. Er saß auf der Erde an einem kleinen Bambustisch und trank Tee aus einer flachen Tonschale. Im Hintergrund, neben dem gemauerten Herd, lag seine Frau und sah Haller aus ängstlichen Augen an.

»Nimm deine Tochter zurück!« sagte Haller ohne Einleitung. »Hol sie aus meinem Bett, bevor ich sie wegjage. Das möchte ich ihr ersparen.«

»Siri wird nicht gehen, Herr.« Der alte Minbya füllte eine Schale mit Tee und hielt sie Haller entgegen. Haller zögerte, dann schlug er gegen Minbyas Hand, die Schale fiel zu Boden und zerbrach. Minbyas Augen über der Nasenbinde verrieten keine Erregung.

»Ich habe sie geköpft«, sagte er ruhig.

»Das glaube ich nicht. Es ist wie bei Siri. Um dein Dorf zu retten und mich zu halten, hast du sie mir ins Bett gelegt. Jetzt hältst du deinen Kopf hin, wieder um dein Dorf zu retten! Umsonst, Minbya. Ich habe genug von euch. Vorgestern, am Operationstisch, habe ich geglaubt: Hier hast du endlich eine Heimat. Du hast deine Kranken, eine Aufgabe, der du seit Jahren nachjagst, hast ein eigenes Hospital, du kannst helfen, kannst dich an den eigenen Haaren aus dem Dreck ziehen, und du hast Siri. Bei Gott, Minbya, ich habe noch nie eine Frau so geliebt! Ich war bereit, Nongkai zum Mittelpunkt meiner Welt zu machen, noch einmal im Leben beweisen, zu was ich imstande bin. Es wäre keine lange Zeit gewesen, Minbya – aber eine schöne Zeit. Die meisten Mediziner machen die Augen zu, wenn sie ihre Lebenschancen taxieren sollen. Sie sind Meister im Selbstbetrug. Ich nicht. Ich weiß genau, wie es um mich steht. Meine Leber ist ein steiniger Klotz, und mein Hirn stirbt in Etappen ab, schleichend, bis zum großen Schlag. Noch ein halbes Jahr mit dem Alkohol leben, und es ist soweit. Für Nongkai hätte ich dagegen angekämpft. Für Siri hätte ich alle Reserven mobilisiert. Aber das da draußen« – er streckte den Arm aus –, »das ist zuviel, Minbya. Das mache ich nicht mehr mit.«

»Ich habe sie allein getötet, Herr. Ich war verrückt aus Angst um dich.« Minbya hob seine Hände. Die dicken Knoten an den Fingern wölbten sich Haller entgegen. Er starrte sie an, blickte in das nasenlose Gesicht mit den hündisch bettelnden Augen und begann zu würgen.

»Bleib, Doktor, bleib! Du kannst doch deine Kranken nicht allein lassen, nur weil sie dich lieben!«

Das war der Graben, den er nicht überspringen konnte. Es war wie auf dem Nongnong – er saß in einem Boot, umgeben von blutdürstigen Krokodilen, fünf Meter vor ihm lag die Freiheit, aber er konnte nicht hinüberspringen, nicht ohne Hilfe, nicht ohne Siri …

Haller drehte sich auf dem Absatz herum und lief hinaus. Es war eine Flucht. Draußen vor der Tür stand Siri und wartete auf ihn. Adripur war schon gegangen.

»Geh hinein!« sagte er grob zu ihr. »Gewöhne dich daran, daß ich nicht mehr da bin.«

»Du bist noch da, Chandra.« Ihre Zärtlichkeit ließ ihn kalt. Er wunderte sich selbst darüber. Alles Gefühl in ihm wurde überdeckt von seinem maßlosen Zorn. In Wahrheit war er hilflos, wurde er überwältigt von der Erkenntnis: Du kannst gar nicht gehen. Sie haben ja recht: Dreihundert Leprakranke hoffen auf dich. Sie haben zwei Menschen getötet, damit dreihundert leben können. Wenn du sie allein läßt, tötest du sie alle. »Hol deine Sachen aus meinem Haus und verschwinde!«

»Ich gehorche, Chandra.« Sie legte die Arme gekreuzt über die Brust und verbeugte sich tief wie eine Sklavin. »Aber ich liebe dich.«

»Vergiß es! Vergiß es ganz schnell! Ich habe es schon vergessen.«

»Das ist nicht wahr, Chandra.«

»Es ist wahr!« schrie er unbeherrscht.

»Je lauter der Ton, um so größer die Lüge«, sagte sie demütig.

»Wie soll ich dir beweisen, daß es zu Ende ist? Willst du aus dem Haus geprügelt werden?«

»Du kannst mich niemals schlagen, Chandra.«

Das stimmt, dachte er. Ich habe mich mit Männern herumgeprügelt, daß die Fetzen flogen, mit Seeleuten und Hafenarbeitern, Pennern in den Obdachlosenasylen und mit chinesischen Opiumdealern. Frauen aber habe ich nur gestreichelt, selbst die miese Hure in Manaus, die mir die letzten Dollars aus der Tasche klaute.

Er sah sich um. Der Mond war hinter den Wolkenbänken verschwunden und ließ nur ihre Ränder leuchten. Der Marktplatz war dunkel. Man sah die Toten nicht mehr.

»Du suchst die Deutsche?« fragte Siri.

»Ja.«

»Sie wartet an der Kirche. Geh zu ihr.«

»Genau das werde ich! Und wenn du nachkommst, jage ich dich weg wie einen streunenden Hund!« Aber er tat sich nur selber weh.

Was will ich überhaupt? dachte er, als er über die Straße ging. Wegfliegen oder hierbleiben, die Kranken verlassen oder sie heilen, Siri vor die Tür setzen oder weiter diese geheimnisvolle Kraft aus ihrer Liebe nehmen? Vielleicht wußte Bettina einen Ausweg, wenn man mit ihr darüber reden konnte.

Sie saß auf den drei Stufen, die zur Kirchentür führten, und schien auf ihn gewartet zu haben. Ihre Übelkeit hatte sie überwunden – das Grauen keineswegs.

»Sie fliegen also morgen nach Rangun zurück?« fragte sie.

»Ja. Jetzt, da Sie es sagen, weiß ich, daß es das beste ist.«

»Es ist das vernünftigste, Dr. Haller.«

»Ein feiner Unterschied.«

»Aber ein wichtiger.«

Er zeigte auf ihre Seite. »Darf ich mich setzen?«

»Warum nicht?«

»Es ist nicht jedermanns Sache, neben einem Götzen zu sitzen, dem man gerade ein Menschenopfer dargebracht hat.« Er hockte sich neben sie auf die Stufen, fand in der Brusttasche Zigaretten und bot Bettina davon an. Bettina begann mit schnellen, tiefen Zügen zu rauchen. »Sie riechen nach Benzin«, sagte sie.

Haller griff in die Hosentasche. »Mein Taschentuch. Ich habe es mit Benzin getränkt. Damit wollte ich die Krokodile abschrecken. In höchster Gefahr hätte ich es angesteckt und unter die Biester geworfen.«

»Sie glauben nicht an eine Verkettung unglücklicher Umstände?« fragte sie.

»Man hat uns gelehrt, daran zu glauben, daß auf der Hochzeit zu Kanaan aus Wasser Wein gemacht wurde. Daß aus Benzin Wasser wird, kann mir keiner einreden. Es war ein raffinierter Mordversuch. Und er wäre ihnen gelungen. Nur hatten sie nicht damit gerechnet, daß Siri mitfahren würde. Ich allein im Dschungel – ein Regenwurm im Backofen hätte eine größere Chance!«

»Mir ist es rätselhaft, warum man Sie umbringen wollte.«

»Ich bin zu gründlich. Das war schon immer mein Fehler. In der Liebe, beim Saufen, am OP-Tisch und am Krankenbett. Immer eckte ich damit an. Ich war allen unheimlich mit meiner Gründlichkeit. Ihnen doch auch – oder?«

»Ehrlich gesagt, ja.«

»Sehen Sie!« Haller sog an seiner Zigarette. »Doch zu Ihnen, Bettina. Was werden Sie machen?«

»Natürlich bleiben.«

»So natürlich ist das gar nicht.«

»Ich habe einen Vertrag für zwei Jahre.«

»Zerreißen Sie ihn und hängen Sie ihn auf den Lokus. Sie kommen mit mir nach Rangun.«

»Auf gar keinen Fall!« Es klang endgültig, aber Haller ließ sich davon nicht beeindrucken. »Sie wissen doch, daß Sie auf einer Fallgrube sitzen. Wenn Taikky aufs Knöpfchen drückt, macht es schwupp, und Bettinchen ist weg.«

»Sie haben eine ekelhafte Art zu reden. Sie betrachten wohl alle Menschen als Halbidioten?«

»Untertreiben Sie nicht! Nehmen wir das Beispiel Bettina Berndorf. Da kommt ein hübsches, frisches Mädchen in den birmesischen Dschungel, um aus Idealismus zwei Jahre Fieberhölle und Lepradorf abzureißen. Nehmen wir an, sie macht sich dabei nicht kaputt, dann bleibt nur eins: Das Mädchen ist hier höchst unwillkommen. Es hat helle, wache Augen und sieht mehr, als sie sehen soll. Und sie wird einmal Gelegenheit haben, das Gesehene weiterzugeben. Das kostet Taikky vielleicht nicht den Kopf, dazu ist er zu prominent und hat zuviel einflußreiche Freunde. Aber seine Einnahmen würden zurückgehen. Ein Monstrum wie Taikky ist in das Geld verliebt, weil er sonst nichts ins Bett bekommt. Er schläft mit seinem Reichtum. Den wollen Sie ihm wegnehmen? Bettina! Wenn Männer und Frauen töten, weil man ihnen den Bettgespielen wegnahm – um wieviel größer muß dann Taikkys Haß sein, dem Sie seinen ganzen Lebenssinn zerstören!« Er sah sie von der Seite an. Sie rauchte nachdenklich und blickte in die Wolkenbank mit den silbernen Rändern. »Ist Ihnen jetzt klargeworden, wo Sie hier sitzen?«

»Ich wußte schon in Rangun, was mich hier erwarten würde. Aber ich weiß auch, daß sich das Gesundheitsministerium um mich kümmert.«

»Sie Mondbewohner! Rangun! Das liegt auf einem anderen Planeten! Wenn Sie am Biß einer Giftschlange sterben, zwischen Krokodile fallen, von einem umstürzenden Baum erschlagen werden oder ganz schlicht verschwinden – was wird Rangun wohl tun? Es wird an Ihre deutsche Dienststelle schreiben: Wir bedauern Ihnen mitteilen zu müssen, daß die Krankenschwester Bettina Berndorf das Opfer eines Unfalls geworden ist. Sie wurde bereits in Nongkai begraben. Aus. Und Taikky hockt weiter auf seinen Geldscheinen. Nein, Bettina, fliegen Sie mit mir zurück!«

»Ich habe keine Angst.«

»Ach! Aber um mich haben Sie Angst gehabt?«

Sie zertrat die Zigarette und erhob sich. »Ich muß zu meinen Kranken«, sagte sie. »Ich habe Nachtwache.«

»Ich löse Sie ab. Um sechs packen Sie Ihre Koffer. Bis dahin muß ich schlafen. Ich wundere mich, daß ich mich überhaupt noch auf den Beinen halte.«

Er folgte ihr. Sie gingen langsam die stille Dorfstraße hinunter zum Hospital.

Ein paar Hunde trotteten lautlos neben ihnen her.

»Übrigens«, sagte Haller, »wenn Sie Taikky sehen, wundern Sie sich nicht. Er hat ein Brillen-Hämatom. Er muß morgen früh wunderlich aussehen.«

Sie betrachtete ihn verstohlen. »Wie waren Sie eigentlich früher?« fragte sie.

»Ich kann mich nicht daran erinnern«, sagte er abweisend.

»Sie müssen ein fabelhafter Arzt gewesen sein. Ich habe Ihre Frischoperierten verbunden, zusammen mit Dr. Adripur. Von Amputieren verstehen Sie was.«

»Danke. Mit der gleichen Kunst habe ich auch mein eigenes Leben verstümmelt. Sehen Sie mich nicht so von der Seite an.«

»Warum haben Sie so wüst gelebt, Dr. Haller?«

»Weil ich eine Frau geliebt habe, die so aussah wie Sie.«

Er blieb stehen, griff nach ihr, zog sie an sich, wartete, daß sie sich wehrte und ihm die Fäuste ins Gesicht schlug. Sie tat es nicht, sie machte sich nur steif und preßte die Lippen aufeinander, als er sie küßte.

»Das war für die Erinnerung«, sagte er rauh und ließ sie wieder los. »Über die Zukunft reden wir ab Rangun! Sie pakken nachher!«

»Nein!« Sie warf den Kopf in den Nacken. »Ich begehe keine Fahnenflucht und überlasse die Kranken nicht ihrem Schicksal.« Sie drehte sich brüsk um und ging die letzten Schritte zum Hospital allein.

Haller blieb stehen. Wartet sie, daß ich nachkomme? Fahnenflucht! So ein Blödsinn. Hinter welcher Fahne ziehen wir denn her? Die Fahne der Humanität? Die Fahne des Fortschritts? Die Fahne des medizinischen Gewissens? Alles ausgefranste, zerrissene Tücher. Fahnenflucht! Er lachte bitter.

In dem Zimmer der Nachtstation setzte sich Bettina an den Tisch und schlug die Hände vors Gesicht. Ihre Beine zitterten.

Wenn er mir jetzt nachgekommen wäre, dachte sie und fiel mit dem Gesicht auf den Tisch. Wenn er jetzt hereinkäme, wäre alles anders. Sie kam sich elend vor in den Gedanken, die sie nicht weiterdenken wollte.

In der Hütte brannte nur die kleine Öllampe, als Haller hereinkam. Er blickte um die Ecke. Adripur war nicht da. Vermutlich wollte er weiteren Auseinandersetzungen aus dem Wege gehen und schlief in einer Leprösenhütte oder im Hospital. Vielleicht wanderte er auch herum, zusammen mit Minbya, und informierte das Dorf, daß ihr Engel des Heils zu einem Engel mit dem Schwert geworden war.

»Scheiße!« sagte Haller. Er warf sich auf das Bett und zog sich im Liegen aus. Die Nacht war lauwarm, auch das Nacktsein brachte keine Kühlung.

An der Wand, im tiefen Dunkel, wo das armselige Licht der Öllampe nicht hinreichte, regte sich etwas. Dann hörte er das leichte Klatschen nackter Füße auf dem festgestampften Boden.

»Bleib da, Siri«, sagte er müde. »Es ist Schluß.«

Sie kam in den dünnen Lichtschein hinein, nackt wie Haller, die braune Haut mit dem süßen Öl eingerieben. Vor sich her schleppte sie einen großen Holzkübel mit Wasser und stellte ihn vor das Bett. Die ganze Zeit hatte sie geduldig auf ihn gewartet, hingekauert in die dunkle Ecke, wie ein Tier, das um seinen abwesenden Herrn trauert.

»Ich muß dich waschen, Chandra«, sagte sie. »Stell dich hin.«

»Mach, daß du rauskommst!«

»Es ist klares, kaltes Wasser.«

»Ich will nicht, und wenn ich stinke wie ein Skunk.«

»Was ist ein Skunk?«

»Ein Stinktier! Wen es anstinkt, der kann sich die Haut abschälen und stinkt immer noch.«

»Du bist kein Stinktier. Du bist meine Liebe.«

»Fängt das schon wieder an?«

»Es fängt immer und immer wieder an, Chandra. Es hört nie auf, so lange du lebst. Stell dich hin!«

Was soll man dagegen tun, dachte er. Sie wird keine Ruhe geben. Er wälzte sich aus dem Bett, stellte sich hin und zuckte zusammen, als Siri seine Brust mit einem nassen, kalten Tuch abrieb. Die Kühle des Wassers war nach dem ersten Schock wundervoll. Er dehnte sich und spürte, wie so etwas wie neues Leben durch ihn floß.

Siris flinke, kleine Hände glitten über seinen nassen, tropfenden Körper, rieben das kalte Wasser über ihn, vom Nacke bis zu den Zehen, von den Schultern bis zu den Waden, vom Gesicht über den Leib bis zu seinen Lenden.

»Das ist enorm«, sagte er, während Siri ihn abtrocknete. »Du hast diesen ganzen Tag, diesen stinkenden Dschungel aus mir herausgewaschen. Ich bin wie neu.«

Sie antwortete nicht, holte aus ihrer dunklen Ecke, die voller Geheimnisse sein mußte, einen kleinen, ausgehöhlten Kürbis, schüttete Flüssigkeit in ihre Hand und begann Haller damit einzureiben. Ein herb-süßer Duft breitete sich aus. Er merkte erstaunt, wie sich seine Haut straffte, und hielt ihre Hand fest.

»Was ist das?«

»Das Blut der Blume Saynya, Chandra.« Sie verteilte das Öl weiter über seinen Körper. »Brautpaare reiben es in die Haut, denn es soll die Liebe unsterblich machen.«

Er schnaufte und zog plötzlich ihren Kopf an den langen schwarzen Haaren zu sich.

»Komm!« sagte er heiser. »Komm, du wunderbare Katze!«

Er fiel nach rückwärts auf das Bett, zog Siri an seine Seite. Sie kuschelte sich an ihn – ein kleines, bebendes Häufchen Glück – und streichelte sein Gesicht, bis er einschlief.

Am nächsten Morgen weckte ihn Dr. Adripur.

Haller schrak hoch. Siri war gegangen, ohne daß er es gemerkt hatte. Der Holzkübel war mit frischem Wasser gefüllt. Dr. Adripur trug ein weißes indisches Gewand und weiße, enge Hosen. Auf dem schmalen Kopf saß eine längliche, in der Mitte geschlitzte Kappe.

»Wie spät?« fragte Haller, sprang aus dem Bett und tauchte den Kopf in den Kübel.

»Gleich acht Uhr, Dr. Haller.«

»Wie sehen Sie denn aus, Sabu? Ist heute ein Festtag?«

»Das ist die Kleidung zu Ehren unserer Toten, Doktor. Wir trauern in Weiß.«

»Ist mir bekannt, Sabu.« Haller trocknete sich ab.

»Wer ist gestorben?« fragte er.

Adripur half ihm beim Anziehen, reichte ihm ein sauberes Hemd, die weiße Arzthose und den weißen Arztkittel. Als Haller alles angezogen hatte, knurrte er wie ein gereizter Tiger und begann den Kittel wieder aufzuknöpfen.

»Was soll das, Adripur? Sie haben mich überrumpelt, und ich Tölpel habe es nicht gemerkt. Ich mache keine Visite mehr! Meine Zivilklamotten will ich! In zwei Stunden ziehe ich gen Rangun.«

»Behalten Sie es an, Dr. Haller. Bitte ...« Es war etwas in Adripurs Stimme, was Haller aufhorchen ließ. Langsam knöpfte er den Kittel wieder zu.

»Wer ist denn gestorben?« fragte er noch einmal. »Doch nicht etwa Taikky an einem Brillen-Hämatom? Das wäre eine medizinische Sensation. Möglich ist natürlich alles; Fettembolien können auch im Auge entstehen.«

»Es ist ein größeres Begräbnis, Dr. Haller.«

Haller, schon auf dem Weg zur Tür, blieb stehen. »Adripur, reden Sie nicht herum«, sagte er leise. »Hat Minbya sich umgebracht? Hat der Alte wirklich die Schuld auf sich genommen? Ist er tot?«

»Nein. Das ganze Dorf ist tot.«

»Das ganze ... Adripur!« stammelte er entsetzt. »Sagen Sie das noch einmal!«

»Gehen Sie hinaus!«

»Ihr wollt mich fertigmachen, was? Ihr präsentiert mir jetzt einen Leichenberg und sagt: Da, das ist deine Schuld! Du wolltest es so!« Er ging langsam zur Tür und faßte nach dem Bambusgriff. »Das ganze Dorf?« fragte er leise. »Und Siri?«

»Sie ist auch dabei.«

»Nein!«

Haller riß die Tür auf und stürzte ins Freie.

Vor ihm lagen die Straßen verödet, die Hütten mit offenen Türen. Nur auf dem Dach der Kirche hockte der Küster und setzte seinen Riesenkürbis an, kaum daß er Haller sah. Der dumpfe, dröhnende Ton füllte die Stille aus, aber er verstärkte auch die Einsamkeit. Wenigstens er lebt, durchfuhr es Haller.

Er rannte zum Marktplatz, und hier standen alle Dorfbewohner, die Gesunden und die Kranken, in einem weiten Viereck um die beiden geköpften Brüder Khawsa.

Niemand fehlte, vom kleinsten Kind auf dem Rücken der Mutter bis zu dem Greis, den man auf Bambusstangen herangetragen hatte. Selbst aus dem Hospital hatte man die Amputierten und die im letzten Stadium dahindämmernden Sterbenden samt ihren Betten herausgerollt und vorn in die erste Reihe gestellt. Die Krankenpfleger, an der Spitze Pala, der bis heute noch verhinderte Mörder, standen zwischen den mit frischer Wäsche bezogenen Betten und wedelten mit großen Palmblättern die Fliegen von den Gesichtern der Schwerkranken. Siri, in ihrer Schwesterntracht, das Häubchen auf dem zusammengeknoteten Haar, stand neben Minbya und dem Ältestenrat in der Mitte des Vierecks, dort, wo auch Bettina Berndorf stand, ebenfalls in ihrer Schwesterntracht, bleich, mit großen, aber entschlossenen Augen.

Sie hatten alle ihre besten Kleider angezogen. Es war ein hoher Feiertag, der höchste, den Nongkai je gehabt hatte: Ein Dorf war bereit, zu sterben.

Dr. Haller blieb außerhalb des Vierecks stehen. Eine Gasse hatte sich gebildet, er sah die enthaupteten Brüder Khawsa auf der Erde liegen, und direkt dahinter, in der Verlängerung der Blicklinie, standen Siri und Bettina – nebeneinander.

Es gibt eine Macht, die auch Haß besiegt. Angst!

»Was soll das?« sagte Haller laut. Dr. Adripur, der hinter ihm gegangen war, schob sich an ihm vorbei und stellte sich zu den Pflegern zwischen die Betten. Ein Kind begann zu weinen. Die Mutter beugte sich vor und hielt ihm den Mund zu.

»Was soll das?« schrie Haller über den stillen Platz.

Tiefes Schweigen antwortete ihm. Er blieb außerhalb der Gasse stehen und ließ seinen Blick über die Menschen schweifen. Auch die kräftigen Burschen aus den Außenkommandos waren am frühen Morgen ins Dorf gekommen und hatten sich unter die Leprösen verteilt. Die zehn jungen Männer seiner Leibwache entdeckte er ebenfalls unter den Kranken; sie standen in einer offenbar genau durchdachten Ordnung, zwischen zwei Leprösen ein Gesunder.

Dr. Haller hieb die Fäuste gegeneinander und stapfte in das Viereck. Er mußte notgedrungen nahe an die beiden Enthaupteten heran. In dem vorderen Bett begann einer der Sterbenden zu röcheln. Pala beugte sich über das zuckende Gerippe und gab ihm eine Injektion. Das Röcheln wurde gleichmäßiger, aber lauter.

»Ihr Hornochsen!« schrie Haller. »Die Amputierten sofort ins Hospital! Bettina, Sie sorgen dafür, daß der Abtransport sofort erfolgt! Siri, du kümmerst dich um die Ambulanten!«

»Es gibt kein ›sofort‹ mehr, Doktor«, sagte Minbya. Niemand rührte sich. Es war, als hätte Haller in einen luftleeren Raum geschrien.

»Das hier ist keine faire Untersuchung, das ist eine Erpressung! Ich lasse mich nicht erpressen, von niemandem, auch nicht von dreihundert Leprösen. Auch von dir nicht, Siri! Nicht von Ihnen, Adripur! Nicht von Ihnen, Bettina! Hier liegen zwei Ermordete. Ich will den Mörder haben!«

»Wir alle haben sie getötet.« Minbyas Stimme war in der Stille laut und klar, obwohl ihm die Nase fehlte. »Rufen Sie das Militär, Doktor. Wir alle sind bereit zu sterben. Für Sie zu sterben!«

»Für mich? Habe *ich* sie geköpft?«

»Die beiden wollten Sie töten, deshalb haben wir sie getötet. Es geschah alles nur Ihretwegen, Doktor. Wir brauchen Sie. Ohne Sie sind wir tot. Aber es geht langsam. Es ist einfacher, die Soldaten erschießen uns. Wir werden ihnen mit Blumen entgegenziehen.«

»Und wenn mir das gleichgültig ist?« brüllte Haller.

»Dann dreh dich um, Doktor, und geh. Was dann kommt, ist nicht mehr deine Sache.«

Haller drehte sich langsam um sich selbst. Er starrte seine Patienten an, die Frauen und Männer, die Kinder mit den Knotengesichtern, die weiterleben konnten, wenn ein Arzt sie richtig behandelte. Er sah in die Augen der Frauen, die seinem Blick standhielten, unbändig stolz. Er ging an den Betten entlang, in denen seine Amputierten lagen, die er in einer Marathon-Operation von dem abscheulichsten Tod, dem Wegfaulen der Glieder, erlöst hatte. Er ging hinüber zu Siri, und sie war wie eine Statue, unbeweglich, und blickte durch ihn hindurch.

»Siri«, sagte er leise.

Sie schwieg.

Er wandte sich an Bettina.

»Daß Sie diesen Blödsinn mitmachen, diese grandiose Bekundung eines wahrhaft idiotischen Opferwillens, erschüttert mich.«

Sie antwortete langsam: »Dr. Haller, ich bitte Sie um Verzeihung. Ich wußte nicht, wer Sie sind. Jetzt weiß ich es.«

»Das haben Sie schön gesagt, Bettina.« Er wandte sich weiter, zu Dr. Adripur in seiner indischen Trauerkleidung. »Sabu, in zwei Stunden müssen Sie Visite machen.«

Dr. Adripur schwieg. Er sah über Haller hinweg in die vom Urwald überwucherten Hügel. Morgendunst zog aus der Urlandschaft. Der Dschungel atmete in den neuen Tag hinein.

Vom Verwaltungsgebäude knatterte der Hospitaljeep heran. Dr. Karipuri saß am Steuer. Neben ihn hatte sich Taikky geklemmt. Er trug einen weißen Seidenanzug und vor den Augen eine riesige Sonnenbrille. Da sein Gesicht schon im Normalzustand einem kleinen Ballon glich, fielen keine Schwellungen auf.

»Das ist Terror!« schrie Karipuri, während er aus dem Jeep sprang. Taikky wälzte sich hinterher. Erst jetzt sah Haller, daß er eine Maschinenpistole hatte. Karipuri war unbewaffnet. Karipuri und Taikky liefen in das weite Viereck. Die geköpften Leiber sahen sie gar nicht an. »Das ist Ihr Werk, Haller!«

»Schon wieder einer, der mir alle Schuld unter die Sohlen schiebt. Aber bitte, bitte, ich kann es vertragen. Wissen Sie überhaupt, warum diese armen Kerle sich hier versammelt haben?«

»Natürlich!« Karipuri gönnte den Schwerkranken und Amputierten keinen Blick. Die Krankenpfleger hatten alle Hände voll zu tun, die Mückenschwärme abzuwedeln, die in surrenden Wolken vom Dschungel über das Dorf fielen. Der intensive, süßliche Krankengeruch lockte sie an. »Man hat zwei Unschuldige geköpft, nur um Ihnen zu beweisen, daß Nongkai *Ihr* Dorf ist!«

»So kann man es auch sehen«, sagte Haller trocken. »Hat man Ihnen auch berichtet, daß ich um zehn Uhr Ihren Jeep brauche, um nach Homalin zu fahren? Daß ich um neun Uhr den Gouverneur in Lashio anrufe und um einen Hubschrauber bitte? Ich verlasse dieses Land!«

Karipuri und Taikky wechselten einen schnellen Blick. Nein, das wußten sie noch nicht. Pala, ihr Verbindungsmann zu Haller, hatte in den letzten Stunden mit der Versorgung der Schwerkranken und dem Herausrollen der Betten auf den Marktplatz genug zu tun gehabt. Daß Pala mitten unter den Revolutionären stand, als gehöre er dazu, war ohnedies verwunderlich. Karipuri lobte ihn im stillen. Das war ein guter Trick, der Hallers Vertrauen zurückgewinnen konnte. Er ahnte nicht, daß Pala aus voller Überzeugung im Kreis seiner Kranken stand.

Haller in zwei Stunden weg aus Nongkai? Ein Gespräch mit dem Gouverneur? Das war genau das, was man jetzt nicht brauchen konnte, sosehr man sich ein Verschwinden Hallers wünschte. Sein Abgang mußte weniger spektakulär vor sich gehen, unter Ausschluß der Öffentlichkeit.

»Der Gouverneur ist bereits verständigt«, sagte Karipuri laut. Alle sollten es hören. »Eine Kompanie ist von Homalin unterwegs, um den Aufstand niederzuschlagen.«

Das war nur die halbe Wahrheit. Der Gouverneur ahnte noch nichts. Aber der Kommandant in Homalin, Teilhaber an Taikkys Geschäften, war alarmiert worden und hatte seine

Truppe in Marsch gesetzt. Mit drei Lastwagen und vier Jeeps fuhren sie bereits über die einzige Straße durch das tigerverseuchte Gebiet nach Nongkai.

»Der Gouverneur weiß auch, wer für den Aufstand verantwortlich ist!« sagte Taikky. Es waren seine ersten Worte. Die völlige Gleichgültigkeit seiner Stimme bewies Haller, daß er der Verlierer war, bevor der Kampf überhaupt begonnen hatte. Man hatte ihm den Schwarzen Peter zugespielt – jetzt noch mit dem Gouverneur zu reden, wäre völlig sinnlos. Die Dinge waren in Fluß geraten, ein Ausländer, ein Weißer noch dazu, hatte sich gegen die Ordnung gestellt. Für die Beamten in Lashio und erst recht in Rangun war Nongkai ein Musterdorf. Und dieses Dorf befand sich jetzt im Zustand der Rebellion. Zwei Blutopfer zeugten davon! Was brauchte man mehr, um diesen lästigen Weißen abschießen zu können?

»Ein Meisterwerk, Taikky«, sagte Haller. »Wissen Sie, warum dieser ganze Rummel ist? Damit ich bleibe. Aber ich will nicht! Jetzt nicht mehr. Ich überlasse Ihnen Nongkai wieder. Saugen Sie es weiter aus, Sie Riesenblutegel!«

»Das ist jetzt alles unwichtig.« Über Taikkys Gesicht zog ein feistes Lächeln. »Kranken kann man verzeihen, und wir werden ihnen verzeihen.« Er legte die fetten Hände über die umgehängte Maschinenpistole. »Aber ein Arzt, der Todgeweihte zum Terror aufwiegelt ...«

Tiefes Schweigen lag über dem Platz. In dem vorderen Bett starb der Kranke, der eben noch so laut geröchelt hatte. Pala beugte sich über den Toten und zog die Decke über das eingefallene, kaum noch kindskopfgroße Gesicht. »Ihr nächstes Opfer, Haller«, sagte Karipuri.

»Reden Sie keinen Quatsch! Er wäre heute sowieso gestorben.«

»Aber nicht auf einem Marktplatz.«

»Ich bin wieder einmal völlig Ihrer Meinung.« Haller blickte auf seine Armbanduhr. »Wann sind die Soldaten hier?«

»Wenn sie schnell fahren, in drei Stunden.«

»Das genügt!« sagte Minbya plötzlich. Karipuri drehte sich um.

»Zu was?«

»Aus Nongkai eine Festung zu machen. Wir werden unseren Doktor beschützen, bis keiner mehr von uns lebt. Und der letzte von uns wird sich vor den Doktor stellen, wird ihn umarmen und dann auch sterben.«

»Ein Dorf voller Wahnsinniger!« sagte Taikky. »Haller, da sehen Sie, was Sie aus Nongkai gemacht haben! In ein paar Tagen ...«

»Eine Festung! Mit euren alten Gewehren gegen die modernen Waffen der Armee?« schrie Karipuri. Ihm war das Schicksal der Kranken gleichgültig, aber wenn ein ganzes Dorf sich zusammenschießen ließ für einen einzigen Mann, dann würde man auch in Rangun hellhörig werden und eine Kommission nach Nongkai schicken. »Ihr habt keine Chancen!«

»Wollen wir denn eine Chance haben?« Minbya hob die Hand. Aus der Tiefe des Vierecks tauchten jetzt Köcher mit Pfeilen auf, Lanzen aus Bambusstangen, die kräftigen gesunden Männer liefen hinter die am nächsten liegenden Häuser und kamen mit Brettern zurück, die mit langen, nadelspitzen Pflöcken gespickt waren. Gebogene Dolche wurden in die erste Reihe gereicht, ein paar Macheten und vier chinesische Schwerter. Eines davon war das Henkerschwert, mit dem man den Brüdern Khawsa die Köpfe abgeschlagen hatte.

»Das genügt«, sagte Minbya, als die Waffen in den Händen der Menschen in den vorderen Reihen lagen. Nicht nur Männer – auch Frauen und Kinder streckten Karipuri Lanzen und Dolche entgegen. Ein Igel aus Pfeilen, Messern und Speeren gegen Maschinengewehre und Granatwerfer!

Und dann geschah etwas, was selbst Haller unfähig machte, von Vernunft zu reden.

Die Krankenpfleger deckten die Betten der Schwerkranken auf. In den freien Raum des Vierecks traten die ambulanten Kranken, deren Lepraknoten ulzerös geworden waren und die in besonderen Hütten am Rand des Dorfes wohnten.

Die Pfleger wickelten die Verbände von den Gliedmaßen der Schwerkranken, die Ambulanten rollten selbst die Verbände auf, und dann traten die anderen Männer an sie heran und tauchten Pfeil- und Speerspitzen, die Nadeln der großen gespickten Bretter, die Klingen der Dolche und Schwerter in die Wunden der Leprösen.

Fassungslos, fahlgrau im Gesicht starrte Karipuri auf dieses Präparieren der primitiven Waffen. Giftpfeile waren nichts Neues. Aber wenn bekannt wurde, daß man mit Pfeilen beschossen wurde, die mit Lepra-Exsudat getränkt waren, würde es keinen Soldaten geben, der in die Schußweite dieser gräßlichen Waffen stürmen würde. Es war von Minbya ein Meisterstück der psychologischen Kriegführung. Ein Soldat ist bereit zu sterben, aber er ist nicht bereit, sich mit Lepra infizieren zu lassen. Auch das Sterben hat seine Kategorien.

»Sie sind ein Teufel!« sagte Karipuri mit Mühe.

»Ich bin so überwältigt wie Sie, Karipuri.« Haller starrte hinüber zu Siri und Bettina. Sie halfen mit, die Pfeile zu präparieren. So etwas kann sich kein Europäer ausdenken, dachte Haller. Oder doch? Modernste Kriegführung im hinterindischen Dschungel! Wie steht es denn mit jenen Bakterienbomben, die bei den Großmächten jederzeit einsatzbereit in unterirdischen Betonbunkern lagern? Er breitete hilflos die Arme aus. »Wer kann das alles jetzt noch verhindern?«

»Sie! Rufen Sie diese Leute zur Vernunft!«

»Dann rufen Sie die Soldaten zurück!«

»Das geht nicht mehr. Sie sind unterwegs. Wir können keine Funkverbindung mit ihnen aufnehmen.«

»Dann fahren Sie der kleinen Armee entgegen und erzählen Sie ihr, was sie hier erwartet. Eine Wolke aus Milliarden Leprabazillen.«

Dr. Karipuri verfolgte ohnmächtig die Vorbereitungen zur Verteidigung Nongkais. Frauen waren zu den Hütten gerannt und häuften Reisigbündel an die Flechtwände. Das sollte das Ende werden, ein loderndes Fanal: In einem Flammenmeer ertrank Nongkai mit Frauen, Kindern und Greisen. Wegen eines einzigen Arztes, ihrem »Engel«.

»Ich werde den Soldaten erzählen, daß die Infektionsgefahr, auch wenn sie von den präparierten Pfeilen getroffen werden, nur eins zu hundert ist – wenn nicht noch geringer.«

»Wer wird Ihnen das glauben? Was bei uns im Mittelalter die Cholera und die Pest waren, ist hier die Lepra. Die Angst sitzt seit Generationen tief verwurzelt in diesen Menschen – diese Angst treiben Sie nicht mit statistischen Zahlen aus! Los, Karipuri, hinein in den Jeep und der Kompanie entgegen! Ich versichere Ihnen: Es täte mir leid, wenn ein einziger dieser Pfeile abgeschossen werden müßte. Was ich hier tun kann, werde ich tun.«

»Was können Sie denn machen?« Taikky hatte sich mit großem Interesse das Präparieren der Waffen angesehen. Jetzt kam er zurück, machte einen kleinen Bogen um die toten Brüder Khawsa und wischte sich den Schweiß von der Stirn. »Sie stecken doch in einem Teufelskreis, Haller. Sie wollen freiwillig gehen. Dann bringt sich das Dorf selbst um. Sie sollen abgeholt werden, dann gibt es auch ein Blutbad. Was Sie auch machen – es ist immer falsch. Selbst wenn Sie hierbleiben, ist das eine fatale Entscheidung. Sie wissen, daß man auf die Dauer dem Unglück nicht davonlaufen kann. Und einmal erwische ich Sie. Dafür habe ich die ganze Nacht gebetet!«

»Ich will kein Blutvergießen. Ich hasse jegliche Gewalt. Ich schlage nur zurück, wenn man mich angreift. Taikky, was auch zwischen uns ist und immer sein wird: Tun Sie alles, um diese sich abzeichnenden Gräßlichkeiten zu verhindern. Mir ist Nongkai aus den Händen geglitten.«

»Und Sie? Was wird aus Ihnen?«

Haller sah sich um. Noch immer zogen die Männer mit den Waffen an den Leprösen vorbei. »Ich verlasse Nongkai nicht.«

»Das ist schön.« Taikkys Gesicht verzog sich zu einem ekelhaften Grinsen. »Sie bringen mich also nicht um den Genuß, jeden Tag an meine süße Rache zu denken.«

Haller verbeugte sich leicht. »Es freut mich, Sie etwas aufheitern zu dürfen, Taikky. Das Leben im Dschungel bietet wirklich wenig Abwechslung.«

Karipuri und Taikky zogen sich zurück. Der Arzt lud den Direktor vor dem Verwaltungsgebäude ab und verließ Nongkai, um den Truppen entgegenzufahren.

Die Schwerkranken wurden wieder ins Hospital gerollt. Nach einem Plan, den Minbya und der Ältestenrat in der Nacht noch ausgearbeitet haben mußten, verteilten sich die Männer, Frauen und Kinder rund um das Dorf hinter den hohen Drahtzaun. Die besten Schützen besetzten die lange Frontpalisade. Sie standen auf schnell gezimmerten Leitern und legten sich Speere und Bogen auf dem Palisadenrand zurecht.

Dr. Adripur und Bettina waren im Verbandszimmer des Hospitals und wechselten die Verbände der Amputierten. Der Prediger Manoron hatte einen Sondergottesdienst für alle Konfessionen angesetzt.

In der kleinen Kirche drängten sich die Gläubigen – Christen, Buddhisten, Heiden –, und Manoron erzählte mit dramatischer Stimme die Geschichte der jüdischen Festung Massada am Toten Meer, die im Jahre 73 von den Römern unter Flavius Silva acht Jahre lang belagert worden war. »Und als sie Türme gebaut und auf Rampen ihre Belagerungsmaschinen, ihre Steinschleudern und Rammböcke an die Tore herangefahren hatten, als sie die Tortürme von Massada aufbrachen und durch die Bresche hineinstürmten – fanden sie nur Tote. Die Menschen von Massada hatten sich gegenseitig umgebracht, um nicht die Schande der Niederlage zu erleiden. Neunhundertsechzig Männer, Frauen und Kinder lagen tot auf den Straßen – und als Flavius nicht als Sieger, sondern in tiefem Entsetzen durch die Straßen ging, kamen ihm die einzigen Überlebenden entgegen: eine alte Frau, ein junges Mädchen und fünf Kinder. Sie waren beim gemeinsamen Sterben vergessen worden. – Brüder und Schwestern! In Nongkai wird keiner vergessen werden! Lasset uns beten zu dem gemeinsamen Gott: Herr im Himmel, nimm uns gnädig auf!«

Vom Dach der Kirche scholl dumpf die Glocke von Nongkai, der klagende Ton aus dem riesigen ausgehöhlten Kürbis.

Adripur und Bettina arbeiteten noch immer im Hospital. Sie standen nebeneinander im OP und mußten einen aufgeplatzten Amputationsstumpf nachoperieren und vernähen.

»Was werden Sie gleich machen?« fragte Adripur. Bettina hielt den Beinstumpf mit beiden Händen hoch, die Naht war gleich geschafft. Adripur arbeitete schnell und sicher, er war ein guter Arzt, aber er hatte bisher wenig Gelegenheit gehabt, das zu zeigen.

»Und Sie?« fragte sie ausweichend zurück.

»Ich werde mit ihnen sterben. Ich gehöre zu ihnen. Aber Sie nicht. Wenn Nongkai brennt und sich alle gegenseitig umbringen, bleiben Sie hier im Hospital. Niemand wird Ihnen etwas tun.« – »Und Dr. Haller?« Sie hob den Kopf. Ihr Gesicht war farblos vor Angst. »Was werden sie mit ihm machen?«

»Wer weiß das? Sie kennen Haller jetzt. Vielleicht stirbt er mit, vielleicht bringt man ihn um, vielleicht umarmt ihn Siri mit zwei Messern in den Händen: der berühmte asiatische Todeskuß.«

»Er liebt Siri, nicht wahr?«

»Auch das weiß niemand genau. Aber für Siri ist er Himmel und Erde, Sonne und Mond.«

»Es muß schön sein, so lieben zu können«, sagte sie leise. Sie arbeiteten weiter. Pala stand im Hintergrund und wartete auf das Ende der Operation. Er trug einen krummen Malaiendolch im Gürtel, sein dunkelbraunes Gesicht war völlig ausdruckslos.

Gegen Mittag erst hielt die Kolonne der Soldaten aus Homalin in sicherer Entfernung von den Palisaden. Karipuris Jeep fuhr an der Spitze, hinter ihm saß der Kommandant, ein Major, in einem offenen Funkwagen und sprach mit seinem Vorgesetzten in der Garnison von Bhamo.

Die Soldaten blieben in ihren Wagen, nur Karipuri und der Major, der zu dem Arzt umstieg, näherten sich langsam dem geschlossenen Tor. Über dem Palisadenrand sah man die Köpfe der Verteidiger von Nongkai. Die Pfeile lagen auf den Bogensehnen. Vom Kirchendach blies der Küster Alarm. An den entferntesten Stellen des Dorfes wußte man jetzt, daß man sich zum Sterben bereithalten mußte.

Das Palisadentor schwang auf. Karipuri bremste, der Major schwenkte ein weißes Taschentuch.

»Darf ich hinein?« rief er.

Es war entwürdigend, aber was Karipuri ihm erzählt hatte, saß in ihm, als sei er schon von einem Leprapfeil getroffen worden. Ihm war klar, daß keiner seiner Soldaten in die Schußweite der Bogen kommen würde. Es war auch gar nicht seine Absicht, das zu befehlen. Seine Instruktionen aus Lashio und Bhamo lauteten anders.

In dem freien Raum hinter dem Tor erschien Dr. Haller. Er war allein. Eine fabelhafte Zielscheibe. Man brauchte nur schnell anzulegen und abzudrücken. »Kommen Sie herein!« rief er. »Wer sind Sie?«

»Major Donyan, Doc.«

»Ich heiße Sie willkommen, Major.«

Langsam fuhr der Jeep durch das Tor. Major Donyan blickte sich um. Leiter an Leiter, darauf die Männer mit Bogen, Pfeilen und Lanzen. Und nicht nur Männer, auch Frauen, Kinder und Mädchen.

Er zog wie frierend die Schultern hoch, sprang aus dem Jeep und kam Dr. Haller mit ausgestreckten Händen entgegen.

»Ich habe einen Auftrag zu erfüllen, Doc«, sagte Donyan und hielt Hallers Hände fest. »Mit einem Gruß des Gesundheitsministers aus Rangun. Ich bringe Ihnen dreihundert Kisten und Kartons mit Verbandmaterial und Medikamenten.«

Donu Taikky saß, wie gewohnt, in seinem breiten Korbsessel auf der Veranda des Verwaltungsgebäudes. Fett, unbeweglich. Er hatte sich mit Obst und Fruchtgetränken umgeben. Eine fahrbare Theke hielt eisgekühlte Flaschen mit Whisky und einem kambodschanischen, höllisch brennenden Schnaps bereit. Zwei Boys in Festkleidung standen fahlbleich an den Wänden und warteten auf das große Drama von Nongkai.

Taikky hatte sich vorgenommen, den Untergang des Dorfes wie ein erhabenes Schauspiel mitzuerleben. An seinen eigenen Tod dachte er nicht. Auf seinen Knien lag, durchgeladen und schußbereit, seine Maschinenpistole. Von der Veranda aus konnte er jeden der Leprösen sehen, die auf ihren Leitern standen. So würde er auch sofort bemerken, wenn jemand sich zur Verwaltung wandte, um ihn mit infizierten Pfeilen zu beschießen.

Er war schnell, wenn es die Umstände geboten, und er war ein guter Schütze. Er war bereit, wie ein Held unterzugehen: mit einer Maschinenpistole und seinen geliebten Früchten. Die Möglichkeit, das Dorf noch zu verlassen, bestand nicht mehr. Nachdem Dr. Karipuri den Regierungstruppen entgegengefahren war, war das Tor geschlossen und Nongkai zur Festung geworden.

»Wenn Sie glauben, ich zittere vor Angst«, hatte Taikky zu Dr. Haller gesagt, »dann sind Sie ein Phantast. Mich beruhigt eins: Wir werden zusammen leben oder zusammen sterben. Keinesfalls wird einer von uns beiden allein übrigbleiben.«

»Wir werden beide überleben!« hatte Haller geantwortet. »So einen billigen Tod, der Ihnen auch noch einen Glorienschein einbringt, gönne ich Ihnen nicht. Sie sollen durch die Mühle der Verhöre gedreht werden, bis Ihnen Ihr Fett pfundweise von den Knochen fällt!«

Das beruhigte Taikky ungemein. Er trank eiskalten Whisky und machte es sich in seinem Korbstuhl bequem. Er hatte Freunde bis hinauf in die höchsten Regierungsstellen. Wenn er den Untergang Nongkais überlebte, würde er in jedem Fall der Sieger sein.

Als vom Dach der Kirche der dumpfe Ton des Riesenkürbis das große Sterben ankündigte, schälte Taikky mit ruhiger Hand einen Apfel, zerteilte ihn in kleine Stücke und begann mit Genuß zu essen.

In diesem Augenblick schwang das Tor auf, der Hospitaljeep kam hereingefahren, ein Offizier sprang heraus, und Karipuri fuhr mit Vollgas weiter zur Verwaltung. Mit großen Sätzen lief er die Treppe zur Veranda hinauf.

»Sie sitzen hier und fressen!« schrie Karipuri wenig ehrfurchtsvoll. »Sie sollten sich lieber sofort aufhängen! Nehmen Sie ein Nylonseil, das reißt nicht bei Ihrem Gewicht.«

»Warum die Aufregung, Ratna?« Taikky spülte einen Apfelrest mit einem Schluck Orangensaft hinunter. Hinter der Sonnenbrille verschwanden seine Augen völlig. Niemand konnte ahnen, was er in diesem Moment dachte. »Das Militär ist da. Nun wird sich zeigen, wie weit der ganze Bluff geht.«

Karipuri schrie wütend: »Jawohl, das Militär ist da! Major Donyan.«

»Ein guter Freund!«

»Und was für einer! Er ist keineswegs hier, um die Rebellen zur Räson zu bringen, sondern – das habe ich eben erst erfahren –, um dreihundert Kisten Medikamente abzuladen!

In den Lastwagen sitzt keine Kompanie Soldaten, sondern da lagert alles, was Haller angefordert hat. Die Soldaten sind nichts weiter als ein Transportkommando! So, nun fährt Ihnen wohl endlich die Angst in die Knie! Haller hat auf der ganzen Linie gesiegt! Der Gesundheitsminister läßt ihn sogar grüßen.«

Taikky mixte einen Fruchtsaft mit Gin und trank ihn bedächtig. Seine Selbstbeherrschung war grandios. Das massige Gesicht mit den Hängebacken blieb unverändert, nicht einmal die Lippen zeigten eine Reaktion.

»Wie fabelhaft für Dr. Haller«, sagte er. »Jetzt kann er seinen Traum von einer Musterleprakolonie verwirklichen. Ich freue mich.«

»Sind Sie verrückt geworden?« stotterte Karipuri. »Sie liefern uns diesem Burschen aus! Man wird von uns einen Bericht verlangen, was wir sechs Jahre getan haben. Einen ehrlichen Bericht.«

»Davor haben Sie Angst?« Taikky lächelte milde. »Wir haben bis zur Selbstaufopferung den Kranken gedient. Wir haben alle bisher gelieferten Medikamente verbraucht, bis zur letzten Pille, zum letzten Tropfen, zur letzten Ampulle, bis zur letzten Mullbinde. Als Dr. Haller hier eintraf, waren wir blank. Restlos blank. Was Haller dann anforderte, war nichts anderes, als was ich auch angefordert hätte. Haller ist mir nur ein paar Stunden zuvorgekommen. *Meine* Liste liegt fertig im Büro, jederzeit einsehbar. Sie noch abzuschicken, hätte bei der Intelligenz unserer Beamten nur Verwirrung gestiftet. Und das regt Sie so auf?«

»Sie sind ein Genie, Taikky«, sagte Karipuri mit ehrlicher Bewunderung. »Ich habe Sie doch unterschätzt.«

»Alle unterschätzen mich. Das ist die Tragik meines Lebens. Am meisten unterschätzt mich Dr. Haller. Das ist *seine* Tragik.« Er erhob sich ächzend aus seinem Korbstuhl, dehnte sich, als stehe er gerade aus dem Bett auf, und blickte hinüber zum großen Palisadentor. Dort fuhr jetzt der erste Lastwagen ins Dorf, mit einem Soldaten als Fahrer. Die anderen Soldaten blieben draußen vor der hölzernen Wand. Haller hatte es so verlangt.

»Wir wollen kein Trojanisches Pferd nach Nongkai hereinlassen«, hatte er zu Major Donyan gesagt. »Pro Wagen nur einen Fahrer. Abladen können wir allein.«

»Gehen wir Donyan entgegen«, sagte Taikky. »Als Gastgeber hat man höflich zu sein, auch wenn Donyan es verdient, daß man ihm den Kopf abschlägt.«

Karipuri atmete auf. Der alte Taikky war wieder da. Die neue Lage hatte ihn also doch für einen Moment aus der Fassung gebracht.

»Ich begrüße Sie, mein lieber Freund!« rief Taikky und breitete die Arme aus. Mit finsterer Miene sah Major Donyan dem Fleischberg entgegen. Dann überwand er sich und kam ein paar Schritte näher. Taikky umarmte ihn, küßte ihn auf beide Wangen und flüsterte dabei: »Warum willst du so früh sterben? Verräter haben einen kurzen Atem.«

»Ich hatte meinen Befehl.«

»Von wem, du Dummkopf?«

»Von Rangun. Ich stecke zwischen zwei Mühlsteinen.«.

»Sie werden dich zermahlen.«

Dann war die herzliche Begrüßung zu Ende. Taikky ließ Donyan stehen und stampfte zu Dr. Haller.

»Sie sind ein schlechter Regisseur«, sagte er gemütlich. »Sie versprechen ein Drama und spielen dann eine Komödie! Aber die Überraschung ist perfekt. Gratuliere! Dreihundert Kisten! Darüber wird man einmal ein birmesisches Heldenlied dichten. Das grenzt an ein Wunder! Jetzt sind Sie wirklich ein Heiliger geworden, Dr. Haller. Nur: Von Heiligen verlangt man Wundertaten! Hier fangen Ihre Probleme an.«

»Moderne Wunder sind Ergebnisse härtester Arbeit. Und ich werde arbeiten, bis ich umfalle, Taikky!«

»Das beruhigt mich.« Taikky lächelte. »Davon sind Sie nicht weit entfernt. Ich bin zwar ein medizinischer Laie, aber nicht blind!«

Dr. Haller wandte sich ab. Verdammt, er hat recht, dachte er. Ich merke die Symptome, aber ich hypnotisiere mich selbst: Du bist gesund! Du bist gesund! Du weißt genau, daß du gesund bist!

Einige der Verteidiger hatten ihre Leitern verlassen und begannen nun, die Kisten abzuladen. Von den Hütten liefen die Frauen herbei, aus dem Hospital kamen Pala und vier Pfleger. Auch Siri und Bettina waren plötzlich an dem Lastwagen und schleppten Kartons weg. Das große Tor war wieder geschlossen worden.

»Nur immer ein Wagen!« hatte Haller befohlen, und Major Donyan hatte es nach draußen weitergegeben. Dort warteten die Soldaten, standen links und rechts der Dschungelstraße hinter den Bäumen und blickten hinüber zu dem abgeschlossenen Dorf. Für sie lag dort die Hölle. Dreihundert Aussätzige ... Ihre entstellten Gesichter starrten über den Palisadenrand.

Major Donyan, Taikky, Karipuri und Dr. Haller gingen hinüber zum Verwaltungsgebäude. Dort hatten die beiden Boys inzwischen aufgeräumt, einen großen runden Tisch herangeschafft, bequeme Korbsessel und viele Gläser. Taikky machte eine einladende Handbewegung.

»Nach der langen Fahrt eine Erfrischung, Major? In zehn Minuten wird das Mittagessen serviert. Schildkrötensuppe, Wildhecht in Kräutersoße, junges Lamm am Spieß mit gedünsteter Eierfrucht, zum Abschluß Tee mit Honiggebäck.«

Taikky zählte die Speisenfolge auf, als deklamiere er eine Ode. Major Donyan lachte, aber es klang etwas betreten.

»Sie leben wie ein König, Taikky!«

»Er fühlt sich auch so«, sagte Haller.

»Ich bin es auch! König der Leprösen!« Taikky lachte laut. Es sollte ein Witz sein, aber Taikkys besonderer Humor kam nicht recht an. »Doch was ist ein König gegen einen Heiligen!«

Jeder verstand, was Taikky meinte, starrte in sein Glas und flüchtete sich dann ins Trinken.

»Die Medikamente, Dr. Haller«, sagte Major Donyan später, nachdem man einige belanglose Worte gewechselt hatte, »sind nur eine Vorgabe aus Rangun. Es kommt noch mehr. Ich konnte es Ihnen vorhin noch nicht sagen, weil der Empfang in Nongkai mich überwältigte. Sie müssen das verstehen ...« Er zeigte hinüber zu den Verteidigern auf den Leitern. In langer Kette standen die kräftigsten Kranken vom Tor bis zum Hospital. Ein lebendes Transportband für die Kisten, die Hoffnung und Heilung bedeuteten.

»Sie müssen verstehen«, wiederholte Donyan, »so etwas sieht man in einem langen Leben nur einmal. Ich bin beauftragt worden, über die Ereignisse in Nongkai einen Bericht zu schreiben. Ich werde schreiben: Birma ist glücklicher geworden, seit es einen Dr. Haller hat.«

»Bravo!« rief Taikky und klatschte in die Hände.

Major Donyan nahm wieder einen Schluck. Ihm wurde trotz Ventilatoren und Eisgetränken sehr heiß. »Meine zweite Nachricht muß ich auch noch loswerden, Dr. Haller. Wir haben in Birma noch vier Leprastationen. In Bonyan, Simidon, Dienho und Phujet. Kleinere Isolierhäuser mit zusammen rund vierhundert Kranken. Das Gesundheitsministerium hat sich entschlossen, diese unrentabel und sehr primitiv arbeitenden Stationen zu schließen und Nongkai zum Schwerpunkt-Krankenhaus zu machen. Das bedeutet, es wird auf das modernste ausgerüstet. Die dreihundert Kisten sind der Anfang! Alle Leprakranken sollen hier zusammengezogen werden.«

»Das ist Wahnsinn«, sagte Haller langsam. Auch er brauchte jetzt einen Drink, griff zur Ginflasche und goß sich ein hohes Glas pur ein. Er hustete nach dem ersten Schluck und wunderte sich, wie er sich in kurzer Zeit schon so entwöhnen konnte. Aber der zweite rann schon besser in ihn hinein, und der dritte schenkte ihm wieder den alten vertrauten Genuß.

»Wo sollen die denn alle untergebracht werden? Major, da hat doch einer Jauche im Gehirn! Taikky, verhindern Sie das sofort! Rufen Sie umgehend den Gouverneur in Lashio an. Was soll der Irrsinn?«

»Zu spät.« Major Donyan hob die Schultern. Er sah unglücklich aus, und er war es auch. »Das Ministerium hat schon alles eingeleitet. Anscheinend will man Ihnen imponieren. Sie arbeiten jetzt dort mit Gründlichkeit und Elan. Die Häuser sind schon in Auflösung, die Kranken schon auf dem Wege nach Nongkai.« Donyan legte die gepflegten Hände aneinander und blickte Doktor Haller über die Fingerspitzen an. »Genau vierhundertneunzehn Kranke aller Altersstufen und Krankheitsstadien, neunzehn einheimische Schwestern und sechs birmesische Ärzte sind unterwegs hierher. Herr Donu Taikky wird zum Generalbevollmächtigten der Regierung für die Bekämpfung der Lepra ernannt. Die Ernennung ist unterwegs, ich verrate hier ein Dienstgeheimnis. Das ›Zentralkrankenhaus Nongkai‹ wird zwei Chefärzte haben: Dr. Karipuri und Dr. Haller. Karipuri für die Innere Abteilung, Sie, Dr. Haller, für die Chirurgie.«

»Mit anderen Worten: Ich habe in Kürze siebenhundertfünfzig Kranke auf dem Hals und muß sie übereinanderstapeln wie Brennholz. Taikky, das ist Ihr Problem, Sie Generalbevollmächtigter!«

Taikky winkte. Der erste Gang des feudalen Mittagessens, die Schildkrötensuppe, wurde von den beiden Boys serviert. »Hier müssen Engel zeigen, was sie können! Sie haben uns das eingebrockt, Haller. Ihrem Ruf als Wohltäter der Menschheit verdanken wir diese Entwicklung. Nun sehen Sie zu, wie Sie die Probleme bewältigen. Es sind Ihre Probleme.« Taikky begann die Suppe zu schlürfen.

»Wann treffen die ersten Transporte ein?« fragte Haller. Er aß nichts. Er hatte die Ginflasche vor sich stehen und trank, während die anderen löffelten.

»Die erste Gruppe in drei Tagen.« Major Donyan sah Haller mitleidig an. »Zwei Ärzte, vier Schwestern und fünfunddreißig Schwerkranke. Mit einer Transportmaschine der Luftwaffe. Die anderen Kranken kommen alle auf einmal. Insgesamt werden sieben Flugzeuge in Homalin landen. Sie bringen auch die zweite Ladung Medikamente und Ausrüstung mit. Betten, Schränke, Instrumente.« Major Donyan blickte an Haller vorbei. Er war nicht mehr in der Lage, dessen Blick zu ertragen. »Es ist wie im Krieg. Verlegung einer ganzen Truppe in den Dschungel.«

Dr. Haller schob den Korbsessel zurück und stand auf. »Wir werden diese Schlacht gewinnen«, sagte er laut. »Taikky, begraben Sie Ihre Hoffnung, mich auf der Schnauze liegen zu sehen.«

Sie warteten, bis Haller die Veranda verlassen hatte und der zweite Gang – Wildhecht in Kräutersoße – serviert wurde. Taikky schnupperte genüßlich. »Vierhundertneunzehn Kranke und sechs Ärzte«, sagte er. »Die Hausmacht Hallers ist gebrochen. Die Mehrheitsverhältnisse werden sich zu unseren Gunsten verschieben. Zum Wohle, meine Herren!« Er hob sein Glas. »Donyan, wenn Sie auch ein Rindvieh sind, das mich heute um einige Tausender leichter gemacht hat – Ihre zweite Nachricht versöhnt mich wieder mit Ihnen. Der Strom der Hilfsbereitschaft, der jetzt nach Nongkai fließen wird, geht auch an uns nicht vorüber.« Jeder wußte, was das hieß.

»Sie sind ja wieder betrunken«, sagte Bettina, als Haller zu ihr trat. Der letzte Lastwagen war fast entladen. Die Kisten und Kartons wanderten durch die lange Reihe der Patienten und wurden im Hospital von Dr. Adripur, Pala und drei Pflegern in der Apotheke, im Verbandszimmer und auf dem Flur gestapelt. »Aber bitte«, fuhr Bettina fort, »heute steht Ihnen ein Schnaps zu. Nach diesem Erfolg!«

»Sie sehen mich zu ideal, Bettina.« Haller lehnte sich an den Lastwagen. »Ich saufe aus Kummer. Aber das erkläre ich Ihnen später. Nur eins: Sie wußten vor einer Stunde noch nicht, was hier passiert. Sie mußten damit rechnen, zusammengeschossen zu werden. Trotzdem blieben Sie bei den Kranken.«

»Sie auch, Dr. Haller.«

»Ich habe nichts zu verlieren. Aber von Ihnen verlangt keiner ein nutzloses Heldentum. Vertrauen Sie nicht auf das rote Kreuz auf Ihrer Brosche und auf Ihre weiße Schwesterntracht. Das nutzt Ihnen im Augenblick der allgemeinen Auflösung gar nichts. Sie hatten die Möglichkeit, Nongkai zu verlassen und draußen zu warten, bis die Truppen kommen. Keiner hätte Ihnen das verübelt.«

»Siri ist auch nicht gegangen …«

»Das stimmt«, sagte Haller leise. »Sie wäre nie gegangen.«

»Und warum sollte ich es tun?«

Sie sahen sich an, eine ganze Weile, schweigend und forschend.

»Bettina«, sagte er plötzlich, »Bettina, begeh bloß nicht den Fehler und häng dich an mich!«

Er wandte sich ab und ging schnell ins Dorf. Sie nahm den

letzten Karton in Empfang, reichte ihn weiter in die Menschenkette und zwang sich, Haller nicht nachzublicken.

Er sucht einen Halt, dachte sie. Er klammert sich überall fest, aber was er auch anfaßt, alles reißt unter seinen Händen weg. Er ist der Einsamste unter den Einsamen. Trotz Siri und trotz seiner ihn anbetenden Kranken. Er ist ein Mensch, der unendlich viel Liebe braucht. Wer kann ihm soviel Liebe geben?

Vor dem Hospital traf Haller auf Minbya. Er stand am letzten Mann der Kette, dort, wo die Kisten und Kartons im Inneren des Hospitals verschwanden, und zählte mit. Auf ein drekkiges Blatt Papier machte er Striche und Kreuze. Er führte Buch.

»Wie lange dauert der Bau einer Hütte, Minbya?« fragte Haller.

Der Bürgermeister sah ihn erstaunt an. »Wenn viele Hände daran arbeiten und wenn wir genug Holz und Bambus haben – zwei Tage, wenn es eine einfache Hütte sein soll. Sollen wir Ihnen eine bauen? Das wird eine Woche dauern, aber es wird die schönste Hütte im Umkreis von tausend Meilen sein.«

»Ich brauche in zehn Tagen vierzig Hütten.«

Minbya lachte. »Ein Monat hat höchstens einunddreißig Tage, Doktor. Für jeden Tag eine Hütte – das sind einunddreißig.«

»Vierzig, Minbya! In zehn Tagen ist Nongkai eine Stadt. Eine Stadt der Vergessenen und Abgeschriebenen. Es werden über vierhundert neue Kranke kommen. Ich weiß nicht, wohin damit. Ich weiß nur, daß es eine Katastrophe gibt, wenn wir nicht …«

»Wo sollen die Hütten stehen, Doktor?«

»Von mir aus verteilt am Drahtzaun entlang. Wir haben Platz genug.«

»Vierzig Hütten …« Minbya blickte auf seine knotigen Hände. »In zehn Tagen. Wir werden arbeiten, bis wir umfallen. Alles, was Hände hat, wird arbeiten, Doktor. Die Greise und die Kinder. Jeder Finger dann etwas tun.« Am Abend schon begann das große Bauen.

Die Soldaten hatten vor dem Dorf ein Lager aufgeschlagen. Feuer loderten zwischen den Zelten, die Wagen waren zu einer Wagenburg zusammengestellt worden. Major Donyan wohnte im Verwaltungsgebäude. Er war von Taikkys Gastfreundschaft überrollt worden und leicht angetrunken. Da auch alle Außenkommandos, die kräftigen, gesunden Söhne lepröser Eltern, nach Nongkai gekommen waren, um das Dorf zu verteidigen, hatte Minbya eine Mannschaft zusammenstellen können, die an zehn Stellen zugleich mit dem Aufbau der Hütten beginnen konnte.

Hatte man vor einigen Stunden noch Kisten geschleppt, so waren jetzt Kolonnen unterwegs, um aus dem Dschungelwald Holz zu schlagen und Bambus zu schneiden. Kinder und Frauen saßen vor den Hütten und drehten aus Lianen dicke, unzerreißbare Taue oder spleißten den Bambus, um daraus wandhohe Matten zu flechten. Bis zum Wald stand eine lange Reihe von alten Männern und Kindern und hielt mit Öl getränkte Holzfackeln in den Händen. Hinter dieser Flammenmauer hallten die Äxte, schleppten die starken Burschen die Stämme ins Dorf, knirschten auf dem Marktplatz die alten, schartigen Sägen. Eine andere Truppe pflückte große, handtuchbreite Blätter und schichtete sie vor einer Gruppe Frauen auf, die aus ihnen Matten flochten, mit denen man die Dächer decken konnte.

Die beste Idee hatte der Prediger Manoron beigesteuert. Er hatte einen Teil seines Kirchenchores versammelt und ihn durch Sänger aus der buddhistischen Fakultät verstärkt. Mit diesem Chor, meistens Mädchen oder Lepröse, die mit ihren bereits zerstörten Fingern keine nützliche Arbeit mehr leisten konnten, zog er im Dorf herum und ließ Kirchenlieder singen, abwechselnd christliche und buddhistische Gesänge. Das feuerte die Müden wieder an, sie sangen mit, und bald war das ganze Dorf ein großer lärmender Haufen, und es erklang ein Konzert aus Gesang und Axtschlägen, Hämmern und Sägen.

Dr. Haller war nahe daran, zu heulen. Er umarmte Minbya, er stand unter den ameisenhaft arbeitenden Leprösen und biß sich auf die Lippen, als der Chor zu singen begann: »Bis hierher hat mich Gott geführt in seiner großen Güte ...« Und er ging die Feuerwand entlang zum Dschungel und schleppte, einen nach dem anderen, vier Baumstämme ins Dorf.

Dort traf er Donyan, der schnapsselig, und daher ohne Angst vor Infektion, durch Nongkai wanderte und einigen Mädchen frivole Worte zurief.

»Sie sind kein Engel, sondern ein Teufel, Doc!« sagte er und hakte sich bei Haller unter. »Einem Engel wäre es nie gelungen, Taikky derart zu verstören. Er sitzt in seinem Korbsessel und versteht die Welt nicht mehr. Wer gestern noch halbtot war, klettert heute herum und baut Hütten. Wer zu schwach war, eine Hühnerfeder zu halten, schwingt heute einen Hammer. Wie machen Sie das, Doc?«

»Ich mache gar nichts, Major.« Haller wischte sich über das Gesicht. »Ich bin mehr überwältigt als jeder von Ihnen. Ausgestoßene, Sterbende geben mir mein Selbstvertrauen zurück. Wer kann das begreifen? Ich richte mich auf an diesen Kranken, ich beginne neu zu leben bei diesen Verfaulenden.« Er blieb vor dem Hospital stehen. Im OP brannte Licht. Dr. Adripur arbeitete mit Bettina und Siri seit drei Stunden. Karipuri ließ sich nicht blicken. »Ich werde diese Menschen nie mehr verlassen, Donyan. Das können Sie allen sagen, ob sie es gern hören oder nicht. Heute morgen war ich bereit, alles hinzuwerfen. Sie wissen warum.«

»Die Brüder Khawsa.« Donyan lächelte. »Die Sache ist geregelt. Sie sind als normal an der Lepra Gestorbene abgebucht worden. Die ganze Angelegenheit endete bei mir auf dem Schreibtisch.«

»Wieviel zahlt Ihnen Taikky?«

»Dreitausend im Monat«, sagte Donyan ohne Zögern.

»Sie sind verblüffend ehrlich, Major«, sagte Haller. »Wollen Sie mich zu Ihrem Komplizen machen?«

»Das sind Sie schon, Doc.« Der Major lachte laut.

»Und wer sollte mich schmieren?«

»Ich.«

Haller blieb ruckartig stehen. »Sie? Donyan, Sie sind total besoffen.«

»Im Gegenteil. Ich bin klar wie die Sterne.« Der Major zeigte in den glitzernden Nachthimmel. »Man hat mir zehntausend geboten, wenn ich Sie elegant umbringe. Wir stehen hier im tiefsten Schatten vor dem Hospital. Wir sind allein.

Wenn ich Ihnen jetzt blitzschnell einen Dolch in den Rücken stoße, hört und sieht es keiner. Bis man Sie findet, sitze ich längst bei Taikky am Tisch und werde eine strenge Untersuchung einleiten.«

Haller blieb starr stehen. Er spannte jeden Muskel und wartete.

»Bitte, bedienen Sie sich, Major«, sagte er langsam.

»Wieso denn? Ich verzichte auf die zehntausend. Ich lasse Sie leben. Das meinte ich eben: Ich habe Sie korrumpiert, ob Sie wollen oder nicht. Sie schulden mir zehntausend.«

»Das ist das Verrückteste, was ich je gehört habe«, sagte Haller.

»Sie sind eben im Dschungel, Doc.« Donyan klopfte ihm auf die Schulter. Einen Augenblick dachte Haller: Jetzt sticht er zu. Aber Donyans Hand war leer. »Daran sollten Sie immer denken: Wer hier lebt, muß etwas ungewöhnliche Moralbegriffe haben. Wir sind alle Freunde, solange wir uns gegenseitig gebrauchen können.«

Er umarmte Haller, hauchte ihn mit seinem Schnapsatem an und schwankte zurück zur Verwaltung.

In der Nacht kam Siri zu Haller ins Bett; müde, schweigsam, schmiegte sie sich wie eine Katze an ihn und schlief ein.

Nebenan warf sich Adripur seufzend auf sein Lager und rauchte noch eine Zigarette. Haller roch es durch die Wand hindurch.

»Sie sollen nicht rauchen, Sabu!« sagte Haller laut. »Ihre Lunge ist ein Fetzen.«

»Ich habe jetzt fünf Stunden ohne Pause gearbeitet. Diese Zigarette ist Medizin.«

»Haben Sie noch eine?«

»Ja.«

Haller stieg über die zusammengerollte Siri und ging zu Dr. Adripur. Der junge Inder lag halb entkleidet auf der Decke unter dem Moskitonetz und sah erbärmlich aus. Kalter Schweiß überzog seinen Körper und sammelte sich in den Vertiefungen der Rippenbögen und der Schlüsselbeine.

»Sie Rindvieh!« sagte Haller. Er steckte sich eine Zigarette an. »Wollen Sie noch vor mir krepieren?«

»Damit habe ich mich schon abgefunden, Dr. Haller.«

»Irrtum! Ich habe extra für Sie ein paar Tuberkulose-Killer angefordert. Ich hoffe, daß sie mit der Sendung angekommen sind. Liegekuren, Ruhe, gutes Essen, frische Luft, viel Eiweiß und Vitamine. Ihnen das im Dschungel zu verordnen, wäre idiotisch. Aber das sage ich Ihnen, Adripur: Wenn ich Sie bei Kräften habe, lege ich Sie auf den Tisch und mache eine Lobektomie. Ich wage es! Bis dahin habe ich die Geräte hier.«

»Das bringen Sie fertig – die erste Lungenoperation im birmesischen Dschungel.« – Adripur lächelte müde.

»Was ist schon dabei, Ihnen an der Lunge herumzuschnippeln, wenn ich die chirurgischen Voraussetzungen dazu habe? Ob in der Uni-Klinik von München oder in Nongkai – Lunge bleibt Lunge.«

Sie rauchten die Zigaretten zu Ende und schwiegen dabei. Draußen hörte der Baulärm nicht auf. Zweimal hörten sie in der Nähe Manorons unermüdlichen Kirchenchor, der nun schon seit sieben Stunden herumzog. Jetzt sang er Volksweisen, die Stimme der Landschaft.

»Lachen Sie mich aus, Dr. Haller?« fragte Adripur plötzlich.

»Warum?«

»Ich habe Sorgen wegen der Neuzugänge.«

»Vierhundert sind eine Menge. Aber es kommen ja sechs Kollegen mit und neunzehn Schwestern. Das ist dann zu schaffen.«

»Die Zahl ist nicht wichtig. Es ist etwas anderes. Hier in Nongkai haben wir so etwas wie eine Bruderschaft. Alle sind eine große Familie. Viele wohnen seit zehn Jahren hier, haben untereinander geheiratet, Kinder bekommen. Die wenigen Neueinlieferungen in den letzten Jahren wurden einfach aufgesaugt. Aber vierhundert Neue, vierhundert Kranke, von denen wir nicht wissen, wie sie bisher gelebt haben, ein Zuwachs also, der größer ist als die Zahl der Alteingesessenen von Nongkai – das kann eine völlige Veränderung geben. Vierhundert Unbekannte, das sind vierhundert Unsicherheiten. Das alles kommt jetzt auf uns zu, und zwar als Mehrheit.«

»Es sind Kranke, weiter nichts, Adripur. Kranke, die geheilt werden wollen. Die dankbar sind, wenn man ihnen eine Salbe auf die Geschwüre schmiert oder ihnen eine Injektion in den Hintern verpaßt.«

»Ich war einmal in einem Hospital in Südindien«, erzählte Adripur, »da lagen neunzehn Cholerakranke. Sie waren so schwach, daß sie nicht kriechen konnten – aber irgendwie schafften sie es doch und erwürgten in einer Nacht zwei Mitpatienten – weil es Parias waren. Man legt einen aus der Kaste der Parias nicht zu anderen Menschen in ein Zimmer. Wir hatten nicht daran gedacht, wir hätten nie für möglich gehalten, daß ein Cholerakranker sich um so etwas kümmern kann. Eine Fehleinschätzung: selbst im Sterben war der Kastengeist noch so stark, daß er aus Sterbenden Mörder machte. Wenn unter diesen neuen vierhundert Kranken nur einer ist, der die anderen mit seiner Meinung überzeugen kann – ein Krachmacher um jeden Preis, Berufsrevolutionär, Rassenfanatiker – was weiß ich! –, dann ist hier der Teufel los. Denken Sie an die Politiker. Eine große Schnauze genügt – und Millionen jubeln!«

Haller lachte. »Keine Angst! Auch der gefährlichste Politiker hat einen Gegner, vor dem er die Hosen runterläßt: seinen Arzt mit der Spritze in der Hand. Und jetzt wird geschlafen!« Er nahm ihm die Zigarettenpackung ab. »Die behalte ich!«

Nach zehn Minuten drang durch die Flechtwand Zigarettenduft.

»Adripur, Sie Gauner«, sagte Haller, »wieviel Packungen haben Sie noch?«

»Noch zwei. Von den Soldaten. Pala hat sie organisiert.«

Haller zog die nackte Siri an sich. Ihre warme glatte Haut war herrlich.

»Gute Nacht, mein Junge!« rief er hinüber.

»Gute Nacht, Dr. Haller«, sagte Adripur.

Draußen zog Manorons Kirchenchor noch immer herum, und die Axthiebe hallten aus dem Dschungel.

Nach drei Tagen standen vierzehn Hütten.

Karipuri besichtigte sie und kam dann zu Haller ins Hospital. Es war Sprechstunde der Ambulanten, in langen Reihen standen die Leprösen bis draußen. Noch waren nicht alle dreihundert Kisten und Kartons ausgepackt, aber was bisher schon von Bettina und Siri in die Medikamentenschränke eingeräumt worden war, reichte aus, um endlich mit einer vernünftigen Behandlung zu beginnen.

Minbya und der Ältestenrat hatten dafür gesorgt, daß jeder in Nongkai es wußte: die schreckliche Zeit der Untätigkeit, des Wartens auf den faulenden Tod war vorbei. Wer jetzt noch lebte, durfte weiterleben. Selbst die schweren amputierten Fälle hatten noch eine Chance.

»Die erste Gruppe ist in Homalin gelandet«, sagte Dr. Karipuri, »und trifft morgen hier ein. Major Donyan hat gerade angerufen. In Homalin liegt auch die Post. Ihre Ernennung zum Chefarzt. Gratuliere, Herr Kollege. Eine Blitzkarriere. Von der Gosse zum Chefsessel. Das soll Ihnen einer nachmachen.«

»Es ist schon mal jemand aus dem Fenster geflogen«, sagte Haller ruhig. »Damit begann sogar ein dreißigjähriger Krieg. Unserer wird kürzer sein. Übrigens: Ich bin Chefarzt der Chirurgie. Was ich jetzt hier mache, ist die Aufgabe des Internisten. Das sind Sie! Holen Sie Ihren weißen Kittel und machen Sie weiter!«

»Um diese ewigen Auseinandersetzungen zu beenden, bin ich hier. Ich habe einen Vorschlag, Herr Kollege.«

»Ich höre.«

»Ich schlage eine genaue Teilung vor. Nicht Chirurgie oder Innere, sondern bei den Patienten. Sie haben im alten Nongkai Ihren festen Patientenstamm. Behalten Sie ihn. Die Neuen, die ankommen, übernehme ich allein mit den uns zugewiesenen Kollegen. Wir wollen uns nicht immer anblaffen und im Wege stehen. Wir werden zwei Kliniken erstellen, jede für sich verantwortlich. Sie Alt-Nongkai, ich Neu-Nongkai! Was halten Sie davon?«

»Sie mit sieben Ärzten und neunzehn Schwestern, ich mit zwei Ärzten, zwei Schwestern und vier Pflegern. Nennen Sie das fair?«

»Ich gebe Ihnen zwei Ärzte und sechs Schwestern ab.«

»Einverstanden.« Dr. Haller schüttelte den Kopf. »Sind Sie krank, Karipuri? Sie wollen wirklich arbeiten? Ein ärztliches Duell mit mir?«

»Ihre Selbsteinschätzung ist umwerfend, Herr Kollege.« Karipuri lächelte schief. »Nachdem sich hier ein großer Wandel vollzogen hat, wird Taikky sich mit seiner ganzen Persönlichkeit in die große Aufgabe stürzen. Wir haben Baumaterial für eine neue Klinik angefordert und zugesagt bekommen!«

»Die Mayo-Klinik von Nongkai! Das neue Weltwunder im Dschungel von Nord-Birma! Was ist denn plötzlich in Sie gefahren, Karipuri?«

Der elegante Inder schob die Unterlippe vor. Einen Augenblick sah es so aus, als wolle er Haller anspucken.

»Ich will Ihr Erbe antreten, Haller. Jetzt staunen Sie. Jawohl, ich will davon profitieren, daß Sie Tag und Nacht auf den Beinen sind, daß Sie dieses Duell – wie Sie es nennen – täglich gewinnen, daß Sie hier eine Klinik schaffen, wie sie noch nicht dagewesen ist. Ich weiß, es wird Ihnen gelingen. Aber der Preis, Dr. Haller, der Preis sind Sie selbst. Sie werden in absehbarer Zeit ihre Gesundheit so ruiniert haben, daß Sie rettungslos kaputt sind.« Dr. Karipuri gab sich keine Mühe mehr, seine Schadenfreude zu verbergen. »Ich sage Ihnen das alles, weil ich weiß, daß Sie nicht mehr aufhören können! Und wenn Sie am Ende sind, bin ich der Erbe. Ich brauche nur ein wenig zu warten.«

»Das war eine gute Rede«, sagte Dr. Haller. »Aber sie hat einen Denkfehler: Ich halte durch! Ich habe vor drei Tagen meinen letzten Gin getrunken! Und als Major Donyan abfuhr; habe ich ihn verpflichtet, mich sofort abzuholen und aus dem Land prügeln zu lassen, wenn ich wieder besoffen in einer Ecke liegend angetroffen werde. Er hat freudig zugestimmt. Ich schulde ihm nämlich zehntausend Kyat ...«

Dr. Karipuri stutzte. Er kniff die Augen zusammen, und seine Fröhlichkeit war wie weggewischt.

»Hat er Ihnen das gesagt?«

»Aber ja. Wir sind echte Freunde geworden.«

»Donyan ist ein Schwätzer.«

»Aber bis zehntausend kann er zählen.«

Karipuri drehte sich schroff um und ging. Kaum war er weg, stürzten Dr. Adripur und Bettina in das große Verbandszimmer. Nicht Hallers, sondern Siris Gesicht verriet ihnen, daß etwas Gemeines geschehen sein mußte.

»Was war?« fragte Adripur.

»Hat er Sie wieder angegriffen, Dr. Haller?« rief Bettina.

»Aber nein! Er hat nur eine Teilung vorgeschlagen. Er die neuen Kranken, ich das alte Nongkai ...«

»Und Sie haben zugestimmt?«

»Natürlich.«

»Das ist doch eine Falle!« rief Bettina.

»Und was für eine!« Adripur legte Haller die Hand auf die Schulter. Der arbeitete ruhig weiter und hob mit einer Pinzette ein zersetztes Gewebeteil in eine Glasschüssel, die ihm Pala hinhielt. Der schweigsame, nie lachende Pala begann, den weißen Arzt, der ihn geschlagen hatte, zu bewundern.

»Blödsinn! Das Kräfteverhältnis ist fast gleich. Unseres ist sogar besser. Wir haben ja auch noch die gesunden jungen Leute, er bekommt nur Kranke. Außerdem sind die neuen Ärzte da ...«

»Das sind Birmesen. Sie werden in Taikky den absoluten Herrscher sehen! Der ihnen Geld gibt, mit einem Händedruck. Diesen Druck versteht jeder. Er wird sie kaufen, bevor sie noch ihr Bett angewärmt haben. Sehen Sie denn nicht, daß Sie in ein offenes Messer laufen? Das ist ein teuflischer Plan. Zwei Kliniken! Nein – zwei gegnerische Lager werden hier aufgebaut, und eines Tages schlagen sie aufeinander los! Die Schuld wird man Ihnen zuschieben! Da haben Sie Ihr Kräfteverhältnis: Dort Taikky und sieben Ärzte – und hier?«

»Ihr alle!« Haller ließ die Gummihandschuhe in den Eimer neben sich fallen. »Ihr alle!« wiederholte er leise Es klang wie: Ich liebe euch! Und sie verstanden ihn.

Es blieb nichts mehr zu sagen. Dr. Adripur machte kehrt und lief hinaus.

Bettina blieb an der Tür stehen und wollte noch etwas sagen. Aber dann schüttelte auch sie nur den Kopf und verließ das Zimmer. Als sie die Tür zuzog, sah es aus, als weine sie.

Siri reichte Haller einen Gazestreifen zum Abdecken der Wunde. »Sie liebt dich«, sagte sie. »Chandra, geh ihr nach und küß sie.«

Haller riß ihr den Gazelappen aus der Hand. »Mull!« schrie er unbeherrscht.

»Und du liebst sie«, sagte Siri. »Hier, Chandra, hier ist der Mull ...«

Am nächsten Tag traf der erste Transport in Nongkai ein. Vierunddreißig Schwerkranke, zwei Ärzte und drei Schwestern. Die Leprösen waren in einem desolaten Zustand, und Haller fragte sich, warum man diese Sterbenden noch durch die Luft transportierte, über eine Dschungelstraße fuhr und hier ablud.

Man trug die Elendsgestalten, viele davon schon im fortgeschrittenen Stadium des Marasmus, in die ausgeräumten Säle II und III und ließ sie zunächst auf ihren Tragen liegen. Die bisherigen Bewohner von II und III lagen jetzt dicht an dicht auf I und in einem Nebenzimmer, das bislang als Pflegerraum benutzt worden war.

Dr. Haller ging hinaus zu Dr. Karipuri, der die beiden neuen Kollegen mit einer Herzlichkeit begrüßte, als seien sie zurückgekehrte Brüder.

»Was nun?« fragte er.

»Was heißt – was nun?« Karipuri trat sehr großspurig auf. Jetzt hatte er sein Publikum, ein zwar sehr kleines, aber es würde sich herumsprechen.

»Das sind Ihre Kranken, Karipuri! Wo sind Ihre Betten? Die Bettwäsche? Die Pfleger?«

»Reden Sie nicht solch einen Unsinn!« Es tat Karipuri gut, seine Stimme zu heben. Die beiden neuen Ärzte sahen Haller mißtrauisch an. »Wer ist hier Chirurg? Na also! Und das sind chirurgische Fälle! Ihr Problem, Dr. Haller. Kommen Sie, meine Herren« – Karipuri machte zu den neuen Ärzten eine einladende Handbewegung –, »wir sehen uns das Dorf einmal an! Seit vier Tagen wurde hier geschuftet, Tag und Nacht. Alles für die neuen Kameraden! Ja, wir sind hier eine verschworene Gemeinschaft. Nirgendwo ist Brüderlichkeit so viel wert wie unter Leprösen.«

Dr. Haller drehte sich um. »So ein Saukerl!« sagte er laut. »Aber die Taktik ist nicht blöd! Das war das letztemal, daß er mich für dumm verkauft hat. Pala!« Seine Stimme dröhnte durch das Hospital. Pala und seine Pfleger, Siri, Bettina und

Dr. Adripur, die bei den Neueingelieferten gewesen waren, stürzten auf den Flur. »Alle verfügbaren Betten auf II und III! Auch eure, Pala! Die Pfleger können auf dem Boden schlafen! Ich brauche jedes Bett, verstanden! Wenn ich nachher durch die Klinik gehe und sehe irgendwo ein abgestelltes Bett, könnt ihr euch im Dschungel verstecken! Bettina! Siri! Ihr bereitet die amputationsreifen Fälle vor. Dr. Adripur wird sie aussuchen. In einer Stunde wird operiert! Und nur die prognostisch sinnvollen Fälle!«

»Und wo willst du hin, Chandra?« fragte Siri.

Haller sah sich erkannt. Er grinste angriffslustig.

»Ich will mir anhören, was Karipuri über mich erzählt.«

»Bleib hier, Chandra.« Sie hob wie flehend die Arme. So bittet ein Kind, dachte er.

»Gönnen Sie Karipuri diesen billigen Triumph«, sagte Bettina.

»Nein! Waren Sie schon mal in Afrika, Bettina? Nicht? Da kennt man ein Phänomen: Ein angeschossener Wasserbüffel läuft nicht weg, sondern senkt die Hörner und greift an. Das ist er seiner Kraft schuldig. Ich bin so ein Büffel. Und jetzt senke ich die Hörner und greife an.«

»Sind Sie denn angeschossen?« fragte Dr. Adripur.

»Ja, das bin ich!«

Er drehte sich um und lief den langen Flur hinunter und hinaus.

Draußen war ein heißer Tag wie seit Wochen nicht. Der Dschungel dampfte, über den Urwäldern stand eine flimmernde Dunstglocke, vom Nongnong zog der faulige Atem der Verwesung über das Dorf.

Haller sah Karipuri mit den beiden neuen Ärzten über den Marktplatz gehen und mit weiträumigen Armbewegungen Erklärungen abgeben. Ob er von den geköpften Brüdern Khawsa erzählte? Wohl kaum. Aber er schien das Gewimmel an den neuen Hütten als sein Werk vorzuzeigen und sparte gewiß nicht mit tönenden Worten. Warum Taikky an diesem Rundgang nicht beteiligt war, wußte Haller nicht zu erklären. Vielleicht kümmerte er sich um die Krankenschwestern und die Begleitsoldaten des Transportes.

Haller stand ein paar Minuten in der heißen Sonne, blickte über Nongkai und war einen Moment stolz auf das, was er in den wenigen Tagen bereits geschaffen hatte. Wenn mir mein Körper noch ein Jahr Zeit gibt, oder zwei oder auch drei, dann wird dieses Dschungeldorf nicht mehr ein Müllplatz mit lebendem Unrat sein. Dann werden hier saubere Hütten stehen, eine voll eingerichtete Spezialklinik, es wird eine Wasserleitung geben, für jeden elektrisches Licht, sie werden sich in Waschbecken waschen und nicht mehr im ungereinigten Flußwasser, sie werden nicht mehr über Erdgruben hocken müssen, sondern richtige Toiletten haben. Sie werden wieder Menschen geworden sein.

Er lehnte sich an die Wand, er wollte sich den Schweiß von der Stirn wischen, der plötzlich aus ihm hervorbrach wie aus einer Quelle, ein klebriger, kalter Schweiß, aber als er die Hand hob, begann er am ganzen Körper zu zittern, in der glühenden Sonne befiel ihn eisige Kälte, das Frieren lief vom Hinterkopf den Nacken hinunter über das Rückgrat bis in die Zehen.

»Jetzt noch nicht!« wollte er sagen. »Bloß jetzt noch nicht! Nein! Nein! Das ist zu früh ...« Aber er konnte nicht mehr sprechen. Auch seine Lippen vereisten, waren taub wie die Ohren, in denen alle Geräusche abstarben. Die Welt um ihn herum war ohne Laut und von einer gespenstischen violetten Färbung

Aber denken konnte er noch. Und er dachte: Ein angeschossener Wasserbüffel greift an. Das ist er seiner Kraft schuldig. Er greift an! Er greift an ...

Und dann ging er, taumelte auf eisigen Beinen durch eine violette lautlose Welt, erreichte seine Hütte und sagte immer wieder zu sich: Er greift an! Er greift an! Er greift an!

Dann war auch das vorbei. Das Eis erreichte sein Gehirn. Die Kälte ließ ihn erstarren, machte ihn unbeweglich wie einen Eiszapfen, und wie ein Pfahl fiel er nach vorn über das Bett und verlor die Besinnung.

Der Anfall ging schnell vorüber – aber das war eine relative Feststellung. Dr. Haller erwachte aus seiner Besinnungslosigkeit, als Siris Stimme über ihm sagte: »Chandra, es ist alles vorbereitet. Wir können operieren.«

Er schlug die Augen auf und wunderte sich, daß er noch lebte. Vorsichtig bewegte er die Finger, es gelang. Er bewegte die Füße, die Beine, zog sie an, hob die Arme, drehte den Kopf nach links und nach rechts – alles funktionierte normal. Aber er blieb liegen, sah Siri mit einem merkwürdigen, abwesenden Blick an und hatte Angst, sich aufzurichten.

Irgendwo bin ich zerstört, dachte er. Nicht das Hirn – es denkt wieder. Dieser Eisstrom in meinem Inneren hat sich aufgelöst. Jetzt ist mir heiß, als läge ich auf einer Ofenplatte. Diese Extreme sind alarmierend. So etwas verschwindet nicht spurlos wieder ... da bleibt etwas zurück, etwas Irreparables, und das sitzt in meinem Körper und lauert darauf, sich mir zu zeigen. Aber wo, verdammt, wo? Wie sieht mein Gesicht aus? Ist eine Facienlähmung zurückgeblieben?

»Wie lange habe ich gelegen?« fragte er. Sogar seine Stimme war wieder normal

»Vielleicht eine Stunde. Wir haben dich gesucht. Zu Karipuri bist du nicht gegangen ... er steht jetzt mit den neuen Ärzten und den Schwestern im Hospital und wartet darauf, daß wir operieren.«

»Er soll sich zum Teufel scheren!« sagte Haller. »Ich veranstalte keine Demonstration.«

»Bist du müde, Chandra?« Sie beugte sich über ihn, küßte seine Augen, seine Schläfen und seinen Mund und streichelte sein Gesicht.

Also keine Facienlähmung, dachte er verwundert. Siri würde sofort sehen, wenn ich ein Schiefmaul geworden wäre. Was aber ist zurückgeblieben? Auch ein Warnschuß ist immer ein scharfer Schuß und reißt irgendwo Löcher.

»Ich habe geschlafen, was?«

»Ganz fest. Ich mußte dich viermal küssen, ehe du wach warst.«

Sie merkt nichts, dachte er glücklich. Ich sehe anscheinend völlig normal aus. Das ist verrückt. Ich bin paralysiert, mein Hirn fängt an, meine Nerven zu zerstören, und niemand sieht etwas.

»Was machen die anderen?«

»Sie warten auf dich, Chandra ...«

»Wie hast du mich hier gefunden?«

»Ich habe mir einfach gedacht, daß du hier bist. Du sahst so müde aus.«

»Meine kleine, liebe Katze.« Er umarmte ihren Nacken, zog sie zu sich hinunter, und sie legte sich auf ihn und deckte ihn mit ihrem geschmeidigen, herrlichen Körper zu.

»Sie können noch etwas warten«, sagte er und atmete tief durch.

Es war ihm, als müsse er von einer hohen Brücke ins Wasser springen und wisse nicht, wie er unten ankommen werde und ob das Wasser wirklich Wasser war oder nur eine gefährlich täuschende Spiegelung.

Dann wagte er es, nahm die Möglichkeit einer kläglichen Niederlage hin und knöpfte Siri den weißen Kittel auf ...

Sie liebten sich, und es war so schön wie nie zuvor. Die Nähe des Unterganges schien alles zu verzaubern, die Kraft, die aus seiner Verzweiflung wuchs, sprengte alle Maße. Als es vorbei war, und ihre schwitzenden Körper aneinanderklebten, als Siri die Nässe aus seinen Augenhöhlen küßte und ihre schmalen Hände sich gegen seine wild pochenden Schläfen preßten, sagte er atemlos:

»Du weißt nicht, was das bedeutet hat, Siri. Das war ein Vabanquespiel. Wir haben es gewonnen ... heute noch –«

Er schloß die Augen und gab sich ihren nachschwingenden Zärtlichkeiten hin.

Wie lange noch, dachte er. Das Eis wird wiederkommen, ganz plötzlich wie heute, und einmal werde ich erstarrt bleiben, ein Stück Fleisch mit Atem, weiter nichts. Wer ist dann so gnädig und macht mit mir Schluß?

Die Operationen begannen eine halbe Stunde später.

Dr. Haller sah erfrischt aus, hatte sich geduscht und war voll Gift und Galle, als er Karipuri im weißen Operationsmantel und Mundschutz, ganz steril und nach Vorschrift, geduldig auf einem Hocker im OP warten sah. Die beiden neuen Ärzte und die vier Schwestern, kleine zierliche, hübsche Birmesinnen, Porzellanpüppchen für einen Nippesschrank, standen, freundlich lächelnd und Dr. Haller zunickend und ebenfalls von Bettina mit Sagrotan eingesprüht, an den gekachelten Wänden. Dr. Adripur hatte den ersten Patienten auf dem Tisch liegen, bereit zum Amputieren. Es war ein junger Mann, der mit ängstlichen Augen um sich blickte und dem Pala gesagt hatte, was man mit ihm machen wollte. Er zitterte heftig, man hatte ihn an dem OP-Tisch festgebunden, und als Dr. Haller eintrat, begann er ein eintöniges buddhistisches Gebet zu murmeln und weinte dabei.

»Ich grüße Sie, meine Damen und Herren!« sagte Haller laut. Bettina stand bereit mit Operationsschürze und dem sterilen Handschuhkasten. Haller, nur in weißer Hose und einem Unterhemd ohne Ärmel, begann seine Waschungen. »Das mag Ihnen blödsinnig erscheinen, sich hier so vorzubereiten, als operiere man in einer Großstadt, aber ich habe noch nie gehört, daß ein chirurgischer Eingriff auf einem Küchentisch andere Sterilisierungsregeln hat. Trotzdem ist es ein Behelf. Im Normalfall ist die aseptische Operationswäsche weiß, die septische blau, aber das können wir uns hier sparen, denn was wir hier operieren, ist durchwegs septisch.«

»Wollen Sie einen Artfängerkursus in Operationsvorbereitung halten, Herr Kollege?« rief Dr. Karipuri spöttisch. Haller nickte ernsthaft.

»Ich dachte, Herr Kollege, Sie sind durch langen Stillstand der Medizin entwöhnt.«

Karipuri lief dunkel an. Aber der Konterschlag folgte sofort. »Sind Sie wieder betrunken, Herr Kollege? Soll Dr. Adripur den Eingriff vornehmen?«

Haller lachte breit. »Ich lade die neuen Kollegen und die entzückenden jungen Schwestern ein, an mir vorbeizumarschieren und sich von mir anhauchen zu lassen. Bitte, wer fängt an? Sie, Herr Kollege?« Haller winkte einem der neuen birmesischen Ärzte.

Sie rührten sich nicht von der Wand. Sie sahen Haller aus zusammengekniffenen Augen an.

»Keiner?« Haller hielt die Hände vor. Bettina streifte ihm die Gummihandschuhe über. Siri stand hinter ihm und band ihm die Gummischürze um.

»Ich liebe dich –« flüsterte sie, als sie in seinem Nacken die Bänder verknotete.

Es war eine altmodische Schürze, die noch kein festes Nakkenband hatte.

Dr. Adripur hatte unterdessen mit der Narkose begonnen. In der Medikamentensendung war auch gutes Narkosematerial gewesen, man konnte jetzt wählen, aber es blieb immer nur die Wahl zwischen einer intravenösen und einer Inhalationsnarkose mit Äther.

Adripur leitete die Narkose ein mit einer Injektion von Eunarcon in die Vena cubiti. Langsam drückte er den Glaskolben leer, ließ dann die Nadel in der Vene, um später nachinjizieren zu können.

Dann stülpte Bettina die Schimmelbusch-Maske über die Nase des Patienten und begann mit dem vorsichtigen Tropfen des Äthers. Der stechende, widerliche Geruch verbreitete sich schnell im ganzen OP. Um die durch Äther verursachte starke Speichelsekretion abzustoppen, spritzte Adripur noch 1 mg Atropin.

Bettina kontrollierte die Reflexe, die Pupillen des Kranken reagierten nicht mehr auf einen starken Lichteinfall, als sie eine kleine Operationslampe vor seine Augen hielt. Das Stadium des tiefen Schlafes, die Toleranz, war erreicht.

Siri stand neben dem peinlich genau aufgebauten Instrumententisch und reichte Haller das erste große Skalpell. Auf einer mit sterilen Tüchern abgedeckten Chromschiene lag weit weggestreckt das Bein, das amputiert werden sollte.

Dr. Karipuri erhob sich brüsk. Hier gab es nichts mehr zu sehen. Die Verhöhnung Dr. Hallers fiel für heute aus. Er war sichtbar in blendender Verfassung, und Karipuri lag nichts daran, in den jungen Ärzten ein Gefühl von Bewunderung aufkommen zu lassen.

»Gehen wir!« sagte er. Es klang wie ein Befehl. Die neuen Ärzte und Schwestern zuckten zusammen und blickten noch immer fasziniert zu dem OP-Tisch.

Dort hatte Haller mit schnellen Schnitten Fascie, Fettschicht und Muskeln durchtrennt und machte einen Lappenschnitt. Die Knochenhaut des Oberschenkels lag frei, Adripur hatte gewandt die Aderklemmen gesetzt und hielt jetzt mit Wundhaken die klaffende Wunde auseinander. Siri reichte, noch bevor Haller etwas sagte, das Langenbecksche Knochenmesser zum Umschneiden des Periosts hin und kurz danach das Raspatorium zur Ablösung der Knochenhaut.

»Wird Ihnen übel, Karipuri?« rief Haller. »Siri, schnell einen Eimer her. Der Herr Chefarzt muß kotzen!«

Ohne eine Entgegnung verließ Karipuri den OP. Die anderen Ärzte folgten ihm, ohne Haller eines Blickes zu würdigen.

»Das war ein Fehler, Dr. Haller«, sagte Adripur, als die Tür zugefallen war.

»Er hat mich zuerst angerotzt. In Gegenwart der Kollegen.«

»Die sind Birmesen – Sie sind ein Weißer. Da liegt der Unterschied. Karipuri wird das alles brandmarken als die verfluchte Überheblichkeit der weißen Rasse. So sammeln Sie keine Sympathien.«

»Ich will keine Sympathien, ich will Ehrlichkeit.« Dr. Haller begann mit dem Raspatorium die Knochenhaut abzulösen. »Die neuen Kollegen sind doch nicht blind!«

»Aber jung – und auf Taikkys Wohlgefallen angewiesen. Wir werden bald allein stehen und nach allen Seiten schlagen müssen.«

»Patient reagiert auf Licht«, sagte Bettina am Kopfende des Operationstisches.

»Nachnarkose.«

Dr. Adripur setzte eine neue Spritze mit Eunarcon an die in der Vene verbliebene Injektionsnadel.

In den nächsten Tagen verlief alles ruhig.

Minbya hatte sein Versprechen gehalten. Die vierzig Hütten standen bezugsbereit, bevor die großen Transporte anrollten. Dr. Haller besichtigte jede, lobte die Arbeit, gab über hundert Leprösen die Hand und war gerührt von der Liebe, die ihm entgegenschlug.

»Wieviel Geld haben Sie?« fragte er Bettina. Sie sah ihn entgeistert an.

»Warum?«

»Ich habe keins. Meinen Vorschuß vom Ministerium habe ich in Rangun versoffen, bevor ich nach Lashio und Homalin flog. Dort wo ich hinkomme, brauche ich kein Geld mehr, habe ich mir gesagt. Aber jetzt brauche ich Geld, um ein großes Fest zu finanzieren. Ich will das ganze Dorf zu einer rauschenden Ballnacht einladen, zum Dank für seine Treue und für die geleistete Arbeit.«

»Ich habe, umgerechnet, vielleicht zweitausend Mark bei mir. Sie können sie haben.«

»Als Darlehen. Ich arbeite es ab, Bettina. Was würde Ihr Verlobter sagen, wenn Sie ohne das Geld nach Hause kämen?«

»Ich habe keinen Verlobten.«

»Also Ihr Freund.«

»Der ist als Entwicklungshelfer nach Afrika gegangen.«

»Da war es zu meiner Zeit nicht so kompliziert, Bettina. Wir brauchten unsere Betten nicht durch die halbe Welt zu tragen, um endlich mal miteinander zu schlafen. Haben Sie ihm schon geschrieben?«

»Nein.«

»Das sollten Sie aber. So eine Type wie mich können Sie nicht jeden Tag schildern.«

»Ich werde ihm nie schreiben. Das ist vorbei.«

Sie stand nahe vor ihm, ihr blondes kurzgeschnittenes Haar leuchtete rötlich in der Sonne. Sie hatte den weißen Kittel aufgeknöpft, darunter trug sie eine dünne, fast durchsichtige Bluse. Ein Halter aus Blütenmuster-Spitzen umspannte ihre volle Brust.

»Sie sollten ihm doch schreiben, Bettina«, sagte Haller mit spröder Stimme. »Brücken hinter sich abzubrechen, ist eine verteufelte Sache. Nachher steht man am anderen Ufer und ruft und ruft, und keiner hört einen. Hinüber kann man nie mehr. Aber wenigstens gehört will man werden, eine Antwort erhalten. Schreiben Sie ihm, Bettina!«

»Es hätte wenig Sinn, Dr. Haller. Sie sind Chirurg. Sie wissen am besten, wie nützlich ein trennender Schnitt sein kann.«

»Aber oft bleibt ein Krüppel zurück, Bettina. Ich fürchte, Siri hat recht.«

»Was hat sie gesagt?« Ihre Stimme war unsicher.

»Daß Sie in mich verliebt seien.«

»So eine Dummheit!«

»Und daß ich in Sie verliebt sei! Und das ist allerdings wahr, verdammt noch mal!«

Er drehte sich schroff um und ging davon.

»Minbya!« brüllte er über den Marktplatz. »Minbya!«

Jetzt ist es heraus, dachte er. Ich mußte es ausspucken, sonst wäre ich daran erstickt. Aber jetzt wird alles noch komplizierter. Siri und Bettina, und in meinem Inneren, in irgendeiner Hirnwindung, der lauernde Zusammenbruch ...

Minbya kam von einem der neuen Häuser herüber. Es war das letzte, das noch mit einem Flechtdach eingedeckt werden mußte. Die Frauen und Kinder, die Tag und Nacht gearbeitet hatten, lagen jetzt in ihren Hütten und schliefen wie Narkotisierte. Besonders erschöpft war Manorons Kirchenchor; er hatte keine Stimme mehr. Heiser, hohlwangig, aber sich mit aller Energie aufrecht haltend, saßen die unermüdlichen Sänger in der Kirche und beteten ihren Dank. Die Religionsunterschiede waren völlig verwischt. Manoron stand vor dem Altar in seiner langen weißen Soutane, und neben ihm betete ein Buddhist im faltenreichen, orangegelben Gewand.

»Minbya, besorge Schweine und Hammel, daß alle satt werden können«, sagte Haller. »Sie sollen heute abend auf dem Marktplatz über großen Feuern gebraten werden.«

»Das ganze Vieh gehört der Verwaltung, Doktor.«

»Kauf es Taikky ab. Ich gebe dir Geld. Wie ist's mit dem Trinken?«

»Wir haben Selbstgebrannten Schnaps und Wein genug.«

»Heraus damit aus den Verstecken. Es soll ein Fest werden, bei dem jeder einmal glücklich ist. Ich bin so froh, bei euch zu sein ...«

Er zog Minbya an sich, und plötzlich begann der alte, kleine nasenlose Mann zu weinen, ergriff Hallers Hand und küßte sie andächtig. Dann riß er sich los und rannte schreiend weg. Was er brüllte, verstand Haller nicht. Es war der birmesische Dialekt der Bauern, aber die Männer bei den neuen Hütten jubelten, warfen die Arme hoch und tanzten umeinander.

Bei Einbruch der Dunkelheit loderten sieben große Feuer auf dem Marktplatz. Minbya hatte eingekauft, und Taikky hatte nicht gefragt, wo das Geld herkam – er ahnte es. Er wunderte sich bloß, wie Haller an eine so große Summe gekommen war.

Als er in Nongkai eingetroffen war, schien er völlig blank zu sein. Selbst ein Bettler vor der goldenen Pagode von Rangun war reich gegen ihn. Jetzt drückte er Minbya ein paar tausend Kyat in die Hand und lud das ganze Dorf zu einem Supermahl ein.

Ja, das ganze Dorf mit Frauen und Kindern saß um die Feuer, aß und trank, schwatzte und lachte, vergaß sein Leid, vergaß die Krankheit, vergaß die Ungewisse Zukunft. Die jungen Männer und die Mädchen tanzten zwischen den Feuern, und die Alten klatschten den Takt dazu und wiegten die Köpfe im Rhythmus.

Dr. Haller stand an der Wand des Bürgermeisterhauses und sah zu. Er hatte ein Stück Schweinebraten gegessen, aber den scharfen Schnaps lehnte er ab. Bettina und Dr. Adripur tanzten unter den Kranken, und sogar der finstere Pala saß vorn in der ersten Reihe und dirigierte mit einem Knochen den Gesang.

»Willst du nicht auch tanzen, Chandra?« fragte Siri. Sie war lautlos an ihn herangetreten und schob ihre Hand in die seine.

Er dachte an seinen Anfall und schüttelte den Kopf.

»Ich will mit dir tanzen«, sagte sie. »Oder bist du nicht glücklich?«

»Ich war noch nie in meinem Leben so glücklich, Siri.«

»Dann zeige es allen deinen Freunden! Und deinen Feinden!«

»Morgen kommen vierhundert Kranke.«

»Dann wird es keine Feste mehr geben, Chandra. Komm!«

Sie zog ihn an der Hand weg, und er tappte ihr nach wie ein Bär, den man an einem Nasenring zum Jahrmarkt führt.

Als sie in dem Feuerkreis erschienen, klatschte alles in die Hände und jubelte. Die Tänzer stoben auseinander, auch Adripur legte den Arm um Bettina und drückte sie in die Reihe zurück. Allein standen sich Haller und Siri gegenüber, der Feuerschein umhüllte sie von allen Seiten, als ständen sie auf einem riesigen Scheiterhaufen und würden gemeinsam verbrennen.

Langsam legte sie beide Arme um seinen Nacken, schüttelte ihr langes Haar über den Rücken und sah zu ihm auf. Ihre großen schwarzen Augen glänzten, und alle Liebe dieser Welt lag in ihren Augen.

Die selbstgebastelten Saiteninstrumente jaulten auf, die Hände wirbelten über die Trommeln, das Klatschen wurde wieder rhythmisch und trieb an wie Peitschenschläge.

»Komm, Chandra!« sagte Siri leise. »Es ist ganz einfach. Ich führe dich.«

Er legte die Hände um ihre schmalen Hüften, nickte und wiegte sich, wie Siri es ihm vormachte.

Sie tanzten, immer zwischen den Feuern, eng aneinander geschmiegt, und es sah aus, als seien sie ein Körper mit zwei Köpfen, als seien sie so miteinander verschmolzen, daß keiner sich von dem anderen lösen könnte, wenn dieser Tanz zu Ende war. Die Hitze der Feuer traf sie, die Flammen drangen fast in ihre Haut. Sie zogen beim Tanzen ihre Kleider aus, Haller sein Hemd und Siri ihr Brusttuch. Mit bloßem Oberkörper, enger als zuvor sich umklammernd, als risse der eine den anderen mit sich in die Ewigkeit, wiegten sie sich im Takt der klatschenden Hände, der Trommeln und der dumpfen Saiteninstrumente, glitten an den Feuern entlang und vergaßen alles – bis auf das Gefühl, unendlich glücklich zu sein.

Als die Trommeln wie toll rasselten und das Händeklatschen über ihnen zusammenschlug, griff Siri in ihr langes Haar und warf es über Hallers Kopf. Unter diesem Vorhang küßte sie ihn und flüsterte:

»Ich danke dir, Chandra! Ich danke dir.«

Dann brach das Dröhnen ab. Nur das Prasseln des brennenden Holzes beherrschte die Stille.

Außerhalb des Kreises traf Haller auf Bettina. Siri tanzte mit Adripur, sie hatte das Brusttuch wieder umgeschlungen.

»Ich habe verstanden, Dr. Haller«, sagte Bettina leise. »Das war mehr als ein Tanz. Siri ist Ihr Leben.«

»Bettina ...«

Sie riß sich los und rannte zum Hospital.

Plötzlich stand Taikky vor Haller, groß, fett, ohne »Brille«. Nur ein wenig Gelb rund um die Augen verriet noch die Wirkung der wuchtigen Schläge. Vielleicht hatte er sogar, wie es Boxerbrauch ist, rohes Fleisch auf die Schwellungen gelegt. Er vertrat Haller den Weg.

»Dieses Fest ist ein Sieg, Haller«, sagte Taikky ehrlich. »Ich bin fair genug, das anzuerkennen. Sie haben damit Nongkai endgültig auf Ihre Seite gebracht. Karipuri hat bereits Gallenschmerzen. Er geht mit seinen Kräften leider nicht sehr ökonomisch um. Zu impulsiv, zu unkontrolliert. Heute sind Sie Triumphator. Aber wie geht's weiter?«

»Wo sind die jungen Kollegen und die Schwestern?«

»Bei mir. Wir feiern im kleinen Kreis.«

»Das heißt, Sie haben sie schon bestochen.«

»Jeder macht seine Politik. Sie, der Volkstribun, ich, der Rechner. Die Geschichte lehrt, daß Volkshelden immer vor die Hunde gegangen sind. Übrig blieben die Männer im Hintergrund.« Taikky reichte Haller eine Packung Zigaretten. Haller zögerte, Taikky lachte. »Sie sind nicht vergiftet. Ich rauche eine mit, wenn Sie das beruhigt.«

Sie zündeten sich eine Zigarette an und rauchten schweigsam. Dann setzte Taikky das Gespräch fort: »Warum geben Sie nicht auf, Haller? Keiner nimmt es Ihnen übel, wenn Sie mit Bettina Berndorf und Siri Nongkai verlassen. Morgen ändert sich das alles. Wir werden Ärzte genug haben, genug Pflegepersonal, die Leprakolonie wird unter meiner Verwaltung ein Kleinod werden. Mir bleibt nichts anderes übrig, denn das Auge der Regierung wird jetzt ständig auf uns gerichtet sein. Damit haben Sie doch alles erreicht, was Sie wollten, Haller! Ein Sieg im Alleingang. Ein Blitzsieg, wenn man die Zeit betrachtet. Was hindert Sie, in Ihre bestimmt angenehmere Welt zurückzukehren, vor allem, wenn Sie Siri mitnehmen? Ich werde beim Ministerium eine Abfindung für Sie durchsetzen. Ich bin ein verhältnismäßig alter Mann. Mit fünfzig Jahren ist man im Dschungel fast schon Urahne! Ich habe genug erreicht, um mit meinem Leben zufrieden zu sein. Mehr will ein Mensch ja nicht.«

»Wenn Sie reden, Taikky, können Sie Steine aushöhlen.«

»Ich appelliere an Ihre Vernunft, Dr. Haller.«

»Mit meiner Vernunft hadere ich, seit ich hier bin. Jeden Morgen bläst in mir eine Trompete: Zum Appell! Haller, wozu bist du in Nongkai? Und was antworte ich darauf? ›Du hast 299 Kranke zu retten!‹ Und dann bin ich jeden Morgen froh, Taikky, daß es dieses Drecknest Nongkai gibt!«

Taikky schielte zur Seite. Dort stand wieder, in einem Halbkreis, Hallers Schutztruppe. Zehn kräftige junge Männer.

»Schade, Dr. Haller. Das war das letzte freundliche Gespräch zwischen uns. Heute abend war ich milde gestimmt.

Sie haben Ihre letzte Chance vertan. Ab morgen wird man Sie jagen, wie den gefährlichsten menschenfressenden Tiger. Und keiner wird mehr fragen, warum! Gute Nacht.«

»Gute Nacht, Taikky.«

Er watschelte davon und spuckte die Zigarette aus, die ihm zwischen den Lippen hing.

Drei Tage lang rollten die Krankentransporte von Homalin nach Nongkai.

Auf dem Flugplatz am Rande des Dschungels, in der weiten Niederung des Chindwin-River, landeten in Abständen von zwölf Stunden die Lastflugzeuge der birmesischen Luftwaffe. Die Aktion war generalstabsmäßig geplant und rollte mit militärischer Präzision ab. Major Donyan und seine Truppe hatten kaum Zeit zu verschnaufen. Mit ihren Lastwagen pendelten sie hin und her und luden die Kranken im Lepradorf ab.

Dr. Karipuri hatte seine große Zeit. Unterstützt von den neuen Ärzten, verteilte er die Kranken in die Hütten, die Schwestern wurden zum großen Teil im Verwaltungsgebäude, zum geringeren im Hospital untergebracht. Probleme gab es kaum. Dank militärischer Logistik erwiesen sich Fragen, die vorher aufgetaucht waren, als unwesentlich. Die Flugzeuge brachten Betten, Klappliegen, Kartons mit zusammenlegbaren Nachtschränkchen, Spinde und Bettwäsche. Sogar drei große Zelte wurden ausgeladen, weil niemand hatte ahnen können, daß man in Nongkai bereits vierzig Hütten gebaut hatte. Die Glanzstücke aber waren ein kleiner fahrbarer Röntgenapparat und ein gebrauchtes, aber voll funktionstüchtiges Romulus-Narkosegerät.

»Da kriegt ein Eskimo den Hitzschlag«, sagte Haller entgeistert, als mit dem zwölften Wagen am dritten Tag Major Donyan diese Kostbarkeiten auslud. »Hat man alle korrupten Beamten hingerichtet, oder was ist los?«

»Von der Caritas und anderen wohltätigen Organisationen.« Donyan lachte. »Direkt dem Minister auf den Schreibtisch, ohne Umweg. Da hatte keine dritte Hand mehr eine Chance, etwas abzustauben.«

»Armer Taikky. Ich werde ihm ein paar Blümchen pflücken.«

»Er trägt es mit Würde. Ja, mit Begeisterung. Ein Phänomen, dieser Mann! Er läuft herum wie ein beschenktes Kind und freut sich, weil sich alle freuen. Es fragt sich bloß, ob diese erste Woge die einzige bleibt und die zweite Woge und alle nachfolgenden nicht doch wieder um sieben Ecken rollen müssen und längst versickert sind, ehe sie Nongkai erreicht haben.«

»Major, ich werde mich darum kümmern!«

Donyan sah Haller von der Seite an. »Sie schulden mir 10 000 Kyat, Dr. Haller.«

»Ich weiß.«

»Morgen fährt der letzte Wagen von hier weg. Kommen Sie mit?«

»Nie, Donyan, nie! Nur liegend und steif in einer Kiste.«

»Das können Sie haben«, sagte Donyan sarkastisch und ging zu seinen Soldaten.

Die Unterbringung der Kranken machte keine Schwierigkeiten. Dr. Karipuri ließ die großen Zelte zwischen Hospital und Verwaltung aufbauen und ernannte sie zu seiner Klinik. Es waren doppelwandige Zelte, und sie reichten wirklich als Provisorium aus, bis man mit dem Neubau der festen Gebäude beginnen konnte.

Chirurgische Fälle waren bei den Neuankömmlingen nicht dabei, aber Haller sah einige Kranke, die er früher oder später doch auf seinem Tisch wiedertreffen würde.

Am Abend des vierten Tages war die Umladung beendet, die alten Nongkaier hatten die neuen besucht und ihnen von dem »Engel« Dr. Haller berichtet. Sie stießen auf Mißtrauen. Dr. Karipuri hatte vier Tage lang nichts anderes getan, als sich seinen neuen Kranken vorzustellen. Mit den sechs Ärzten und neunzehn Schwestern hatte er sofort die Arbeit aufgenommen, hatte verbunden, gepudert, injiziert und Tabletten verteilt und versprochen, eine große Waschanlage zu bauen und alles für die Hygiene zu tun. Dr. Haller sahen die Kranken kaum. Er hatte mit seinen alten Patienten genug zu tun.

Aber schon am sechsten Tag begannen die Schwierigkeiten. Minbya und eine Abordnung des Ältestenrates erschienen bei Haller. Sie machten sorgenvolle Gesichter.

»Dr. Karipuri ist dabei, eine eigene Stadt zu gründen«, sagte Minbya. »Wer ist der gewählte Bürgermeister von Nongkai? Ich! Wer wählt? Das Dorf und die Ältesten. Ich habe Boten in die neuen Häuser geschickt, um eine neue Versammlung einzuberufen. Mehr Leute, mehr Vertreter im Rat. Das ist demokratisch. Und was antworten uns die Neuen? ›Wir haben unsere eigene Verwaltung. Der Chefarzt hat Bano Indin zum Bürgermeister ernannt.‹ Ich gehe hin zu Indin und sehe ihn mir an. Ein Lump, Doktor, sage ich! Ein Verbrecher, der die Lepra hat, also ein armer Mensch ist – aber er bleibt doch ein Verbrecher. Er lacht mich aus, nennt mich ein nasenloses Schwein! Ich bin ein kleiner Mann, er ist ein großer Mann, größer noch als Sie, Doktor. Was sollte ich machen? Deshalb sind wir hier. Was soll geschehen? Ist das hier Nongkai oder Karipuri-Dorf? Wo ist die Ordnung hin?«

Haller nickte. Dr. Adripurs Ahnungen bewahrheiteten sich. Karipuri und Taikky hatten zum Bruderkampf aufgerufen. Die Lepra genügte nicht zur Hölle, der Haß mußte noch dazukommen. Und die armen Kranken waren das ahnungslose, willige, den Ärzten blind vertrauende Werkzeug.

»Ich werde das klären, Minbya«, sagte er. »Aber ihr müßt euch darauf einrichten: Die Brüderlichkeit unter den Ausgestoßenen ist vorbei! Ihr werdet nicht nur an eurer Krankheit zu tragen haben.«

Eine Stunde später marschierte Haller mit seiner Leibgarde zum Verwaltungsgebäude. Dort saßen in großer Runde Taikky, Dr. Karipuri und die neuen Ärzte und aßen Taikkys geliebtes Obst. Karipuri schien auf Hallers Kommen gewartet zu haben. Laut sagte er:

»Meine Freunde, was ihr da mit einer Mannschaft von Schlägern heranwalzen seht, ist der Chefarzt der Chirurgie, Dr. Haller. Der Engel von Nongkai!« Er lachte laut, und die Ärzte sahen ihn erstaunt an und fielen in sein Lachen ein.

»Sie haben Probleme?« rief Karipuri mit höhnischer Freundlichkeit Haller entgegen. »Soll Ihnen einer der Herren das Narkosegerät erklären? Es ist ein Anästhesist dabei, nicht wahr, Dr. Kalewa?«

Ein hochaufgeschossener Birmese nickte und lachte. Aber er hielt sich noch mit Worten zurück. Was Taikky und Karipuri in den vergangenen Tagen von diesem Deutschen erzählt hatten, klang doch eigentlich wie eine raffiniert ersonnene Geschichte: Ein Weißer kommt zu hilflosen Leprösen und macht sie durch billige Mätzchen zu seinen willenlosen Sklaven.

»Das Narkosegerät wird in zwölf Wochen ein Problem, wenn nämlich die Flaschen leer sind. Wo kommt Ersatz her? Aus Rangun? Dann können wir das Lachgas gleich jetzt in die Luft blasen.« Dr. Haller ging die Treppe hinauf, seine Leibwache blieb unten stehen. Er sah sich um. »Ich brauche mich den Herren wohl nicht vorzustellen. In Ihren Gesichtern sehe ich, daß Sie mich zu kennen glauben. Das ist ein Irrtum, meine Herren. Ich bin auch nicht gekommen, um im trauten Kollegenkreis Witze zu erzählen, sondern um Forderungen zu stellen.«

»Das sind wir gewöhnt, Dr. Haller.« Dr. Karipuri lehnte sich zurück. Er wird immer idiotischer, dachte er zufrieden. Dieses Auftreten zerstört alle Sympathie für ihn, noch bevor er sich richtig bekannt gemacht hat. »Was mißfällt Ihnen jetzt schon wieder? Sind die Rohre für die Darmspülungen zu dick? Kann ich mich so irren? Wo doch bei Ihnen jeder dem anderen in den Hintern kriecht ...«

Taikky lachte meckernd und schlug sich auf die Schenkel.

»Sie haben mir zwei Ärzte und sechs Schwestern versprochen.«

»Ist schon geregelt. Dr. Kalewa und Dr. Butoryan kommen zu Ihnen.«

Der lange Anästhesist und ein kleiner, dicker Arzt mit Hornbrille nickten Haller zu. Aber sie erhoben sich nicht, sie blieben sitzen. Komm du zu uns, hieß das.

»Ich brauche noch zehn Betten.«

»Ich vierzig.«

»Wie ist die Verteilung der ankommenden Medikamente?«

»Paritätisch.«

»Wer regelt die Verteilung und Berechnung?«

»Ich!« sagte Taikky gemütlich. »Das ist ganz allein mein Gebiet. Die gesamte Versorgung obliegt der Verwaltung. Ich denke, Sie haben sich eingedeckt, Dr. Haller?«

»Ich denke an später, Taikky.«

»Später!« Taikky machte eine wegwerfende Handbewegung. »Wie können Sie von später reden?«

Das war überdeutlich. Die Ärzte starrten Haller an. Was wird er tun? Schluckt er das? Oder bäumt sich sein Stolz auf?

Haller schluckte es. Es ging um mehr als um ein paar Ohrfeigen für Taikky. Hinter sich hörte er plötzlich Unruhe. Das breite Lächeln in Karipuris Gesicht verhieß ihm eine neue Überraschung. Schnell drehte er sich um und ging an die Brüstung der Veranda.

Seine zehn Leibwächter hatten sich zusammengerottet. Ihnen gegenüber, von den neuen Hütten her kommend, standen zwanzig kräftige Männer. Unter ihnen ein Riese, das Gesicht voller Knoten. Ohne zu fragen, wußte Haller, daß das Bano Indin war, der Gegenbürgermeister. Haller ging zum Tisch zurück. »Ist das Ihre Bande?« fragte er.

Karipuri nickte freundlich. »Sie haben Ihre Leibgarde, ich habe meine. Sie reden immer vom gleichen Recht. Praktizieren wir es jetzt mal! Sie haben Ihren Bürgermeister, ich habe meinen. Was wollen Sie eigentlich, Haller? Sie haben Nongkai lange genug tyrannisiert. Ich werde Ihnen zeigen, daß es auch anders geht.« Er nahm sein Glas und trank es leer. »Um Ihnen eine weitere Stütze für das Korsett zu liefern, das Sie brauchen werden: Von den vierhundertzweiunddreißig Neuzugängen sind dreihundertsiebenundachtzig Buddhisten! Die anderen sind Heiden, nur drei getaufte Christen befinden sich darunter. Ich trete sie Ihnen gern ab. Sie sind doch nur Fremdkörper in einer sonst homogenen Masse. Es wird also ein buddhistisches Nongkai geben, und wir werden einen schönen Tempel bauen. Ihr Geblase vom Kirchendach betrachten wir ab sofort als eine Beleidigung unseres religiösen Gefühls. Birma ist buddhistisch, und wir haben kein Interesse, in einer Leprakolonie religiöse Spannungen zu erzeugen. Minderheiten müssen sich fügen. Das ist ein altes Gesetz. Sind Sie anderer Ansicht, Dr. Haller?«

»Bis heute lebten hier alle Religionen friedlich nebeneinander. Alle hatten gleiche Rechte.«

»Das klingt ja geradezu kommunistisch!« sagte Taikky. »Als Verwaltungsbeamter bin ich auch für die Sicherheit in

Nongkai verantwortlich. Die veränderten Mehrheitsverhältnisse zwingen mich zu Maßnahmen, Dr. Haller: Keine provozierende christliche Religionsausübung mehr!«

»Und vergessen Sie eines nicht«, warf Dr. Karipuri ein. »Sie sind als Arzt hier! Nur als Arzt.«

Es hat keinen Sinn, jetzt zu diskutieren, dachte er. Die nächsten Wochen und Monate werden beweisen, wer der Stärkere ist. Jetzt war er fast stolz, in Nongkai ein »Engel« zu sein.

»Ich erwarte die mir zugeteilten Herren Dr. Kalewa und Dr. Butoryan in einer Stunde in meinem Zimmer im Hospital«, sagte Haller förmlich. »Die sechs Schwestern melden sich bei Schwester Bettina.«

Er drehte sich um und verließ die Terrasse.

»Ein unangenehmer Mensch!« hörte er Dr. Kalewa sagen. Und der kleine, runde Dr. Butoryan rief mit heller Stimme: »Wenn er so arbeitet, wie er auftritt, hätte er besser Schlächter werden sollen!«

Wir werden sehen, dachte Haller. Meine lieben Kollegen – am OP-Tisch ist die Stunde der Wahrheit. Da hilft kein Rassenstolz und kein Vorurteil.

Auf der Straße standen sich die Gruppe Haller und die Gruppe Karipuri noch immer abwartend gegenüber. Dr. Haller schob seine Leute zur Seite und ging allein, die Hände in den Hosentaschen, auf das Schlägerkommando zu. Der Riese senkte den Kopf wie ein Stier.

»Kannst du Englisch?« fragte Dr. Haller.

Der Riese nickte. Er war zwei Köpfe größer als Haller und fast doppelt so breit in den Schultern. Ein Elefant mit menschlichen Zügen.

»Du bist Bano Indin?« fragte Dr. Haller weiter.

»Ja. Der neue Bürgermeister.«

Der Riese besaß eine Stimme, die wie aus einem Trichter gebrüllt klang. Haller betrachtete den kugeligen Kopf mit den wie Hörner aussehenden Lepraknoten.

»Du wirst dich beeilen müssen mit deiner Regierung, Indin«, sagte Haller ruhig. »Du hast nicht mehr viel Zeit. Deine Krankheit sitzt dir so auf dem Kopf, daß – wenn sie aufplatzt –

auch dein Gehirn mit herausfließt. Dann landest du bei mir. Aber ich kann Finger, Ohren, Nasen, Zehen, Hände, Füße und ganze Körperteile wegschneiden, und man lebt weiter. Einen Mann mit einem abgeschnittenen Kopf habe ich noch nie weiterleben sehen.«

Er ließ den sprachlosen Riesen stehen, ging mitten durch seinen Schlägertrupp hindurch und schlenderte fröhlich pfeifend an den neuen Hütten vorbei. In einem großen Bogen konnte er dann zum Marktplatz zurückkommen.

Bano Indin starrte Dr. Haller nach, knirschte mit den Zähnen und stampfte dann auf Hallers Leibgarde zu.

»Stimmt das, was er sagt?«

»Es stimmt immer alles, was er sagt.«

»Und Dr. Karipuri?«

»Frag ihn selbst!«

»Er hat mich zum Bürgermeister gemacht und mir dreihundert Kyat geschenkt.«

»Dann bleib Bürgermeister und schmier dir mit den dreihundert den Kopf ein!«

Bano Indin knurrte, winkte seiner Bande und marschierte zurück in das neue Dorf. Bald würde ihn die Angst völlig umklammert haben.

In der Klinik warteten Minbya und seine Ältesten. Sie umringten Dr Haller, als er zurückkam, und sprachen alle auf einmal.

»Was ist?« schrie Minbya. »Was haben Sie erreicht?«

»Es bleibt alles, wie es ist, Minbya. Und wenn in ein paar Tagen oder Wochen Bano Indin bei dir erscheint, wirf ihm nicht gleich eine Axt an den Kopf. Gib ihm ein Schnäpschen und höre ihn geduldig an. Er wird in großer Not kommen.«

Später, nach der Visite, fragte Bettina: »Was ist nun wirklich wahr, Dr. Haller?«

»Krieg! Aber ein latenter.«

»Guerillakampf in Nongkai!« sagte Dr. Adripur. »Das ist fürchterlich.«

»Ein Zermürbungskrieg der kleinen Schritte, weiter nichts. Haben Sie Angst, Sabu?«

»Ja, Dr. Haller. Wir werden in ein paar Monaten mit Messern und Pistolen schlafen müssen.«

»Vielleicht.«

Dr. Haller beugte sich über die Akten und Krankengeschichten der Neuzugänge. In ein paar Monaten, dachte er. Da schlafe ich vielleicht steif wie ein Brett, und Bettina muß mich füttern und Siri mir den Hintern abwischen wie einem Säugling.

»Ruht euch aus!« sagte er. »Es bleibt alles beim alten. Wann ist Sonntag?«

Bettina blickte verwundert zu Dr. Adripur und Siri hinüber.

»Übermorgen.«

»Am Sonntag gehen wir alle in die Kirche und singen. Sie auch, Adripur, obwohl Sie Brahmane sind.«

»Wenn Sie gehen – natürlich.«

»Ich gehe. Und ob ich gehe! In der ersten Reihe werde ich sitzen. Ich habe eine schöne Stimme, Kinder, das wißt ihr noch nicht. Erster Bariton im Ärztechor von Hannover. Ihr werdet staunen!«

Es geschah nichts. Es blieb wirklich alles beim alten.

Nur die Spaltung in Nongkai-Alt und Nongkai-Neu vertiefte sich deutlich. Man tat sich gegenseitig nicht weh, aber man vermied auch jeden näheren Kontakt. Minbya regierte weiter demokratisch mit seinem Ältestenrat. Bano Indin herrschte absolutistisch mit seiner Schlägertruppe und überzeugte durch Fußtritte und Faustschläge. Karipuri drückte beide Augen zu.

Aber man begann einen buddhistischen Tempel zu bauen.

Der Sonntag ging vorüber ohne Krieg. Manoron blieb das Wort im Halse stecken, als er Dr. Haller in der ersten Reihe sah. Die kleine Kirche war brechend voll, bis weit auf die Straße standen die Gläubigen und Neugierigen. Es hatte sich schnell herumgesprochen: Der Doktor besucht die Kirche. Das tut er nicht ohne Grund.

Als gesungen wurde, war Hallers Stimme allen überlegen. Er wußte sogar noch zwei Kirchenlieder auswendig und dröhnte sie herunter, als müsse er eine Orgel ersetzen. Manoron betete an diesem Sonntag besonders inbrünstig und fragte Gott, was das alles zu bedeuten habe.

Auch Bettina fragte danach. »Sie haben doch etwas vor, Dr. Haller. Sie gehen in keine Kirche, um vor Gott demütig zu sein. Sie nicht! Was ist also los?«

»Ich bin vielleicht demütiger als ein Kardinal.« Haller steckte sich eine Zigarette an. »Ich habe heute Gott zum Bundesgenossen gewonnen.«

»Wie kann man nüchtern betrunken sein?«

»Ich habe auf etwas gewartet, Bettina. Nein, nicht auf den Heiligen Geist in Gestalt einer weißen Taube, sondern auf einen Knüppel aus dem Sack! Vielleicht war es noch zu früh. Warten wir den nächsten Sonntag ab.«

Aber es kamen noch viele Sonntage, und nichts geschah.

Der sehr reserviert wirkende Dr. Kalewa erwies sich als ein guter Anästhesist. Dr. Butoryan, der kleine Dicke mit der Hornbrille, war ein langsamer, aber gründlicher Arzt. Seine Spezialität war es, die Kranken mit eindeutigen Witzen zum Grinsen zu bringen. Auch Lepröse am Rande des Marasmus lachen gern. Aber wenn Dr. Haller auftauchte, hörte Dr. Butoryan sofort auf und wurde steif und dienstlich.

Bei einer Arztbesprechung sagte Haller: »Meine Herren Kalewa und Butoryan. Ich bin von Ihnen angenehm enttäuscht. Sie, Kalewa, sind zu schade für Nongkai. Sie gehören in ein großes Haus ...«

»Danke, Herr Haller«, antwortete Kalewa verschlossen.

»Und Sie, Butoryan, sind ein gründlicher Mann und im Witzereißen ein Erzvieh!«

»Danke!« sagte der kleine Dicke.

»Wir alle – Sie, Herr Adripur, Schwester Bettina, Siri und ich – sind ein so herrliches Team, daß wir aus diesem Nongkai wirklich ein Musterdorf machen könnten, wenn uns Karipuri nicht immer dazwischenfunkte. Ich weiß, daß Sie es Karipuri sofort weitererzählen werden. Das war auch der Sinn meiner Rede.«

Nach drei Monaten mußte Haller zugeben, daß Taikky ein Genie war.

Ununterbrochen rollte Material heran, die Schränke füllten sich mit Medikamenten und Verbänden, jeder hatte jetzt sein Bett, neue Straßen wurden gebaut, neue Felder mit Reis, Erdnüssen, Zuckerrohr, Sesam, Mais, Weizen und Tee angelegt, die buddhistisch Pagode, ein Prunkstück, wuchs und wuchs und wurde doppelt so hoch wie die christliche Kirche. Das wiederum ließ Manoron nicht ruhen. Er rief zum Turmbau auf, und Minbyas Leute begannen aus Holz und Bambus einen Glockenturm zu konstruieren. Es war eine Art Wettbauen: Wer siegt und wird höher? Jesus oder Buddha?

Die Trennung der Ärzte war allerdings vollständig. Karipuris Mannschaft arbeitete in den luxuriösen Zelten und stellte jede Besserung mit großem Getöne heraus. Bildeten sich Ulzera zurück, wurden die Fälle sofort fotografiert und die Bilder nebst Krankengeschichte mit der nächsten Post nach Rangun geschickt. Wie Helden ließen sich die Genesenden feiern, und als nach drei Monaten der erste Geheilte entlassen werden konnte, wurde er mit Bänderschwingen und Gesang aus dem Dorf getragen.

»Wir reißen ihm die Federn einzeln aus den Engelsflügeln!« sagte Taikky beim Fünf-Uhr-Tee zu den Ärzten. »Der heilige Haller bröckelt zusammen. Wie viele Besserungen hat er?«

»Zweiundvierzig.« Dr. Butoryan fühlte sich etwas in seiner Ehre gekränkt. »Vergessen Sie nicht, daß wir in dieser Zeit aus Nongkai-Neu neununddreißig sich rapid verschlechternde Fälle in die Chirurgie bekommen haben.«

»Sind Sie schon Hallers Mann?« fragte Karipuri anzüglich.

Dr. Butoryan schwieg, weil Kalewa ihn unter dem Tisch gegen das Schienbein trat. Bleib auf der mächtigeren Seite, hieß das. Das Rennen muß Dr. Haller verlieren, und wenn er ein noch so phantastischer Arzt ist. Bei Taikky gibt es keine Gnade, nur eine Gnadenfrist. Die meisten verwechseln das.

Nach vierzehn Wochen trat das ein, was Haller befürchtet hatte: Die Gasflaschen für das Narkosegerät waren alle aufgebraucht, und bei Taikkys Nachschub kamen nie welche mit.

»Ich fordere sie an!« rief Taikky dramatisch. »Doktor Haller, sehen Sie meine Listen an! Immer stehen sie drauf, an erster Stelle sogar! Aber nichts! Nichts! Ich kann es mir nicht erklären. Was soll einer mit Narkosegas anfangen?«

»Und das Krankenhaus in Lashio?«

»Die haben Flaschen! Sicherlich! Aber die geben nichts ab! Für uns ist Rangun direkt zuständig.«

»Darüber ließe sich verhandeln.« Haller blickte auf den Flugplan, der hinter Taikky an der Wand des Büros hing. »Morgen kommt ein Flugzeug aus Lashio. Ich fliege mit zurück und bringe Narkoseflaschen nach Homalin. Jemand kann mich in drei Tagen abholen.«

»Wenn Sie's nicht lassen können!« Taikky hob die Schultern. »Das Krankenhaus in Lashio hat keinerlei Kontakt mit uns.«

»Für Kontakt werde ich sorgen. Wer kann mich zum Flugplatz bringen?«

»Mein Boy. Morgen um sieben Uhr.«

Taikky wartete, bis er Dr. Haller unten auf der Straße sah, griff dann zum Funkgerät und sprach mit seinem Verwaltungskollegen vom Krankenhaus Lashio.

Nach vier Tagen kam Dr. Haller zurück.

Ohne Flaschen, randvoll mit Wut. Der Boy, der ihn abholte, sah ihn schief an, antwortete auf Fragen, ob in Nongkai irgend etwas geschehen sei, mit »No, Sir« und raste in halsbrecherischem Tempo über die Dschungelstraße zum Dorf zurück.

Dort schien sich etwas Furchtbares ereignet zu haben. Am Tor standen Karipuris Leute und glotzten Dr. Haller feindselig an. Minbya, der stundenlang gewartet haben mußte, stürzte die Straße entlang, Haller entgegen, aber auch Dr. Adripur und Siri liefen vom Hospital her auf ihn zu.

Von der Veranda aus beobachtete Taikky zufrieden diese Aufregung. Dr. Karipuri trat aus seinem Ordinationszelt, als der Jeep dort hielt – statt vor dem Hospital.

»Doktor!« schrie Minbya von weitem. »Doktor! Doktor!«

Adripur blieb stehen und hielt Siri zurück. Es hatte keinen Sinn mehr. Sie konnten Haller nicht erreichen, bevor Karipuri mit ihm sprach.

»Was ist los?« fragte Haller und kletterte aus dem Jeep. »Machen Sie es so brutal wie möglich. Ich bin genau in der richtigen Stimmung.«

»Ich auch! Und Sie sollen es brutal haben, Sie Schwein! Gehen Sie weiter in Ihr Hospital. Zimmer 5. Da liegt Bettina ...«

Hallers Herz stockte einen Schlag lang. Bettina! Er fühlte, wie die Lust, alles zusammenzuschlagen, immer mächtiger in ihm wurde.

»Was ist mit Bettina?« fragte er heiser.

»Das fragen Sie noch?« Karipuri schrie, daß es alle im weiten Umkreis hören konnten. »Vorgestern nacht! Ein Vieh von Mann hat sie vergewaltigt! Jetzt sind Sie dran, Sie Saukerl!«

»Sind Sie verrückt?« stammelte Haller. Bettina. Vergewaltigt? In einem Lepradorf vergewaltigt ...

»Spielen Sie nicht weiter den Heiligen!« schrie Karipuri. Er hatte noch Reserven, seine Stimme schmetterte. »Man hat Sie erkannt. Sieben Zeugen haben Sie gesehen, wie Sie zu Bettina ins Haus schlichen!«

Es kommt im Leben selten vor, daß man gar nichts mehr versteht, daß man nicht begreift, warum der Himmel oben, die Erde unten ist, warum die Wurzeln der Bäume nicht in die Wolken wachsen, der Vogel nicht auf dem Rücken fliegt und ein Mensch nicht auf den Händen geht. Dr. Haller hatte es noch nicht erlebt. Aber jetzt fiel er in diesen Zustand absoluter Leere, blieb stehen und starrte Karipuri fassungslos an.

»Was sagen Sie da?« fragte er. Mehr fiel ihm in seiner Ratlosigkeit nicht ein. »Ich? Karipuri ... Ich komme doch eben ...« Er schüttelte sich, als übergieße man ihn mit kaltem Wasser, als Karipuri neben ihm wieder losschrie.

»Sie leugnen auch noch?« Er warf beide Arme hoch, seine Stimme gellte über die Straße. »Er leugnet es, das Schwein! Er leugnet!«

Jetzt waren Adripur, Minbya und Siri heran, umringten Dr. Haller und drängten Karipuri weg. Aber sie waren allein. Auf der Straße, zwischen den Hütten, auf dem Marktplatz, stauten sich die Menschen, stumme, dunkle Gestalten mit verschlossenen Gesichtern, feindlich, im Blick schon jene Grausamkeit, die niemals verzeihen kann. Das große hölzerne Tor fiel zu. Sofort besetzten, zehn bewaffnete Lepröse den Ausgang. Bano Indin, der Riese, erschien vom Marktplatz, hinter sich die Streitmacht des »neuen Nongkai«, ein heranstampfender, geschlossener Block aus Rache und Vernichtung.

»Ist denn hier alles verrückt geworden?« sagte Haller laut. Langsam erwachte er aus dem lähmenden Zustand der Leere. »Karipuri, verdammt, hören Sie auf zu brüllen!« Er zog ihn mit einem Ruck an sich heran. »Was ist hier geschehen? Sie erklären es mir jetzt! Ihr Riesenbulle Bano schreckt mich nicht. Machen Sie ihm das klar!«

»Ich würde Ihnen raten, den Chefarzt loszulassen«, sagte Adripur. Dr. Haller ließ Karipuri frei und drehte sich langsam um. Der schlanke, schwindsüchtige Inder sah ihn ernst an. Siri fiel Haller um den Hals und klammerte sich an ihn. Minbya strich sich immer wieder mit beiden Händen über seine Stirn, die Augen und die schwarze Klappe, hinter der er den Überrest seiner zerstörten Nase verbarg.

»Sie auch?« fragte Haller entgeistert. »Auch du, mein Sohn Brutus? Minbya, wo sind meine Leute?«

»Du hast keine Leute mehr, Doktor.« Minbyas Stimme war gebrochen. Auch seine Macht als Bürgermeister von Nongkai schien gebrochen zu sein. So wie Bano Indin herankam, verkörperte er die neue Zeit im Lepradorf. Die Kranken, die noch vor vier Tagen ihre Götter aus Dank für diesen Arzt angebetet hatten, standen jetzt auf der Straße und neben den Hütten und waren bereit, mit Knüppeln auf ihn einzuschlagen.

»Verstehen Sie das, Adripur?« fragte Haller plötzlich sehr müde. Er drückte Siri an sich, legte beide Arme um ihren schmalen, zitternden Körper und blickte über ihren Kopf hinweg auf diese Massierung plötzlicher Feindseligkeit.

»Ja, Dr. Haller.«

»Dann sind Sie geistig beweglicher als ich. Ich verstehe nichts mehr.«

»Sie können nicht verstehen, daß aus einem Engel in vier Tagen ein Satan werden kann?«

»Das ja. Dazu braucht man nicht einmal vier Tage. Aber was soll diese ganze dumme Rederei? Jeder hier weiß doch, daß ich in Lashio war.«

»Warum gehen Sie nicht zu Ihrem Opfer?« brüllte Karipuri so laut, als habe er einen Trichter vor dem Mund. »Haben Sie Angst, im Hellen anzusehen, was Sie in der Nacht angerichtet haben?!«

»Verdammt, wo ist Bettina? Natürlich sehe ich sie mir an. Sofort! Wo liegt sie?« Haller löste Siris Arme von seinem Nakken und schob sie von sich. Karipuri streckte den Arm weit aus.

»Im Hospital! Zimmer 5! Aber kommen Sie wieder heraus! Verstecken Sie sich nicht! Wir holen Sie sonst!«

Bis zum Hospital waren es noch ungefähr hundert Meter Straße, und links und rechts des Weges standen seine Leprösen. Ein Spalier wie damals, als er nach Nongkai kam. Nur schwenkten sie damals Palmenzweige und streuten Blumen. Heute hatten sie Knüppel in der Hand und Grausamkeit in den Augen.

Er kannte sie beim Namen, war orientiert über ihre persönlichen und familiären Sorgen, war nicht nur ihr Arzt, sondern auch ihr Vertrauter geworden. Jeder hatte ihn mit dem eigenen Leben beladen und mit dem Auftrag: Mach es gesund, es ist jetzt auch dein Leben. Und er hatte sie alle angenommen.

Jetzt standen sie da und bildeten eine Gasse bis hin zum Hospital. Am Tor ballte sich ein Haufen anderer »Neu-Nongkaier« und schnitt den Weg ab.

Taikky und sieben Ärzte lehnten am Geländer der Terrasse des Verwaltungsgebäudes, rauchten, tranken und diskutierten gestenreich. Sie wollten das Schauspiel genießen: die Vernichtung eines Engels.

Dr. Haller zog die Schultern hoch. Adripur ahnte, was er dachte.

»Gehen Sie ruhig, Haller«, sagte er. »Sie werden Ihnen nichts tun. Nicht auf dem Hinweg …«

»Hat man denn allen Kranken Rauschgift zu fressen gegeben?« fragte Haller. »Auf normalem Weg kann doch ein ganzes Dorf nicht innerhalb von vier Tagen komplett verrückt werden?«

»Das Rauschgift sind Sie!«

»Ich war in Lashio!« brüllte Haller.

Dr. Adripur legte den schmalen, schönen, seltsam durchsichtigen Kopf zur Seite. »Waren Sie das wirklich?« fragte er gedehnt.

Haller war jetzt so sprachlos, daß er Siri an die Hand nahm, sich abwandte und langsam die Menschengasse hinunterging zum Hospital. Adripur blieb zurück, nur Minbya folgte zwei Schritte hinter ihnen. Aber nach zwanzig Metern wurden seine Schritte immer kleiner, der Abstand immer größer, schließlich blieb er stehen, allein und einsam, ein alter, von der Lepra zerstörter Mann, und sah weinend seiner Tochter und seinem Arzt nach.

Haller schritt durch die Menschen hindurch ... er tat es wirklich. Er blickte nach links und rechts, nannte jeden beim Namen und sagte: »Lonu, ich habe für dich neue Tabletten! Sainu, du bekommst nachher eine wunderbare Spritze! Paiko, für dich habe ich in Lashio ein Elektromassagegerät bestellt. Wir bekommen deine Nerven wieder hin! Donya, noch vier Wochen, dann kann ich dich entlassen. Weißt du noch – als ich ankam, wolltest du sterben ...«

So ging er nicht nur durch die Gasse – er ging gleichsam mitten durch die Menschen selbst. Aber die er ansprach, senkten den Kopf, sahen ihn nicht an, kehrten sich um, als Haller weitergegangen war, und trotteten zu ihren Hütten.

»Sehen Sie sich das an, meine Herren!« sagte Taikky auf seiner Veranda. Er genoß das Schauspiel, wie ein römischer Kaiser die Zerfleischung der Christen in der Arena. »Alles kann man einem Heiligen vergeben, nur nicht, daß er einen Unterleib hat!«

Er lachte fett, trank von seinem Fruchtsaft und freute sich auf das, was noch kommen würde.

Haller und Siri erreichten das Hospital ohne Zwischenfall.

An der Eingangstür empfing sie der finstere Pala. Da Haller ihn nie anders gesehen hatte als mit einem haßerfüllten Blick, blieb er stehen und sagte: »Pala, wir zwei haben uns nie leiden können, aber wir haben immer fabelhaft miteinander gearbeitet. Du bist ein hervorragender Pfleger. Warum sind wir Feinde? Vielleicht, weil wir uns so ähnlich sind? Wir pfeifen auf diese Menschheit, und wir rackern uns ab, ihr zu helfen. Aus dieser Schizophrenie gewinnen wir Kraft. Pala, du verdammtes Aas: War ich in Lashio?«

»Ja, Doc.« Palas dunkles Gesicht blieb ausdruckslos, nur seine Lippen bewegten sich bei den knappen Worten.

»Ich habe Schwester Bettina nicht vergewaltigt?«

»Nein, Doc.«

»Danke, Pala.«

»Es nützt Ihnen wenig, Doc.«

»Warum?«

»Alle glauben es.«

»Aber du weißt es besser.«

»Alle wissen es besser. Und trotzdem glauben sie es.«

»Aha!« Haller drehte sich langsam um. Die Gasse hatte sich geschlossen. Vor ihm stand die Menschenmauer. Um sie herum zog sich der weite Bogen von Bano Indins Streitmacht. Von der Verwaltung herüber kamen jetzt die Ärzte, die Krankenschwestern und Pfleger; Taikky führte sie an. Man hatte alles Pflegepersonal in der Verwaltung zusammengezogen, nur Pala war anscheinend allein im Hospital zurückgeblieben. Haller schüttelte den Kopf. »Welch ein Aufwand, um eine Ruine zu vernichten! Pala, geh zu Taikky und sag ihm: Das war ein großer Fehler! Er hätte Bettina in Ruhe lassen sollen. Diese Hundsgemeinheit, ein Mädchen wie Bettina zu vernichten, um mich daran aufzuhängen, war ein Fehler. Los, sag es ihnen! Wenn ich gleich wieder herauskomme, ist meine stumme Zeit vorbei!«

Er wollte in das Hospital, aber Pala hielt Dr. Haller am Ärmel fest. »Doc«, sagte er heiser. »Es steht keiner mehr hinter Ihnen. Sofort nach Ihrem Abflug nach Lashio hat Dr. Karipuri die Apotheke des Hospitals beschlagnahmt und die Behandlung der Leprösen mit Ihren Mitteln und nach Ihrem Plan weitergeführt. Die neuen Ärzte haben Tag und Nacht gearbeitet und allen erzählt, Sie seien kein Wunderheiler, sondern nur ein Schwätzer, der bei seiner Ankunft in Nongkai bereits gewußt habe, daß neue Mittel unterwegs seien. Taikky aber habe zu dieser Zeit noch keine Nachricht gehabt. Das sei Ihr ganzes Geheimnis gewesen: eine frühzeitige Information aus dem Ministerium.«

»Und das glauben sie?«

»Ja.« Pala senkte den Kopf. »Vergiß nicht, Doc ... Karipuri hat jetzt die Verfügung über alle Medikamente – und jeder will weiterleben.«

»Du wirst nicht zu ihnen zurückgehen«, sagte Siri. Es waren die ersten Worte, die sie sprach. Bis jetzt war sie ihm lautlos gefolgt, hatte vorhin stumm an seinem Hals gehangen, hatte ihn nur mit ihren großen schwarzen Augen angestarrt, als könne ihr Blick ihn aufschneiden und damit die volle Wahrheit erfahren. »Wenn sie dich nicht mehr haben wollen, sollen sie dich auch nicht mehr sehen.«

»Ich kann mich nicht in Luft auflösen.«

»Wir werden dich durch Manorons unterirdischen Gang in den Dschungel bringen.«

»O nein, Siri! So nicht!« Haller schüttelte den Kopf. »Flüchten? Mich verstecken? Warum? Was habe ich getan? Erst schaffe ich Klarheit, was mit Bettina geschehen ist! Erst suche ich diesen Lumpen, der das getan hat! Und wenn ich jeden einzelnen auswringen muß.«

»Dazu haben Sie keine Möglichkeit mehr, Doc. Begreifen Sie es doch!« Pala schloß hinter Siri und Haller die Tür. Sie standen jetzt in der großen leeren Diele. Dr. Haller stürzte auf eine Tür zu und riß sie auf. Saal II – leer. Saal III – leer. Saal I – leer.

Er rannte herum – zum Labor, zum OP, zur Apotheke, zum septischen OP, zu den Schwesternzimmern. Alles leer, ausgeräumt, kahl.

Hallers Schritte dröhnten durch das Haus, als er zurückkam in die Diele, wo Siri und Pala auf ihn warteten. Die Haare hingen ihm ins Gesicht, er hatte beim Laufen das Hemd bis zum Gürtel aufgeknöpft und wischte sich den Schweiß von der Brust.

»Ist jetzt alles klar, Doc?« fragte Pala.

»Wo sind die Kranken? Die Einrichtungen? Die Instrumente?« schrie Haller.

»Alles in Karipuris neuen Hospital-Zelten. Wer konnte ihn hindern?«

»Nur – nur Zimmer 5 ist belegt ...«

»Ja. Mit Schwester Bettina.«

Dr. Haller schloß einen Moment die Augen. Als er sie wieder öffnete und tief durchgeatmet hatte, war der schreckliche Druck, der ihn gequält hatte, von ihm genommen. Nongkai sollte seine letzte Station sein. Mit diesem Gedanken war er in den Dschungel gekommen. Jetzt erschlug man ihn vielleicht mit Knüppeln, spießte ihn auf Bambuspfähle, richtete ihn hin, wie man die Brüder Khawsa enthauptet hatte, oder verbrannte ihn auf dem Marktplatz.

Nongkai blieb die Endstation. Die Hoffnung, doch noch einmal ins Leben flüchten zu können, war eine Illusion geblieben.

Ich bin ein Idiot, dachte Haller. Ich bekomme, was ich verdiene. Was will ich mehr?

»Siri!« sagte er rauh. »Geh hinaus zu deinen Leuten.«

»Nein. Ich bleibe bei dir, Chandra.«

»Sie haben Bettina wie ein Stück Dreck behandelt. Sie werden dich mit Freudengeheul auseinanderreißen!« schrie Haller.

»Das ist mir gleichgültig. Ich gehöre zu dir, Chandra.«

Es hatte keinen Sinn, mit Siri noch weiter zu sprechen. Verzweifelt, mit einem deutlichen Flehen, sah Haller zu Pala hinüber. Der hob nur die Schultern und blickte dann weg. Die Liebe einer Frau gehört zum Leben eines Mannes. Das ist ein Schicksal, dem man nicht entrinnen kann.

»Und du, Pala?« fragte Haller heiser.

»Mir geschieht nichts, Doc. Ich bin abkommandiert, Ihnen das Hospital zu öffnen. Das ganze Haus ist umstellt. Nachdem Sie mit Schwester Bettina gesprochen haben, will man über Sie zu Gericht sitzen.«

»Zu Gericht sitzen! Über mich!« Haller lachte rauh. Er lehnte sich an die Wand, holte eine Packung Zigaretten aus der Rocktasche und steckte sich eine an. »Ich habe eine Gerichtsverhandlung hinter mir ... die erste und letzte in meinem Leben. Die kleinen Verhöre bei der Polizei, die Verurteilungen zu drei Tagen Haft wegen Störung der öffentlichen Ordnung durch Trunkenheit, meine Aufenthalte in den Ausnüchterungszellen, die Nächte auf den Polizeipritschen zähle ich nicht mit ... die gehören zum Alltag. Aber das eine Mal, das war ein richtiger Prozeß. Mit Staatsanwälten – sie hatten gleich zwei aufgeboten – und Richtern und Geschworenen und Presse, Rundfunk, Fernsehen. Ein Schwurgerichtsprozeß, Pala ... ein Mordprozeß wie aus dem Bilderbuch. Nicht fahrlässige Tötung, kein bedauerlicher Unglücksfall, nicht mal ein Totschlag ... nein, man wollte den eleganten Dr. Haller fertigmachen! Damals, Pala, du wirst das nicht verstehen, hatte ich noch einen Glauben an die Gerechtigkeit. Ich hatte einen Fehler gemacht, ich wollte dafür geradestehen, mir war die Geliebte verblutet, aber bei uns Chirurgen sitzt dieses Gespenst des Todes durch die eigene Hand immer neben dem OP-Tisch, jeder Eingriff, selbst der kleinste, jedes Zahnziehen, jede Arbeit am menschlichen Körper enthält einen Gefahrenfaktor ... aber mir war ein Mensch gestorben bei einem verbotenen Eingriff – das war unverzeihbar. Das war Mord, kaltblütiger Mord, wie der Staatsanwalt sagte. Ich wollte mich hinter einem chirurgischen Kunstfehler verstecken um mich auf elegante Art meiner lästigen Geliebten zu entledigen.« Er warf die Zigarette auf den Boden und trat sie aus. »Damals – Pala – als ich sah, wie man die Sache drehte, habe ich kapituliert«, sagte Haller dumpf. »Ich habe bis heute nicht begriffen, wie Dora Brander an einem einwandfreien Abortus sterben konnte. Ich war doch kein Anfänger oder Stümper. Junge, ich habe Operationen gemacht, über die man seitenlang berichtet hat. Filme hat man darüber gedreht! Und bei einer dämlichen Kürettage soll ich plötzlich wie eine verblödete Engelmacherin gearbeitet haben? Ich hatte drei Anwälte, alles Freunde, Waffenbrüder – was das ist, weißt du nicht, bei euch ist es nicht Sitte, sich aus Ehre die Fresse zerschlagen zu lassen – bei uns ist ein schöner, langer Durchzieher die beste Visitenkarte, die alle Tore zur guten Gesellschaft weit aufreißt – und die drei Anwälte plädierten wunderschön, gingen in Revision, ließen Sachverständige aufmarschieren, machten die Presse rebellisch wie damals Emile Zola bei dem unschuldigen Dreyfus. Es war umsonst, Pala. Ich hatte das Pech, ein zu erfolgreicher, zu eleganter Modearzt zu sein, auf dessen Fall eine Meute von Kollegen geradezu fiebernd wartete. Ich saß meine Jährchen ab – und jetzt soll ich vor das Volksgericht von Nongkai? Nein, Pala, geh hinaus und sag ihnen: Ich bin ihr Arzt. Und wer es fertigbringt, seinen Arzt zu erschlagen, der soll ins Hospital kommen und es tun! Ich erwarte ihn hier.« Er sah Siri an und versuchte zu lächeln. »Jetzt gehe ich zu Bettina. Kommst du mit, Siri?«

»Geh allein, Chandra.« Sie schüttelte kaum merklich den Kopf. »Ich will mit Pala hinausgehen und ihnen sagen, daß sie auch mich erschlagen müssen.«

Das Zimmer war abgedunkelt. Die Klappläden waren zugehakt, die Übergardinen zugezogen. Bettina lag im Bett auf dem Rücken, die Hände flach auf der Decke. Sie hatte die Augen offen und sah Haller an, als er leise die Tür hinter sich zuzog.

»Ich schlafe nicht«, sagte sie.

»Betty!« Er setzte sich auf das Bett, nahm ihre kalten Hände und küßte sie. »Ich bin vor einer Stunde erst zurückgekommen. Mein Gott, erzähl mir nicht, wie es passiert ist. Das ist nicht so wichtig. Du bist keine Jungfrau mehr gewesen. Was man mit dir gemacht hat ...«

»Dein saumäßiger Charme hat dich nicht verlassen.« Sie lächelte schwach. Ihr Gesicht war eingefallen und bleich. An der linken Stirnseite wölbte sich eine große Beule, ihre rechte Wange war aufgerissen. Haller strich mit den Fingerspitzen über die Wunden, sie schloß die Augen, legte ihr Gesicht in seine Handfläche und atmete tief auf.

Haller schlug die Decke zurück. Er schob Bettinas Schlafanzugjacke hoch und zog die Hose bis zu ihren Hüften hinab.

Von den Brüsten bis zum Unterleib zogen sich blaublutige Male.

Dr. Haller zog die Decke wieder über Bettinas Körper. Sein Gesicht war unbeweglich. »Einer?« fragte er heiser.

»Ja.«

»Hast du ihn erkannt?«

»Ja. Er gab sich keine Mühe, unerkannt zu bleiben. ›Keiner wird es dir glauben‹, sagte er zu mir, ›selbst wenn man mich jetzt fotografieren würde! Aber wir werden einen Täter präsentieren, und der hat keine Chance mehr! Du wirst am Sonntag nach Rangun geflogen, das Ministerium wird sich entschuldigen, eine Entschädigung zahlen und dich als Heldin zurück nach Deutschland schicken.‹ Dann fiel er das zweite Mal über mich her. Es war fürchterlich, aber ich konnte mich nicht wehren. Er hatte mich zusammengeschlagen. Ich verlor die Besinnung.«

»Wer, Bettina? Wer?«

»Karipuri. Er hat mich angesprungen, und ehe ich mich wehren konnte, war ich schon halb bewußtlos.«

Haller beugte sich über Bettina, küßte ihre Augen, und als sie plötzlich die Arme um seinen Nacken schlang, küßte er auch ihren Mund.

»Komm mit zurück nach Deutschland«, sagte sie und begann zu weinen. »Wenn sie mich am Montag abholen, bleib bei mir! Das hier ist die Hölle. Hier können wir nicht leben. Du auch nicht!«

»O Betty, ich kann es sehr gut! Ich gehöre hierhin. Nongkai ist genau der Platz, der für mich geschaffen wurde.« Er richtete sich auf, löste ihre Arme von seinem Nacken und zog die Decke wieder bis zu ihrem Kinn. »Der Mensch hört nie auf, ein Träumer zu sein. Selbst ich nicht, ich alter Idiot. Das ist ein neues Fundament, habe ich gedacht, als ich Siri neben mir im Bett hatte. Mit dieser Liebe schaffe ich es! Und es sah auch so aus, trotz Taikky und Karipuri und ihrer genialen Schurkereien. Aber da hockt immer noch irgendwo ein bisher unbemerktes Teufelchen. Bei mir sitzt es im Gehirn. Ihr habt es alle nicht gemerkt, aber ich beginne, mich aufzulösen. Ich habe mich systematisch selbst zerstört. Mir bleibt nicht mehr viel Zeit, Betty. Aber Zeit genug, Karipuri durch den Wolf zu drehen, habe ich noch.«

»Du wirst ihm nichts nachweisen können. Er hat ja schon seinen Schuldigen.«

»Ich weiß, Betty«, sagte Haller trocken.

»Du weißt, wer es ist?«

»Man hat ihn mir sofort nach meiner Rückkehr vorgestellt.«

»Und wer soll für ihn büßen?«

Haller erhob sich. »Ich! Mein Gott, Betty, bleib liegen! Sie warten ja nur darauf, daß du draußen erscheinst und ›Lüge! Lüge‹ schreist. Sie werden dich auslachen und mit Steinen bewerfen! Es ist alles so klug ausgedacht: Du nach Deutschland, ich an irgendeinen Baum, und man ist wieder unter sich. Wer will Karipuri anklagen? Womit? Vor wem? Die Entscheidung fällt gleich draußen vor der Tür, und niemand wird sich darum kümmern. Das gegenseitige Ausrotten ist immer noch das Lieblingsspiel der Menschen geblieben, und wenn man es mit intellektueller Freude betreibt, wird es sogar gesellschaftsfähig und bekommt bei wachsender Größenordnung so schöne Namen wie Wahrnehmung globaler Interessen, Sicherung von Ruhe und Frieden oder schlicht Krieg. Macht Karipuri etwas anderes? Er nimmt nur seine Interessen wahr.«

»Und du willst jetzt hinaus und dich totschlagen lassen?« fragte sie.

»Sie werden es nicht tun, Betty.«

Er glaubte selbst nicht, was er sagte, aber es war gut, daß Bettina es zu glauben schien. Langsam, rückwärts gehend, näherte er sich der Tür. Ich werde sie einschließen, dachte er. Wenn sie merkt, daß dies unsere letzten Worte waren, wird sie gegen die Tür trommeln, schreien und all das Sinnlose tun, das man in solcher Lage vollführt. Sie muß durch diesen kurzen Schmerz hindurch, aber dann hat sie die reelle Chance, zu überleben. Ich werde das mit Taikky und Karipuri noch aushandeln, bevor ich mich ausliefere.

»Bleib ganz ruhig, Betty«, sagte er an der Tür. »Versuch zu schlafen. Wer hat dich ärztlich versorgt?«

»Dr. Butoryan. Er war rührend, er hat alles getan, was er tun konnte. Aber jetzt bist du ja da.«

»Ja, jetzt bin ich da!« Haller drückte die Klinke herunter. Die Leere des Hospitals sprang ihn an. In einiger Entfernung hörte er Stimmengewirr. Die Henker waren schon im Haus. Schnell, damit es Bettina nicht hörte, zog er die Tür wieder zu. »Du brauchst keine Angst mehr zu haben, Betty«, sagte er, mehr zu sich selber. »Keine Angst.«

»Als ich dich zum erstenmal sah, unrasiert, in deinem drekkigen Anzug, nach Fusel stinkend, da habe ich mich geschämt, daß so etwas Arzt und ein Landsmann ist. Das sollte der Engel von Nongkai sein? Auch das stieß mich ab: diese Gossensprache. Welch ein widerlicher Kerl, dachte ich. Und dann habe ich dich beobachtet und habe von Tag zu Tag mehr verstanden, warum du für diese Menschen hier ein Heiliger bist.« Sie lag jetzt halb auf der Seite, das blonde Haar bedeckte die tiefen Kratzwunden auf der Wange, nur die dicke Beule an der Stirn wölbte sich häßlich durch die Strähnen. »Wir haben nie Zeit gehabt, uns länger zu unterhalten«, sagte sie.

»Nein, Betty.«

Haller kam zurück an ihr Bett und setzte sich wieder auf die Kante. Die Henker können warten, dachte er. Auf eine halbe Stunde kommt es jetzt nicht mehr an.

»Was willst du mir erzählen, Betty?« fragte er.

Er beugte sich über sie, küßte sie und streichelte ihr Gesicht, das von innen heraus zu leuchten schien.

»Ich habe dich belogen«, sagte sie.

»Ei, ei, du böses Mädchen.«

»Verfall nicht wieder in diese blöde Sprache«, sagte sie ernst.

»Ich werde mich bemühen. Wieso hast du mich belogen?«

»Auf der ganzen Linie. Ich habe nie gedacht: Welch ein widerlicher Kerl! Du warst im OP, als ich dich zum erstenmal sah, weißt du das noch? Ich kam herein, und du hast mich empfangen wie ein Schulmädchen, das durch eine Türritze ins Lehrerzimmer spioniert. Und ich habe zurückgeblafft wie ein wütender Köter. Stimmt es?«

»Ja. Ich hatte Spaß daran.«

»Und ich habe die Tür zugeworfen. Aber was dann draußen geschah, hast du nicht gesehen. Ich lehnte an der Wand und war wie betäubt. Nicht aus Wut über dich – es war etwas ganz anderes. Es war die Erkenntnis, daß ich plötzlich verändert war: Von diesem Augenblick an liebte ich dich.«

Er streichelte wieder ihr Gesicht, das jetzt so kindlich war, so glücklich, nichtsahnend von der Wirklichkeit, die draußen vor der Tür wartete.

»Ich glaube, Betty, ich liebe dich«, sagte er.

»Das ist eine barmherzige Lüge. Du liebst Siri. Warum lügst du?«

»Es ist jetzt kein Platz mehr für Lügen, Betty.« Haller stand auf. »Siri gehört zu mir, wie meine Hände zu mir gehören, meine Füße, meine Lunge, meine Ohren. Sie ist ein Teil von mir. Bei dir ist es etwas anderes, Betty. Als Quartaner hatte ich mich mal in eine Primanerin verliebt. Das war so, als liebe ein Dackel einen stolzen langhaarigen Windhund. Ich versteckte mich hinter Straßenecken und folgte ihr heimlich, ich fraß sie mit den Augen auf. Ich wußte, daß das alles war, was ich mir erlauben konnte. Und trotzdem war ich glücklich.«

Haller ging zur Tür. Er riß sie auf. Bettina schleuderte die Decke von sich. »Wo willst du hin?« rief sie und sprang auf.

»Jetzt bringe ich Ordnung in mein Leben!«

»Sie werden dich totschlagen wie einen wilden Hund! Karipuri hat es gesagt.«

»Aber der Hund kann beißen!« Haller atmete tief durch. »Und wie er um sich beißen kann! Grüß mir Hamburg, Betty.«

Er warf die Tür hinter sich zu und schloß ab. Bettina trommelte mit den Fäusten, begann zu schreien, warf sich mit dem Körper gegen die Tür.

»Mach auf!« schrie sie. »Mach auf! Laß mich bei dir sein!«

Sie rannte zurück. Er hörte, wie sie ihr Bett demontierte, dann stürzte sie von neuem gegen die Tür und benutzte ein Seitenteil des Bettes als Rammbock. Die Schläge hallten durch das leere Haus.

Jetzt wird es Zeit, dachte Haller. Bevor sie die Tür aufgebrochen hat, muß alles vorüber sein.

Er griff in die Hosentasche, holte seinen Revolver heraus, kontrollierte die Trommel und ging dann schnell nach vorn zum Eingang. Dort standen nur wenige Männer. Taikky, Karipuri und fünf von den neuen Ärzten. Erstaunt blieb Dr. Haller stehen.

»Nanu?« sagte er. »Ein Standesgericht oder ein Konsilium? Beides, meine Herren, ist saublöd! Ich nehme nicht an, daß Ihre Kollegialität so weit geht, sich an mir als Henker zu betätigen. Taikky, wollen Sie untersuchen lassen, ob ich gesund genug bin, um zu sterben? Ich bin's.«

»Das Volk ist empört.« Taikkys Stimme war freundlich, als biete er Haller einen besonders guten Whisky an. »Wir haben versucht, ihm die Notwendigkeit eines ordentlichen Gerichtsverfahrens vor dem Gouverneur in Lashio oder sogar in Rangun zu erklären. Aber besänftigen Sie mal einen fanatischen Pöbel! Wo Leidenschaften frei werden, tanzt auch der Verstand mit. Nur unter der Voraussetzung, hier sofort ein Gerichtsverfahren durchzuführen, konnten wir verhindern, daß man Sie lyncht. Wir leben in einer Welt der Ordnung. Ich bin immer dafür eingetreten.«

»Wenn Sie weitersprechen, Taikky ...« Er streckte die Hand vor. An seinem Zeigefinger hing der Revolver. »Ich weiß, woran Sie jetzt denken: Es wäre besser, er setzt ihn sich selbst an die Stirn. Das wäre für Sie ein Geschenk. Nein! Gehen wir hinaus und machen wir das alles vor dem Volk ab! Stellen Sie die Leute vor mir auf, die mich gesehen haben wollen!«

»Sie waren nie in Lashio. Sie wollten dorthin. Aber Sie sind nicht eingetroffen. Sie haben sich versteckt gehalten, um Schwester Bettina zu vergewaltigen.«

»Etwas Dümmeres ist Ihnen nicht eingefallen? Meine Herren! Ihre Phantasie enttäuscht mich.«

Taikkys Augen verengten sich. »Sie haben in Lashio keine Zeugen.«

»Drei Chefärzte von drei Kliniken.«

»Wen bitte?« Taikky holte ein paar Telegrammformulare aus der Tasche. Er wedelte damit durch die Luft wie mit einem Fächer. »Die Rückantworten unserer Funksprüche nach Lashio. Unter Zeugen aufgegeben, unter Zeugen aufgenommen: Ein Dr. Haller war in keinem der drei Krankenhäuser. Man kennt einen Dr. Haller dort gar nicht.«

»Das ist doch nicht möglich!« Haller blickte von einem Arzt zum anderen. »Ich habe drei Tage mit mindestens zwanzig Personen verhandelt. Ich habe mit den drei Chefärzten zweimal zu Abend gegessen. Ein Herr von der Gouvernementregierung war auch dabei. Ein Bao Dubai.«

»Es gibt keinen, der sich daran erinnern kann«, sagte Taikky. »Bao Dubai? Er ist seit zwei Wochen in Rangun. Sie lügen erbärmlich, Haller.« Er verbeugte sich leicht. »Können wir jetzt Ihrem Wunsch nachkommen und hinaus vor das Volk treten? Es wird über Ihre Beweise staunen.«

Haller nickte schwer. »Gut! Sie haben gewonnen, Taikky.«

»Geben Sie erst mal den Revolver ab«, sagte einer der Ärzte.

»Erst nachdem ich Karipuri ein Loch in den Kopf geschossen habe.«

»Damit erschießen Sie auch Bettina.« Taikky wackelte mit dem riesigen runden Kopf. »Haller, seien Sie kein Held. Als Engel haben Sie versagt, als Held wirken Sie lächerlich. Seien

Sie wieder das, was Sie sind – ein versoffener Hund, den man mit Fußtritten wegjagt. Damit man Sie aber wegtreten kann, mußten wir Bettina opfern. Aber so schlimm dürfte es nun auch nicht gewesen sein. Selbst bei der Anwendung von Gewalt empfinden die meisten Frauen so etwas, wie – wie soll ich sagen? – wie biologische Freude.«

»Wenn Sie weitersprechen, Taikky, schieße ich – ganz gleich, was dann folgt!« sagte Haller tonlos.

»Wir garantieren Bettinas Abtransport am Sonntag.«

»Wo ist Siri?«

»Das fragen wir uns auch. Sie läßt sich seit einer halben Stunde nicht mehr blicken.«

»Sie lügen erbärmlich, Taikky! Eher fällt die Sonne herunter, als daß Siri jetzt wegläuft.«

»Ihre Sonne in Nongkai ist bereits heruntergefallen, Haller! Gehen Sie hinaus, fragen Sie Minbya. Ihr eigener Vater weiß nicht, wo seine Tochter ist, und läßt sie suchen!«

»Und Adripur?«

»Packt die Koffer. Er begleitet Bettina nach Rangun und wird dann weiterfliegen in seine indische Heimat. Würden Sie jetzt den Revolver abgeben?«

»Wenn man mich so inständig bittet ...«

Er ging zu dem jungen Arzt, der verlangend die Hand ausstreckte und ihm sogar zulächelte. Nur stand er falsch. Er stand neben Karipuri, und Haller mußte an dem Inder vorbei, um den Revolver überreichen zu können. Dieser eine Schritt genügte. Als Haller vor Karipuri stand, warf er dem jungen Arzt die Waffe zu. Gleichzeitig packte er Karipuri an den Schultern, riß ihn herum, griff mit beiden Händen in seine schwarzen Haare und zog ihn zu sich heran. Das ging so schnell, daß alle erst auf den über den Boden schlitternden Revolver blickten und erst dann zu Haller, als Karipuri bereits schreiend um sich schlug, ein Fausthieb ihm die Lippe spaltete, und das Blut aus seiner Nase schoß. Er sackte zusammen, aber Haller riß ihn an den Haaren hoch und schleifte ihn zum Ausgang.

Als er ins Freie trat, hinaus auf die Veranda, Karipuri vor sich herstoßend, empfing ihn hundertstimmiges Geheul. Taikky hatte sich in die Tür gestellt, ein Fleischberg, der die nachdrängenden Ärzte abblockte, die Karipuri den Händen Hallers entreißen wollten.

»Laßt ihn!« sagte er schwer atmend. »Laßt ihn! Er wollte das Volk überzeugen und diktiert doch nur sein Urteil! Wir brauchen nichts mehr zu tun.«

Haller starrte auf die Menschenmenge. Eine Welle von Haß und Vernichtungswillen schlug ihm entgegen. Er baute Karipuri wie einen Schild vor sich auf.

Er suchte Minbya. Der Alte stand ganz hinten, in der letzten Reihe, und blickte zu Boden, als Hallers Blick ihn traf. Neben ihm stand der Prediger Manoron. Der Küster mit seinem Riesenkürbis hockte auf dem Kirchendach und hatte Haller den Rücken zugedreht. Der Kirchenchor drängte sich zwischen zwei Hütten, und seine kräftigen jungen Männer, Hallers ehemalige Leibwache, waren eingekeilt von Banos Leuten.

Das alte Nongkai war überrollt, war entmachtet worden. Und das neue Nongkai, die Kreaturen Karipuris, diese armen, verfaulenden Menschen, zu denen man sagen konnte: Erst, wenn es den deutschen Arzt nicht mehr in Nongkai gibt, wirst du geheilt – diese Menschen wußten es nicht anders und glaubten dem, der stärker war.

Dr. Haller riß Karipuris Kopf an den Haaren hoch.

»Er war es, der die Schwester überfallen hat!« schrie er. »Sie hat ihn erkannt, sie hat es mir gesagt! Ihr wißt doch alle, daß ich nicht in Nongkai war! Hier habt ihr das Schwein! Warum glaubt ihr mir denn nicht?«

Er stieß Karipuri bis zum Geländer. Wie ein Sack hing der Inder über dem Gitter, seine Arme baumelten schlaff in der Luft. Es war klar, daß er nachhalf, daß er mit wahrer Wonne den völlig Zerschlagenen spielte. Seht, Freunde, hieß diese Demonstration: So geht dieser Haller mit eurem Chefarzt um. Das ist sein wahres Gesicht!

»Wo sind die Männer, die mich gesehen haben wollen?« brüllte Haller. Bano Indin winkte.

Neun finster blickende Birmesen traten vor, alles Neuzugänge, die Haller nie gesehen hatte. Sie stellten sich an den Fuß der Treppe und hoben die Arme.

»Neun?« schrie Haller. »Vorhin waren es noch sieben!«

»Es haben sich noch zwei mehr erinnert!« sagte Bano laut. »Und wenn man weiter fragt, werden es elf oder fünfzehn sein. Oder dreißig! Sieh dich vor, Doktor! Ich kann sogar bis hundert zählen.«

Noch einmal blickte Haller über die geballte Masse Haß, dann wandte er sich ab, ließ Karipuri über dem Geländer hängen und ging zurück zur Tür. Dort warteten Taikky und die anderen Ärzte. Taikky rauchte gemütlich, die anderen schienen nervös und unsicher zu sein.

»Und wie haben Sie über mich entschieden?« fragte Haller. Schweratmend wischte er sich den Schweiß vom Gesicht.

»Wir sind besser als unser Ruf. Sie erwarten, daß wir Sie aufknüpfen lassen, auf Bambuspfähle spießen, von zurückgebogenen Palmen auseinanderreißen lassen oder Sie in den Dschungelfluß zu den Krokodilen werfen. Aber das ist nichts als amerikanische Filmphantasie. Sie sind ein toter Mann, auch wenn Sie weiterleben. Genügt das nicht? Sie sind so am Ende, Doktor Haller, wie ein Mann nur am Ende sein kann. Sie haben keine Stimme mehr, kein Recht, keinen Boden, keinen Himmel. Sie sind ein absolutes Nichts! Sie können gehen. Keiner hält Sie mehr. Warum sollten wir Sie töten? Dazu sind Sie zu unwichtig! Verdammt – gehen Sie endlich!«

Dr. Haller wandte sich zurück zur Veranda. Die Menschenmauer hatte sich geteilt. Sie bildete wieder eine Gasse, eine lebende Straße bis zudem Tor in der Palisade. Das Tor stand weit offen. Er sah das Stück Straße und die Wand des Dschungels. In Doppelreihen warteten die Leprösen, jeder von ihnen hielt einen biegsamen Bambusstock in der Hand.

Plötzlich war es still, nur das hundertfache Atmen lag in der Luft, ein ständiges rhythmisches Keuchen.

Dr. Haller starrte die enge Gasse hinunter bis zum Tor. Einhundertzwanzig Meter bis zum Leben. Einhundertzwanzig Meter durch einen Wirbel peitschender Stöcke. Sie würden brutal auf ihn einschlagen, denn man hatte ihnen gesagt: Ihr werdet alle weiterleben, wenn nur erst dieser »Engel« aus Nongkai hinausgeprügelt ist. Jeder von euch wird ein Stück Fleisch bekommen und eine große Schüssel Reis. Ein Fest werden wir feiern, ihr könnt den Reisschnaps aus den hohlen Händen trinken. Taikky, der große Taikky, schenkt euch ein Fest, wie es Nongkai noch nie gesehen hat. Das Fest der Wiedergeburt! Eurer Wiedergeburt, meine Freunde!

»Ich weiß, Sie können schnell rennen«, sagte Taikky freundlich. »Ich habe erlebt, wie schnell Sie sein können. Dort ist der Dschungel. Ist das keine Chance?«

Dr. Haller nickte schwer. »Wenn ich es durchhalte, Taikky, komme ich auch wieder. Das schwöre ich Ihnen! Haben Sie davor keine Angst?«

»Sie sind nicht mehr der Mann, vor dem ich Angst haben könnte. Und Sie kommen auch nicht wieder. Ein Nichts hat keine Funktionen. Übrigens – im Dschungel versagt mein Schutz. Dort sind Sie allein.«

Das war deutlich. Langsam wandte sich Haller ab und ging die Treppe hinunter. In die Menschengasse kam Bewegung. Die Bambusstöcke schnellten hoch. Ein Wald aus vielen kleinen Ruten wuchs über die Köpfe. Auf dem Dach der Kirche setzte der Küster seinen Riesenkürbis an den Mund. Dröhnend, schaurig mit seinem auf- und abschwellenden Ton, schwebte der Klang über das Dorf. Minbya fiel in die Knie und begann zu beten. Der Prediger Manoron riß segnend beide Arme hoch und schrie über die Köpfe: »Gott steh dir bei, Herr! Gott gehe an deiner Seite, Doktor!« Der Leiter des Kirchenchors hob die Hand und gab den Einsatz. In das Gedröhn der »Glocke von Nongkai« fielen die Stimmen der Sänger. Haller atmete tief durch. Dann riß er die Arme hoch, legte sie schützend über seinen Kopf, drückte die Unterarme gegen sein Gesicht und begann zu rennen.

Die Bambusstöcke prasselten auf ihn herunter wie ein Regen, der Steine vom Himmel schleudert. Die ersten Meter spürte er keinerlei Schmerzen. Es gab nur einen Gedanken: Schneller – schneller – was sind einhundertzwanzig Meter – lächerlich! In meiner besten Zeit bin ich hundert Meter in 13,4 gelaufen. Sagen wir 15 Sekunden, dann müßte alles vorbei sein – 15 miese Sekunden, und du kannst weiterleben – 15 Sekunden für Taikkys größten Fehler, denn ich werde wiederkommen, das schwöre ich euch, ich werde um mein Nongkai kämpfen. Schlagt nur, schlagt – mit jedem Hieb büße ich eine Stunde meines verdammten, verschleuderten Lebens ab. Das reinigt, Leute, das putzt mich sauber! Ihr klopft den ganzen Dreck von mir ab, ganze Schichten von Lebensverachtung, Gleichgültigkeit, Gemeinheit, Selbstzerstörung, billigem Selbstmitleid. Wenn ich am Tor bin, habt ihr den alten Dr. Haller wieder hervorgeprügelt ...

Er taumelte, schwankte Schritt für Schritt vorwärts, kämpfte sich, nach vorn gekrümmt, unter den sausenden, wirbelnden Bambusstöcken hindurch, und jetzt spürte er Schmerz, bestialische Schmerzen. Sein ganzer Körper brannte, als reiße man ihn auf und bestreue ihn mit Pfeffer. Er drückte die Unterarme noch näher an sein Gesicht, spähte beim Laufen durch den Spalt zwischen seinen Armen, starrte in die verzerrten Gesichter, in die glühenden Augen. Sie prügeln mich mit der gleichen Leidenschaft zu Tode, wie sie vor vier Tagen noch meine Hände küßten und »hilf mir, Doktor!« sagten. Was kann aus Menschen werden ...

Er warf sich nach vorn, er sah das Tor vor sich, aber es kam nicht näher, es schien ihm davonzulaufen.

Sein Kopf schwoll an wie ein sich ständig füllender Wassersack, Schultern und Rücken waren aufgesprungen, das Blut lief ihm unter dem Hemd den Körper hinunter.

Auf den letzten Metern hatte Bano die kräftigsten Männer postiert. Die Schläge dröhnten auf Haller herunter, und sie schlugen nicht nur von oben, sondern jetzt auch von allen Seiten – gegen die Brust, die Leber, den Magen, die Nieren, die Oberschenkel, die Beine – eine zwanzig Meter lange rotierende Bürste aus Bambusstöcken erfaßte ihn.

»Sieh an, er schafft es«, sagte Taikky und ließ eine Packun Zigaretten kreisen. »Aber es wird nicht viel von ihm übrigbleiben. Meine Herren, darf ich Sie zu einem kleinen Imbiß in mein Haus bitten?«

Der letzte Meter ...

Dr. Haller warf sich durch die Türöffnung. Noch ein Schlag, dann stand er wie in einem luftleeren Raum, ließ die Arme von seinem Gesicht fallen, breitete sie aus und taumelte weiter, der grünen Wand des Dschungels entgegen. Hinter ihm schloß sich knarrend das Tor. Noch immer hörte er den Kirchenchor singen und den dumpfen, dröhnenden Ton des Riesenkürbis. Dann starb auch das, ganz schnell, als würde er von einem Atemzug zum anderen blind, taub und gefühllos. Er schwankte weiter, fiel am Ufer des Nongnong in den Sumpfboden und tauchte das Gesicht in das grünschillernde, nach Fäulnis stinkende Wasser.

Kühle. Köstliche Kühle. Wasser! Göttliches Wasser!

Er streckte sich, wühlte sich in den schimmelnden Schlamm und gab sich ganz dem unbeschreiblichen Gefühl hin, trotz allem, was geschehen war, zu leben.

Irgendwann war die Erschöpfung in tiefe Bewußtlosigkeit übergegangen. Er hatte es nicht gemerkt, aber als er jetzt aufwachte, spürte er, daß er in der Luft hing, daß sein Körper merkwürdig leicht war, als schwebe er über der Erde.

Dieser Zustand versetzte ihn in solch seliges Erstaunen, daß er nicht wagte, die Augen aufzuschlagen. Nein, nichts sehen, dachte er! Diese Schwerelosigkeit ist phänomenal! Vielleicht kann ich auch gar nichts sehen, wenn ich die Lider öffne ... Man schwebt, wenn man tot ist ... das ist sicher. Und man spürt dieses Schweben, das ist nun auch klar. Und man denkt als Toter ... das ist jetzt bewiesen. Die Kälte dringt bis in die Knochen. Weltraumkälte! Also stimmt es, daß die Toten zwischen Erde und Unendlichkeit ihre neue Heimat haben. Körperlos, entmaterialisiert, eben das, was man Seele nennt ... verrückt, ich habe es nie geglaubt, gerade als Mediziner lächelt man darüber. Wie sagte der große Virchow? »Ich habe Tausende Tote seziert ... eine Seele habe ich nie gefunden!« Diese verdammte Nüchternheit der Wissenschaft! Leute, es gibt eine Seele ... ich bin selbst eine, schwebe unter den Wolken, denke, fühle, rieche und höre. Das müßte man euch sagen können, ihr Menschen ... es ist wie im Leben. Ich höre das Gekreisch der Affen und das bellende Pfeifen der Hornnasenvögel, ich höre das Rauschen eines Flusses und das auf- und abschwellende raschelnde Wogen der Baumwipfel. Ich rieche einen Wind, der nach Eukalyptus schmeckt, und ich spüre nasse Kälte auf meiner Haut ... aber ich schwebe, schwebe und schaukle hoch über jener Welt, in der ich einmal gelebt habe. Plötzlich verspürte er einen Druck im Rücken, in den Hüften und den Unterschenkeln. Verrückt, dachte er. Wo im Weltraum gibt's etwas Massives, das einen drücken könnte?

Er hielt die Luft an, als neben ihm ein lautes Rascheln entstand und er so etwas wie Atemgeräusche vernahm. »Chandra!« sagte eine leise, helle Stimme. »Chandra, hörst du mich?«

Dr. Haller preßte die Lippen aufeinander. Das ist völlig unmöglich, dachte er. Was macht Siri über den Wolken? Oder hat man sie auch totgeschlagen, und sie ist wieder bei mir, jetzt und für alle Ewigkeit?

Er riß die Augen auf und blickte in ein Dach aus Zweigen und dicken fleischigen Blättern, handtellergroß, verfilzt, von Lianen durchflochten, so dicht, daß nur durch wenige dünne Ritzen das Blau des Himmels hindurchbrach und der Glanz einer messingfarbenen Sonne.

»Chandra!«

»Siri«, sagte er mühsam.

Es klingt! Ich habe eine Stimme! Ich höre sie ganz deutlich. Etwas heiser und rauh, verdammt müde und langsam, aber sie ist es! Er lächelte und starrte in das grüne, dichte Blätterdach.

Deutlich spürte er jetzt streichelnde Hände auf seinem Körper. Sie rieben eine breiige Flüssigkeit in seine Haut, die Hände massierten – und plötzlich waren auch Schmerzen da, überall, von der Kopfhaut bis zu den Waden, ein Brennen und Stechen, das von einem innerlichen Zucken begleitet wurde.

»Bewege dich nicht, Chandra«, sagte Siris Stimme. Sie klang jetzt ganz nah an seinem linken Ohr und hatte nichts Überirdisches an sich. »Du hängst zwanzig Meter über dem Boden in einem Baum. Sei ganz still, Chandra. Wie fühlst du dich?«

»Ich friere.«

»Das macht der Brei. Er kühlt und schließt die Wunden. Es sind große rote Blüten, die wir Yungnong nennen. Wir zerquetschen sie, bis sie zu einer Art Sirup werden. Er trocknet auf der Haut, und wenn er später abfällt, ist die Wunde verheilt.«

Er nickte, hob etwas den Kopf und blickte an sich hinunter. Er lag nackt auf einigen armdicken Ästen, und er erschrak, als er seinen Körper sah, rot überzogen, als blute er aus allen Poren.

»Ich bin also nicht tot?«

»Nein, Chandra, du lebst. Ich habe draußen gewartet, bis du am Fluß zusammengebrochen bist. Sie haben dich nicht verfolgt. Als niemand kam, bin ich unter dich gekrochen und habe dich hochgestemmt. Du hast dich an mir festgehalten, und so sind wir ganz langsam in den Dschungel gegangen.«

»Ich bin gegangen? Ich?«

»Mit geschlossenen Augen, ganz automatisch. Aber du hast es geschafft, Chandra.«

»Ich war besinnungslos.«

»Einen Tag und eine Nacht. Aber du bist gegangen.«

»Wo sind wir?«

»Oben in einem großen Baum. Keiner kann uns von unten sehen, es ist ein gutes Versteck.«

»Ich bin auch noch den Baum heraufgeklettert?«

»Nein. Ich habe dich hochgezogen, Chandra. Ich habe dich an Lianen festgebunden und von Ast zu Ast gezogen.«

»Wo bekommt ein Mensch diese Kraft her?«

»Es hat zehn Stunden gedauert, bis wir hier oben waren. Aber jetzt bist du sicher. Chandra, ich liebe dich ...«

Siris Kopf tauchte auf, ein wehender Schleier schwarzer Haare. Er sah nur ihre großen dunklen Augen und die vollen Lippen, die sich ihm näherten, seine Augen wieder zudrückten, hinunter zu seinem Mund glitten und ihn vorsichtig küßten. Erst da merkte er, daß auch sein Mund zerschlagen war und ihr Kuß den Schmerz bis in sein Gehirn stieß.

»Wie sehe ich aus, Siri?« fragte er, als ihre Lippen sich wieder von seinem Mund lösten.

»Wie eine mit Luft gefüllte Blase, Chandra. Aber in ein paar Tagen ist alles vorbei. Der Yungnong-Brei drückt alle Schwellungen zurück. Du lebst, und das allein ist wichtig.«

Er begann mit den Zähnen zu klappern und krallte die Finger in die borkige Rinde.

»Du hast keine Schmerzen mehr?« fragte sie.

Er schüttelte mühsam den Kopf. »Aber ich erstarre zu Eis, Siri.«

»Nur ein paar Minuten. Dann spürst du nichts mehr, Chandra.«

Sie schien ihn jetzt völlig mit dem Brei bedeckt zu haben. Die Äste begannen zu schwanken, als sie von Haller wegrutschte. Dann hörte er Knacken und Knirschen und das laute Rascheln von Blättern.

»Siri!« rief er. »Siri! Gehst du weg?«

»Ich wasche mir nur die Hände am Fluß und komme wieder, Chandra.«

Er hörte, wie sie sich entfernte, lag ganz still und sah hinauf in das Gewölbe aus dicken Blättern, verfilzten Zweigen, Lianen, Blumenranken und anderen Klettergewächsen, die alle hinauf zum Licht strebten, weg aus dem faulenden Halbdunkel unten an der Erde, wo fingerdicke, weißliche Maden sich von der Verwesung ernährten, und Blutegel, prall wie Daumen, auf ihre Opfer warteten.

Hier, auf halber Höhe, war die Luft reiner, würziger, gefüllt vom Duft der handgroßen Blüten, die noch weiter oben, dort, wo die Sonne durch das Blätterdach brach, an dicken Stengeln hingen. Ganz oben, unter der Sonne, dreißig, vierzig Meter hoch, mußte das Leben triumphieren, unberührt, kraftstrotzend, genährt von Sonne, Wind und dem täglichen tropischen Regen.

Haller richtete sich vorsichtig auf. Er biß sich auf die Lippen. Siris kühlender Brei wirkte noch nicht völlig, die Schmerzen bohrten noch in seinem Körper. Aber es gelang ihm, sich so weit hochzustemmen, daß er sich an einem Ast festhalten und seine Umgebung betrachten konnte.

Die dicken Äste des Baumes bildeten eine Art Plattform, einen Boden, wie aus Fachwerk geflochten, zwanzig Meter über der Erde. Nur durch einige Ritzen konnte man nach unten blicken. Dort schimmerte Wasser, und alles verschwamm in einer grünlichen Dämmerung. Es war wirklich ein sicheres Versteck.

Hallers Anzug hing an einem Ast. Ein zerfetztes Stoffbündel, blutbeschmiert, grünfleckig vom Dschungelboden. Daneben hingen seine Stiefel, sein Hemd, seine Unterhose. An einem anderen Ast pendelten drei Leinensäcke, in denen Haller Verpflegung vermutete. Fünf orangegelbe Plastikkanister standen in einer Astgabelung: Wasser.

Das hat sie alles herangeschafft, dachte er, rutschte nach rückwärts und lehnte sich an den Stamm, der breit war wie eine gewölbte Wand. Zehn Stunden hat sie gebraucht, mich hier hinaufzuziehen. Und dann hatte sie noch die Kraft, hin und her zu rennen und durch Manorons unterirdischen Gang die Säcke und die Kanister hierher zu schaffen.

Er saß, bis er sie zurückkommen hörte. Als ihr Kopf auftauchte aus dem Blättergewirr, beugte er sich nach vorn und half ihr, sich die letzten Zentimeter hochzuziehen. Dabei wunderte er sich, daß ihm diese Anstrengung keine Schmerzen mehr bereitete.

»Was ist in Nongkai geschehen?« fragte er, als sie neben ihm saß. Sie trug grüne kurze Shorts, ein grünes Hemd mit aufgesetzten Taschen und hatte die langen Haare hochgebunden. »Warst du heute schon im Dorf?«

»Ja, Chandra. Es ist etwas mit Adripur. Sie lassen ihn nicht mehr aus den Augen, bewachen ihn auf Schritt und Tritt.«

»Wenn Adripur noch in Nongkai ist, haben sie auch Bettina noch nicht weggebracht.«

»Man will sie morgen wegbringen, Chandra.« Siri kontrollierte den Brei, der überall zu trocknen begann und wie eine rote Gipsschicht den Körper Hallers versteifte. »Willst du mit ihr fahren?«

»Nein.«

»Du könntest es auch gar nicht. Ich lasse dich nicht gehen, Chandra.« Sie setzte sich zurecht, stemmte die Beine gegen einen Ast und zog Hallers Kopf auf ihren Schoß. Eine köstliche Müdigkeit breitete sich in ihm aus. »Ich gehe nicht fort«, sagte er schläfrig. »Sie haben alle Kraft aus mir herausgeschlagen.«

»Die Kraft kommt wieder, Chandra. Und dann?«

»Ich werde im Dschungel bleiben und mit den Tigern um Nongkai herumschleichen. So lange werde ich auf der Lauer liegen, bis ich Karipuri in die Hände bekomme. Er hat Bettina auf dem Gewissen.«

»Ich weiß es. Viele wissen es. Aber keiner wagt es auszusprechen. Bano Indin hat die Macht in Nongkai übernommen.

Sie haben Vater aus dem Bürgermeisterhaus herausgeholt und so lange geprügelt, bis er Bano die Füße geküßt hat. Als die anderen das sahen, verließ sie der Mut. Sie sind in der Überzahl, die Neuen. Sie haben die Ärzte auf ihrer Seite, die Schwestern, die Pfleger. Alle Medikamente liegen bei ihnen. Nur der wird noch behandelt, der Karipuri gehorcht und dich verflucht. Sie verfluchen dich alle, denn sie wollen weiterleben. Kannst du sie verstehen?«

»Ja, ich kann sie verstehen.«

»Wirst du Karipuri töten?«

»Nein, ich bin kein Mörder.« Dr. Haller schloß die Augen. Dieser Schwebezustand war das Köstlichste, was er je erlebt hatte. »Vielleicht ist es die ärztliche Achtung vor dem Leben. Ich weiß es nicht genau, Siri, aber selbst an einem Karipuri könnte ich nie zum Mörder werden. Aber er wird die Strafe erhalten, die er verdient. Dafür werde ich sorgen, und wenn es das letzte ist, was ich in meinem Leben vollbringe.«

»Du wirst noch vieles vollbringen, Chandra. Und ich werde immer bei dir sein.« Haller schloß die Augen. Sie küßte ihn wieder und behielt seinen Kopf zwischen ihren schmalen Händen. Er schlief wieder ein, und als es zu regnen begann und die dicken Tropfen auf die fetten Blätter schlugen wie Trommelwirbel, wachte er davon nicht auf.

Dr. Adripur kümmerte sich um Bettina Berndorf.

Karipuri hatte ihn von jeglichem ärztlichen Dienst entbunden und ihm als einzige Patientin Bettina überlassen. Das Hospital wurde wieder mit Leprösen belegt, die neuen Ärzte, unter denen drei Chirurgen waren, nahmen ihre Arbeit auf, neue Stationen wurden eingerichtet, Dr. Kalewa und Dr. Butoryan wurden zu Abteilungsärzten ernannt, denn sie, die als einzige Neulinge ein paar Wochen unter Dr. Haller gearbeitet hatten, waren nach Ansicht Taikkys schon so verdorben worden, daß man sie nur mit dem Trick einer Beförderung auf den neuen Kurs einschwenken konnte.

»Wir können uns keine romantischen Erinnerungen an Dr. Haller leisten«, sagte Taikky zu Karipuri. »Vor allem Butoryan ist wie ein Hund, der seinem Freßnapf nachtrauert. Es ist unheimlich, wie dieser versoffene Haller die Menschen auf seine Seite ziehen konnte! Es grenzt an Zauberei. Als Arzt war er so gut, daß man ihn hätte umbringen müssen, weil er alle anderen verdarb. Wo ist Haller jetzt?«

»Er ist verschwunden«, sagte Karipuri verdrossen.

»Das gibt es nicht. Haben Sie ihn suchen lassen?«

»Halten Sie mich für einen Idioten?«

»Bitte, verlangen Sie darauf keine ehrliche Antwort von mir, Ratna. Wenn ein Mensch so zerschlagen worden ist wie Haller, kann er einfach nicht verschwinden.«

»Ich habe vier Suchkolonnen losgeschickt. Ich habe den Fluß absuchen lassen, die Straße nach Homalin, sogar den zugewachsenen Trampelpfad nach der alten Edelsteinmine. Sie haben alles abgesucht, bis zu den eingefallenen Stollen. Unmöglich, daß ein Mann diese Strecken in solch kurzer Zeit zurücklegen kann. Wenn Haller überlebt hat, muß er in den nächsten Tagen auftauchen. Er muß ja schließlich essen und trinken, auch als Heiliger.«

»Sie vergessen Siri. Wir haben schon einmal erlebt, wie dieses Teufelsmädchen uns lächerlich gemacht hat.« Taikky goß sich einen Kognak ein. »Ihre Theorie, daß Siri und Haller gemeinsam dem Dschungel zum Opfer gefallen sein könnten, teile ich nicht! Kommen Sie mir nicht mit den Tigern! Das sind fettgefressene gemütliche Burschen, die nur aus Neugier um das Dorf schleichen.«

»Niemand weiß, wo Siri ist, Taikky.«

»Hat sie keinen Vater?«

»Wir haben Minbya verhört. Er weiß nichts.«

»Wenn Sie ihn fragen: ›Alterchen, sage mir, wo dein Töchterchen ist‹, bekommen Sie nie eine vernünftige Antwort.«

»Bano Indin hat ihn so gefragt, daß wir Minbya später drei Rippen bandagieren mußten. Er spuckte Blut und sah kaum noch wie Minbya aus. Trotzdem bleibt er dabei, daß er sie nicht mehr gesehen hat.«

»Mir fehlt hier das ›Haus der sieben Sünden‹ «, sagte Taikky. »Mit Bano Indin könnte man einen Zweigbetrieb einrichten. Er ist ein Riesentier ohne Gefühl und Seele. Der Gouverneur von Lashio ist von Hallers Schurkenstreich unterrichtet. Er hat es übernommen, das Ministerium in Rangun zu informieren. Heute morgen traf über Funk die Antwort ein: Dr. Haller ist aus allen Listen gestrichen. Er war nie in Birma. Ist das ein Erfolg? Ferner:

Bettina Berndorf wird auf Kosten der Regierung nach Deutschland zurückgebracht. Sie erhält keine Entschädigung, denn sie ist von einem Landsmann überfallen worden. Eine Verantwortung als Dienstherr Dr. Hallers lehnt die Regierung ab. Ein Dr. Haller ist unbekannt. Es liegt keinerlei Korrespondenz mit einem solchen Herrn vor. Der Klageweg bleibt natürlich offen. Aber wer will von Hamburg aus in Rangun klagen? Die Deutsche Botschaft ist auch schon verständigt. Der Botschafter wird Bettina Berndorf auf alle Schwierigkeiten hinweisen, die solche Klagen mit sich bringen. Auch wenn sie schwört, daß Sie der große Nachtvogel waren, der sie beflattert hat – ein einziges Schreiben von mir würde genügen, auch die Deutsche Botschaft davon zu überzeugen, daß Wahrheitsfindung im Dschungel eine sehr undankbare Beschäftigung ist.«

Taikky schnalzte zufrieden mit der Zunge und schob Karipuri die Flasche über den Tisch.

»Danke«, sagte Karipuri finster. Er verstand Taikkys Rede genau. Sie erklärte, daß Karipuri aufgehört hatte, ein eigener Mensch zu sein. Er war völlig Taikkys Geschöpf geworden, nicht mehr ein Partner bei hundert Gaunereien, sondern nur noch eine Marionette. Der große Sieger hieß Taikky.

»Bei dieser Sachlage«, fuhr Taikky fort, »ist es unmöglich, daß die Wahrheit noch frei herumläuft! Ein Dr. Haller bleibt gefährlich, solange er noch die Nasenflügel blähen kann! Daher sollte Ihr Kommando bei Einbruch der Nacht noch einmal ausrücken.«

»Sie haben gesucht. Sie haben sogar die Stelle gefunden, wo er gelegen hat. Der Boden war blutbefleckt. Ich habe die besten Spurensucher eingesetzt. Aber am Flußufer verlor sich alles.«

»Und davon leiten Sie ab, daß er in den Nongnong gestürzt ist und die Krokodile ihn gefressen haben. Und Siri, die stolze Witwe, springt hinterher!«

»Nein. Siri lebt im Dschungel. Sie weiß, was sie erwartet, wenn sie zurückkommt.«

»Zum Teufel, dann lassen Sie Siri suchen! Ich brauche den letzten Zeugen. Ich kann nicht in Frieden leben, wenn ich weiß, daß es zwei Augen gibt, die genausoviel wissen wie ich!«

»Siri ist im Dschungel aufgewachsen.«

»Wenn ich weiß, wo ein Wild steht, sitze ich so lange da, bis ich es geschossen habe. Das ist eine alte Jägerregel: Die Kenntnis des Standplatzes ist das Todesurteil. Siri ist da keine Ausnahme. Sie wird immer in der Nähe von Nongkai bleiben. Nur sind hier die Jäger Idioten!«

»Ich werde morgen noch einmal mit vier Trupps den Dschungel durchkämmen«, sagte Karipuri ärgerlich.

»Wir müssen umdenken, Ratna«, sagte Taikky. »Haller hat uns ein verfluchtes Erbe hinterlassen. Wir sind gezwungen, den größten Teil aller Lieferungen wirklich an die Kranken weiterzugeben. Wir müssen die neuen Gebäude bauen, die Pagoden und Bettenhäuser, das Röntgengerät ist unterwegs, aus einer internationalen Stiftung rollt ein modernes Narkosegerät, Marke ›Romulus‹, heran, eine Dampfsterilisationsanlage wird montiert werden – die Spende irgendeiner amerikanischen Sekte –, mehrere Kisten Instrumente sind unterwegs, darunter so dämliche Dinge, deren Namen ich nie gehört habe.« Taikky holte eine Liste aus seiner Tasche und tippte mit seinen dicken Fingern darauf. »Hören Sie sich das an: Trokart nach Franz, Mandrin, Itenerarium mit Rinne, Kranioklast nach Braun, Laparotomie-Rahmen, Tonsillotom, Hohlmeißelzange nach Sauerbruch, Narkoseapparat nach Ombrédanne, doppelläufiges Ureterenzystoskop mit herausnehmbarer Schiene, Operationszystoskop nach Mac Carthy, Rektoskop nach Strauß, ein elektrischer Schneideapparat Marke ›Cutor‹ ...« Taikky ließ die Liste sinken. »Verstehen Sie das, Ratna?«

»Ja. Nongkai wird noch eine Universitätsklinik, wenn das so weitergeht.«

»Das hat uns alles Haller eingebrockt, was? Das hat er bestellt?«

»Offensichtlich ja. Von sich aus schickt uns Rangun so etwas nicht in den Dschungel.«

»Alles Dinge, die man nicht weitergeben kann!«

»Wohl kaum! Wer legt sich ein Rektoskop als Zierstück auf den Tisch oder hängt sich ein Spekulum an die Wand?« Karipuri lächelte schief. »Aber wir haben jetzt genug junge, gut ausgebildete Ärzte, die sich über die Instrumente freuen werden. Haller hat dafür gesorgt, daß wir ihn nie vergessen.«

»Darum müssen wir uns umstellen, Ratna. Ich sage es ja.« Taikky steckte die Liste wieder in seine Brusttasche und nahm sich die Flasche Kognak. »Wir werden Nongkai wirklich zu einem medizinischen Mittelpunkt ausbauen – so wie es Haller wollte und wie es sich in den Gehirnen der Regierungsbeamten eingenistet hat. Wir werden so viel anfordern, daß ganze Luftflotten unterwegs sein müssen, um das Material heranzuschaffen. Wir werden Nongkai vollpumpen mit Medikamenten und Instrumenten, mit Verbänden und Betten, Wäsche und Einrichtungen. Wir werden aufsammeln, was an Mildtätigkeit in der Welt aufzureißen ist. Schickt uns das Beste und Teuerste, das Modernste, die Medizin von übermorgen! Wir können es gebrauchen, wir, der Mittelpunkt des Elends dieser Welt! Und es werden Berge von Geschenken kommen. Ob es dreitausend, sechstausend oder zehntausend Ampullen sind – wer kann das noch zählen, registrieren, katalogisieren? Wir werden ertrinken in einer Welle von Mitleid und Spendenfreudigkeit.«

Taikky lehnte sich zurück, hob sein Glas gegen die Sonne und ließ den goldenen Kognak aufleuchten.

»Karipuri, Sie müssen Haller finden. Wenn die Welle der Hilfsbereitschaft uns überspült, darf er nur noch eine Erinnerung sein. Nein, nicht einmal das! Sie und ich sind Schöpfer des neuen Nongkai! Wenn niemand wiederspricht, glaubt es in Kürze jeder. Karipuri, nutzen Sie die Chance!«

Taikky streckte Karipuri beide Hände über den Tisch herüber. »Ich mag Sie gern, Karipuri. Sie sind das mieseste Exemplar von Mensch, das ich kenne.«

Karipuri schlug nicht ein. Er sprang auf, so heftig, daß er den Korbstuhl umstürzte, und verließ die Veranda mit einer Eile, als flüchte er oder als müsse er sich übergeben.

Eine Stunde später rückten vier Trupps zu fünf Mann hinaus in den Dschungel und an das Ufer des Flusses Nongnong. Sie hatten jetzt sogar Hunde bei sich. Aber seit man Haller aus

Nongkai herausgeprügelt hatte, hatte es zweimal geregnet, aller Geruch war im Wasser ertrunken. Die Hunde liefen hin und her und blieben dann winselnd und unschlüssig stehen. Es gab keine Spuren mehr.

»Beobachtet Minbya«, sagte Taikky am Abend, als Karipuri die Erfolglosigkeit meldete. »Töchter finden immer zu ihren Vätern zurück.«

Aber auch Minbyas Überwachung brachte nichts ein. Man sah nur, daß er zum Haus des Predigers Manoron ging. Dann hörte man Gesang aus der Hütte, ein paar Mitglieder des Kirchenchores waren auch gekommen, einige Alte vom ehemaligen Dorfrat, der Küster und Dr. Adripur. Sie alle saßen in Manorons Hütte und sangen christliche Lieder.

Jeder aber, der zu Manoron gegangen war, trug unter seinen Kleidern etwas für Siri und Dr. Haller: Gebratenes Fleisch in flachen Stücken, Fladen aus Maismehl, herrliches, frisch gebackenes, duftendes Weizenbrot, getrocknete Früchte, an Fäden zu einer Kette aufgereiht, zwei Bogen und dreißig vergiftete Pfeile, Medikamente gegen das Sumpffieber, Antibiotika für Hallers Wunden, Puder und Binden, eine Decke für die kühlen Nächte, ein Beil und eine schmale Säge, einen Hammer und ein Paket Nägel, einen Bohrer und eine Backenzange, Plastikbeutel und Salz, eine Öllampe mit Öl und eine Packung Streichhölzer.

Jeden, der in die Hütte kam, segnete Manoron, küßte ihn auf beide Wangen und nannte ihn Bruder. Auch Dr. Adripur, den Brahmanen, nahm man nicht aus. Er ließ sich umarmen und setzte sich in die Reihe der Singenden.

Bano Indin hatte die Bewachung des Hauses abgebrochen. Warum sollte man religiöse Idioten überwachen, wenn sie nichts tun als herumhocken und fremdartige Lieder singen? Gegen zehn Uhr in der Nacht klopfte es an die Falltür in Manorons Hütte. Er schob den Sisalteppich weg und hob die hölzerne Klappe.

Siri tauchte aus der Erde auf. Ein Geruch von Moder wehte ihr voraus. Minbya bückte sich, zog sie aus dem unterirdischen Gang und umarmte sie. Er trug seine dunkle Binde über der zerstörten Nase, und niemand sah, daß unter ihr die

Wundhöhle dick mit Watte austamponiert war, und niemand wußte, daß er ungeheure Schmerzen litt, trotz zweier Spritzen, die ihm Adripur gegeben hatte!

»Mein Töchterchen –«, sagte er glücklich. »Wir sind stolz auf dich! Wie geht es unserem Doktor? Sag ihm, daß wir alle auf ihn warten.«

Am Sonntagmorgen erschien Taikky im Hospital, um sich von Bettina Berndorf zu verabschieden. Sie war schon reisefertig, saß hinter den gepackten Koffern auf dem Bett und wartete.

Sie trug die gleiche Kleidung wie bei ihrer Ankunft, nur ihr Haar war länger geworden, das ehemals runde Gesicht spitzer und in den Wangen eingefallen, die Hautfarbe bleicher. Adripur hatte eine leichte Gelbsucht diagnostiziert – Ausdruck eines übergroßen, nicht mehr beherrschbaren Ekels.

Es war noch früh, die Kranken schliefen noch. Dr. Adripur saß draußen in dem kleinen Jeep, den ein junger Arzt fuhr. Ein dicker Lepröser, der geheilt war und sich als Pfleger hatte anstellen lassen, hockte auf der Lehne des Hintersitzes, ein Schnellfeuergewehr auf den Knien.

»Der Tiger wegen«, hatte Taikky zu Adripur gesagt. Aber Adripur wußte, daß der stumpfgesichtige Tongyan genausogut auf ihn schießen würde, wenn er versuchen sollte, vom Wagen abzuspringen, um sich bis zu Dr. Haller durchzuschlagen.

Einen ganzen Tag lang und die folgende Nacht hatte Dr. Adripur diese Möglichkeit überdacht. Er hatte sie über Siri auch Dr. Haller mitgeteilt und ihm geschrieben: »Ich lasse mich nicht nach Indien abschieben! Nehmen Sie meine Hilfe an, lassen Sie mich zu Ihnen kommen. Gemeinsam wird es uns gelingen, dieses Rattennest auszuräuchern. Noch nie war Taikkys Unsicherheit größer als jetzt, wo Sie verschwunden sind und keiner weiß, was Sie vorhaben. Er hat 10 000 Kyat ausgesetzt für Ihren Kopf. Soviel war in Birma bisher nicht mal ein unbequemer Politiker wert! Dr. Haller, lassen Sie mich zu Ihnen kommen!«

Und Haller hatte zurückgeschrieben:

»Mein lieber Adripur!

Danken Sie Ihrem Brahma, daß man Sie abschiebt. Kümmern Sie sich um Ihre Lungen, nicht um mich! Sie wissen genau, wie es um Sie steht; es wird verdammt mühsam sein, diese Ansammlung von Kavernen zu schließen und verkalken zu lassen. In Nongkai gelingt das nie. Suchen Sie sich eine Arztstelle in der gesunden Bergluft Nordindiens. O mein Junge, Sie sind ein so patenter Bursche, Sie haben eine große Zukunft vor sich, wenn Sie wieder gesund sind. Was wollen Sie bei einem verbrauchten Mann, der keine Chancen mehr hat? Gehen Sie nach Indien zurück und kurieren Sie sich aus! Ich wünsche Ihnen das Glück im Leben, das ich nie hatte. Und noch eins: Kein Wort zu Siri! Zerreißen Sie den Brief! Wenn Sie ein Wort zu ihr sagen, sollen Sie krepieren. Ihr Haller.«

Adripur hatte den Brief mehrmals gelesen und dann in einer Blechschale verbrannt. Die Asche zerrieb er zwischen den Händen und streute sie in den Nachtwind. Er kam zu keiner Entscheidung. Was Haller sagte, war der natürlichste, logischste Weg, den er gehen konnte. Aber wenn sich alles immer nach der Logik richten würde, wäre das Leben die langweiligste Sache der Welt.

Erst als Dr. Adripur im Jeep hockte und der stumpfsinnige Tongyan mit seinem Schnellfeuergewehr hinter ihm saß, scharf gemacht mit dem Befehl: »Schieß, wenn jemand aus dem Wagen springt und schieß, wenn jemand in den Wagen springt!«, wußte er, daß ihm gar nichts anders übrigblieb: Homalin, Flug nach Lashio, Flug nach Rangun, Flug nach Neu-Delhi. Dort hatte man dann Zeit genug, sich von dem Gedanken zu erholen, vielleicht doch versagt zu haben.

Er stützte den Kopf in die Hände und kam sich sehr elend vor.

Taikky, den massigen Körper in einen seidenen Anzug gezwängt, setzte sich Bettina gegenüber.

»Wo ist Dr. Haller?« fragte sie, bevor Taikky zu seiner Abschiedsrede ansetzen konnte.

»Wenn wir das wüßten, hätten wir ein angenehmeres Gefühl im Magen.«

»Er ist tot. Ihr habt ihn totgeprügelt! Warum geben Sie das nicht zu?«

»Leider war mir das nicht vergönnt. Wir haben nicht mit dem unheimlichen Lebenswillen Dr. Hallers gerechnet und mit dieser rätselhaften Energie, die Leute seines Schlages entwickeln können. Er lebt. Und wir suchen ihn verzweifelt.«

»Um ihn zu töten!«

»Es bleibt uns gar nichts anderes übrig! Miß Berndorf, sehen Sie doch die Situation einmal mit unseren Augen! Die Vernichtung von Gegnern gehört zum täglichen Brot des Menschen. Seien Sie ehrlich, Miß Berndorf – gibt es eine größere Heuchelei als das, was der Mensch Moral und Ethik nennt? Wer lebt denn danach? Ein paar Fanatiker des Friedens, die man überall, wo sie auftreten, mit Wonne in den Hintern tritt. Das Leben ist ein ständiges Boxen nach allen Seiten. Wer das bestreitet, ist ein Phantast, der früher oder später auf der Schnauze liegt.«

Taikky beugte sich vor. Bettina nahm den Kopf mit einem so deutlichen Ausdruck von Ekel zurück, daß Taikky die Augen zusammenkniff.

»Übermorgen sind Sie in Hamburg«, sagte er.

»Noch auf dem Flugplatz werde ich eine Pressekonferenz geben.«

»Tun Sie das. Wem nutzt sie? Dr. Haller? Wohl kaum. Man wird einen Tag lang über den Arzt im birmesischen Dschungel schreiben, und dann wird ein Auffahrunfall auf einer Ihrer Autobahnen viel wichtiger sein, dann da gibt es wenigstens ein paar Tote. Miß Berndorf, wen interessiert ein versoffener vorbestrafter Arzt in Hinterindien? Machen Sie sich doch frei von der Illusion, ein Mensch sei so wichtig! Kein Hund bellt nach Dr. Haller! Kein Diplomat wird auch nur ein Wort über ihn verlieren. In Rangun hat man eine Erklärung vorbereitet, daß man einen Dr. Haller überhaupt nicht kennt.« Taikky erhob sich ächzend. »Zum Abschied einen Rat, Miß Berndorf: Machen Sie sich nicht lächerlich. Die Gleichgültigkeit der Menschen hat einen Grad erreicht, der alle nur denkbaren Gemeinheiten zuläßt. Das war im Grunde schon immer so, nur ist man heute so ehrlich, das ganz offen zuzugeben. Können wir fahren?«

»Ja.« Bettina stand auf. Pala erschien im Zimmer, als habe er draußen an der Tür gelauscht und auf sein Stichwort gewartet. Er nahm die Koffer und trug sie hinaus.

»Wo ist Dr. Karipuri?« fragte Bettina und blieb stehen.

Taikky sah sie mit geneigtem Kopf kritisch an.

»Was wollen Sie von ihm?«

»Ihm zum Abschied ins Gesicht schlagen. Mehr kann ich nicht tun.«

»Weil er das ahnt, läßt er sich entschuldigen.« Taikky grinste anzüglich. »Andere Sehnsüchte dürften bei Ihnen wohl nicht mitspielen, Miß Berndorf?«

»Ich habe nie geglaubt, daß man Menschen so hassen kann, wie ich Sie und Karipuri hasse. Sie haben recht, Taikky: Es gibt Menschen, die nicht weiterleben dürfen!«

»Behalten Sie sich diese Erkenntnis! Sie erleichtert das Leben.« Taikky ging hinter Bettina aus dem Zimmer. Sie erreichten die große Eingangsdiele, ohne daß sie einen Arzt oder die neuen Krankenschwestern sahen. Taikky hatte ihnen verboten, sich auf dem Gang zu zeigen, solange Bettina noch im Haus war. Draußen auf der Treppe wartete Pala. Er hatte die Koffer hinten auf den Gepäckträger des Jeeps geschnallt und sah Bettina mit den Augen eines traurigen Hundes an.

»Gott mit Ihnen, Miß Betty«, sagte er stockend, als sie vor ihm stehenblieb.

»Haben Sie das gehört, Taikky?« fragte Bettina.

»Natürlich.« Taikky steckte die Hände in die Taschen. Er blickte hinüber zum Marktplatz und zu der kleinen Kirche. Auf dem Dach neben dem schiefen Bambustürmchen hockte der Küster neben seinem Riesenkürbis. Er hatte geblasen, als die deutsche Schwester ins Dorf gekommen war, und er würde auch blasen, wenn sie es verließ.

»Steigen Sie ein und fahren Sie los!« sagte Taikky grob. »Ich habe kein Interesse daran, daß im letzten Augenblick noch ein neuer Bürgerkrieg in Nongkai ausbricht. Mit Ihnen verläßt das letzte störende Element Nongkai. Hoffentlich treten dann endlich normale Zustände ein.«

Bettina kletterte auf ihren Sitz. Der junge Arzt, der den Jeep fuhr, ließ den Motor an.

Dr. Adripur legte Bettina die Hände auf die Schulter. Ganz ruhig, sollte das heißen. Sagen Sie nichts mehr. Verzichten Sie auf alle Worte. Und drehen Sie sich nicht um, wenn wir wegfahren, blicken Sie nicht zurück, seien Sie froh, wenn wir aus dem Tor hinaus sind. Zwingen Sie sich, leicht Abschied zu nehmen, nehmen Sie das Bild dieses Dorfes nicht mit, schütteln Sie es ab und werfen Sie es weg in den Staub, der hinter uns zurückbleibt. Wir müssen vergessen lernen. Sonst bleibt Nongkai für immer in uns und zerfrißt uns langsam wie eine Säure. Das Leben ist für uns noch weit offen und ein herrliches Neuland – darin hat Dr. Haller recht. Miß Betty, blicken Sie nicht zurück. Hinter uns wird nichts als eine Staubwolke sein. Weinen Sie – das befreit. Vielleicht schließe ich mich Ihnen an und weine auch. Mir ist zumute, als lasse ich einen Vater zurück, den ich verraten, geschlagen und getreten habe um des eigenen Vorteils willen.

Verdammt, laßt uns abfahren!

Der Jeep ruckte an, Bettina klammerte sich an dem Frontfenster fest, Taikky verbeugte sich. Dann fuhr der Wagen über die Straße zum Palisadentor, und auf dem Dach der Kirche setzte der Küster den Riesenkürbis an den Mund. Der langgezogene, dumpfe Ton lag über Nongkai. Alle Menschen im Dorf drehten sich um und blickten in Richtung zur Straße, und wenn sie auch nichts sahen, so hielten sie doch mit ihrer Arbeit ein.

Auch im Hospital, in den Krankenzelten, in den Verbandsräumen und den beiden OPs erstarrte jede Bewegung. Nur Dr. Karipuri, der gerade einen Leprösen mit einer Salbe bestrich, schrie den Krankenpfleger an, der neben ihm stand und die Schüssel abstellte.

»Wollt ihr beten?« brüllte er. »Die Schüssel her!«

Der Krankenpfleger rührte sich nicht.

Dr. Karipuri rannte hinaus, riß die Türen zu den OPs auf und sah, daß überall die Arbeit ruhte. Die Ärzte, Schwestern und Pfleger standen mit hängenden Armen herum, und so blieben sie stehen, solange der dumpfe, röhrende Ton vom Dach der Kirche über Nongkai hallte.

Karipuri traf Taikky vor der Treppe des Hospitals. Der Dicke wischte sich mit einem großen seidenen Taschentuch den Staub vom Gesicht, den der Jeep aufgewirbelt hatte.

»Warum schießt man den Kerl nicht vom Dach?« schrie Karipuri hysterisch. »Alles steht herum, als ginge die Welt unter ...«

»Sie tut es auch, Ratna. Ein Untergang von drei, vier Minuten ... dann ist die Welt des Dr. Haller endgültig vorbei. Dann gibt es nur noch unsere Welt.« Taikky stieß Karipuri vor die Brust. »Bewahren Sie Haltung, Sie Schwächling! In meinen Ohren klingt das nicht wie ein Abschied ... für mich läutet der Kerl die neue Zeit ein! Ratna, Ihnen mangelt es an Phantasie! Die Ära Haller ist vorbei!«

Sie blickten der Staubwolke nach, die durch das Tor wirbelte. Auf der Dschungelstraße, die festgewalzt war, sahen sie noch einmal kurz den Jeep. Bettinas blondes Haar warf einen Leuchtreflex zurück, als die Morgensonne ihren Kopf traf, dann schloß sich langsam das Doppeltor.

Der Küster setzte den Kürbis ab. Die Menschen in Nongkai rührten sich wieder.

»Ich habe ein gutes Frühstück vorbereitet, Karipuri –«, sagte Taikky.

Er hakte Karipuri unter und zog den nur leicht Widerstrebenden mit sich fort zur Verwaltung. Dort warteten schon die Boys, in weißen, sauberen Uniformen und peinlich korrekt gewickelten Turbanen. Der große Tisch war überladen mit kaltem Braten, Früchten, Käse, Eierspeisen und Taikkys geliebtem, in Fett ausgebackenem süßem Gebäck. Mit keinem König hätte Taikky tauschen mögen.

Oben, im Wipfel des höchsten Baumes, hingen Dr. Haller und Siri zwischen den wippenden Zweigen und starrten hinüber nach Nongkai.

Fast eine Stunde hatte der Aufstieg gedauert. Als Haller die ersten Kletterzüge hinter sich hatte, fühlte er seine zerschlagenen Muskeln. Keuchend, mit knirschenden Zähnen, lehnte er sich gegen den dicken Stamm und drückte die Stirn gegen die harte Rinde.

»Bleib stehen, Chandra«, sagte Siri. Sie hing einen Meter über ihm an einem Ast wie eine Katze, zog sich jetzt hoch und saß rittlings auf dem armdicken Holz. »Ich sage dir, was ich sehe.«

Haller schüttelte den Kopf. »Zieh mich hinauf«, sagte er und legte alle Kraft in seine Stimme, um ihr einen Klang zu geben. »Verdammt, ich will dabeisein, wenn sie Nongkai verläßt!«

Er band sich die lange, fingerdicke Liane unter den Armen um die Brust, warf das andere Ende Siri zu und griff nach dem nächsten Ast.

»Zieh!« rief er.

Siri hielt die Liane fest, schlang sie um den Ast über sich und blickte zu Haller hinunter. Ihre großen schwarzen Augen waren traurig.

»So sehr liebst du sie?« fragte sie.

»Ich liebe sie nicht! Ich will nur sehen, wie sie Nongkai verläßt!«

»Dein Herz ist bei ihr, Chandra, nicht nur deine Augen.«

»Ich habe kein Herz mehr! Verdammt, zieh mich hinauf!« Er begann stöhnend und keuchend weiterzuklettern, hing dann hilflos, seine Beine pendelten, seine Finger lösten sich aus der Verkrallung, rutschten ab. Nur die Liane hielt ihn fest. Als seine Hände vom Ast glitten, drehte sich sein freischwebender Körper um sich selbst, und die Liane schnitt unter seinen Achseln das Fleisch auf.

Siri zog. Zentimeter um Zentimeter ruckte Haller höher, konnte den Ast fassen und wälzte sich dann neben Siri an den dicken Stamm.

»Das war erst ein Meter, Chandra«, sagte sie und wischte ihm den Schweiß vom Gesicht. »Und zehn sind noch über uns. Bleib hier sitzen.«

»Nein! Ich muß hinauf, Siri.«

»Du schaffst es nicht.«

Er stieß sich von dem Stamm ab und zog sich empor. Dann war seine Kraft wieder verbraucht, und er war froh, daß Siri an ihm vorbeikletterte, die Liane drei Stufen höher um eine Astgabelung warf und ihn das letzte Stück hochzog. Sie stemmte sich dabei mit den Beinen gegen den Stamm, die Muskeln spannten sich unter ihrer glatten braunen Haut, die Bluse riß über den Brüsten auf, sie warf den Kopf zurück, öffnete den Mund vor Anstrengung und bog sich zurück, gegen die Last von Hallers Körper ankämpfend. Dann hockte er wieder einen Meter höher am Stamm, drückte die flachen Hände gegen die Brust und japste nach Atem.

Er schaffte es bis oben. Als er auf dem Baumwipfel unter dem freien Himmel saß und die Sonne auf ihn einbrannte, lehnte er sich zitternd gegen Siri. Sie umfing ihn mit beiden Armen, preßte ihn an ihren warmen Leib und hielt ihn fest.

Auch diese Minuten gingen vorüber. Haller sah an sich herunter. Der rote Brei war getrocknet und fiel in großen Schuppen ab, darunter kamen die Hämatome und die langen blutigen Striemen zum Vorschein, aber sie waren nicht mehr aufgetrieben, sondern glichen schmalen, roten Strichen, als habe jemand den Körper aus einer exzentrischen Laune heraus bemalt.

»Danke«, sagte Haller leise. »Danke, Siri.« Er blickte hinüber nach Nongkai. Man konnte von hier aus die Straße sehen, vom Marktplatz bis zum Tor. Vor dem Hospital stand der kleine grüne Jeep. Den Fahrer konnte Haller nicht erkennen, aber deutlich sah er den langen, dürren Adripur und hinter ihm einen Mann mit einem Gewehr.

»Er fährt mit«, sagte Haller schwer atmend. »Adripur wird überleben, wenn er in die richtigen Hände kommt. Ich gönne es ihm.«

»Jetzt kommt sie aus dem Haus«, sagte Siri. Haller streckte den Kopf vor und legte beide Hände wie ein Dach vor die Augen.

»Taikky ist bei ihr«, sagte er. »Welche Gemeinheiten wird er ihr jetzt sagen! Mein Gott, warum muß man hier so hilflos herumsitzen!«

»Du möchtest mit ihr fahren, nicht wahr, Chandra?«

»Nein.« Er beugte sich vor, als könne er dadurch besser sehen. Bettina stieg in den Jeep, Taikky sprach auf sie ein, Adripur legte beide Hände auf ihre Schultern. Weinte sie? »Ich bin ein Krüppel, Siri. Bettina wird Nongkai als ein böses Zwischenspiel ihres Lebens in Erinnerung behalten, aber es bleiben keine Narben zurück. Ihre Jugend ist die beste Medizin. Sie löst alle Probleme auf.«

»Sie liebt dich, Chandra.«

»Auch das wird sie vergessen, wenn sie wieder in Hamburg ist.«

»Dann hat sie dich nie geliebt, Chandra. Ich werde dich niemals vergessen.«

»Ich bleibe ja auch bei dir, Siri.«

»Warum lügst du?« Sie legte beide Hände über seine Augen. »Du bleibst nur, um Rache an Karipuri zu nehmen. Aber warum sprechen wir darüber, Chandra? Solange du bei mir bist, gehörst du mir, und jeder Tag ist wie ein Tropfen aus der Sonne.«

Sie hielten sich gegenseitig fest, als ein stärkerer Wind aufkam und die Baumwipfel gefährlich zu schwanken begannen. Der Jeep fuhr jetzt an und schoß in hohem Tempo durch das Tor der Palisaden auf die Dschungelstraße. Haller sah, wie Dr. Adripur sich zu Bettina vorbeugte und ihren Kopf umfaßte. Sie weint, dachte er. Sie kann noch weinen, wo sie fluchen müßte. Sie hat mich wirklich geliebt, mich. Aber es ist besser so, Betty. Geh nur und vergiß mich! Heirate einen fröhlichen jungen Mann. Lebe wohl, Betty ...

Sie blieben auf der Krone des Baumes sitzen, bis sie den Jeep als hüpfenden Punkt im Dschungel untergehen sahen.

Am Nachmittag legte sich Haller in den warmen Regen und wusch die Reste des roten Breis von seinem Körper.

Siri saß nackt neben ihm, trocknete ihn ab, als er wieder unter dem schützenden Blätterdach saß, das auch der stärkste Regen nicht durchdringen konnte, und behandelte die großen Striemen auf seinem Rücken mit Jodtinktur und Penicillinpuder.

»Ich fühle mich schon wieder wie ein Hundertjähriger«, sagte Haller. »Morgen werde ich achtzig sein, übermorgen sechzig – wenn ich bei vierzig angelangt bin, mische ich mich unter die Tiger und belagere Nongkai! Einmal wird Karipuri herauskommen!«

Aber Dr. Karipuri vermied es, auch nur einen Schritt vor die Palisaden zu setzen. Solange alle Suchtrupps ohne Haller zurückkehrten, war es ihm völlig klar, in welcher Gefahr er lebte.

»Diesen Fehler, Haller am Leben zu lassen, werden Sie nie wiedergutmachen können«, sagte er nach einer Woche zu Taikky. »Ich habe Ihre plötzlichen Skrupel nie begriffen.«

»Es war ein taktischer Zug, wegen der anderen Ärzte«, antwortete Taikky unwirsch. »Gäbe es keine taktischen Fehler, gäbe es auch keine verlorenen Schlachten. Gut, ich habe eine Schlacht verloren. Aber den Krieg gewinne ich! Dr. Haller wird nie mehr aus dem Dschungel herauskommen, er wird dort verfaulen. Was wollen wir mehr?«

Um die gleiche Zeit hockten Haller und Siri seitlich der Dschungelstraße und außerhalb der Sichtweite von Nongkai in einem Baum und warteten. Sie hatten zwei Packsäcke über sich in einer Astgabel liegen, trugen feste Schuhe und saubere Kleidung. Minbya, Manoron, Pala und einige andere Kranke hatten durch den unterirdischen Gang alles aus Nongkai herausgebracht, was man zu einer langen Reise brauchte. Dann hatte Minbya Siri und Dr. Haller umarmt, auf beide Wangen geküßt und war wieder untergetaucht in der Erdröhre.

Um elf Uhr vormittags erschien der kleine Lastwagen der Militärstation von Homalin an der Biegung der Straße. Dr. Haller rutschte aus dem Baum, fing Siri auf, die ihm nachsprang, und trat dann mitten auf die Straße.

Kreischend bremste der Wagen. Drei Soldaten sprangen aus den aufklappenden Türen, rollten sich als erfahrene Fallschirmjäger ab und gingen auf der anderen Straßenseite in Deckung. Nur Major Donyan stieg mit erstauntem Gesicht ruhig aus dem Wagen und kam langsam auf Dr. Haller zu.

»Sind Sie verrückt?« sagte er. »Sie leben noch? Und stellen sich so ohne weiteres als Zielscheibe hin?«

»Sie werden nie auf mich schießen, Major.« Doktor Haller streckte Donyan die Hände entgegen. »Ich kann mich irren – aber ich glaube in Ihnen einen heimlichen Freund zu haben.«

»Sie haben eine entwaffnende Art, einem etwas einzureden.« Donyan ergriff Hallers Hände und hielt sie fest. Dann glitt sein Blick zum Waldrand, wo Siri stand, einen Revolver in der Hand. »Nehmen Sie an, ich wäre Ihr Freund – was hätten Sie davon? Für die Welt sind Sie tot!«

»Das ist die beste Voraussetzung, um in Frieden leben zu können. Donyan, wann fahren Sie zurück nach Homalin?«

»Morgen. Ich muß im Auftrag der Regierung inspizieren, wie weit der Aufbau Nongkais vorangeht. Wenigstens das haben Sie erreicht, daß Nongkai und seine Kranken aus ihrem

Elend befreit wurden. Ich werde dem Dickwanst Taikky auf die Finger klopfen und dann wieder abfahren.«

»Sind Sie nicht Taikkys Mann?«

»Nur sporadisch. Heute bin ich Vertreter der Regierung, morgen vielleicht der Nebenverdiener, der beide Augen zudrückt.« Major Donyan hielt noch immer die Hände Hallers fest. »Was kann ich für Sie tun, Haller?«

»Nehmen Sie mich morgen mit nach Homalin, Major«, sagte Haller. »Machen Sie es möglich, daß ich und Siri nach Rangun kommen. Das Herumschleichen wie ein Raubtier bringt nichts ein. Ich muß in die Stadt. Ich muß mit meinem Leben wuchern, solange es noch etwas wert ist. Ich habe mir noch einiges vorgenommen. Das kann ich nur von Rangun aus. Nehmen Sie mich mit, oder legen Sie mich jetzt um! Sie haben nur die Wahl zwischen diesen beiden Möglichkeiten, Herr Major ...«

Bis zum Abend blieb Major Donyan in Nongkai.

Er machte Taikky und Dr. Karipuri das Leben sauer. Er verlangte genaue Abrechnungslisten, wollte die Krankenblätter einsehen, kontrollierte die Apotheke, ging durch die Krankenzimmer, verglich die Zahl der Toten mit der Gesamtzahl der Einwohner von Nongkai, wie Taikky sie gemeldet hatte, und verlangte von Karipuri einen Bericht über die Behandlungsmethoden.

Donu Taikky war zunächst sprachlos. Bisher hatte Donyan als »sein« Mann gegolten, er hatte seit zwei Jahren Geld angenommen und war dadurch auf beiden Augen blind geworden, was Nongkai betraf. Plötzlich spielte er den wilden Militär, der sich im Auftrag der Regierung in einen Müllhaufen zu bohren begann, ohne Rücksicht, ob er hinterher selbst stinken würde.

»Sind Sie verrückt, Donyan?« fragte Taikky mit seiner gefährlichen Ruhe, die ihn immer dann überkam, wenn die Situation kritisch wurde.

Vergeblich versuchte Dr. Karipuri, Major Donyan ein Warnzeichen zu geben.

Major Donyan bemerkte zwar diese Bemühungen, wollte sie aber nicht verstehen. Die Lage hatte sich verändert. In Rangun hatte man das Lepradorf Nongkai zu einem Mittelpunkt der Entwicklungspolitik erklärt.

»Sie benehmen sich, als hätten Sie Eisen gefressen, Donyan! Ich erinnere mich, daß Sie einmal im Monat nach Nongkai kamen, um Gold zu schlingen.«

»Ich verdaue es nicht mehr, Taikky, es liegt mir zu schwer im Magen. Das Ranguner Silber bekommt mir besser.«

»Silber läuft leicht an.« Taikky griff nach einer saftigen Melonenscheibe und biß in das rote Fleisch. Der Saft tropfte über sein Kinn und lief den Hals hinunter in den offenen Kragen.

»Daß die Menschen so kurzsichtig sind! Beamte, Minister und Regierungen kommen und gehen – aber der Dschungel bleibt. Und im Dschungel sitze ich! Überlegen Sie mal, Major Donyan!«

»Ich brauche die Listen aller noch vorhandenen Medikamente, um sie mit den Lieferlisten zu vergleichen«, sagte Donyan stur. »Wir haben Ihnen zwei ausgebildete Apotheker geschickt. Wozu sind die da, wenn sie noch nicht einmal ihre Apotheke in Ordnung halten können? Und, im übrigen: Ich habe ständig eine Wache von sechs schwerbewaffneten Soldaten um mich. Das nur zur Information, Taikky. Selbst im Bett bin ich nicht allein. Vier Mann schlafen mit mir im Zimmer! Man sollte sich wirklich daran gewöhnen, daß die alten Zeiten vorüber sind.«

Er stand auf, blickte auf seine Uhr und winkte zu den Soldaten hinüber, die unten an der Treppe standen.

»In drei Tagen hole ich die Listen ab, Taikky.«

»Sie werden fertig sein«, antwortete Taikky gleichgültig.

»Haben Sie eigentlich noch etwas von Dr. Haller gehört?« fragte Donyan.

»Nein! Er ist verschwunden.«

»Man hat Ihnen in Rangun diese Selbstjustiz übelgenommen.«

»Ich weiß.« Taikky biß in die Melone. »Es wäre Ihre Aufgabe, Major, diesen Irrtum zu korrigieren. Wenn Sie schon Regierungsspitzel für Nongkai sind, dann seien Sie es vollkommen! Es war keine Selbstjustiz. Es war der gerechte, überschäumende Zorn des Volkes, den ich weder durch Zureden noch mit Drohungen verhindern konnte. Jeder in Nongkai hatte Schwester Bettina in sein Herz geschlossen, sie war die beste Mitarbeiterin Dr. Karipuris, eigentlich – um bei diesen dummen Idealisierungen zu bleiben – der wirkliche ›Engel von Nongkai‹. Haller war ein versoffener Vagabund. Bettina Berndorf war dagegen rein wie ein wolkenloser Frühlingshimmel.«

»Seit wann schreiben Sie Gedichte, Taikky?« fragte Donyan spöttisch.

»Über Bettina hätte man Oden schreiben können! Und diese großartige Frau wird von Haller angefallen und bestialisch zugerichtet! Wer kann das Volk nicht verstehen, wenn es so ein Schwein davonjagt?« Taikky wischte sich den Mund mit einem gekühlten Handtuch ab.

»Sie haben ihn nicht suchen lassen?«

»Doch ...« Taikky zögerte unmerklich. Er spürte die Falle und schlich an ihr vorbei. »Ich wollte ihn aufsammeln und nach Rangun zurückschicken. Trauen Sie mir ruhig ein bißchen Humanität zu, Donyan, auch wenn's Ihnen schwerfällt.«

Donyan antwortete nicht. Die Heuchelei war ungeheuer. Er grüßte militärisch knapp und verließ die Veranda. Dr. Karipuri zögerte, sah Taikky kurz an und sprang dann auf, um dem Major nachzulaufen.

»Erklären Sie ihm, Ratna«, sagte Taikky mit seiner unangenehm hohen Stimme, »daß man seinem Wohltäter nicht in den Hintern tritt. Auch Majore sind verwundbar.«

Dr. Karipuri erreichte Donyan noch, bevor er Nongkai den Rücken kehrte. Seine sechs Soldaten umgaben ihn wie einen Ring.

»Ich weiß, was Sie sagen wollen, Doktor«, lachte Donyan, als er Karipuri heranhetzen sah. »Beruhigen Sie sich.«

»Wie soll ich mich beruhigen, wenn Sie anfangen, den wilden Mann zu spielen?« rief Karipuri. »Reden wir nicht von Taikky. Seine Feindschaft wird Ihnen noch zu schaffen machen. Er hat die Gabe, auf den richtigen Moment zu warten und dann zuzuschlagen. Nein, es geht um etwas ganz anderes ...«

»Ich weiß, Doktor!« Donyan winkte ab. »Aber ich kann Sie beruhigen. Es wird nichts rückwirkend nachgeforscht. Wir beginnen beim Tag Null, und der hat begonnen, als Nongkai zum Schwerpunktkrankenhaus für Leprakranke erklärt wurde. Was vorher war – vergessen! Das macht es mir auch leicht, mich von Taikky zu lösen. Auch ich stehe bei Null! Sie sollten es nachmachen, Doktor.«

»Das geht nicht mehr, Major. Sie wissen es genau.«

»Schade, Karipuri. Sie sind Inder, aber Sie leben schon lange unter uns. Wir haben die große Gabe, Geschehenes als unabänderlich hinzunehmen und mit ihm zu leben. Es hat keinen Sinn, ein verbrühtes Kind zu beklagen, denn sein Zustand wird dadurch nicht besser. Man muß den Zustand integrieren! Und man muß lernen aus diesem Zustand. Das können die wenigsten, am allerwenigsten die Europäer. Ich kann es, Doktor.«

»In der Praxis, Donyan, nennt man Leute wie Sie Spinner.«

»Dr. Haller war keineswegs ein Spinner! Sie sehen ja, was er alles in der kurzen Zeit seines Wirkens geschaffen hat!«

Dr. Karipuri hielt Donyan am Ärmel fest.

»Werden Sie Haller sehen?«

»Wieso denn? Ich denke, er ist tot?«

»Man hat keine Leiche gefunden.«

»Das will im Dschungel nichts besagen. Ein Schwarm Riesenameisen genügt.« Donyan blickte Karipuri mit unverhohlener Schadenfreude an. »Oder glauben Sie, daß er noch lebt?«

»Ja, das glaube ich.«

»Und Sie haben Angst, nicht wahr?«

»Wäre er allein im Dschungel verschwunden, gäbe es keine Probleme mehr. Aber Siri ist bei ihm. Und so schnell arbeiten auch die Tiger und Krokodile im Dschungel nicht. Warum sollte Siri auch gestorben sein? Woran? Daß sie nicht nach Nongkai zurückkommt, ist ein Beweis, daß Dr. Haller lebt!«

»Warum irritiert Sie das, Doktor?« Donyan kostete diesen Augenblick aus.

Karipuri preßte die schmalen Lippen aufeinander. Plötzlich glich sein ebenmäßiges Gesicht einem mit brauner Farbe überzogenen Totenschädel.

»Wenn Sie Haller irgendwo sehen, geben Sie mir Nachricht, Major. Bitte.«

»Warum?«

»Ich muß es wissen.«

»Suchen Sie sich einen anderen Komplizen, Doktor.« Donyan befreite sich aus Karipuris Griff. »Ich lasse mich doch nicht mitschuldig machen an einem Mord! Wenn ich Haller wirklich sehe – was ich sehr bezweifle –, werde ich zu ihm sagen: Mann, verlassen Sie sofort Birma! Hüllen Sie sich in eine Staubwolke und weg mit Ihnen! Kehren Sie nach Europa zurück und nehmen Sie Siri mit!«

»Das wäre wirklich das beste«, sagte Karipuri tief atmend. »Verdammt, ich spüre es: Er ist hier in der Nähe! Kennen Sie das, Major? Man ahnt den Tiger, aber man sieht ihn nicht. Ein ekelhaftes Gefühl!«

»Sie werden damit leben müssen, Doktor!«

Donyan wandte sich ab und verließ im Kreis seiner Soldaten Nongkai. Der Abend war gekommen, das Lepradorf wurde wieder zum riesigen Gefängnis. Die neueste Errungenschaft Taikkys trat in Tätigkeit: der hohe Maschendrahtzaun um Nongkai lud sich mit Strom auf. Überall standen jetzt Warnschilder an Bambuspfählen, die Bano Indins Leute in den Boden gerammt hatten.

Taikky wollte damit verhindern, daß nachts die Leprösen um den alten Bürgermeister Minbya das Dorf verließen und zu Dr. Haller überliefen. »Haller mit einer Privatarmee – das fehlt uns gerade noch«, hatte Taikky zu Karipuri gesagt. »Und, verdammt, ich ahne so etwas: Es braucht seine Zeit, bis unsere Leute die Anhänger Hallers unterwandert haben.«

Die kleine Militärkolonne fuhr etwa drei Meilen auf der Dschungelstraße nach Homalin zurück, als sich plötzlich Siri an einer langen Liane von einem Baum herunter auf den Weg schwang. Ihr schlanker Körper pendelte aus, die nackten Füße bremsten den Schwung auf den Boden.

Der Lastwagen stoppte kreischend. Major Donyan, der die ganze Strecke über rechts und links in den Dschungel gestarrt hatte und sich nicht erklären konnte, warum Dr. Haller nicht gewartet hatte, atmete auf. Er sprang aus dem Wagen und kam Siri mit ausgebreiteten Armen entgegen.

»Ich habe geschwitzt vor Angst, daß Ihnen etwas zugestoßen sein könnte!« sagte er und umarmte sie. »Wo ist der Doktor?«

»Hier!«

Neben der Straße, unsichtbar im dichten Laubwerk, hockte Haller. Jetzt schob er die Blätter auseinander.

Major Donyan lachte.

»Kommen Sie! Als Baumaffe machen Sie keine gute Figur!«

»Folgt Ihnen auch niemand?«

»Keine Sorge. Mein Jeep ist die Nachhut.« Donyan war bester Laune. Er drückte Haller beide Hände und hielt sie fest. »Aber es ist gut, daß Sie vorsichtig sind! Noch immer schikken sie Suchtrupps aus, und den Drahtzaun setzt Taikky jetzt unter Strom.«

Haller blickte zu den Soldaten hinüber. Donyan verstand die stumme Frage.

»Keine Sorge. Meine Leute sind ein verschworener Haufen.«

Hallers noch immer von Striemen überzogenes Gesicht spiegelte so etwas wie Rührung wider. »Sie nehmen mich also wirklich mit nach Homalin?«

»Natürlich. Und ich stecke Sie in den nächsten Hubschrauber.«

»Das wäre ein Fehler. In Lashio hat Taikky nur Freunde.«

»Wem sagen Sie das? Gut, ich lasse Sie nach Bhamo fliegen, von dort nach Yeu, von Yeu nach Pakokku und von dort mit einer Transportmaschine direkt nach Rangun. Übermorgen können Sie am Meer sitzen und die Möwen füttern.«

»Ich werde schuften wie ein Kuli, Major. Die sieben Jahre, die ich herumgelungert habe, werde ich in einem Gewaltmarsch wieder einholen. Wenn Sie wüßten, was ich alles vorhabe.«

»Ich kann es nur ahnen, Dr. Haller.« Donyan wandte den Kopf. Von Nongkai kam der Jeep die Straße herunter. Der Feldwebel, der neben dem Fahrer saß, winkte schon von weitem mit beiden Armen: alles in Ordnung! Donyan atmete auf. »Los, steigen Sie ein! Morgen früh um sieben fliegen Sie ab nach Bhamo.«

Haller half Siri in den Lastwagen, kletterte hinterher und setzte sich neben sie auf einige leere Kisten, die man wieder zur Militärstation zurückbrachte.

»Bist du jetzt glücklich, Chandra?« fragte Siri. Sie lehnte den Kopf an seine Schulter. Ihr langes Haar lag um ihn wie ein vielfach geschlitzter Mantel.

»Wieso?« Seine Stimme klang verblüfft.

»Du kommst nach Rangun. Du kannst Rache nehmen für Bettina. Nur deshalb willst du ja nach Rangun.«

»Das ist nicht wahr, Siri.«

»Lüge nicht, Chandra.« Sie legte den schlanken Zeigefinger auf seine Lippen. »Du kannst nicht lügen, und immer wieder versuchst du es! Ich lese alles in deinen Augen. Sie können nichts verstecken.«

Er hielt ihre Hand fest, küßte den Finger, der auf seinen Lippen lag, und sagte ernst: »In Rangun werden wir heiraten, Siri. Jawohl, das werden wir!«

Und sie antwortete leise: »Chandra – vergiß es nicht ...!«

Das Wiederauftauchen Dr. Hallers vollzog sich nach einem perfekten Plan, den Major Donyan ausgearbeitet hatte. Haller und Siri wurden weitergereicht wie wichtige Staatsgäste. Überall, wo sie landeten, wartete schon die neue Maschine für die nächste Station. Sie brauchten nur umzusteigen.

Major Donyan verfolgte ihren Weg per Funkspruch und ließ auf der letzten Station, in Pakokku, ausrichten: »Von jetzt ab liegt das Glück allein in Ihrer Hand. Ich kann Ihnen nicht mehr helfen. Machen Sie das Beste daraus!«

Und Haller ließ antworten: »Wenn es mir gelingt, nach Nongkai zurückzukehren, weiß ich, daß ich auf der Welt nur einen wirklichen Freund habe. Donyan, passen Sie auf sich auf!«

In Pakokku stiegen sie in die große Transportmaschine der birmesischen Luftwaffe und landeten abends in Rangun. Ein Offizier brachte sie durch das abgesperrte Flugplatzgelände hinaus vor das bewachte Tor, grüßte stumm und ließ Haller und Siri dann stehen.

Über der Millionenstadt flammten die Lichter auf. Die grellen Lichtreklamen färbten bereits den sich verdunkelnden Himmel. Hier draußen, vor dem Militärflugplatz, war es still. Ein paar Scheinwerfer erhellten den Eingang. Bogenlampen beleuchteten mit müdem Licht den Drahtzaun, der sich in der schnell einbrechenden Dunkelheit verlor. Niemand kümmerte sich um Haller und Siri. Vor ihnen wartete ihr neues Leben mit einer Feindseligkeit, die sie ein paar Minuten stumm sein ließ.

»Komm«, sagte Dr. Haller endlich und faßte nach Siris Hand.

»Wohin, Chandra?«

»Den Lichtern entgegen. In die Stadt.«

»Und dann?«

»Wir mieten uns ein Hotelzimmer und verschieben das neue Leben auf morgen früh. Man soll mit der Morgensonne anfangen.« Er blieb nach ein paar Schritten stehen und ließ Siris Hand los. »Wieviel Geld haben wir eigentlich?«

»Sie haben uns 400 Kyat mitgegeben.«

»Das ist mies! Wir werden uns in einer Spelunke einmieten müssen. Und wir müssen sofort Geld verdienen.«

»Wie, Chandra?«

»Mit diesen Händen!« Haller hielt seine Finger gegen das Mondlicht. »Ich werde morgen anfangen, in unserem Zimmer Kranke zu behandeln. Nach Einheitstarif. Jeder Patient 10 Kyat! Ob Husten oder Tripper – der deutsche Doktor behandelt zum Woolworth-Preis!«

»Ich kann auch tanzen«, sagte Siri. »Wenn du am Abend die Praxis schließt, werde ich in einer Bar tanzen.«

»Heißt das, daß du dich vor Lustmolchen ausziehen willst?«

»Wir brauchen Geld, Chandra.«

»Nicht auf diese Art.«

»Blicke fassen mich nicht an.«

»Aber bei Blicken wird es nicht bleiben! Nein! Wir brauchen eine Woche Kraft, Siri. Eine einzige Woche nur. Verdammt, warum reden wir so viel! Bis Rangun sind es noch gut vier Kilometer.«

Sie gingen weiter, Hand in Hand, und je näher sie dem Lichtermeer kamen, je länger sie durch die Villenvorstädte wanderten, den ersten Autos begegneten und eintauchten in dieses laute, überschäumende, geliebte dreckige Leben, um so langsamer wurden ihre Schritte.

Neben ihnen hielt plötzlich ein Auto. Haller riß Siri hinter sich und duckte sich. Aber es war nur eine Taxe.

Der Fahrer steckte den Kopf durch das heruntergekurbelte Fenster und grinste.

»Wollen mitfahren?« fragte er auf englisch. »Bin leer.«

»Wollen gern!« Dr. Haller trat an den Wagen heran. »Aber da gibt es eine Schwierigkeit: Wir haben wenig Geld.«

»Wieviel wollen geben?«

»Von Wollen kann gar keine Rede sein. Was verlangen Sie?«

Daß ein Ausländer ihn mit Sie anredete, machte Dr. Haller dem Fahrer sofort sympathisch. Er grinste wieder.

»Alles ausgegeben, Sir?«

»Leider.«

»Da ich leer bin und doch fahren muß in Stadt, ist kein Problem, Sir. Geben Sie 5 Kyat?«

»Das Geschäft ist gemacht.« Haller riß die Tür auf. »Mein junger Freund, Sie sind ja billiger als ein deutscher Arzt! Der verlangt 10 Kyat.«

Der Chauffeur wartete, bis Siri im Fond und Haller neben ihm saß.

»Deutsches Arzt für 10 Kyat? In Rangun? Unmöglich. Verlangen schon Birma-Arzt 50 Kyat!«

»Einen solchen Idioten, der's für 10 Kyat tut, gibt es aber. Bestimmt.«

»Wo, Sir?«

»Das wird sich in einer halben Stunde herausstellen. Dort, wo er ein sehr billiges, aber trotzdem nicht verwanztes Zimmer ohne Ratten und Flöhe mieten kann. Wo er Kranke behandeln kann, bis er sich eine schöne Praxis leisten kann. Kennen Sie so ein Luxushotel?«

Der Fahrer starrte Dr. Haller an. »Sie sind deutsches Arzt?«

»Ja, mein Sohn.«

»Sie behandeln für 10 Kyat?«

»Vorübergehend ja. Zum Einführungspreis! Aber wenn Sie mir dieses saubere billige Zimmer besorgen, erhalten Sie zeit Ihres Lebens Sonderrabatt. Nulltarif. Einverstanden?«

»5 Kyat Fahrgeld!« sagte der Chauffeur und hielt die flache Hand hin. Von hinten reichte ihm Siri ein Geldstück. Er steckte es in einen Lederbeutel, der um seinen Leib geschnallt war, und ließ den Motor wieder an. »Welche Krankheit habe ich?« fragte er.

»Machen Sie mal das Deckenlicht an, mein Sohn.«

Der Fahrer griff nach oben. Die kleine Lampe erhellte notdürftig das Wageninnere. Dr. Haller beugte sich über den jungen Mann, zog die Augenlider herunter und drehte sein Gesicht zum Licht.

»Sie rauchen Opium, Sie Lümmel!« sagte er dann. »Und die Gelbsucht haben Sie auch gehabt.«

»Stimmt, Doktor. Sie sind ein guter Arzt! Sprechen Sie mal deutsch!«

»Leck mich am Arsch!«

»Sehr gutes Deutsch! Ich bin erster Patient! 10 Kyat. Wann ich darf kommen?«

»Morgen früh um zehn.«

»Okay!« Der Wagen ruckte an. Haller fiel zurück in den Sitz. Siri knipste die Deckenlampe aus. »Ich werde sagen allen Kameraden von deutschen Arzt. Sieht Krankheit im Auge! Werde sagen Chin-hao-Chin, daß gutes Zimmer läßt für deutschen Arzt ...«

Mit einem Tempo, das Haller in seiner besten Zeit nicht gewagt hätte, schoß der Wagen in den abendlichen Verkehr von Rangun.

Der Gastwirt Chin-hao-Chin betrieb ein Hotel in der Altstadt, dem ein Eßlokal angegliedert war. Während seine Küche berühmt war und viele Europäer in den folkloristisch ausgestatteten Gasträumen saßen und das bewunderten, was sie für original China hielten, war das »Hotel« nur einem kleinen Kreis durchreisender Chinesen bekannt. Bei Chin-hao-Chin gab es keine Kakerlaken im Zimmer, keine Mäuse unter den Dielen, die nachts raschelten und knackend fraßen, und hinter den Tapeten klebten keine Wanzenheere. Es waren saubere, ziemlich große Zimmer mit Fenstern zum Hof. Und das war der einzige Nachteil. Denn vom Hof herauf stanken die Küchenabfälle, miauten die Katzen, balgten sich fauchend die Kater und strich ständig der Duft aus der Küche an den Fenstern vorbei. Zugegeben – es waren zum Teil herrliche Düfte, wenn Chin-hao-

Chin Hühner briet, Hammelkeulen oder Leberspießchen, aber immer in einer Duftwolke leben, ist nicht jedermanns Sache.

Chin-hao-Chin kam selbst auf die Straße, nachdem der Taxifahrer zunächst allein in das Hotel gegangen war. Es war ein schmalbrüstiges Haus, das sich nach hinten verbreiterte. Ein roter Drache hing über der Tür, weil es die Touristen so wollten. Kein China ohne Drachen. Dr. Haller sah an der Fassade empor, dachte an seine paar Kyat und verkniff sich jeglichen Kommentar

»Wir haben keine Auswahl, Siri. Wir krabbeln aus der Gosse ans Licht.«

Sie drückte das Gesicht gegen seinen Rücken und umfaßte zärtlich seinen Hals.

»Wir schaffen es, Chandra«, sagte sie. »Wir schaffen es.«

Chin-hao-Chin beugte sich ins Auto und starrte Dr. Haller ungeniert an, als wolle er einen Hammel kaufen. Er war ein dicker Mensch, klein, breitgesichtig, höflich, das beste Aushängeschild seines Unternehmens.

»Sie sind Arzt?« fragte er auf englisch.

»Ja. Wenn Sie ein Zimmer haben und einen Monat Kredit geben können, steige ich aus.«

»Warum haben Sie kein Geld?«

»Das ist eine Geschichte von über sieben Jahren. Die kann man nicht in einem Auto erzählen. Entweder Sie haben Vertrauen zu mir, oder wir lassen es bleiben.«

»Steigen Sie aus. Ich habe Vertrauen.« Chin-hao-Chin zog den dicken Kopf zurück. »Zimmer fünf. Ist größtes Zimmer. 25 Kyat pro Tag.«

»Da komme ich in vier Wochen hoch in die Kreide.« Haller stieg aus und dehnte sich. Chin-hao-Chin betrachtete ihn genau und war zufrieden. Er verstand etwas von Menschen. »Aber ich werde Sie nicht enttäuschen, Mr. Chin-hao-Chin. Nach vier Wochen werden die Kranken die Treppe hinunter bis auf die Straße stehen, und Sie können an die Wartenden Suppen verkaufen. Oder ich bin ein totaler Versager.«

»Was dann?« Chin-hao-Chin lächelte höflich.

»Dann werde ich bei Ihnen Teller waschen und das Lokal schrubben.«

Chin-hao-Chin hielt die Wagentür für Siri auf. Sie stieg zögernd aus und senkte den Kopf. Im Dschungel war sie eine Heldin gewesen. Hier, in der Stadt, war sie klein und hilflos und einsam unter Millionen. »Kommen Sie mit in Zimmer Nummer fünf!«

In dieser Nacht schliefen sie kaum.

Vor dem Fenster paarten sich die Katzen, Chin-hao-Chin briet Nieren, der Geruch von dampfendem Urin zog penetrant die Hauswand empor und drang selbst ins Zimmer, als Haller das Fenster schloß. Dadurch wurde es unerträglich heiß im Raum, sie lagen nackt und schwitzend nebeneinander auf dem breiten Bett, hörten durch den Dielenboden das Stimmengemurmel im Lokal unter ihnen und starrten auf die gelb gestrichene Decke, über die das Zucken einer benachbarten Lichtreklame lief.

»Ich werde doch tanzen«, sagte Siri einmal in dieser langen Nacht.

»Wenn du das tust, verkaufe ich mich stundenweise an lüsterne Damen!«

»Du bist böse, Chandra.«

»Verdammt nein! Ich liebe dich, Siri.«

»Glaubst du, daß Patienten kommen?«

»In Rangun gibt es einige tausend Taxifahrer und Rikschazieher. Das ist ein ungeheures Patientenpotential. Für 10 Kyat gesund zu werden – wo wird das schon geboten?«

»Und womit willst du untersuchen?«

»Mit zehn Fingern. Das genügt!«

»Und behandeln?«

»Mit Worten. Auch das genügt. Dazu ein Schreibblock und ein Bleistift.«

»Die anderen Ärzte werden dich totschlagen, Chandra.«

»Das warten wir ab. Übermorgen melde ich mich im Gesundheitsministerium.«

»Willst du abgeschoben werden, Chandra?«

»Zunächst müssen sie mich dort anhören.«

»Sie werden dich nicht zu Wort kommen lassen.«

»Auch gut – dann praktiziere ich hier weiter.«

»Dazu brauchst du eine staatliche Konzession.«

»Nach vier Wochen muß ich so viel Kyat haben, um den maßgebenden Beamten einen knisternden Händedruck zu geben. Verlaß dich drauf, Siri: Ich werde eine Konzession bekommen!«

Dann schwiegen sie wieder.

Die Kater vor dem Fenster mußten gut im Training sein. Das Kreischen der Katzen hörte nicht auf. Chin-hao-Chin hatte seine Küche geschlossen, der Uringestank der Nierchen ließ nach. Auch die Lichtreklame stellte ihr Zucken ein – anscheinend wurde es bald Morgen.

Siri schlief endlich, zusammengerollt wie eine Katze. Ihr nackter Körper glänzte von Schweiß. Leise stand Haller auf, ging zum Fenster, öffnete es lautlos und nahm den Geruch der Abfälle in Kauf, um die stickige Luft hinauszulassen. Dann lehnte er sich aus dem Fenster und sah den fleißigen Katern zu. – Was wollte er in Rangun?

Sich rehabilitieren? Nach Gerechtigkeit schreien? Dr. Karipuri und Donu Taikky zur Strecke bringen? Oder sich eine Plattform schaffen, um Rache für Bettina zu nehmen?

Bettina ...

Er starrte in den dunklen Hof, er sah ihre blonden Haare, ihr frisches, offenes Mädchengesicht, ihren kräftigen, gesunden, nach Jugend duftenden Körper.

Jetzt ist sie schon längst in Hamburg, und Nongkai bleibt zurück als schreckliche Erinnerung, als ein Ausflug in die Hölle. Welche Rolle spielt darin der Doktor Haller? Verblaßt auch die Erinnerung an ihn?

Bettina ...

Dr. Haller stieß sich vom Fenster ab, ging zum Bett zurück und setzte sich neben die schlafende, nackte Siri. Ihr schöner brauner Leib hatte sich gestreckt, die Brüste zitterten unter dem gleichmäßigen Atem.

»Mein Tierchen«, sagte er leise und strich ihr vorsichtig über die schweißnasse Stirn. Sie spürte es im Schlaf und streckte sich noch mehr. In den Lippenwinkeln nistete sich ein kaum merkliches Lächeln ein. »Wir müssen so schnell wie möglich heiraten.«

Er blieb bei ihr sitzen, bis der Himmel fahl und streifig wurde und der Morgen über Rangun kroch. Da legte er sich neben sie und schlief sofort ein. Aber noch im Einschlafen dachte er: Es riecht nach verbranntem Reis, Chin-hao-Chin! Einem guten Koch brennt kein Reis an.

Er wachte auf, weil jemand an die Tür klopfte. Auch Siri schrak hoch.

»Zum Teufel, was ist los?« schrie Haller. »Ich will noch schlafen!«

»Nicht mehr schlafen, deutscher Doktor!« Chin-hao-Chin hämmerte weiter gegen die Tür. »Aufstehen! Arbeiten! Auf Treppe stehen zehn Patienten. Aber ich komme zuerst dran! Ich habe Knoten an linker Seite von Hals ...«

Dr. Haller dehnte sich und drückte Siri an sich. Ein unbeschreibliches Glücksgefühl durchrann ihn: zehn Patienten!

»Das Leben beginnt, Siri!« sagte er und schämte sich seiner unsicheren Stimme nicht. »Mein Gott! Das Leben beginnt ...«

Auf der Treppendiele und die Treppe hinunter bis zum Eingangsflur warteten die Patienten. Der Taxichauffeur hatte an jedem Halteplatz, den er in der vergangenen Nacht anfuhr, seinen Kollegen von dem deutschen Arzt erzählt, der für 10 Kyat bereit war, einen Kranken zu untersuchen. Nun war jeder gekommen, den Wehwehchen drückten. Chin-hao-Chin, der Hauswirt, hatte alle Mühe, den Wartenden wortreich zu erklären, daß er als Gastgeber das Recht habe, als erster untersucht zu werden.

Dr. Haller und Siri wuschen sich schnell, deckten das Bett mit einem Laken zu, rückten einen Korbsessel an das Fenster, stellten eine Schüssel mit Wasser daneben, und fertig war das Ordinationszimmer.

»Aufmachen!« schrie Chin-hao-Chin wieder. »Kommen immer mehr Leute! Sollen sie auf Straße stehen?«

Siri schloß die Tür auf und nickte freundlich dem dicken Chinesen zu. Er hatte schon den Oberkörper freigemacht und wartete halbnackt dicht vor der Tür, weil die anderen Wartenden die Treppe hinauf drängten.

»Der erste Patient«, sagte Siri strahlend. »Bitte eintreten. Nicht so drängeln, meine Herren! Jeder wird untersucht.«

»Für 10 Kyat? Stimmt das?« brüllte jemand von unten im Flur.

»Es stimmt.«

Sie ließ Chin-hao-Chin ins Zimmer und schloß hinter ihm ab. Dr. Haller zeigte auf den Korbsessel am Fenster.

»Nur Ruhe«, sagte Dr. Haller. Er verstand die Aufregung des fetten Mannes, legte ihm die Hand auf die Schulter und glitt wie zufällig die linke Halsseite hinauf, bis er den Knoten unter seinen Fingern fühlte. Ein runder, gut abgegrenzter, unter der Haut liegender Knoten ohne Verbindung zu tieferen Geweben.

»Kein Problem«, sagte Dr. Haller zufrieden. Er war froh, gleich bei Chin-hao-Chin einen Fall zu haben, der medizinisch geradezu lächerlich war, mit dem man aber sichtbar Erfolg haben konnte, wenn man es geschickt und mit einigem Sinn für Dramatik anstellte.

»Was?« fragte Chin-hao-Chin.

»Ihr Knoten«, antwortete Dr. Haller.

»Untersuchung schon fertig?« Chin-hao-Chin war sichtlich enttäuscht. Er blieb in dem Korbsessel sitzen und stützte die Arme auf seine dicken Oberschenkel. »Sie haben Knoten gar nicht untersucht!«

»Schon erledigt. Es ist ein Grützbeutel.«

»Ein was?« Chin-hao-Chin sprang auf.

»Ihnen das zu erklären, wäre zu kompliziert«, sagte Dr. Haller. Die große Schau begann: die Vorstellung des allwissenden Medizinmannes. Er strich noch einmal über den dicken Grützbeutel, faßte ihn zwischen Daumen und Zeigefinger und war sich klar, daß, mit örtlicher Betäubung, die ganze Sache in zehn Minuten zu beheben war. Ein Kreuzschnitt, Herausnehmen der Grütze, ein paar Hautnähte, ein Pflaster – Ende. Aber für Chin-hao-Chin lag der Fall noch nicht so klar.

»Nicht gefährlich?« fragte er fast kindlich. Seine runden Augen blickten Dr. Haller zweifelnd an.

»Gar nicht gefährlich.«

»Kein Krebs?«

»Grütze ist kein Krebs, Chin-hao-Chin.«

»Und was tun?«

»Einfach wegschneiden. In zehn Minuten ist alles vorbei.«

»Schneiden?« Chin-hao-Chin legte beide Hände über den dicken Grützbeutel. »Womit? Und tun sehr weh?«

»Genau darüber möchte ich mich mit Ihnen unterhalten.« Dr. Haller setzte sich dem Dicken gegenüber auf einen Hokker, den ihm Siri hinschob. Jetzt kamen wichtige Minuten, die für die Zukunft bestimmend waren. »Ich brauche die Instrumente und einige Grundmedikamente. Mit den blanken Fingern allein kann ich nicht operieren.«

Chin-hao-Chins Kinderaugen wurden weit, er stand stöhnend auf und hielt sich weiter an seinem Grützbeutel fest.

»Ich brauche Skalpelle, Klemmen, Pinzetten, Nadeln, Nadelhalter, Seide, Katgut, Wundhaken, Quetschen, Katheter, Spritzen, Äthermasken. Mein lieber Chin-hao-Chin, das ist ein langer Katalog, so lang wie eure Papierschlangen beim chinesischen Neujahrsfest.«

»Und alles wegen Grützbeutel?«

»Zum Teil. Aber ich habe kein Geld!« Dr. Haller sah zu dem Dicken hinauf, der keuchend vor innerer Erregung gegen die Decke starrte. »Leihen Sie es mir! Ich operiere Sie umsonst! Ich zahle Ihnen den Kredit Kyat für Kyat zurück. Von jedem Honorar bekommen Sie die Hälfte, bis alles beglichen ist!«

»Für jeden Patienten 5 Kyat?« Chin-hao-Chin trat ans Fenster und blickte in seinen schmutzigen Hinterhof. Der Abfall stank, der angebrannte Reis lag obenauf, die Sonne schien auf die Ratten, die fröhlich im Müll spielten. Chin-hao-Chin rechnete – darin übertraf er alle. 5 Kyat für jeden Kranken, dazu die Möglichkeit, daß man die untersuchten Patienten durch das Lokal ins Freie leiten konnte, wobei immer ein paar Kyat für Getränke hängenbleiben würden, denn ein Arztbesuch macht Durst, vor allem, wenn man von der Angst befreit worden ist. Das konnte ein müheloses Geldverdienen werden.

»Wieviel brauchen Sie?« fragte er.

»Ungefähr 2000 Kyat.«

»Er ist verrückt!« schrie Chin-hao-Chin und warf die Arme hoch. Er ruiniert mich! 2000 Kyat! Woher nehmen?«

»Dann laß dich von deinem Grützbeutel auffressen!« sagte Haller hart.

Chin-hao-Chin wankte hinaus. Im Flur und auf der Treppe machte man ihm ehrfürchtig Platz. Man soll einen Sterbenden höflich behandeln. Chin-hao-Chin verstand die mitleidigen Blicke sofort.

»Ich sterbe nicht!« brüllte er und rannte die Treppe hinunter, so schnell es sein massiger Körper zuließ. »Ich habe nur Grützbeutel! Nur Grütze! Ich bin gesund! Deutscher Doktor wird mich operieren!«

Er schwankte in seine Privaträume, ließ sich dort in einen Sessel fallen und streckte Arme und Beine von sich, wie in totaler Erschöpfung.

Eine Stunde lang rang Chin-hao-Chin mit sich und seinem Geld. Dann zog er einen seidenen Mantel an, sein Festtagsgewand, mit dem er immer in die Pagode ging, um den Ahnen ein paar ausgesuchte Räucherstäbchen zu verehren, kämmte sein strähniges Haar und erschien wieder an der Treppe.

Die Schlange der Wartenden war nicht kleiner geworden.

»Macht Platz!« schrie jemand.

»Er hat sich schon zum Sterben eingekleidet. Platz für einen lieben Toten!«

»Ich sterbe nicht!« schrie Chin-hao-Chin.

Er riß die Tür zu Dr. Haller auf.

»Wieviel Kranke schaffen Sie am Tag, Doktor?« fragte er und begann wieder heftig zu schwitzen.

»Wenn's so weitergeht wie heute – hundert!« Dr. Haller beendete die Untersuchung eines alten Mannes. Hier war nichts mehr zu tun. Bei dem desolaten Zustand des Mannes stand eine Operation nicht mehr zur Debatte.

»Was wollen Sie noch hier?« schrie Dr. Haller den schweratmenden Chin-hao-Chin an, während er sich die Hände wusch.

»Dann sind es nur vier Tage, und ich habe mein Geld wieder?« sagte der Dicke tonlos.

»Vier oder fünf – natürlich!«

»Ich gebe Geld!« Chin-hao-Chin griff in die Tasche seines wertvollen Seidenmantels und holte einen Packen Geldscheine heraus. »Hier! Nehmen Sie, Doktor! Wann mich operieren?«

»Morgen nachmittag um drei!« Siri nahm das Geld aus Chin-hao-Chins Hand und steckte es vorn in die Bluse. »Der nächste bitte! Halt! Noch eins!« Chin-hao-Chin blieb stehen, als halte ihn ein Drahtseil an den Haaren fest. »Daß Sie eine massive Fettleber haben und einen völlig gestörten Fettstoffwechsel, das ist Ihnen doch klar? Das macht mir mehr Sorge als Ihr Grützbeutel!«

»Viel Sorge?«

»Ja!«

»Ich gebe Ihnen 3000 Kyat, Doktor!« rief Chin-hao-Chin.

Am nächsten Vormittag blieb die »Praxis« geschlossen. Nur Chin-hao-Chin machte ein blendendes Geschäft. Er tröstete die enttäuschten Kranken in seinem Lokal, verkaufte Bier und Reisschnaps und gab um die Mittagszeit ein Einheitsessen aus: Reis, Hühnerklein und eine scharfe Chilisoße – und räumte damit alle Reste aus seiner Küche, denn das Hühnerklein wurde aus den nicht aufgegessenen Portionen vom Vortag angerichtet.

Fünf Stunden liefen Siri und Dr. Haller durch Rangun und kauften ein. In dem einzigen Geschäft für Praxisbedarf handelten sie zwei Stunden lang die Preise herunter, und vier Apotheker fanden sie, die Hallers Rezepte einlösen würden, auch wenn sie nur auf einfaches Papier geschrieben waren.

Um zwei Uhr mittags kehrten sie zum »Roten Drachen« zurück. Vier Kollegen des Taxifahrers trugen Kartons und Kisten voller Instrumente und Medikamente ins Haus und schleppten sie nach oben.

Pünktlich um drei klopfte Chin-hao-Chin an Hallers Tür. Er trug ein altchinesisches Seidengewand mit den Symbolen des Todes. Siri öffnete ihm und winkte stumm.

Dr. Haller stand neben einem zusammenklappbaren mobilen OP-Tisch, den er auf Anzahlung gekauft hatte. Chin-hao-Chin war es unmöglich, ein Wort herauszubringen. Der Anblick des Doktors in seiner Gummischürze entsetzte ihn.

»Kommen Sie rein!« sagte Haller. »Ziehen Sie Ihren Seidenrock aus und legen Sie sich auf den Tisch. Auf die rechte Seite. Sie werden gar nichts spüren. Sie bekommen eine Lokalanästhesie, und dann schälen wir Ihnen Ihren Grützpudding aus dem Hals. Wenn Sie außer dem ersten Einstich der Spritznadel noch etwas spüren, dürfen Sie mich totschlagen!«

»Das mache ich, Doktor!« sagte Chin-hao-Chin mühsam. Er kam langsam näher, wälzte sich auf den Tisch und streckte sich aus. Wie eine Gans, die man ausweidet, dachte er und begann zu stöhnen.

Dr. Haller beugte sich über ihn. Er strich das Operationsgebiet mit Jod ein und streckte dann die Hand zur Seite. Sofort lag die Spritze mit dem Anästhesiemittel zwischen seinen Fingern.

Welch ein Aufwand wegen eines dämlichen Grützbeutels, dachte Haller. Dazu hätte ich sonst einen Chloräthyl-Spray genommen und die Stelle kurz vereist. Ein simpler Hautschnitt, nichts weiter. Aber Chin-hao-Chin soll das Gefühl haben, als gehe es jetzt um Leben oder Tod. Er schämte sich, als Arzt eine solche Komödie aufzuführen, aber wenn er bedachte, was alles von diesem Tag abhing und welches Ziel er sich gesteckt hatte, war ein bißchen Scharlatanerie, die keinem schadete, schon verzeihlich.

»Was ist das?« fragte Chin-hao-Chin mit sterbender Stimme.

»Scandicain.«

»O ihr Ahnen!« Chin-hao-Chin schloß die Augen. »Doktor, ich sterbe!«

»Es genügt, wenn Sie sich nicht in die Hosen machen! Achtung! Jetzt kommt der Nadelstich, und dann ist alles vorbei.«

Die Operation war lächerlich einfach. Ein schneller Schnitt, Aushebung des Atheroms, die Naht aus drei Stichen – fertig.

Dr. Haller ließ Chin-hao-Chin auf dem Tisch liegen, küßte Siri auf den Mund und zog die Gummihandschuhe aus. Dann klebte Siri ein großes, mit Mull unterlegtes Pflaster auf die Wunde und warf Skalpell und Nadelhalter samt Nadeln in den zischenden Sterilisator.

Chin-hao-Chin lag unbeweglich, ein ausgebleichter Baumstamm. Er öffnete erst die Augen, als Haller ihm auf das breite Gesäß klopfte und sagte: »Wollen Sie auf dem OP-Tisch übernachten?«

»Fangen Sie endlich an, Doktor!« seufzte Chin-hao-Chin.

»Zum Teufel, ich bin längst fertig!«

Chin-hao-Chin tastete nach seiner Halsseite, fühlte das Pflaster und darunter flaches Fleisch. Mit einem Aufschrei sprang er vom Tisch und warf sich gleich nebenan in den Korbsessel.

»Weg!« schrie er. »Weg! Weg! Doktor! Sechs Jahre habe ich es herumgetragen! Und nun ist es weg! Doktor! Sie können zaubern.«

»Wollen Sie die Grütze sehen?« fragte Haller und hob die emaillierte Schale hoch. Chin-hao-Chin schlug beide Hände vor die Augen.

»Nein! Nein! Sechs Jahre! Und Sie brauchen fünf Minuten!«

»Neun Minuten, einschließlich Narkose. Und jetzt zu Ihrer Fettsucht! Das ist alles angefressen, mein Lieber! In vier Wochen sind Sie dreißig Pfund leichter, das verspreche ich Ihnen.«

»In vier Wochen sind Sie der größte Arzt von Rangun!« schrie Chin-hao-Chin, sprang auf, küßte Dr. Haller, küßte Siri und drückte dann beide an sich, wie ein Vater seine zurückgekehrten, vermißten Kinder. »Der größte Doktor von Birma!«

Es dauerte keine vier Wochen.

Wunder für 10 Kyat sprechen sich schnell herum.

Es begann damit, daß ein Bote des Gesundheitsministeriums einen Brief abgab.

Vorladung zum Minister persönlich.

Das konnte eine erfreuliche Entwicklung nehmen. Haller war voll Zuversicht.

Aber andere Leute waren auch nicht untätig. In die wartende Patientenschar mischten sich drei Spione: birmesische Ärzte.

Dr. Haller erkannte sie sofort, auch wenn sie sich mit großer schauspielerischer Fähigkeit verstellten, in ärmlichster Kleidung geduldig auf der Treppe unter den anderen warteten und sich vier Tage nicht rasiert hatten.

Wie sie sich im Zimmer umsahen, die Instrumente mit Blicken begutachteten und jeden Handgriff Doktor Hallers kritisch beobachteten, das war so eindeutig, daß Haller verhalten lächelte und seinen Kollegen nach einer gründlichen Untersuchung eine so präzise Diagnose stellte, daß sie ihn verwundert anstarrten.

Einer von ihnen hatte eine deutlich tastbare vergrößerte Milz, der andere eine chronische Bronchitis.

»Sie sind ein Opfer der Klimaanlage«, sagte Haller gemütlich. »So wohltuend bei dem höllischen Klima Ranguns ein stets wohltemperierter Raum ist – der dauernde Temperaturwechsel, der ständige Luftzug macht den Organismus mürbe. Außerdem haben die Amerikaner festgestellt, daß durch die Klimaanlage haufenweise Bakterien ins Zimmer geblasen werden. In vollklimatisierten OP-Räumen hat es dadurch schon Infektionstote gegeben. Ich rate Ihnen, sich für Ihre Praxis eine andere Kühlung auszudenken, sonst kriegen Sie die Bronchitis nie los, Herr Kollege.«

Der bärtige Birmese in der zerlumpten Kleidung eines Rikschafahrers blickte Haller stumm an, drehte sich brüsk um und verließ wortlos das Zimmer.

Der dritte Arztspion verriet sich, indem er sich für eine Blasensteinuntersuchung fachgerecht auf dem OP-Tisch zurechtlegte. Da kein urologischer Stuhl vorhanden war, wußte er genau im voraus, wie man sich behelfen konnte.

»Danke«, sagte Dr. Haller lächelnd. »Aber das war ein Fehler, Herr Kollege. Ein Reisbauer – und als solcher stehen Sie vor mir – legt sich nicht auf den Tisch, nur weil er Schmerzen im Unterbauch hat. Er ahnt ja nicht, was es sein könnte. Springen Sie vom Tischchen, mein Lieber. Die Untersuchung ist beendet.«

Der Birmese setzte sich, ließ die Beine vom Tisch herunterbaumeln und lächelte böse zurück. Siri kümmerte sich um den Sterilisator und bereitete einige Penicillinspritzen vor.

»Sie haben Feinde«, sagte der birmesische Arzt auf englisch.

»Ich weiß, Kollege. Deshalb sind Sie ja hier.«

»Sie haben die Ärzteschaft von Rangun in Aufregung versetzt. Nicht, weil Sie ohne Zulassung praktizieren – das ist Sache der Behörden –, sondern weil Sie die Preise verderben. 10 Kyat, das deckt nicht mal die Selbstkosten.«

»Bei mir schon! Sehen Sie sich um!«

»Ihre Praxis ist eines Arztes unwürdig!«

»Verschaffen Sie mir eine andere!«

»Es gibt genug freie Wohnungen in Rangun. Neue Hochhäuser zum Beispiel.«

»Mit astronomischen Mieten! Danke. Meine Kranken brauchen keine Ledersessel und Mahagonimöbel, sondern Vertrauen zu ihrem Arzt.«

»Man wird Sie bekämpfen, Dr. Haller.«

»Ich habe mich schon darauf eingestellt. Mein ganzes Leben war Kampf.«

Haller nickte Siri zu. Sie ging zur Tür, öffnete und rief, wie hundertmal am Tag:

»Der nächste bitte.«

Der birmesische Arzt zögerte, während ein neuer Kranker, eine schwangere Frau, zaghaft ins Zimmer kam.

»Wer ist das Mädchen?«

Er zeigte auf Siri. Sie hatte seit einer Woche europäische Kleidung an und trug darüber einen weißen Laborkittel.

»Meine zukünftige Frau, wenn es Sie beruhigt. Will man in Rangun Moral predigen? Ausgerechnet in Rangun?«

»Nein, das will niemand.« Der kleine Birmese steckte sich eine Zigarette an. »Kommt das Mädchen nicht aus Nongkai und heißt Siri?«

»Ja, es ist Siri.«

»Sie hat sich unerlaubt aus einem Lepra-Dorf entfernt. Sie hat die Isoliervorschriften durchbrochen! Sie stellt eine ständige Infektionsquelle dar.«

»Aha! Darauf wollt ihr Halunken hinaus!« Doktor Haller winkte der schwangeren Frau, zunächst auf dem Bett Platz zu nehmen. »Ihr wißt genau, welch einen Blödsinn ihr da redet. Über Siri wollt ihr mich kaltstellen, nicht wahr? Und jetzt kratzen Sie die Kurve, mein Bester, sonst trete ich Ihnen ganz unakademisch in den Hintern!«

Der Mann ballte die Fäuste und rannte aus dem Zimmer. Die Frau auf dem Bett hielt sich mit beiden Händen den schweren Leib und begann leise zu weinen.

»Das war falsch, Chandra«, sagte Siri und legte ein neues, weißes Tuch über den OP-Tisch. »Jetzt werden sie dich vernichten.«

Dr. Haller betrachtete die schwangere Frau. Noch zwei Tage höchstens, dachte er. Das Kind hat sich schon tief gesenkt. Aber sie bekommt eine Gelbsucht, ihre Augäpfel sind schon gefärbt, und das ist nicht ungefährlich. Dann ist auch das Kind in Gefahr. »Sage der Frau, daß ich Blut entnehmen muß, und daß sie keine Angst haben soll.«

Siri übersetzte es ins Birmesische. Die Schwangere nickte, ihr Gesicht veränderte sich, wurde eine undurchdringliche asiatische Maske. Sie streckte den Arm hin, Siri desinfizierte die Einstichstelle mit Alkohol, und Dr. Haller stieß die Kanüle sicher in die Vene.

Ich habe noch eine ruhige Hand, dachte er glücklich. Eine völlig ruhige Hand. Dieser verrückte Anfall in Nongkai war vielleicht doch nur ein Warnsignal gewesen, sonst nichts. Von Tag zu Tag werde ich ruhiger, werde ich besser. Der alte Dr. Haller kommt wieder zum Vorschein, jener, zu dem ein Ordinarius der Chirurgie einmal sagte:

»Hauen Sie ab, Mensch, bei mir können Sie nichts mehr lernen.« Wenn ein deutscher Ordinarius so etwas sagt, stehen die Naturgesetze auf dem Kopf.

Gegen Mittag dieses Tages traf der Brief vom Ministerium ein.

Siri und Haller saßen im Hinterzimmer von Chin-hao-Chins Lokal, dem Privatraum, in dem ihnen der Dicke eigenhändig das Essen servierte und dann seufzend vor ihnen Platz nahm, um seine von Haller verordnete Diät zu verschlingen. Die Grützbeutelnarbe war längst abgeheilt; allen neuen Patienten zeigte Chin-hao-Chin den kaum noch sichtbaren Schnitt: »Hier saß Tod in meinem Hals. Groß wie Kindskopf. Doktor hat operiert in neun Minuten. Alle herkommen! Alle angucken!«

Jetzt saß er am Tisch und aß seine Diät: in Salzwasser gekochtes Fenchelgemüse.

»Minister werden Sie verhaften«, sagte Chin-hao-Chin traurig.

»Es wird um Siri gehen, Chin-hao-Chin. Kannst du sie für ein paar Tage verstecken?«

»Sofort. Bei Schwager im Hafen. Hat dort Geschäft für Seemänner.«

»Ich gehe mit dir zum Minister«, sagte Siri, als gäbe es gar keine andere Möglichkeit.

»Chin, nimm einen dicken Strick und bind' sie fest!« Dr. Haller steckte den Brief in die Rocktasche.

»Sie werden dich einsperren und aus dem Land schaffen!« rief Siri. »Das ist eine Falle, Chandra!«

»Wenn Sie mich im Westen hinauswerfen, komme ich im Norden wieder herein. Das wissen sie ganz genau.«

»Dann Sie werden getötet«, sagte Chin-hao-Chin. »Ist bestes Mittel, um Probleme aus Weg zu schaffen. Gehen Sie nicht hin, Doktor.«

»Dann holen sie mich. Soll ich mich verstecken? Bin ich ein feiger Hund? Ich habe eine Einladung vom Minister, und ich werde zu ihm gehen, wie es sich gehört.«

Am nächsten Morgen kaufte er sich einen naturfarbenen Seidenanzug bei einem Freund von Chin-hao-Chin, der sich »Herrenausstatter« nannte, dazu ein Hemd und eine hellgelbe Krawatte. Dann fuhr ihn »sein« Taxichauffeur zum Gesundheitsministerium.

Siri stand unterdessen in einem Kellerraum des »Roten Drachen« neben dem Weinlager von Chin-hao-Chin, und trommelte mit beiden Fäusten gegen die massive Bohlentür. Sie schrie Flüche, die niemand diesem schönen Mund zugetraut hatte, und benahm sich wie eine frisch eingefangene Wildkatze, wenn Chin-hao-Chin jenseits der Tür gütig auf sie einsprach. »Mach auf!« schrie sie und trat gegen die Tür. »Bis ins zehnte Glied soll deine Familie verflucht sein!«

Und Chin-hao-Chin antwortete fröhlich: »Ich habe nur ein Glied, und das hat keine Nachkommen gezeugt. Beruhige dich, mein Schwälbchen! Sing nicht so falsch, meine Nachtigall!«

Es war ein ungleicher Kampf, aber Siri gab keine Ruhe, bis ihre Kräfte nachließen und sie nur noch weinen konnte. Chin-hao-Chin hörte ihr Schluchzen durch die Tür, stopfte sich Wachs in die Ohren und versank selbst in tiefe Traurigkeit.

Der Minister empfing Dr. Haller sofort. Mit ausgestreckter Hand kam er ihm bis zur Tür entgegen. Es war der gleiche, liebenswürdige, joviale Mann, der damals Haller für Nongkai engagiert und ihm alle Vollmachten mitgegeben hatte.

»Ich dachte, Sie seien tot!« sagte er. »Und plötzlich tauchen Sie in Rangun auf und begehen mit einer Selbstverständlichkeit, als koche man Reis, eine ungesetzliche Handlung nach der anderen. Nehmen Sie Platz, Dr. Haller. Zigarre? Whisky?«

»Zigarre gern. Den Whisky tauschen wir gegen Fruchtsaft, Herr Minister.«

»Warum leben Sie heimlich in Rangun?« Der Minister sprach ein paar Worte auf birmesisch in eine Sprechanlage. Soviel verstand Haller schon von der Sprache, um zu hören, daß der Minister wirklich Zigarren und Fruchtsaft bestellte. »Warum sind Sie nicht sofort zu mir gekommen?«

»Mit diesem dicken Konto an Beschuldigungen? Als Vergewaltiger von Bettina Berndorf? Als der Mann, der sich zum kleinen Gott ausrufen ließ und Nongkai tyrannisierte? Das bin ich doch?«

»So ähnlich.« Der Minister lächelte etwas mühsam. »Die Berichte über Sie sind sehr ungünstig.«

»Und Sie sind sehr höflich, Herr Minister.«

»Wir hatten alle geglaubt, daß wir uns in Ihnen getäuscht haben, bis der Bericht von Major Donyan eintraf.«

Der Minister wartete, bis ein Boy die Gläser und die Zigarren auf silbernen Tabletts serviert hatte und das Zimmer wieder verließ.

»Ich gebe zu, daß die Lage in Nongkai auch jetzt undurchsichtig ist. Taikky arbeitet wie ein Roboter, das hat eine Kontrollkommission ermittelt. Alles stimmt in seinen Büchern. Das neue Hospital wächst zügig, die Pagode ist bereits eingeweiht, die Selbstverwaltung im Dorf funktioniert nach demokratischen Regeln.«

»Unter der Leitung von Bano Indin.«

»Nein.« Der Minister sah Haller erstaunt an. »Wer ist Bano Indin?«

»Ein lepröser Riese. Ein Werkzeug von Taikky und Karipuri.«

»Rätselhaft. Sehen wir mal nach.« Der Minister griff in die Schublade, holte einen Schnellhefter mit Listen hervor und blätterte darin. »Hier! Indin, Bano, gestorben vor zehn Tagen an Lepra.«

»Unmöglich!« Dr. Haller sprang auf. »Ich habe mir Indin angesehen. Er hätte mit dieser Lepra noch vierzig Jahre gelebt! Er war einer der Fälle, die man heilen kann!«

»Aber er ist tot!« Der Minister klappte betroffen die Mappe zu.

»Und wer ist jetzt Bürgermeister?«

»Hano Minbya.«

»Ich verstehe nichts mehr.« Haller warf sich wieder in den Sessel. »Minbya? Siris Vater?«

»Ich sagte ja, die Lage in Nongkai ist mehr als rätselhaft, vor allem jetzt, wo Sie mir von diesem Indin erzählt haben. Was denken Sie darüber?«

»Man sollte Indin exhumieren und seine Todesursache feststellen.«

»Ich werde es veranlassen.«

Der Minister gab Haller Feuer, sie rauchten ein paar Züge wortlos und sahen sich nur an. Dann sagte der Minister plötzlich: »Sie können nachher Ihre Zulassung als Arzt mitnehmen, Dr. Haller. Es ist alles vorbereitet. Nur aus dem ›Roten Drachen‹ müssen Sie heraus. Ich kann Ihnen keine Approbation geben, wenn ich diese katastrophalen hygienischen Zustände in Ihrer Praxis zulasse. Im Regierungsviertel ist eine große Wohnung frei. Ich habe gedacht, Sie ziehen dort ein.«

Dr. Haller legte die Zigarre weg. »Das ist sehr aufmerksam von Ihnen, Herr Minister. Aber ich verlasse meine Patienten nicht gern. Gerade diese armen Menschen brauchen mich.«

Der Minister beugte sich vor und prostete ihm mit dem Fruchtsaft zu. »Es werden einige Minister zu Ihnen als Patienten kommen. Sie können ihnen nicht zumuten, auf der Treppe des Herrn Chin-hao-Chin zu warten. Den Anfang werde ich machen. Ich habe eine verschleppte Lungenentzündung ...«

»Man hört's. Sie pfeifen beim Sprechen.«

Der Minister starrte Dr. Haller an. Seine Backenmuskeln traten hervor. »Ist das gefährlich, Doc?«

»Ich vermute, Sie haben sich ein schönes Emphysema pulmonum angelacht. Eine langwierige Sache, Exzellenz.«

»Sie können das heilen?«

»Ich werde es lindern«, antwortete Haller vorsichtig. »Bei einem Emphysem sind Jubelprognosen unangebracht.«

»Nach mir wird der Ministerpräsident zu Ihnen kommen! Soll er im ›Roten Drachen‹ in der Schlange von stinkenden Kulis stehen?«

»Ein Ministerpräsident sollte sich vor seinem Volk nicht ekeln.«

»Doc, ich glaube, durch Ihre Sturheit verbauen Sie sich eine große Chance. Überlegen Sie einmal: Ich bin bereit, Sie von der Vergewaltigung Bettina Berndorfs reinzuwaschen. Und der Ministerpräsident will Ihr Patient werden – was wollen Sie noch mehr?«

»Nicht mehr. Ich will weniger, Exzellenz. Ich will zurück nach Nongkai.«

»Sie können der reichste Arzt von Birma werden, Doc. Nach dem Ministerpräsidenten wird das halbe Parlament bei Ihnen aufmarschieren. Sie haben goldene Hände, das wissen Sie.«

»Gott segne Ihre gute Meinung, Exzellenz. Aber ich bin ein todkranker Mann.«

»Sie?« Der Minister lachte.

»In Nongkai hatte ich bereits partielle Hirnausfälle. Auf rätselhafte Weise blieb nichts zurück – aber der nächste Schlag haut mich um.«

»Sie?« Der Minister lachte wie über einen guten Witz.

»Nongkai braucht mich. Ihr Emphysem kann jeder behandeln, und für das Rheuma des Herrn Ministerpräsidenten – wenn er's hat – gibt es hundert Salben. Aber die Leprösen da oben im Dschungel, die verrecken elend, wenn nicht einer bei ihnen ist, der für sie sorgt wie ein Vater für sein taubstummes Kind.«

Der Minister zerdrückte seine Zigarre in einem großen Aschenbecher aus Jade. »Sie hoffnungsloser Idealist!« sagte er laut. »Aber ich bewundere Sie trotzdem, Doc! Gut. Untersuchen Sie unsere Minister der Reihe nach, und zwar in ihren Häusern. Stellen Sie einen Therapieplan auf. Wenn wir Sie brauchen, wissen wir ja, wo wir Sie erreichen können.«

Dr. Haller verspürte ein heißes Kribbeln in den Armen. Er hielt sich an den Sessellehnen fest, seine Finger bohrten sich in den dicken Gobelinbezug.

»Heißt das, daß ich nach Nongkai zurückkehren kann? Unter dem Schutz der Regierung?« fragte er.

»Die Entscheidung wird der Ministerpräsident selbst fällen. Wir haben eine Stunde Zeit, Doc. Erzählen Sie mir schonungslos, was in Nongkai geschehen ist.«

Und Haller erzählte. Das Gespräch dauerte nicht eine, es dauerte gute drei Stunden.

Am Abend dieses Tages verließ der Henker Taikkys das »Haus der sieben Sünden«, setzte sich in einen kleinen Wagen und fuhr in die Stadt. Er hatte den Auftrag, sich um Dr. Haller zu kümmern.

Auch geübte Berufsmörder haben einmal Pech. So wie einem Maurer ein Stein auf den Kopf fallen kann oder ein Schuster sich mit dem Hammer auf den Daumen schlägt, so lebt auch ein Arbeiter, der Menschen umbringt, in einem ständigen Risiko. Der Henker Bao Yin hatte bisher das Glück gehabt, sein Handwerk in einem geschlossenen Haus ausüben zu können, wo ihn niemand störte, wo er selbständig arbeiten und seiner Phantasie im Töten freien Lauf lassen konnte. Das war eine große Vertrauensstellung, frei von äußeren Belästigungen; nur ab und zu kontrollierten »Inspektoren« von Donu Taikky und der »Gesellschaft« das »Haus der sieben Sünden« und sahen Bao Yin bei der Arbeit zu. Sie lobten ihn, richteten herzliche Grüße von Taikky aus und verließen immer sehr bald das geschmackvoll eingerichtete Haus.

An diesem Abend versetzte man Bao Yin wieder in den Außendienst. Er hatte als Straßenräuber angefangen, hatte nach zweimaliger Zuchthausstrafe den Wert von toten Zeugen begriffen und wurde darauf der »große Stillmacher«, wie man ihn poetisch nannte. Er mordete sich durch die Lande, bis Taikky ihn aufgriff. Bao Yin blieb damals keine Wahl: Entweder sagte er zu, oder er wurde selbst auf angespitzte Bambusstangen gespießt. Da er das Unangenehme dieser Ruhelage sehr genau kannte, unterschrieb er einen Anstellungsvertrag.

Er hatte es nie bereut. Er lebte gut, sparte wie ein braver Bürger auf der Staatsbank von Birma und träumte von einem geruhsamen Alter in einem schönen Haus, umgeben von einem blühenden Garten mit plätschernden Springbrunnen. Taikky sah er nur dreimal in all den Jahren, und er war froh, daß diese Begegnungen schnell vorbeigegangen waren. Der fette Kerl mit der Fistelstimme, mit den Wurstfingern und den kalten Krokodilaugen war ihm unheimlich.

So zögerte er auch nicht, als er von der Zentrale der »Gesellschaft« in Rangun im »Haus der sieben Sünden« angerufen wurde: »Kümmere dich um Dr. Haller. Er wohnt im Hotel von Chin-hao-Chin.«

Bao Yin wetzte einen kurzen, dünnen Dolch, probierte an einer Puppe das blitzschnelle Überstreifen einer Stahlschnur um einen Hals und übte Handkantenschläge gegen die Halsschlagader. Dafür standen ihm zwei lebende Opfer zur Verfügung – zwei kleine Geschäftsleute aus Rangun, die geglaubt hatten, ihren Monatsbeitrag an die »Gesellschaft« vergessen zu können.

Die beiden Birmesen fielen wie Klötze um, als Bao Yins Handkante sie traf.

Bao Yin war zufrieden mit sich. Dr. Haller durfte kein Problem bedeuten.

Aber, wie gesagt, auch so versierte Mörder wie Bao Yin haben einmal Pech. Taikkys Henker scheiterte an Chin-hao-Chin.

Wenn jemand vierzig Jahre in Rangun lebt, in Hongkong geboren ist und dort seine Jugend in den Slums verbracht hat, dann hat er ein Auge für alle menschlichen Unebenheiten. So betrachtete Chin-hao-Chin auch sehr kritisch den gut gekleideten und vornehm zurückhaltenden Gast, der gegen 21 Uhr das Restaurant des »Roten Drachen« betrat, seine Aktentasche mit an den Tisch nahm und neben seinem rechten Fuß abstellte. Er bestellte eine Trepangsuppe, Huhn auf Nangking-Art und zum Nachtisch einen Tee mit Rosenblättern.

Das war alles normal, nur die Aktentasche störte Chin-hao-Chin. Und als Bao Yin ganz beiläufig fragte: »Sagen Sie, in Ihrem Haus wohnt doch der Arzt, der für 10 Kyat Kranke behandelt?«, ahnte der Dicke, daß etwas Gefährliches in seinem Lokal saß.

Er antwortete: »Doktor ist zu Krankenbesuch ...« und zog sich in das private Hinterzimmer zurück. Dort saß Siri und wartete auf Dr. Haller. Er hatte vom Ministerium aus angerufen, daß es spät werden könne; prominente Patienten, die offiziell nicht krank sein dürften, wollten untersucht werden, es sei alles in Ordnung, man brauche sich keine Sorgen um ihn zu machen.

»Merkwürdiger Mann sitzt in Lokal!« sagte Chin-hao-Chin. Er schwitzte vor Aufregung und sprach englisch, ohne daran zu denken, daß Siri eine Birmesin war. »Fragt nach Doktor! Sieht aus wie große Gauner! Kenne diese Gesichter! Ich werde aufpassen!«

Aber als Chin-hao-Chin in das Restaurant zurückkam, war Bao Yin schon gegangen. Er hatte bei einem der Kellner bezahlt, ein gutes Trinkgeld hinterlassen und seine Aktentasche unter den Arm geklemmt.

Ein Irrtum, dachte Chin-hao-Chin. Das kann vorkommen, obgleich er sich bisher noch nie bei der Einschätzung von Menschen geirrt hatte. Er trank trotz Verbots von Dr. Haller schnell zwei Schnäpse, und dabei kam ihm der Gedanke, einmal im Zimmer des Doktors nach dem Rechten zu sehen.

»War Erleuchtung!« gab er später zu Protokoll.

Chin-hao-Chin ging leise die Treppe hinauf und sah schon von unten ein schnelles, huschendes Licht unter der Türritze. Es sah aus, als schleiche jemand mit einer abgeblendeten Taschenlampe in Dr. Hallers Zimmer umher. Dann erlosch das Licht, Chin-hao-Chin lehnte sich gegen die Wand des Treppenhauses und schnaufte.

Vertraut mit allen möglichen Gemeinheiten, begriff er sofort die Gefahr, die im dunklen Zimmer lauerte. Auf Zehenspitzen ging er die Treppe wieder hinunter, verschwand in seinem Büro und brauchte kostbare zwanzig Minuten, bis er endlich telefonisch den Gesundheitsminister erreichte, der angeblich nicht im Hause sein sollte. Nur mit dem Namen Dr. Haller gelang es ihm, die Barriere zu durchbrechen.

»Ihre Freunde blasen zum Angriff«, sagte der Minister, als er vom Telefon zurückkam. Dr. Haller untersuchte gerade den

Polizeichef von Rangun, einen mittelgroßen, drahtigen Mann mit einem Bürstenhaarschnitt. Er lag auf dem Sofa im Privataudienzzimmer des Ministers, nackt bis auf die Socken und Schuhe, und hatte gerade gehört, daß Verdacht auf Magengeschwüre bestand. Die endgültige Diagnose konnte erst ein Röntgenbild bringen.

»Drei neugierige Kollegen waren ja schon da!« Haller wischte sich die Hände an einem nassen, parfümierten Handtuch ab.

»Diesmal waren es nicht die Ärzte, mein Lieber ...« Der Minister lächelte. »Diesmal interessiert sich Ihr Freund Taikky für Sie.«

»Himmel! Der ist nach Rangun gekommen? Soviel Glück gibt es gar nicht!«

»Nein, bester Doc! Er hat eine seiner Kreaturen geschickt. Der Kerl sitzt in Ihrem Zimmer und wartet auf Sie. Nur Chins Gespür hat verhindert, daß Sie und Siri ahnungslos in die Falle tappen!« Er tippte dem Polizeichef auf den nackten Bauch und lachte ihn an. »Steh auf, Han Bayan, und mach ein paar gute Leute mobil! Die Ratten werden nervös.«

»Seit Jahren warte ich auf diese Stunde.« Han Bayan sprang vom Sofa, zog sich an und ging zum Telefon, das auf einem kleinen geschnitzten Tisch stand. »Sie waren immer wie mit Öl bestrichen. Sie glitschten uns durch die Finger. Wir durften immer nur die verstümmelten Toten aufsammeln und das Gesicht für die Presse hinhalten, die kräftig hineinschlug! Aber jetzt haben wir einen von diesen Halunken! Und, bei meinen Ahnen, ich lasse ihn stückweise aufschneiden, bis er redet.«

Gegen 22.30 Uhr kam Dr. Haller mit einem Taxi zum »Roten Drachen« zurück. Um diese Zeit saßen im Restaurant schon zehn Polizisten, ein möglicher Fluchtweg über den Hinterhof war durch Hundestreifen abgesperrt, auf den Dächern der Nachbarhäuser lagen Scharfschützen. Über Rangun hing ein schöner, runder, kitschiger Theatermond mit kleinen weißen Wölkchen drum herum, und die Dächer waren wie mit Silber übergossen.

Chin-hao-Chin bediente die Polizisten, die von den anwesenden weißen Schlemmern für reiche Birmesen gehalten wurden, und schlich ab und zu an die Treppe, um eine raffinierte Falle zu kontrollieren. Er hatte einen dünnen Seidenfaden vier Zentimeter hoch über die dritte Stufe gespannt und das Flurlicht bis auf ein paar Notleuchten ausgedreht. So konnte niemand die Schnur sehen, aber jeder, der die Stufe betrat, mußte unweigerlich darin hängenbleiben. Und dann geriet eine alte Blechbüchse in Schwingung, in die Chin-hao-Chin kleine Kiesel gelegt hatte. Ein primitives Alarmsystem, das nur den Fehler hatte, daß es auch anschlug, wenn zufällig eine der Katzen die Treppe hinaufhüpfte. Um das zu vermeiden, hatte Chin-hao-Chin alle Katzen in den Hof gejagt und die Tür abgeschlossen.

»O Doktor!« sagte Chin-hao-Chin, als Haller in das Hinterzimmer kam. Siri fiel ihm um den Hals, küßte ihn ungeniert und drückte sich an ihn. Lepra, Dschungel, Krokodile und Flucht vor Taikky hatte sie mit einem unbegreiflichen Mut überstanden, vor diesem unbekannten Mörder oben im dunklen Zimmer aber hatte sie Angst. Mit dem Instinkt eines Tieres spürte sie, daß die Gefahr noch nie so groß gewesen war wie jetzt.

Mit einem zweiten Taxi traf auch Polizeichef Han Bayan ein. Einer der Polizisten in Zivil begrüßte ihn wie einen guten, lang erwarteten Bekannten und flüsterte ihm dabei zu: »Es ist alles abgeriegelt. Er kann nicht entkommen.«

»Dann wollen wir keine Zeit verschwenden!« Han Bayan ging aus dem Lokal hinaus in den Flur. Ein paar Herren folgten ihm. Es sah aus, als wollten sie zur Toilette. Die europäischen Gäste merkten nichts. Chin-hao-Chin atmete tief auf und versprach zum zwölftenmal, seit Dr. Haller bei ihm wohnte, dem goldenen Buddha von Rangun die besten Räucherstäbchen zu bringen.

Bao Yin hockte neben der Tür und wartete. Wenn Haller hereinkam, lief er gleich in zwei Tode: in den scharf geschliffenen Dolch und den Kantenschlag der linken Hand. Vor Yins Brust baumelte an einem Baumwollfädchen die dünne Stahldrahtschlaufe. Diesen Tod hatte er für Siri reserviert. Er freute sich darauf. Immer nur Männer töten, war eine einseitige Sache.

Schritte kamen die Treppe hoch. Ein Mann lachte, eine helle Mädchenstimme kicherte.

Vor der Tür blieben Dr. Haller und Siri stehen. Dann traten sie lautlos zur Seite und gaben den Weg frei für fünf stämmige Polizisten. Als gingen sie auf Schmetterlingsfang, trugen sie große, in einen Drahtrahmen gespannte Netze in den Händen, das beste Mittel, einen Mann wie Yin gleich einem wilden Tier lebend zu fangen. Auch hier war die Überraschung der volle Sieg.

Han Bayan nickte stumm. Die beiden ersten Polizisten rissen die Tür auf und warfen gleichzeitig ihre Netze nach links und recht. Auch Bao Yin schnellte vor, und wäre jetzt Dr. Haller ins Zimmer gekommen, sein Leben hätte nur noch eine Sekunde gedauert.

So aber sprang Yin genau in das rechte Netz, stolperte und verfing sich mit der zustoßenden Hand in den Maschen.

»Licht!« befahl Han Bayan.

Zwei Scheinwerfer blendeten auf, drei weitere Netze schwappten über den um sich stechenden Bao Yin und machten jede Gegenwehr sinnlos. Wie einen Riesenfisch rollten die Polizisten Bao Yin in die Netze ein und trugen ihn zu dem Gefängniswagen.

»Sie sehen, Doc«, sagte der Polizeichef Han Bayan stolz zu Dr. Haller, »daß auch in Birma die Gerechtigkeit schnell arbeitet. In einer Stunde werden wir wissen, wer der Auftraggeber ist.«

»Das ist kein Geheimnis.«

»Ich will es schriftlich haben!«

»Taikky wird alles leugnen.«

»Wer täte das nicht? Aber ein begründeter Verdacht reicht aus, auch ihn ernsthaft zu befragen.«

Han Bayan klopfte Dr. Haller auf die Schulter wie einem alten guten Freund und ging dann seinen Polizisten nach.

Ernsthaft befragen, dachte Haller. Wie höflich das klingt ... und was steckt dahinter! Er zog Siri an sich. So unbändig sein Haß auf Taikky und vor allem auf Karipuri war – ihn schauderte doch, wenn er daran dachte, was Taikky erwartete.

Später lagen sie eng aneinandergeschmiegt und nackt auf dem Bett. Die Katzen balgten sich wieder im Hinterhof und auf den mondsilbernen Dächern, aus Chins Küche kam der Duft einer starken Knoblauchspeise, Stimmengemurmel drang durch die Diele, das Restaurant war bis zum letzten Platz besetzt.

»Laß uns weggehen, Chandra«, sagte Siri leise, »weit weg ... in dein Land ...«

»Nach Deutschland? Unmöglich. In Deutschland bin ich ein Stück Dreck. Hier bin ich noch ein wenig Mensch! Ein Arzt ohne Approbation, mit zwei Jahren Zuchthaus auf dem Buckel wegen Abtreibung mit tödlichem Ausgang, weggejagt wie ein räudiger Hund von den Kollegen, der Ärztekammer, den Krankenkassen, der sogenannten ›Gesellschaft‹! Wenn ich zurückkäme, könnte ich den ehrbaren Beruf eines Müllkutschers ergreifen, aber in eine Arztpraxis ließe man mich nie wieder hinein!«

Bis heute war es ein Rätsel geblieben, wie Dora Brander verbluten konnte. Keiner hatte es Dr. Haller abgenommen, daß er an jenem verhängnisvollen Abend gar keinen Eingriff bei Dora gemacht, daß er die Kürette überhaupt nicht angesetzt, daß er ein harmloses, in dieser Situation freilich niederträchtiges Theater gespielt hatte, aus dem sich niemals ein Abortus entwickeln konnte.

»Ich sehe hier im Saal neunzehn Kollegen!« hatte Dr. Haller bei der Gerichtsverhandlung gerufen, als selbst sein Anwalt ihm geraten hatte, lieber die »Wahrheit« zu sagen, weil das einen besseren Eindruck auf das Gericht machen würde. »Und ich frage Sie und mit Ihnen Millionen Kollegen in aller Welt: Kann ein Abortus entstehen, wenn man den Uterus nur anguckt?!«

Niemand hatte gelacht, aber es hatte auch nichts genutzt. Röntgenbilder und Obduktionsbefunde ergaben einwandfrei einen infektiösen Abortus, hervorgerufen durch einen Eingriff. Dora Brander war verblutet ... wäre sie es nicht, hätte sie eine Sepsis bekommen. So oder so: sie war von Dr. Hallers Hand vernichtet worden!

Der Aufschrei eines Arztes gegen eine Massierung von Gutachten und das Präparat des perforierten Uterus ... kein Gericht hätte anders entschieden!

Nur in Haller blieb das Rätsel zurück: wie konnte in einem solchen Fall Untätigkeit zum Tode führen?

»Hast du wirklich getötet?« fragte Siri leise. Sie küßte ihn, bevor er eine Antwort geben konnte.

»Nein!«

»Dann geh zurück und sag es allen!«

»Sie werden es nicht glauben. Sie freuen sich, es nicht glauben zu können. Daran liegt es.«

»Hast du die Frau geliebt?«

»Nicht wie dich, Siri.« Haller legte beide Arme um ihre Hüften und zog Siri ganz auf sich. Sie legte den Kopf schräg auf seine Brust und schielte zu ihm hinauf. »Ich war damals ein verdammter Hund. Eine schöne Frau war wie ein Spielzeug. Männer sind verspielte Geschöpfe. Sie haben ihre elektrische Eisenbahn, ihre Briefmarken, ihren Kegelclub, ihre Skatrunde, ihren Gesangverein, ihre Schützenbruderschaft. Ich hatte meine Frauen. Es war ein tolles Leben, Siri. Ich war ein Bulle an Kraft.«

»Und du vermißt dieses Leben, Chandra?«

»Nein! Spielzeuge zerbrechen ... und auch Leben zerbrechen. Beide kann man leimen, aber es bleibt Flickware.«

Sie begann ihn zu streicheln, ein unbeschreiblich wohliges Gefühl durchrann ihn von der Kopfhaut bis zu den Zehenspitzen, und er spürte, wie das Leben an ihm aufschwoll und sein Atem rauher wurde.

»Ich liebe dich, Chandra –«, sagte sie. »Die Sonne ist kalt ohne dich, und die Erde verdorrt ohne dich, und der Himmel ist leer ohne dich, und ich bin nie gewesen ohne dich. So liebe ich dich.«

Auf den Dächern jaulten die Katzen. Unten in der Küche briet Chin-hao-Chin ein Lämmchen mit Rosmarin und Thymian. Die Ratten jagten raschelnd durch den Abfall.

»Ich habe vom Minister eine Zusicherung bekommen«, sagte Haller und streichelte Siris glatten Körper. »Wir dürfen nach Nongkai zurück.«

So abseits allen Lebens, so vergessen und vom Dschungel zugewachsen Nongkai auch war – Donu Taikky erfuhr noch am frühen Morgen über seine Funkverbindung nach Bhamo und Lashio, daß das »kleine Unternehmen Dr. Haller«, wie er es nannte, fehlgeschlagen war. Was so einfach ausgesehen hatte, und was für den erfahrenen Bao Yin geradezu eine Feiertagsbeschäftigung gewesen wäre, erwies sich als eine gründliche Niederlage.

Taikky gab sich keiner Illusion mehr hin. Er fuhr im Morgengrauen nach Homalin, weckte dort Major Donyan, den er mit einem hübschen Mädchen aus einem der Bergstämme im Bett überraschte, erinnerte ihn an die lange Zeit der Kumpanei und erreichte, daß Donyan den Militärhubschrauber zu einem Sonderflug zur Verfügung stellte.

»Sie sehen bleich aus, Taikky«, sagte Donyan anzüglich, als der Dicke unruhig hin und her lief, immer wieder auf die Uhr blickte und nicht verstand, warum man vor einem Start so viele Überprüfungen vornehmen mußte.

»Schlechte Nachrichten?«

»Fragen Sie nicht so dämlich!« Taikkys Stimme klang noch schriller als sonst. »Wenn gleich das Telefon klingelt, vergessen Sie nicht unsere Freundschaft.«

»Rangun?«

»Ja«, sagte Taikky knapp.

»Dr. Haller?«

»Es gibt Menschen, die sollten nie geboren werden!«

»Welch ein wahres Wort!« Major Donyan begleitete Taikky zu dem Hubschrauber. »Sie sollten es sich überall hinschreiben.«

»Ihr seid wie die Ratten!« Taikky spuckte aus. »Wo ein neuer fetter Müllhaufen ist, rennt ihr hin!« Der Pilot kletterte ungerührt in die Glaskanzel und setzte den Lederhelm auf. Taikky blieb stehen, ein Berg aus Fett, in jeder Hand einen Koffer. Sie waren schwer, gebündelte Geldscheine in solcher Menge haben ein verdammtes Gewicht. Es war sein einziges Gepäck, außer einer automatischen Pistole, die er in der Rocktasche versteckt hielt. »Was werden Sie tun, Donyan, wenn der Anruf aus Rangun Sie erreicht?«

»Sie haben ein paar Stunden Vorsprung, nehme ich an. Ihre Organisation arbeitet schneller als die träge Behörde. Sparen

Sie sich alle Erklärungen. Ich ahne, was in Rangun geschehen ist. Taikky, diese wenigen Stunden Vorsprung müssen Ihnen genügen, denn ich werde Sie jagen wie einen menschenfressenden Tiger. Das ist der einzige Dienst, den ich Ihnen noch tun kann: eine kleine Verzögerung, die Sie ausnützen sollten.«

»Ich komme wieder, Donyan!« Taikky hob seine Geldkoffer in den Hubschrauber und sah noch einmal zurück zu den ärmlichen Baracken und dem bis zum Flugplatz reichenden, verfilzten Dschungel. Die Morgensonne schob sich in den noch bleichen Himmel, aber schon jetzt begann der Sumpf zu atmen, faulig riechende Schwaden quollen aus der grünen Undurchdringlichkeit. »Strengen Sie sich nicht zu sehr für die Regierung an. Minister kommen und gehen, ich bleibe! Das sollten Sie nie vergessen.«

»Wer könnte das, Taikky? Aber Sie stehen in einem aussichtslosen Zweikampf. Sie haben das Geld, eine gute Waffe. Dr. Haller aber hat sein ärztliches Können, und das gilt in diesem Land mehr! Bisher war Krankheit ein Schicksal, dem man sich beugen mußte. Aber jetzt ist das anders geworden. Mit Banknoten kann man kein zerfressenes Gesicht zudecken, und Goldstücke ersetzen keine abgefaulten Finger.« Donyan half Taikky in den Hubschrauber. »Kommen Sie *nicht* wieder, Taikky. Wir alle haben Ihre unheimliche Intelligenz bewundert. Warum versagt sie jetzt? Weil der Haß stärker ist? Sie haben keine Chance mehr, solange Haller lebt.«

»Sie haben das richtige Wort gesagt.« Taikky lächelte verzerrt. »Ich werde mich intensiv um ihn kümmern.«

»Auch diesen Kampf verlieren Sie, Taikky! Ein gesunder Mörder kommt nie nach Nongkai, und ein Lepröser wird nicht den Mann töten, der ihn heilen kann.«

Taikkys Kopf fuhr nach vorn. Es sah aus, als hacke er zu. »Haller kommt nach Nongkai zurück?«

»Ja.« Donyan warf die Tür zu, verriegelte sie von außen und beugte sich durch das Fenster. »Er kommt. Das wissen Sie nicht?«

»Nein, ich ahnte es nur.«

»In der Nacht traf bei uns die Nachricht ein.« Donyan winkte dem Piloten. Die Motoren donnerten auf und begannen warmzulaufen. Donyan ging nahe an die Tür heran und brüllte zu Taikky hinauf, um den Lärm zu übertönen. »Es war auch der Befehl dabei, Sie zu verhaften!«

Taikky nickte zum Zeichen, daß er verstanden hatte. Er lehnte sich zurück und legte den Ledergurt an. Er reichte knapp um den riesigen Bauch, und Taikky hatte Mühe, das Sicherheitsschloß einzuhaken. Dann kurbelte er die Scheibe hoch und winkte Donyan dankbar zu.

Die Rotorflügel begannen zu kreisen. Donyan lief aus dem Windwirbel heraus und grüßte noch einmal, als sich der Hubschrauber mit hellem Kreischen in die Luft erhob.

Donyan blickte der Riesenlibelle nach, wie sie der bleichen Morgensonne entgegenschwirrte und dann plötzlich im Blau des Himmels verschwand, als sei sie aufgesaugt worden. Aber bevor er sie ganz aus den Augen verlor, sah er noch, wie sie nach Westen abdrehte.

Nach Indien also, dachte Major Donyan. Nahe der Grenze wird der Hubschrauber landen, und Taikky wird versuchen, sich nach Indien durchzuschlagen. Es wird nicht schwer sein, die Grenze ist nur durch Streifen bewacht, das Hochland ist unübersichtlich. Oft weiß man gar nicht, wo Birma aufhört und Indien anfängt. Wer will in diesen wilden, unbewohnten Gebieten schon eine genaue Grenze ziehen?

Donyan ging langsam zurück zu seiner Kommandantenbaracke. Dort setzte er sich ans Telefon und rief den Kommandeur von Lashio an.

»Donu Taikky hat Nongkai in der Nacht mit unbekanntem Ziel verlassen«, sagte er. »Meine Patrouillen sind unterwegs. Er kann nicht weit kommen.« Dann zögerte er und fragte nach einer Pause gedehnt: »Wann kommt Dr. Haller zurück?«

»Noch unbekannt, Major.« Der Oberst in Lashio war schlechter Laune. Taikky war schneller gewesen. Das gab einen unangenehmen Bericht nach Rangun. »Ich verlege eine neue Kompanie zu Ihnen. Sperren Sie Nongkai ab wie in alten Zeiten! Wer das Dorf verläßt, wird sofort erschossen!«

»Auch die Ärzte?« fragte Donyan.

»Auch die Ärzte! Jeder, ohne Ausnahme! Ich kann Ihnen keine Erklärungen geben, ich habe auch nur meine Befehle.«

Donyan legte den Hörer auf und blickte auf seine Uhr.

Noch eine Stunde, dachte er. Dann wird der Pilot landen, auf der »Hochebene der grünen Steine«, und Taikky aus dem Hubschrauber holen.

Indien vor Augen, wird er zum letztenmal alles Geld anbieten, das er besitzt, um sein verfluchtes, wertloses Leben zu erkaufen. Es wird ihm nichts nützen. Er weiß nicht, daß der Pilot einmal eine schöne junge Frau hatte, die in Nongkai an der Lepra starb, weil es keine Medikamente gab, dafür aber einen Verwaltungsdirektor Taikky, der am Tod der Ärmsten Zehntausende von Kyat verdiente.

Drei Wochen brauchte Dr. Haller, bis er alle Regierungsmitglieder, deren Frauen, eine Schar von Verwandten und den Ministerpräsidenten untersucht hatte. Es zeigte sich, daß in diesen Kreisen die Gesundheit zum exklusiven Lebensstil gehört, aber da jeder Untersuchte von Dr. Haller erwartete, daß er eine Diagnose stellte und da Krankheit – nur ein bißchen, so ein Hauch von Krankheit, nicht gefährlich, aber attraktiv – ein nie langweiliger Gesprächsstoff ist, diagnostizierte Haller harmlose Leiden, die man mit ebenso harmlosen Tabletten und Dragees behandeln konnte. Ernsthaft krank waren nur der Polizeichef von Rangun und ausgerechnet der Gesundheitsminister. Für sie stellte Haller einen detaillierten Behandlungsplan auf und versprach, einmal im Monat nach Rangun zu fliegen, um die Therapie unter Kontrolle zu halten.

Chin-hao-Chinlief seit zwei Wochen herum und klagte Himmel und Hölle an, nachdem er erfahren hatte, daß Haller zurück nach Nongkai ging. Als Siri Koffer kaufte und Kleider- und Wäschehändler ihre Pakete im »Roten Drachen« ablieferten, legte sich Chin-hao-Chin ins Bett, deckte sich bis zum Hals zu und begann grausam zu stöhnen.

»Ich sterbe, Doktor!« wimmerte er, als Haller sich auf die Bettkante setzte. Der Schweiß rann Chin-hao-Chin in Strömen über das dicke Gesicht, aber er zitterte heftig, als durchjage ihn ein fürchterlicher Schüttelfrost. »Ich bin kalt wie aus Eis! Ich klappere mit den Zähnen. Hören Sie, Doktor?«

Er begann schaurig die Zähne aufeinander zu schlagen, und das klang so echt, daß selbst Chin-hao-Chin ergriffen war und Haller entsetzt anstarrte. »Ich friere, Doktor!« wimmerte er. »Ich bin ein todkranker Mann! Sie können nicht fahren nach Nongkai! Wollen Sie einfach zurücklassen todkranken Chin?« Dr. Haller deckte den dampfenden Chin-hao-Chin auf und setzte das Stethoskop auf seine röchelnde Brust. Er überspielte damit die Rührung, die ihn überkam.

»In Nongkai warten jetzt siebenhundert Kranke auf mich, Chin«, sagte Haller. Er rollte die Schläuche des Membran-Stethoskops zusammen und steckte es in die Rocktasche. »Siebenhundert Menschen, die lebendig verfaulen! Und es werden immer mehr kommen, wenn sich herumspricht, daß die Lepra keine Geißel Gottes ist, sondern eine Krankheit wie tausend andere, gegen die es jetzt Mittel gibt. Alle, die sich bisher versteckten mit ihren Knotengesichtern und geschwürigen Händen und Zehen, mit ihren Nervenlähmungen und ihrer Auszehrung, werden zu mir kommen!«

»Aber sie frieren nicht, Doktor!« stöhnte Chin-hao-Chin. »Bleiben Sie hier! Bitte! Ich brauche Sie, und alle Leute in Rangun brauchen Sie! Wer soll die Armen behandeln? Für 10 Kyat? Sie sind der Engel für uns alle ...«

»Verdammt, laßt doch die Engel weg! Ich kann das nicht mehr hören!« Haller stand auf, riß Chin-hao-Chin die seidenbezogene Steppdecke weg und zog seine Jacke aus. Sofort stellte Chin-hao-Chin das Jammern ein und starrte erwartungsvoll Haller an. »Ich hatte einmal einen Patienten, der klagte über chronische Schmerzen in der Schulter. Er war Direktor einer chemischen Fabrik, verdiente sich dumm und dusselig durch Patente und Erfindungen und legte sich als Spielzeug eine ausgewachsene Hysterie zu: Schmerzen in der Schulter! Damit belagerte er jeden erreichbaren Arzt, blockierte Betten in den Sanatorien, machte das Krankenhauspersonal verrückt, tyrannisierte seine Umwelt. Er war der kränkste Mann der Welt.«

»Nein, Doktor!« rief Chin-hao-Chin dazwischen. »Kränkste Mann der Welt bin ich!«

»Dieser arme reiche Mann kam auch zu mir! Man hatte mich schon vor ihm gewarnt. Ich habe ihn erst gar nicht untersucht, sondern auf den Bauch gelegt, meinen Kittel ausgezogen und ihm so lange auf die Schulter geschlagen, bis er aufsprang und sagte: ›Danke, Doktor! Ich bin gesund!‹« Dr. Haller krempelte die Ärmel seines Hemdes hoch. »Und nun zu Ihnen, Chin, und Ihrem erschreckenden Schüttelfrost. Dem Körper fehlt abwehrende Wärme. Ich werde sie Ihnen hineinprügeln ...« Chin-hao-Chin nickte, streckte sich aus und ergab sich völlig seinem Schicksal. »Prügeln Sie, Doktor!« sagte er mit weinerlicher Stimme. »Machen Sie mich tot. Aber bleiben Sie bei mir! Ob Nongkai oder Rangun – wir alle brauchen Sie.«

Haller beugte sich über Chin-hao-Chin, gab ihm einen freundschaftlichen Backenstreich und verließ dann das Schlafzimmer.

Sie brauchen mich. Gibt es einen schöneren Satz auf dieser Welt?

Im Ankleidezimmer von Chin blieb er stehen und betrachtete sich in dem mannshohen Spiegel. Seine Augen lagen tief in den Höhlen, das Gesicht war zerklüftet und hohlwangig. Als er nahe an den Spiegel herantrat, erschreckte ihn die Stumpfheit seines Blicks.

»Altes Biest –«, sagte er zu seinem Spiegelbild, »ich weiß, du hast nicht mehr viel Zeit! Aber halte noch ein paar Monate durch, vielleicht ein Jahr, du verdammter Kerl, nur ein lächerliches kurzes Jahr. Es ist viel, was ein Mensch in einem Jahr erreichen kann ... Hörst du? Nur ein Jahr ...«

Oben wartete Siri auf ihn. Sie saß vor offenen Koffern in einem Haufen von Kleidern und Wäsche und hatte mit dem Packen begonnen.

»Morgen fliegen wir!« sagte Haller und warf sich auf das Bett.

»Morgen? O Chandra! Ich werde die Sonne küssen, wenn sie aufsteigt!« Sie warf sich über ihn wie eine auf ihre Beute springende Katze und wickelte seinen Kopf in ihr langes, schwarzes, nach süßem Zauber duftendes Haar.

»Die Zeit läuft mir davon«, sagte er und streifte ihr die dünne Bluse von den Schultern. »Ich habe Angst, nicht mehr mitzukommen. O Gott, ein Leben müßte tausend Jahre haben!«

Zwischen Hemden, Kleidern und Handtüchern liebten sie sich.

In Nongkai war ein merkwürdiger Zustand der Unsicherheit, der Ratlosigkeit, ja, der Lähmung eingetreten.

Nach Taikkys Flucht wucherten die Gerüchte wie Sumpfblumen im Dschungel. Dr. Karipuri, der das Fehlen seines Chefs erst am nächsten Mittag bemerkte, rief sofort über Funk bei Major Donyan in Homalin und dann in Lashio an. Aber niemand konnte eine Auskunft geben, alle waren sehr erstaunt und hatten keine Erklärung für Taikkys »Alleingang«, wie Donyan es sarkastisch nannte.

Dr. Karipuri, bleich und hinter der Maske der Gelassenheit ein Bündel aus Angst, versammelte alle Ärzte und Schwestern um sich und versuchte, die unsinnigsten Mutmaßungen zu zerstreuen.

»Donu Taikky mußte plötzlich in Geschäften weg. Das ist in den vergangenen Jahren mehrmals geschehen. Es gibt Dinge, die sofort getan werden müssen. So wie jetzt: Sorgen Sie dafür, daß die dummen Reden in Nongkai aufhören. Nur die Arbeit am Kranken ist für uns Ärzte wichtig. Taikkys Verwaltungssorgen gehen uns nichts an!«

In Nongkai hatte sich in diesen Wochen vieles verändert. Trotz der Regenzeit, die das ganze Land in einen riesigen Schwamm verwandelte und auch die befestigten Wege im Dorf so aufweichte, daß man bis zu den Knöcheln in rötlichem Schlamm watete, machten die Bauarbeiten gute Fortschritte. Das neue Hospital war unter Dach, ein langgestreckter Flachbau, in dem hundert Schwerkranke behandelt werden konnten. Ein Ärzte- und Schwesternhaus schloß sich als Winkelbau an. Hier arbeiteten die einheimischen Zimmerleute noch an den Dachsparren, die man aus den riesigen Urwaldbäumen heraussägte. Ein Dach für Jahrhunderte! Die buddhistische Pagode war bereits fertig. Zur Einweihung waren drei Priester aus Bhamo gekommen und hatten einen großen steinernen Buddha mitgebracht, vor dem jetzt Tag und Nacht die Räucherpfannen dampften.

»Es wird etwas geschehen!« sagte Minbya zu seinem Ältestenrat, drei Wochen nach dem Verschwinden Taikkys. Nach dem seltsamen Tod von Bano Indin, den niemand begriff, denn der Riese Indin lag eines Morgens tot in seiner Bürgermeisterhütte, ohne Zeichen einer Gewaltanwendung – Dr. Karipuri diagnostizierte Nervenlähmung durch Lepra –, hatte Taikky den verblüfften Minbya wieder als »Dorfverwalter« eingesetzt. »Das ist ein Provisorium«, hatte Taikky gesagt, »Du hast das Recht einer Laus, aber die Pflichten eines Wachhundes! Wenn im Dorf etwas Unrechtes geschieht, mußt du den Kopf hinhalten!« Und Minbya hatte geantwortet: »Ein Wachhund muß auch beißen dürfen, Herr.«

Es war ein schwerer Dienst geworden, aber Minbya tat es um Nongkais willen. Die »Neuen« waren aufsässig, und es bedurfte einiger Schlägereien zwischen Indins Hinterbliebenen und Dr. Hallers »Gardetruppe«, bis man im Dorf verstand, daß Ordnung die halbe Heilung ist. Ein Lehrsatz, den Dr. Karipuri belächelte.

»Warum haben Sie Minbya wieder eingesetzt?« hatte er Taikky kurz vor dessen Flucht gefragt. »Sehen Sie nicht, daß der verdammte Geist von Dr. Haller wieder aufersteht?«

»Das soll er auch.« Taikky hatte provozierend gelacht. »Auch wenn Sie allergisch gegen Haller sind: Er hatte gute Ideen. Auf ihnen bauen wir weiter auf und stecken das Lob ein! Sie sollten sich mehr um Politik kümmern, Ratna. Wir werden Nongkai zu einer Musterkolonie machen und uns dabei goldene Berge verdienen!«

Nun war Taikky weg, und Dr. Karipuri überlegte, ob er nicht auch den Rückzug nach Indien antreten sollte. Doch als er sich dazu entschlossen hatte, war es schon zu spät: Militär riegelte Nongkai ab. Das Lepradorf wurde Sperrgebiet. Sogar auf dem Nongnong fuhr ein Motorboot der Armee Streife und bewachte die Fischer, die zweimal in der Woche ihre selbstgeknüpften armseligen Netze auswerfen durften. Major Donyan unterrichtete Dr. Karipuri offiziell von der Einschließung Nongkais.

»Ich kenne den Sinn dieser Maßnahme nicht«, sagte er steif. »Ich habe nur meine Befehle. Im Grunde ist es ja auch gleichgültig, ob Militär vor dem Dorf liegt. Ihre Arbeit findet ja im Dorf statt. Es sind übrigens neue Transporte unterwegs. Einhundertzwölf neue Kranke und drei Schwestern.«

»Das ist absoluter Wahnsinn!« rief Karipuri. »Wer ist dafür verantwortlich?«

»Der Minister von Rangun.«

»Wir quellen über! Nongkai hat die Grenze seiner Aufnahmefähigkeit erreicht. Wo soll ich die Kranken unterbringen? Das neue Hospital ist noch nicht fertig, alle Hütten sind besetzt! Will man die Kranken die ganze Regenzeit über in den Zelten wohnen lassen? Im Schlamm? Was denkt man sich eigentlich in Rangun? Ich kann die Kranken nicht aufnehmen.«

»Sie sind schon unterwegs.«

Major Donyan grinste breit. Der schlanke, aristokratische Karipuri würde gleich noch mehr von seiner Gelassenheit verlieren. »Übermorgen sind sie hier.«

»Ich lehne jede Verantwortung ab!« schrie Karipuri.

»Die sollen Sie auch nicht übernehmen.« Donyan zerdrückte eine Zigarette an der Wand. Er stand mit Karipuri unter dem Dach der Veranda, auf der Taikky so gern gesessen und gegessen hatte. »Dr. Haller wird sie übernehmen.«

Es war, als schlage jemand Karipuri die Beine unter dem Körper weg. Sein braunes Gesicht wurde grau und wie leblos.

»Haller ...«

»Ja. Er trifft mit dem Krankentransport ein.« Donyan betonte genüßlich jedes Wort. »Es war sein eigener Wunsch. Wir alle fragen uns, warum wohl? Haben Sie eine Erklärung dafür, Karipuri?«

In dieser Nacht verschwand auch Dr. Karipuri aus dem Dorf. Wie er aus ihm herausgekommen war, wußte niemand. Aber sein Zimmer war leer, als Doktor Butoryan vor der Visite nach ihm sehen wollte.

Wenige Minuten nachdem die Ärzte ratlos mit Minbya gesprochen hatten, dröhnte vom Dach der Kirche der hohle Riesenkürbis. Vom buddhistischen Tempel herüber klang dumpf der Trommelton der großen bronzenen Pauken. Der Mönch selbst stand vor den beiden Kesseln und hieb mit dicken Schlegeln auf das Fell. Drei Tempelgehilfen liefen mit kleinen Handtrommeln durch das Dorf und riefen die Buddhisten zusammen, wie Manoron jetzt auch seine Christen um sich versammelte.

»Unser Doktor kommt wieder!« brüllte Minbya vom Dach der Kirche. Und Manoron hob beide Arme in den regenschweren Himmel und rief: »Gott hat Nongkai nicht vergessen! Er schickt uns unseren Engel wieder!«

Bei den Buddhisten ging es feierlicher zu. Räucherstäbchen flammten auf, aus den Kupferkesseln strömte der süßliche heilige Rauch gegen das steinerne Sitzbild des Erleuchteten. Der Mönch und seine drei Gehilfen ließen die Gebetsmühlen kreisen. Ihr Rasseln klang über die gesenkten Häupter und füllte die ehrfürchtige Stille.

»Der Erhabene vergißt keinen von uns«, sagte der Mönch nach langem, stummem Gebet.

Dr. Butoryan übernahm die provisorische Leitung des Hospitals; Der Oberpfleger Pala begann mit seinen Pflegern militärisch zu exerzieren und drohte jedem mit sofortiger Entmannung, wenn er den alten Trott von Dr. Karipuri weitermache. Die letzten Anhänger und Freunde des toten Indin erschienen bei Minbya und dem Ältestenrat, fielen in die Knie und unterwarfen sich. Ihnen wurde im Namen des einzigen Gottes verziehen, was einige bewog, zum christlichen Glauben überzutreten.

»Unser Doktor kommt wieder!«

Ein Zauberwort, das die Welt veränderte.

Nongkai begann sich zu schmücken.

Bis zum nächsten Morgen wurden Girlanden geflochten, Triumphbogen aus Bambus gebaut, die Hütten mit Blumen behängt, die schlammige Dorfstraße mit Palmblättern dick belegt, als bedecke sie ein grüner Teppich.

Unser Doktor kommt zurück.

Selbst die Sterbenden in den Isolierstationen begriffen das und verdrängten den Tod, der neben ihnen saß. Verzweifelte Hoffnung ließ ihre Körper noch einmal aufbäumen und sammelte in den elenden, abgemagerten Leibern noch einmal einen Hauch von Kraft.

Durch den Dschungel streiften Donyas Patrouillen und suchten Karipuri. Ihm blieb nur der Weg über den Nongnong nach Norden. Das war der Weg, auf dem er einmal Dr. Haller in den Tod hatte schicken wollen.

Unser Doktor kommt wieder.

Die Leprakranken von Nongkai waren glücklich.

Donyan empfing Dr. Haller und Siri auf dem Flugplatz von Homalin.

Sie landeten mit einem Hubschrauber. Vor ihm hatten zwei Transportmaschinen der birmesischen Luftwaffe aufgesetzt und die neuen Leprakranken mit den sie betreuenden Schwestern ausgeladen. Einhundertzwölf armselige, ängstliche, mit hohlen Augen um sich starrende Menschen, die man im ganzen Land eingefangen hatte wie wilde Tiere und die nun glaubten, hier im tiefsten Dschungel des Nordens verfaulen zu müssen.

Die drei Krankenschwestern waren Inderinnen, junge, hübsche, glutäugige Mädchen, die ohne Scheu die Schwerkranken umsorgten und den Gehfähigen Trost zusprachen. Aber wenn man sie fragte »Was ist dieses Nongkai?«, wußten sie keine Antwort. Auch für sie war dieses Dschungelgebiet nichts als eine Hölle, in die man sie verbannt hatte. Aber ihr Schwur, den Kranken zu helfen, machte sie stark.

Am Rande des armseligen, staubigen Flugplatzes warteten die Lastwagendes Militärs. Der Jeep des Hospitals Nongkai stand neben der Kommandantenbaracke. In ihm saß Dr. Butoryan und blickte in den Himmel, an dem die große schwirrende Libelle kreiste, sich senkte und die Form eines Hubschraubers annahm. Auch die Kranken, wie eine Schafherde zu einem dunklen Block eng zusammengetrieben und von Soldaten umringt, starrten nach oben. Vor der Kommandantur nahm ein Hornist Haltung an und setzte sein Signalhorn an die Lippen. Als der Hubschrauber den Boden berührte und die Erde in dichten gelben Wolken aufwirbelte, begann er zu blasen.

Donyan ging über den Platz, blieb vor dem Hubschrauber stehen und legte die Hand an die Mütze. Die Tür der gläsernen Kanzel öffnete sich, und Doktor Haller sprang auf die Erde.

»Verdammt, machen Sie es nicht so feierlich, Donyan!« rief er und fuhr sich mit beiden Händen durch die Haare. Hinter ihm sprang Siri aus dem Hubschrauber. Sie trug eine europäische Khakiuniform und sah aus wie ein schöner, schlanker Jüngling. Die langen schwarzen Haare hatte sie über dem Kopf verknotet und unter einem breitrandigen Segeltuchhut verborgen. »Wollen Sie, daß ich vor Rührung heule? Sie können's haben, Major!«

Er ging auf Donyan zu, zog ihn an sich und küßte ihn auf beide Wangen. Die Leprakranken starrten ihn an wie einen Geist. Das muß der Arzt sein, dachten sie. Ein weißer Arzt. Es sieht so aus, als sollten wir nicht verfaulen. Das Leben geht weiter. Nongkai! Vielleicht geschieht ein Wunder, und wir werden doch noch gerettet.

»Ich wußte, daß wir uns bald wiedersehen werden«, sagte Donyan. Er schluckte vor Rührung, und um sie zu verdrängen, begann er zu brüllen. »Wissen Sie, daß der stellvertretende Gouverneur von Lashio nach China geflüchtet ist? Ein Lump, ein Erzgauner, ein Verbrecher! Ich bin eine halbe Stunde zu spät gekommen. Nur eine halbe Stunde, verdammt noch mal, aber sie reichte ihm! Er hatte ein zweimotoriges Flugzeug. Keiner wußte das. Er hat sich's von Taikkys Bestechungsgeldern gekauft!«

»Und Taikky?« fragte Haller. Sein Gesicht wurde kantig.

»Tot.«

»Schon verurteilt?«

»Nein. Ich hatte ihm Gelegenheit gegeben, nach Indien zu flüchten.« Donyan blickte zu Boden. »Der letzte Freundschaftsdienst. Sprechen wir nicht mehr darüber. Auch Nongkai hat seine Vergangenheit. Ich ließ ihn an die Grenze bringen. Fünf Meter davor trat er auf eine Viper. Sie biß sofort zu. Der Todeskampf dauerte eine halbe Stunde. Es war eigentlich eine unverdiente Gnade.«

Donyan sah Haller nicht an. Man soll ihn mit der Wahrheit nicht belasten, dachte er. Man weiß ja, wie er sich aufgeregt hat, als man die Brüder Khawsa enthauptete. Taikky gibt es nicht mehr – das allein ist wichtig. Das mit der Viper klingt glaubwürdig und war ein guter Einfall.

»Und Karipuri?« fragte Haller gedehnt.

»Ist flüchtig. Aber wir sind ihm auf der Spur. Er kann nur den Nongnong hinauf. Und meine Patrouillenboote sind schneller als er zu Fuß im Dschungelwald. Außerdem wird ihn die Regenzeit zermürben. Heute haben Sie einen guten Tag erwischt, Doc. Gestern war der ganze Flugplatz noch ein einziger Sumpf. Darauf zu landen, wäre halber Selbstmord gewesen.«

Donyan schob sich an Dr. Haller vorbei, gab Siri die Hand und sah sie bewundernd an. »Ich bin's«, sagte sie mit einem Lächeln, das ihr schmales Gesicht aufleuchten ließ. »Ich bin's wirklich.«

Der Hubschrauberpilot lud die Koffer aus. Welch ein Unterschied zu meiner ersten Landung in Homalin, dachte Haller. Damals wollte ich mit dem Revolver den sofortigen Rückflug erzwingen, das Herz voller Angst und das Hirn voll Ekel, und nur Dr. Adripur, der lange, schlaksige, lungenkranke junge Kerl, hat mich überredet, Nongkai wenigstens erst einmal anzusehen. Und dann der heimliche Abflug, verfolgt wie ein wildes Tier, gehaßt und verachtet, zusammengeprügelt von den Kranken, denen ich geholfen habe, belastet mit einer Kopfprämie, die Taikky ausgesetzt hatte. Mein Gott, welch ein Schicksal stellt dieses Drecknest von Homalin für mich dar.

»Was macht Adripur?« fragte er.

»Er ist damals mit Bettina Berndorf abtransportiert worden.«

»Das habe ich aus meinem Baumversteck gesehen.«

»Seitdem haben wir nichts mehr von ihm gehört.« Donyan blickte Dr. Haller von der Seite an. Er wartete, bis Siri ein paar Schritte weitergegangen war und sich den drei indischen Schwestern zuwandte. »Was wissen Sie von Bettina?«

»Nichts!«

»Sie haben von Rangun aus keine Nachforschungen angestellt, Doc?«

»Natürlich. Ich habe an ihre Hamburger Adresse geschrieben. Keine Antwort. Ich habe beim Deutschen Entwicklungsdienst angefragt. Schweigen. Ich habe die Deutsche Botschaft in Rangun eingeschaltet. Ohne Erfolg. Schließlich habe ich es aufgegeben.«

Dr. Haller zeigte auf die zusammengetriebenen Kranken. Vierzehn Schwerkranke lagen auf schmalen Tragen, wegen des schaukelnden Transportes im Flugzeug waren sie mit Lederriemen festgeschnallt. »Sie müssen sofort ins Hospital. Wer hat jetzt die Leitung, nachdem Karipuri verschwunden ist?«

»Dr. Butoryan.«

»Der kleine Dicke? Ein guter Arzt, Major.«

»Er wartet drüben im Jeep. Gehen wir?«

»Erst zu den Kranken.« Dr. Haller wandte sich ab, ging zu den Leprösen und faßte Siri um die Hüften, als er an ihr vorbei kam. »Du mußt dolmetschen. Sieh sie dir an: Sie wissen nicht, ob sie geschlachtet oder tatsächlich ärztlich versorgt werden. Sie zittern vor Angst.« Er drängte sich mitten unter die schwitzenden, stinkenden Leiber und zog einen Mann an sich heran, dessen Gesicht dick mit Lepraknoten überwuchert war.

»Seht ihn euch an!« rief er auf englisch. Sofort ertönte Siris helle Stimme neben ihm auf birmesisch. »Er hat keine Hoffnung mehr. Er weiß, wie er aussieht, und er weiß, wie er sterben wird. Aber er soll nicht sterben. Ich werde mit seiner Krankheit kämpfen, bei jedem von euch werde ich kämpfen, mit allen Mitteln, die es heute gegen die Lepra gibt. Habt keine Angst! Ich kann euch nur die Hoffnung wiedergeben, aber sie wird stark genug sein, euch am Leben zu erhalten.«

»Warum haben Sie das gesagt, Doktor Haller?« fragte Donyan, als sie kurz darauf zu dem wartenden Jeep von Nongkai gingen. Dr. Butoryan war herausgesprungen und nestelte nervös an seiner Leinenjacke. »Das klang verdammt pathetisch.«

»Das sollte es auch!« Dr. Haller atmete tief auf. »Jetzt habe ich einhundertzwölf neue Anhänger. Weiß ich, ob ich hier nicht eine neue Hausmacht brauche?«

»Nongkai gehört wieder Ihnen, Doc! Mehr als damals. Es gibt keinen Taikky mehr, keinen Karipuri, keinen Bano Indin mit seiner Schlägertruppe. Es gibt nur noch Kranke, die ›ihren Heiligen‹ erwarten.«

»Um Gottes willen, bloß das nicht!« Haller blieb stehen. »Diese verfluchte Engel-Existenz bricht mir das Kreuz!«

»Können Sie es ändern? Sie kennen diese armen Menschen. Gott ist weit, aber der Arzt ist nah. Wenn man sich festklammert, greift man zum nächsten Ast, nicht zur Baumkrone.« Donyan hob die Schultern.

Dr. Butoryan kam ihnen entgegen. Er hatte seine dicke Brille abgenommen und putzte sie mit einem Jackenzipfel. Vor Aufregung waren ihm die Gläser beschlagen. »Sie werden Nongkai nicht wiedererkennen, Doc. Ein neuer buddhistischer Tempel, das zweite Hospital im Innenausbau, neue Häuser für die Leprösen, eine Schwesternstation. Unsere Transportmaschinen haben Einsätze wie im Krieg geflogen. Alles, was kriechen kann, ist pausenlos am Bau beschäftigt. Wer Nongkai aus der Luft sieht, denkt an einen riesigen Termitenhaufen.« Donyan blieb ruckartig stehen. »Saufen Sie noch, Doc?«

»Nein.«

»Schade! Jetzt hätten Sie Grund dazu! So eine richtige Siegesfeier!«

»Ich muß Sie enttäuschen, Major. Alkohol war für mich eine Ersatzwelt. Heute habe ich eine wirkliche.«

»Sogar eine eigene.«

Haller betrachtete Donyan und schüttelte dann den Kopf. »Irgend etwas fällt mir an Ihnen auf«, sagte er. »Etwas ist anders. Ihre Frisur?«

»Nein. Meine Uniform.« Donyan lachte laut. »Ich bin nicht mehr Major, ich bin Oberst und Kommandant von Bhamo.«

»Gratuliere, Donyan!«

»Gratulieren Sie sich. Auch das ist Ihr Werk, Doc. Wo Sie auftreten, verändern Sie die Welt!«

»Und dabei bin ich der bequemste Hund, den man sich denken kann.«

»Und haben in Nongkai sechzehn Stunden ohne Unterbrechung operiert und dann noch Hausbesuche gemacht. Sie sind ein Bär von einem Kerl, Doc!«

»Ich wünschte, ich hätte die Gesundheit eines Bären.«

Dr. Butoryan hatte sie erreicht.

»Ich begrüße Sie, Dr. Haller.« Seine Brillengläser beschlugen wieder vor Erregung. »Nongkai erwartet Sie.« Und leiser: »Es ist alles noch unbegreiflich.«

»Das glaube ich, mein Lieber.« Haller klopfte Doktor Butoryan auf die Schulter. »Sie bleiben mein Stellvertreter, Butoryan.«

Der kleine, dickliche Arzt senkte den Kopf und blickte Haller über den Rand der Brille an. »Ich wollte um meine Entlassung bitten, Herr Kollege.«

»Auf gar keinen Fall! Warum auch?«

»Ich habe bei der Abstimmung, ob man Sie auspeitschen lassen soll, auch die Hand gehoben. Ich habe mein Gepäck mitgebracht, es liegt im Jeep.«

»Ausgepeitscht?« Dr. Haller drehte sich zu Donyan und Siri um. »Hat man in Nongkai jemanden ausgepeitscht? Wissen Sie was darüber, Oberst?«

»Nein, Doc«, sagte Donyan.

»Und du, Siri?«

»Nongkai war immer ein friedliches Dorf. So etwas gibt es bei uns nicht«, sagte sie klar und bestimmt.

»Na bitte.« Haller wandte sich wieder Dr. Butoryan zu. Der putzte mit bebenden Fingern die Brille an seinem Baumwollhemd, das ihm über die Hose hing. »Was wollen Sie eigentlich, Butoryan?«

Dr. Butoryan setzte seine Brille wieder auf, starrte Haller mit zuckendem Gesicht an und zog die Unterlippe zwischen die Zähne.

»Jetzt begreife ich, manches«, sagte er, drehte sich auf dem Absatz herum und lief, so schnell es seine kurzen, stämmigen Beine vermochten, zu den zusammengetriebenen Leprösen, die noch immer wie eine Hammelherde herumstanden.

Aus dem Hubschrauber wurde jetzt eine Kiste gehoben. Sechs Soldaten hatten Mühe, sie vorsichtig auf den Boden zu setzen. Sie schwitzten dabei und keuchten unter der Last. Oberst Donyan, der schon im Hospitaljeep hinter dem Steuer saß, tippte Dr. Haller auf den Rücken.

»Haben Sie Ihren Grabstein mitgebracht?« fragte er sarkastisch.

»Nein.« Haller lächelte wie jemand, dem eine große Überraschung gelungen ist. »Eine Glocke für die Kirche von Nongkai.«

»Eine was?« Donyan lehnte sich auf das Lenkrad und drückte dabei die Hupe herunter. Erschrocken fuhr er zurück.

»Eine Glocke. Mit einem schönen, vollen Ton. Sie klingt herrlich!« Dr. Haller half Siri in den Jeep und schwang sich neben Donyan auf den Vordersitz. Drei Soldaten brachten die Koffer vom Hubschrauber. »Ich hatte es der Gemeinde von Nongkai versprochen.«

Donyan ließ den Motor an. »Ich denke, Sie glauben nicht an Gott?« sagte er dabei.

»Was hat eine Glocke mit meinem Glauben zu tun? Die anderen glauben und rufen mit ihr Gott. Das ist die Hauptsache!«

»Sie sind ein fürchterlicher Lügner, Doc!« Donyan fuhr an, nachdem man die Koffer neben Siri in den Jeep geworfen hatte. »Ein Himmelhund von einem Lügner!«

»Genau das bin ich!« Dr. Haller lehnte sich in dem Segeltuchsitz zurück. »Drücken Sie aufs Gas, Donyan. Das hindert Sie, weiter so dämlich zu fragen.«

Hüpfend und springend jagte der kleine Jeep über die schmale Straße hinein in den Dschungel. Der Geruch von Fäulnis und Schimmel fiel wieder über sie her und saugte sich an ihnen fest. Von Westen her schoben sich braungraue Wolken wie eine Mauer aus geballten Fäusten über die Sonne.

Regenzeit.

Der Küster auf dem Dach der Kirche konnte sie noch nicht sehen, aber da man sie »weitergereicht« hatte, von Militärposten zu Militärposten, die das Nahen der Autokolonne mit ihren Sprechfunkgeräten der nächsten Station meldeten, hatte Bürgermeister Minbya bereits den lange erwarteten Wink bekommen und ihn ins Dorf weitergegeben.

Der Küster atmete tief ein, setzte den ausgehöhlten Kürbis an den Mund, hielt ihn mit beiden Händen fest, lehnte sich gegen das neue Türmchen und stieß die angestaute Luft in das Instrument.

Durch die langen Reihen der seit drei Stunden Wartenden lief ein jubelnder Aufschrei wie Feuer an der Lunte. Von den Dächern der Hütten fielen lange weiße Tücher herab, entrollten sich Spruchbänder und selbstgemalte Bilder. Vor der Veranda des Verwaltungsgebäudes, auf der Taikkys Lieblingsplatz gewesen war, hing ein großes, mit dem Farbbrei verschiedener Pflanzen und Wurzeln gemaltes Porträt von Dr. Haller. Ein kindliches Gemälde, an dem vierzehn Frauen und Männer gearbeitet hatten, bis Minbya sagte: »Jawohl, es sieht ihm ähnlich. Er wird sich darauf erkennen! Wir sind ja keine Künstler.«

Im Hospital hatten die Pfleger und Schwestern rund um die Uhr gearbeitet. Die Schwerkranken waren gewaschen und neu verbunden worden, die Stationen blitzten vor Sauberkeit, alles roch nach Zephirollösung.

Da man jetzt alles besaß, was ein Krankenhaus brauchte, denn Taikky hatte in den vergangenen Monaten wirklich alle Lieferungen für die Leprastation in Nongkai gelassen, waren die Betten bezogen, trugen die Pfleger und Schwestern weiße, gestärkte Kleidung, stapelten sich in den beiden Apotheken die Medikamente und war das Küchenmagazin für drei Wochen gefüllt.

Vor dem Eingang des Hospitals, unter dem Vordach, standen die Ärzte in weißen Mänteln, weißen Hosen und weißen Leinenschuhen. Dr. Kalewa, der junge Anästhesist, führte sie an. Er war jetzt der »zweite Mann« nach Dr. Butoryan. Etwas abseits, als stünden sie hinter einer Isolierenden Glaswand, warteten vier Ärzte in Zivil, ohne das Weiß ihres Standes, aber doch in ihren besten Anzügen. Hinter ihnen stapelten sich Koffer. Jeder in Nongkai wußte, wer sie waren: die Ärzte, die bis zuletzt zu Dr. Karipuri gehalten hatten.

Wie bei Hallers erstem Einzug in Nongkai spannten sich wieder Blumengirlanden über die Hauptstraße, warteten Frauen und Kinder mit großen Sträußen am Tor, stand der Ältestenrat würdevoll zusammen und bereitete sich Minbya, hin- und hergehend, auf seine Redevor. An der Kirche hatte sich der Chor versammelt und probte noch einmal leise das Begrüßungslied. Bei den Buddhisten herrschte weihevolle Stille; der Mönch und seine beiden Tempelhüter in langen, orangegelben Gewändern hatten eine Stünde vorher ihre zur Glatze geschorenen Köpfe mit duftenden Ölen eingerieben und verteilten jetzt an die Gläubigen lange Räucherkerzen, Gebetsmühlen und kleine kupferne Handtrommeln. Vor der großen Buddhastatue loderten die Feuer in den breiten Bronzeschalen.

Der Himmel war schwer von Wolken, aber noch regnete es nicht, als die Kolonne vor Nongkai erschien. Vorweg fuhr Oberst Donyan mit dem Jeep, in dem Haller und Siri saßen, seit Stunden durchgeschüttelt wie in einem Mixbecher.

Die letzte Militärsperre stand stramm grüßend zu beiden Seiten der Straße. Der Weg zum Fluß Nongnong war ein grüngelber Brei, der Fluß selbst hatte weite Teile des Niederdschungels überschwemmt und schwappte fast bis an die Straße. In den paar Sonnenstunden der vergangenen Tage waren sogar Krokodile nahe dem Haupteingang von Nongkai aufgetaucht und von den Soldaten erschossen worden.

Donyan bremste und hob die Hand. »Kolonne halt!«

Das große Palisadentor stand offen. Man sah die Hauptstraße, das Spalier der blumentragenden Menschen, die Frauen und Kindergruppen, den Ältestenrat und Minbya mit seiner Nasenklappe. Von der Kirche her schritt feierlich der Kirchenchor, an der Spitze der Prediger Manoron, den rechten Arm erhoben, um den Einsatz zu geben, wenn Dr. Haller zu sehen war. Von rechts, über die neu erbaute Straße zu den neuen Häusern, kam in feierlichem Schweigen die buddhistische Gemeinde, auf ein Zeichen bereit, mit den Gebetsmühlen zu rasseln und gegen die Hand trommeln zu schlagen. Und auf dem Kirchendach blies sich der Küster die Lunge aus der Kehle.

Dr. Haller stieg vor dem Tor aus. Er blickte die Palisade hinauf und schlug dann die geballten Fäuste gegeneinander. Etwas anderes war ihm nicht möglich. Die Rührung würgte ihn ab.

Über dem Tor, dort, wo einmal die frommen Schwestern das Schild »Hospital Jesus am Kreuz« hatten malen lassen, hing ein großes Transparent, auf dem mit dicken roten Buchstaben geschrieben stand: »Dr.-Haller-Hospital Nongkai«.

Schweigend starrte Dr. Haller das Transparent an, bis Donyan hinter ihm den Arm um seine Schulter legte.

»Unsere Überraschung, Doc: Der Name ist amtlich! An dieser Stelle soll ich Ihnen ausrichten: Es ist ein Dank der birmesischen Regierung an Sie. So, nun fangen Sie an zu heulen! Es nimmt Ihnen keiner mehr übel!«

»Einen Dreck werde ich!« sagte Haller rauh. Er steckte die Hände in die Taschen seines Tropenanzuges und ging allein auf das offene Tor zu. Donyan hielt Siri, die ihm nachlaufen wollte, zurück.

»Lassen Sie ihn jetzt allein, Siri«, sagte er. »Zweimal ist er durch dieses Tor gekommen. Einmal als der erwartete Engel, und dabei suchte er damals nur einen Platz, um sich totzusaufen. Das zweite Mal hinausgeknüppelt als mieser Verbrecher, und da war er unschuldig und hatte nichts anderes getan, als den Menschen zu helfen. Jetzt beim drittenmal, ist es der Triumphzug eines Siegers, und keiner sieht, daß der Held auf allen vieren zurückkommt. Laß ihn jetzt, diese paar Minuten, allein, Siri.«

Sie starrte Donyan verständnislos an, und als er sich abwandte, um zum Jeep zurückzugehen, hielt sie ihn am Ärmel der Uniform fest.

»Was wissen Sie?« sagte sie. Ihre Finger krallten sich in den Stoff, und ihre schwarzen Augen waren so groß, daß sie das schmale Gesicht fast ganz ausfüllten. »Oberst Donyan – gibt es etwas, was ich nicht von Chandra weiß?«

»Wissen Sie es wirklich nicht?«

»Nein! Was?«

»Sehen Sie doch seine Augen an! Ich bin kein Mediziner, ich verstehe von Krankheiten so viel wie ein Ochse von klassischer Musik – aber diese Augen, Siri, die verstehe ich!«

»Chandra hat wundervolle Augen ...« Es sollte stolz klingen, aber im Hintergrund schwang die Angst.

»Sie haben keinen Glanz mehr. Siri – Sie werden Kraft brauchen in der nächsten Zeit ...«

»Ich habe Kraft, Oberst.«

»Ich habe Hallers Andeutungen nie verstanden, aber von Homalin bis hier hatte ich endlich Zeit, ihn genauer anzusehen ... Er rennt wirklich gegen die Zeit an.«

Donyan befreite sich aus Siris Griff, nahm ihren Kopf zwischen seine Hände und küßte sie auf die Stirn. Dann drehte er sich schnell um und ging zu den wartenden Lastwagen zurück. Sie starrte ihm lange nach, ehe sie Haller ins Dorf folgte.

Der Kirchenchor setzte ein und übertönte – es waren immerhin dreiundsiebzig Sänger und Sängerinnen – sogar das Gedröhn des Riesenkürbis.

»Nun danket alle Gott«, sangen sie auf birmesisch mit einem eigenwilligen Rhythmus, aber doch in der altvertrauten Melodie bleibend. Von rechts rasselten die Gebetsmühlen der Buddhisten, und die Handtrommeln zerhämmerten das fromme christliche Lied.

»Lauter!« feuerte Manoron seinen Kirchenchor an. »Lauter! Ihr wimmert wie kastrierte Böcke! Lauter! Reißt die Mäuler auf!«

Aber es nutzte nichts mehr. Durch Nongkai tobte ein Höllenlärm. Alles, was auf der Straße stand, schrie und schwenkte Blumen und Girlanden. Die von Minbya eingeübte Ordnung zerbrach, Menschenwellen spülten nach vorn und drängten zu Dr. Haller, Kirchenchor und buddhistischer Festzug wurden auseinandergerissen, alles rannte zum Tor. Die Räucherkerzenträger ebenso wie die Gebetsmühlenschwenker, die Frauen mit ihren kleinen Kindern auf dem Arm, wie die Greise, die mit den Stöcken um sich schlugen und »Platz! Platz! Wollt ihr wohl dem Alter Platz machen!« kreischten.

Wie damals, als Dr. Haller durch die Gasse der wirbelnden Bambusstöcke um sein Leben rannte, nahm ihn auch jetzt eine Menschenmenge in ihre Mitte, stemmte ihn hoch, ein paar Sekunden lang schwebte er waagerecht in der Luft, dann hatten ihn starke Arme aufgerichtet, und auf einem lebenden Thron von emporgereckten flachen Händen saß er plötzlich über den Köpfen der jubelnden Kranken: die kräftigen Burschen seiner ehemaligen Leibwache trugen ihn davon zum Hospital.

Ohne den Boden zu berühren, über einen Teppich aus hochgereckten Händen gleitend, erreichte Doktor Haller das

Hospital. Dort erst ließ man ihn herunter, und die Menschenmauer wich zurück.

Dr. Kalewa trat zwei Schritte vor. Der Vulkan aus Liebe und verzweifeltem Lebenswillen hatte ihn und die anderen Ärzte tief beeindruckt. Der Küster auf dem Dach hatte einfach keine Luft mehr in den Lungen. Erschöpft lag er auf dem Rükken wie ein geplatzter Frosch. Minbya war zurückgeblieben. Er stand am Tor, hatte Siri umarmt und küßte sie.

»Der Prediger hat recht«, sagte er mit schwankender Stimme. »Die Welt geht noch nicht unter. Auch in Nongkai nicht.« Dann lehnte er den Kopf an Siris Schulter und begann zu weinen, und es war das erste Mal, daß Siri ihren Vater weinen sah.

»Nongkai gehört wieder Ihnen«, sagte Dr. Kalewa und verbeugte sich höflich vor Haller. »Ich übergebe Ihnen sechshundertneunundvierzig Kranke, einhundertvier Gesunde, vierzehn Ärzte und dreiunddreißig Schwestern und Pfleger.«

Dr. Haller steckte die Hände wieder in die Taschen seines Rockes.

»Wie heißen Sie noch mal, Herr Kollege?«

»Kalewa.«

»Mein lieber Kalewa. Sie liefern mir Nongkai aus, als hätte ich es erobert.«

»Sie sind der Sieger, Dr. Haller.«

»Blödsinn! Ich bin zurückgekommen, um meine Arbeit am OP-Tisch wiederaufzunehmen. Das ist alles.« Er hob den Arm und blickte auf seine Uhr. »Fünfzehn Uhr. In einer Stunde ist Abendvisite.«

»Es ist alles vorbereitet, Dr. Haller. Alle Stationen?«

»Was denken Sie denn?« Haller zeigte auf das Grüppchen der vier abseits vor ihren Koffern stehenden Zivilisten. »Wer sind denn die da?«

»Die Herren Kollegen möchten sich verabschieden, Herr Chefarzt«, sagte Dr. Kalewa.

»Warum? Vertragen sie die Mücken nicht?« Doktor Haller wandte sich ab und ging zu den vier Ärzten. »Ziehen Sie Ihre Kittel an!« sagte er. »Und glotzen Sie mich nicht so an. Ich brauche Sie! Ich brauche jeden von Ihnen! Jeden Finger an Ihnen, jede Hirnzelle in Ihrem Schädel!«

»Wenn wir Ihnen etwas erklären dürfen, Dr. Haller ...«, sagte einer der Ärzte leise.

»Was wollen Sie erklären?« Haller schüttelte den Kopf. »Schon Oberst Donyan und Dr. Butoryan erzählten da etwas von einer Massenprügelei mit Bambusstöcken. Ich kann mich nicht erinnern ... Sie etwa?«

»Dr. Haller! Wir standen mit in der Reihe ...«

Dr. Haller sah die vier Ärzte einen Augenblick schweigend an. Dann zeigte er auf die kleine Gruppe.

»Habt ihr an einer Rauschwurzel gekaut?« fragte er so laut, daß es alle hören konnten. »Oder habt ihr das verdammte Mitragyna* geraucht? Alle die gleichen Halluzinationen! Ich weiß von keiner Prügelei.« Er wandte sich an das Volk, das ihn verständnislos anstarrte.»Wißt ihr etwas davon? Ich weiß nur, daß in Nongkai fröhliche Menschen wohnen!«

»Wenn du willst, Doktor, schlagen wir sie tot!« schrie jemand aus der Menge.

»Ich will, daß ihr vergessen könnt!« brüllte. Haller zurück. »Hier ist genug gestorben worden. Ich will Leben sehen! Verdammt noch mal: Leben!« Er drehte sich wieder zu den Ärzten um und schlug die Fäuste gegeneinander, seine typische Reaktion, wenn ihm nichts mehr einfiel, womit er seine innere Rührung beherrschen könnte. »Leben ...«, sagte er leise. »Ihr solltet doch wissen, was das bedeutet: Leben.«

Er ging in das Hospital. An der Doppeltür stand der finstere Pala mit seinem unbeweglichen Gesicht.

»Alles in Ordnung, du Halunke?« schrie Haller. Er mußte schreien, seine normale Stimme wäre zerbrochen.

Pala nahm stramme Haltung an.

»Alles in Ordnung, Doc!«

»Station I?«

»Vierzehn hoffnungslose Fälle, Doc.«

»Die will ich mir gleich ansehen.«

* Mitragyna: ein in Hinterindien wachsender Strauch, dessen getrocknete Blätter als stark rauschgifthaltiger Opiumersatz geraucht werden.

Die Visite begann. Das Volk auf der Straße zerstreute sich, die Ärzte und Schwestern begaben sich auf ihre Stationen und Zimmer. Am Tor wurden die einhundertzwölf Neuen ausgeladen, Oberst Donyan begleitete einen Handwagen, auf dem, noch ungeöffnet, die Kiste mit der Glocke stand, zur Kirche.

Minbya schritt mit seiner Tochter langsam über den Blumenteppich die Straße hinunter zu Hallers Hütte. Die verschwand fast unter Tausenden von Dschungelblüten.

»Bist du glücklich, Töchterchen?« fragte Minbya.

»Glücklicher als die Sonne am Morgen, Vater.«

Es begann zu regnen. Plötzlich, als bräche der Himmel auseinander. Die Wasserflut klatschte auf das Land, als schlügen hundert Riesen in die Hände.

Das riesige Porträt Dr. Hallers vor dem Verwaltungsgebäude zerfloß zu einem Wirrwarr von Farben. Siri starrte empor zu der Vernichtung, der Regen strömte an ihr herab und schien auch sie aufzulösen, und Minbya stand neben ihr, streichelte ihren Kopf und wußte, was sie dachte.

»Sieh nicht mehr hin«, sagte er endlich, als Hallers Bild unkenntlich geworden war. »Es war nur Farbe, ganz billige Farbe, Töchterchen.«

Am Abend dieses Tages, als der Regen etwas nachließ, hörte die Patrouille auf dem Nongnong einen gellenden Schrei aus dem Uferdickicht. Die vier Soldaten unter der schützenden Plane wendeten sofort das schnelle kleine Motorboot und fuhren auf das rechte Ufer zu.

Sie hatten sich gerade durch die tief herunterhängenden Mangroven durchgekämpft, als sie eine Gestalt aus den Büschen stürzen sahen. Der Mann, in zerfetzter, durchweichter Kleidung, rannte zum Fluß und schrie gellend »Hilfe! Hilfe! Hilfe!«

Er hatte den Nongnong noch nicht erreicht, als ein gelbschwarz gestreifter Schatten aus dem Dschungel flog und ein dumpfes Brüllen die Stille zerriß.

Der Mann warf sich herum, riß eine Pistole hoch und zielte. Aber als er abdrückte, versagte die Waffe. In panischer Verzweiflung riß er an einem Ast, um ihn abzubrechen, aber im

Dschungel lebt jeder Baum; solange er aufrecht steht, ist er voll Saft und Stärke und läßt sich nur mit Äxten und Macheten besiegen.

Ein paar Sekunden starrten sich Mensch und Tier in die Augen. Dann duckte sich der Tiger, der Schweif peitschte über den schlammigen Boden, die Hinterbeine stemmten sich ab, die Muskeln traten durch das Fell. Noch einmal hob der Mann seine Pistole, lud sie durch und drückte wieder ab, ohne daß sich ein Schuß löste. Dann schnellte der Tiger vor und hieb seine Pranken in den linken Oberschenkel des aufbrüllenden Mannes.

Fast gleichzeitig schossen die Soldaten. Sie kamen einen Wimpernschlag zu spät. Unter der Wucht des Aufpralls wurde Dr. Karipuri mehrere Meter weit geschleudert, die Krallen des Tigers in seinem Körper. Als er ins Wasser klatschte, drückte ihn der Leib des toten Tigers in den Fluß, als sei es der letzte Gedanke des Tieres gewesen, diesen Menschen mitzunehmen in die Dunkelheit.

Die Kranken befanden sich in gutem Zustand. Das sah Dr. Haller sofort, als er die Krankensäle des alten Hospitals abschritt und die ambulanten Patienten überblickte, die sich auf der Straße in einer langen Schlange angesammelt hatten und nun geduldig stundenlang warten würden.

»Zuerst die Neueingänge!« sagte Dr. Haller, nachdem er die flüchtige Visite beendet hatte. Dr. Butoryan und Dr. Kalewa hatten die dringendsten chirurgischen Fälle schon Tage vorher versorgt. In den Hütten des Dorfes herrschten Sauberkeit und Hygiene, soweit dies hier überhaupt möglich war. Ein Dr. Sansopur hatte in Hallers Abwesenheit angeordnet, daß jede Hütte eine Fäkaliengrube haben mußte, in der die Abfälle und der Kot gesammelt wurden, um dann mit Chlorkalk bestreut zu werden. Hölzerne Deckel verschlossen diese Gruben.

Auch das Problem des fließenden Wassers hatte man gelöst – seit einer Woche arbeiteten neue Generatoren und erzeugten genug Strom, um Nongkai elektrisches Licht und elektrische Kraft zu bescheren. Sie trieben auch eine Wasseraufbereitungsanlage an, von der sauberes Trinkwasser durch unverrottbare Kunststoffleitungen gepumpt wurde.

»Wir haben nicht gefaulenzt, Dr. Haller«, sagte Dr. Butoryan stolz, als man Haller nach der Visite diese Neuerungen vorweg mit kurzen Worten schilderte.

Zur Besichtigung war keine Zeit; die Neueingänge mußten versorgt werden, sie waren angekommen wie in den Urzeiten der Leprabekämpfung, schmutzig, mit eiternden Geschwüren, untererernährt, verängstigt, nachdem man sie aus den entlegenen Winkeln, in die sie sich verkrochen hatten, herausgeholt hatte. Daß gesunde Menschen sich um sie kümmerten, war für sie ein unbegreifliches Wunder. Nun warteten sie draußen, wie eine Herde Schafe im Gewitter, dicht zusammengedrängt und staunend über dieses Nongkai, von dem sie geglaubt hatten, es sei der Endpunkt ihrer Höllenfahrt: das große Massengrab.

»Ihr habt fabelhaft gearbeitet, Jungs«, sagte Haller. Pala brachte die lange Gummischürze, Siri stand schon im septischen OP und richtete den Instrumententisch her. Es war, als habe sich nichts geändert, als lägen keine schweren Monate zwischen damals und heute. Und doch fehlte etwas. Haller suchte danach, während Pala ihm die Schürze umband und eine Schwester die antiseptische Lösung für die letzte Handwaschung vorbereitete. Die anderen Ärzte verließen in Gruppen den Vorraum des OP und gingen zu ihren Stationen oder begannen mit den Hausbesuchen. Jeder hatte einen Bezirk, für den er verantwortlich war. Dr. Butoryan, der nach Karipuris Flucht die Leitung der Lepra-Kolonie fest in seine Hände genommen hatte, war mitten in der völligen Umorganisation Nongkais vom Wiedererscheinen Dr. Hallers überrascht worden. Für ihn war Nongkai eine richtige kleine Stadt mit Ärzten und ihren Patienten. Erst wenn die Fälle kritisch wurden, wies man die Kranken ins Hospital ein.

Das war alles hervorragend, und doch fehlte Haller etwas. Als er zur Tür blickte, ganz instinktiv, wußte er es plötzlich: Es kam kein Taikky mehr herein. Es gab keinen Karipuri mehr, der sich spöttisch neben die Tür lehnte und in die Operation hinein sagte: »Daß Ihre Hände nach so viel Alkohol nicht zittern …«

Ja, das fehlte plötzlich: der Kampf!

Das tägliche Umsichschlagen.

Der sich immer wieder erneuernde Zorn auf Gemeinheit und Korruption, dieser stampfende Motor, der ihn stets mit neuer Kraft auflud.

Noch in Rangun war es so gewesen. Als 10-Kyat-Arzt im stinkenden Zimmer von Chin-hao-Chin hatte er nur ein Ziel gekannt: heraus aus dem Dreck, sich einen Namen machen in der Stadt, vordringen an die Stelle, wo man seiner Wahrheit glaubte, Rache nehmen an Taikky und Karipuri. Das war alles gelungen, und nun fand er sich in einer Welt wieder, die er selbst geschaffen hatte und die so steril, so alltäglich geworden war, daß er sich wie in einem luftleeren Raum vorkam.

Es gab keine Spannungen mehr, und er ahnte, daß nur diese Spannungen ihn bis jetzt aufrecht gehalten hatten.

Dr. Haller wandte sich ab, klopfte Pala auf die Schulter und ging hinüber in den OP. Siri hatte ihren Instrumententisch fertig und saß daneben. Die neue Klimaanlage summte leise, es war angenehm kühl im Raum.

»Kommst du mit?« fragte Haller plötzlich. Siris Augen veränderten sich sofort, Frage und Angst überschatteten sie.

»Wohin, Chandra?«

»Irgendwohin. Die Welt ist groß genug.«

»Du willst weg von Nongkai?«

»In einem halben, spätestens in einem Jahr braucht man mich hier nicht mehr.«

»Wir brauchen dich immer, Chandra.«

»Die Klinik wird wie eine gut geölte Maschine laufen. Es werden genug Fachärzte hier sein, die modernsten Geräte werden zur Verfügung stehen. Was soll ich dann noch hier?«

»Helfen, Chandra.« Ihre schlanken Hände falteten sich in ihrem Schoß. »Was ist Nongkai ohne dich? Warum willst du weg?«

»Es ist verdammt schwer, dir das zu erklären«, sagte er. »Ich weiß es selbst nicht genau. Eine Unruhe ist in mir, etwas, was mich nicht ruhig Atem holen läßt. Verstehst du das? Natürlich nicht. Es ist, als ob einen immer jemand antreibt, mit lautlosen, schmerzlosen Peitschenschlägen. Aber man spürt sie doch, man wird von ihnen hin und her gejagt, man kann nicht stillstehen, man japst nach Luft, wo andere sagen: Welche Stille! Welcher Frieden! Mich zersprengt dieser Frieden. Verflucht noch mal, ich habe keine Erklärung dafür!«

Er tauchte die Hände und Arme in das Waschbecken mit dem heißen Wasser und begann sich abzuschrubben.

Dr. Butoryan und Dr. Kalewa kamen in den OP. Pala und ein anderer Pfleger rollten den ersten Patienten herein, eine junge Frau, deren rechte Hand amputiert werden mußte.

»Wieviel stehen auf dem Programm?« fragte Haller.

»Vier Amputationen, Dr. Haller.«

»Und die anderen?«

»Ich dachte, morgen.«

»Warum das denn?« Haller schrubbte seine Finger. Dr. Butoryan warf einen schnellen Blick zu Doktor Kalewa.

»Sie haben eine lange Reise hinter sich. Und den anstrengenden Empfang. Seit zwanzig Stunden sind Sie auf den Beinen, habe ich mir sagen lassen. Sie müssen doch müde sein!«

»Pala!«

»Jawohl, Doc.«

»Alle Amputationen vorbereiten.«

»Das sind vierzehn! Sie machen sich kaputt, Doktor! Sie ruinieren sich!«

»Machen Sie sich keine Sorgen um meine Physis, Kollege!« Er sah Dr. Butoryan fordernd an. »Es sei denn, Sie selber haben Angst, nicht durchzuhalten. Das könnte ich verstehen. Wir werden in drei Teams arbeiten. Bestimmen Sie die Kollegen, die Sie ablösen werden.«

Dr. Butoryan schwieg. Wortlos beendete er seine Waschungen und ließ sich die Gummihandschuhe überstreifen. Dr. Kalewa war schon mit der Anästhesie der jungen Frau beschäftigt. Pala war hinausgelaufen, um die anderen Patienten vorzubereiten und einige Ärzte zu alarmieren. Dr. Haller war wieder da.

Sie waren mitten in der dritten Operation, als Pala in den OP stürzte. Ihm folgte Oberst Donyan. Doktor Haller brüllte ihn an:

»Hinaus! Sie bringen Millionen Bakterien mit! Sind Sie übergeschnappt, Donyan?«

Haller warf eine Präparierschere weg und trat von dem abgedeckten Körper des Operierten zurück.

»Sie haben Karipuri gefunden!« schrie Donyan. »Eine Streife auf dem Nongnong. Er wurde von einem Tiger gejagt. Bevor meine Leute ihn erschießen konnten, hatte er Karipuri angefallen!«

»Machen Sie weiter, Butoryan«, sagte Haller ruhig. Er zog die Handschuhe aus, warf sie in den Eimer und riß sich den Mundschutz ab. »Ist Karipuri tot?«

»Nein, noch lebt er! Sie haben ihn aus dem Fluß gezogen und abgebunden.«

»Was abgebunden?«

»Den linken Oberschenkel. Die Arterie. Der Tiger hat ihm das ganze Bein zerfetzt. Gerade kam die Meldung über Sprechfunk. Er liegt am Ufer und ist bei vollem Bewußtsein. Wenn ... wenn Sie mein schnelles Motorboot nehmen, können Sie in einer halben Stunde bei ihm sein. Mit dem Patrouillenboot stromaufwärts ist es unmöglich.«

»Pala!« Die Ärzte im OP zuckten zusammen, Siri legte die Instrumente, die sie gerade anreichte, weg, trat zur Seite und band sich ebenfalls den Mundschutz ab. Sofort schob sich eine Schwester des wartenden zweiten Teams an ihre Stelle und übernahm den Instrumententisch.

»Zur Apotheke! Blutersatz! Fünf Flaschen! Meine große Ambulanztasche! Dr. Kalewa, Sie kommen mit! Jetzt zeigen Sie mal, was Sie als Anästhesist gelernt haben! Nehmen Sie alles mit, was zur Wiederbelebung nötig ist. Schnell, meine Herren, schnell! Sie wissen ja, wie lange man eine Arterie abbinden kann.«

Dr. Butoryan blickte betroffen auf. »Sie wollen Karipuri im Dschungel operieren?«

»Warum nicht?«

»Auf dem Sumpfboden?«

»Wenn's sein muß auch am Baum hängend! Kommen Sie, Kalewa.« Er rannte zur Tür. Erst draußen im Flur merkte Haller, daß auch Siri neben ihm herlief.

»Zurück!« sagte er. »Ich habe Pala und Kalewa aufgefordert, nicht dich!«

»Ich lasse dich nicht allein, Chandra. Das weißt du doch.«

»Dein Platz ist jetzt im OP! Zurück!«

»Du kannst der ganzen Welt befehlen, Chandra, aber mir nicht! Ich höre deine Worte nicht, ich sehe dich nur. Wo du bist, bin ich auch! Gewöhne dich daran.«

»Darüber reden wir noch!« Haller rannte weiter. Mit ausgreifenden Schritten strebte er dem Tor zu, an dem sich eine Gruppe Lepröser unter Führung von Minbya versammelt hatte. Die Nachricht, daß man Dr. Karipuri gefunden hatte, verbreitete sich schnell im Dorf. Als Minbya Dr. Haller in seiner weißen Operationskleidung heranstürmen sah, ließ er das Tor öffnen. Donyan und Dr. Kalewa keuchten hinter Haller her, nur Siri blieb an seiner Seite, leichtfüßig lief sie neben ihm, und ihr langes Haar wehte wie eine im Wind zerfetzte schwarze Fahne.

»Ist es wahr, Doktor, man hat ihn?« schrie Minbya.

»Glaubst du, ich trainiere für ein Sportfest?« schrie Haller zurück.

Vom Hospital kam Pala gelaufen, in der Hand die große Arzttasche, auf dem Rücken einen Rucksack mit den Blutersatzflaschen und allen nötigen Instrumenten.

Niemand dachte daran, daß vor der Verwaltung der Jeep stand, daß es zwei Motorräder und siebzig Fahrräder in Nongkai gab. Die waren das wichtigste Transportmittel im Dschungel. Mit ihnen konnte man alles heranschaffen, über engste Pfade, durch Sumpf und Schlamm. Mit dem Fahrrad hat der Vietkong seine Schlachten gewonnen; der gesamte Nachschub, vom Reis bis zur Granate, wurde mit endlosen Fahrradkolonnen durch unwegsames Gelände bis in die vordersten Stellungen gebracht.

Das kleine schnelle Boot lag am Landesteg. Donyan erreichte es ächzend, als Haller und Siri schon drin saßen. Von Nongkai kamen zehn junge gesunde Männer zum Fluß, befreiten aus einem überhängenden Gebüsch ein großes, breites Auslegerboot und ließen es ins Wasser. Haller sah, daß die Männer bewaffnet waren, und ahnte, was sie im Sinn hatten.

»Verhindern Sie, Oberst, daß die Kerle eine Neuauflage der Gebrüder Khawsa inszenieren!« rief er Donyan zu, der hinter dem Motor hockte und nach dem Zündschlüssel suchte. »Ich brauche keinen geköpften Karipuri, sondern einen lebenden. Geben Sie Ihren Flußpatrouillen den Befehl, das Boot aufzuhalten!«

Donyan nickte. Er hatte den Schlüssel gefunden, startete den Motor, gab sofort Vollgas und ließ das Boot in die Mitte des Nongnong schießen. Dann griff er nach dem Sprechfunkgerät und brüllte seine Befehle hinaus.

Haller klammerte sich an der Bordwand fest. Die Regenzeit hatte den Fluß doppelt so breit und reißend gemacht. Strudel hatten sich gebildet, weggerissene Baumstämme hatten sich an Untiefen zu Inseln verkeilt, um die das Wasser schäumte und tobte. Auf weite Strecken gab es keine Ufer mehr; der Nongnong hatte alles überflutet und reichte nun bis in den Sumpfwald hinein. Nur die höher gelegenen Uferböschungen ragten noch aus den Fluten, wie bemooste Rükken riesiger Schildkröten.

Das Boot, doppelt so schnell, weil es mit der Strömung getrieben wurde, raste in der Flußmitte stromabwärts. Die beiden Suchscheinwerfer tasteten die rechte Seite ab, bei jedem Eintauchen des springenden Bootes überschütteten schmutziggelbe Wassermassen die Insassen und durchnäßten sie völlig. Dr. Haller und Siri knieten auf dem Boden und lagen mit den Oberkörpern auf den Sitzen, durchgeweicht und frierend, denn jetzt waren die Nächte kühler und von dieser klebrigen Kälte, die sich zuerst nur wie versiegende Wärme ausnimmt, sich dann aber durchfrißt bis auf die Knochen.

»Da sind sie!« schrie Oberst Donyan. Das Boot raste im Bogen nach rechts, dann hüpfte es mit halbem Gas in einen lichten Mangrovenwald hinein, aus dem ihnen Lichtsignale entgegenkamen.

Karipuri lag auf dem Rücken und biß in ein Stück Holz, das ihm die Soldaten zwischen die Zähne geschoben hatten. Nur so waren die Schmerzen zu ertragen. Er krallte die Finger in den weichen Sumpfboden und riß Fetzen aus der alten Militärdecke, auf die man ihn gelegt hatte. Neben ihm, auf der

Seite, mit geöffnetem Maul, in den bernsteinfarbenen Augen noch die Lust am Töten, lag der Tiger. Ein Soldat saß auf ihm und rauchte gleichgültig eine selbstgedrehte Zigarette.

Mit lautem Knirschen stieß das Boot ans Ufer. Dr. Haller und Siri sprangen an Land, ihnen folgten Pala und Dr. Kalewa. Oberst Donyan blieb noch ein paar Sekunden hinter dem Motor sitzen.

Handscheinwerfer flammten auf, zwei Soldaten richteten das Licht auf Karipuri. Sein Bein war von der Wade bis übers Knie völlig zerfetzt und oberhalb des Abbindeknebels dick aufgetrieben und bläulich verfärbt. Was er an Schmerzen ertragen mußte, war unvorstellbar.

Haller kniete neben ihn und drehte Karipuris Kopf zu sich herum. Pala hatte die Arzttasche geöffnet und reichte Dr. Kalewa eine Spritze und eine Ampulle mit Eucodal. Siri holte aus dem Rucksack die Flaschen mit dem Blutersatz.

Haller beugte sich vor und nahm Karipuri das zerbissene Holzstück aus den Zähnen. Karipuri schrie dumpf auf und schlug mit dem Hinterkopf mehrmals auf den Boden.

»Sie bekommen Eucodal, Karipuri«, sagte Haller. »Es sieht böse aus. Trotzdem operiere ich. Von mir aus schreien Sie jetzt, bis die Injektion wirkt. Siri gibt Ihnen Blutersatz. Ich will Sie durchbringen, hören Sie, Karipuri, ich *muß* Sie durchbringen! Nicht aus ärztlicher Pflicht, die wäre mir bei Ihnen völlig Wurscht, zum erstenmal in meinem Leben! Aber ich brauche Sie! Ich brauche Ihre Aussage. Ich war in meinem Leben oft ein Schwein, aber ich bin nie so tief gesunken, daß ich ein Mädchen vergewaltigt hätte, Das müssen Sie klarstellen, Karipuri. Und deshalb müssen Sie leben!«

Dr. Kalewa gab die Eucodalspritze, Siri schob die Hohlnadeln in beide Armvenen und schloß die Blutersatzflaschen an. Zuerst die Kochsalzlösung, um den großen Flüssigkeitsverlust auszugleichen. Pala hatte beide Arme Karipuris vom Körper weggezogen und mit Schlingen an den Handgelenken um Pflöcke gebunden, die er schnell in den Boden geschlagen hatte. Wie gekreuzigt lag Karipuri da und knirschte mit den Zähnen.

Siri entrollte das Stecktuch mit den chirurgischen Instrumenten, Dr. Kalewa wühlte im Rucksack nach dem Narkosematerial. Oberst Donyan hatte sich auf den toten Tiger gesetzt, zündete sich eine Zigarre an, aber er sog vergeblich an der durchnäßten, aufgetriebenen Tabakrolle. Vier Handscheinwerfer erhellten jetzt den Platz. Karipuri hatte die Augen geschlossen, sein zerfetztes Bein mit den herausgerissenen Muskeln und Sehnen und den zum Teil freigelegten Knochen sah fürchterlich aus. Das Eucodal schien zu wirken. Karipuris heftiges Zittern ließ nach, das Klappern der Zähne, das dumpfe Stöhnen wurde leiser. Plötzlich riß er die Augen auf und starrte Haller an, der sich über ihn gebeugt hatte.

»Ich will kein Krüppel sein«, sagte Karipuri erschreckend klar.

»Ich möchte Ihnen vieles versprechen, aber das nicht. Sie werden einer sein. Wenn Sie Ihr Bein sehen könnten ...«

»Ich weiß, wie mein Bein aussieht. Geben Sie mir ein paar Milligramm Morphium über die Dosis, und Sie tun ein gutes Werk, Haller.«

»Ihnen ein gutes Werk tun? Sie verlangen viel, Karipuri. Ich brauche Ihre Aussage.«

»Sie schaffen es nie, Haller!« Karipuri hob etwas den Kopf. Er sah Siri an, Dr. Kalewa, Pala und Oberst Donyan, der seine nasse Zigarre gegen einen Baum warf. »Auch wenn Ihnen die Amputation gelingt – noch bevor Sie das Bein abbinden konnten, ist so viel Dreck in die Blutbahn gekommen, daß Sie keinerlei Chancen haben.«

»Vielleicht doch, Karipuri.« Dr. Haller kniete sich neben ihn und blickte schnell zur Seite. Siri hatte das Amputationsbesteck aufgebaut wie in einem OP. Auf einer Segeltuchplane lag alles bereit. Sie selbst hockte daneben, triefend vor Nässe, überspült vom Schmutz des Dschungels, in den Haaren den grünen Schleim von Algen und Wasserpest. Dr. Haller atmete tief durch.

»Man glaubt gar nicht, was das Blut alles verarbeiten kann, Karipuri«, sagte er. »Das bißchen Dreck spülen wir heraus! Und wenn ich in Ihre Armvenen literweise Blut hineinpumpe und unten an Ihrem Bein wieder herauslaufen lasse! Sie müssen leben! Und wenn Sie den verrücktesten Wundbrand bekommen, ich schneide Sie quer und längs auf, wie der Metzger das Schwein. Ich bringe Sie durch!«

»Alles wegen Bettina?«

»Nur wegen Bettina.«

»Ich sehe Oberst Donyan.« Karipuri blickte hinüber zu Donyan. Er saß noch immer auf dem toten Tiger und drehte sich in der Blechdose eines seiner Soldaten eine Zigarette. »Hören Sie mich?«

Karipuris Stimme versank wie in Watte. Das Eucodal wirkte, die Schmerzen glitten von ihm, wie ein Hemd, das man über den Kopf zieht. Oberst Donyan beugte sich vor. »Ganz klar, Doktor.«

Karipuri gab sich alle Mühe, klar zu sprechen, er versuchte jedes Wort mit Kraft zu unterlegen.

»Dr. Haller hat Bettina Berndorf nie angerührt. Ich habe es getan. Es war die einzige Möglichkeit, ihn aus Nongkai zu entfernen, ohne einen Bruderkrieg unter den Leprösen zu entfachen. Er mußte von seinen eigenen Kranken weggejagt werden. Haben Sie es klar gehört, Oberst?«

»Ganz klar. Und alle hier auch.« Donyans Hände zitterten, als er die Zigarette anzündete. »Wer hat diesen mistigen Gedanken gehabt?«

»Taikky.«

»Natürlich! Und Sie haben für diesen impotenten Fettkloß die Arbeit getan.«

»Er hatte mich völlig in der Hand.« Karipuri wandte den Kopf zurück zu Dr. Haller. Dr. Kalewa hatte seine Narkoseampullen gefunden und zog eine große Spritze auf. Als er vom linken Arm die Kochsalzflasche löste und die Nadel in die Kanüle einführte, die in Karipuris Vene steckte, war sein junges Gesicht ausdruckslos.

»Zufrieden, Dr. Haller?«

»Ja.«

»Dann lassen Sie mich sterben.«

»Nein.«

»So groß ist Ihre Rache?«

»Reden Sie keinen Quatsch, Karipuri. Das Kapitel Bettina ist damit abgeschlossen. Jetzt denke ich nur noch als Arzt.«

»Der Engel von Nongkai!« Karipuri verzog das Gesicht. »Sie geben wohl nie auf, Haller?«

»Nicht, solange ich noch ruhige Hände habe.«

Haller streckte die Hand zur Seite. Wie im OP reichte ihm Siri das erste Instrument. »Bereiten Sie sich darauf vor, in acht Wochen zwischen Krücken gehen zu lernen.«

»Sie sturer Hund!« Karipuris Stimme wurde schwächer. »Sie können es nicht lassen, den lieben Gott zu spielen.«

»Narkose!« Dr. Haller nickte Dr. Kalewa zu. Der junge Arzt drückte den Kolben der Spritze herunter, die wasserhelle Flüssigkeit glitt in die Blutbahn. Dr. Karipuris Körper entspannte sich, die Muskelkontraktionen lösten sich, das schmale, aristokratische Gesicht wurde merkwürdig friedlich.

Dr. Haller löste den Knebel und setzte sofort die Klemme. Dann überlegte er kurz, entschloß sich, zwei Handbreiten über dem Knie zu amputieren, und streckte die Hand zur Seite: Skalpell zur Umschneidung! Aber Siri reichte das Instrument nicht an, seine Hand blieb leer. Ungeduldig schnalzte er mit den Fingern. Dann drehte er sich um.

Siri hockte neben den Instrumenten und hatte die Hände gefaltet. Pala zog gerade die Kanüle der zweiten Blutersatzflasche aus Karipuris Vene. Dr. Kalewa warf die Narkosespritze in den Rucksack.

Dr. Haller wandte sich wieder Karipuri zu. Im grellen Licht der Handscheinwerfer sah es aus, als lächle er. Unter seiner Haut breitete sich die fahle Farbe der Ewigkeit aus. Der Brustkorb hob und senkte sich nicht mehr.

»Was haben Sie injiziert?« schrie Haller. Er sprang auf, riß Dr. Kalewa an den Schultern herum und schüttelte den langen, jungen Arzt, als wolle er ihm den Kopf abschleudern. »Was haben Sie ihm da gegeben?«

»Morphin.« Dr. Kalewa stolperte, fiel gegen einen der Soldaten und hielt sich an ihm fest. »Genug Morphin.«

»Das ist Mord!« brüllte Haller. »Donyan! Sie haben es gehört und gesehen! Das ist Mord!«

»Ich gehöre zu der Kategorie der heiligen Affen.« Oberst Donyan stützte sich von dem toten Tiger ab und stand auf.

»Ich habe heute meinen Meditationstag. Ich habe nichts gehört, nichts gesehen und kann deshalb auch nichts sagen.«

Dr. Haller stieg über den toten Karipuri hinweg und packte Pala an den Aufschlägen seines durchnäßten Kittels.

»Und du?«

»Er ist schöner gestorben, als er es verdient hat, Herr.«

»Siri ...«

»Er wollte sterben, Chandra.«

»Seid ihr denn alle verrückt geworden?« schrie Haller. »Ist euch ein Menschenleben überhaupt nichts wert?«

»War das noch ein Mensch?« fragte Donyan in die plötzliche Stille hinein.

»Ja! Verdammt ja! O Himmel, ihr kotzt mich alle an!«

Er wandte sich ab, ging hinunter zum Fluß und lehnte sich an den Stamm einer mächtigen, weit in die strudelnden Wasser hineinhängenden Mangrove.

Der regenverhangene Himmel war an einigen Stellen aufgerissen, der Widerschein eines versteckten bleichen Mondes lag auf den gelblichen Fluten. Von weitem hörte man rufende Stimmen; das Eingeborenenboot hatte es geschafft, die Militärkontrolle zu durchbrechen, und trieb nun auf dem Nongnong auf ihn zu. Man ließ Dr. Haller eine ganze Zeit allein. Dann trat Oberst Donyan neben ihn, rauchte eine Zigarette an und schob sie Haller zwischen die Lippen.

»Sagen Sie wenigstens danke«, brummte er, als Haller schwieg.

»Ich hätte ihn vielleicht retten können.«

»Vielleicht! Gut, daß Sie diese Einschränkung machen. Wie groß war seine Chance?«

»3 zu 97.«

»Das nennen Sie noch vielleicht?«

»Ein halbes Prozent ist bei mir noch eine Chance! Ich kämpfe, bis mir der letzte Fingernagel abbricht.«

»Sie hätten Karipuri doch nur gerettet, damit er später von irgendeinem Unbekannten in Nongkai erschlagen worden wäre. Das hätten Sie nie verhindern können. Denken Sie an die Brüder Khawsa, Doc! Legen Sie Ihre verdammt romantische Vorstellung vom edlen Menschen ab. Wir leben im

Dschungel – und das ist das Gemeinste und Feindlichste, was die Erde zu bieten hat. Karipuri wußte das. Er hätte nicht lange überlebt.«

»Das ist etwas anderes, Donyan. Aber hier war ein Arzt sein Mörder!«

»Mitleid ist kein Mord! Dr. Kalewa hat das Verfahren nur abgekürzt.«

»Nennen Sie es, wie Sie wollen. Für mich bleibt es Mord.«

Donyan ging zurück zu der schweigsamen Gruppe. Das Auslegerboot durchbrach jetzt den Mangrovenwald und stieß an Land. Aber die jungen, kräftigen Männer blieben sitzen. Sie sahen ihren Arzt allein am Ufer stehen und ahnten, daß sie zu spät kamen.

Wieder tauchte neben Haller ein Schatten auf, groß, dürr, in einem nassen, dreckigen weißen Kittel.

»Machen Sie bloß nicht den Mund auf, Kalewa!« sagte Haller dumpf. »Beim ersten Wort schlage ich Ihnen die Zähne ein, beim zweiten zertrümmere ich Ihre Hirnschale!«

»Das ist gut!« sagte Dr. Kalewa furchtlos. »Auch Sie könnten also töten, wenn Ihnen danach zumute ist! Überlegen Sie einmal, was Karipuri aus mir gemacht hat. Nur seinetwegen habe ich Sie gehaßt, und vorher hatte ich Sie verehrt. Ich habe meine Seele zurückgeholt.«

Haller schob Dr. Kalewa aus dem Weg, ging hinunter zu dem kleinen Boot und setzte sich hinein. Dort drückte er das Gesicht in beide Hände und kam sich so einsam vor, als sei er der letzte Mensch auf dieser großen Erde.

In der Nacht wusch ihn Siri und rieb ihn wieder mit dem süßen Öl der Zauberpflanze ein. Haller hatte seine alte Hütte bezogen, nur war sie jetzt komfortabler, es gab zwei Betten, einen Tisch, ein Waschbecken mit fließendem Wasser, das auf eine Betonsäule montiert war, und von der Decke hing eine Glühbirne.

Gleich nach der Rückkehr aus dem Dschungel hatte Haller noch einen Blick in das Hospital geworfen. Operationsteam Nr. 3 war bei der Arbeit. Dr. Butoryan saß müde, mit tiefen Ringen unter den Augen, an der Wand und hielt wenigstens aus, indem er seine Anwesenheit vorführte. Er grinste Haller erschöpft an und sagte: »Die elfte Operation, Chef.«

Haller nickte und verließ schnell wieder den OP. Chef. Es war das erstemal, daß die Ärzte ihn Chef nannten. Das Wort hing jetzt an ihm wie tausend Umarmungen und lähmte ihn. Weg! Zurück nach Rangun! hatte er auf der Rückfahrt gedacht. Taikky ist tot, Karipuri ist tot, die Lepra-Kolonie ist in besten Händen, sie wird wachsen und ausgebaut werden und ein Musterhospital sein! Hier braucht man mich nicht mehr. Und jetzt kamen sie und sagten »Chef« zu ihm. Das war wie Leim.

Siri frottierte ihn ab und begann ihre zarte, seinen Körper mit unbeschreiblicher Glückseligkeit durchrinnende Massage. Er lag auf dem Bett und streichelte Siris nackten glatten Leib, der jetzt kühl war, wie vom Tau übersprüht. Ihre flinken Finger glitten über ihn hinweg, und er spürte, wie seine Nerven zu Saiten wurden, auf denen sie spielte. »Wann fahren wir?« fragte sie plötzlich.

Haller öffnete die Augen.

»Wohin?«

»Du hast gesagt, die Welt ist groß genug für uns beide. Du willst doch weg aus Nongkai.«

»Nicht morgen oder übermorgen.«

»Nur morgen oder übermorgen. Danach ist es zu spät. Dann wirst du von Nongkai nie wieder loskommen. Wann fahren wir, Chandra?«

»Ich weiß es nicht.« Er streckte sich, schlang seine Arme um Siri und hielt sie fest.

Ich werde von Nongkai nie wieder loskommen, dachte er. Verdammt, wie wahr ist das. Auch wenn das alles hier nur noch Routine ist, ein langweiliger, beamtenmäßiger Krankenhausbetrieb. Es bleibt doch Nongkai, in dem ich mein Herz vergraben habe.

Später, als Siri in seinen Armen schlief wie eine zusammengerollte Katze, lauschte er auf die Geräusche der Nacht: Die Schreie der Nachtvögel, der Ochsenfrösche im Sumpf, das Brausen des über die Ufer getretenen Nongnong, das Rauschen des Windes in den Riesenbäumen, das Knacken der Bambusstreben seiner Hütte, der ruhige Atem Siris, der über seine Brust strich.

»Gott, laß mich noch etwas leben!« sagte er.

Es war der längste Gedanke, den er bisher an Gott verschwendet hatte.

An der Kirche von Nongkai wurde noch gearbeitet. Dreißig Männer erhöhten den Turm und zimmerten ein Gerüst, an dem die von Dr. Haller mitgebrachte Glocke für die Weihe aufgehängt werden sollte.

Das Hämmern hallte weit über das stille Dorf und klopfte Haller endlich in den Schlaf.

Die Glockenweihe sollte zwei Tage später stattfinden. Den Wettlauf zwischen der christlichen und der buddhistischen Gemeinde schien dieses Mal der Prediger Manoron zu gewinnen: Eine richtige Glocke, die weit über Nongkai hinweghallen würde, bis hinein in den Dschungel und die mit Urwald überwucherten Hügel, hatten die Buddhisten nicht zubieten. Zwar übte der Mönch seit drei Tagen an seinem großen Bronzegong und ließ ihn viermal täglich dröhnen, aber gegen eine Glocke kam er nicht an. Das war allen klar. Ganz kampflos jedoch wollten die Buddhisten den großen Tag der Christen nicht hinnehmen. Und so hockten sowohl in der Kirche wie auch in der Pagode mehrere Spione herum und meldeten in Abständen, was sich da hinter verschlossenen Türen zu Ehren Gottes alles tat.

Manorons Kirchenchor übte Choräle und fröhliche Folklore-Gesänge. Die Buddhisten begannen Bettücher orangegelb einzufärben und daraus große Fahnen zu schneidern. Aus den Reihen von Donyans Soldaten stellten sich sechs christliche Blechbläser zur Verfügung, die das Fest mit markigem Trompetenschmettern verschönern wollten. Die Buddhisten zogen gleich und stellten eine Musik aus Handtrommeln und Rohrflöten, selbstgefertigten Streichinstrumenten und Glöckchenspielen zusammen.

Es war abzusehen, daß Nongkai ein rauschendes Fest erleben würde.

Jeden Morgen versammelte Dr. Haller seine Ärzte um sich und ließ sich berichten. Nongkai war nun so groß geworden, daß er nicht mehr in jede Hütte gehen, bei den Kranken auf ein paar Worte bleiben, sich die kleinen und großen Sorgen der Familie erzählen lassen und Ratschläge geben konnte. Das Nongkai, das er bei seiner Ankunft im Dschungel angetroffen hatte, gab es nicht mehr. Das wurde ihm in diesen paar Tagen immer klarer.

Die ehemals stinkenden, unhygienischen, von erbärmlichen Ölfunzeln erhellten, dreckigen Bambushütten mit ihren Blätterdächern hatten jetzt elektrisches Licht, wurden mit festen Dächern aus Schwartenbrettern und darübergezogenen Flechtmatten versehen und erhielten gemauerte Kamine.

Man einigte sich darauf, die Benutzung des ersten Spülklosetts von Nongkai gegen ein geringes Eintrittsgeld zu gestatten. Da Geld knapp war und alle Geschäfte vornehmlich im Tauschhandel abgewickelt wurden, ging der älteste Bürger von Nongkai, der fast neunzigjährige Samyan, der durch die Lepra sieben Finger, fünf Zehen und ein Ohr verloren hatte, aber jetzt als geheilt galt, vor das Haus und gab den Preis bekannt: »Einmal Klein: eine Handvoll Reis. Einmal Groß: ein Korb Maiskolben, Gemüse oder Baumwolle.«

Fünf Tage litt Minbya unter der Aufstellung des ersten Wasserklosetts in Nongkai, denn es wurde in der Nähe seines Hauses errichtet, und jeder wollte es benutzen. Dann wurde er entlastet. Das zweite WC wurde auf dem Marktplatz errichtet.

Auch an diese Neuerungen hatte man sich Nongkai längst gewöhnt. Der Ort entwickelte sich zügig zu einer modernen Gemeinde. Das Dorf war in Bezirke eingeteilt, die von Ärzten betreut wurden, überall wurde gebaut, der hohe Drahtzaun verschwand und damit das bedrückende Gefühl, nicht nur von den Menschen ausgestoßen, sondern auch noch wie ein wildes Tier gefangen zu sein.

Dr. Haller war am zweiten Tag nach seiner Rückkehr noch einmal durch Nongkai gegangen. Ganz langsam, die Hände auf dem Rücken, allein. Siri folgte ihm in ein paar Meter Abstand, eingewickelt in einen Baumwollsari, wie ihn auch die armen Frauen im Dorf trugen.

Die Mütter hielten ihre Kinder hoch und zeigten ihnen den »großen Freund«, den Engel, den vom Himmel Gefallenen. Die Greise legten die rechte Hand gegen ihre Stirn und verneigten sich. Die Männer begrüßten Haller wie einen Bruder und zeigten ihm, womit sie inzwischen ihren Hausrat bereichert hatten – mit einer Lampe zum Beispiel, die ohne Stinken brannte, wenn man an einem kleinen Hebel drehte, oder mit einem Herd, der seinen Rauch nicht mehr durch ein Loch in der Decke abziehen und aller Augen tränen ließ, sondern der an einem gemauerten Kamin stand, dessen Sog die Flammen entfachte, ohne daß man sie anblasen mußte. Man stellte ihm die neuen Bräute vor, die jungen Ehefrauen, die Schwangeren. Und überall blieb Dr. Haller ein paar Minuten stehen und sagte: »Ich freue mich mit euch! Macht so weiter, auch wenn ich eines Tages vielleicht nicht mehr bei euch bin.«

Das war ein Satz, über den in Nongkai viel gesprochen wurde. Der Ältestenrat ließ Siri kommen, um sie zu befragen.

»Ich weiß es nicht«, sagte sie, »aber ich habe Angst. Er ist anders geworden, ganz anders. Er ist Chandra und doch oft so fremd. Ich fasse ihn an, und er merkt es nicht. Ich rede mit ihm, und er hört mich nicht. Ich weiß nicht, was mit ihm ist.«

Auch Haller selbst wußte es nicht. Er beobachtete sich mit jener lauernden Aufmerksamkeit, die ein Arzt entwickelt, wenn er an sich selbst Symptome einer nicht mehr zu beherrschenden Krankheit feststellt. Heimlich machte er im Labor Tests, analysierte sein Blut, prüfte seine Nervenreaktionen. Es gelang ihm nicht mehr, auf einem auf dem Boden gezogenen Strich mit geschlossenen Augen geradeaus zu gehen; sein Gleichgewichtsgefühl war stark gestört. Im Hospital nahm er Dr. Butoryandas Ehrenwort ab, über alles zu schweigen. Dann ließ er sich – schon am zweiten Tag – von Butoryan punktieren. Das makroskopische Aussehen des Liquours ergab eine leichte Trübung, die Zellzählung war deprimierend. Demnach war das Zentralnervensystem geschädigt, und zwar in einem Umfang, daß Dr. Butoryan entsetzt von der Fuchs-Rosenthalschen Zählkammer im Mikroskop aufschaute und Dr. Haller anstarrte.

»Ich weiß«, sagte Haller fast gleichgültig. »Der Teufel soll Sie holen, Butoryan, wenn Sie einen Ton davon sagen!«

»Sie haben es geahnt?« stotterte der kleine dicke Arzt.

»Nein, ich weiß es seit einem Jahr.«

»Und Sie tun nichts dagegen?«

»Sagen Sie mir, was man dagegen tun soll! Kommen Sie mir nicht mit solchem Blödsinn wie neurotropische Regeneration. Bei mir hilft kein Vitamin-B-Komplexstoß mehr. Zwei Jahre Zuchthaus, fünf Jahre Herumzigeunern in der Welt und Leersaufen ganzer Schnapsfabriken – das sollen die zarten Nerven in diesem verdammten Schädel aushalten?« Er klopfte mit den Knöcheln gegen seinen Kopf. Ein seltsam hohles Geräusch war zu hören. »Dieser Computer vergißt nichts, Butoryan! Soll ich Ihnen mal vorführen, wie ich mit geschlossenen Augen laufe?« Er machte drei Schritte, riß das Liquorpräparat aus dem Mikroskop, ergriff das Reagenzglas und warf alles in einen Eimer, wo es zerschellte.

»Dr. Haller!« Butoryan beschwor ihn aufgeregt. »Sie müssen etwas tun. Ein Kerl wie Sie!«

»Nur Kulisse, mein Lieber! Auf der Bühne, in Wagners ›Walküre‹, steht ein riesiger Eschenstamm. Der Inbegriff des Unbesiegbaren. Und was ist es? Ein Holzgerüst, mit bemalter Leinwand bespannt! Genau das bin ich auch! Ein Knochengerüst, mit Haut überzogen.«

»Mein Gott, Sie denken doch! Sie sprechen! Sie handeln! Sie operieren, Sie heilen, Sie sind der Motor dieser kleinen Welt hier im Dschungel. Ohne Sie wäre Nongkai ein Leichenablageplatz. Und Sie, gerade Sie geben sich selbst auf? Da mache ich nicht mit, Doktor Haller! Da hört mein Gehorsam auf und mein Ehrenwort!«

»Wollen Sie es hinausschreien, Sie Spinner?«

»Ich werde es Siri sagen.«

»Butoryan, ich schwöre Ihnen: Am nächsten Tag bringe ich Sie um!«

»Siri ist die einzige, auf die Sie noch hören! Doktor, wir brauchen Sie! Verflucht, seien Sie nicht so egoistisch und kokettieren Sie nicht mit dem Sterben!«

Dr. Haller setzte sich. Er blickte aus dem Fenster auf die Straße. Es war Abend, von den Feldern kamen die Arbeitertrupps zurück, über den Hütten mit den neuen Schornsteinen stieg der Rauch in den glühenden Himmel. In den Urwaldbergen versank die Sonne als runder roter Ball so schnell, als zöge sie jemand an einem Tau nach unten. »Ich trete mich ständig selbst in den Hintern, um gerade zu gehen. Tief hier drinnen«, er legte beide Hände über seine Brust, »habe ich Angst. Ganz gemeine Angst.«

»Ich auch, Dr. Haller.« Dr. Butoryan schob das Mikroskop weg. »Wollen wir gleich einen Therapieplan besprechen?«

»Nein. Ich mache weiter wie bisher. Was im Hirn zerstört ist, wächst nicht mehr nach, das wissen Sie so gut wie ich. Und ich verrate Ihnen noch etwas: Meinen ersten Anfall habe ich schon hinter mir. Da waren Sie noch nicht in Nongkai, oder Sie waren gerade eingetroffen. Da vereiste ich bei 50 Grad Hitze, konnte mich gerade noch in meine Hütte schleppen und lag da wie eine Stange Eis. Niemand hat es gemerkt. Der Anfall ging schnell vorüber und hinterließ keine sichtbaren Spuren.«

»Man müßte Sie fesseln und zwingen, sich behandeln zu lassen!« Dr. Butoryan ging zur Tür. Haller hielt ihn am Kittel fest und zog ihn zurück.

»Mein letztes Wort«, sagte Haller mit tiefem Ernst. »Ich werde arbeiten, bis ich umfalle. Schütteln Sie nicht den Kopf, Butoryan. Ihr Rat, jetzt nur mit gedrosseltem Motor zu fahren, ist falsch. Das kann man tun, wenn man so jung ist wie Sie und das Leben noch vor sich hat und weiß, daß man später wieder Gas geben kann.«

Er zog Butoryan zu sich heran und zwang ihn, sich auf den Stuhl neben ihm zu setzen. »Sie müssen eines berücksichtigen, junger Kollege: Als ich nach Nongkai kam, geschah das nicht, um hier als Wunderarzt zu wirken, sondern weil ich völlig pleite war und jede Arbeit angenommen hätte, um Geld für Whisky, Kognak, Gin oder Calvados zu haben. Das bißchen Stolz, das ich noch besaß, trieb mich dazu, mich als Arzt und nicht als Kuli zu bewerben. Der Dschungel war Endstation. In diesem mir unbekannten Nongkai wollte ich mich zu Tode saufen. Aber dann holte mich Dr. Adripur vom Flugplatz Homalin ab – ob er noch lebt, der schwindsüchtige Idealist? –, und dann erfuhr ich, daß Nongkai ein offenes Grab für Leprakranke war. Und dann kam ich hier an, empfangen wie ein Messias, und die Kranken humpelten mir entgegen, und ich sagte zu ihnen: Ich werde euch helfen! Ich werde euch heilen! Da war Schluß mit dem Saufen, verdammt noch mal! Da entdeckte ich, daß das Leben weitergehen mußte. Aber das ändert nichts daran, daß ich früher oder später zum Zahltisch für meine wilden Jahre gebeten werde. Wir Ärzte wissen es doch am besten: Der Körper läßt sich auf die Dauer nicht betrügen! Er macht jede Lüge nur eine Weile mit, dann kassiert er das Honorar für seine Mitwirkung an diesem Schauspiel.«

Haller ließ Butoryan los und lehnte sich zurück gegen die Wand. Er sah müde, zerknittert, erschreckend greisenhaft aus. »So, das wär's, mein Freund. Nun überlegen Sie sich, was Sie machen wollen.«

»Denken Sie, nicht auch einmal an Bettina Berndorf?« fragte Butoryan. Hallers Kopf schnellte herum.

»Das hätten Sie nicht fragen dürfen, Butoryan.« Seine Augen waren eng. Butoryan erschrak. Es sah aus, als sei Haller plötzlich erblindet.

»Sie lieben Bettina«, sagte er mutig und wunderte sich selbst über diesen Mut.

»Nein!«

»Siri ist nicht im Zimmer. Sie brauchen nicht zu lügen.«

»Bettina ist in Deutschland. Ich werde sie nie wiedersehen.«

»Aber sie ist Ihnen immer gegenwärtig.«

»Woher wollen Sie das wissen, Sie Schwätzer?«

»Warum heiraten Sie Siri nicht?«

»Ach so! Der gute Knabe kombiniert!« Haller lachte gequält. »Sie denken zu kompliziert, Butoryan. Die Antwort ist ganz simpel: Ich wäre ein schäbiger Hund, wenn ich Siri mit dieser Gewißheit heiraten würde, daß sie bald Witwe werden wird.«

»Und es ist nicht schäbig, sie trotzdem im Bett zu haben?«

»Wir sind glücklich. Ist das eine Antwort?«

»Nur eine halbe. Doktor, Sie leben nur noch in halben Wahrheiten.«

»Logisch, wenn man selbst nur noch ein halber Mensch ist.« Haller stand auf, knöpfte seinen weißen Kittel zu und blickte auf seine Armbanduhr. »Kommen Sie mit zur Visite? Oder hat Sie mein Zustand zu sehr angegriffen?«

»Natürlich komme ich mit.« Dr. Butoryan sprang auf. »Was halten Sie davon, wenn ich Ihnen einen großen Teil der Arbeit abnehme?«

»Gar nichts! Soll ich mich ins Eckchen setzen und ein Pfeifchen rauchen?«

»Ruhen Sie sich aus, Doktor.«

»Sie sturer Kerl!« Haller boxte den kleinen dicken Butoryan gegen die Brust und lachte. Die breite Hornbrille rutschte dem jungen Arzt auf die Nasenspitze. »Während Sie Ihren Vorschlag machen, wissen Sie bereits, wie meine Antwort ist.«

»Ja.« Butoryan senkte den Kopf und schob die Brille hoch. Er lächelte mit einer Traurigkeit, die fast ansteckend war. »Sie könnten mein Vater sein, Doktor.«

»Das könnte hinkommen.«

»Dann erlauben Sie mir, daß ich auf Sie aufpasse, wie ein Sohn auf seinen Vater aufpassen sollte – wenn der es eines Tages nötig hat.«

»Dann komm, mein Junge!«

Sie verließen das Labor, und auf dem Flur legte Haller seinen Arm um die Schultern Dr. Butoryans.

Es war nicht nur Rührung und Freundschaft, die es dazu kommen ließ – es war auch die allgemeine Schwäche, die ihn schon seit Tagen immer wieder heimsuchte.

Dr. Karipuri wurde in aller Stille begraben. Niemand war zugegen außer Dr. Haller und Oberst Donyan. Zwei ausgeheilte Lepröse schaufelten die Erde über den Sarg aus Bambusstangen, später traten sie den Boden fest, als wollten sie den Toten tief in die Erde stampfen.

Es war Nacht, als Donyan sich von Haller verabschiedete und zur Verwaltung ging, wo er ein Zimmer bekommen hatte.

»Ich werde übermorgen nach Bhamo zurückfliegen«, sagte Donyan. »Wenn die Regenzeit vorbei ist, wird man Nongkai aus der Isolation herausholen. Man plant die Verlegung einer Telefonleitung nach Homalin. Von dort gehen die Gespräche dann drahtlos weiter.«

»Das ist eine gute Nachricht, Oberst.« Dr. Haller blickte hinüber zu dem Glockenturm der christlichen Kirche. Handwerker hingen in den Gerüsten, sägten und hämmerten. Von der buddhistischen Pagode erscholl der dumpfe Klang des großen Bronzegongs. »Machen Sie die Glockenweihe noch mit, Donyan?«

»Natürlich.« Der Oberst lachte. »Das wird sogar ein militärischer Einsatz. Die Buddhisten planen eine Demonstration. Dabei sind Manoron und der Mönch die besten Freunde, wenn sie außerhalb ihrer Kirchen sind. Sie spielen auf neutralem Boden, bei dem Atheisten Simbyor, Schach und Go. Am Ende wird es so sein, daß die Glocke läutet und die Gebetsmühlen dazu rasseln. Doc, Sie haben hier eine Welt aufgebaut, wie sie brüderlicher nicht sein kann.«

Allein ging Haller dann zurück zu seiner Hütte. Die Nacht war klar, nachdem es nach dem blutigen Sonnenuntergang eine Stunde lang geregnet hatte. Die Luft war sauber, herrlich gekühlt, durch den Regen gefiltert, der giftige Dschungelatem blieb in dem verfilzten Wald hängen und erreichte noch nicht wieder das Dorf. Vor dem dunklen Hospital blieb Haller stehen. In der Wachstation und im Schwesternzimmer brannte Licht, sonst war alles dunkel. Drei struppige Hunde trotteten an ihm vorbei, knurrten ihn leise an und verschwanden um eine Hausecke. Vom Glockenturm scholl das Hämmern und Sägen durch die sonst stille Nacht. Mein Hospital, dachte Haller. Mein. Dorf. Meine Kranken. Meine kleine, unbekannte, immer feindliche, immer neu zu besiegende Welt. Es war ein Irrtum, zu glauben, daß nichts mehr zu tun war, daß alles in Routine erstarren würde. Im Dschungel ist jeder Tag ein neuer Kampf.

Haller setzte sich auf die Treppe des Hospitals und streckte die Beine weit von sich. Es war eine jener seltenen Stunden, in der Selbstgespräche wie eine kräftigende Medizin wirken.

Was wäre ich jetzt, wenn Dora Brander damals nicht gestorben wäre? dachte Haller. Ein Millionär! Ein grauhaariger

Playboy, den man in Acapulco wie in St. Moritz, auf den Bahamas wie an der Costa Smeralda kannte und als Stimmungskanone schätzte. Dazwischen natürlich Arbeit. Die Modearzt-Praxis mit exaltierten Patientinnen, deren Augen schon zu glänzen begannen, wenn er sie nur ansah, und die seufzten, wenn er ihre Haut berührte. Das wäre die eine Möglichkeit gewesen.

Oder: die akademische Laufbahn, die er damals unterbrochen hatte, die ihm aber, bei seinem Ruf als Chirurg, immer offengestanden hatte. Eine Dozentur, eine Professur, Chef einer großen Klinik, wissenschaftliche Veröffentlichungen, Vorträge, Ehrungen.

An Dora Brander war das alles gescheitert, an ihrem rätselhaften Abortus, den man ihm als vorsätzliche Tötung einer Geliebten angelastet hatte. Der Staatsanwalt hatte auf Mord plädiert. Mord mit dem Skalpell! Welch ein Rindvieh! Zu einer Abtreibung braucht man kein Skalpell, sondern eine Kürette. Er hatte das laut ausgesprochen und damit beim Gericht seine letzten Sympathien verloren. Der Rechtsanwalt hatte es ihm später gesagt. Von diesem Augenblick an war Dr. Haller schon verurteilt.

»Ich habe dich nicht umgebracht, Dora!« sagte Haller laut. »Weiß der Teufel, wer's gewesen ist, wohin du nach dem Besuch bei mir gegangen bist. Ich kann es gar nicht gewesen sein, denn ich habe nichts getan. Ich habe dir nur vorgespielt, daß ich etwas an dir mache. Aber bevor du gestorben bist, hast du noch zu Protokoll gegeben, ich habe dich töten wollen. Die letzten Worte einer armen, sterbenden, verzweifelten Frau gegen die schnoddrige Aussage des Geliebten: ›Hohes Gericht, ich bitte, mir vorzumachen, wie man mit dem Stiel eines Klappschen Wundhakens einen Abortus machen kann. Etwas anderes habe ich nämlich nicht eingeführt.‹ Was wog mehr?« Haller zog die Beine an und legte die Arme um die Knie. »Dora, jetzt danke ich dir dafür. Durch deine Gemeinheit bin ich nach Nongkai gekommen. Du hast es nicht geschafft, mich unterzukriegen. Deine posthume Rache ist vergeblich gewesen. Ich bin glücklich. Nur sieben Jahre hast du mir gestohlen, aber lassen wir's gut sein ...«

»Komm nach Hause«, sagte eine leise Stimme hinter ihm. Haller stützte das Kinn auf die Knie.

»Du bist wie eine Laus, die man nicht packen kann, Siri!« sagte er grob. »Und sie juckt, wenn man am wenigsten an sie erinnert werden will.«

»Es ist spät, Chandra.«

»Ich weiß es, verdammt.«

»Du bist müde.«

»Natürlich! Weil ich hier auf der Treppe sitze. Nachher im Bett muß ich putzmunter sein!«

»Ich werde dich in den Schlaf streicheln, Chandra.« Sie setzte sich neben ihn und strich ihm die grauen Haare aus der Stirn. »Mit wem hast du vorhin gesprochen?«

»Mit dem Mond.«

»Es scheint gar kein Mond, Chandra.«

»Eben! Ich habe gesagt: Komm raus, du fauler Kerl, und scheine!«

»Auch wenn es dunkel ist – ich sehe, daß du lügst, Chandra.« Sie klammerte sich an ihm fest, als er aufspringen wollte. »Bist du unglücklich, Chandra?«

»Ich bin glücklich!« schrie er. Mit einem kräftigen Ruck schüttelte er Siri ab, sie fiel auf die Treppe und rollte drei Stufen hinunter. Dort blieb sie liegen, als habe sie sich das Genick gebrochen. Zusammengekrümmt, die Hände auf den Leib gepreßt, lag sie da und rührte sich nicht.

»Steh auf!« sagte Haller gepreßt. »Mach keinen Blödsinn, Siri. Ich habe genau gesehen, wie du gefallen bist. Du hast dich abgerollt wie ein Fallschirmjäger. Mir kannst du so etwas nicht vorspielen.«

Er suchte in seiner Rocktasche nach der Packung Zigaretten, die ihm Oberst Donyan gegeben hatte, und steckte sich eine zwischen die Lippen. Dann tastete er nach den Streichhölzern und blickte wieder auf Siri. Sie lag noch immer am Fuß der Treppe, verkrümmt und stumm.

»Siri!« sagte Haller laut. »Wenn ich runterkomme, verhaue ich dir den Hintern! Du hast mich mit deinem ›Komm nach Hause, Chandra‹ genau in dem Augenblick gestört, als ich mich von meiner Vergangenheit endgültig verabschiedete.

Siri, laß das Theater! Steh auf! Es ist der dämlichste Moment, den man sich denken kann. Aber ich glaube, ich habe noch nie zu dir gesagt: Ich liebe dich.«

Sie drehte sich auf den Rücken, sah ihn aus ihren weiten Augen schreckerfüllt an und preßte noch immer die Hände auf den Leib.

»Hilf mir, Chandra!« sagte sie leise. »Chandra ... schnell ... hilf mir ... mein Leib ... mein Kind ... unser Kind ... Hast du es nicht gesehen ...?«

Mit einem Satz sprang Haller die Stufen hinunter, riß Siri von der Erde und drückte sie an sich. Dann rannte er die Treppe wieder hinauf und schrie:

»Butoryan! Die wachhabenden Ärzte! Pala! OP I fertig! Wo seid ihr denn? Butoryan! Pala! Schnell! Schnell!«

Brüllend, Siri auf den Armen, rannte er durch den Flur zum OP I.

Aus ihren Zimmern stürzten die Ärzte und Pala. Drei Schwestern stellten sich verstört Haller in den Weg. Es fehlte nicht viel, und er hätte sie umgerannt.

»Aus dem Weg! Wo ist Butoryan?! Schnell, schnell!«

Er spürte nasse Wärme über seine Hände fließen und wußte, daß es Siris Blut war. Das machte ihn völlig irr. Er stolperte in den OP, legte Siri auf den Tisch und schlug um sich, als ihn mehrere Hände wegzerren wollten. Plötzlich sah er Butoryans Gesicht vor sich, dick wie ein Mond, dem man eine Brille aufgesetzt hat.

»Hören Sie auf zu schreien, Doktor! Reißen Sie sich zusammen! Wie kann sich ein Arzt so hysterisch benehmen?!«

»Butoryan! Sie blutet ...«, schrie Haller.

»Das sehe ich. Seit wann macht Blut Sie verrückt!«

»Mein Kind, Butoryan! Da blutet mein Kind weg!« Haller umklammerte das Gestänge des OP-Tisches. »Mein Kind! Begreifen Sie das? Ich hätte endlich ein Kind gehabt! Butoryan! Retten Sie es! Und retten Sie Siri!«

Er fiel nach vorn, Dr. Kalewa und ein anderer Arzt schleiften ihn aus dem OP. Sie legten Haller auf ein Bett und gaben ihm eine Beruhigungsspritze. Und plötzlich weinte er, weinte wie ein kleines Kind und ballte die Fäuste.

»Ich habe es getötet«, sagte er zu Dr. Kalewa. »Hören Sie! Diesmal habe ich es getötet! Jetzt bin ich schuldig, jetzt! Ich kann nicht mehr ... Mein Gott, ich kann nicht mehr ...«

Die Operation dauerte eine halbe Stunde. In dieser halben Stunde verlor Dr. Haller die letzte Kraft, die ihn, rätselhaft genug, noch aufrecht gehalten hatte. Er benahm sich nicht wie ein Arzt, durch dessen Hände ungezählte Kranke gegangen waren, dem Leid und Schmerzen, Tod und Genesung zum Alltag geworden waren, sondern wie ein Geistesgestörter, den man zum Schutz gegen sich selbst eingesperrt und festgebunden hat. Während Dr. Kalewa zurück zum OP ging, um Dr. Butoryan zu helfen und die Narkose zu überwachen, blieb der junge Dr. Singhpur im Zimmer und hatte alle Mühe, Dr. Haller daran zu hindern, Fenster und Türen einzuschlagen. Später saß er dann nach vorn gebeugt auf dem Bett, starrte auf die Tür, vor der wie ein Erzengel Dr. Singhpur stand, mit forschenden wachen Augen, darauf gefaßt, daß Haller jeden Augenblick mit einem Satz aufspringen würde.

»Was machen sie bloß mit Siri?« sagte Dr. Haller plötzlich. »Gehen Sie hinaus und sehen Sie nach, was sie mit Siri machen.«

»Nein, Dr. Haller.«

»Ich bitte Sie, junger Kollege!«

»Ich darf Sie nicht allein lassen.«

»Vielleicht läuft etwas schief im OP! Es muß etwas schiefgelaufen sein, sonst wäre nicht diese vollkommene Stille!« Haller sprang mit einem Satz auf. Im gleichen Moment ging Dr. Singhpur in Boxstellung. »Warum kommt keiner?« brüllte Haller. »Warum läßt man mich allein?«

»Haben Sie bei Ihren Operationen den wartenden Verwandten Zwischenberichte gegeben?« fragte Singhpur.

»Das ist etwas anderes.«

»Aha! Wieso eigentlich? Es ist merkwürdig, daß sich die meisten Ärzte in gleichgelagerten Situationen so benehmen, wie sie es sich von ihren Patienten oder deren Angehörigen energisch verbitten.«

»Trommeln Sie nur auf mir herum, Sie junger Flegel! Nur immer zu!«

»Verdammt, hören Sie auf, sich ständig selbst anzuweinen! Es ist zum Kotzen, Dr. Haller! Sie haben aus Nongkai ein Paradies der Kranken gemacht, und was hört man nur von Ihnen: Ich bin ein Wrack!, Ich bin eine Ruine! Ich habe nur noch wenig Zeit! Ich habe mich aus diesem Leben weggesoffen! Immer dasselbe ... es wird jetzt langweilig, Dr. Haller! Drehen Sie die Platte einmal rum! Spielen Sie Marschmusik!«

Haller starrte den jungen Arzt entgeistert an. Was verlangen sie alle eigentlich von mir, dachte er. Verdammt, ich bin ein Mensch wie ihr auch! Was Nongkai geworden ist – das ist nur einer Trotzreaktion gegen Taikky und Karipuri zu verdanken. Sie griffen mich an, und ich schlug zurück ... das war alles! Das ist das ganze Geheimnis meines verfluchten ›Engelseins‹. Aber sie begreifen es alle nicht. Für sie bin ich ein Übermensch! Ich darf keine Gefühle haben, ich darf nicht zusammenbrechen. Es ist zum Kotzen, immer nur Vorbild sein zu müssen!

»Ich möchte Sie in den Hintern treten, Singhpur«, sagte Haller heiser.

»Wenn es Sie erleichtert – bitte.«

»Fragen Sie im OP nach!« schrie Haller. »Ich halte das nicht mehr aus. Begreift das denn keiner: Ich habe nur noch Siri!«

Die Tür sprang auf. Dr. Butoryan und Dr. Kalewa kamen herein. Bevor Haller etwas sagen konnte, bellte ihn der kleine, dicke Butoryan an. Seine dunkle Hornbrille balancierte auf dem Nasenrücken.

»Was toben Sie so herum, Sie hysterische Diva?« rief er. Er streckte den Arm aus, als sich Haller von der Wand abstieß. »Bleiben Sie bloß stehen, wo Sie sind. Wir sind zu dritt!«

»Siri ...«, sagte Haller unendlich müde. »Was ist mit Siri? Nur ein Wort, Butoryan: Lebt sie?«

»Warum nicht? Es war eine glatte Kürettage ohne Komplikationen. Ein Fötus zu Beginn des dritten Monats. Es wäre ein Mädchen geworden.«

»Eine Tochter.« Haller sank auf das Bett. »Ich hätte eine Tochter gehabt.«

Später saß er an Siris Lager, hielt ihre schmale, kalte Hand, blickte in ihre dunklen Augen und war wieder der alte Dr. Haller. Er trug wieder seinen weißen Arztmantel und hatte kurz vorher Butoryan aus dem Zimmer geschickt, als dieser bei Siri nachsehen wollte.

»Ich behandle weiter!« hatte er gesagt. »Ihre ewig rutschende Brille irritiert die Kranke. Mann, kaufen Sie sich doch endlich mal ein anständiges Gestell!«

»Er ist wieder da!« sagte Dr. Butoryan glücklich zu den anderen, die auf dem Flur warteten. »Er blökt mich wieder an! Gehen wir an unsere gewohnte Arbeit, meine Herren. Visite wie immer.«

»Chefvisite?« fragte Dr. Singhpur verblüfft.

»Was sonst? Wie ich Dr. Haller kenne, operiert er in einer halben Stunde wieder selbst!«

Er kannte ihn. Dr. Haller stand pünktlich am Operationstisch und hielt seine Hände hin, damit man ihm seine Gummihandschuhe überstreifte. Butoryan trat zur Seite, nun war er wieder, der Erste Assistent.

»Ich habe mich säuisch benommen, was?« fragte Haller leise, als sie sich am OP-Tisch gegenüberstanden. Butoryans Augenbrauen hoben sich.

»Ich weiß nicht, was Sie meinen, Dr. Haller ...«

»Ich danke Ihnen, Kollege. Es tut verdammt gut, einen Freund zu haben ...«

Verlegen strich Butoryan das Abdecktuch über dem nackten Körper des Patienten glatt. In diesem Augenblick verstand er, warum man Dr. Haller wie keinen zweiten Menschen lieben oder hassen konnte.

Am Abend, müde, mit einem verzerrten Lächeln, das ungebrochene Kraft vorspielen sollte, obgleich der Körper an der Grenze des Zusammenbruchs angelangt war, saß Haller neben Siris Bett und fütterte sie mit dicken roten Kirschen, die Minbya, der seiner Krankheit wegen seine Tochter jetzt nicht besuchen durfte, an der Hospitaltür abgegeben hatte. In Zukkerlösung eingelegte Kirschen, für Siri der Inbegriff des Wohlgeschmacks.

»Ich liebe dich«, sagte Haller bei jeder Kirsche, die er Siri in den Mund steckte. Sie war nicht so schwach, daß sie nicht selber hätte essen können, aber Haller bestand darauf, sie wie ein kleines Kind zu füttern. »Ich liebe dich!«

»Ich bin so glücklich –«, sagte Siri plötzlich. Er sah sie erstaunt an.

»Jetzt?«

»Ja, Chandra.«

»Das verstehe ich nicht.«

»Wie kann ein Mann das auch verstehen? Etwas von dir hat in mir gelebt.«

»Noch nicht –«

»Aber es ist gewachsen und hätte gelebt. Daß du so an Worten hängst, Chandra!« Sie legte ihr Gesicht in seine Hand und war so klein und schutzbedürftig wie ein junger Vogel. »Bleib bei mir, Chandra –«

»Immer, Siri.«

Ich werde Manoron bitten, uns bald zu trauen, dachte er. Und in Rangun werden wir es in der Deutschen Botschaft offiziell machen. Standesamtlich, nach deutschem Recht. Schon wegen der Erbfolge. Vor sieben Jahren hatte ich am Stadtrand von Hannover ein schönes Gartengrundstück. Jetzt, nach sieben Jahren, werden die Häuser um den Bauplatz herumgewachsen sein, ein grüner Fleck im Betonkragen, der Hunderttausende wert sein kann.

Vorher hatte ihn das nicht interessiert. Ein Vagabund mit einem eigenen Baugrundstück – wie paßt das zusammen! Aber jetzt tauchte es wieder in der Erinnerung auf. Waldstraße, ohne Nummer. Siri sollte es erben. Sie würde die reichste Frau im Norden Birmas werden.

Sie blieben die ganze Nacht zusammen, und jeder träumte mit offenen Augen von seiner eigenen Welt. Siri von dem Glück, Mutter von Chandras Kindern zu sein, und Haller von seinem letzten Kampf: seiner Rehabilitierung als Arzt in Deutschland.

Gegen Morgen klopfte es an der Tür. Doktor Butoryan kam herein.

»Ich muß Ihr Idyll stören, Dr. Haller -«, sagte er. »Sie werden gebraucht. Eine Schlägerei zwischen zwei Leprösen ... der eine fand den anderen im Bett seines Mädchens. Jetzt fehlt dem einen ein Stück von seinem morschen Ohr, und dem anderen ein kleiner Finger. Wir müssen nachamputieren ...«

»Dann ran!« Dr. Haller stand auf und deckte die schlafende Siri mit dem Laken zu. Daß er vor Müdigkeit schwankte, nahm er nicht wahr.

Welch ein glücklicher Mensch, dachte Butoryan und eilte Dr. Haller nach. Wer hat schon die Gabe, von einer Stunde zur anderen zu leben und sich wohl dabei zu fühlen?

Am nächsten Tag fand die Glockenweihe statt.

Es wurde ein Triumph der christlichen Kirche, und der Prediger Manoron, verstärkt durch den Kirchenchor, lobte Gott in allen Tönen. Nachdem er die Glocke gesegnet und ihr den Spruch mitgegeben hatte: »Wer Deine Stimme nicht versteht, ist ein Schwachkopf, aber Gott liebt die geistig Armen« – wurde die Glocke an dicken gedrehten Lianentauen hochgezogen und schwenkte in den neugebauten offenen Glockenturm. Dort standen der Küster, der zum letztenmal seinen geliebten Kürbis blies, Minbya, der Bürgermeister, vier kräftige Jünglinge und Pala, der als Neuchrist die Ehre hatte, der Glocke den ersten Stoß zu geben.

Bis sie an dem Doppelhaken hing, sang der Kirchenchor und blies das kleine Orchester auf Trompeten und Hörnern. Jenseits des Blocks der Christen hatten sich die Buddhisten versammelt, an der Spitze der Mönch in seinem wallenden orangefarbenen Gewand. Die Sonne glänzte auf seinem glattrasierten Schädel.

Die Glocke hing, Pala gab ihr den ersten Schwung, der Klöppel schlug an, und ein schöner voller Ton hallte weit über Nongkai in den Dschungel.

Plötzlich war es ganz still im Dorf. Es schien, als halte jeder für einen Augenblick den Atem an, sogar die Buddhisten. Selbst vom Dschungel her kam kein Laut, sogar den hochwasserwütenden Nongnong hörte man nicht mehr. Da war nur dieser eine Ton in der Luft, der jetzt von einem zweiten überholt wurde und mit dem Nachhall verschmolz, als Pala der Glocke den zweiten Stoß gab. Ein Ton, den noch keiner in Nongkai gehört hatte.

Manoron rannen die Tränen über die Backen. Er raffte sein weißes Priestergewand, ging über den Marktplatz und breitete vor dem buddhistischen Mönch weit die Arme aus. Der glatzköpfige Jünger Buddhas kam ihm die letzten Schritte entgegen, und unter dem Klang der jetzt voll ausschwingenden Glocke umarmten sie sich, küßten sich brüderlich und sahen dann, Arm in Arm, am Glockenturm empor, wo das dröhnende Metall in der Sonne blitzte.

»Die Ewige Liebe ist mit uns«, sagte der Mönch.

»Amen!« sagte Manoron. »Kommt, Brüder, ich habe zwei Ochsen schlachten lassen. Jetzt fressen wir, bis wir umfallen!«

An diesem Tag waren neunhundert Leprakranke eine einzige große Familie.

Oberst Donyan suchte im Hospital Dr. Haller. Alle Ärzte und Schwestern waren zur Glockenweihe gegangen und standen um die beiden brutzelnden Ochsen herum, die sich an zwei riesigen Spießen über dem Feuer drehten. Der köstliche Bratenduft durchzog alle Gassen und drang in jede Hütte.

Donyan fand Haller in einem Zimmer, von dem aus man auf die Kirche sehen konnte. Dort saß Siri auf einem Rollstuhl und lehnte den Kopf gegen Hallers Brust.

»Auch das ist Ihr Tag, Doc!« sagte Donyan und trat neben ihn. »Was haben Sie alles für diese ärmsten aller Menschen getan! Diese neunhundert Leprösen da draußen wiegen tausendmal auf, was Sie im Leben angestellt haben mögen! Und ich prügele jeden zu Zwergschweingröße, der etwas Schlechtes über Sie sagt. Soll ich Ihnen ein Stück Rinderbraten bringen, Doc?«

»Danke, Sie sind ja hier, Donyan. Ein Rindvieh genügt mir.«

Die Glocke von Nongkai läutete eine neue Zeit ein.

Doch das ahnte keiner von all denen, die um die Ochsen standen und darauf warteten, daß ihr Fleisch gar wurde.

Was ist ein halbes Jahr im Leben eines Menschen?

Wenn man ohne Kalender und nur nach dem Wechsel der Gestirne lebt, merkt man es gar nicht. Und selbst, wer jeden Tag ein Kalenderblatt – und damit ein unwiederbringbares Stück seines Lebens – abreißt, ermißt erst am Wandel der Natur, daß Wochen vergangen sind, wie Wassertropfen im Sandboden versickern. Man hat gegessen und geschlafen, gearbeitet und geruht, geliebt und gelitten, das Schöne umarmt, das Häßliche gemieden, man hat erobert und war auf der Flucht, wie man es immer tut, ohne sich darüber Gedanken zu machen ... und dann ist ein halbes Jahr herum, und man sieht, daß die Zeit in Wahrheit ein rasendes, fressendes, alles vertilgendes, unbesiegbares Ungeheuer ist.

Siri kam bald wieder zu Kräften. Die tragische Fehlgeburt, der Verlust des Kindes, das sie unter dem Herzen getragen hatte, war auch für Siri ein schwerer Schock gewesen. Aber sie kam schneller darüber hinweg als Haller, der jede freie Minute an ihrem Krankenlager verbrachte. Sie war ja noch so jung und voller Hoffnung, daß sie noch viele Kinder mit ihrem geliebten Chandra haben würde. Schließlich war sie es, die Haller trösten mußte und die ihm neue Kraft gab, die er so dringend benötigte.

Das Leben in Nongkai hatte sich völlig normalisiert. Klinikarbeit, Ambulanz, Poliklinik – eine Neuerung von Dr. Haller, die Dr. Kalewa leitete –, weiterer Ausbau der Hygiene, monatliche Besuche von Oberst Donyan, das Richtfest des neuen Hospitals, zwei Patiententransporte, die Einweihung der ersten Telefonverbindung zwischen Nongkai und Homalin, der ständig rollende Nachschub an Medikamenten und Instrumenten, Betten und Wäsche: all das erforderte Wachsamkeit, Organisationstalent und sorgfältige Registrierung.

Nongkai – das war kein exotischer Name mehr. Er stand jetzt in den Spendenkarteien der großen Hilfsorganisationen in Europa und den USA. Fotos aus Nongkai illustrierten Aufrufe in aller Welt: »Helft den Kranken! Sagt der Lepra den Kampf an!« Nongkai war zum Symbol geworden für den unbändigen Lebenswillen des Menschen.

Es war ein schwüler Abend, die Sonne ging merkwürdig blaß und milchig in einem Gespinst von Wolken unter. Der Dschungel lag wie gelähmt, ein fauliger Geruch hing über Nongkai. Minbya hatte sich eine große Badewanne aus harzverschmierten Holzbrettern gebaut und lag schon drei Stunden darin und ließ sich von seiner Frau kühles Wasser über den Kopf gießen. Es war ein höllischer Tag gewesen, wolkenlos und windstill.

Dr. Haller ging langsam vom Hospital zu seiner Hütte zurück. Er hatte wieder neun Stunden am OP-Tisch gestanden.

»Rufen Sie das zweite Team!« hatte nach sechsstündigem Operieren Butoryan zu Haller gesagt. »Sie sehen erbärmlich aus, Doktor.«

Aber Haller hatte nur stumm den Kopf geschüttelt und weitergemacht.

Endlich war alles vorüber. Siri wartete in der Hütte mit dem Abendessen und ihren wundervoll erfrischenden Blumenölen, mit denen sie Haller nach jedem Bad einrieb und massierte.

Kurz vor der Hütte überfiel Haller wieder die lähmende Kälte, die er schon vergessen hatte. Er blieb wie zurückgestoßen stehen, atmete tief durch – es klang wie ein Seufzen. Wie damals zwang er sich weiterzugehen, aber diesmal hatte das Unbekannte kräftiger zugeschlagen. Er begann heftig zu schwanken, ruderte mit den Armen, um das Gleichgewicht zu halten, erreichte die Hüttentür und klammerte sich an ihr fest. Todesangst, die er nie vorher gekannt hatte, überflutete ihn so mächtig, daß er mit weit aufgerissenem Mund zu schreien begann. Aber niemand schien ihn zu hören, denn er schrie nach innen, wie er entsetzt feststellte; nach draußen drang nichts als ein klägliches Stöhnen. Die Glocke begann den Abend einzuläuten und schluckte nun auch diesen armseligen Laut, überdeckte ihn mit Dröhnen und Gottes Halleluja und hieb die Töne wie mit Schmiedehämmern auf Hallers Kopf.

»Aufhören!« brüllte er und erstickte an seinen Worten. »Aufhören! Hilfe! Hilfe! Siri! Siri!« Mit einem hohlen Gurgeln rutschte er an der Tür herunter, schlug mit dem Kopf gegen das Holz, und nur das machte Siri, die am Herd stand, aufmerksam.

Sie trocknete die Hände ab und zog die Tür auf.

Haller fiel ihr entgegen, schlug mit dem Gesicht auf, sie erwischte noch seinen Blick – große starre Augen, die etwas zu sehen schienen, was niemand sonst sah –, dann erst begriff sie, wer vor ihr lag.

Am nächsten Morgen wußte man Bescheid. Butoryan, Kalewa und sieben Ärzte hatten um Hallers Leben gekämpft. Was es an Möglichkeiten gab, war eingesetzt worden, aber welche Möglichkeiten gibt es bei einem versagenden, paralysierten Gehirn? Was da innen gerissen sein mochte, war irreparabel, darüber gab es keine Illusion. Es kam nur noch darauf an, das, was von Dr. Haller lebte, am Leben zu erhalten. Und das war wenig.

Er lag an drei Infusionen und Dauertropfs, das Herz wurde mit Injektionen zum Weiterschlagen gezwungen, der zusammenbrechende Blutkreislauf angeregt und hochgepumpt, um die Hirnzellen mit Blut und Sauerstoff zu ernähren. Das erst vor vier Wochen gelieferte Sauerstoffzelt, das Haller für überflüssig gehalten hatte, da man hier keine modischen Herzinfarkte zu behandeln habe, wurde von Dr. Kalewa aufgebaut und versorgte Haller mit frischem, reinem Sauerstoff.

Gegen Mitternacht war die größte Gefahr gebannt, aber erst gegen Morgen stand fest, daß es einen Dr. Haller, wie er gewesen war, niemals wieder geben würde.

Siri, die während der langen Stunden neben dem Bett gesessen hatte, stumm, eine atmende Puppe, mit gefalteten Händen, erkannte die Wahrheit, als Pala, der finstere, scheinbar nie zu einer Gemütsbewegung fähige Pala, am Bett Dr. Hallers niederkniete und zum erstenmal ohne Stocken das Vaterunser betete. Er weinte dabei, und das war fast ebenso ungeheuerlich wie die Tatsache, daß Dr. Haller nur noch als Hülle dalag, ein Balg aus Knochen, Muskeln und Haut, in dem ein rätselhafter Mechanismus klopfte und blies, röchelte und vibrierte.

»Er wird weiterleben«, sagte Dr. Butoryan zu Siri. »Aber ob man ihm das wünschen soll?«

»Chandra ist unsterblich!« sagte Siri.

»Jeder menschliche Körper vergeht, Siri.«

»Chandra nicht.«

»Das widerspricht aller biologischen Erfahrung, Siri. Es hat keinen Zweck, sich in Märchen zu flüchten. Das war eine Apoplexie, die ein anderer nicht überlebt hätte. Daß er sie durchgestanden hat, ist allein schon ein Wunder! Ein solcher Hammerschlag bricht einen Menschen auseinander.«

»Aber Chandra ist noch da!«

»Ja. Gelähmt. Kein Wimpernzucken, keine Bewegung der Zehen. Ich habe darauf gewartet. Ich habe ihn jeden Tag gewarnt. Bei seiner Liquoruntersuchung bin ich fast umgefallen vor Entsetzen. Und jeden Abend habe ich mich gefragt: Wieder ein Tag vorbei – Wie hat er ihn bloß ausgehalten? Ist er anders als andere Menschen? Bei dem Befund? Was hält ihn bloß aufrecht? Und immer habe ich gesagt: ›Hören Sie auf, Doktor! Schonen Sie sich! Wir beide allein wissen, was los ist!«‹

»Ich wußte es auch«, sagte Siri ruhig.

»Und du hast nichts dagegen getan? Gerade du?« Butoryan starrte Siri fassungslos an.

»Ich habe ihn geliebt. Er ist sein ganzes Leben lang nie richtig geliebt worden. Er wußte gar nicht, was Liebe ist. Er hatte Frauen im Bett, aber sein Herz blieb immer leer.« Sie blickte hinüber zu Haller. Er lag mit offenen, starren Augen unter dem Sauerstoffzelt, wie gefesselt mit Schläuchen und Sonden, die in seinen hilflosen Körper führten. »Nur das konnte ich für ihn tun.« Sie wandte den Kopf zu Dr. Butoryan zurück. »Chandra wird wieder laufen lernen.«

»Nein!« Es war hart, aber Butoryan fühlte sich zu rücksichtsloser Offenheit verpflichtet. Es gab keine Hoffnung mehr.

»Er wird wieder sprechen.«

»Nie.«

»Er wird wieder Kranke heilen.«

»Siri, das sind doch irre Illusionen!«

»Für Sie, Dr. Butoryan. Haben Sie einen Notizblock? Schreiben Sie auf, was ich Ihnen sage.«

Sie blickte auf Ihre Armbanduhr. »Heute, den 17. November, morgens fünf Uhr vierzehn, sage ich, Siri, daß Chandra wieder laufen, sprechen und heilen wird.«

Butoryan rührte sich nicht. Er verzieh es Siri. Ihre Verzweiflung mußte alle Maße sprengen.

»Und wie wollen Sie das fertigbringen?« fragte er trotzdem, weil sie auf eine Reaktion zu warten schien. »Mit welchem Wundermittel?«

»Mit der Liebe, Butoryan.«

Wehrlos gegen diesen Glauben, verließ er das Zimmer.

Draußen, über den Urwaldbergen, flammte die Sonne auf. Ein herrlicher Strahlenkranz umgab sie.

Auf den Reisfeldern landete mit einem Hubschrauber Oberst Donyan und rannte in das Dorf.

Stille empfing ihn. Leere Straßen. Zum erstenmal seit ihrer Weihe läutete die Glocke nicht den Morgen ein. Die Menschen hockten in ihren Hütten und beteten.

Da wußte Donyan, daß alles verloren war.

Dr. Haller überlebte die ersten kritischen Wochen, er überlebte auch ein Herzflimmern und einen neuen Kreislauf Zusammenbruch. Er überlebte einfach alles, was ein Mensch nach medizinischer Erfahrung gar nicht überleben konnte. Er lag bloß da, später ohne Sauerstoffzelt und Infusionen, und das erste, was er ganz leicht, kaum spürbar, wieder bewegen konnte, war seine linke Hand. Mit ihr hielt er Siris Hand fest, und es war, als habe man damit einen Stromkreis geschlossen, der ständig Kraft in ihn hineinfließen ließ.

»Es ist unheimlich«, sagte Butoryan zu den anderen Ärzten, als Haller nach neun Wochen zu lallen begann. Er konnte bereits den Kopf hin und her bewegen und Siris Hand mit seiner Hand drücken. Er brauchte auch nicht mehr durch Sonden ernährt zu werden. Die Schluckbewegung war wiedergekommen, über Nacht. Siri erzählte es dem fassungslosen Butoryan.

»Ich wage jetzt zu behaupten«, sagte Butoryan laut, »daß allein Siri in der Lage ist, Dr. Haller zu retten. Nur sie! Wir können nur Zuschauer bleiben!«

»Und wie lange hält sie das durch?« fragte Doktor Singhpur. »Wann schläft sie eigentlich?«

»Es gibt Tiere, die schlafen im Stehen. Zum Beispiel Pferde.«

»Sie ist ein Mensch.«

»Glauben Sie das noch, Dr. Singhpur?« Doktor Butoryan, in diesen Wochen dünner geworden und deshalb noch kleiner Wirkend, wischte sich über die Stirn. »Für das, was wir hier erleben, habe ich keine Erklärung. Oder hat einer der Kollegen eine?«

Man hatte keine. Aber Dr. Haller gesundete weiter. Nach vierzehn Wochen saß er im Bett und aß mit eigener, noch zittriger Hand. Seine Sprache war noch nicht wiedergekommen, es blieb bei einem Lallen, das aber bereits Ansätze von Wortbildungen zeigte. Dafür konnte er schreiben, hatte ständig einen großen Block auf den Knien liegen und beschimpfte Butoryan schriftlich, wie sonst in seinen besten Zeiten mit Worten: »Sehen Sie denn nicht, wie Siri zusammenfällt?«

»Um sie von Ihnen wegzubekommen, müßte ich sie narkotisieren«, antwortete Dr. Butoryan.

»Dann tun Sie's endlich!« schrieb Haller. »Sie ist ja nur noch Haut und Knochen!«

Aber das blieb ein einsamer Wunsch. Siri wich nicht von seinem Bett. Aber sie schlief jetzt endlich auf einem Nebenbett an der gegenüberliegenden Wand, und Haller war glücklich, wenn er in schlaflosen Nächten ihren ruhigen, gleichmäßigen Atem hörte. Nach zwanzig Wochen hob man ihn aus dem Bett und setzte ihn in einen Rollstuhl.

Er war so schlapp, daß man ihn an der Rückenlehne festbinden mußte, weil er ständig nach vorn kippte. Er konnte jetzt auch wieder, wenn auch mit schwerer Zunge, sprechen. Und eines Tages befahl er, mit großer Anstrengung;

»Los! Fahren! Vi... Visi... Visite!«

Es war ein Anblick, den keiner der Leprakranken vergaß, als man »ihren« Arzt, an den Rollstuhl festgebunden, durch die Stationen fuhr, und er zu jedem Kranken mühsam sagte: »Gu...ten Tag! Kopf hoch! Ich auch! Wei...ter ...«

Schweißgebadet nach dieser ersten, höllischen Visite, sank Dr. Butoryan auf einen Stuhl. Den anderen Ärzten ging es nicht anders. Pala und Siri versorgten Dr. Haller und gaben ihm Kreislaufmittel. Diese erste Ausfahrt hatte ihm mächtig zugesetzt. Er gestand es nicht ein, aber er war froh, als er wieder im Bett lag.

»Mor...gen wie...der«, sagte er leise zu Siri, die ihm das Gesicht mit Alkohol abrieb. »Vi – si – te.«

In der zweiundzwanzigsten Woche nach seinem Zusammenbruch saß Dr. Haller gerade im Rollstuhl, konnte ganze Sätze sprechen, seine Hände zitterten nicht mehr, und er sagte zu Dr. Butoryan: »Mein Junge, ich konnte gar nicht sterben. Ihr dämliches Gesicht war immer über mir. Noch immer die scheußliche, rutschende Brille! Wie kann man denn ruhig sterben, wenn man sich immer über Sie ärgern muß!«

An einem trüben Septembertag, fast ein Jahr nach Hallers Erkrankung, landete Oberst Donyan wieder auf dem Reisfeld hinter Nongkai. Es mußte etwas sehr Wichtiges sein, was ihn in den Dschungel trieb und ihn die waghalsige Landung auf dem nassen Boden nicht scheuen ließ.

Dr. Haller, der aus seinem Rollstuhl auf der Terrasse des Hospitals den zweimal über Nongkai kreisenden Hubschrauber beobachtete, hatte ein wenig gutes Gefühl, als er Donyan eine halbe Stunde später im offenen Krankenhausjeep ankommen sah.

»Ich sehe Ihnen an, daß Sie schlechte Nachrichten bringen«, sagte Haller, ehe Donyan noch ein Wort sprechen konnte.

»Wieso?« Der Oberst zupfte an seiner grünen Uniformjacke, es war seine typische Verlegenheitsgeste. »Ich wollte mich nur mit Ihnen etwas länger unterhalten, Doc.«

»Dazu haben Sie bis heute das Telefon benutzt. Außerdem wäre in zehn Tagen Ihr Monatsbesuch sowieso fällig gewesen. Also raus mit der Wahrheit: Was ist los?«

Siri kam aus dem Hospital mit einem Tablett und drei Gläsern Fruchtsaft.

Donyan griff sofort danach, trank sein Glas gierig aus und seufzte. »Das müßte Whisky sein«, sagte er.

»So schlimm?« Haller spürte einen Druck im Magen. Er überlegte, was Donyan so aus der Fassung bringen konnte.

Taikky war tot, Karipuri war tot, niemand sprach mehr über diese Zeit der Korruption und des Verbrechens an den Kranken. Sie war auch für die Regierung in Rangun, unter deren Aufsicht alles geschehen war, kein Ruhmesblatt. Donyan hatte also nichts zu befürchten – auch wenn erst jetzt seine Beziehungen zu Taikky ans Licht kommen sollten. Nein, es mußte etwas anderes sein, etwas, das ganz Nongkai berührte.

»Sie bekommen einen Liter Whisky, wenn Sie endlich reden, Oberst!« sagte Haller. Es ging ihm seit zwei Wochen, den Umständen entsprechend, ausgezeichnet. Alle Lähmungen hatten sich zurückgebildet, nur die Beine waren noch kaum beweglich. Siri und Haller trainierten zwei Stunden am Tag und machten Geh- und Stehübungen. Daß seine Beine aber jemals wieder seinen Körper tragen würden, wagte selbst Haller nicht zu hoffen. »Vielleicht will ich gar nicht«, sagte er einmal mit Ironie zu Dr. Butoryan. »Ständig herumgefahren zu werden, das ist herrlich! Ich war immer schon ein fauler Kerl!«

Oberst Donyan nahm Haller das Glas aus der Hand und trank auch das leer. Er begann heftig zu schwitzen.

»Ich will es Ihnen ganz klar und brutal sagen, Doc«, setzte er dann an. »Mit Ihnen kann man ja doch nicht um die Ecke reden. Also – ich komme in zehn Tagen wieder.«

»Und deshalb landen Sie im Reis?«

»Ich komme nicht allein!« Donyans Stimme klang seltsam gequetscht. »Ich bringe etwas mit. Verdammt, jetzt muß ich doch weit ausholen! Also: In den letzten Monaten ist so viel an Geldern nach Nongkai hineingepumpt worden, ist so viel in aller Welt über Nongkai gesprochen worden, daß die Regierung in Rangun mit Freuden zugegriffen hat, als man ihr das Angebot unterbreitete, das Lepradorf als ein Musterbeispiel für Entwicklungshilfe zu übernehmen.«

»Scheiße!« sagte Haller leise. »Weiter ...«

»Sie sagen es, Doc. Ihr Land, Deutschland, hat einen Entwicklungshilfevertrag mit Birma abgeschlossen und unter anderem auch Nongkai als besonders förderungswürdig auf die Liste gesetzt. Das heißt ...«

»... es sind deutsche Ärzte und Schwestern unterwegs!« Haller riß Donyan das Glas aus der Hand. »Whisky, Siri!«

»Chandra!« sagte Siri ganz leise.

»Whisky!« schrie er. »Randvoll! Wenn man mich in den Arsch tritt, und ich kann mich nicht wehren, will ich mich wenigstens betäuben!«

»Keiner tritt Sie in den Arsch, Doc!« Donyan wischte sich den Schweiß vom Gesicht. »Die Regierung entläßt Sie in allen Ehren. Mit einer Pension! Und nicht sofort. Sie sollen Ihre Kollegen einarbeiten, man bietet Ihnen in Rangun ein Haus an. Außerdem, so sagt man, ein kranker Mann wie Sie ...«

»Halten Sie doch den Mund!« Haller winkte ab. »Ich bin ein Krüppel, ich muß weg. Das ist alles! Oder irre ich mich?«

»Sie irren sich, Doc. In Rangun sind Sie weiterhin der große Wundertäter. Messen Sie unsere Dankbarkeit nicht an europäischen Maßstäben! Ihre Ablösung erfolgt auf Wunsch Ihrer deutschen Kollegen. Nach dem Vertrag übernehmen diese Leute die volle Verantwortung für das Lepradorf. Sie kommen mit einem Chefarzt, neun Ärzten und zehn Schwestern. Dazu der hier arbeitende Stamm an Personal – das reicht aus, um Nongkai zu einem Juwel von Hospital zu machen.«

»Ich verstehe.« Dr. Haller lehnte sich in seinem Rollstuhl zurück. »Nur der Chefarzt ist überflüssig geworden.«

»So ist es«, sagte Donyan leise. »Darum bin ich zu Ihnen gekommen, unter Verletzung meiner Schweigepflicht.«

»Sie sind ein guter Kerl, Oberst.« Aus dem Krankenhaus kam Siri mit zwei Gläsern Whisky. Ihr folgten Dr. Butoryan, Dr. Kalewa und Dr. Singhpur, alarmiert von Siris Ausruf: »Chandra will wieder trinken!«

»Bei Ihnen brennt wohl eine Sicherung durch!« rief Butoryan.

»Noch nicht!« Haller lachte hart. »Aber sie schmort! Siri, das Glas!«

»Nein!« rief Dr. Singhpur.

»Verdammt, ja!« Haller stützte sich auf. Mit einem Ruck stieß er sich ab und stand. Zum erstenmal seit einem Jahr stand er auf seinen eigenen Beinen. Er hob den rechten Arm.

Nur mit dem linken stützte er sich noch auf den Holm des Rollstuhls. »Meinen Whisky!« schrie er.

Die Ärzte starrten ihn entgeistert an. Die Gläser in Siris Händen klirrten.

Er steht wieder auf seinen Beinen!

»Jetzt haben Sie einen verdient«, sagte Butoryan. Seine Stimme schwankte. »Und wir alle trinken einen mit.«

Donyan blieb nur eine Stunde, dann flog er zurück nach Homalin. Allein mit Siri, saß Haller wieder in seinem Rollstuhl. Seine Beine hatten ihm genau neun Sekunden lang gehorcht.

»Was willst du tun, Chandra?« fragte Siri leise und küßte sein grau gewordenes, struppiges Haar.

»Hier sitzen bleiben! Nongkai ist mein Werk!« Er schlug mit der Faust auf die Armlehne des Rollstuhls. »Ich lasse mich nicht mehr auf die Straße werfen!«

Es war ein Tag wie jeder andere in Nongkai, als die lange Fahrzeugkolonne vom Flugplatz Homalin im Lepradorf eintraf. Militär, an der Spitze Donyan, finster, wortkarg, geradezu unhöflich den deutschen Ärzten gegenüber, junge Schwestern mit ihrer Oberin, dazu weitere Leprakranke, die man der Einfachheit halber gleich mitgegeben hatte. Niemand beachtete die Ankömmlinge. Auch Bürgermeister Minbya begrüßte sie nicht.

Vor dem Hospital hielt der Jeep, in dem Donyan und zwei Ärzte saßen, die mit hochgezogenen Augenbrauen die Hütten musterten. Es schien in ihren Augen alles sehr primitiv zu sein.

»Das ist ein Musterdorf?« fragte einer der Ärzte, als sie ausstiegen. Donyan wies sie sofort zurecht:

»Wir sind hier im Dschungel, nicht auf der Königsallee!«

»Aha! Sie kennen Düsseldorf?«

»Nein, aber das ist ein Ausspruch von Dr. Haller!«

Der Name schien unangenehm zu wirken. Die Ärzte blickten hinauf zur Veranda. Dort saß Doktor Haller in seinem Rollstuhl, Siri stand hinter ihm. Durch die offene Flügeltür sah man im Vorraum des Hospitals die anderen Ärzte in ihren weißen Kitteln stehen, die meisten mit den Händen in den Taschen.

»Na, dann wollen wir mal!« sagte einer der Ärzte und nahm seinen Tropenhelm ab. »Einen besonders begeisterten Empfang scheint es hier nicht zu geben.« Er sprang die paar Stufen hinauf und deutete vor Haller eine knappe Verbeugung an.

»Muthesius.«

»Haller.«

»Man hat Sie unterrichtet, Herr Haller, welche Veränderungen hier ab sofort vorgenommen werden. Der Deutsche Entwicklungsdienst ist sehr daran interessiert, aus Nongkai ein Paradebeispiel für tropische Medizin zu machen. Ich bin zum Chefarzt ernannt worden. Wir können in den nächsten Tagen alles Technische besprechen.«

»Warum in den nächsten Tagen?« Haller lächelte Dr. Muthesius freundlich an. Welch ein gelackter Affe, dachte er. Man wird ihn zweimal durch den Schlamm des Nongnong ziehen müssen, ehe er halbwegs hierher paßt. Er hob sein Handgelenk und blickte auf die Uhr. »In einer Stunde ist Visite. Fangen Sie an.«

Dr. Muthesius zog eine Packung aus der Tasche und zündete sich eine Zigarette an. Er schielte zu den einheimischen Ärzten hinüber, die sich im Hospitaleingang versammelt hatten. Sie betrachteten ihre deutschen Kollegen mit spürbarer Abneigung.

»Wir haben gesehen, daß über dem Eingang das Schild ›Dr.-Haller-Hospital Nongkai‹ steht«, sagte Dr. Muthesius sehr betont. »Bitte mißverstehen Sie uns nicht, Herr Haller, aber ...« Er machte wieder einen tiefen Zug. »Wir waren beauftragt, das zuständige Ministerium in Rangun darauf hinzuweisen, daß Sie keine Approbation besitzen. Der neue Name dieses Hospitals lautet; »Deutsches Lepraforschungszentrum Nongkai.«

»Das ist gut«, sagte Haller ruhig. »Deutsch ist immer gut! Ein Name mit Deutsch repräsentiert Ordnung.« Er sah Dr. Muthesius, der unsicher wurde, starr an. »Ist Ihnen auch bekannt, daß ich bis zuletzt bestritten habe, den Abortus gemacht zu haben?«

»Sie sind verurteilt worden«, antwortete Muthesius steif. »Wegen Totschlags, nicht wegen eines Kunstfehlers als Chirurg.«

Haller winkte. Siri griff in die Druckstange des Rollstuhls. »Seit neun Jahren hat sich nichts geändert. Immer noch diese verdammte Hochnäsigkeit! Dieser verfluchte, längst faule akademische Dünkel! Aber bitte – fangen Sie an! Ich bin zwar ein erbärmlicher Krüppel, aber mich bekommen Sie hier nicht weg.«

Oberst Donyan, der nichts verstanden hatte, weil die Unterredung in deutscher Sprache geführt wurde, trat zu Haller. »Was ist?« knurrte er. »Soll ich dem Affen eine runterhauen?«

»Machen Sie sich nicht unglücklich, Donyan!« Haller winkte ab. »Nach dem Gesetz hat er ja recht! Ein geächteter Mediziner – das ist für die Kollegen schrecklicher als eine verseuchte Ratte.«

Er wollte sich weiterrollen lassen, aber Muthesius hielt ihn mit einer Armbewegung auf. »Ich habe noch einen Brief für Sie, Herr Haller.«

»Zerreißen Sie ihn und werfen Sie ihn weg. Mich interessieren keine Briefe. Ich habe über neun Jahre ohne sie gelebt.«

»Auch diesen? Er kommt von einem Fräulein Bettina Berndorf.«

»Bettina?« Hallers Stimme wurde unsicher. »Geben Sie her!« Er blickte sich schnell um. Siris Augen waren schwarz geworden. Wenn sie nichts verstanden hatte, den Namen hatte sie gehört. »Woher kennen Sie Bettina?«

»Ich traf sie in Hamburg vor unserem Abflug.« Dr. Muthesius reichte Haller den Brief hinüber. »Es geht ihr gut. Sie arbeitet in Eppendorf. Sie hat Ihnen zwölfmal geschrieben und keine Antwort erhalten.«

»Ich habe keinen Brief bekommen.«

»Der Briefträger kommt anscheinend nur einmal jährlich nach Nongkai«, versuchte Muthesius einen lahmen Scherz. »Wo können meine Begleitung und ich wohnen?«

»Dr. Butoryan wird Sie in alles einweisen. Siri – nach Hause!«

Sie nickte stumm und schob Haller hinunter auf die Straße. Muthesius blickte ihnen nach und wandte sich dann zu Oberst Donyan.

»Eigentlich ein armer Kerl«, sagte er auf englisch. »Was meinen Sie?«

»Nichts!« antwortete Donyan grob. »Ob der Mann wirklich so arm dran ist – Sie werden es noch erfahren, Doktor.«

Bettinas Brief war kurz. Haller las ihn, während Siri ihm die Beine massierte. Sie kniete vor ihm und blickte zu ihm hoch.

»Mein Liebster,

ich hoffe, daß Dr. Muthesius Dich einigermaßen gesund vorfindet und diesen Brief überbringt. Ich habe für Dich alles mobil gemacht, was man nur mobil machen konnte. Einer der besten deutschen Anwälte hat jetzt herausbekommen, daß bei der Staatsanwaltschaft in Hannover eine Aussage liegt, die vor sechs Jahren dort aktenkundig gemacht wurde. Eine Frau Lotte Mertsch, die Schwester von Dora Brander, hat nach einem Autounfall ausgesagt, daß ihre Schwester damals von Dir aus zu einem anderen Arzt gegangen ist, der den tödlichen Eingriff vornahm. Sie hatte gemerkt, daß Du nur simuliert hattest. Aber um Rache an Dir zu nehmen, hat sie Dich ins Zuchthaus gebracht. Nach dieser Aussage ist Frau Mertsch gestorben.

Komm zurück, Liebster – in einem Wiederaufnahmeverfahren wirst Du freigesprochen werden. Du bist, was Du immer beteuert hast: unschuldig!

Aber dazu mußt Du nach Deutschland kommen!

Komm!

Ich küsse Dich.

Bettina.«

Dr. Haller ließ den Brief fallen. Er flatterte hinunter zu Siri und blieb auf ihren Haaren liegen. Sie nahm ihn weg, faltete ihn zusammen und steckte ihn in den Ausschnitt ihres Schwesternkleides.

»Was schreibt sie, Chandra?« fragte sie.

»Es geht ihr gut.«

»Weiter nichts?«

»Nein.«

»Ist ›Es geht mir gut‹ auf deutsch ein langer Satz?«

»Manchmal ja.« Haller lehnte sich zurück und starrte an die Hüttendecke. Neun Jahre umsonst gelitten, dachte er. Neun Jahre systematische Zerstörung für nichts! Neun Jahre die Hölle auf Erden für eine weibliche Rache! Später lag Haller im Bett, innerlich zu erregt, um schlafen zu können. Sie werden mir meine Approbation wiedergeben. Ich bin wieder Mensch, sogar für die Akademiker! Ich, Dr. med. Reinmar Haller, Facharzt für Chirurgie! Ein bis zur Lähmung getriebener Justizirrtum. Ich bin ein Phönix im Rollstuhl!

Während er in seinen Gedanken schwamm, saß Siri bei Dr. Kalewa und zeigte ihm Bettinas Brief. »Sie haben doch in Heidelberg studiert?« sagte sie. »Bitte, übersetzen Sie mir diesen Brief.«

Der dröhnende Klang der Glocke weckte Dr. Haller. Er lag allein im Bett. Der Platz neben ihm, wo sonst immer Siri, wie eine Katze zusammengerollt, lag, war leer und unberührt. Die dünne Decke war noch so aufgeschlagen wie am Abend vorher, das flache Kopfkissen war unzerknittert.

Haller dehnte sich und wartete darauf, daß Siri mit ihrem bezaubernden Lächeln in die Hütte kam und zu ihm sagte: »Aufstehen, Chandra, du Faulpelz!« Dann würde sie ihm den Rollstuhl ans Bett schieben, er würde seine Arme um ihren Nacken legen, und sie würde ihm in den Stuhl helfen.

Heute würde er sagen: »Geh wieder ins Bett, du schwarze Katze! Jawohl, ich bin ein Faulpelz! Ich habe ein Recht dazu! Man hat mich in den Hintern getreten, Dr. Muthesius soll den ganzen Kram machen, ich bin Pensionär, Siri, man braucht mich nicht mehr, ich bleibe liegen! Zum erstenmal bleibe ich an einem Vormittag liegen und tue nichts!«

Aber Siri kam nicht.

Dr. Haller drehte sich zur Seite, und jetzt erst sah er, daß Bettinas Brief auf Siris Kopfkissen lag. Er war aufgefaltet, und auf der Rückseite, die jetzt nach oben gedreht war, hatte sie mit ihrer zierlichen, etwas kindlichen Handschrift die englische Übersetzung geschrieben. So, wie Dr. Kalewa es ihr vorgelesen hatte.

Dr. Haller begriff.

»Siri!« schrie er. »Das ist ein Irrtum! Darüber muß man reden! Ich werde nicht nach Deutschland fahren! Ich bleibe in Nongkai! Ich bleibe bei dir! Siri …«

Er ließ sich vom Bett fallen, wälzte sich über die Erde, versuchte, ob seine Beine nicht doch einen Funken von Kraft in sich hätten, aber sie hingen wie abgebundene Würste an ihm und waren vom Muskelschwund entstellt. Mit den Händen sich abstoßend, kroch er weiter, erreichte den Rollstuhl, zog sich an ihm empor und wälzte sich in den Sitz. Dann griff er in die Räder, rollte sich vorwärts, stieß die Tür auf und schob sich auf die Straße. Dort sah ihn ein Lepröser, zögerte und kam dann näher. Der Anblick des Doktors war erschreckend.

»Fahr mich zu Minbya!« schrie Haller. »Zu Minbya!«

Der Lepröse sprang hinter den Rollstuhl, packte die Rükkenstange und schob den Doktor über den Marktplatz zu dem großen Bürgermeisterhaus. Im neuen Kirchturm schwieg die Glocke. Der Küster, der unten am Seil stand, starrte entgeistert auf Dr. Haller, der von einem Kranken in unvernünftigem Tempo herangerollt wurde.

Auch Minbya sah ihn kommen. Er saß am Fenster und hatte schon seit einer Stunde gewartet. Die Nacht, die hinter ihm lag, war schrecklich gewesen. Er hatte Siri trösten müssen, er hatte seine Frau beruhigt, und als er sich nicht mehr zu helfen wußte, hatte er den Prediger Manoron geholt, der bis zum Morgengrauen vergeblich auf Siri einredete und dann resignierend sagte: »Man kann Heiden bekehren, aber nicht eine liebende Frau!«

»Wo ist Siri?« schrie Haller schon an der Tür. »Komm heraus! Erzähl mir nicht wieder, daß du von nichts weißt! Wo ist sie?« Minbya senkte den Kopf.

»Herr«, sagte er schlicht. »Ich weiß, daß du mir nicht glaubst. Aber ich weiß nicht, wo Siri ist.«

»Sie war in der Nacht bei dir!«

»Ja.«

»Mit dem Brief!«

»Sie hat ihn vorgelesen ...«

»Und?«

»Sie weiß, daß du nach Deutschland fahren mußt.«

»Das ist doch Blödsinn!« schrie Haller. »Ich fahre nicht! Was soll ich jetzt noch mit einer Rehabilitierung? Was nützt es mir, wenn mich alle Welt als einen Justizirrtum feiert? Und dann? Dann sitze ich in Hannover in meinem Rollstuhl und füttere die Tauben! Ich kann mir mit den neuen Urkunden die Wände tapezieren, das ist alles! Minbya – wo ist Siri?«

»Ich weiß es nicht, Herr. Sie ist weggelaufen, einfach weggelaufen, wie ein trotziges Kind. Sie will dir nicht im Wege stehen.«

»Mein Weg ist hier zu Ende! Auch wenn ein Doktor Muthesius erscheint und mich an die Luft setzt, ich bleibe in Nongkai, in meiner Hütte. Ich habe an das Leben nur noch den Anspruch, zu leben. Wo ist Siri?«

»Such sie, Herr.« Minbya breitete die Arme aus. »Nicht nur dein Herz weint, auch ein Vaterherz kann bluten.«

An diesem Tag war die Arbeit in Nongkai so gelähmt wie Hallers Beine. Die Ärzte weigerten sich, mit dem neuen deutschen Team zu arbeiten. Doktor Muthesius mit seiner Mannschaft stand hilflos einem allgemeinen Boykott gegenüber. Auch die Übergabeverhandlungen fanden nicht statt, denn als Muthesius bei Haller im Hospital erschien, um sich zu beschweren, hätte der ihm beinahe ein Whiskyglas an den Kopf geworfen. Das war keine feine kollegiale Art, aber von Haller erwartete man nichts anderes. Selbst Oberst Donyan, der, von der Regierung beauftragt, für die ordnungsgemäße Übergabe zu sorgen hatte, erreichte nichts und ließ sich von Haller anbrüllen wie ein Rekrut.

»Suchen Sie Siri!« schrie Haller. »Alles andere interessiert mich nicht! O Himmel, könnte ich meine Beine gebrauchen! Donyan, Sie haben einmal gesagt, daß Sie mein Freund sind. Beweisen Sie es jetzt: Bringen Sie mir Siri wieder!«

»Wo soll ich sie suchen?« Donyan hob hilflos die Schultern. »Im Dschungel? Doc, Sie haben sich selber wochenlang im Dschungel verborgen gehalten und wissen, daß man dort niemanden findet, der nicht gefunden werden will.«

»Lassen Sie ausrufen, daß ich hierbleibe.«

»Bleiben Sie denn hier?«

»Ja!«

»Das wird allein Dr. Muthesius entscheiden.« Donyan tat es weh, Haller noch einmal so brutal auf die veränderte Lage hinzuweisen. »Nongkai wird ein Lepraforschungszentrum unter deutscher Leitung. Die Regierung hat Dr. Muthesius alle Vollmachten gegeben. Was hier geschieht, wird von Dr. Muthesius abhängen. Ich glaube kaum ...«

Donyan schwieg. Aber Haller brauchte den Schluß des Satzes nicht zu hören.

»Ich werde mir eine Hütte außerhalb des Dorfbereiches bauen. Vielleicht am Nongnong. Wo soll ich denn sonst hin, Donyan?«

»In Ihre deutsche Heimat.«

»Sagten Sie Heimat?« Haller lachte bitter. »Der Dschungel ist meine Heimat, wenn Sie so wollen. Und Siri! Bringen Sie mir Siri wieder!«

Dr. Muthesius saß tatenlos herum, rot vor Ärger. Gegen Abend entschloß er sich, auf eigene Faust die Visite bei den bettlägerigen Kranken zumachen. Wo er auftauchte, in jedem Zimmer, in jedem Krankensaal, verließen die Schwestern und Pfleger stumm den Raum. Die Ärzte, die er ansprach, blickten durch ihn hindurch, als sei er Glas. Die anderen deutschen Ärzte, die die Hütten der Leprösen inspizierten, prallten auf schweigsame Kranke, die keine Antwort gaben und um sich schlugen, wenn man ihre Geschwüre oder Knoten ansehen wollte. Die deutschen Schwestern saßen verstört herum, und die Oberschwester kam zitternd vor Wut aus dem OP und berichtete, der Oberpfleger Pala habe vor ihr ausgespuckt.

»So geht es nicht, Jungs«, sagte Dr. Haller am Abend zu seinen Ärzten. Alle standen in seiner Hütte, dicht an dicht, Ärzte, Pfleger, Schwestern, an der Spitze der kleine, dicke Dr. Butoryan mit seiner ewig rutschenden Hornbrille. »Der Betrieb muß weitergehen.«

»Nur unter Ihnen, Doktor!« sagte Dr. Singhpur für alle.

»Ihr lieben Idioten!« Haller lächelte gequält. »Arbeitet ihr für mich oder seid ihr für die armen Kranken da? Die Lepra kümmert sich einen Dreck darum, ob hier ein Dr. Haller oder ein Dr. Muthesius ist. Mit eurem Boykott helft ihr nicht mir, sondern der Krankheit. Kinder, macht weiter wie bisher. Ihr seid Ärzte und Helfer. An etwas anderes sollt ihr nicht denken.«

Bei Sonnenuntergang lief es im Hospital wieder reibungslos wie bisher. Dr. Muthesius und seine deutschen Ärzte verstanden die Welt nicht mehr. Butoryan zeigte ihm als Stellvertreter Hallers alle Einrichtungen und übernahm es, den neuen Chef allen Mitarbeitern vorzustellen. Die Ambulanz arbeitete auf Hochtouren.

»Was ist los, Herr Kollege?« fragte Muthesius unsicher. »Wechseln die Stimmungen hier immer so, als wenn man ein Licht an- und ausknipst?«

»Dr. Haller wollte es so«, antwortete Butoryan. »Sie wissen, was in dem Brief von Fräulein Berndorf steht? Kalewa hat es mir berichtet.«

Muthesius strich sich verlegen über die Haare. »Ich weiß es auch von Dr. Kalewa. Gelesen habe ich den Brief nicht.«

»Und wie stellen Sie sich dazu?«

»Wozu?«

»Daß Dr. Haller das Opfer eines primitiven Racheaktes geworden ist. Daß er unschuldig ist.«

»Das muß ihm erst ein Gericht bestätigen.« Man sah Muthesius an, daß ihm das Gespräch sehr peinlich war. »Wird das Urteil annulliert – eine gute Sache für den Kollegen Haller.«

»Es freut mich, daß Sie Dr. Haller wieder als Kollegen titulieren«, sagte Butoryan steif und ließ Muthesius stehen. Aber an der Tür blickte er noch einmal zurück. Der neue Chefarzt stand wie verloren mitten im OP und schnalzte nervös mit den Fingern.

»Warum darf Dr. Haller nicht in Nongkai bleiben?«

»Er hat seine Aufgaben erfüllt, man hat ihn entlastet, er hat das Recht, sich auszuruhen. Bei seinem Zustand ...« Dr. Muthesius suchte nach Worten. »Was soll er noch hier?«

»Natürlich.« Dr. Butoryans Brille rutschte wieder über die Nase. »Ich habe gewußt, daß Sie das nie verstehen können.«

Sieben Tage lang suchte man Siri.

Donyan ließ kleine Gruppen seiner Soldaten den Dschungel durchkämmen, auch wenn es Blödsinn war, denn wenn sich Siri auf einem der turmhohen Bäume versteckt hielt, sah sie niemand vom Erdboden aus. Man rief mit Megaphonen in den Sumpfwald hinein – was antwortete, war das Kreischen der Vögel und anderer Tiere.

Fünf Tage lang ließ sich Haller mit dem Motorboot über den Nongnong fahren, immer hin und her. Er saß, von Pala oder Singhpur gestützt, vorn auf der Bank. Er tat nichts, er saß nur da und wollte, daß Siri ihn sah. Er wollte zeigen, daß er Nongkai nie verlassen würde, er wollte mit seinem Anblick Siris Herz rühren und sie aus dem faulig riechenden, undurchdringlichen grünen Sumpf herauslocken. Aber Siri rührte sich nicht. Irgendwo in dieser grandiosen grünen Fruchtbarkeit hockte sie, blickte zu Haller hinab und schlug die Hände vor das Gesicht, um dem stummen Schrei, der von diesem Mann ausging, zu entfliehen.

Als Haller seine Suche aufgab, kroch sie durch die Erdröhre zurück ins Dorf und versteckte sich bei einem taubstummen Leprösen, der ihr durch Handschlag Verschwiegenheit geloben mußte.

Am achten Tag sagte Oberst Donyan mit aller Vorsicht: »Doc, Ihr Flugzeug wartet in Homalin. Es steht schon zwei Tage da. Ich kann es nicht länger festhalten.«

»Dann sprengen Sie es in die Luft!« Haller saß in seinem Rollstuhl, und wer ihn vor einer Woche gesehen hatte, erschrak über ihn. Er war zusammengefallen und abgemagert, tiefe Schatten lagen unter seinen Augen.

»Ich fahre nicht ohne Siri. Das ist mein letztes Wort.«

»Ihr vorletztes, Doc.« Donyan blinzelte hilfesuchend zu Dr. Butoryan hinüber. Verdammt, helft mir doch! Er will nicht verstehen, daß sich Nongkai geändert hat. Es hatte schon vor Tagen begonnen, als Dr. Muthesius das Dorf besichtigte und sichtlich entsetzt war über alles, was Haller so liebgewonnen hatte.

»Diese Hütten«, entsetzte sich Dr. Muthesius, »und die Ställe, die daran kleben! Hühner, Schweine, Ziegen zusammen mit den Leprösen – das ist eine Sauerei! Das wird geändert! Es werden außerhalb des Krankenbereichs Gemeinschaftsställe gebaut! Das erste, um das man sich hier kümmern muß, ist Ordnung!«

Haller erlebte es noch, wenn er von seinen Fahrten auf dem Nongnong erschöpft nach Nongkai zurückkehrte: Sein Lepradorf wurde mit deutscher Gründlichkeit zu einer unpersönlichen, sterilen Heilstätte umgewandelt. Als die deutschen Ärzte begannen, für alle Patienten Nummern auszugeben und jeder seine Nummer deutlich sichtbar an der Kleidung tragen mußte, hob Haller resignierend die Schultern.

»Jetzt sind es ›Fälle‹ geworden«, sagte er leise. »Lebende Karteikarten, Krankenblätter auf zwei Beinen, Donyan. Hat mich die Zeit unmerklich überrollt? Gehöre ich nicht mehr in diese Welt? Sehen Sie sich das an. Die Familie Hanosaya – Nummer 231 bis 236! Der einäugige Bunya – Nummer 117! Es ist gespenstisch.«

»Sie kannten jeden beim Namen, Doc?«

»Nicht nur das. Ich war allen wie ein Bruder. O Himmel, ist das zum Kotzen!«

»Fliegen wir morgen?« fragte Donyan. Haller sah ihn an. Seine Augen waren ohne Glanz. Siri würde nicht wiederkommen, solange er in Nongkai war. Sie wollte ihm den Weg frei machen nach Deutschland. Das hatte er jetzt begriffen, und er begriff auch, daß es darüber keine Diskussion mehr gab, keine Aussprache, keine Überlegungen.

»Wie kann ein Mensch bloß so lieben«, sagte Haller mit trockener Zunge. »Donyan – ich weiß, wie Siri mich liebt.«

»Das beweist sie Ihnen jetzt. Sie müssen nach Deutschland!«

»Ich kann nie wieder dort anfangen, wo man mich herausgerissen hat.«

»Aber Sie können sich endlich von allem Dreck reinwaschen.«

»Wem nützt das noch? Mir?«

»Vielleicht. Wenn Sie wieder gehen lernen – bei den therapeutischen Möglichkeiten, die Sie in Europa haben, bei den Fortschritten der Medizin, die sich ja immer zuerst in Europa und Amerika auswirken ...«

»Sie glauben daran, daß diese Beine mich jemals wieder herumtragen werden?«

»Ja!« sagte Donyan und meinte es ehrlich. Haller umklammerte die Lehnen seines Rollstuhles. Irgendwie lebte auch in ihm die Hoffnung, aber sobald er medizinisch dachte, erlosch dieser Funken.

»Sie werden Siri sehen?« fragte er langsam.

»Wenn Sie weg sind, sicherlich. Dann kriecht sie ja aus ihrem Fuchsbau.«

»Sagen Sie ihr, daß ich sie liebe. Daß diese Liebe unendlich ist wie der Himmel. Und sagen Sie ihr, daß ich wiederkomme, wenn ich meine Arbeit in Deutschland getan habe.«

»Sie fliegen?« sagte Donyan. Plötzlich versagte seine Stimme. »Doc – wir können morgen nach Homalin fahren?«

»Ja. Ich muß wohl. Soll Siri im Dschungel verfaulen?«

Sein Kopf sank auf die eingefallene Brust. Oberst Donyan trat hinter den Rollstuhl und rollte Dr. Haller zurück zu seiner Hütte.

Keine Glocke läutete zum Abschied, kein buddhistischer Gong dröhnte über Nongkai, als man Haller am nächsten Morgen in Donyans Jeep hob. Aber links und rechts der Straße, die hinaus zum Tor führte, standen alle Menschen von Nongkai, nur mit ihren Lendentüchern bekleidet, die Frauen mit nacktem Oberkörper, eine Ansammlung angefressener Leiber und knotiger Haut, deren Schrecklichkeit von der blanken Morgensonne noch hervorgehoben wurde.

Alles, was diese Menschen sonst am Körper trugen, lag auf der Straße. Ein Teppich aus Tüchern und Kleidern, ein buntes Mosaik, das den ganzen Fahrweg bedeckte. Minbya sagte es mit zitternder Stimme:

»Herr, zieh hinaus auf unseren Körpern – sie gehören dir ...«

Haller lehnte sich zurück. Er konnte nicht sprechen, seine Stimme war ertrunken, er weinte nach innen und umklammerte irgend etwas in dem Jeep, nur um mit dem Druck seiner Hände seine inneren Spannungen loszuwerden. Donyan, der vor ihm saß, ließ den Motor an.

Auf der Treppe standen Dr. Muthesius und seine deutschen Ärzte. Sie winkten Haller zu, so wie man einen netten Besuch verabschiedet. Es war ein Hinauswinken, das im Grunde nichts anderes meinte, als: Nun mach schon! Hau ab! Wenn du weg bist, wird hier alles anders.

Langsam setzte sich der Jeep in Bewegung und rollte über den Kleiderteppich. Die Kranken und Gesunden von Nongkai senkten die Köpfe, als Haller an ihnen vorbeifuhr, ein paar Frauen knieten nieder und beteten.

»Ich komme wieder«, rief Haller in die Menge. Er drehte den Kopf nach links und rechts und rief immer das gleiche: »Ich komme wieder! Ich komme wieder! Ich komme wieder!« Und je näher sie dem Tor kamen, um so lauter wurde, seine Stimme, schließlich war es so, als ob er seine Seele hinausschrie: »Ich komme wieder! Glaubt es mir!«

Am Tor standen seine Ärzte, Schwestern und Pfleger in blendendweißen Kitteln. Dr. Butoryan hielt mit beiden Händen seine Brille fest, Kalewa und Singhpur lehnten aneinander, als seien sie wie siamesische Zwillinge zusammengewachsen. Sie waren keine Ärzte mehr, sondern Kinder, die ihren Vater verloren.

Stumm senkten auch die Ärzte die Köpfe, als Haller an ihnen vorbeifuhr. Nur Butoryan behielt den Kopf oben.

»Warte auf mich, Butoryan!« sagte Haller. »Warte!«

»Ja, Chef, ja«, stammelte Butoryan. Dann ließ er seine Brille los, sie fiel auf die Erde und zerbrach.

»Endlich!« sagte Haller. »Endlich! Das scheußliche rutschende Ding!«

Im Torbogen standen der buddhistische Mönch und Pala. Auch der Mönch war nackt bis auf ein Lendentuch, das seinen dürren, asketischen Körper teilte. Er trat an den langsam dahinrollenden Jeep heran und breitete ehrfürchtig sein orangefarbenes Priestergewand über Haller.

Pala starrte den Doktor aus einen stechenden, glühenden Augen an.

»Bleib, Doc!« schrie er. »Bleib, Doc!«

Haller kniff die Augen zu und lehnte sich zurück. »Fahren Sie, Donyan!« sagte er tonlos.

Er riß das Priestergewand hoch, warf es über sich und hüllte sich völlig in den leuchtenden Stoff ein. Donyan gab Gas und raste mit quietschenden Reifen auf die Dschungelstraße. Dort warteten die Militärkolonnen.

Plötzlich begann die Glocke von Nongkai zu läuten. Die Köpfe der Menschen zuckten herum, und der Küster, der neben Manoron und Minbya an der Straße stand, blickte entsetzt zum Glockenturm. Wie kann eine Glocke von selber läuten?

Dann sah man es. Hoch oben im Turm stand Siri und stieß mit beiden Händen die Glocke ab. Als sie mit vollem Ton hin und her schwang, sank Siri in sich zusammen und entschwand den Blicken.

»Wie gut, daß er nicht in der Kirche gesucht hat«, sagte Manoron stockend. »Ich hätte ihn nicht belügen können, auch wenn man sagt, eine mildtätige Lüge heilt mehr als hundert Töpfe Balsam.«

Am anderen Tag baute Siri in der verlassenen Hütte, in der Haller und sie gewohnt hatten, eine Art Altar. Auf einem kunstvoll geschnitzten Gestell stand Hallers Foto, ein kleines, mieses, schlechtes Paßfoto, das er in Rangun hatte machen lassen, bevor er seine Praxis bei Chin-hao-Chin aufgegeben hatte. Es war das Foto eines vom Leben zerschlagenen Mannes. Nur die Augen lebten.

Jeden Tag schmückt Siri dieses Bild mit frischen Blumen – Lotosblüten, bunten großen Wasserrosen und langen Rispen mit Orchideen, die aussehen wie Federn eines Paradiesvogels. Sie spricht mit dem Bild und küßt es und sagt: »Ich warte auf dich, Chandra.«

Sie sagt es, obwohl sie weiß, daß er nicht wiederkommen wird.

Ein halbes Jahr später wurde Dr. Haller im Wiederaufnahmeverfahren durch einen Freispruch voll rehabilitiert.

Als er den Gerichtssaal verließ, ging er auf seinen eigenen Beinen, langsam noch, schleppend, den linken Fuß nachziehend, aber er ging. Und er stützte sich auf die Schulter von Bettina Berndorf.